U0604909

从文武之治
到巫蛊之乱

双面汉武帝

飘雪楼主——

著

中国出版集团　全国百佳图书
中国民主法制出版社　出版单位

图书在版编目（CIP）数据

双面汉武帝：从文武之治到巫蛊之乱/飘雪楼主著.
北京：中国民主法制出版社，2024.8.—ISBN978-7-
5162-3724-3

Ⅰ．Ⅰ247.5

中国国家版本馆CIP数据核字第2024WR9651号

图书出品人： 刘海涛
出版统筹： 石　松
责任编辑： 张佳彬　姜　华

书　　名/ 双面汉武帝：从文武之治到巫蛊之乱
作　　者/ 飘雪楼主　著

出版·发行/中国民主法制出版社
地址/北京市丰台区右安门外玉林里7号（100069）
电话/（010）63055259（总编室）　63058068　63057714（营销中心）
传真/（010）63055259
http：//www.npcpub.com
E-mail：mzfz@npcpub.com
经销/新华书店
开本/16开　690mm×980mm
印张/32　字数/471千字
版本/2024年8月第1版　2024年8月第1次印刷
印刷/文畅阁印刷有限公司

书号/ISBN 978-7-5162-3724-3
定价/69.80元
出版声明/ 版权所有，侵权必究。

（如有缺页或倒装，本社负责退换）

目录

第一章

心有多大，梦想就有多远

神奇的出身

公元前 156 年，对于汉景帝刘启来说，可谓双喜临门。

第一喜，他从父皇汉文帝刘恒手中接过大位，初登大统，实现了太子转正，成为天下之主。

第二喜，他的第十个儿子这一年降生了。

刘启抱着襁褓里的婴儿，疼爱有加，兴奋无比。

"请皇上给皇子赐名吧。"王夫人产后虽然身体虚弱，但清秀的脸上却满是欣慰的笑容。

"就叫刘彘吧。"汉景帝略一思索，喃喃地说。

汉景帝的话一出口，宫女们面面相觑，都怔住了。

"彘"本指猪，是贱名。一些老百姓给孩子起这种名字，无非是想辟邪，希望孩子顺利长大成人。但是，皇子取这样的名字显然与皇家身份极为不符。而且，戚夫人被吕后折磨成"人彘"的惨剧还令人心有余悸，因此宫中历来谈"彘"色变。

按理说，汉景帝也会忌讳这个"彘"字。那么，他又为何要给自己的第十个儿子取这个名字呢？这得从两个梦说起。

第一个梦：先帝托梦。

就在刘彻出生的前天夜里，汉景帝做了一个梦。他梦见一只红色的猪从天而降直落宫中。正在这时，汉高祖刘邦从九泉之下活过来了，他说王夫人所生乃是"天蓬元帅"下凡，得取名刘彘。此事马虎不得，切记，切记。

据悉，汉景帝为这个梦还专门找占卜大师姚翁请教，结果姚翁的话让他吃了定心丸："这是一个绝好的梦，代表着将来要在这里出生一位皇子，一定是一代明君，一定能平定四方，扬我国威。"它为王夫人肚中的儿子披上了一件神秘的外衣，更插上了腾飞的翅膀。

第二个梦：日落其怀。

据说，王夫人在怀孕时就大放言论，说自己梦见一轮红日落入怀中。《史记·外戚世家》中有这样的记载："**男方在身时，王美人梦日入其怀。以告太子。太子曰：'此贵徵也。'**"

日落其怀，这是一个好策划，一个为刘彻大造声势的好机会。

这个集两梦于一身，集万千神秘于一体的男婴，就是千古一帝——汉武大帝刘彻。

汉景帝能做出这样的美梦、奇梦来很正常，他是天下之主，享有至高无上的发言权。那么，这位王夫人究竟是什么来头？她为何能做出"日落其怀"这样一点都不靠谱的梦来，而且汉景帝还深信不疑呢？

说起王夫人，就得提一下刘邦当年建国时分封的一个诸侯——燕王臧荼。汉高祖五年（公元前202年）七月，臧荼因为不满刘邦对功臣的打压，唱着起义歌曲，走上了反叛之路。

刘邦亲自率兵征伐，结果没有悬念，很快就平息了。史书的记载是："**秋七月，燕王臧荼反；上自将征之……九月，虏荼。**"事实证明，臧荼的起义只是鸡蛋碰石头之举。

臧荼死了，随他而去的是整个臧氏家族。当然，凡事都有例外，尽管刘邦下了"诛灭九族"之令，但臧家还是留下了两条漏网之鱼。

第一条鱼是鲤鱼——臧荼的儿子臧衍。臧衍脚底抹油的功夫一流，为了逃避汉军的追杀，他一溜烟儿跑到匈奴那里去了。从此一去不复返，成了神龙见首不见尾之人。

第二条鱼是美人鱼——臧荼的孙女臧儿。臧儿脚底抹油的功夫同样一流，为了逃避追杀，她一溜烟儿跑到了扶风郡一个叫槐里（今陕西省兴平市东南）的地方。从此一去不复返，最终沦为村妇。

《史记·外戚世家》记载："**王太后，槐里人，母曰臧儿。臧儿者，故燕王臧荼孙也。**"

小隐隐于野。为了生存，已是布衣的臧儿很快就嫁给了当地一个老实巴交的农民——王仲。臧儿的肚子也很争气，很快连生三个孩子。儿子叫王信，两个女儿分别叫王娡和王儿姁。

儿女双全的臧儿在夫家确立了地位，日子慢慢安逸起来。然而，天有不测风云，不久，王仲突然双眼一闭，死了。

成为寡妇的臧儿果断改嫁到长陵田家。她的肚子依然很争气，接连生了两个儿子：田蚡和田胜。对此，《史记·外戚世家》的记载是："**而仲死，臧儿更嫁长陵田氏，生男蚡、胜。**"

沦为村妇，泯然众人，这不是臧儿想要的生活。岁月的沧桑，时光的流逝，并不能磨灭臧儿膨胀的野心。梦回富贵，重振辉煌，臧儿的心中燃烧着一团熊熊大火。

然而，她有自知之明，人老珠黄，青春不再，她已无实现梦想的能力了。于是，她转变思路，改变策略，把目光停留在了自己那对如花似玉的女儿身上。

大女儿王娡当时嫁给了当地平民金王孙。这金王孙名字倒是特别，一名含三姓，但他并没有给王娡锦衣玉食、豪车名宅。渐渐地，臧儿对这个"清龟婿"不满起来。

正在这时，一个相士的一句话彻底改变了臧儿和两个女儿的命运："你的两个女儿是大富大贵之相，将来必定荣华富贵。"

臧儿一听，喜，大喜，喜出望外。她心中的富贵梦再次豪迈地升起来了。于是，她做出了一个大胆的举动——让大女儿王娡悔婚。

失了颜面的金王孙不干了，他坚决不同意，但臧儿却铁了心。为了躲避金王孙的纠缠，她马上把女儿送出了家门，送进了宫门。

《史记·外戚世家》对此的记载是："**臧儿长女嫁为金王孙妇，生一女矣，而臧儿卜筮之，曰两女皆当贵。因欲奇两女，乃夺金氏。金氏怒，不肯予决，乃内之太子宫。**"

到了宫中后，王娡充分发挥成熟女人的魅力，把当时血气方刚、年少轻狂的太子刘启迷得醉生梦死。因为得到刘启的宠幸，她很快就生了三个孩子，不过都是弄瓦之喜。相反，她的妹妹王儿姁虽然比她后来宫中，却一口气为刘启生了四个儿子。这让王娡很着急。于是，更努力讨刘启的欢心。毕竟母凭子贵。在后宫混，没有儿子，就意味着一无所有。

付出总有回报，王娡的努力没有白费。刘启刚继位成为皇帝时，她终于诞下了一个白白胖胖的儿子。

此时，汉景帝已有九个儿子了。按理说，她这个后生的儿子顶多只能当个诸侯王，但王娡不是一般的女人，她继承了母亲臧儿的血性和野心。她能甘心让自己的儿子一辈子只当诸侯王吗？

答案是否定的，因为王娡很快就把后宫搅得腥风血雨，拉开了太子争夺战的序幕。

明知山有虎，偏向虎山行

王美人把目光瞄准了皇太子之位，而作为后宫掌门人的薄太后却把目光瞄准了王美人。

薄太后是谁？

薄太后是汉高祖刘邦后宫中的一员，汉文帝刘恒的母亲，汉景帝刘启的祖母。提起她的发迹史，可以用痛并快乐着来形容。

这痛苦来源于刘邦。

薄太后原本是魏王魏豹最宠爱的薄姬，但当魏豹不幸成为阶下囚后，薄姬也没能逃出刘邦的手掌心。她最初被安排进了刘邦的"后宫"，不是做才人，而是做"裁"人——织布的女工。在荥阳保卫战中，刘邦利用纪信当替死鬼，来了个不羞遁走后，一同镇守荥阳的周柯等人对魏豹反复无常的举动感到危机，将他杀死。魏豹被杀，薄姬的心也跟着死了。

她原本以为再无人会疼她、爱她，自己的一生将会在昏暗的织布房里耗尽。然而，她很快就重见天日了。一次，刘邦偶尔经过织布房，心血来潮的他走进去调研了一下，结果看见了薄姬。她虽然穿着粗布大衣，但依然掩饰不住清丽脱俗的绝世容颜。

偶遇一个人，邂逅一段缘。刘邦很快就把惊为天人的薄姬纳入了自己的后宫。

如果你认为薄姬从此时来运转，那就大错特错了。刘邦后宫佳丽三千，薄姬很快就"泯然众人矣"，刘邦也把她淡忘了。

薄姬每天"缦立远视，而望幸焉"，结果却是"望穿秋水，不得语焉"。好不容易走出了一间房，却又踏进了一座城，薄姬能不痛苦吗？

然而，薄姬的快乐亦来源于刘邦。

薄姬年幼时，曾和两个好朋友——管夫人和赵子儿有过这样的约定：先贵无相忘。意思就是说，无论谁先发迹了，富贵了，一定不能忘了另外两个姐妹。

薄姬原本以为这儿时的誓言抵不过岁月的侵蚀，但命运不然，此时她们三姐妹居然全都进了宫。而且，管夫人和赵子儿都得到了刘邦的宠幸。眼看薄姬被刘邦打入"冷宫"，她们自然很不忍心。三姐妹常常聚会，无意中聊起当年的誓约和薄姬坎坷的命运，大家都唏嘘不已。

俗话说隔墙有耳。三人在一旁窃窃私语时，却被一个"路人"听见了。这个人正是刘邦。

刘邦一听颇为怜悯薄姬。于是，当天夜里就召她入宫侍寝。

一夜侍寝，温柔无限。一夜过后，刘邦还是那个刘邦，脂粉堆里醉生梦死；薄姬也还是那个薄姬，冷宫梦里翘首以待。

但是，刘邦不会料到，他的一夜情，会留给薄姬一生情。薄姬凭着这一晚的临幸，居然怀孕了。十月怀胎之后，她为刘邦生下了第四个儿子——刘恒。

对清心寡欲的薄姬来说，还有什么比得子更加快乐的呢？

母凭子贵。薄姬虽然有一子在握，却依然握不住刘邦的心。对薄姬来说，这是她人生中的不幸，遇到一个不爱自己的人。然而，这不幸的背后却隐藏着万幸。

因为得不到刘邦宠爱，所以，当吕后和戚夫人在后宫上演夺位生死战时，心灰意冷的薄姬选择了远离是非，跟着儿子去了封地。也正是因为这样，她远离了后宫的是是非非，也给外人留下了"淡泊名利，与世无争"的好名声，从而也成全了刘恒的惊天大逆袭。

然而，人算不如天算，对外戚心有余悸的朝中大臣不会料到，刘恒上台后，还是出现了他们最不愿意看到的场面——外戚专政。薄氏家族逐渐登上了历史的舞台。

汉文帝刘恒驾崩后，汉景帝刘启上任。薄太后虽然没有吕后那样的野心，但为了薄氏家业，她还是把自己的内侄孙女嫁给了景帝做皇后，只为薄家人能控制住后宫这半边天。

皇后的宝座只有一个。薄皇后自然也成了后宫众佳丽的"公众情敌"。

野心勃勃的王娡心里尤其不痛快。她原本最得景帝宠爱，再加上又生了个白胖儿子，自然不甘心居于人下。于是，她便唆使其他妃子一起对薄皇后进行围追堵截。

事实证明，薄皇后空有花名，在抗击打方面太弱了。就在王娡等人磨刀霍霍，准备和她打一场硬仗时，她却很快败下阵来。这倒不是王娡等人的招法有多么犀利和精妙，让薄皇后毫无还手之力，而是因为她输给了自己。

首先，薄皇后的靠山不争气。公元前155年，薄太后逝世。薄皇后即便哭得死去活来，也哭不回自己这座大靠山了。

其次，屋漏偏逢连夜雨，薄皇后在失去靠山的同时，自己的肚子也不争气。尽管得到了汉景帝的格外"恩惠"，但折腾了一年光景，她还是没能为汉景帝生下一儿半女。因此，薄皇后的命运也就注定了是"薄而脆"的。

公元前151年，薄皇后被废，《史记·外戚世家》记载是："景帝为太子时，

薄太后以薄氏女为妃。及景帝立，立妃曰薄皇后。皇后毋子，毋宠。薄太后崩，废薄皇后。"

至此，王娡在这场后宫争夺战中轻而易举地胜出了。然而，她并没有在获胜后沾沾自喜，因为她即将面临一个更为强大的对手。

后宫纷争，从来就没有永远的敌人，也没有永远的朋友；没有永远的坏人，也没有永远的好人。薄皇后这朵"牡丹花"凋零了，但其他鲜花却还争相绽放着。

除去薄皇后，汉景帝最为宠爱的妃子还有五位，她们分别是王娡、栗妃、程妃、贾妃和唐妃。

要想使自己的儿子登上太子之位，"野百合"王娡就必须冲破层层阻碍，从这五朵金花中脱颖而出。而这五人中，实力最强的便是有着"郁金香"之称的栗妃。此时的后位之争，说白了已是王娡这枝"野百合"和栗妃这朵"郁金香"之间的较量了。

相比王娡，栗妃入宫更早。她十四岁时就被选入宫，因为聪明伶俐，善解人意，被当时还是太子的刘启纳为太子妃。而且，栗妃还为刘启生下了第一个儿子——刘荣。随后她便一发不可收，接连生了刘德和刘阏。有三子在握，汉景帝自然对这个娇妃宠爱有加了。

据说，在王娡入宫前，那时还是太子的刘启就曾多次私下向栗妃许下海誓山盟，表示等自己成为九五至尊后，一定立长子刘荣为太子。

明知山有虎，偏向虎山行。尽管栗妃拥有先入为主的优势，但王娡却抱着后发制人的态度，集中火力，誓与栗妃拼到底。

为此，王娡先在舆论上大造儿子"日落其怀"的声势。尽管当时通信技术不发达，但这件事还是很快传遍了宫廷内外，很多人都认为刘彻是真龙化身。

汉景帝刘启自然也对这个集"日落其怀"和"神猪下凡"两大传奇

于一身的儿子格外看重。爱屋及乌，汉景帝对王娡更加宠爱了，甚至产生了立刘彻为太子，立王娡为后的想法。

然而，栗妃也不是吃素的，她拿着汉景帝的誓言当利剑，以彼之道，还施彼身，用吹耳边风的形式，对汉景帝软磨硬泡。这样一来，景帝左右为难，颇为头疼。究竟立谁为皇后，立谁为太子，他也迟迟做不出决定。

现在，汉景帝的十四个儿子都有机会扶正。依照祖制，太子要么立长，要么立贤。

那么，谁为长，谁又为贤呢？栗妃的儿子刘荣是汉景帝的第一个儿子，当然为长子。至于贤，年幼的刘荣和刘彻都还是小孩，暂时还比不出高下。

思来想去，迫于舆论压力，汉景帝最终还是决定立刘荣为太子，同时拜魏其侯窦婴为太子太傅，同时册封刘彻为胶东王。

就这样，栗妃在后宫之争中取得了开门红。现在唯一的悬念就是后位之争了。王娡如今已被逼到了悬崖边上，太子争夺战的失利已把她的退路给封死了。说白了，她必须争得皇后一位，将来才有翻盘的机会。

"郁金香"先下一城，"野百合"自然不会甘心认命。很快，王娡就出招反击了。

本着"一个篱笆三个桩，一个好汉三个帮"的原则，王娡很快就找到了一个好帮手——刘嫖。

刘嫖就是馆陶长公主。她是窦太后唯一的亲闺女，又是汉景帝唯一的亲姐姐，是红透大汉朝半边天的女子。出身皇家的刘嫖眼光长远，颇有气魄，虽然她自己已有至尊至贵的地位，但让子孙后代都能享有这份荣耀，才是她的远大理想。

为此，刘嫖决定将自己的独生女儿打造成未来的皇后娘娘，把她嫁给弟弟汉景帝的儿子。这样一来，弟弟的儿子将来继承了皇位，自己的女儿理所当然地就成了皇后。

那么，在汉景帝的十四个儿子中，谁最有希望继承皇位呢？答案不言而喻——太子刘荣。

刘荣拥有先入为主的绝对优势。他年龄最长，又刚刚被封为太子，可以说半个屁股已经坐在了皇位上。

"栗夫人，咱们结为亲家吧。"一天，刘嫖找到栗妃，单刀直入地说道。在她的潜意识里，只要自己这个大红人一出马，就没有搞不定的事。

然而，她未曾料到，栗妃却给了自己当头一棒："皇姐，对不起，我们家荣儿还小，还没到谈婚论嫁的时候。"

这原本是一个双赢互利的合作，但因为一个有情，一个无意，一个如此直接地表白，一个如此露骨地拒绝，最后导致一个很痛苦，一个很痛快。

痛快的当然是栗妃了。她之所以直接拒绝了刘嫖的请求，是因为她怨恨刘嫖这些年来一直源源不断地为汉景帝献上年轻貌美的女子。但凡受景帝垂青的后宫佳丽，几乎都是由刘嫖一手打造的。栗妃觉得自己从被汉景帝独宠到现在失去这个优势，跟刘嫖的瞎掺和有很大的关系。这让心胸狭窄、睚眦必报的栗妃记恨于心。

当然，栗妃虽然逞了一时口舌之快，大大地出了口恶气，但也为此付出了惨痛的代价。因为她在政治上的幼稚，导致自己错过了一次强强联合的绝佳机会。她痛快的背后是痛悔，但当她察觉到这一点时，已悔之晚矣。

痛苦的当然是刘嫖了。她这朵金枝玉叶，一向都是别人宠她、求她，这次她好不容易放下高高在上的架子，主动出击，却被不识好歹的栗妃生生地呛了回来。痛苦过后是痛击，刘嫖记下了这笔账，等着日后和栗妃狠狠地算一算。

这一切，作为旁观者的王娡都看在眼里，喜在心头。她立刻找到很受伤的刘嫖，表露出了自己的心意。

"栗妃真是太不识抬举了，"王娡先劝刘嫖消消气，随即说出了自己的心里话，"要不您把阿娇嫁给我的彻儿吧。"

刘嫖胸中的一口恶气原本无处可出，王娡及时抛来的橄榄枝不仅让她消了气，而且还给了她台阶下。于是，面对王娡的提议，她几乎想都没想就答应了。

眼看刘嫖答应了，王娡先是一喜，随即脸色又暗淡下来，最后大有乌云密布之势。搞不清楚状况的刘嫖自然问准亲家怎么了，王娡却一副欲语还休的样子。在刘嫖的再三追问之下，王娡终于轻启朱唇。

"彻儿不是太子，将来做不了皇帝，而阿娇生来就是做皇后的命，这样只怕委屈了阿娇。"王娡很是为难地说。

"太子和皇帝是两码事，当了太子不一定就能当皇帝。古往今来，废立太子的事难道还少吗？"刘嫖的眼神中露出一丝恨意。

王娡和刘嫖此时是一个有情，一个有意，当真是一拍即合，很快签下了亲上加亲的协议。当然，这个协议要想生效，还得一国之君的汉景帝认可。

汉景帝起初并不同意，因为阿娇比刘彻大。在当时，女大男小通常被认为是一件很不般配的事。不过，在王娡和刘嫖的精心策划下，汉景帝最终还是同意了这门亲事。

魏晋时期的志怪小说《汉武故事》有这样的记载："数岁，公主嫖抱置膝上，问曰：'儿欲得妇不？'长主指左右长御百余人，皆云不用。指其女问曰：'阿娇好否？'于是乃笑对曰：'好，若得阿娇作妇，当作金屋贮之也。'长主大悦。"

意思很简单：有一天，馆陶长公主刘嫖把小小的刘彻抱在膝上玩耍，笑着戏问："你长大后想不想娶媳妇？"刘嫖用手指着宫中众多宫女，问刘彻想娶哪个，刘彻全都摇头。最后，刘嫖指着自己的女儿陈阿娇问："娶阿娇好不好？"刘彻一听，高兴地回答："要是能娶阿娇做我媳妇，我将来一定建造一座金屋子给她住。"

这就是"金屋藏娇"的由来。

爱与恨的边缘

娃娃亲尘埃落定后，王娡和刘嫖达成了统一战线。接下来，王娡为了自己儿子的前程，势必要对栗妃使出更厉害的手段；而刘嫖为了自己女儿的前程，势必要助刘彻夺取太子之位。

废荣立彘，这是她们共同的目标。而此时的栗妃却因为在太子争夺战中胜得太容易，产生了轻敌之意。在她看来，既然自己儿子都当了太子，那自己当皇后也是迟早的事了。然而，她不会料到，因为自己这一时的麻痹大意，失去了彻底击败王娡的绝好机会，也与皇后宝座失之交臂。

一步行程错，回头已百年。栗妃在错过的同时，也让自己陷入了深深的危机之中。

这时候刘嫖也没闲着，她开始利用各种机会，在汉景帝身边说栗妃的坏话，同时联合并利用后宫众妃子，以各种方式在汉景帝面前对栗妃进行诽谤攻击。

几番下来，汉景帝很快就对栗妃由爱转恨，由疼转怨。偏偏汉景帝又是一个城府很深的人，喜怒哀乐都不形于色，有了怨气，有了恨意，也没有表现出来，只是把栗妃从自己心里一点一点地剔掉了，而栗妃对此竟毫无察觉。

《史记·外戚世家》有这样的记载："景帝长男荣，其母栗姬。栗姬，齐人也。立荣为太子。长公主嫖有女，欲予为妃。栗姬妒，而景帝诸美人皆因长公主见景帝，得贵幸，皆过栗姬，栗姬日怨怒，谢长公主，不许。长公主欲予王夫人，王夫人许之。长公主怒，而日谗栗姬短于景帝曰：'栗姬与诸贵人幸姬会，常使侍者祝唾其背，挟邪媚道。'景帝以故望之。"

由此可见，王娡确实是一个相当聪明的人，她善于观察局势，抓住了难得的机遇，拉近了与馆陶长公主的关系。馆陶长公主深得汉景帝的信任，这是一个千载难逢的好资源。两家结亲之后，王娡不需要做什么，馆陶长公主出于想让女儿成为皇后的目标，也会大力帮助刘彻争取太子之位，这就是借助外力来实现自己梦想的聪明之举。

渐渐地，汉景帝对刘荣的态度也来了个一百八十度大转弯，而对"神猪下凡"的刘彻又看重了几分。再加上刘嫖的影响，汉景帝不得不重新审视自己的两个儿子。

为此，汉景帝决定对栗妃进行一次"可信任度考试"。一天，他装病躺在龙床上，一边咳嗽一边喘着粗气，一副病入膏肓的样子，然后命人传栗妃觐见。

"栗妃啊，朕这病一发不可收拾了。朕百岁千秋之后，后宫诸妃所生的皇子就全交给你了，你一定要好好地对待他们啊！"栗妃来后，汉景帝缓缓地睁开眼睛，吃力地说。

面对此情此景，栗妃是如何表现的呢？栗妃的表现有三：一是"怒"，二是"不肯应"，三是"言不逊"。

栗妃之所以怒，是因为她觉得汉景帝把自己当成皇子们的保姆来使唤了。既然怒了、恨了，她自然不肯应汉景帝的请求。甩完脸色，发完脾气后，栗妃觉得还不过瘾，竟出言不逊，逞了口舌之快。

愚昧无知的栗妃全然没有料到这是汉景帝对自己的测试。说白了，她能不能夺取后位，全在这一道题上。结果可想而知，汉景帝闻言非常愤怒，更加冷落栗妃。

《史记·外戚世家》对此有详细记载："**景帝尝体不安，心不乐，属诸子为王者于栗姬，曰：'百岁后，善视之。'栗姬怒，不肯应，言不逊。景帝恚，心嗛之而未发也。**"

与此同时，他对王娡许下了封后的承诺。王娡的脸上终于笑开了花。"君无戏言，想不到皇后的位置来得这么快，这栗妃也太不经打了吧，我的组合拳才出了几招，她就败得一塌糊涂。"王娡站在猗兰殿里大笑起来。这笑声清脆悦耳，大有直透云霄之势。

然而，王娡高兴得太早了。她随后天天在猗兰殿倚门而望，但日复一日，月复一月，并没有等来汉景帝的册封诏书。最后没辙了，她只好唆使刘嫖去汉景帝那里打探风声。

这些事交给刘嫖来做，简直是小菜一碟。她很快就带来了最新消息：汉景帝并没有背叛自己的诺言，他的的确确签发了册封王娡为皇后的诏书，但不料半路杀出个程咬金，这诏书被窦太后压下来了。

那么，窦太后又是何许人也呢？

在汉景帝眼中，如果说薄太后是吼一声地板抖三抖的"老佛爷"，那么窦太后就是跺一脚震三震的"大姐大"。薄太后归天后，窦太后取而代之，成了主宰后宫的一号人物。

窦太后原名窦漪房，是汉文帝的皇后。她从小便父母双亡，与两个哥哥相依为命，生活十分窘迫。好在天无绝人之路，正在他们兄妹为生计犯愁时，汉宫每年一次的选秀大赛召开了。窦漪房抱着试一试的态度参加了比赛，并凭借清新脱俗的美貌和气质从众佳丽中脱颖而出，顺利进入汉宫。

当时国家大权都集于吕后一人身上，而当时的皇上刘盈又体弱多病，自身都难保，自然无福消受这些美女了。

有一天，吕后心血来潮，为了笼络人心，她决定将宫中的一些"剩女"赐给刘姓诸侯王。

窦姬因为是赵地观津（今河北省武邑县）人氏，所以，她自然想去赵国了。她找到当时管分配的主管太监，表达了自己的意愿，并把辛辛苦苦在后宫攒下来的钱财悉数双手奉上。

拿人钱财，替人办事。主管太监收了这么多钱，自然笑开了嘴，马上拍着胸脯说："这事是举手之劳，没问题。"

然而，因为想走后门的宫女太多，主管太监贵人多忘事，临到分配时，竟把窦姬这事给忘了，最后把她分去了代国。

临行时，窦姬有一千个不心甘，一万个不情愿，但她是吕后泼出去的水，是收不回来的。哭过、闹过之后，她最终还是无可奈何地来到了代国。

然而，命运就是这般阴差阳错。窦姬不会想到，这一去，竟然彻底改变了自己一生的命运。

和窦姬一同被分到代国的五位宫女中，除了窦姬哭哭啼啼地不肯去，其他四人都是喜上眉梢，都为自己的新生感到庆幸。但是，到了代国后，这一情况很快便反转了——窦姬笑逐颜开了，而另外四位宫女却愁容满面，因为当时的代王刘恒很快迷恋上了窦姬，对她到了独宠的地步。

又过了几年，窦姬为刘恒生下了一女两男，分别是长女刘嫖、长子刘启、次子刘武。他乡生贵子，并且是儿女双全，这无形中再次提升了窦姬的身价。

就在窦姬得宠得子，无限风光时，代王明媒正娶的原配王妃一命归西了。更令人惊奇的是，不但代王妃不明不白地去了，她所生的四个儿子也都相继夭折。这一切都成全了窦姬，她很快便取而代之，成了新代王妃。

公元前 180 年，代王刘恒时来运转，突然被朝中众臣推上了皇帝的宝座。随后，窦姬所生的刘启因为年龄最长，被众人一致推为太子。母凭子贵，她也顺利坐上了皇后的位置。她的女儿刘嫖被立为馆陶长公主，小儿子刘武被立为代王，后来又被改立为梁王；她的父亲被追尊为安成侯，母亲被追尊为安成夫人。

这一次，窦太后之所以要为难王娡，是因栗妃的一系列遭遇使她对王娡的人品产生了极大的怀疑。如果不是景帝对王娡宠爱有加，她早就把王娡踢出宫门了。

眼看太后出面坚决反对立皇后的事，汉景帝自然不敢蛮干了，因此，这件事就这样被搁置了下来。

最后一击

面对窦太后的阻挠，王娡并没有灰心。她一边唆使刘嫖去做太后的思想工作，一边挥舞着手中的屠刀再次砍向栗妃。

王娡将宫中的大行（负责掌管宫中礼仪的官员）请到自己住的猗兰殿里，好酒好菜地招待了一番，最后送大行出来时，她眉头紧锁地说道："国不可一日无君，后宫不可一日无后。如今天下太平，百姓安居乐业，如果因为后宫无主而闹出一些事来，只怕有损咱们大汉国的威仪啊。"

"是啊！"大行点了点头，若有所思。

"你是负责宫中礼仪的官员，你有责任向皇上建议册立皇后之事。依照祖制，皇太子的母亲栗妃理应被封为皇后才对啊。"王娡说出了重点。

"嗯！"大行点了点头，不再犹豫。在他看来，王娡是在成人之美，而这件事又是自己的职责所在，于是马上向汉景帝上奏请求册封栗妃为皇后。理由是：子以母贵，母以子贵。解析是：现在太子的母亲没有封号，理应立她为皇后。

汉景帝正在绞尽脑汁地想如何才能立王娡为皇后，不想，大行居然建议立栗妃为皇后。于是，他怀疑这件事是由栗妃主使的，心中大为反感。

皇帝很生气，后果很严重。这名大行也白白搭上了一条性命，成了后宫争夺战中的牺牲品。

汉景帝杀了一个大行还不解恨，他坚持认为，栗妃才是真正的幕后主谋。

公元前 150 年正月，汉景帝不顾一切阻拦，下了两道诏书：一是废太子刘荣为临江王；二是将栗妃打入冷宫。

《史记·外戚世家》记载："王夫人知帝望栗姬，因怒未解，阴使人趣大臣立栗姬为皇后。大行奏事毕，曰：'子以母贵，母以子贵，今太子母无号，宜立为皇后。'景帝怒曰：'是而所宜言邪！'遂案诛大行，而废太子为临江王。"

至此，王娡此计取得了圆满成功，但她并没有得意忘形。为了防患于未然，她决定斩草除根，把刘荣往火坑里推，把栗妃往死里整。

刘荣被降为临江王后相当郁闷。不过，他生性仁厚豁达，到了封地临江的都城江陵后，很快便从储位之争的阴霾中走了出来，努力造福一方，为自己赢得了不错的名声。然而，树欲静而风不止，一个相士的出现，改变了这一切。

"恭喜王爷，贺喜王爷。"一天，一个相士主动找上门来，一见面就像老朋友一样，向刘荣称喜道贺。

"何喜之有？"刘荣很是惊愕，自己从太子之位跌落到一个普普通通的王爷，何喜之有？

"王爷天庭饱满，龙凤之姿，此番遭贬乃人生中的一道小小的坎，不出数月，王爷定当时来运转，回到京城再去做太子。只是……那个……"相士欲语还休。

"先生有话但说无妨。"刘荣听说不出数月自己就能重回京城做太子，心中自然高兴。

世上的事就是这样，你越是打哑谜，就越引人好奇；相士越是欲语还休，刘荣就越是刨根问底。最后没辙了，相士告诉刘荣他之所以不顺利，是因为所住的宫殿风水有问题，南面的宫墙在修建时动了太岁爷头上的土，如果能把宫墙向前再移三尺的话，那时"龙抬头"，他恢复太子之位就只在朝夕了。

按理说，这样的鬼话不听也罢，但刘荣却听进去了。毕竟他只是个十来岁的孩子，迫切希望能回到原来的生活中去。

话又说回来，把宫墙向外移三尺，按理说也不是什么大事，但那三尺之地却不是一般的地，而是一块风水宝地——宗庙。按祖制，宗庙之地是神圣不可侵犯的。

刘荣人虽小，但祖宗的规矩还是懂的。不过，此时的他已对相士之言深信不疑，只要能尽快恢复自己的太子之位，移它三尺又何妨？冒点险又何妨？

墙马上就移好了，相士也满意地走了。临走前，他对刘荣说道："你且在这里安心等着，京城的消息很快就会来了。"

事实证明，相士就是相士，预言还真准。他前脚刚走，京城马上就来人了。这些人参观完刘荣的新建筑后，立即宣读了汉景帝的缉拿令。

显而易见，能如此处心积虑谋害刘荣的定是王娡了。王娡也没想到，自己派去的相士竟能如此顺利地说服刘荣动土。

据说刘荣被押进京时，江陵城中成千上万的百姓自发地为刘荣送别。在他们心目中，刘荣不是一个废太子，而是一个圣明贤德的大王，他们多么希望刘荣能留下来啊。

刘荣见状很是感动，他原本也想本本分分、安安稳稳地在临江过完自己的一生，但现在看来，这只是他一厢情愿的美梦罢了。梦醒后，他什么都不是了，不但一无所有，而且还成了阶下囚。

人生无常，富贵易变，潮起潮落，兴旺两叹。刘荣强忍着泪水，保持着冷静，朝众人挥了挥手，然后钻进了囚车。哪知他刚一上车，车轴竟然断了，这可不是一个好兆头。

刘荣被押送到京城后，汉景帝把他交给"夺命判官"——中尉郅都审查。

郅都是大汉朝家喻户晓的酷吏。当时的酷吏分两类：一类是惩治豪强、裁抑权贵的真酷吏，另一类是嗜杀成性、草菅人命的伪酷吏。郅都虽然属于前一类，但他的铁面无私和冷酷无情还是让人望而生畏。有例为证。

汉景帝时期，济南郡有一个闲姓的富豪，仗着家底殷实和家族势力，在济南郡呼风唤雨，为所欲为，干的是黑社会的勾当，行的是土霸王的威风，罪行自然罄竹难书。但是，当地太守本着惹不起躲得起的原则，对闲家的事睁一只眼闭一只眼，任其胡作非为，一手遮天。

汉景帝知道这件事后，高度重视，马上派郅都去做济南太守。郅都可不是吃素的，他上任后，马上搜集了闲氏家族的罪行。在掌握了充分的人证、物证后，郅都来了一次"扫黑行动"，对闲氏来了个一窝端。一年后，原本以黑恶势力著称的济南郡成了"治安先进文明郡"，家家夜不闭户，百姓安宁。从此，酷吏郅都天下闻名。

俗话说，不是冤家不聚首。就是这个郅都，和刘荣的母亲栗妃有着很深的渊源。

一次，汉景帝狩猎，把栗妃也带上了。狩猎中，栗妃突然内急，就去上厕所。这时，一只饿极了的野猪突然冲进了厕所。

汉景帝见状，便对身边的郅都道："快去救栗娘娘啊！"然而，令人意想不到的是，郅都却仿佛没有听到皇上的话一般，站着一动也不动。

汉景帝拔出宝剑便欲亲自去救栗妃。这时郅都不但动了，而且还说话了，他跪在地上劝道："陛下不可以千金之躯去冒险。死了一个栗妃不打紧，天下可以找到很多个栗妃，但陛下您只有一个啊，您可要为大汉的江山社稷着想啊！"

汉景帝最终没有以身犯险。栗妃也是福大命大，她一见野猪便吓昏了过去，而那野猪也没把她怎么样，溜达了一圈便扬长而去。

事后，太后特赏郅都百金以嘉奖其做法，而栗妃则对郅都深恶痛绝，总在汉景帝耳边吹风。汉景帝没有办法，为了心爱的女人，他只能委屈郅都到雁门关去吹吹山风了。

郅都风风火火地就任雁门关的太守后，把时常来捣乱的匈奴人打得屁滚尿流，不久便扬名雁门关。窦太后听说郅都的战绩后，便要求汉景帝把这样的人才调回朝中重用。于是，郅都又回到了阔别十年之久的长安，并上任中尉一职。

当了中尉后，郅都秉公执法，从不徇私舞弊，坚持法律面前人人平等，不管你是皇亲国戚，还是王侯重臣，总之，该怎么着就怎么着，从不含糊。也正是因为如此，他得了一个响当当的绰号——苍鹰。

此时，刘荣落到郅都手中，且不说郅都当年和刘荣的母亲栗妃有过仇怨，就算没有仇怨，刘荣破坏和亵渎大汉宗庙也是罪不可恕的。

就在刘荣万念俱灰时，一个人的出现让他仿佛又看到了生的希望。这个人便是他的老师魏其侯窦婴。

窦婴在朝中也算是风云人物，再加上他是窦太后的亲侄子，凡人都得给他三分面子。但是，他在这件事上却无能为力，唯一能做的就是带来了笔墨纸砚。

刘荣自然明白，他落入了"郅青天"手里，要想出去那是白日做梦。他悲伤地看着老师，泪水滑过他稚嫩的脸庞。师生俩相视无语，一切尽在不言中。

窦婴走后，刘荣不再迟疑，拿起笔墨纸砚，奋笔疾书，一篇血泪交织的《绝命书》一挥而就。写毕，悲愤交加的刘荣再无牵挂之情、眷恋之意，解下裤腰带，悬梁自尽了。

闻讯后的窦太后怒不可遏。刘荣毕竟是她的长孙，死得如此凄惨，如此悲凉，她能不悲痛交加吗？窦太后马上找到景帝，要他治郅都的罪，给自己一个交代。

开始，汉景帝有意包庇郅都，说他是个忠臣，只是秉公办事而已。窦太后听后大怒道："这么说来，我的孙子刘荣就是个奸臣了？我的孙子就白死了？"

几番周折，最后，汉景帝没辙了，只好挥泪把郅都送上了断头台。

接着，王娡采取了斩草除根的政策，在刘荣自杀后，又把利剑对准了冷宫里的栗妃。当然，要想除去栗妃并非一件容易的事，且看王娡是如何出招的吧。

第一招：下毒。

这一招简单实用，就是派人在栗妃吃的饭菜、喝的茶水中放毒。这样一来栗妃如果中毒而死，死无对证，可以神不知鬼不觉地除去栗妃，可谓成本低、风险小、见效快。

然而，人算不如天算，栗妃被打入冷宫后，却有一个侍女死心塌地地跟随着她。据说，这个侍女是为了"报恩"，至于恩从何而来，这是她们的私事，我们不必去做过多的调查。我们只要知道这个侍女在栗妃落难的时候，并没有抛弃主子就是了。

随后的事是这样，这位侍女在栗妃吃东西前"饭必尝、茶必喝"，王娡想下毒，根本就没门。当然，据说不甘心的王娡还花重金想去买通这名侍女，但侍女给她的回答干净利落、简单明了：对不起。

王娡一招不成，反而打草惊蛇，她知道事不宜迟，马上出了第二招：攻心。

兵法有云：攻城为下，攻心为上。王娡眼看暗的不行，便来明的了。她知道栗妃之所以在冷宫还能"心如止水"，无非是对自己的三个儿子还抱有很大的希望和幻想。大儿子刘荣虽然被废了太子一职，但好歹也还是个临江王（她尚未知晓刘荣自杀之事），而其他两个儿子也是王爷，留得青山在，不怕没柴烧，栗妃肯定对自己重回后宫当皇后充满希望。好，既然你认为你的儿子能救你出去，那我就告诉你一些你儿子的情况吧。

于是，那个为两小儿争梨而和栗妃打了一架的程妃出场了。事实证明，王娡精心挑选的人果然没错，那程妃提着点水果晃悠晃悠地去了一趟"冷宫"，美其名曰：探望栗妃娘娘。

随后的过程极为简单，程妃借探望之名告诉了栗妃她儿子在狱中畏罪自杀的事。栗妃一听，哇的一声，吐出一口血来。程妃还装模作样地对栗妃进行了一次急救，最后才含笑而去。

栗妃最终还是挺住了压力，并没有在噩耗中一气身亡。然而，不管怎样，刘荣的死对栗妃已是致命的打击。换句话说，她以前虽然身在冷宫，但心还是在皇后册封上。她认为汉景帝只是一时迁怒而已，等汉景帝消了气，她的儿子还是照样回京城来当太子，而她离她的皇后之梦也只是一步之遥。

然而，黄粱美梦，如此短暂。程妃的话无异于晴天霹雳，把她所有的梦想、所有的憧憬都击碎了。刘荣死了，意味着什么？意味着再也没有东山再起的机会了。哀莫大于心死，这一刻栗妃虽然还苟活着，但心已经死了。

栗妃以前之所以在冷宫中还能保持一颗平常心，无疑是把儿子刘荣视为最大的精神支柱，而这个精神支柱一旦倒塌，对她的打击是巨大的。栗妃在精神崩溃后，死亡离她已越来越近。不出几天，绝望的栗妃也悬梁自尽了。

第二章

七国叛乱的台前幕后

削藩，削藩

灭掉了栗妃和太子刘荣，王娡在这场后宫争夺战中取得了全面胜利。她和儿子刘彻登上皇后和太子的宝座看似已是指日可待了。然而，事情远没有这么简单，一个强大的对手倒下了，并不代表就没有其他对手了。

这时，一个人上京觐见景帝，目标直指太子之位。汉景帝一看来人，脸上煞白如纸，心里叹道："是福不是祸，是祸躲不过。该来的终归还是来了。"

这个令景帝脸色骤变的人正是他的弟弟梁王刘武。刘武之所以有如此底气，是因为他有护国之功。

功劳从何而来？这得从汉景帝继位之初的一场政治风暴——吴楚七国叛乱讲起。七国叛乱缘起汉景帝最宠爱的大臣晁错出台的"削藩策"。

晁错，是颖川人，在汉文帝时，他以善于属问而担任太常掌故。其间，晁错弃法从儒，奉命去济南跟随伏生学习《尚书》，接受儒家思想，他也因此逐渐成为中国第一批善于将儒学和法家相结合的政治家。学成归来后，被汉文帝任命为太子舍人、门大夫，不久迁升为博士，后来他又任命为太子家令，辅佐太子刘启。

在东宫，晁错和太子刘启一见如故，并被刘启亲切地称之为"智囊"。

在太子的帮助下，晁错多次向汉文帝上书，写下了四篇不朽的政论文——《言兵事疏》《守边劝农疏》《募民实塞疏》《论贵粟疏》。

匈奴人对中原一直虎视眈眈，弄得当时以和为贵的汉文帝大为头疼。正在施行"与民休息"政策的他，不愿与匈奴大动干戈，再起祸端。但是，如果总是忍气吞声，边境又会乱成一锅粥，无法收拾。

在这种战也不行，不战也不行的情况下，晁错站了出来，提出了"募民实边"的策略。汉文帝照着他的建议去做，果然，边境问题得到了很大改观。

公元前156年，刘启继位后，晁错一跃成为内史（掌民政之官）。他为人刚正，直言敢谏，为发展西汉经济和巩固汉政权制定并主持实施了许多政策。他在汉景帝面前一向知无不言，言无不尽，而汉景帝对他一直言听计从。《资治通鉴》中称："**时内史晁错数请间言事，辄听，宠幸倾九卿，法令多所更定。**"

一天，晁错上报的奏章中出现了"削藩策"三个大字，明确指出："今削之亦反，不削亦反。削之，其反亟，祸小；不削之，其反迟，祸大。"意思是早削晚削，诸侯都得反，早削的话，诸侯王反得早，但准备不充分，祸乱小；削得晚了，等诸侯王们准备充分了，祸乱更大。

晁错的"削藩策"直指吴王。那么，吴王又是何许人呢？

大汉朝从汉高祖刘邦建国时起，便开始分封诸侯王。到汉景帝时，全国分封的诸侯王共有二十多个，其中实力最强大的就是吴王。

吴王刘濞非等闲之辈。他是汉高祖刘邦的二哥刘仲的儿子。大汉刚立国时，刘邦封刘仲为代王。后来，匈奴进攻代国，软弱无能的刘仲吓得屁滚尿流，来了个"弃国而逃"，一时成了天下闻名的"刘跑跑"。对此，刘邦大为恼火，认为二哥丢了他刘氏的脸，于是废其王位，降为合阳侯。

再后来，淮南王英布造反，刘邦带兵亲征，刘仲刚满二十岁的儿子刘濞为了替父亲立功赎罪，主动请缨随刘邦出征。在征战过程中，刘濞一马当先，英勇善战，立下了赫赫战功。对此，刘邦大为赞赏，封刘濞为吴王，让他管辖沿海富裕的三郡五十三城。

刘邦刚把王印交给刘濞就后悔了，因为京城中一位有名的相士说了这样一句话："刘濞后脑有反骨，日后必反。"

对此，刘邦又惊又骇。他想收回封给刘濞的王印，但君无戏言，封出的王就如泼出去的水，不能随便收回。再说刘濞不但无过，而且还有功，仅仅因为相士的一句话就撤他的职也不妥。

暂时不好来硬的，刘邦只好来软的。一次，刘濞来京城朝觐，刘邦对他表现得很亲昵，一方面好酒好菜招待着，一方面嘘寒问暖。

正在刘濞感动得一塌糊涂时，刘邦不失时机地"亮剑"了。他拍着刘濞的肩膀，喃喃地说："你可有造反的面相啊。"

刘濞一听很惊愕，头摇得像拨浪鼓，明确表示自己听不懂。刘邦也不再拐弯抹角，直言不讳道："有谶语说，汉五十年东南方向有叛乱者，不知道会不会与你有关啊。"

刘濞一听，一边跪地磕头，一边发誓："臣虽肝脑涂地，亦不能报答您的恩情。臣万死不辞，亦不会做出大逆不道之举。"

刘邦一听，悬着的心终于放下了。亲不亲，一家人，骨肉相连，血脉相连，他想刘濞就算吃了熊心豹子胆也不会谋逆吧。

然而，刘邦虽然棋高一着，但他不会料到自己还是百密一疏，被刘濞的一面之词所惑，忘了誓言只不过是美丽的谎言，忘了流言也有成真的时候。

刘邦在世时，刘濞不敢轻举妄动。刘邦死后，刘濞开始有所作为了。

都说饱暖思淫欲，已富甲一方的刘濞不但思淫欲，而且还思权欲，他已不满足仅在一方为王了。加之他儿子刘贤入京朝觐时，和当时还是太子的刘启因为"赛棋"（一种智力游戏）发生了争执。争执到最后双方都骑虎难下。恼怒之下，刘启拿起棋盘对准刘贤的头就是一招"泰山压顶"，刘贤倒下后就没有再站起来。

对儿子的死，刘濞很生气，从此他再也没有入京，吴国和朝廷的关系也进入了长久的"冷战"阶段。刘濞开始大规模铸钱、煮盐和养兵。前两者都是经济发展的需要，后者是自卫的需要。

汉景帝上任后，双方关系进一步恶化。冤有头债有主，刘濞心中的疙瘩如蚕蛹吐丝般越结越大。

对此，晁错看在眼里，急在心里，他主动站出来，上奏汉景帝道："若再放任刘濞等诸侯王这样下去，各诸侯国的实力将越来越强，如此割据一方，大有分裂国家的迹象，只有削夺他们的封地，才能维护朝廷的统治。"

汉景帝早已对刘濞长年累月的"因病不能上京朝觐"的借口深感不满了，此时晁错的提议正合他意。但是，削藩是大事，他也不敢擅自做主。于是，马上召集朝中重臣前来商议。

当景帝询问众臣的意见时，众人的嘴巴都像贴了膏药似的，没有一人敢吭声。如此冷场让景帝有点难堪。

良久，晁错正想说"大家既然不反对那就是默认"时，人群中走出来一个人，英气逼人，正是窦婴。

窦婴是窦太后的亲侄子，虽说此时他还是个詹事小官，但因为有"政治背景"，所以，他的话自然很有分量了。众人屏气凝神，准备听听窦婴的高见，但窦婴只有短短的一句话："臣认为这样削藩不妥。"

说完这句话，窦婴再无多言。众人伸长了脖子张大了嘴等了半天，也不见下文。但是，就是这样淡淡的一句话，却告诉众人一个事实，那就是皇太后的亲侄子反对削藩。

晁错虽然有汉景帝的恩宠，但面对背景非同一般的窦婴，也不敢贸然力争。结果可想而知，因为窦婴这句无头无尾的话，削藩一事就此打住。

削藩的计划虽然暂时被搁浅，但想干一番大事业、轰轰烈烈过一生的晁错并没有灰心，相反，他时刻准备着。都说机会是留给有准备的人的，这话一点也不假。不久，晁错苦苦等待的机会终于降临了。

斩晁错，可平乱

汉景帝三年（公元前 154 年）的冬天，楚王刘戊顶着凛冽的寒风，来京觐见天子。每年按时入京觐见皇上，是每位诸侯王必须交的"家庭作业"。然而，刘戊不会知道，他这次入京，竟点燃了中国历史上著名的"七国叛乱"的导火线。

刘戊是汉景帝的堂弟，他的祖父是元王刘交。刘交在楚地称王二十多年，重用名士穆生、白生、申公三人，一时间国泰民安。刘交死后，儿子刘郢继承了他的王位，仍然重用这三位名士，依然国泰民安。刘郢去世后，儿子刘戊继位。刘戊却是个贪酒好色、胸无大志之辈，一上任便不把三位"老古董"放在眼里。穆生、白生、申公三人在相劝无效的情况下，先后告老还乡。

没了三老的约束，刘戊变得更加放荡起来。汉景帝刚继位不久，薄太后便一命呜呼，全国一片哀悼，但刘戊却依然过着声色犬马的放纵生活，仿佛一切与自己无关。

若要人不知，除非己莫为。刘戊的一举一动没有逃过晁错的火眼金睛。此时刘戊千里迢迢来上朝，正是晁错表现的大好时机。

机不可失，时不再来。晁错当机立断，马上向汉景帝打了一个小报告：

薄太后丧葬期间，刘戊与人通奸，依律当斩。

汉景帝接到报告后却很为难，这通奸一罪，说大则大，说小则小，怎么处置刘戊令他十分头疼。权衡利弊，念手足之情，汉景帝免了他的死罪，只削夺了他楚国的东海郡作为惩罚。

之后，汉景帝听取晁错的建议，决定大张旗鼓地进行削藩政策。

削藩令一出，诸侯们都恐惧不已，一时间舆论大哗。而晁错远在颍川的老父亲听说此事后，紧忙赶往长安，劝说道："皇帝刚刚继位，你怎么能侵削诸国，离间骨肉，你到底想干什么？"

晁错却坚定地说："我做得没错，不如此，天子就没有尊严，宗庙就不安。"

晁错的父亲见他如此倔强，于是悲哀地说："汉家安，而晁氏必危，我已经能预见你的死亡了！"是夜，他服毒而死，临死前说了这样一句话："我没有胆量看着家族灭亡。"

最终，晁错的父亲一语成谶，诚为悲也。

晁错初试牛刀，刘戊光荣地成了削藩的奠基石。首战告捷后，晁错再接再厉，不顾来自朝廷和家人的阻力，他找了点芝麻大的小罪过，鼓动汉景帝削去了赵王刘遂的常山郡，然后又以"卖爵罪"削去了胶西王刘卬的六个县。

就在晁错准备大刀阔斧地削藩时，刘濞不干了。他认为与其这样坐以待毙，倒不如豁出去了。他心一横，决定造反。

要造反，就得联合众王。思来想去，刘濞把首选的目标停留在了胶西王刘卬身上。刘卬刚刚被削了封地，他的一口怨气正没处发，此时正好可以火上浇油。而且刘卬素来勇猛，敢作敢为，是典型的"武力派"，找到他就等于找到了一个好帮手。

打定主意后，刘濞派中大夫应高去胶西说服刘卬。到了胶西，必要的客套过后，应高马上来了个单刀直入："吴王贵为一方诸侯，如今却心事重重。我们都是一家人，所以，吴王特派我来跟您说说他的心事。"

"洗耳恭听。"刘卬道。

"吴王身体一向不好，不能朝见天子已经有二十多年了，他常常害怕受到朝廷的猜疑，却又不能把个中缘由解释清楚。为此，吴王只能节衣缩食，小心做事，唯恐有半分不是。"应高说着，顿了顿，随后话锋一转，"当今天子宠爱庸臣晁错，听从他的谗言擅改法律，侵削各诸侯王的领地，征收各种苛捐杂税。你们胶西国素来对朝廷忠心耿耿，却被平白无故地削了封地，今天是削地，明天说不定就'削头'了。不知道大王有没有这样的顾虑呢？"

"知我者，谓我心忧；不知我者，谓我何求。吴王真是我的知己啊！"刘卬长叹一声，"你有什么好办法吗？"

应高等的就是这句话。他当即脸一板，义正词严地说道："俗话说'先发者制人，后发者制于人'。与其这样坐以待毙，倒不如先下手为强。吴王此番叫我来，就是请大王一起出兵的。"应高终于亮出了底牌。

"万万不可啊！身为人臣，怎么能做出这样大逆不道的事呢？"事实证明，刘卬别的本事没有，但作秀的本事却和刘邦有一拼。他其实早已心动，但必要的过场还是要走的。这样一来，可以试探吴王的可靠性，二来成与不成都给自己留了台阶下。

应高没有直接回答刘卬的话，而是谈起了前不久天空出现百年难遇的彗星，以及天下蝗虫四起这两件事。凡是天下发生大事前，都会出现一些不祥的征兆。刘卬自然知道应高话里的意思。

眼见刘卬还是隐而不发，应高使出了撒手锏："御史大夫晁错蛊惑天子，削藩夺地，天下诸侯都有反叛之意。现在吴王已做好了充分的准备，只等大王一句话，吴王便可立即发兵直取函谷关，守住荥阳这个军事要地，占领敖仓的粮道。等大王兵马一到，共同进军长安，天下唾手可得。那时，大王与楚王共分天下，岂不美哉？"

话说到这里，已经足够了，刘印等的就是这样一句承诺。应高已经顺利完成了自己的使命。接下来，就看刘印的表现了。

刘印办事雷厉风行，毫不含糊。他定下来的事都是铁板钉钉，九头牛也拉不回来的。他不顾手下重臣的坚决反对，义无反顾地走上了反汉的道路。他不但自己上了贼船，还主动联系了齐、菑川、胶东等国。

就在吴王刘濞和胶西王刘印各自忙碌准备起兵时，削吴国会稽、豫章郡的"削藩书"送到了刘濞手上。他不用再等什么了，也不用再找什么借口，一万个理由太多，只要这份"削藩书"就足够了。

春风吹，战鼓擂。刘濞联合楚王刘戊、赵王刘遂、胶西王刘印、胶东王刘雄渠、菑川王刘贤、济南王刘辟光共七国，率二十万大军，以"诛晁错，清君侧"为口号，高举反汉大旗，从广陵（今江苏省扬州市）向最近的梁国进军。一场"七国之乱"就这样拉开了序幕。

汉景帝听说七国叛乱后，急得像热锅上的蚂蚁，于是召来罪魁祸首晁错询问对敌良策。晁错似乎早已胸有成竹，他自信满满地说了八个字："兵来将挡，水来土掩。"

汉景帝问："那派谁出征呢？"

晁错答："天子若亲率大军去平乱，叛军一定闻风丧胆，不战自溃。"

如果是在平时，晁错这样拍汉景帝的马屁，汉景帝自然会很受用，但此时的汉景帝已被七国叛乱的声势吓倒，岂是几句甜言蜜语就能蒙骗的？

汉景帝反问道："朕如果亲征，京城由谁来把守？"

汉景帝的意思已经很明确了，他是堂堂一国之主，怎么能够亲自出征冒险呢？万一他有个三长两短，这大汉岂不是要亡国了？可惜当时的晁错对自己太过自信，他连想都没想，便接道："陛下亲自去出征，微臣愿守京城。"

汉景帝的心一下子掉进了冰窟窿，他多么希望晁错说"微臣愿带兵出征，陛下在京城静候佳音便是"。汉景帝平时最信任晁错，况且这次七国叛乱又是因他而起，关键时刻他应该主动站出来挑大梁帮汉景帝分忧才对。现在竟然让景帝冒死亲征，简直太不像话了。于是，汉景帝破天荒地没有采纳晁错的建议，并且对晁错的人品产生了怀疑。

就在汉景帝焦头烂额时，他突然想起了父皇的遗言："天下有变，可用周亚夫为将。"于是，周亚夫被汉景帝直接提升为太尉，成了"平乱大元帅"。

接下来，周亚夫率军攻打吴、楚这一路叛军主力部队；郦寄攻打赵国；栾布率兵攻打齐国；窦婴驻扎荥阳，一来为监军，二来可随机应变，出兵支援。

就在汉景帝派出四路大军，焦急等待战报时，朝中走出来一个人，对汉景帝说了这样一句话："臣有一计，不用一兵一卒一刀一枪，便可平定七国之乱。"

不战而屈人之兵，这何尝不是景帝最想要的结果？景帝仔细打量来人，原来是朝中的另一位牛人——袁盎。那么，此人又是什么来头呢？

袁盎和项羽一样，也是楚人。他的父亲名声极坏，是鸡鸣狗盗之辈，但是，"贼二代"袁盎并没有重蹈父亲的覆辙，继续当贼，而是改邪归正。他先是在红极一时的"吕氏家族"的重量级人物吕禄手下打工，尽管只是毫不起眼的舍人，但袁盎却毫无怨言，干得勤勤恳恳，兢兢业业。

然而，随着吕氏家族一夜之间倒台，他也失业了。袁盎选择的第二任老板是刘恒。当时的刘恒还没有当皇帝，是雄踞一方的代王。袁盎不远千里投奔，不但给刘恒增强了信心，而且还及时给他带来了朝廷的最新动态。刘恒被推上皇帝宝座后，没有忘了袁盎，给了他一个郎中（侍从官）的职务。

对此，袁盎并不满足。他通过几次精心策划的谏言，让刘恒对自己另眼相看，器重有加。随后，袁盎的仕途平步青云，扶摇直上。到景帝时，他已官至御史大夫，跨入了朝中的"三公"之列，成了举足轻重的人物。

此时，汉景帝已被造反的寒风吹得头疼心疼哪里都疼，见了袁盎就像抓住了一根救命稻草般，直问他有什么好办法能解七国之乱。

袁盎的回答只有六个字："斩晁错，可平乱。"他的意思很明确，七国之乱是晁错的削藩惹起的，解铃还须系铃人，斩了晁错叛乱自然便会平息了。

一语惊醒梦中人。然而，如果真要斩了晁错，景帝又有些不舍，毕竟他在自己还是太子时就跟随左右，是恩师也是谋士。斩，有弑师之嫌；不斩，又如何平乱？

斩还是不斩，这是个问题。

袁盎见汉景帝还在犹豫，再次劝道："臣听说吴、楚等诸侯联手，是因为晁错擅作主张削减王侯的封地，危及整个刘氏江山。他们起兵无非是想诛杀晁错，要回原本属于自己的封地。如果陛下能将晁错斩首，再赦免吴、楚各国，让他们各归各国，他们必定罢兵谢罪，对陛下您感恩戴德，不敢再生反叛之心。如此天下太平，百姓安居。陛下怎可因为一个人而误了天下呢？"

形势逼人，形势迫人，形势压人。汉景帝默然良久，决绝地说道："我不会因为爱重一个人，就弃天下百姓于不顾的。"《史记·吴王濞列传》中记载："**顾诚何如，吾不爱一人谢天下。**"

不久，丞相陶青、廷尉张欧、中尉陈嘉联名上了一封弹劾晁错的奏章，指责晁错提出由景帝亲征、自己留守长安以及作战初期可以放弃一些地方的主张，是"无臣子之礼，大逆无道"，应该把晁错腰斩，并杀他全家。

汉景帝为了求得一时苟安，不顾多年与晁错的情谊，昧着良心，批准了这道奏章。这时，晁错本人还完全被蒙在鼓里呢！

汉景帝派中尉到晁错家传达皇命，骗晁错说让他上朝议事。晁错穿上朝服，跟着中尉上车走了。车马经过长安东市，中尉停车，忽然拿出诏书，向晁错宣读。忠心耿耿为汉家天下操劳的晁错，就这样被当街腰斩了。忠臣无罪，惨遭杀害，这真是一个悲剧啊！

"诛晁错，清君侧"这是七国之乱的时候打出的造反的旗号。后世造反差不多也是打着这样的旗号，比如，安禄山打的就是"诛杨国忠"。有人说杨国忠该死，但晁错不该死，他的死完全是因为汉景帝推卸责任，或者是卸磨杀驴。但事实远非如此。晁错被杀是诸多因素综合造成的。

第一，晁错在性格上有缺陷。

他的性格表现出法家思想对他的影响。据史书记载，晁错"为人峭直刻深"，具体来说就是：严厉、正直、苛刻、心狠。而这样的性格注定了晁错孤僻而不合群的行为举动。

晁错太过"另类"，又有汉景帝的宠信，朝臣们对他又嫉妒又害怕。当时朝中有名望的大臣如丞相申屠嘉、外戚窦婴、重臣袁盎都和他结怨。

所谓"枪打出头鸟""出头的椽子先烂"，晁错年轻气盛，恃宠而骄，根本不在乎同僚们对他的敌对态度，依旧我行我素，很快就授人以柄，惹来了麻烦。

为了上街方便，晁错曾擅自把太上皇庙边的一块短墙给拆除了，这在当时可是砍头的大罪。申屠嘉抓住这一机会立刻安排人写奏章，想弹劾晁错，借机除掉他。

好在晁错消息灵通，他听到消息后，连夜进宫去向汉景帝求助。第二天，申屠嘉呈上奏章，请求治罪于晁错，结果汉景帝却轻描淡写地说："这事是我批准的，丞相不必多心。"申屠嘉下朝，后悔地说："我应该先斩后奏，却先奏请，反被这小子出卖！"回家后愤怒交加，他气得旧病复发，不久就撒手人寰。

此事之后，晁错在宫中的地位节节攀升，炙手可热。然而，申屠嘉的死也极大地加剧了晁错与朝廷保守势力之间的矛盾。

袁盎和申屠嘉关系很好。他素来看不惯晁错，《史记·袁盎晁错列传》记载："盎素不好晁错，晁错所居坐，盎去；盎坐，错亦去：两人未尝同堂语。"申屠嘉之死进一步加剧了他们之间的矛盾。

晁错也没有放弃打压袁盎，削藩前，他先派人调查袁盎接受吴王贿赂的事，后来证据确凿，袁盎应被下狱治罪。好在汉景帝宽恕了袁盎，只将其降为平民。七国叛乱后，晁错不是急于谋划应对叛乱，而是想借机先对付袁盎，连他的手下都极力反对。袁盎听闻后，马上予以反击，他连夜通过窦婴牵线，觐见汉景帝，说七国作乱，皆因晁错而起，鼓动汉景帝诛杀他。最终让晁错走上了不归路。

为了早点平息七国叛乱，汉景帝忍痛诛杀了晁错。

第二，晁错在政治上有短板。

除了自身性格原因导致树敌太多外，晁错之死最深层的原因是政治考量的需要——他的死迎合了汉景帝统治管理、稳定政权的需要。换而言之，削藩成或者败，晁错的结局都是一样的。因为从他推行削藩之日起，就成了汉景帝用来统一中央集权、稳固西汉政权的"砝码"和"替罪羊"。

要知道，削藩势必造成骨肉相残，与统治者标榜的"仁治"相冲突。汉景帝自然知道这一点，晁错提出削藩，正好给了汉景帝武力清除诸侯国威胁的借口。

"顾诚何如，吾不爱一人谢天下。"——为了天下平安，舍弃一个晁错算得了什么？诚为悲也。

名将周亚夫

汉景帝挥泪斩晁错后,马上封袁盎为"和平大使",去吴国进行"议和"谈判。然而,事情远没有这么简单,刘濞的野心不仅仅是斩了晁错就能满足的,他要的是整个天下。因此,面对带来"喜报"的袁盎,刘濞表面上喜不自胜,但内心却是拒绝的,直接把他软禁了起来。刘濞知道他是个人才,想任他为大将,但遭到了袁盎的拒绝。于是刘濞决定斩了这个不识时务的袁盎,幸亏袁盎得贵人相助,连夜逃了出来,捡回了一条小命。

用牺牲晁错和恢复被削封地的妥协办法没能使吴、楚等七国退兵,汉景帝只好坚决使用军事手段来平定叛乱了。二月中,汉景帝下了一道诏书,号召将士奋力杀敌,同时下令严惩参加叛乱的官吏,从而鼓舞了汉军士气。

汉景帝此时对"平乱大元帅"周亚夫下达了总攻令。早已严阵以待的周亚夫接到景帝的命令后,经蓝田出武关,迅速向军事重地荥阳进军。

而此时,吴、楚两国联军已把梁国围得水泄不通。梁国的军事要地棘壁(今河南省永城一带)也被吴、楚叛军攻克。梁王刘武只好死守睢阳(今河南省商丘市)。得知周亚夫的军队到了荥阳后,刘武自然想抓住这根救命稻草了，于是派人去向周亚夫求救。

但是，令人颇感意外的是，周亚夫居然对刘武的求救不予理睬，一副事不关己，高高挂起的姿态。

眼看自己一封封的"求救信"都如泥牛入海，杳无音信，刘武急得像热锅上的蚂蚁。最后没办法了，他只好改变方式，直接派人送信到长安给景帝。

汉景帝接到刘武的求救信后，马上让周亚夫速去救援梁王，不得有误。

事实证明，周亚夫就是周亚夫，他的所作所为就是和常人不一样。接到汉景帝的圣旨后，他非但没有进军，反而来了个退军，公然置杀头之罪于不顾，向昌邑（今山东省巨野南）后撤。到了昌邑后，他便筑垒自守，像一只缩头乌龟一样，躲在那里再也不出来了。汉景帝的"进军令"和梁王的告急书如雪花般飞过来，周亚夫都视而不见。

周亚夫之所以这样做，是战略部署的需要。他已打定主意，**"楚兵剽轻，难与争锋。愿以梁委之，绝其粮道，乃可制。"**（《史记·绛侯周勃世家》）楚兵行动快速且勇猛，恐怕难以与他们正面交战。只能通过舍弃梁国的方式，放任敌军进攻，再去断绝他们的粮草，才能把他们制服。

因此，他的目光不是停留在被刘濞等七国联军包围的睢阳，而是紧紧盯着荥阳。荥阳一地太重要了，项羽和刘邦长达四年的楚汉之争，说白了就是围绕荥阳争来争去，最后得荥阳者也得了天下。

于是，周亚夫目标直指荥阳。当然，他并没有走正常的行军路线，用直达的方式去荥阳，而是以迂回的方式绕道右行，走蓝田，出武关，至洛阳，入武库，最后成功抵达荥阳。从而，把这个军事要地牢牢地控制在了汉军手里。

既然荥阳这么重要，是兵家必争之地，为何先发制人的刘濞不先下手为强呢？

事实上，刘濞举兵时，他手下一员年轻且富有朝气的将领桓将军便这样劝过他。桓将军说吴国步兵多，擅长在崎岖的险恶之地作战；汉军骑兵多，擅长在宽广的平原之地作战。他劝刘濞应扬长避短，在行军过程中，绕开本应经过的城市一直向西前进，以迅雷不及掩耳之势迅速夺取武器库，霸占敖仓的粮道，占领荥阳。这样进可攻退可守，以此号令天下诸侯，大事可成也。

应该说桓将军的建议和周亚夫的战略思想不谋而合。然而，刘濞在征求一些老将的意见时，众人都以"一个乳臭未干的小子懂什么兵法"为由投了反对票。最终，刘濞也认为攻城拔寨方显英雄本色，于是率兵在梁国一座城一座城地攻打。他的努力也没有白费，至少效果显著。梁国除了睢阳这个刘武的老窝，其他重城，包括军事要地棘壁都已丢失。

周亚夫占领荥阳后，为了避免与刘濞叛军发生正面冲突，故意退守昌邑，迷惑刘濞。同时，周亚夫悄悄派出了一支由弓高侯韩颓当率领的精锐部队迂回敌后，深入吴楚联军的空虚后方，展开了"破粮行动"。

粮草被毁，后知后觉的刘濞终于幡然醒悟，明白自己犯了严重的军事路线错误。然而，世上没有后悔药可吃，这时候，就算他有三头六臂，也无法挽回颓势了。垂死挣扎的刘濞继续猛攻睢阳城未果，决定孤注一掷，去昌邑找周亚夫进行生死大决战。

此时的周亚夫已经是稳操胜券，选择了避战。对刘濞的猛攻，他严防死守。就这样，刘濞强攻数日非但没有丝毫进展，反而损兵折将。眼看这样下去不是办法，力求速战速决的刘濞来了个半夜劫营。

是夜，他率领大军出发了，目标直指周亚夫的大本营。一切看似出奇的顺利，敌人营帐前静悄悄的，连个哨兵都没有。

"真是天助我也！"刘濞心中一喜，"这回非要把周亚夫这个老匹夫碎尸万段才解恨。"刘濞手一挥，吴楚联军如秋风扫落叶般冲进了周亚夫的大营。然而，他们的欢喜很快就成了竹篮子打水一场空，因为进来之后，他们才发现偌大的一座敌营里竟然空空如也，没有一个人影。

刘濞再傻也明白是怎么回事了，赶紧下令撤军。这时候，周亚夫一声令下，汉军从四面八方涌出来，慌乱中的吴楚联军只有挨宰的份儿了。

前进无路，后退无门，军中已断粮，吴楚联军陷入了进退两难的尴尬局面。周亚夫眼看时机已到，率军和吴楚联军展开了决战。结果毫无悬念，吴楚联军兵败如山倒。

眼看战局无法挽回，刘濞没有坐以待毙，而是选择了三十六计——走为上计。他只带了儿子刘驹和几千亲卫军连夜逃走，剩下十多万吴楚联军只能作鸟兽散了。

刘濞父子成了丧家之犬，四处逃窜时，却发现天下之大，竟已无容身之处。好在天无绝人之路，正在他惊慌失措时，东越王向他抛来了橄榄枝。刘濞几乎连想都没想就朝东越去了。

东越即东瓯，公元前192年，汉惠帝曾封东越君长摇为东海王，王位世袭。吴、越两国因为是近邻，关系向来很好。吴王发兵反叛时，东越王还发了一万人马相助，用东越王的话说，人虽然少了点，但礼轻情意重，仅表寸心。

而此时，作为败军之将，东越王竟然不嫌弃自己，这令刘濞很感动。他马不停蹄地赶到东越国，一见东越王的面，却发现他的脸冷得像寒冬的雪，一双眼睛像刀子般盯着自己。

当长矛刺入身体时，一股凉意涌上刘濞的心头。他发现原来人世间根本就没有真正的情意，在利益面前，情意不值一提，什么友情，什么海誓山盟都抵不过功名利禄，荣华富贵。可惜他明白得太晚了。对一个败军之将来说，不成功，便成仁。

无论刘濞是否心甘情愿，总之，他的人生就这样走到了尽头。他挥一挥衣袖，留下了壮志未酬的遗憾。

一号主谋刘濞死了，二号主谋楚王刘戊也只有三十六计，逃为上计。周亚夫不是等闲之辈，他将"诡道十二法"进行到底，使出了"能而示之不能，用而示之不用"这一招，对刘戊采取只追不打、只围不歼的高级战略。最终，刘戊战又不能战，退又不能退，只能以自杀的方式结束了自己的一生。

接下来，胶东王刘雄渠、菑川王刘贤、济南王刘辟光、胶西王刘卬在走投无路的情况下都自尽而亡。只有赵王刘遂的政治觉悟迟钝些，还做无用功，拼死抵抗了一段日子，最后在孤立无援中兵败自杀。齐孝王刘将闾最后也喝了毒酒，走上了黄泉路。

造反只三月，万事皆成空。吴王刘濞主导的声势浩大的七国之乱，为何只经历了短短三个月时间，就匆匆落幕了呢？笔者认为有两个原因。

一是吴王刘濞不得人心。

要知道，从战国时期开始，天下就一直不太平，诸侯之间相互攻伐，打了几百年，老百姓盼着秦始皇这一位英雄统一六国后，能够结束战争。然而，秦始皇在歼灭六国一统天下后依然嗜武，对外继续用兵，北击匈奴和南攻百越让天下百姓苦不堪言，难以承受。

于是，很快就爆发了大规模的农民战争——陈胜吴广起义。接着，又是长达四年的楚汉战争，天下百姓一直处于水深火热之中。

汉高祖刘邦即位以后，虽然没有发动全国性的战争，一些小战争还是连续不断，直到汉文帝即位以后才消停。此时老百姓终于过上了安稳的日子，但这种日子才过了几十年，吴王刘濞又开始捣乱，老百姓自然不愿意，因为他们从心里渴望和平。

因此，吴王刘濞从叛乱开始便注定不得人心，没有民众的支持，这是他最终走向失败的原因之一。

二是吴王刘濞不懂战略。

刘濞显然不懂兵法，他不但缺乏战略眼光，而且还刚愎自用，他不听手下年轻将领的建议，觉得自己活了半辈子，吃的盐都比他们吃的饭多，少年将领的话不足为信。

要知道，荥阳、洛阳在冷兵器时代向来是兵家必争的军事要地，刘濞看不到荥阳、洛阳有多重要，没有及时占领。因此，最终走向失败也是必然结果。

值得一提的是，汉景帝在平息吴楚七国叛乱之后，趁机在政治上做了一番改革，一是下令诸侯王不得继续治理封国，而是由皇帝派去的官吏治理。《汉书·百官公卿表》中记载："**令诸侯王不得复治国，天子为置吏。**"二是改革诸侯国的官制，改丞相为相，裁去御史大夫等大部分官吏。如此一来，诸侯王失去了政治权力，仅得租税而已，力量被大大地削弱了。

梁王的野心

大难不死，必有后福。坚守睢阳的刘武在保全自己的同时，也保住了大汉江山。事后，汉景帝论功行赏，给了刘武两项特别嘉奖：一是把刘武的待遇提高到和自己并肩的地步——允许他使用天子旌旗；二是把刘武的安保提高到和自己等同的地步——拨给他战车一千辆，骑兵一万人，用作私人警卫。

对此，自恃劳苦功高的刘武没有半点谦让之意，不但全盘接下了汉景帝的赏赐，而且还做了两件"时不我待"的事。

第一件事：刘武斥巨资修建了一座大花园，美其名曰兔园（又称梁园），专门供自己享乐。据说，园内亭台轩榭气势恢宏，池塘水溪相映成趣，花草树木错落有致，奇珍异品目不暇接，美酒佳人数不胜数……刘武有时一整天泡在其中，乐在其中，醉在其中，不知今夕是何夕。

第二件事：刘武开始不满足于只当个梁王，他的欲望开始膨胀，对权力达到了如饥似渴的地步。为此，他专门拉拢一些名人异士，如公孙诡、羊胜、邹阳、枚乘、严忌、司马相如等，表面上是求学、解惑、受业，实际上是问计、密谋……刘武通过人才战术进一步壮大了自己的势力。

正在这时，从长安传来了汉景帝废黜太子刘荣的消息。刘武马上召集自己智囊团中最重要的"双子星座"——公孙诡和羊胜——召开了一次紧急会议。

"皇上这步弃棋筋（指废太子）实在让人看不懂啊。"刘武故作玄虚。

"棋之精髓，高者在腹。皇上弃一子，乃是一招苦肉计，是为了全盘着想。"公孙诡道。

"一着不慎，满盘皆输，皇上这一招苦肉计未免太苦了……"刘武说。

"苦乎哉，不苦也。"羊胜接着说道，"棋筋既然可弃，那就说明这不是真正的棋筋，而是鸡肋。鸡肋食之无味，弃之可惜。废太子刘荣正是这鸡肋也。"

"哦，如此说来这真正的棋筋又在哪儿呢？"刘武问。

公孙诡和羊胜闻言笑而不答，直勾勾地看着刘武。刘武低头朝自己看了看，并无衣冠不整，心中很是纳闷，不解地问："你们两个这是在看什么？"

"我们在看棋筋呀。"两人笑道。

"棋筋在哪儿？"刘武问。

"远在天边，近在眼前。"公孙诡和羊胜两人异口同声说道。

"啊……"刘武睁大了双眼，轻叹道："我何德何能，你们却把我比作棋筋？"

"我看大王比棋筋绰绰有余。您有平定七国叛乱之功，这关系到江山社稷，国家命脉。您还拥有天下独一无二的绝世王牌……"眼看两人没完没了地说着这些晦涩之词，刘武直接打断道："行，行，你们就别打哑谜了，我知道你们想说什么，无非就是想让我去竞聘太子一职。直说就是，干吗这么拐弯抹角的？"

就这样，刘武被说服后，马上进京拜谒窦太后，然后说出了自己内心的想法。窦太后一听，想都没想就答应了小儿子的请求。

梁王刘武进京，汉景帝自然也很高兴，专门为他举行了夜宴。这时，七国之乱前，拜谒窦太后、汉景帝宴请刘武的场景历历在目。当时参加宴会的都是刘氏宗族的嫡系亲人，因此气氛十分融洽。酒过三巡，菜过五味，窦太后握着汉景帝的手，说了这样一句话："商人亲其兄弟。周人尊其祖先，道理其实都一样。我百年之后，梁王就托付给你了。"

面对窦太后这一出"夜宴托孤"，汉景帝显然毫无思想准备。他的第一反应是震惊，立刻跪于座席下，承诺道："儿臣谨遵母命，千秋之后定当传位于弟弟。"

窦太后一听，甚是高兴，心里暗想："如果我所生的两个儿子都能当上皇帝，那也是千古美谈……"

"万万不可。"一句坚定冷漠的声音，把窦太后唤回了现实。她抬起头来，见自己的内侄窦婴端起一杯酒走到汉景帝面前：

"陛下喝高了，说醉话了，陛下的天下是高祖传下来的天下，是大汉王朝的天下。帝位传给皇子是祖制，不能更改，陛下怎么可以传位给梁王呢？王子犯法与庶民同罪，陛下虽然有口无心，但说错话了，还是该罚一杯啊。"

汉景帝本来就是碍于窦太后的颜面，才许下了立位于弟的誓言，正懊恼于说错的话如泼出去的水收不回来了，看到窦婴主动帮自己解了围，便顺势头一扬，喝干了杯中酒，自嘲道："酒不醉人人自醉，该罚该罚，哈哈……"

窦婴一搅局，窦太后很生气。她强坐了一会儿，便来了个拂袖而去。经过这段插曲，在场之人都感到尴尬，这场夜宴便不欢而散了。

窦婴平日本来就嫌自己官卑位微，此时知道得罪了姑母，在朝中再无立足之地，于是以"身体有恙"为由主动辞职，告老回乡去了。对此，窦太后仍不解恨，她将窦婴开除祖籍，并令他永不得上朝。

汉景帝含糊地对刘武说道："皇弟啊，朕很想立你为太子，但皇储关系到国家之根本，不是朕一个人就能决定的，还得召开立储大会，征得朝中众臣的同意才行啊！"

汉景帝的忽悠功夫也是一流的。他的目的很明确，就是用时间来拖垮刘武。

刘武等啊等啊，一晃来京城的法定朝见日期就要满了，还未见汉景帝有开会之意。明白过来的刘武马上跑到窦太后那里哭诉。

窦太后还在为上次夜宴的事耿耿于怀。她给刘武打气道："皇儿啊，这立太子一事，你阿哥不给你一个明确的答复，你就赖在这里不回封国，看他能把你怎么样。"

刘武有了窦太后这个坚强的后盾，胆子大了，信心足了。于是，他决定赖在京城不走了。

汉景帝本来以为等刘武回了封国，自己随口而出的承诺便可以不了了之了，但事情的发展却出乎他的意料，他低估了刘武脸皮的厚度。有太后在背后撑腰，他又不好治刘武的罪，于是只好召开立储大会，利用众臣之口，彻底推翻自己的酒后戏言。

就在汉景帝与刘武周旋时，王娡也没有闲着。自从刘武横空出世后，她才知道相对于不堪一击的栗妃，刘武才是真正强劲的对手。

为了战胜刘武，王娡效仿当年的吕后，带着儿子刘彻一一拜访了朝中重臣。因为周亚夫在七国叛乱中立下了赫赫战功，此时已位居丞相一职，所以王娡便从他开始，先后拜访了御史大夫袁盎、建陵侯卫绾、弓高侯韩颓当、谏议大夫张羽、中郎将灌夫，等等。

这些朝中重臣都是正义之人，他们中有的人虽然对王娡并无好感，但对汉景帝传位于弟之事却都持反对意见。汉朝的规矩是父传子，哪有兄传弟的？

　　果然，在立储大会上，以袁盎为首的"众臣评审团"以于情不合、于理不通、于法不符三点理由，一致反对立刘武为储君。

　　这正是汉景帝想要的结果。看着激动的众臣，他心中暗喜。最后，汉景帝无奈地长叹一声，淡淡地说道："看来我只能听大伙儿的了。"

　　但是，这可不是窦太后想要的结果。她怒气冲冲地说道："凭什么叫我听大伙儿的？"

　　窦太后对这次立储大会的结论不服，要求重新来过。对此，颇具政治智慧的汉景帝没有直接和太后对着干，而是派袁盎等大臣代为出战。

　　"我想立梁孝王刘武为储君，看哪个吃了熊心豹子胆的敢来干涉我刘家的家事！"辩论赛刚一开始，窦太后就开门见山，直接给群臣施压。

　　窦太后毕竟是堂堂国君之母，连汉景帝都要对她敬重三分。此时见窦太后不怒自威，众人都被震慑住了，原本精心准备的说辞都打了水漂。大臣们个个怔在那里，哆嗦得说不出一句话来。

　　就在这时，袁盎挺身而出，傲然道："按照太后的意思，如果梁王他日百年之后，又该由谁来继承大统呢？"

　　"这个，当然……当然是再传回给汉景帝的儿子了。"窦太后显然被将了一军。

　　"国有国法，家有家规。"袁盎不紧不慢地往下说，"春秋时期宋国的君王宋宣公，曾说过一句话：'父死子继，兄死弟及，天下之通义也。'他死后就把王位传给了自己弟弟。后来，他弟弟宋穆公临死时，同样不按朝中规矩出牌，又把王位传给了哥哥的儿子，同时把自己的儿子调到郑国去当侯爷。放着王爷不当当侯爷，宋穆公的儿子觉得受了委屈，他说'父死子继，天经地义；人不为己，天诛地灭'，于是杀死了宋宣公的儿子。从此，宋国五代陷入了腥风血雨的权力内斗之中。"

　　这个故事本身很有料，很曲折，讲故事的袁盎又是巧舌如簧之人，所以，令故事听上去更加跌宕起伏，精彩动人。

窦太后原本不是一个喜欢听故事的人，她数十载风雨人生路，哪一段经历不是故事，哪一个片段不是故事呢？然而，当听完袁盎的故事后，她愣住了，再也没有说一句话。她是个聪明人，也是个深明大义之人，袁盎的话触痛了她心底最薄弱的地方。她爱儿子更爱江山，为了大汉王朝的万世江山，她不能冒天下之大不韪，在立储这条路上一意孤行，做出千夫所指的事来。

沉默是对袁盎所讲故事最好的认可。随后，窦太后下令赏赐袁盎等人百两黄金，同时，她对刘武下了"逐客令"，让他赶紧回自己的封国好生待着。从此，窦太后绝口不提立梁孝王刘武为储君的事。

一路哭，一路悲，回到梁地后，刘武知道自己如果再迟疑、再犹像，那么他的"梁王变太子"便永远是痴人说梦了。对此，他决定绝地反击。

首先，刘武马上给汉景帝写了一道奏折，请求他允许自己从驻城睢阳修一条官道，直抵长安皇太后所居住的长乐宫，美其名曰"人生苦短，且行且珍惜，岁月如歌，且爱且行孝"。

刘武打着行孝的名义，汉景帝觉得有些棘手，不知道该如何答复。袁盎则直言不讳地说道："此事万万不能答应。刘武野心勃勃，一旦有变，这条路可就成了他直捣京城的利剑。"

汉景帝听了大汗淋漓，为此，他一本正经地拒绝了刘武的请求——行孝若是长久时，又岂在朝朝暮暮。修筑官道兴师动众，应当从长计议。

刘武的"官道阴谋"失败后，他对袁盎恨之入骨。他认为自己要想翻盘当上太子，就必须除掉袁盎这个绊脚石。为此，刘武找来羊胜和公孙诡密谋对策。

顺我者生，逆我者亡。他们一致决定暗杀袁盎和那些曾反对他当太子的大臣。重金之下必有勇夫。在公孙诡和羊胜的调遣下，一批批刺客出现在了京城各要官的府中。

据说，一名前去刺杀袁盎的刺客，因为仰慕袁盎的仁义之名，潜伏于袁府整整一晚上，就是下不了黑手。第二天，天蒙蒙亮了，刺客在离开时，突然良心发现，写了一封信用飞刀插在袁盎的厢房上。

袁盎一大早起来，发现了飞刀和书信，打开一看，上面写着两句话："我是一名刺客，收了梁王的钱要来杀你，但我敬佩先生仁义，终究还是下不去手。但是，我不杀你，并不代表别人不杀你。梁王这次是在玩火，他派出的刺客一批又一批，非要把你往死里整不可，请你务必加强戒备。"

不过，这封书信并没有引起袁盎的重视。几天后，悲剧发生，袁盎在安陵城外被潜伏的刺客刺杀身亡。

袁盎死了，他的小伙伴们也没能逃脱刺客的魔爪。很快，这个爆炸性新闻便传开来。京城之中人心惶惶，人人自危。

最为震惊的还是汉景帝。他马上下令成立调查组严查此案。很快，调查结果出来了：刺客都是梁国人，梁王刘武有重大作案嫌疑。

搬掉拦路虎

调查结果和景帝的推测完全一致。他没有再犹豫，马上派出缉拿组，深入梁国追查凶手，缉拿案犯。

考虑到此案重大，案犯特殊，汉景帝特意钦点了一个人为缉拿组的组长，这个被委以重任的人叫田叔。

田叔为人正直，早年曾仗剑云游天下，寻遍天下名士，侠义之名远播。他后来得到了赵相赵午的引荐，在赵王张敖手下当了郎中。后来，赵午和贯高因为不满高祖刘邦对张敖的冷漠态度，欲行刺刘邦，作为"门下客"的田叔也参与其中。东窗事发后，纸包不住火，田叔也被一同押入朝中受审。刺杀事件真相大白后，刘邦不想滥杀无辜，于是，召见了田叔。这一见一谈，刘邦对田叔感到相见恨晚，于是，来了个不拘一格选人才，封他为汉中郡守。到汉文帝时，田叔因故失职，被发配回老家了。到了汉景帝时，他又被重新征召到朝廷为官。此时，景帝把这么重大的事交给他，显然是出于知人善用。

要知道，这个案子可是个烫手的山芋，谁接了都棘手。刘武是啥人？他是窦太后最宠爱的儿子，也是景帝唯一的亲弟弟，他是谁也不敢轻易得罪的人啊。

历经数代皇帝，在仕途上经历了风风雨雨的田叔明白伴君如伴虎的道理，凡事不能做得太绝，要做到桥上走人，桥下流水。

田叔带着缉拿组来到梁国后，工作一点也不含糊，该查的事大刀阔斧地查，每天把工作安排得满满的；该开的新闻发布会照开不误，每天把工作进展准时准点地对外通报。

在大张旗鼓地调查时，田叔还特别注意察言观色，一边看景帝的动静，另一边看梁王的脸色。最后，调查的结果是雷声大雨点小，该找的凶手如泥牛入海一般，杳无音信，案情始终没有进展。

接到田叔的汇报，汉景帝发怒了，立马批示：加大力度查！就是掘地三尺也要把凶手找出来。

田叔接到景帝的指示，心里揣摩着皇帝不是能轻易忽悠的，他没有丝毫走过场的意思啊。于是，田叔马上加大调查力度，很快查出了凶手——羊胜和公孙诡是主犯，只是他们二人不知道藏匿到哪里去了。

接到田叔的汇报，汉景帝又发飙了，立马批示：进一步加大力度查！活要见人，死要见尸，否则，就提着你的脑袋来见朕。

田叔接到了指示，心想皇上都把话说到这个份儿上了，看来这回是动真格的了，是非要把梁王往死里整，我再不作为是行不通了啊。他很快就调查到羊胜和公孙诡就藏匿在梁王府里，但梁王府不是他这样一个臣子能轻易闯的。虽然此时他受汉景帝重托，但如果不懂变通，一根筋地去执行，那么，将来就会被梁王抓住把柄，就会被窦太后揪着不放，就会被汉景帝责怪啊！

既然不能直闯，那就只能强逼了。怎么逼呢？聪明的田叔没有直接去逼梁王刘武，而是威逼刘武手下的大臣出马。

"刺杀主凶是羊胜和公孙诡，与你们无关，如果你们隐瞒不报，那便是窝藏罪、包庇罪，到时候皇上一发怒，只怕你们的脑袋统统都得搬家。"

田叔给梁国的大小官员发出了恐吓信。

结果很快收到了奇效。梁国内史韩安国主动站出来，表示愿意代为劝说梁王交出凶犯。

韩安国一见到梁王刘武，便开始上演一跪二哭三申诉。

"请大王赐我死罪。"韩安国哭泣道。

"何罪之有？"刘武一听，很是惊讶地问。

"身为臣子，主子受辱，却不能分半点忧，抓捕不到羊胜和公孙诡，罪在微臣，还请大王将我依法处死。"

"事情有这么严重吗？"

"当然有。"韩安国喃喃地说着，话锋一转，问道，"请问大王，你自觉和皇上的关系与前太子刘荣相比如何？"

"吾不如也。"刘武答。

"大王总算还有自知之明。"韩安国道，"前太子刘荣作为皇上的亲生骨肉，只因别人一句谗言就被贬为临江王，只因移了宗庙外的一堵墙，便被逼死在中尉府。这是因为朝廷办事不能因私害公。现在梁国出现刺客，大王您作为一地之王，负有主要责任，现在您之所以平安无事，是因为窦太后为您求了情。如果大王一直执迷不悟，窦太后百年之后，您还能守得一方平安吗？"

刘武听完这番话后，沉默良久，然后直接找来羊胜和公孙诡。

"两位啊，王臣本是同林鸟，大难临头各自飞。我现在是泥菩萨过江自身难保，不交出你们两个，咱们梁国就彻底完了，希望你们两个能明白我的一片苦心啊！"

王要臣死，臣不得不死。羊胜和公孙诡是深明大义之人，他们没有多废话，双双选择了自杀。

羊胜和公孙诡死了，梁王刘武向田叔献上了两具直挺挺、硬邦邦的尸体，算是交差了。

接到尸体的田叔表面上很淡定，但内心深处却波澜起伏，进行着激烈的思想斗争。事实已经摆在眼前，刘武这是典型的杀人灭口，死无对证。让他感到为难的是，案件是不是该点到为止了？如果继续深挖，身为主谋的刘武该不该抓？要不要抓？能不能抓？

当然，这不是田叔说了算的。他还要看汉景帝和窦太后的脸色。

汉景帝此时是什么态度呢？他在接到田叔的第三次汇报后，批示道：继续加大力度查！一定要把整件事查个水落石出。

汉景帝的态度已经很明确了，不把这件事查个明明白白、水落石出就不收兵。对此，田叔当然不能公然违命，于是他继续搜集证据，继续查。

窦太后那边，一听自己宝贝儿子出事了，开始绝食、静坐、号哭。汉景帝一看被吓住了，开始担忧和自责。

窦太后和汉景帝的反应，田叔看在眼里，思在心里。他明白，窦太后如此反应，代表她在梁王这件事上会关注到底。现在只是查到刘武的部下，她的反应就如此激烈，一旦追查到刘武身上来，窦太后还不得闹翻了天，她就算拼了老命也要保全自己这个宝贝儿子的。

而汉景帝的反应，代表他在梁王这件事上也是左右为难的。他本意是想追查到底，但又担心窦太后不肯善罢甘休，所以，查还是不查，汉景帝是真的有点摇摆不定了。

窦太后态度坚定，汉景帝摇摆不定，田叔摸清此二人的心思后，马上决定停止追查，立即返京。

他一路走，一路琢磨该如何向汉景帝交差，如何向窦太后交差。

田叔不但善于琢磨事，而且善于琢磨人。他这回程路走得非但不轻松，反而很沉重。他要做的不是向哪一个人交差，而是要向两个人交差，说得再明白点，就是得做到两全其美。

汉景帝要求的是严惩，窦太后要求的是从宽；景帝要求抓人，窦太后要求放人。两人，一个南辕，一个北辙，要想两全其美，难度系数真是太高了。也正是因为这样，满腹心思的田叔走得很慢，一路走一路想，走到半路时，他终于笑了。笑完之后，他做了一件事，一件在外人眼里匪夷所思的事——销毁证据。

他一把大火把所有证据都化为了灰烬。烧完之后，他又恢复了轻松的表情，又恢复了往日的淡定，快马加鞭地回到了京城。

到了京城，他马上进宫求见汉景帝。

"梁王可否有罪啊？"一见面，汉景帝便开门见山地问道。

"有。"田叔点头道。

"罪重罪轻？"

"死罪。"田叔淡淡地答。

"证据何在？"

"被我烧毁了。"田叔依然淡淡地说。

"你好大的胆子，谁指使你这么做的？"汉景帝大怒道。

"臣以旁观者清的角度，认为皇上最好不要再过问梁王的事了。"田叔的话令人惊愕，汉景帝这回只有洗耳恭听的份儿了。

"梁王是犯了死罪，但如果定梁王的罪，那么太后悲痛欲绝，寝食不安，说不定会闹出人命来，这肯定不是皇上想要看到的结局。而如果不定梁王的罪，那么咱们大汉皇朝的法律必将受到践踏和蹂躏，给他人落下把柄。皇上试想想，是该定梁王的罪，还是不该定梁王的罪呢？"

汉景帝闻言沉默不语，良久，他回过神来，长叹一声道："正所谓鱼翅和熊掌不可兼得也，要维护法律之严，就会丢掉忠孝之德，要维护忠孝之德，就会失去法律之严，所以你销毁所有证据，才是两全其美的处理方法啊。"

汉景帝对田叔的处理结果非常满意："知我心者，唯有田叔。你现在就去见太后吧。"

窦太后朝思暮念的就是梁王的安危，望穿秋水等的就是田叔的到来，因此，当她听说田叔来了，顿时精神一振，立即从躺着的床上跳起来，劈头就问："梁王安然无恙乎？"

"有恙。"田叔答。

"啊……他，他怎么了？"窦太后不由惊出一身冷汗来。

"梁王近来身子骨不太好，听说是病了。"田叔淡淡地答。

"哦，原来是这样啊。生病的事是小事，我说的是刺杀袁盎等人的事与梁王有关吗？"

"刺客的事只是羊胜和公孙诡二人所为，与梁王无关。目前两个凶手已经伏法了。"

"啊……这就对了，我儿是个遵纪守法的老好人，怎么会做出如此卑鄙无耻的事来呢？"窦太后说着一扫脸上的阴霾，呈现出久违的笑容，"何以解忧，唯有田叔。先生此番辛苦了。"

田叔凭一人之力，暂时化解了汉景帝和刘武剑拔弩张的对垒局面，但解铃还须系铃人，宣告无罪的刘武自知做了亏心事，为了争取汉景帝的原谅，他决定亲自赴京去请罪。

他像往常入京朝觐一样，带着卫队从睢阳出发，浩浩荡荡地向长安进发。而汉景帝也像往常一样，派出天子仪仗到郊外去迎接梁王的到来。以往双方都是准时准点会合的。

这一次却是一个例外。汉景帝的仪仗队在郊外恭候多时，就是不见梁王车队的到来。好不容易梁王车队来了，但梁王却没有来。

梁王到哪儿去了？梁王半路失踪了。

此事非同小可，马上有人把消息传回了宫里。汉景帝一听，心里一咯噔，惊得云里雾里，赶紧下令派人去找。窦太后一听，双腿一软，跌倒于地，大哭道："皇帝果然杀了我儿。"

窦太后一发飙，汉景帝就发颤；窦太后一哭泣，汉景帝就发慌。汉景帝急得团团转，刘武要是真失踪了，一去不复返，那他就是跳进黄河也洗不脱残害骨肉的罪名了。正在这时，她姐姐刘嫖出现了。

刘嫖这回不是来添乱的，而是来解忧的。她不是一个人来的，还带了个人——刘武。

原来，刘武自知罪孽深重，一路走来一路思，一路思来一路悲，一路悲来一路伤，一路伤来一路怕，怕到最后，只好选择了逃。在函谷关时，他带了几个贴身侍从，偷偷坐小车躲到姐姐馆陶公主刘嫖的府邸去了。

刘嫖也最爱这个弟弟了，自然会帮他。她头脑一转，想出了一招绝妙的苦肉计。于是，在她的导演下，两人联手上演了一出负荆请罪的大戏。

刘武脱去上衣，身背刑具，长跪在未央宫北门前。刘嫖入宫向汉景帝和窦太后报信。

很快，汉景帝和窦太后第一时间出现在了未央宫。看着自己的宝贝儿子如此凄惨，窦太后忍不住悲从中来，老泪纵横。看着自己的弟弟如此落寞的身影，汉景帝也忍不住唏嘘长叹，感慨不已。

时间一点一滴地流逝，四周越来越安静。几乎所有人都屏住了呼吸，伸长了脖子，把目光聚焦在了汉景帝身上。汉景帝仿佛遗世独立般，一动不动，痴了，呆了，傻了……其实，只有他自己知道，他是思了，痛了，叹了。

终于，他动了，他缓缓地走到长跪不起的刘武身前，伸出了双手将他扶起，然后轻轻地拍了拍他的肩膀，说道："我的好兄弟。"

兄弟俩四目相对，恍如隔世，万般感情涌上心头，忍不住抱头痛哭。

然而，这相拥而泣的泪水还不能修复汉景帝和刘武之间的兄弟感情，毕竟破镜要想重圆，那是痴人说梦。刘武派出的那些刺客，一刀一剑都刺在了汉景帝的心上。此时刘武负荆请罪，虽然真真切切，但一时间显然难以治愈汉景帝心中的伤痕。

本着死罪可免，活罪难逃的原则，汉景帝对刘武小惩大诫，下令立即把他遣送回梁国，日后没有特旨，不能擅自来京，更不能自由地探望窦太后。

汉景帝的意思是，亲爱的弟弟啊，有太后在，哥哥是不好再向你问罪了。以后你就回你的梁国吧，就安心地当你的一方之王吧，别再来京城吵我了，也别再惹母后操心了。以后咱们桥归桥，路归路，井水不犯河水。

这是变相的软禁，是无言的大义灭亲，是含沙射影的一记闷棍。哀莫大于心死，从汉景帝这番小惩大诫就可以看出，他对刘武已经彻底死心了。

回到梁国后，刘武茶不思饭不想，郁郁寡欢。他一方面回首自己的疯狂行为，忏悔不已；另一方面担心窦太后的身体，懊悔不已。为了能见窦太后一面，他多次上疏，然而汉景帝给出的回复总是两个字：不行。

梦回京城千万遍，梦见太后多憔悴，梦断梁地愁与苦，梦里泪流知多少？长安成了刘武心中永远的梦，太后成了刘武心中永远的牵挂，汉景帝成了刘武心中永远的痛。

据说，刘武一次去打猎，在草莽之中看到了一头长相怪异的牛，它的两只脚居然长在了背上。两只脚长在背上，那是代表想飞天的意思，然而，它又没有翅膀，因此腾飞不起来。走也不能走，飞又不能飞，这是什么牛呢？

回来之后，刘武病了，不久便一命呜呼。

随着梁王的逝去，挡在刘彻太子之路上的又一只拦路虎被拿掉了。

风雨之后见彩虹。汉景帝终于下诏，封王娡为皇后，并举行了盛大的封后大典。同时封刘彻为皇太子，并将他的名字从刘彘改为刘彻。

《庄子·杂篇·外物》有云："**心知为彻。**"从此，刘彻成了一个流传千古的名字。

第三章 一朝天子一朝臣

一语成谶

当年汉景帝为七国之乱头疼不已时，想起了先皇之言："天下有变，可用周亚夫为将。"于是，他赶紧任命周亚夫为"平乱大元帅"，最终顺利剿灭了叛军。

周亚夫是西汉的传奇人物。他乃名门之后，是太尉周勃之子。周勃是最早跟随刘邦的元老人物之一，在推翻暴秦和楚汉之争中，他都立下了赫赫战功。特别是在诛灭吕氏一族中，他起到了中流砥柱的作用，与陈平被汉文帝视为左膀右臂。

周勃死后，他的大儿子周胜继承了爵位。然而，周胜是个扶不起的阿斗，在权力宝座上屁股还没坐热，就犯了事被免了职。念及周勃的功绩，汉文帝封周勃的二儿子周亚夫为条侯。

周亚夫遗传了父亲几乎所有的优点，他能征善战，用兵如神。

汉文帝之后六年，不安分的匈奴再一次入汉朝境内"打草谷"，一时间边塞风云四起。汉文帝也不是等闲的主，他马上从朝中精选出三位将军，在京畿附近的灞上、棘门、细柳一带结营驻守，构建起了"品字形"防御体系。

为了笼络人心，鼓舞士气，汉文帝不顾风尘仆仆，深入到这三处军营进行调研。到了灞上、棘门，两营的主帅都举行了"十里夹道相迎"的隆重仪式，看到汉军兵强马壮，雄赳赳气昂昂的精气神，汉文帝很是高兴，脸上盛开了一朵朵花儿。然而，好景不长，很快他脸上的花儿便凋谢了，因为他来到细柳慰问时，吃了闭门羹。

而做出如此"大逆不道"之举的人就是细柳营的"营长"周亚夫。但见细柳营剑拔弩张，严阵以待，一副如临大敌的模样。文帝想进去却被士兵拦住了，他自报身份，营卫却说："将在外君命有所不受，我等只听从将军的命令，不听从天子的诏令。"汉文帝最后没辙了，只好取出代表身份的符节交给营卫，让其代为通报。

周亚夫这才传令开门。到了内营，只见周亚夫身穿铠甲，手持佩剑出来相迎。见了汉文帝也是稍微欠了欠腰，说道："臣以军礼接驾，望陛下勿怪。"

汉文帝见状大为感动，在表达慰问之情后，立即打道回府。他刚退出营帐，细柳营立马关闭营门，又进入"一级严守"状态。汉文帝忍不住感叹道："这才是真将军啊！"

后来，匈奴被逼撤军，各路人马依次撤回后，文帝对周亚夫赏识有加，视他为国家栋梁。再后来，汉文帝突然染疾，病入膏肓之际，给景帝留下了"天下有变，可用周亚夫为将"之言，顺利帮助汉景帝平定了七国之乱。

俗话说盛极必衰，周亚夫达到仕途的顶端、权力的高峰之后，随之而来的是不可抗拒的衰退。他过度插手皇家内事，本意是为大汉江山着想，但实际上却犯了皇家大忌：皇家的事不要乱说，皇家的事不要乱插手。

周亚夫插手皇家的事主要有三件。

第一件事：立储之事。

在立储之事上，周亚夫的态度很明确，坚决反对废长立幼。早在汉景帝对刘荣下达废太子书时，他便是反对最为激烈的人之一（另一人是窦婴），但当时铁了心的汉景帝采取的是快刀斩乱麻的方式，没给他们多费口舌的机会。

然而，固执的周亚夫却还是"固争之"。最后，汉景帝盛怒之下，开始疏远他。

第二件事：封侯之事。

在汉景帝立刘彻为太子后，窦太后做出了出人意料之举，向汉景帝提议封王皇后之兄王信为侯。

窦太后不是一直反对立王娡为皇后，立她的儿子为太子吗？怎么这时候态度突然来了个一百八十度大转弯呢？

究其原因，是因为王信对窦太后有恩。恩从何来呢？刘武刺杀袁盎等朝中重臣东窗事发后，窦太后一直担心刘武脱不了干系。除主理此事的田叔识时务地销毁了证据，让事情峰回路转外，王信也曾主动找景帝为刘武说情。窦太后不想欠王信的人情债，于是极力推荐封他为侯。

汉景帝对封王信为侯一事心存顾虑。但是，窦太后金口一开，他也不好违背母意，只好在朝会上讨论这件事。

结果周亚夫在朝议时严肃地表达了反对立王信为侯，理由是"**高皇帝约'非刘氏不得王，非有功不得侯。不如约，天下共击之'。今信虽皇后兄，无功，侯之，非约也**"。（《史记·绛侯周勃世家》）

意思是说，汉高祖当年曾订下"白马盟誓"：非刘氏不得王，非有功劳不得侯。如有违约，天下共诛之。如今，王信虽然是王皇后的兄长，却没有寸功，怎么能封侯呢？

听了周亚夫的真知灼见，汉景帝"欣然赞之"。因此，王皇后的哥哥最终没能如愿封侯。这件事后，"愣头青"周亚夫一下子得罪了窦太后、王皇后以及王氏家族，为其悲惨结局埋下了伏笔。

第三件事：招降之事。

汉景帝在平定七国叛乱后，很快又迎来了一桩大喜事：北方匈奴王徐卢等六王投降汉朝。这是一件极长脸面的事，景帝自然很高兴。高兴之下，他打算封六大降王为侯，想通过这种善待降将的方式，诱惑更多的匈奴王和士兵归降。

"封匈奴王为侯，臣坚决不同意。"在这个节骨眼上，周亚夫站出来投了反对票。

"周爱卿，既然你不同意，那就请说出理由吧。"汉景帝强压着怒火说道。

"他们拥有自己的国土和主子，却投降别国，这是不忠；他们弃自己的妻儿家小于不顾，只顾自己的前程，这是不孝。我们如此厚待他们，这不是仁，而是不仁。我们如果封他们为侯这不是义，而是不义。试想想，这样下去，以后我们还怎么来约束自己的臣子精忠报国呢？"

"周亚夫呀，你只懂军事，不懂政治呀。"汉景帝在心里叹着。这一次，他没有再给周亚夫面子，而是直接回绝道："忠孝节义不是由你说了算的，你的意见请恕朕不能采纳。"

说完这句话，汉景帝封徐卢等六人为列侯；说完这句话，景帝和周亚夫彻底决裂了。

周亚夫为了给汉景帝一点颜色瞧瞧，以身体有恙为由，请求辞职，在家安心养病。

汉景帝为了给周亚夫一个下马威瞧瞧，索性回复他身体是革命的本钱，既然你身体抱恙，那就在家安心养病吧，你丞相的职务由别人代替好了。

周亚夫还在做河内郡守的时候，曾请颇有名望的相士许负看相。许负对着周亚夫左看看右瞧瞧，上摸摸下拍拍，半晌才道："将军是富贵之命啊！"

"废话，不是富贵之命，能身在名门之家吗？"周亚夫的气不打一处来。

"将军也是卑贱之命啊！"

刚刚还是富贵之命，一转眼就变成了卑贱之命。周亚夫惊问道："此话何解？"

"你一脸富贵之相，所以能出将入相，只可惜晚节不保……"许负直言不讳道，"可你到晚年会被活活饿死。"

"纯属无稽之谈。"周亚夫冷笑一声，就把相士轰走了。

然而，周亚夫不会料到，相士的话竟然会一语成谶，他最后果然是被饿死的。

过了一段互不相见的日子后，一天，汉景帝突然心血来潮，又想起了周亚夫，用还是不用他，景帝心里也没有谱。思来想去，他决定设宴，再试一试周亚夫。

接到汉景帝的邀请函，周亚夫笑了。他觉得景帝主动约自己吃饭，一是说明景帝有主动认错之意，二是说明景帝有主动和自己重归于好之意，于是欣然赴宴了。

然而，周亚夫一到汉景帝指定的"宴会厅"就傻眼了，一是赴宴人员太过"高级"，整个宴席上只有三个人，除了周亚夫，还有汉景帝和太子刘彻；二是宴会的标准太寒酸，只有一道菜——一盘足有十多斤重的熟肉。

"这是哪门子的宴会？"周亚夫在心里嘀咕着。但是，既来之则安之，他也不介意寒酸不寒酸的问题，好歹得给景帝一个面子，吃完这顿饭再走。

但是，当他正准备动筷时，却发现桌上既无筷子又无刀叉，这怎么吃啊？周亚夫可没有当年樊哙在鸿门宴生吃猪肉的本事，碍于面子，他不可能用手去抓着吃啊。

"这是拿老子开涮啊！"周亚夫心中满是怒火，朝尚席（古代掌管筵席的官员）喝道："你还愣在那里干什么，快拿筷子来啊！"

他满以为尚席定然会连滚带爬地去拿筷子，但没有料到，那尚席竟然对他的话置若罔闻，竟像没有听见一般，站在那里一动也不动。

周亚夫正要发作，却见坐在一旁的汉景帝笑了，笑完之后，他说道："朕请你吃肉，你还不知足吗？"

周亚夫不傻，马上听出了景帝的弦外之音，于是，赶紧摘下帽子，跪在地上请罪。

"不知者无罪，来，咱们吃饭，呵呵……"汉景帝满脸微笑地说。周亚夫只好又重新回到席位上。

餐具还是没有上，周亚夫呆呆地坐在那里，吃也不是，不吃也不是，尴尬得直想找个地洞钻进去。

这时候，一直作为旁观者的太子刘彻开始发威了。只见他睁着一双炯炯有神的眼睛，一动不动地盯着周亚夫。敏感的周亚夫明白他眼中是无尽的冷嘲热讽，于是，脸一下子红起来，脖子也一下子粗起来，整个人一下子跳起来，大步流星地直接离席了。

说轻点儿，这叫不辞而别，说重点儿，这叫拂袖而去。但是，不管轻重，这都是极没有礼貌的行为。因此，目睹周亚夫来也匆匆，去也匆匆后，汉景帝有话要说了。他转过头来，问太子刘彻道："你觉得周亚夫这个人怎么样啊？"

"父皇还在，他便敢如此放肆，如此妄为，看来只要他存在一天，就是一颗定时炸弹啊。"刘彻人小，但说话却像大人一样老练。

"这样极富欲望之心的人，我是绝不会让他日后做你的臣子的。"汉景帝说着此话，眼神突然变得阴冷恶狠起来，一个想法在他脑海里油然而生——杀死周亚夫。

君要臣死，臣不得不死，但景帝是个懂政治的皇帝，他没有直接把周亚夫送上断头台，而是玩起了"欲加之罪，何患无辞"的把戏。很快，汉景帝就抓住了周亚夫的小辫子——贩卖军火。

原来，周亚夫的儿子眼看父亲年事已高，为了尽孝，他向兵器库购买了五百套盔甲和盾牌，作为将来周亚夫百年之后的陪葬品。

生前是将军，死后亦是将军。应该说周亚夫的儿子想法是好的，是值得赞许的，唯一值得质疑的就是他的做法。

如果周亚夫的儿子神不知鬼不觉地买了这些兵器倒也罢了，偏生他弄出了大动静。要知道五百套盔甲和盾牌也不是个小数目，在当时交通设备不发达的情况下，搬运起来也是件苦差事，需要耗费大量的人力。

于是，周亚夫的儿子雇了很多搬运工人来干这活儿，但最后却抵赖不给他们工钱。气愤的搬运工人把这件事上报到了官府，通过层层通报，很快，"周亚夫私藏军火，居心不良想谋反"的小报告就传到了汉景帝耳朵里。

汉景帝正睁着一双慧眼盯着周亚夫呢。他马上将告发周亚夫的揭发信交给了司法官员——廷尉。

廷尉的人自然对皇上亲自交代的案件高度重视，他们马上到周府进行了调查取证。

周亚夫对闯上门来的廷尉非常生气，直接拒绝调查。这一情况很快就被汉景帝知道了。他大怒道："对此顽固不化之人，不用再调查核实了，直接送审。"

于是，廷尉马上启动司法程序，把周亚夫收押起来，进行严刑逼供。当时的廷尉见周亚夫此时已是落地的凤凰不如鸡，于是，便更加落井下石了。

"你为什么要造反啊？"廷尉问。

"我买的只是陪葬用的器物，怎么能说是造反呢？"周亚夫义正词严道。

"这么多的陪葬品，只怕在阴曹地府也用不完吧。看样子，即使你生前不敢造反，死后在阴间也想造反啊？"廷尉强词夺理道。

周亚夫再一次被气得脸红脖子粗，竟无言以对。为了表示对廷尉的抗议，周亚夫到狱中后便开始绝食。

他原本以为汉景帝一定会还自己一个公道，但哪知自从他绝食后，居然没人管他的死活。可怜的周亚夫哪里受得了这种冷落，于是，将绝食进行到底。五天五夜后，他被活活饿死。

相士之言，一语成谶。

笔者认为，周亚夫的军事能力和历史贡献值得肯定，后人也都给予了比较高的评价，而对于他的性格特点和人生悲剧，大多数人都感到十分可惜。司马迁在《史记》中对周亚夫的评价很客观公正："**亚夫之用兵，持威重，执坚刃，穰苴曷有加焉！足己而不学，守节不逊，终以穷困。悲夫！**"

意思是，周亚夫是一代名将不假，但他却不懂得谦虚使人进步的道理，取得成就后就变得骄傲自满，虽然能保持刚正不阿的操守，遇到事情却不知道变通，最终自己把一手好牌打得稀烂，落得个惨死狱中的悲惨结局。

绾长者，善遇之

周亚夫死了，汉景帝醒了。他若有所思，若有所叹。出于愧疚，他封周亚夫的兄弟为侯，但这只不过是为了堵住天下众人的悠悠之口罢了。随着周亚夫的死去，周家很快便门庭没落，衰败了下去。

周亚夫死了，王皇后笑了，她儿子刘彻的地位稳住了。

为了培养太子刘彻，汉景帝为他找来了一位老师——卫绾。

据《史记》记载，卫绾原本和汉初的夏侯婴一样，是个不折不扣的车夫。都说三百六十行，行行出状元，夏侯婴因车技好，屡次救主子刘邦的性命于危难之时，很得刘邦赏识，再加上夏侯婴为人厚道，一生之中只是救人，从不害人，得到了世人的高度赞扬。而卫绾的发迹和夏侯婴大同小异，也是因为车技出众，被汉文帝招收为自己的"私人保镖"——侍从。

很快，卫绾的职务就被提升到了中郎将，从而正式踏上了仕途。

汉景帝当太子时，为了拉拢皇帝身边的人，特别举行了一次豪门盛宴，对朝中所有重臣都下了"英雄帖"。接到帖子的人都欣然赴宴，唯独有一个人没有去，这个人便是卫绾。

结果这个"不给面子"的卫绾成了汉景帝心底永远的记忆。汉文帝临死前，对刘启特别提了两个大臣的名字，一个是周亚夫，另一个就是卫绾。汉文帝留言道："卫绾是个忠厚老实的人，我死后，你不能让老实人吃亏，让他给你当专职司机绝对安全可靠。"

《史记》的记载是："**文帝且崩时，属孝景曰：'绾长者，善遇之。'**"

汉景帝继位后，碍于父皇的遗训不好直接炒卫绾的鱿鱼，但当年心中的那个结却一直没解开。于是，他对卫绾采取了一个折中的好办法——冷处理，不理不睬，不闻不问，不提不升。《史记》有这样的记载："**及文帝崩，景帝立，岁馀不嚼呵绾，绾日以谨力。**"

汉景帝不愧是为君之人。一个主子这么对一个臣子，一般臣子是受不了的，毕竟没有主子的青睐，哪来高升和发达呢？然而，卫绾却是个例外。面对不冷不热的汉景帝，他没有心急如焚，他看得很开，反而在工作中更加勤勉，任劳任怨。

光阴荏苒，一转眼一年光景过去了。汉景帝还是那个汉景帝，卫绾还是那个卫绾，变的是岁月，变的是态度，不变的是人。

一次，汉景帝去皇家林苑狩猎，不但点名道姓叫卫绾作陪，而且还叫卫绾与自己同乘一车。和皇帝同坐一车，那是多少人梦寐以求的事啊！相对于喜，卫绾更多的是惊，他不知道景帝葫芦里卖的是什么药。

果然，上了车，汉景帝直言不讳地问卫绾："那一年，我请你来喝酒，你为什么不给面子呢？"

"对不起，那一天，我真的是病了。"卫绾答。

当然，卫绾当年不赴宴，并非因为病得不能出门，而是他心里犯了病。他害怕汉文帝误会自己寻找新的依靠。

汉景帝是聪明人，自然明白个中缘由，此时主动提起这件事，卫绾却是故意搪塞。心知肚明的两人就像打太极一样，四两拨千斤，于无形中化解了双方的正面交锋。

其实，汉景帝对卫绾的忠诚还是大为赞赏的。只是，他担心卫绾对先皇如此效忠，对自己这个新皇还会如此效忠吗？

对此，汉景帝没有继续猜，而是决定直接试。下车时，汉景帝突然拔出身佩宝剑，就在卫绾惊魂未定时，说道："朕这把剑赠送给你，如何？"

"宝剑赠名士，美女配英雄。陛下这么贵重的宝剑，微臣接受不起啊！"卫绾说着顿了顿，叹道，"先皇曾赏赐过臣六把宝剑，臣何德何能，实在惭愧，不敢再接受恩赐了。"

"那这六把宝剑如今在哪里呢？"汉景帝问。

"剑之道，剑在人在，剑亡人亡。先皇所赐的剑自然都在臣的家里啊。"卫绾喃喃地答。

对话到此结束。接下来，汉景帝为了证实卫绾所言真伪，马上派人去卫绾家中查看，结果卫绾家里果然有六把御赐宝剑高挂于卧室的墙上，上面灰垢厚积，一点都没有佩带的痕迹。

尊敬他人之人才会得到他人的尊敬。汉景帝对卫绾的态度极为满意，又将"忠实无他肠"的他重用起来，拜其为河间王刘德（栗妃的第二子，刘荣的亲弟弟）太傅。

有了权势的卫绾为人更加低调了。他不仅主动为属下担责，而且不与他人争功。平定七国之乱时，卫绾立下了战功，但汉景帝只封了别人为侯，他却榜上无名，不过卫绾却无丝毫不满情绪。

汉景帝对卫绾的表现看在眼里，赞在心里。为了不让老实人吃亏，汉景帝封他为中尉，全权负责京师安全。

汉景帝七年，栗太子刘荣被废。当时，所有属于栗姬一系的官员都受到了无情打压。而身为"栗太子一党"老师的卫绾，竟然受到了汉景帝的庇护，幸免于难。可见汉景帝对他的信任。

不久之后，胶东王刘彻被册立为皇太子，卫绾被再次召回，拜太子太傅，负责培养七岁的太子刘彻。没有多长时间，他又被升为御史大夫，位列三公。五年之后，卫绾便达到了人臣的顶点，成为大汉王朝的宰相。

《史记》的记载是："**上废太子，诛栗卿之属。上以为绾长者，不忍，乃赐绾告归……上立胶东王为太子，召绾，拜为太子太傅。久之，迁为御史大夫。五岁，代桃侯舍为丞相。**"

从车夫到宰相，卫绾的人生，用"逆袭"来形容，一点也不过分。

事实证明，汉景帝的眼光果然独特高明，尽心负责的卫绾淡泊名和权，恪守太子太傅的职责，对刘彻进行了良好的教育。

在卫绾的精心调教下，刘彻博览群书，胸怀壮志，为其日后主宰天下打下了良好的基础。

汉景帝后元三年（公元前 141 年）正月，刚满十六岁的刘彻经历了人生当中的大悲大喜。

这一天，四十七岁的汉景帝病故，这一天，年仅十六岁的太子刘彻即位。从此，汉武帝的大名如一颗明亮的星星在中国历史上冉冉升起。从此，汉武帝的光芒照亮了大汉王朝那段峥嵘岁月。

刘彻登基

刘彻登基后，马上做了三件当务之急的事。

第一件事：感恩戴德。

对谁感恩，戴谁的德？当然是汉文帝和汉景帝了。汉文帝和汉景帝在位期间，很好地施行了汉高祖刘邦的"与民休息"政策，不但稳定了社会，还提高了人民的生活水平，共同开创了太平盛世——"文景之治"。

"文景之治"是个怎样的局面呢？司马迁在《史记·平准书》中记载："国家无事，非遇水旱之灾，民则人给家足，都鄙廪庾皆满，而府库馀货财。京师之钱累巨万，贯朽而不可校。太仓之粟陈陈相因，充溢露积于外，至腐败不可食。众庶街巷有马，阡陌之间成群……"

国强民富，丰衣足食。面对如此大好局面，刘彻自然感恩戴德。

第二件事：感恩回馈。

刘彻感恩回馈的人自然也是他至亲至爱之人。他封祖母窦太后为太皇太后，封母亲王娡为太后，封他金屋藏娇的太子妃陈阿娇为皇后，封他的两个舅舅田蚡和田胜为武安侯和周阳侯，而王娡的母亲臧儿也咸鱼翻身，被封为平原君。

第三件事：思想革命。

刘彻上任后，并没有因为国强民富而裹足不前，相反，雄心勃勃的他很快搞起了思想革命：罢黜百家，独尊儒术。

汉朝自开国以来，吸取了暴秦灭亡的教训，沿用了战国以来流行的"黄老"的治国方针，以"无为而治"为治国的精髓。七十多年来，一直一脉相承。

如果刘彻也在这一条道上走到黑，那刘彻就不是汉武帝了。他决定进行一场思想革命，推翻黄老，独尊儒术。

《汉书》记载："**孝武初立，卓然罢黜百家，表章六经。**"六经指的是儒家最重要的六部经典——《易》《书》《诗》《礼》《乐》《春秋》。也就是说，汉武帝一即位，就摒弃其他思想，着力推崇儒学思想。

要革命，首先就得有人才。如何才能让天下人才为己所用呢？刘彻马上下了一道圣旨，公开招聘"公务员"。

他的圣旨一出，天下文人骚客闻风而动，特别是自秦始皇以来被打压的儒生。面对这样千载难逢的好机会，他们自然个个都争先恐后地往京城里赶。

汉武帝出台的"公务员考试"之所以能产生这样轰动的效应，原因是如此选拔人才的方式史无前例。要知道，在他从政之前的汉初七十余年光景里，朝廷选拔官员基本上延续了秦朝的规章制度，大致分为三种方式。

第一种方式：军功制。凡是在军队功劳簿上有名的人，可以直接入选公务员。

第二种方式：任子制。凡是郡太守以上官员，在任期满三年之后，可以保举其子弟一人为公务员。

第三种方式：赀选制。凡是交纳一定的钱财，便具有入选公务员的资格。

这三种方式，说得再直白点就是有功、有权、有钱之人才可以理所当然地到朝中为官。也正是因为这些条件的限制，官场上纨绔子弟多如牛毛，而真正的才学之士大都怀才不遇，流落民间。汉武帝不拘一格选人才的方式给了大家一个公开、公平、公正的竞争机会，能在全国产生轰动效应也就在情理之中了。

面对众学者儒生的到来，汉武帝很是高兴。这次公开招考也很成功，在历史上留下了浓墨重彩的一页。汉武帝招揽了大量有用之才，其中尤以"双子星座"——董仲舒和东方朔——最为闪亮。

董仲舒是这次考试的状元。他是广川（今河北省景县）人，少年闻名，从小就研读《春秋》，并以弱冠之年独创了流传千古的成语"目不窥园"而闻名天下。传说他钻研学术到了痴迷的地步，整天守在书房里朗诵《诗经》，研读儒学，成了不折不扣的"宅男"。他自己家中有一个风景优美的后花园，但他连续三年都没有踏进过，所以"三年不窥园"成了当时儒者的精神追求。

博览群书的董仲舒在而立之年彻底摘掉了"宅男"的帽子，开始四处游学。别的大师讲课要按天、按时收费，他不但不收取任何费用，而且还要倒贴——贴时间和车旅费等，但他乐此不疲。

付出就有回报，他的无私奉献收到了良好成效，他送出去的是知识，留下的是董氏这块金字招牌。他的声名到了极盛的地步，那些"国家级"的教授在他面前也自叹不如。

俗话说千里马常有，而伯乐不常有。事实证明，董仲舒是千里马中的千里马，而汉武帝刘彻是伯乐中的伯乐。他拿着董仲舒的考卷看了一遍又一遍，读一遍参悟人心，读二遍醒悟人性，读三遍感悟人生，读百遍爱不释手，读千遍意犹未尽……汉武帝马上下令召见了董仲舒。

与其说是召见，不如说是汉武帝对董仲舒的第二次考验。只是先前是笔试，现在是面试。

"朕有个问题百思不得其解，烦请先生解惑。"汉武帝对董仲舒恭敬有加，态度诚恳至极，没有半点考官的架子，反倒像一个误入歧途等待高人指点的人一样。

"三皇五帝从兴起到衰弱，这是不是天命呢？夏、商、周三代受天命而兴起，它们的祥兆是什么？灾异变化又是什么？是天命还是道义？朕希望社会能流行淳朴的风气，朕希望四海升平，百姓能安居乐业，朕也希望法律能坚决地实行下去，所有人都有安全的保障，朕希望能享受上天的保佑和鬼神的阴骘……却不知该如何修治整饬，达到心中宏愿，故请先生赐教。"汉武帝大有把埋藏在心底十六年来的"十万个为什么"都问出之意。

面对汉武帝撒豆子般的提问，董仲舒不急不躁，从容淡定，娓娓而谈，一一作答。他的话高屋建瓴，条分缕析，成了流传后世的经典，史称"天人三策"，归纳起来有五个要点。

第一，新王改制，君权神授。

董仲舒说，新的王朝建立后，新的皇帝即位后，一定要改变旧朝的制度和礼仪，而其中最主要的就是要"改正朔，易服色"，达到以顺天命的目的。

"正朔"的"正"指正月，即一年之首；"朔"指初一，即一月之首。"改正朔"说白了就是改变前朝的历法。

"服色"指的不仅仅是服装的颜色，还包括车马、祭牲等颜色。每一个朝代崇尚的颜色都不同，夏朝尚黑，商朝尚白，周朝尚赤。"改服色"说白了就是改变前朝所崇尚的颜色。

之所以要改正朔，易服色，以顺天意，是因为君权神授。皇朝的更迭是天意，非人力所为，这证明了新政权的合法性。人君受命于天，奉天承运，进行统治，代表天的意志治理人世，一切臣民都应绝对服从君主。如果君主滥用权力，苛法暴政，无法无天，违背天意，老天就会发出警告。如果警告没用，老天就会以灾异等形式来鞭策、约束君主，直至剥夺君主手中的权力。

董仲舒的"君权神授"使君主的权威得到了空前提高，他把君权建筑在天恩眷顾的基础上，从而使君主的权威绝对神圣化，这有利于维护皇权。同时又告诫君主要懂得洁身自爱，做到慎言、慎独、慎行。

第二，大一统，大统一。

董仲舒按照《春秋》所提倡的"大一统者，天地之常经，古今之通谊也"，极力主张实行"大一统"。

"大一统"即天下统一，这正好跟极富政治理想和抱负的刘彻的想法不谋而合。当时的形势是，国内刚刚平定七国叛乱，各大诸侯虽然心存敬畏，但人心不稳；国外匈奴日益强盛，常常骚扰大汉边疆，为所欲为。

在内外形势都很严峻的局面下，建立高度集中的"中央集权制"，这正是刚登基的刘彻的当务之急。而董仲舒提倡的"大一统"正切中刘彻问题的要害，自然很得他的赞赏。也正是因为这样，刘彻一生都在追求大一统的中央集权，并且倾尽人力、物力、财力和匈奴展开了"虽远必诛"的持久战，只为了达到中国"大统一"的目的。

第三，立太学，举贤良。

打天下，靠人才；治天下，更需要人才。正如刘邦所说，"我能在马背上打下天下，总不能在马背上治理天下吧"。治理天下，没有人才，一切都是空谈。

"立太学"是指建立国家级的中央大学，通过政府扶植，设立乡学培育人才，以供朝廷社稷所用。

"举贤良"指"公务员公开招聘"，即将举贤制度化，源源不断地向朝廷输送能人异士，让大汉王朝人才荟萃，国泰民安。

第四，罢黜百家，独尊儒术。

董仲舒说，天下民众，只要学习《诗》《书》《礼》《乐》《易》《春秋》六经和《论语》就可以了，凡是不在此范围之内的其他各家学派的学说，应该禁止传播，坚决杜绝这些学说与儒家学说同存共议。这样一来，可以达到统一思想的目的。只有思想统一了，法纪制度才能统一；只有法纪制度统一了，民心才能统一；只有民心统一了，国家才能治理好。

当然，这个统一是要讲究方法的，秦始皇也是为了统一天下民众的思想，但采取的方法却不妥，是血淋淋的"焚书坑儒"。而董仲舒提倡的"罢黜百家，独尊儒术"是温柔战术，不杀你也不坑你，只要你一心一意读儒学就行了。

第五，主更化，常善治。

"更化"指改变、革新，"主更化"就是指要变革。董仲舒认为，要想治理好一个国家，就必须进行行之有效的改变。

刘彻不是一个想躺在先皇功绩簿上过日子的皇帝，他想有所为。听了董仲舒的"天人三策"后，他感叹道："妙，实在是妙！妙不可言，妙语连珠啊！"

汉武帝对董仲舒的面试到此结束。董仲舒的建议他悉数采纳。考虑到官场用人的规矩，汉武帝并没有直接把董仲舒留在朝廷为官，而是先把他安排到了基层，任江都相，辅佐自己的兄长刘非。

识时务者为俊杰

自从决定展开思想革命后，这个刚刚登基的少年皇帝便不再孤独迷惘。相反，他为自己这么快就找到了一条正确的道路而感到高兴。本着一朝天子一朝臣的原则，他决定对朝中重臣来一次大洗牌。

刘彻首先来了个投石问路之举，他将手中的石头砸向了陪伴自己度过九年光辉岁月的老师卫绾，原因有三。

首先，卫绾不作为。

卫绾这个人忠厚老实，谨言慎行，所以，能被汉景帝重新启用，成为太子太傅，成为一国之丞相，成为一人之下万人之上的权臣。然而，事实证明，卫绾虽然是个好人，但并不是一个好官。说得确切些，不是一个好丞相。他为人谨慎有余，大方不足，做事低调有余，魄力不足。总而言之，就是三个字：不作为。

其次，卫绾不尊儒。

卫绾奉行的是黄老学说。黄老学说起源于战国，是结合了老子思想、道家学说和法家理论而形成的。汉高祖刘邦建立汉朝后，便以黄老学说作为政治理论来学习，后来便成了汉室皇家子弟必读的学说。卫绾的思想和方向自然是和国家方针一致的，因此，奉行黄老学说也就在情理之中了。

道不同，不相为谋。因为师徒两人的信仰和理念不同，一个南辕一个北辙。因此，在刘彻眼里，卫绾是个值得尊敬的长者，却不是个好老师。

最后，卫绾不识时务。

尽管卫绾不作为，不尊儒，但刘彻却尊老爱师，毕竟一日为师终身为父。如果卫绾不主动站出来，公然挑战刘彻的权威，那么，他们两人或许会井水不犯河水地相处下去。

然而，一听说董仲舒提出了"罢黜百家，独尊儒术"的思想革命，卫绾再也坐不住了，马上上了一道奏折：凡是妖言惑众的人，凡是违背高祖训规的人都是政治敌人，都应该罢官免职，遣送回乡去闭门思过。

刘彻是尊儒的。然而，卫绾非但不尊儒，而且不识时务，打压奉行儒学的人就是打压刘彻啊。

打狗还得看主人，作为掌管天下的主人，刘彻自然容不得卫绾如此打自己的脸。于是，他马上罢了卫绾的官，给出的理由是冤狱之首。

原来，一代酷吏郅都被窦太后强行推上断头台后，接过郅都衣钵的人叫宁成。这个宁成也是从基层一步步爬上来的，他不但继承了郅都的职务，而且继续实施高举高打的严罚酷刑，弄得京城再次风声鹤唳，鸡犬不宁。

面临这样的恐怖时代，长安城的宗室豪杰为了获得自由之身，便开始纷纷喊冤，将案子往上告。刘彻此时顺水推舟，假装对宁成问责，结果这一问便问到了罪魁祸首丞相卫绾身上来了。

欲加之罪，何患无辞？卫绾被罢了官，空出来的丞相职务由谁来接任呢？

刘彻很头疼。他不是头疼没有好的人选，而是人选太多，不知道该如何抉择。

经过层层选拔，产生了两大热门人选：窦婴和田蚡。

窦婴是窦太后的侄子，为人正直，嗜好儒术。

虽然他的仕途跟裙带关系密不可分，但他并不是个附庸风雅之辈，他有自己的理想，有自己的道德，有自己的修养。也正是因为这样，他才会在汉景帝许下百年之后传位于弟的承诺时，上前搅局，成功为汉景帝解了围。

刘彻此时把窦婴纳入丞相的主要候选人，一是因为窦婴的思想跟他保持着高度一致，都爱儒术；二是因为窦婴是自家人。

而另一位热门候选人田蚡也同样具备这两大条件。

田蚡是王皇后同母异父的弟弟，他有三个特点。一是长相奇丑。丑到什么地步呢？可以用恶神来形容。二是口才极佳。佳到什么地步呢？能说会道，能言善辩，凭着三寸不烂之舌，可以颠倒众生。三是出道晚。晚到什么地步呢？他出道何止比窦婴慢了半拍，窦婴当上将军时，田蚡才刚刚踏入仕途，是个小小的郎官。

虽然出道晚，但田蚡的仕途却极为顺利。在汉景帝时，他还是个芝麻大的官，但刘彻一上台，仗着王皇后这个"铁后台"，他很快就青云直上。

随着职务的不断提升，野心勃勃的田蚡开始韬光养晦。

他首先培养自己的亲友团，手下养了大量的门客。这些门客是他的私人保镖兼智囊团。总之，田家的事就是他们的事，他们打拼的事就是田家的事，这些门客就是田蚡的班底，是他的嫡系人马和心腹。

其次，田蚡努力打造自己的势力团。他千方百计地巴结和拉拢朝中权臣和长安的贵族们，通过糖衣炮弹把他们变成自己的潜在外围势力，一来为自己在朝中建立了良好的人脉，二来为自己在广大群众中积攒了极高的人气。

付出就会有回报。果然，田蚡很快在朝中赢得了良好的口碑，名气和威望与日俱增。也正是因为这样，卫绾被免职后，田蚡蠢蠢欲动，磨刀霍霍，对丞相一职志在必得。于是，一场外戚和重臣之间的对战眼看就要爆发了。

关键时刻，田蚡手下的门客站出来说话了。

养兵千日，用在一时。田蚡本着广纳贤言的原则，自然让门客们知无不言，言无不尽。门客也不是吃素的，一开口就说出了一句石破天惊的话："请主子放弃这场丞相争夺战。"

田蚡一听都傻眼了，忙问何出此言。门客列出了四点理由：第一，论辈分，魏其侯窦婴比田蚡高；第二，论资历，魏其侯窦婴比田蚡老；第三，论人气，魏其侯窦婴比田蚡旺；第四，论功绩，魏其侯窦婴比田蚡多。

田蚡一听，脸色都变了，对争强好胜的他来说，门客的话让他颜面无存，大为恼火，但转念一想，他扪心自问，自己在这几个方面确实不如窦婴。于是，他马上诚恳地向门客求教接下来自己该怎么办。

门客认为，窦婴现在拥有天时、地利、人和的绝对优势，和他直接碰撞，那必然是鸡蛋碰石头。与其去碰得头破血流，两败俱伤，不如主动让贤，把丞相一位让给窦婴，这样一来可以博得一个谦让的美誉，二来还可以积聚力量，给自己东山再起的机会。懂政治，就要懂进退之道，懂取舍之道，懂厚积薄发之道。如果田蚡现在谦让了丞相之位，非但没有任何损失，而且还会得到丰厚的收获，太尉之职还有谁能与之相争呢？太尉亦属于三公之列，和丞相在官阶上来说是平等的。这样等日后羽翼更加丰满，再谋丞相之位更为妥当。

田蚡一听，脸上又泛起了笑容："听君一席话，胜读十年书。"于是，他听从了门客们的建议，马上把谦让之举付诸行动，向王皇后表达了此意。

王皇后就是一个传话筒，很快就把话递到了刘彻耳边。刘彻一听，大为震惊，为田蚡的高风亮节所感动，同时感觉很高兴，他终于不用为选谁当丞相而愁了。

　　于是，刘彻很快下旨，窦婴被任命为丞相，田蚡被任命为太尉，封武安侯。总之一句话，皆大欢喜。

新政没商量

刘彻在拿卫绾开刀后，第二个倒霉鬼是御史大夫直不疑。

直不疑，南阳（今河南省南阳市）人，他属于三朝元老级人物，历经了文帝、景帝、武帝三代皇帝。

文帝时，直不疑任郎中。一次，他的同房郎官中有人请假回家，但是这个人回乡心切，情急之下错拿了另外一个郎官的黄金。不久，黄金的主人发现丢失了黄金，便胡乱猜疑是直不疑干的，对他指指点点，指桑骂槐。对此，直不疑没做任何辩驳，而是直接给了失主同样的黄金，还郑重地向他道了歉。

过了几天，请假的郎官回来了，他也是个诚实之人，主动把错拿的黄金交还给了失主。结果，这个丢失黄金的郎官十分惭愧，也十分震惊，明白了直不疑是无辜的，是被冤枉的。

这件事一传十，十传百，远近的人都称赞直不疑是位忠厚长者。

到了景帝时，直不疑官职升到了太中大夫。因为树大招风，他成了朝中一些野心家的政治公敌。一次上朝时，有位官员笑着对他说："你很美？"

"哪里美？"直不疑心里一惊。

"不但长得美，而且偷得美？"那位官员笑道，"美不是你的错，是上天的错，但把美用在偷情上却是你的错。天涯何处无芳草，可你为什么偏偏要与自己的嫂子私通！"

直不疑听后，脸色平静得如一潭清水，半晌才弱弱地来了一句："实在抱歉，我没有兄长。"说完这句话，他的嘴巴像是贴了块膏药，不再发一句为自己辩白之言。

这件事之后，直不疑的忠厚长者之名更是大震。

七国之乱时，这位"长者"做出了更为"长脸"之举，他以二千石官员的身份带领军队参加了平叛战争。整个过程，他身先士卒，不畏生死。因为平定七国之乱有功，直不疑升迁到了御史大夫的职位，并被封为塞侯。

如果说直不疑在仕途的升迁之道是靠长者风范，靠大公无私，靠勇于担当，那么，他此时被刘彻削去职务则是因为他的"不学无术"。

此话怎讲？原来直不疑喜欢读《老子》，崇尚的是黄老之道。他无论到哪里做官，总是采用老一套的办法，唯恐人们知道他做官的事迹。见过做人低调的，但没见过这么低调的，几乎可以低到尘埃里去了。也正是因为他奉行黄老学说，成了刘彻动刀的第二个对象。

"您老历经三朝，年事已高，也该回家享清福啦。"刘彻拍拍直不疑的肩膀，对他说了一句极为温柔的话，但这"温柔一刀"下去，直不疑的官帽掉落于地。从此他远离了尔虞我诈的官场，从此告别了风起云涌的仕途，成了闲云野鹤，归隐山林。

赶走了直不疑，刘彻马上重用了"儒之名者"赵绾和王臧。赵绾接替直不疑的御史大夫职务，王臧则被任命为郎中令。

赵绾和王臧也是知恩图报之人，马上向汉武帝推荐了一位重量级的儒学大师——申公。

逢人不说人间事，便是人间无事人。申公却恰恰相反，他是隐士，也是人间有事人。他原本在楚王刘戊手下打工,但刘戊天生淫暴,申公尽职尽责地屡屡相劝,最终仍是无效。于是,申公选择了飘然离去,后成了"赤脚教授",四海为家,到处传道授业,门下弟子数不胜数。

申公的大名,弱冠之年的汉武帝也早已如雷贯耳,他自然极为想见这位儒学泰斗。

为了表示对这位儒学泰斗的重视,汉武帝使用了最高礼节——驷马安车去接他。我们通常所见的马车都是用一匹马,但汉武帝这次却使用了四匹马。且不说这样有多阔气,单是四匹马拉一辆车的速度就快了很多,所以才说"君子一言,驷马难追"。

同时,为了防止马车颠簸让古稀之年的申公吃不消,汉武帝特命人用蒲草包裹好安车的轮子。他怕申公不肯出门,还特令使者带着玉璧和布帛等价值不菲的礼物。如此厚重的糖衣炮弹砸向一个白发苍苍的老人,可谓下足了老本。

汉武帝用最高的礼仪把申公迎进宫后,殷切地望着他道:"请先生不吝赐教治国安邦之道。"

"务实,务求。"申公沉默片刻,才惜字如金地吐出这么四个字。

"如何做到务实、务求呢?还请先生指点迷津啊。"汉武帝高薪聘请申公,自然不想只换来这几个字。

"治国安邦和为人做事一样,只要做好这个四个字,就行了。"申公说。

"还有呢?"汉武帝打破砂锅问到底。

"没了。"申公淡淡地答道。

四目相对,无语亦无声。良久,汉武帝心里长叹一声:"我请来的不是教授,是石佛啊。"但走到这一步,已没有回头路,于是他给这座"石佛"一个供奉的"神台"——太中大夫。

在找到了志同道合的儒家弟子后,雄心勃勃的汉武帝没有再迟疑,没有再观望，他马上大刀阔斧地开始了改革，出台了新政策，史称"建元新政"。

"建元新政"主要包含三方面的内容。

第一，列侯不留京。

列侯每年都有一次进京朝觐的机会，但是在京城停留的时间必须在规定时间内，一旦到了期限，就必须无条件离开京城，回到封地，镇守一方，造福一方。

之所以出台这个政策，是因为从汉高祖刘邦开始，便形成了这样一个不成文的规定，把县作为"嫁衣"封给某人，并且以县名来对应称侯。有了封地，有了爵位，按理说受封的人肯定会独守一方，享太平之乐，拥富贵之荣。然而，此一时彼一时，汉朝经过文景之治，特别是到了汉武帝时，封侯之人都不愿留在封地，而是想方设法留在京城。一是京城比封地繁华得多；二是大多数诸侯要么是皇亲国戚，要么是娶了公主为妻的。这些人从小衣来伸手、饭来张口，过惯了奢靡豪华的生活，哪里肯到穷乡僻壤去体验生活呢？三是仕途的需要，京城是权力的中心，不到京城不知道自己官小，不到京城不知道自己权小。汉朝有这样的"潜规则"，丞相人选必须从列侯中选择。为了得到皇帝的器重，为了能攀上丞相的宝座，谁都想长期留在京城，伺机而动。

列侯不准滞留京城，这是汉武帝为加强对列侯的管理实行的新举措。

第二，关中不设防。

早在秦朝时期，为了确保首都咸阳的绝对安全，出台了这样一条硬性措施：凡是出入函谷关的人，必须持有特别通行证。刘邦建国后，沿袭了秦朝的做法，依然实施执证入关。这样的做法虽然在一定程度上确保了京城的稳定，但弊端也很明显，那就是给交流带来了极大不便。不说普通百姓只能望关兴叹，经济交流也因此受阻，极大地影响了政通人和。

汉武帝下令废除通过函谷关的关禁，一来可以更好地显示太平盛世，二来可以真正让百姓享受平等出行的机会。这条新政可以说代表了汉武帝"开放"的治国理念。

第三，宗亲无特权。

汉武帝时，宗亲仗着势力大、后台硬，无法无天，胡作非为，经常做出一些违法的事，一来给皇室宗亲抹了黑，二来造成了社会的不稳定。汉武帝下令坚决打击宗亲违法乱纪行为，宗亲犯法，与庶民同罪，严惩不贷。

总而言之，这三条新政归根结底就是两个字：惠民。

当头一棒

汉武帝的新政虽然符合国计民生，但为他喝彩的人却很少，原因是树敌太多。

树了哪些敌人呢？不是外人，都是自己人——皇亲国戚。他们本来小日子过得风生水起，但新政断了他们在仕途上的捷径，他们在行为上受到了极大的约束。转眼间，拥有的特权都被剥夺了，他们自然会反对和抵抗。

如何抵抗呢？他们当然不能直接和汉武帝动手，而是找窦太后告状。

一个人这么说，窦太后不置可否。两个人这么说，窦太后得过且过。三个人这么说，窦太后就不可不信了。

当然，窦太后毕竟是太后，尽管她怒了，却没有表露出来，而是采取了以静制动的方针，想看看汉武帝接下来还会有怎样的举动。

哪知，汉武帝接下来的举动让窦太后再也静不下来了。

点燃窦太后心中怒火的人是御史大夫赵绾。他给汉武帝提了一条重磅建议：朝中大事理应皇帝一个人说了算，以后不必再请示东宫了。

东宫就是指窦太后，不请示东宫，就是不请示窦太后。

应该说赵绾的出发点是好的，他是帮汉武帝揽权，摆脱窦太后的操控。

然而，他太小看窦太后了。赵绾急于求成的这个小报告竟成了窦太后手中的把柄。

窦太后听说此事后，愤怒异常。从表面上看，她愤怒的是赵绾的大不敬，从更深层次的原因来看，是因为她骨子里坚决信奉黄老之学，坚决反对儒家学说。也正是因为这样，她要求自己的儿子汉景帝、孙子汉武帝都要"独尊黄学"。

其实，儒家学说和黄老学说之间的对战由来已久。汉景帝也是个思想叛逆之人，他当时就为了学术信仰和窦太后进行了一次针尖对麦芒的争斗。

汉武帝开始思想革命以来，窦太后开始只是观望，想看看年轻的汉武帝究竟会把汉朝折腾成什么样。但是，这场好戏只看了一部分，就被不识抬举的赵绾给搅黄了。凡事不向东宫请示，那就等于剥夺了窦太后的政治权力。权力是一把双刃剑，任何人任何时候都不想放下，窦太后自然也不例外。

怒不可遏的窦太后开始发威了。她干脆果断地使出了窦氏三板斧。

窦太后的第一板斧：取而证之。

枪打出头鸟。窦太后毕竟经历过了这么多风风雨雨，是老江湖了，她之所以举起了手中的"屠龙刀"，却没有马上挥出来，就是要继续等待挥刀的最佳时机。当然，这个等，不是白等、干等，而是主动出击地等。

她派出了一个由自己的亲信组成的"调查团"，暗中调查御史大夫赵绾和郎中令王臧二人的罪证。

先搜集罪证，再挥出"屠龙刀"对其进行最后一击，这是窦太后的看家本领，也是制胜法宝。远的不说，先前对付逼死自己宝贝孙子刘荣的郅都时使的就是这一招。前车之鉴不远。可惜御史大夫赵绾和郎中令王臧被汉武帝强大的光环所笼罩，被变革的强大力量所感染，被自己超强的自信所迷惑，认为变革已成燎原之势，所以，轻视了窦太后的绝地反击。

窦太后是啥人物，轻视了她，后果很严重。果然，很快，窦太后的"调查团"就不负厚望，搜集到了赵绾和王臧的罪证。窦太后为他们二人各精心挑选了五条罪状，组成了"罪十条"，然后打包一起交给了汉武帝。

窦太后的第二板斧：分而惩之。

汉武帝接到窦太后送来的"大礼包"时就知道事情坏了，他当然是想为赵、王二人开脱罪名，但人证、物证俱在，而且还有窦太后的监督，他只好听命立案，把赵、王两人的事移交给司法部门去调查处理。

赵绾和王臧就这样入狱了。司法部门的人忙碌开来，正准备大刀阔斧进行审讯时，窦太后没有犹豫，不再迟疑，终于挥出了手中的"屠龙刀"，给司法部门的最高长官下达了死命令：把赵、王二人给我往死里整。

接下来，赵、王两人的遭遇就可想而知了，他们面对的是生不如死的严刑逼供。

痛不欲生的结果是死路一条，忍辱负重的结果可能还是死路一条。与其这样将痛苦坚持到底，不如一了百了。想通了这一点，赵绾和王臧选择了自杀。

然而，赵绾和王臧不会料到，他们虽然以死明志，但并没有达到舍生取义的效果。他们死了，窦太后的气焰更嚣张了，她给他们盖棺论定：畏罪自杀。

汉武帝此时爱莫能助，只能唏嘘长叹。

窦太后此时怒气未消，还要继续挥刀。

接下来，轮到窦婴和田蚡遭殃了。考虑到窦、田两人毕竟是外戚的内部人员，窦太后放下了手中的"屠龙刀"，使用了"温柔一剑"。这一剑挥出，硬生生地削掉了窦、田二人的官帽。

死罪可免，活罪难逃。能保全窦、田二人一命，窦太后已是格外开恩了。

一手打造的"四大天王"一夜之间便烟消云散了，汉武帝除了感到寒意侵骨、痛心疾首，更多是无奈和无助。当然，窦太后的"屠龙刀"和"温柔剑"也让汉武帝清醒了过来，他知道此时自己羽翼未丰，现在和窦太后直接斗力，不但胜算不足一成，弄不好还会把自己搭进去。

对此，他做出了亡羊补牢之举，把用"驷马安车"请来的申公送回去了。申公也是个聪明人，眼见风头不对，留在朝中多半是死路一条，要谋生眼下只有"走"这一条路。于是，他及时打了辞职报告，汉武帝顺水推舟，准奏，申公一刻也不敢停留，一夜之间消失得无影无踪。窦太后原本是想再拿他开刀的，此时见他归隐了，鞭长莫及，也就不再追究了。

窦太后的第三板斧：取而代之。

窦太后成功拿掉了汉武帝精心打造的"四大天王"后，马上启用自己的人担任朝中最重要的丞相、御史大夫等要职，把汉武帝好不容易洗好的牌又洗了一遍。

新上任的丞相许昌和御史大夫庄青翟是朝中元老级人物。两人虽然在朝中属于无功绩、无德、无能的"三无"人员，但因为他们都信奉黄老学说，且是拥后派的重量级人物，所以，被委以重任也就在情理之中了。

而新上任的郎中令石建和内史石庆还是弱冠之年，属于后起之秀，他们又是何许人物？为什么能从默默无闻一下子位列朝中四甲之列呢？

原因很简单，因为石建和石庆都有一个好父亲——万石君石奋。

万石君石奋是河内郡人，初生牛犊不怕虎，十五岁时他就跟随汉高祖刘邦经历了惊心动魄的楚汉争霸。他做的最得意的一件事就是把自己美貌的姐姐推荐给了刘邦，同时自己也走上了仕途，被封为"中涓"。他的家人都被接到长安享受贵族待遇。到汉文帝时，他先是被封为太中大夫，随后又被封为太子太傅。汉景帝刘启继位后，他被提为九卿之位，后来又被升为诸侯国的相国。

石奋之所以能在仕途中青云直上，除了依靠裙带关系，更重要的是他为人处世得宜。石奋虽不善言谈，但却敏于行事。"战战兢兢，如临深渊，如履薄冰"这十二个字是对他行事特点的准确概括。

在石奋的言传身教下，他的家人，甚至仆人待人接物都非常恭敬，特别谨慎。如此一来，万石君一家因孝顺谨慎闻名于各郡县和各诸侯国，即使齐鲁二地品行朴实的儒生们，也都认为自己不如他们。

也正是因为这样，石奋的长子石建、二子石甲、三子石乙、四子石庆，都因为品行端正、孝敬父母、办事严谨，做官做到了二千石。对此，汉景帝有话要说了，他发出感叹："石君和四个儿子都是二千石官员，加起来等于一万石了，作为臣子的尊贵荣宠竟然集中在他一家啊！"为了表达对石奋的崇高敬意，他尊称石奋为"万石君"。从此，"万石君"这个称号便传播开来。

在这样的关键时刻，窦太后之所以向石家投去橄榄枝，就是看中了石家的"名人效应"。石家谦卑，礼让有加，门风极好，重用石家，对稳定政局显然有好处。

但是，考虑到万石君石奋此时年事已高，窦太后便从他的四个儿子中选了石建和石庆两人分别担任郎中令和内史，从而打造了自己的一副新牌。

姜还是老的辣，窦太后用实际行动给年轻的汉武帝上了一堂生动的政治课。

第四章

情非得已

小不忍，乱大谋

窦太后在朝中搅弄一番风云后，汉武帝"独尊儒术"的思想革命到此暂告一段落。参与的人贬的贬、杀的杀，刚刚燃起的火苗已被窦太后掐灭。然而，正如成功的路上从来没有一帆风顺一样，星星之火终究会呈燎原之势。汉武帝终究会有重新站起来、扬眉吐气的那一天。

少年心事当拏云。思想革命受挫后，汉武帝虽然有点灰心，但并不气馁；虽然有点失落，但并不自弃。他在体会到了理想与现实的差距后，做出了一个极为理智之举，默然接受这血淋淋的现实，不和窦太后进行直接对抗。他现在和窦太后相比，唯一的优势就是年龄。论政治智慧、经验教训，窦太后都要高出他无数倍。扬长避短，汉武帝知道自己现在唯一要做的就是等，等待时机，等窦太后老去的那一天，等待那个属于自己的大汉王朝。

为了解忧，汉武帝开始了乐此不疲的游猎生活，而"引路人"却是一个叫韩嫣的人。

韩嫣和汉武帝年纪相仿，两人是发小。韩嫣之所以有机会接触汉武帝，是因为他有一个好爷爷。他的爷爷韩颓当是和周亚夫、窦婴等人一起平定七国叛乱的功臣之一，就是因为有功，汉景帝对韩颓当很是器重，所以，安排韩嫣为汉武帝的玩伴。

韩嫣是个善解人意的人，他见汉武帝很苦恼，便提议去游猎。反正闲着也是闲着，病急乱投医的汉武帝就这样跟着韩嫣去玩了一次。结果这一玩，汉武帝体会到了游猎的乐趣，从此就迷上了这种无拘无束的游猎生活。从建元三年（公元前 138 年）开始，刘彻开始了自己的"微服游猎记"。

刚开始，汉武帝只是把游猎的目的地定在京城四周。后来，范围进一步扩大，为了寻找刺激，他甚至还到终南山一带去游猎。游猎是一项技术活，且不说在深山老林里要和熊虎等猛兽博斗，有时还要与人博斗。

一次，在终南山，汉武帝为了追逐一只兔子，带着随从闯进了一片农田。结果兔子没抓到，自己却变成了一只兔子。

原来，农夫们看到自己的庄稼地被一群来路不明之人糟蹋得不成样子，于是纷纷操起锄头等农具，把汉武帝一伙人围了个严严实实。幸亏当地官员闻讯及时赶来，否则，后果不堪设想。

事后，汉武帝显得很大度，不但以不知者无罪为由饶恕了当地民众，而且还主动补偿了农民的损失。

还有一次，汉武帝微服私猎到柏谷（今河南省灵宝市），见天色已晚，便找了个客栈住下。一行人忙碌了一天，个个饥渴难当，便大声向店主要汤喝。按理说，客人向店主索要汤也无可非议，人家又没说不付钱，但汉武帝手下那帮内侍平时骄横跋扈惯了，此时大吵大嚷，仿佛把客栈当成是自己的一亩三分地。客栈老板就有脾气了，没好气地回了六个字："要汤没，要尿有。"

内侍们平常哪受过这样的气，个个怒气冲冲，便要发作，但都被汉武帝止住了，他也说了六个字，不过只有他的内侍们能听见："小不忍，乱大谋。"

内侍们忍住了，但客栈的老板却忍不住了，他见这伙人佩剑带刀，来路不明，怀疑是非贼即盗之人。于是，找来当地的"地头蛇"，准备为民除害。

正在这个节骨眼上，老板娘发话了："我看这群人来势不凡，为首那人又气宇轩昂，像是贵公子，不像是强盗啊！更何况他们人也不少，个个身佩刀剑，怕是不好惹的主啊，千万别冲动行事。"

老板仗着这里是自己的地盘，岂容别人在这里撒野？他妻子的话左耳进右耳出，还是要"为民除害"。

老板娘知道丈夫的牛脾气，他认定的事九头牛也拉不回来。于是，不再直接阻拦，而是采用了"迂回"战术，教会了老板一招：还是等到深更半夜，这伙人都睡着了，再打他们一个措手不及吧！

老板觉得老板娘的话很有道理，心想，半夜下手可能更好些吧。老板娘趁机端上酒来，说是为他壮壮胆，结果这一壮就壮到云里雾里去了。等第二天老板醒来时，汉武帝一伙早已人去楼空了。

汉武帝回到宫中后，很快就知道了这件"四面埋伏"的事，他认为老板娘护驾有功，赏给她金千两；认为老板警惕性很高，封他做了宫廷里的禁卫官。这家人真的是因祸得福了。

有惊无险地在刀锋上玩了几次游猎后，年少轻狂的汉武帝终于收敛起来，他不敢再拿自己的生命开玩笑了。于是，韩嫣趁机提出了一个好建议，扩建上林苑，以供皇家游猎。具体来说，就是把终南山和皇家御苑之间的农田全部划为御苑，再在其中每隔数十里建一个供游猎歇脚的行宫。这样一来，既可避免外出游猎和百姓发生冲突，也能保障安全。

扩建上林苑既能满足自己游猎的需要，也提升了自己的安全系数，这是一举两得的好事啊，汉武帝自然没有不答应的道理。

而窦太后对汉武帝这种"玩物丧志"的游猎活动自然不会阻挡。朝中大臣如丞相许昌等拥后派人士也都是举双手赞成的，扩建上林苑的事似乎已铁板钉钉了。然而，就在这个节骨眼上，一个人站了出来，他义正词严地说道："臣反对扩建上林苑。"

敢于以一己之力冲破篱墙，搅乱汉武帝和窦太后对弈局面的人，就是大汉奇才——东方朔。

"毛遂自荐"第一人

东方朔的出道和当年的毛遂一样，也是靠自荐发迹的。但是，他比毛遂更厉害，因为他是个不畏艰难的人，在没成气候时不气馁，在有成就时不骄傲，将自荐进行到底。

第一次毛遂自荐：史上最牛的自荐书

东方朔刚出道时，为了吸引汉武帝的注意，向汉武帝写了一封自荐信。

信中的大意是，我叫东方朔，是平原厌次（今山东省陵县神头镇）人。我从小是孤儿，靠我嫂子一把屎一把尿地拉扯成人。我十二岁才开始读书，三年修得文史不分家；十五岁开始练剑，一年修得剑出无声；十六岁熟读六书，再三年修得满腹经纶；十九岁学习《孙子兵法》和《吴起兵法》，复三年修得手中无兵心中有兵。今年我二十二岁了，身长九尺三寸，眼睛像夜明珠一样明亮迷人，牙齿像贝壳一样洁白，勇敢赛过孟贲（战国时的大力士），灵敏赛过庆忌（春秋时吴国勇士），廉洁赛过鲍叔牙（春秋时齐国大夫），信义赛过尾生（生平不详，古信士。三国嵇康的《琴赋》有云：比干以之忠，尾生以之信）。像我这样的文武全才，够资格做您的大臣吧？

应该说，这封自荐信写得太有水平了，严谨而不失活泼，幽默而不失文采，称为史上最牛的推荐信也不为过。汉武帝接到东方朔的推荐信后也是眼前一亮，嘴里直叫"人才啊，人才"。既然是人才，当然要聘用了，于是汉武帝让他在公车（卫尉的一个下属单位，相当于官方招待所）静候佳音。

东方朔接到汉武帝的回函后，欣喜非常，看来自己煞费苦心的推荐信没有白写啊，想到自己马上就可以鲤鱼跳龙门，东方朔心里很是激动。

第二次毛遂自荐：史上最纯的厚黑学

然而，东方朔的激情很快就被漫长的等待磨没了。此后很长一段时间，他左等右等，前等后等，就是等不到汉武帝的"录用通知书"。眼看再这样等下去花儿也要谢了，东方朔意识到一万年太久，谁也等不起啊！

东方朔没有再这样漫无目的地等下去，而是决定再来一次毛遂自荐。这次毛遂自荐，他没有再亲自操刀写自荐信，而是选择了利用他人当"自荐信"。

怎么个利用法呢？东方朔把目光瞄在了这些天和他一起同吃同住的侏儒们身上。这些侏儒是从全国各地征集而来的小矮人，是专供皇帝娱乐的开心果。

一天，东方朔假装跟这帮侏儒套近乎。一阵胡吹之后，话锋一转，他说出了这样一句话来："皇上决定把你们统统杀掉，你们知道吗？"

侏儒们一听，惊讶不已，忙问为什么。东方朔故弄玄虚，拿自己和他们的身高做了一番长时间的比较和分析，在吊足了他们的胃口后说了一段话："**'上以若曹无益于县官，耕田力作固不及人，临众处官不能治民，从军击虏不任兵事，无益于国用，徒索衣食，今欲尽杀若曹。'朱儒大恐，啼泣。**"（《汉书·东方朔传》）大意是，像你们这样的人，当官当不好，做农民又干不了农活，成天只知道白吃白喝，滥竽充数地过日子。皇上召集你们到宫中来的目的不是为了看你们表演，而是想把你们召集到一起，然后再慢慢杀掉。这样既掩人耳目，又为国家节省了粮食，一举两得，一箭双雕啊。

"我们该怎么办呢？"侏儒们又异口同声地问道。

"办法是有，只是怕你们不愿意去做。"东方朔一副欲言又止，欲语还休的样子。

"只要能保全性命，上刀山下火海我们都愿意去做。"侏儒们心急如焚。

"你们要想活命也不难，不用上刀山也不用下火海，只要到皇宫的门口候着，等皇帝的马车出来，你们就将它拦住，然后跪地求饶，说上有老母，下有妻小，求皇上开恩。皇上如果问起缘由，你们只管往我身上推就是，我保管你们一点事儿都没有。"

众侏儒见东方朔这样舍己救人，都感动得热泪盈眶，对他千恩万谢后，开始守候在宫门。昼过夜来，夜过昼来，经过几昼几夜，他们终于等来了汉武帝。接下来，他们便奋而拦车，叩首谢罪。

汉武帝一大早出门就被这群侏儒拦车哭诉，弄得丈二和尚摸不着头脑，问道："什么死啊活的，朕什么时候说过要砍你们的脑袋啊！"

此时，侏儒们早已把东方朔教他们的台词背得滚瓜烂熟了，争先恐后地开始推卸责任："这些都是东方朔说的啊！"

汉武帝一听大为诧异，朝侏儒们挥了挥手，示意他们可以回去了。侏儒们至此终于可以高枕无忧了。汉武帝转过身来，对韩嫣道："把东方朔给我找来。"

东方朔终于踏进了皇宫，尽管心里很激动，但腿脚还是很利索。

"东方朔，你可知罪？"一见面，汉武帝就来了个下马威。

"罪从何来？"东方朔见到汉武帝后，反而平静了下来。

"你恐吓侏儒，犯了恐吓罪。你造谣生事，蛊惑人心，犯了造谣罪。你陷朕于不仁不义，犯了亵渎罪。三罪之重，重于泰山，你还不知罪吗？"

"臣有罪。"东方朔脸色平静，从容说道："陛下乃万世之仁君，臣对皇上的景仰犹如滔滔江水，连绵不绝，又如黄河泛滥，一发不可收。听皇上一言，胜过十年寒窗苦读。臣日思夜想只求能见陛下一面，无奈庭院深深深几许，臣虽在长安却不能见到陛下，故出此下策，只求一睹圣容。如有罪，亦是无心之罪。"

"原来如此，那你冒死见朕又是为了何事？"汉武帝被东方朔的马屁拍得心花怒放，语气平和了不少。

"那帮侏儒们身长三尺，每月领米一袋，钱二百四十文。臣身长九尺多，每月亦是领米一袋，钱二百四十文。侏儒们吃得满嘴流油，胀得上吐下泻，几乎要撑死；而臣却因为不够吃，饿得瘦骨伶仃，几乎要饿死。陛下如果认为臣可以用，就应该让臣有不同于他们的待遇才对。如果不能用，那就放臣回去，免得浪费国家的粮食啊。"

汉武帝听了东方朔的话会心一笑，笑完之后，大手一挥，给了他一个新的职务：郎中（管理车骑门户的官）。

至此，东方朔的厚黑学取得了良好的成效。

第三次毛遂自荐：史上最狂的辩论家

东方朔通过前两次毛遂自荐，终于得到了汉武帝的认可，但他并没有止步于此。相反，还居安思危，知道自己只是通过了汉武帝这一关，但朝中文武百官并没有认可他这个后起之秀。如果在众人面前再出一次彩，那就完美了。于是，东方朔决定再来一次华丽的毛遂自荐。

不久，机会就来了。一次，汉武帝猎获一头野猪，为了显示皇恩浩荡，汉武帝决定把猪肉分给朝中文武百官。也不知是分肉的太官丞故意显摆，还是怎的，总之，百官从一大清早等到晌午时分，还不见太官丞的踪影。此时正值炎炎夏日，众大臣都又热又饿，苦不堪言。

东方朔眼看机不可失，这正是他向文武百官毛遂自荐的最佳时机。于是，不再犹豫，果断拔出身上所佩之剑，在众人一片惊呼中，从容不迫上前割了一块肉。走之前，他还轻飘飘地跟众人说了一句话："三伏天应该早点回家，收领了赏赐回去吧。"对此《汉书》中记载："**大官丞日晏不来，朔独拔剑割肉，谓其同官日：'伏日当蚤归，请受赐。'**"

面对东方朔的大胆行为，自然有人把小报告打到了汉武帝那里。于是，两人又见面了。只不过和上一次不同的是，那时东方朔是在"应考"，而这次却是在"露才"。

面对汉武帝质问为何私自割肉，东方朔回答道："东方朔啊东方朔，你受赐分肉却不等诏书，这是很坏规矩的行为啊；你拔剑割肉，这是很豪爽的举动啊；割下的肉又不多，这是很廉洁的作风啊；回去后把肉交给老婆，这是很仁义的表现啊……"

东方朔果然是一代奇才，他明责暗夸的风趣作答把汉武帝逗笑了。于是，汉武帝非但没有治东方朔的罪，反而赐酒一石、肉百斤以示奖励。

碰上好事，人人都想分一杯羹，能克制自己，不因一己私利让别人利益受损的人，才会赢得他人的尊重和信任。

通过这件事，朝中文武百官无不对东方朔刮目相看。通过这件事，汉武帝对东方朔又看重了几分，这次虽然只是奖励了他一点小小的物资，没有升官，但从此汉武帝游猎除了必带的玩伴韩嫣，又多了一个顾问——东方朔。

第四次毛遂自荐：史上最直的劝谏书

按理说，东方朔从此能整天与汉武帝形影不离就应该知足了，但东方朔就是东方朔，他既然不是一般人，就注定不是闲着的主。很快，他就递上了一封劝谏书，反对汉武帝扩建上林苑。

扩建上林苑一事是由汉武帝亲自下令，窦太后默许的，众臣都很识时务地选择了支持。偏偏刚得汉武帝垂青的东方朔唱起了反调，这让人很是惊奇和诧异：伴君如伴虎，如果皇上以后不打猎了，还要你东方朔跟在身边干什么呢？

流言蜚语耳边过，东方朔却不为所动，依然坚持我行我素。他一番运筹帷幄后，向汉武帝提交了反对扩建上林苑的"三不可"。

"上乏国家之用，下夺农桑之业，是其不可一也。"（《资治通鉴·汉纪九》）

终南山居关中之险，是国家的天然屏障；泾水、渭水贯穿其中，是国家交通发达的地方。昔日秦国之所以能一统天下，就是因为占有这样进可攻、退可守的有利位置。如果陛下把终南山这块风水宝地和资源宝地圈进上林苑中仅供游猎之用，明显大材小用，不但浪费国家的资源，而且会减少国家的赋税收入，加重百姓的负担。

"坏人冢墓，发人室庐，令幼弱怀土而思，耆老泣涕而悲，是其不可二也。"（《资治通鉴·汉纪九》）

把终南山扩建为上林苑，不但破坏生态平衡，势必还要来个"千里大移民"，到时候弄得百姓流离失所，妻离子散，岂不是给这太平盛世添乱子！

"一日之乐，不足以危无堤之舆，是其不可三也。"（《资治通鉴·汉纪九》）

扩建这么大的上林苑，不说别的，单是四周建围墙就有得受了，更别说在里面建条条大道通林区了。其中深沟乱石，随时都有危险发生，陛下万金之躯不宜冒这个险啊！

总结陈词：修建上林苑不但劳民伤财、劳师动众，而且危及皇上的万金之躯、千秋大业，弄不好会落得个怨声载道、千疮百孔的下场啊。

东方朔条分缕析，分析得入木三分，汉武帝听了又是点头又是微笑，大手一挥，赏赐他百两金，并升迁他为太中大夫。

东方朔笑了，因为他名利双收了；然而，他很快又"哭"了，因为他发现汉武帝的上林苑还是如期动工了。

汉武帝就是这样有主见的人，他既欣赏东方朔的才华，又奉行自己雷厉风行的原则，不受任何人干扰。

窈窕淑女，君子好逑

中国人对万物倾注了情感，欢欣则张灯结彩，幽独则青灯黄卷，喜乐则花烛高照，悲伤则灯烛暗淡。同样一盏灯，同样一支烛，色彩都会变化，况味自是不同。

古代成亲，时在黄昏，唯有黄昏后，才能点起光明的烛，不同于现代，一切阵列于光天化日之下，多了喧嚣的热情，却少了含蓄的韵致；多了通透的交流，却少了细微的深沉。洞房花烛夜，何尝不是另一种况味。

汉武帝的第一任皇后是陈阿娇。陈阿娇之所以能捷足先登，成为汉武帝的原配，是因为他们青梅竹马，从小便在大人的安排下，开始了"姐弟恋"，也成全了"金屋藏娇"的佳话，让少年汉武帝一举成名。

而汉武帝当年之所以能战胜一系列强有力的对手，最终登上太子宝座，离不开长公主的支持。长公主既是汉景帝的姐姐，又是窦太后的掌上明珠，她的"耳边风"胜过七级台风。正是因为长公主的大力支持，最终王皇后才成功打败情敌栗妃登上后位，也助自己的儿子踩着太子刘荣的尸骨成为新任太子，并最终继承皇位。

所以，为了感念长公主一家的恩情，建元元年（公元前 140 年），汉武帝封陈阿娇为皇后。

然而，爱情是甜蜜的，是丰满的，婚姻是平淡的、骨感的。蜜月期过后，进入的是磨合期。很快，汉武帝婚姻的七年之痒就提前上演了，原因是陈阿娇属于典型的"野蛮皇后"。她野蛮到了什么程度呢？

陈阿娇自恃自己和老妈有功于汉武帝，骄纵野蛮，专横霸道。而事实证明，这是陈阿娇目光短浅的表现，她只明白她陈家对汉武帝有恩，却忘了居功自傲、肆无忌惮是要付出代价的。正如水能载舟，亦能覆舟，功劳能把她推到人生的顶峰，也能让她从顶峰跌落谷底。

陈阿娇的骄妒擅宠、独断专行，把后宫搅得鸡飞狗跳，连宫女都对她唯恐躲之不及。阿娇成了"傲娇"，汉武帝见识到陈阿娇的庐山真面目后，新婚的快感很快就消失了，莫名的厌倦涌上心头。

不久，寄情于山水的汉武帝迎来了一次最美的艳遇。

建元二年（公元前139年）三月，正值春暖花开的时节。风华正茂的汉武帝到灞上（今陕西蓝田县西）举行了一次消灾除恶的祭祀活动，回来时，汉武帝心情大好，决定顺道去看望久未谋面的姐姐平阳公主。平阳公主是王皇后入宫后为汉景帝所生的第一个女儿，后来嫁给一代名丞曹参的曾孙平阳侯曹寿为妻，故称平阳公主。

平阳公主和汉武帝向来关系很好，面对汉武帝的大驾光临，她自然高兴了，为汉武帝举行了隆重的"接风宴"。

如果只是一个简单的"接风宴"那也没什么好提的，需要指出的是平阳公主也许是察觉到了汉武帝的内心不快乐（实权旁落），又或许想极力巴结讨好这个皇弟。总之，宴会间她安排了十多个美女为汉武帝奉觞敬酒。

汉武帝虽然正值青春年华，但对这些美女却并不感兴趣。平阳公主见汉武帝不为美色所动，玉手一挥，顿时鼓声擂动，琴瑟相和，家里蓄养的一班歌女们拥着一名绝色美女隆重登场了。

但见那绝色美女在众歌女的伴舞下，轻启玉喉，边舞边唱，端的身柔如棉，声甜如莺。当真是金风玉露一相逢，便胜却人间无数。

汉武帝本来是"酒入愁肠愁更愁"，低着头一杯又一杯地独饮着。但自从这名绝色美女出现后，他的眼里就只有她没有酒了。良久，他问平阳公主："那个歌女叫什么名字啊？"

平阳公主很会察言观色，见汉武帝自那歌女出场后，眼睛就没有离开过她，此时又"自降"身份地询问人家的底细，知道自己精心安排的戏有"戏"了。于是答道："她叫卫子夫，平阳人氏，从小就在我府上当歌女。"

"卫子夫，卫子夫，好名字啊。"汉武帝赞道。

平阳公主此时已很善解人意地把卫子夫叫到了汉武帝跟前。汉武帝细细打量着眼前这位绝色美人，鼻中闻着一股淡淡的销人魂魄的幽香，一颗火热狂跳的心差点没从胸膛里蹦出来。

"啊，那个……朕好热，要去换一件衣服……"汉武帝朝卫子夫深情地看了一眼，然后装成醉醺醺的样子，趔趄着朝"更衣间"走去。

平阳公主如果此时还不知道汉武帝心里打的是什么主意，那她就不配做汉武帝的姐姐、不配当平阳公主了。于是，她叫卫子夫去伺候汉武帝更衣了。

接下来的故事很简单了，和平阳公主所预想的不差分毫，孤男寡女在"更衣间"里擦出了爱的火花。

昔日大汉开国皇帝刘邦从他生命中的第一个女人曹氏家出来时，胸中无墨的他突然灵光乍现，大声吟道："关关雎鸠，在河之洲，窈窕淑女，君子好逑……"而此时汉武帝刘彻从"更衣间"出来时，学了一辈子儒学的他，也用诗词表达了他的内心感受："蒹葭苍苍，白露为霜。所谓伊人，在水一方……"

平阳公主见汉武帝这般喜欢卫子夫，索性好事做到底，汉武帝回宫时，让他把卫子夫带走了。

汉武帝为何能抱得美人归呢？两个字：装醉。酒不醉人人自醉，色不迷人人自迷。酒中猎色，色中伴酒，乃酒后之事，难得糊涂，无损于堂堂一国之君的形象。

"草根歌女"卫子夫为何能得到皇帝的垂青呢？原因有三个方面：

秘诀一：动听的歌声。卫子夫的职业是歌女，歌声如何，虽然史书无载，但是，应该很动听。我们讲戚夫人大得刘邦赏识之时，特别提到刘邦喜欢功夫嫔妃、才艺嫔妃。汉武帝也是如此，这是刘氏家族的一大特点：爱才貌双全的女人！

秘诀二：秀美的鬘发。卫子夫有一头美发，这一点倒是有据可查。我国宋代编纂的一部大型类书《太平御览》卷三百七十三《人事部·鬘》记载了一件事：《史记》曰：卫皇后字子夫，与武帝侍衣得幸。头解，上见其发鬘，悦之，因立为后。《汉武故事》也说卫子夫凭一头秀发大得汉武帝欣赏：子夫遂得幸，头解，上见其发美，悦之，纳于宫中。东汉著名文学家张衡在他的名作《西京赋》中也有一句：卫后兴于鬘发。中国男人素爱乌发如云的美女，汉武帝也不能免俗。一头秀发使平民女子卫子夫妩媚倍增，也俘获了大汉王朝最高当权者的心。

秘诀三：别具小女儿态。卫子夫出身卑微，她的母亲卫媪只是平阳侯家的奴婢。因此，卫子夫没有那些千金贵族小姐们的骄横霸道，别具小女儿态。这种酸酸甜甜的爱的味道，更加让汉武帝动心。

自从得到卫子夫后，汉武帝体会到了真正的爱情滋味，立即把"三千宠爱"集于她一人身上。

中国现代最负盛名的历史学家、古典文学研究家、语言学家陈寅恪先生提出过"五等爱情论"：第一，情之最上者，世无其人，悬空设想，而甘为之死,《牡丹亭》之杜丽娘是也。第二,与其人交识有素,而未尝共衾枕者,宝、黛是也。第三,曾一度枕席而永久纪念不忘,如司棋与潘又安。第四,又次之,则为夫妇终身而无外遇者。第五,最下者,随处接合,唯欲是图,而无所谓情矣。

单从这一点来看,汉武帝和卫子夫的关系显然属于第三等,一度枕席而念念不忘,属于一见钟情类。而汉武帝和陈阿娇之间的关系显然属于第五等,只有利益所在,根本无情可言,是典型的政治联姻。

汉武帝与卫子夫琴瑟和谐,皇后陈阿娇自然不会袖手旁观。她化身成母老虎,要向汉武帝讨个说法,要和卫子夫一比高下。一场后宫争宠大战就这样上演了。

后宫争宠

陈阿娇和卫子夫的这场后宫大战共进行了五个回合。

第一回合：无招胜有招。

事实证明，在古代皇宫里，有一个好父亲固然重要，有一个好母亲也同样重要。陈阿娇一生中没有"拼爹"的机会(父亲早死)，但没少"拼娘"。

此时，面对天下掉下来的情敌卫子夫，她如临大敌，马上跑到母亲馆陶公主那里告状去了。馆陶公主一听，也是悲愤交加，立即进宫找王太后要说法。

王太后之所以能有现在尊贵的地位，离不开馆陶公主的大力支持。此时面对馆陶公主的哭诉，她很爽快地拍拍胸脯说："亲家放心，这件事我不会撒手不管的。"

果然，王太后很快就找汉武帝谈心了。

"听说你最近总是在外面拈花惹草，陷入脂粉堆里不可自拔？"王太后劈头问道。

"没……哪有的事……"汉武帝嗫嚅着，脸色微微泛红。

"男人有个三妻四妾都很正常，更何况你是堂堂一国之君，拥有三宫六院七十二妃也是情理当中的事。"王皇后慢条斯理地说着，"忍一时风平浪静，退一步海阔天空。你小子给我听清楚，凡事不能忘本。陈阿娇从小跟你青梅竹马，金屋藏娇更是世人所知，你千万不能当了皇帝就忘了本。再说，你现在刚刚继位，根基还没打稳，整个天下还是太皇太后说了算，你现在翅膀还没硬，就想飞？馆陶公主是太皇太后的宝贝女儿，得罪了馆陶公主就等于得罪了太皇太后，她老人家一旦发怒发威是什么样的后果，你已经见识过了，赵绾和王臧等人就是前车之鉴啊，你千万不要搬起石头砸自己的脚，自寻死路，断了自己千秋大业之梦啊！"

王太后的话虽然带有几分恐吓的意味，但说的却是实情。汉武帝是个聪明人，经他母后这一点拨，顿时茅塞顿开。他权衡利弊，自然明白其中的利害关系，心里叹"人在皇宫，身不由己"，嘴里却应道："谢谢母后提醒。"

接下来，该汉武帝做出痛苦的选择了，在发出长长一声叹息后，他选择与陈阿娇重归于好，把卫子夫打入冷宫。

可怜卫子夫原本以为时来运转，春暖花开，可以借助汉武帝的肩膀由"丑小鸭"升为"白天鹅"，却哪里料到还没有飞，就被拔去了羽毛。从此，她在冷宫里与青灯为伴，寂寞独居。

陈阿娇和卫子夫第一轮对战暂告一段落，陈阿娇依靠她娘，以无招胜有招，大获全胜。

第二回合：有招胜无招。

初出茅庐的卫子夫千般妩媚、万般柔情还来不及展示，就遭此当头一棒，先是心灰，然后意冷，再接着就绝望了。然而，世上的事就是这样变化无常，她独守冷宫一年，正处于绝望边缘时，转机出现了。

建元三年（公元前138年），汉武帝在后宫举行了一次特殊的"选秀"比赛。与众不同的是，一般的选秀是把美女佳人往后宫里送，汉武帝这次选秀却是把宫女往宫外遣。

而符合这一条件的是年老色衰、长期滞留不用的宫女，说得再直白点就是"剩女"。把这些"剩女"清除出宫，一来可以减轻后宫的经费开支，二来可以让她们出宫改嫁，从而达到"剩女"不剩的目的。

当然，汉武帝这么做也是参照了汉文帝和汉景帝的做法。

就在清理的过程中，汉武帝又见到了卫子夫。卫子夫素衣洁面，不施粉黛，一头乌发垂肩，一袭白裙飘飘，仿佛不食人间烟火的仙女，在众宫女中显得与众不同，出类拔萃。

汉武帝一眼就认出了她，虽然她比以前清瘦了些、憔悴了些，却风情依然，动人依然。

汉武帝心里突然有一种刺痛感，一年前的温存清晰地浮现在他脑海中。在把卫子夫带回宫的路上，他曾对她许下诺言，要爱她一辈子。然而，千言万语又如何，山盟海誓又如何，只不过是过眼云烟，都抵不过岁月的变迁，时光的流逝。

汉武帝在回忆和伤感，卫子夫也没有闲着，只见她从众宫女中穿梭而出，跪在汉武帝面前。未语泪先流，大颗大颗晶莹的泪水顺着她白皙的脸庞滑下，在流泪的同时，她开始了低泣，随后由低泣变成了号哭，再接着变成了泣不成声……

哭，便是卫子夫使出的撒手锏。是啊，千年等一回，卫子夫在一年的漫长等待里，终于感悟到"本领"的重要性。没有"本领"，在后宫就是任人宰割的羔羊，要想改变命运，成为主宰者，就必须要有"本领"，有属于自己的独门绝招。

一哭二闹三上吊，女人制胜的三大法宝，卫子夫通过实践和领悟，最终认定哭是最厉害的。毕竟"闹"纯属粗活，没有一点技术含量。而且闹过于喧哗，是蛮不讲理的表现，没有一点斯文的样子。"上吊"更是项危险的技术活，弄不好会赔了自己的青春，折了自己的命。只有哭既是一项技术活，又是一项文雅活。梨花带雨别有一番风情，楚楚可怜别有一番风韵，弱柳悲风别有一番风采。

此时，卫子夫这一惊天地泣鬼神的哭泣，自然把汉武帝震住了。的确，在后宫中，为了保持自己的形象，宫女们大抵本着"有泪不轻弹"的原则，再苦再累，再悲再痛也默默地忍受，很少有像卫子夫这样当着皇帝的面，肆无忌惮地纵情而哭的。

"子夫，子夫……"突然间，汉武帝心头一颤，几乎是失声地叫着，伸出双手去扶卫子夫。

"皇上，奴婢请求出宫。"

"出什么宫啊！"汉武帝此时对卫子夫又怜又爱，不但把她留了下来，而且当夜就临幸了她。

这一回合，因为卫子夫精心准备了"招"，打动了汉武帝，成功实现了咸鱼翻身。在这场有招对无招的较量中，卫子夫扳回一城。

第三回合：内力相拼智者胜。

汉武帝和卫子夫旧情重燃，重温旧梦后，陈阿娇自然不会袖手旁观。她磨刀霍霍，正要给卫子夫一点颜色看看，此时却传来一个令她差点没喷血的消息——卫子夫怀孕了。

陈阿娇之所以这样在意"怀孕"两个字，是因为她的肚子实在不争气，怀不上。从后来汉武帝的子嗣来看，汉武帝在生育方面没有一点障碍，只能说陈阿娇存在极大的生理缺陷。

据史书记载，陈阿娇为了治不孕不育症，前前后后花了无数金银，但仍然不见成效。在古代宫廷中，一个女人要想在后宫站稳脚跟，就必须有子。没有为皇上生下儿子的，任你花容月貌，任你权大势大，终究难逃被逐、被贬、被抛弃的命运。正所谓母以子贵，子以母荣，二者相辅相成，缺一不可。

卫子夫的肚子一天天地变大，而汉武帝对她的宠爱也与日俱增。卫子夫"尊宠日隆"，让陈阿娇难以忍受。这一回，她也使出了哭功，只不过她选择的对象不是汉武帝而是母亲长公主。

汉武帝此时的心已经完全在卫子夫身上了，去找他等于自讨苦吃，只有长公主的心才全部在自己身上，跑到母亲那儿哭诉才是正道。

眼看女儿又受伤了，长公主自然不会撒手不管，她这回没有再去找王太后，而是找了一棵更大的树——太皇太后。

长公主是太皇太后的心肝宝贝，一听汉武帝不爱"家花"爱"野花"，她自然勃然大怒。前面我们已经知道，这位老佛爷一发怒，后果很严重。很快，太皇太后便把汉武帝召到东宫问话。

面对正在气头上的太皇太后，汉武帝只有诚恳认错的份儿。他静静听完太皇太后的训话，然后突然站起来，中气十足地说了一句话，一句看似平常却有千斤分量的话："卫子夫怀孕了。"

一句顶万句，不用再多说什么了，窦太后马上把所有的气都抛到了九霄云外，她高兴得跳将起来："谢天谢地，我有曾孙了，我有曾孙了……"

就这样，故事发生了戏剧性的变化，长公主失去了最为稳固的靠山。陈阿娇和卫子夫这一轮对战虽然没有正面交锋，但是在这场"隔空打牛"的内力较量中，卫子夫最终还是凭借"腹子之力"卫冕成功，继第二轮胜利之后，再次胜出。

冷暴力

第四回合：盘外招大比拼。

如今，陈阿娇已不可能直接去找卫子夫算账了，此时的卫子夫已是大汉皇朝一级保护对象，而且汉武帝天天守着、护着，莫说碰卫子夫一根毫毛，就算看一眼也比登天还难。

事实证明，长公主就是长公主，当年的大风大浪不是白经历的，既然明的不行，那咱就来比比暗的吧。所谓明枪易躲，暗箭难防，卫子夫想要全身而退，恐怕没那么简单。

靠太皇太后来对付卫子夫是行不通了，长公主充分发挥不灰心不气馁的优良作风，仔细分析宫中形势，仔细研究对策。很快，她又瞄准了一个人——卫子夫同母异父的弟弟卫青。

卫青原本不姓卫，而是姓郑。他的父亲郑季原本是平阳当地的一名公务员，专门为平阳公主服务。郑季工作能力怎么样，我们不得而知，但他"泡妞"的本领却是一流的，因为已经有家室的他很快便把平阳公主手下的一个姓卫的婢女弄到了手。卫青便是他们二人的孩子。

因为是地下恋情，郑季和卫氏的爱情注定是见不得光的，也正是因为这样，作为"苦瓜"的卫青童年注定是苦涩的。卫青出生后，一直跟着父亲郑季生活。

郑季也是个敢作敢当的人，他义无反顾地接收了卫青，一句话，不离不弃。

然而，卫青的到来，搅乱了郑季原本平静的家庭。就像现在的地下恋情一样，一旦曝光，肯定是风声鹤唳，狼烟四起，鸡犬不宁。郑季的原配整天跟郑季寻死觅活，哪里会管卫青的死活。一句话，不理不睬。

卫青来了，郑季原配的孩子都吃不饱饭，哪里会给卫青好脸色，打骂他也就是家常便饭了。

后娘养的孩子早当家。为了能让卫青有尊严地活下来，郑季也做出了一个痛苦的选择：安排卫青去牧羊。

牧羊既可以避免家里的"冷暴力"，又可以自食其力，可谓一举两得。

就这样，卫青成了一名牧羊人。天苍苍，野茫茫，风吹草低见牛羊。就这样，卫青在岁月的风霜中成长。光阴荏苒，岁月如梭，伴随着羊群，卫青度过了苦涩的童年，跨过了苦闷的少年，成了一名孤寂的青年。

《孟子·告子下》曰："**故天将降大任于斯人也，必先苦其心志，劳其筋骨，饿其体肤，空乏其身，行拂乱其所为，所以动心忍性，增益其所不能。**"

卫青的童年、少年就是在"苦心志、劳筋骨、饿体肤"中度过的，但是经历风雨，动心忍性之后，便是"增益"的时候了。果然，苦尽甘来的卫青开始了人生的奋起之旅。他在发迹时，遇到了四个贵人。

第一个贵人：算命囚徒。

之所以在囚徒前加上"算命"两个字，是因为这个囚徒不是一般的囚徒，他能相面、占卜。一天，卫青在放羊的时候和这个懂面相的囚徒相遇了。秀才遇到兵，有理说不清，而卫青遇到囚徒，却是算命不求人。

囚徒用一双贼亮贼亮的眼睛上上下下、左左右右、前前后后地打量着卫青，直看得卫青心里发毛、双脚发软。他一字一句地说："你将来是个大富大贵之人，一定能封侯啊！"

卫青惊呆了，沉默良久，回话道："人奴之生，得毋笞骂即足矣，安得封侯事乎？"意思就是说，我只不过是一个家奴生的孩子，每天能不挨打不挨骂就很满足了，怎会异想天开地去妄想封侯呢？

话虽然这样说，但算命囚徒的一番话让卫青在黑暗中仿佛看到了一丝光亮。他原本就不是一个自甘堕落的人，他原本就是怀有凌云壮志之人，他没有选择将放羊进行到底，终老山林，碌碌无为地过一生，而是决定走出这片深山老林，去外面的世界闯一闯。因此，囚徒走后，卫青也走了。

或许，在日后卫青飞黄腾达的时候，他会想起算命囚徒来。正是他的一句鼓励话，给了他无限的力量，给了他奋斗的源泉，彻彻底底改变了他的一生。

第二个贵人：平阳公主。

卫青走出了那座深山，开始了千里寻母记。事实证明，卫青寻母很容易，根本不需要借助媒体登寻人启事，因为平阳公主是天下无人不知无人不晓的"朝廷第一公主"，而卫母就是平阳公主手下的一个奴婢。

果然，卫青找到了平阳侯府，很快就找到了卫母。此时的卫母已经有五个孩子了。对卫母来说，多出来的卫青是生命不可承受之重。

卫母没能给卫青母爱，也没有补偿母爱，但卫青没有痛苦，也没有绝望到谷底。一方面是因为多年的苦难生活磨炼了卫青坚韧、坚强的精神品质，另一方面是因为他遇到了人生中的第二个贵人——平阳公主。

平阳公主之所以对卫青青睐有加，一是出于怜悯心，二是出于爱恋心。"怜"好理解，而"爱"又从何来呢？原来，平阳公主一见俊朗的卫青，就喜欢上了他。

又怜又爱，平阳公主很快给了卫青一份差事——骑奴。骑奴就是以奴隶的身份充当骑兵侍从，说得再直白点，骑奴还是奴。但这个奴显然和卫青放羊的奴是有区别的，至少骑奴是高级奴。

就是这个骑奴，不但帮助卫青解决了温饱问题，而且让卫青练就了超强的本领。这也为他日后驰骋沙场，痛击匈奴，建功立业打下了坚实的基础。因此，说平阳公主是卫青发迹路上的第二个贵人，一点也不为过。

第三个贵人：公孙敖。

建元二年（公元前139年），卫青又做出了一项创举：换姓。汉高祖刘邦在发迹之前，也做出了改名之举，把"季"改成"邦"后，果然得到了天下英豪的帮助和拥护，最终坐拥天下。卫青原本叫郑青，之所以做出"大逆不道"之举，改名卫青，一是因为他痛恨父亲郑季的薄情寡义，用换姓表明自己对父亲的憎恨，二是形势的需要。此时，他同母异父的三姐卫子夫在宫中受到了汉武帝的专宠，换成卫姓自然有诸多好处。

事实证明，卫青的换姓是极具眼光之举。他在三姐卫子夫的推荐下，很快在建章宫找了一份差事做。至此，卫青彻底告别了为奴的生涯，终于可以堂堂正正做人了。然而，祸兮福之所倚，福兮祸之所伏，卫青刚站起来，还没站直就趴下了。

不是他缺钙得了"软骨病"站不起来，而是被人绑架了。

绑架卫青的幕后推手就是长公主。长公主之所以这么做，原因很简单：杀鸡儆猴。汉武帝对卫子夫的保护已经固若金汤，就算是长公主这样无所不能的人也无可奈何。

暂时奈何不了卫子夫，还可以动一下她身边的人。也正是因为这样，长公主很快就迁怒到了卫青身上。卫青和卫子夫是姐弟，干掉了卫青，不但可以打击卫子夫，更可以起到警示作用。

神不知鬼不觉地，卫青就被绑了。这便是长公主做事的风格。这次绑架是因为政治原因，因此，长公主省略了"勒索钱财"这个中间环节，直接便要撕票。

卫青被长公主抓住后，很快被押到"刑场"，刀斧手要对卫青实施死刑，就在卫青痛苦地闭上双眼，等待死亡到来时，奇迹发生了。

一位大侠率十多个帮手如入无人之境，冲进了刑场，直接"劫"走了卫青。

冒死救卫青的大侠行不更名，坐不改姓，名字叫公孙敖。公孙敖之所以冒着生命危险做出这样两肋插刀的义举，是因为卫青是他的铁哥们儿。

公孙敖是汉武帝的骑郎（骑兵侍从），他和卫青是一见如故的好朋友，两人的关系就好比刘彻和韩嫣，如影随形。他听说卫青被绑架后，做出的第一反应就是救人，第二反应就是找帮手，第三反应就是直捣黄龙——长公主的大本营。他这一连贯动作一气呵成，打了长公主一个措手不及，成功把卫青解救了出去。

人的生命只有一次，公孙敖救了卫青一命，胜造七级浮屠，自然也是贵人了。

第四个贵人：汉武帝。

鬼门关里走了一趟，卫青却表现得异常平静。他在感谢公孙敖后，就回到了自己的住处。然后，他像什么事也没有发生过一样，继续工作、睡觉。

卫青能忍，他的铁哥们儿公孙敖却忍不住了。很快，长公主绑架卫青的事就成了街头巷尾热议的新闻，连身为一国之君的汉武帝也知道了这件事。

"姑妈绑架、诛杀卫青，分明就是冲着我来的啊！"汉武帝自觉龙颜受损，非常愤怒。

尽管长公主的行为已经严重触犯了大汉王朝的法律，但长公主毕竟是汉武帝的姑妈兼丈母娘，打断骨头还连着筋呢。此时，如果动了长公主，那就等于点燃了导火线，弄不好还会引火上身。

权衡利弊，分清形势，最终汉武帝选择了一个折中的处理办法——冷处理。他对长公主不理不睬，不闻不问。意思就是这件事就这样不明不白地过去了，就当没有发生过。

经过这件事，汉武帝对卫青高看一眼，封他做了建章宫的宫临，兼任侍中（皇帝的保镖）。同时，卫青的其他兄弟姐妹也得到了封赏，仅赏赐就超过了千金，连公孙敖也得到了丰厚的赏赐。

也正是因为这样，卫青有了更多机会接触汉武帝，这对年轻的卫青来说，是巨大的机遇。

因此，汉武帝是卫青发迹不折不扣的第四个贵人。非但如此，日后卫青的飞黄腾达都离不开这位贵人。当然，这是后话。

总而言之，在这一轮对战中，陈阿娇和卫子夫依然没有正面交锋，依然还是找"枪手"代为出战。陈阿娇找的依然是长公主，卫子夫找的依然是汉武帝。但是，在这场"盘外招"的较量中，卫子夫最终还是凭借卫青的出色发挥，再下一城。

至此，在前四个回合的对战中，卫子夫以三比一的战绩遥遥领先于陈阿娇。而陈阿娇是个蛮横霸道的人，也是个不甘服输的人，战胜卫子夫，保住皇后宝座，这是她必须倾尽全力做到的事。陈阿娇定会使出浑身解数，绝地反击，战斗到最后一秒，夺回失去的一切。

何罪之有

在陈阿娇和卫子夫上演终极对决前，我们先来看一段小插曲。正是这段小插曲，使陈阿娇在终极大战中变成了孤家寡人。

话说陈阿娇依靠母亲馆陶长公主的两次主动出击都以失败告终，处境急转直下，再加上太皇太后临时又改变了立场，已是雪上加霜。屡败屡战的她发挥连续作战的风格，继续和卫子夫争宠。为此，她决定加点猛料，使出"闹功"和"上吊功"。

寻死觅活、大吵大闹，陈阿娇不出意外地没死成，汉武帝却出乎意料地死心了。从此，汉武帝把陈阿娇打入了冷宫，不再踏进陈阿娇所在的中宫半步，昔日"金屋藏娇"的誓言犹在耳畔，但已物是人非，此时变成了令人唏嘘的"冷宫藏后"。

这时候的陈阿娇唯一的期待和希望便是母亲长公主，只有她才能救自己。然而，这时候的长公主却很忙。她忙什么呢？忙着去偷欢。

长公主偷欢的对象是一个叫董偃的美男子。

董偃几乎就是卫青的"翻版"，出身单亲家庭的他十三岁时跟随母亲进入了长公主的宫中。因为董偃长得俊美，长公主主动收养了他。从此以后，董偃的人生彻底发生了改变，过上了锦衣玉食的生活。

长公主对董偃到了隆宠的地步。收养了"苦孩子"董偃后，长公主专门请了老师，不但教他读书识字，而且还教他琴棋书画，把董偃培养成了极具才华的风流才子。

当然，长公主之所以花这么大的财力、物力和精力培养董偃，不仅仅是出于收养之情，还有不可告人的目的，那就是养个后生当情郎。

长公主的丈夫堂邑侯陈午在他们的爱情结晶陈阿娇出生后不久，便英年早逝了。从此，长公主便开始了漫长的守寡生活。她见董偃长得俊美，才不惜以时间和金钱来赌明天。事实上，长公主的努力没有白费。长大后的董偃很快就从了长公主，成了她名副其实的情郎。

长公主不仅让董偃学文化，还教他为人处世之道，鼓励他结交达官显贵和能人异士，不断提高自己的知名度，不断扩大自己的关系网，打造强大的人脉资源。

据说，长公主为了把董偃推销出去，启动了专项扶助资金，并且规定：只要董偃每天的消费不超过黄金百斤、钱百万、绢帛千匹，就可以不受任何约束，自由支配，不用找她签字。

事实证明，长公主"烧钱"的包装模式没有白费。很快，董偃就成了京城闻名的后起之秀，黑白两道都要忌惮他三分，达官显贵见了他也要礼让三分，公主府上下见了他，都要敬奉三分，尊称他为"董君"。

对此，董偃没有沾沾自喜，没有飘飘然目空一切，没有躺在功劳簿上忘乎所以，他还有他的隐忧。他和长公主的关系在法律上没有得到认可，他是令人唾弃的小白脸。

正在这时，董偃的一个朋友出面，来主动帮他解忧。这个朋友的办法很简单，就是通过糖衣炮弹"俘虏"汉武帝。

汉武帝是一国之君，要想取得合法关系，只需要他一句话就行。汉武帝也是人，也有七情六欲，对他进行利诱，就有望成功。不过，金钱和美女显然是难以奏效的，唯有出奇方可制胜。

为此，这位朋友提出了"献园"的策略。因为皇上经常出城祭祀，但沿途没有好的行宫，长公主有个长门园，不但位置极佳，位于出城祭祀的必经之地，而且园里风景如画。若将长门园献给皇上，一来可为皇上解决应急之需，二来可为皇上提供休闲娱乐之所，三来讨了皇上的欢心，一举三得，何乐而不为？只要得到了皇上的赏识，一切难事都是小儿科了。

董偃觉得这个计谋甚好，于是开始向长公主吹"耳边风"。他此时就是长公主的全部，长公主自然没有不答应的道理。于是很快，长门园就以董偃的名义献给了汉武帝。

汉武帝很是高兴，笑纳厚礼后，马上对长门园进行了装修，并且更名为"长门宫"。当然，作为回报，汉武帝也记住了董偃这个名字。

随后，长公主邀请汉武帝到家里做客。来而无往非礼也，汉武帝刚收了人家的厚礼，自然无法拒绝。他不会料到自己就此陷入了长公主精心设下的局。

汉武帝带着自己的"班底"浩浩荡荡地来到长公主府邸时，迎接他的却是一个"清洁工"。正当他颇感惊讶时，但见这个手里拿着扫帚的"清洁工"跪在地上，说道："皇上大驾光临，奴婢有失远迎，万望恕罪。"

"啊……"汉武帝这时才发现这个"清洁工"居然是长公主，于是问道："姑母怎么把自己打扮成一个奴仆啊？"

长公主见到汉武帝，马上把头上的玉簪拔下来，把身上所戴的金银饰品全都摘下来，把脚上的木屐脱下来，然后"扑通"一声，跪在地上，哭诉道："奴婢罪恶昭彰，罪孽深重，罪不可恕，自愿贬为一名奴仆，还望皇上成全。"

汉武帝对长公主的举动甚感诧异，问道："姑母何罪之有？"

"其实，这次宴请您的是董郎……啊不，是董偃……"长公主说着脸上泛起一片红晕。

汉武帝对长公主的事早有耳闻，此时见长公主的娇羞状，更是心知肚明，于是摆了摆手，说道："无妨，请董偃接驾吧。"

长公主见汉武帝对自己的事并无责备之意，高兴至极，马上把早就候在偏房的董偃叫了出来。

汉武帝定睛细看，这位董郎面如冠玉，玉树临风，果然长得一表人才。汉武帝大为高兴，马上叫他一起入席共饮。

宴间，董偃展现出他能言善辩的一面，举手投足温文尔雅，彬彬有礼。这让汉武帝对他更加喜欢了几分，不但默认了他和长公主的关系，而且从此还跟他称兄道弟，常常请他入宫一起玩。

董偃"转正"后，堂邑侯府上下都对这位男主人另眼相看，更加敬奉。董偃得到皇帝首肯后，名声更是威震京城。

董偃从小被长公主调教，上层社会的东西，他哪样不会呢！他不但陪汉武帝打猎、跑马，还教会了汉武帝一些从来没有玩过的东西，比如遛狗、斗鸡、踢球等，既新鲜又刺激，让汉武帝开心不已。

很快，董偃在汉武帝心中的地位如水涨船高般越来越高，加之汉武帝一直以来的玩伴韩嫣已经死了，所以，董偃顺理成章地取代了韩嫣的地位。

然而，这时候，汉武帝一直宠信的东方朔不干了。东方朔是个极具才华的人，也是个敢作敢为的人，他很快就给了董偃一点颜色看看。

一次，汉武帝在未央宫的宣室殿设了一个饭局，专门宴请董偃来叙旧。开席前，汉武帝派谒者去府上接董偃。一行人有说有笑地正要进宫门时，突然横生变故，飘来了一阵杀气。

"此宫乃我住，此门乃我开，欲从此处过，留下买路钱。"一个人举戟而立，挡住了他们的去处。

众人一看，原来是东方朔。谒者见是自己人，笑道："东方朔，这样的玩笑可不能乱开哦，要是皇上知道了，你吃不了兜着走哦。"

"你认为我是在开玩笑吗？"东方朔一改往昔的嬉皮笑脸，一本正经地说。

"他们可是皇上请来的贵宾啊，你究竟是让路还是不让？"眼看东方朔这么不识时务，谒者脸色也不好看了，语气自然也生硬了几分。

"不让。"东方朔正色道，"既然是皇上请的贵宾，那你就把皇上请出来。"

谒者没辙了，只好马上把事情向汉武帝进行了汇报。汉武帝一听，火冒三丈，走出殿来，劈头盖脸就对东方朔一阵怒骂："东方朔，你吃了熊心豹子胆了，敢拦我的贵宾！"

东方朔毫无畏色，依然举戟而立，厉声道："宣室殿是什么地方，是咱大汉皇室的正殿啊，是宣讲礼教和处理国家大事的神圣之地，陛下却在此宴请董偃这个罪当论斩的人，实在不妥啊！"

随后，东方朔高声历数了董偃的三大罪状："身为人臣，却私通太主（馆陶公主号太主），此一罪也；非法同居，伤风又败俗，此二罪也；以物惑君，陷君于不义，此三罪也。所以，董偃罪大恶极，死有余辜。"

东方朔的话铿锵有力，入理七分，入情三分，汉武帝无话可辩，沉默半晌，只好自我降格，以私人身份说道："吾业以设饮，后而自改。"意思是，今天朕已经准备好了酒菜，这次先生就给个面子，网开一面，下次朕会注意的。

汉武帝几乎是在"乞求"东方朔了，按理说，东方朔应该识趣地让开。然而，东方朔偏生就是不给汉武帝面子，还振振有词道："千里之堤，毁于蚁穴。皇上如果放董偃这样恶贯满盈的罪人进去，就等于纵容天下淫乱，纵容天下违纪违法，给了天下万恶生长的土壤，这种势头一旦延续下去，百姓就会遭殃，天下就会动乱，皇权就会颠覆！古往今来，祸国殃民的往往就是董偃这样的乱臣贼子。皇上如果不吸取前人的教训，纵容董偃，长此以往，国将不国啊！"

东方朔口若悬河，词穷语塞的汉武帝马上以失败者的姿态下令将宴席移到了偏殿的北宫进行，并且让董偃从东司马门入宫。

宴席结束后，心有余悸的汉武帝做了两件事：一是赏赐劝谏有功的东方朔；二是疏远罪行累累的董偃，再也不邀请他入宫一起玩了。

董偃原本风华正茂，春风得意，被东方朔这当头一棒打蒙了，被汉武帝这温柔一刀砍蔫了，得了抑郁症。而且，越来越严重，即使有长公主的精心照顾也无济于事，很快便一命呜呼了。

对长公主来说，董郎就是她的天，就是她的地，就是她生命的全部。面对这块天的突然倒塌，面对这块地的突然崩裂，她也就变得无依无靠了。很快，她也得了抑郁症，一命呜呼，以身殉情了。

汉武帝念及旧情，按长公主的遗嘱，把董偃和她合葬于霸陵，让这对有情人在地下终成眷属。

长公主已逝，陈阿娇的天也塌了。如今，她和卫子夫的争宠已进入白热化阶段，而她只能孤军奋战了。

想要反击卫子夫，陈阿娇可选择三种方式。

第一种：明攻，直接对卫子夫宣战，如同武林高手一样，真刀真枪一分高下，是骡子是马拉出来遛遛。然而，陈阿娇若是想使这一招，已是心有余而力不足，失去了太皇太后的支持，失去了母亲长公主这座靠山，她已经没有和卫子夫直接对抗的本钱了。因为这时候，卫子夫的靠山汉武帝一家独大。再加上婆婆王太后又是汉武帝的亲妈。因此，此时的陈阿娇在后宫中已是举目无亲了，她拿什么和拥有天时、地利、人和的卫子夫对抗呢？因此，这种方式显然不行。

第二种：暗攻，杀卫子夫于无形。然而，此时汉武帝已对怀有龙种的卫子夫爱护有加，恐怕连只鸟都飞不进她的寝宫。通过派刺客对卫子夫下手显然也行不通。

第三种：邪攻，请巫师使邪招，也是绝招——巫蛊。

巫蛊之法分三步。第一步：配偶。所谓"配偶"，就是把仇人的姓名及生辰八字写在一个木偶人上。第二步：埋偶。所谓"埋偶"，就是把配好的偶埋在地下。第三步：丧偶。所谓"丧偶"，就是用法术诅咒，以达到置所厌恶之人于死地的目的。

陈阿娇最终选择了用这种"法力无边"的巫术来干掉情敌卫子夫。

上帝欲使其灭亡，必先使其疯狂。巫蛊之所以被称为邪门歪道，是因为这些东西是肮脏的、阴暗的、见不得光的，它带来的后果很严重，影响也极其恶劣。也正是因为如此，历朝历代皇家都忌讳巫蛊，视这种东西为最大的"危险品"，一旦发现都是严惩不贷的。

陈阿娇对巫蛊的危害心知肚明。但是，她明知山有虎，偏向虎山行，这表明她确实已到了疯狂的边缘。

有钱能使鬼推磨。得到陈阿娇的好处费后，巫师及其弟子不畏风不惧雨，以壮士断腕的英雄气概进场了。陈阿娇把卫子夫的生辰八字告诉巫师后，就可以静静等待巫师们施法了。

巫师出手果然雷厉风行，很快就将"配偶"和"埋偶"一气呵成地完成了。紧接着，便是难度系数最大的"丧偶"了。诅咒是项技术活，不可能一天就见效，巫师们把其中的道理跟陈阿娇说清楚后，也没闲着，为了使这场戏演得更逼真、更好看，他们都使出了浑身解数，大刀阔斧地干起来，顿时香烛齐燃，纸钱纷飞，乌烟瘴气，热火朝天，原本冷冷清清的"冷宫"顿时变成了热热闹闹的"热宫"。

与此同时，陈阿娇也没闲着，她也每天祈祷着、憧憬着、幻想着，希望能早闻佳音。然而，她整天翘首以待，等啊等，但卫子夫还是好好地活着，毫发无伤。就在陈阿娇感觉事情有点不对，想找巫师问责时，一大群手持刀剑的禁卫军闯了进来。

人证物证俱在，陈阿娇只能对自己的所作所为供认不讳了。汉武帝怒不可遏，一声令下，巫师和皇后宫中上上下下的所有宫女、用人都被送上了断头台，唯一幸免于难的就是陈阿娇。

汉武帝对陈阿娇网开一面，一是因为念及旧情。可以说没有那个天衣无缝的"金屋藏娇"，就没有汉武帝君临天下的今天。因此，此时陈阿娇虽然使用了宫中最忌讳的巫蛊之术，其行为大逆不道，罪大恶极，但汉武帝还是狠不下心来直接把她送上断头台。二是因为母命难违。听说陈阿娇出事后，汉武帝的母亲王太后第一时间出现了，她实在不忍心看着陈阿娇被巫师蛊惑，还落得个掉脑袋的悲惨下场。因此，王太后对汉武帝提出了活罪可行，死罪要免的要求。

如此，汉武帝只能留陈阿娇一命了。不过，他立即废除了陈阿娇的后位，将她打入了冷宫。

至此，陈阿娇和卫子夫的后宫争宠战就告一段落了。成了废后的阿娇再也没有机会东山再起了。庭院深深深几许，深锁宫中独自悲。陈阿娇从此心如死水，万念俱灰，每天都默默地独坐在冷宫里，痴痴地望着眼前巴掌大的天空，日复一日，年复一年，已成行尸走肉。数年后，郁郁而终。

第五章
我心狂如潮

官途无极限

建元六年（公元前 135 年）五月，对汉武帝来说是痛并快乐的时期。说"痛"是因为权倾朝野、一手遮天的太皇太后永远地闭上了自己那双早已失明的眼睛。至亲至爱的祖母逝世，汉武帝没有理由不悲伤，没有办法不痛苦。这是人之常情，血脉、骨肉相连所至。说"快乐"，是因为对雄心勃勃的汉武帝来说，等啊等，盼啊盼，就是等着这一天的到来，因为他知道，只要自己这个皇祖母存在一天，他的思想革命就永远只能在心中，没有生根发芽拔节盛开的那一天。现在，这座压在他身上的大山轰然倒塌了，你说他在悲伤之余能不快乐吗？

其实，在太皇太后病重期间，汉武帝已经做出了一个投石问路之举，在中央设立了五经博士。汉文帝时，把《尚书》《诗经》两书定为官家必读之书，并设立了博士。到汉景帝时，增加了《春秋》为官家必读之书，并设立了"春秋"博士。如今汉武帝又增加了《周易》《仪礼》，合称为五经。五经都设立了博士，合称为五经博士。汉武帝这样做的目的就是为自己的思想革命铺路，为"独尊儒术"做准备。

太皇太后当时已是泥菩萨过河自身难保了，因此，她对汉武帝的投石问路之举视而不见，没有什么反应，这无疑给了汉武帝信心和动力。

果然，此时太皇太后尸骨未寒，汉武帝便开始"白鹤亮翅"，一记快拳打向了太皇太后放置在朝中的两位带头大哥：丞相许昌和御史大夫庄青翟。汉武帝以办理太皇太后丧事不力，犯了大逆不道之罪，打发他们告老还乡了。

一朝天子一朝臣，顶替许昌和庄青翟的是田蚡和韩安国。田蚡被任命为丞相，韩安国被任命为御史大夫。

汉武帝继位，为了达到自己的政治目的，重用外戚势力，曾经打造了窦婴和田蚡这对"双子星座"。但是，好景不长，建元二年（公元前139年），窦婴和田蚡被太皇太后同时革职查办了。此时，汉武帝守得云开见月明，田蚡也咸鱼翻身了。那么，为什么却"遍插茱萸少一人"，不见窦婴呢？

汉武帝上任之初，窦婴之所以能当上一人之下万人之上的丞相，是因为他有能力，有后台，还遇上了田蚡以退为进。

但是，田蚡一直念念不忘窦婴的丞相位置。此时，汉武帝重新夺回权力后，首先想到的就是重用田蚡。一来田蚡先前主动礼让的事已经让汉武帝对他刮目相看了。二来，也是最重要的，田蚡是太后的弟弟。如今太皇太后一死，陈阿娇又成了废后，汉武帝的母亲王太后便成了后宫之中无可争辩的"一姐"。重用后宫"一姐"的弟弟，自然是在情理之中。

靠山决定官途。窦婴的全部靠山就是太皇太后，但在太皇太后生前，窦婴都得不到她的喜爱和支持，如今斯人已逝，连这座名义上的靠山都不复存在了，窦婴自然不再被看好。

而且，虽然窦婴在政治生涯中表现出与众不同的大师气质，但跳进黄河也洗不清的是他和窦氏一族血脉相连的关系。因此，尽管汉武帝很欣赏窦婴的人品，认可他的才华，但被自己皇祖母"咬"过，让他对窦氏成员依然心有余悸。

汉武帝重用田蚡，弃用窦婴，按理说，两人从此一个天上，一个地下，你走你的阳关道，我过我的独木桥，已是井水不犯河水了。然而，一个人的出现，却让田蚡和窦婴进行了一次生死对战。

这个人就是灌夫。

中国人有个传统，前三十年看父敬子，后三十年看子敬父。说的是前三十年因为父亲优秀和成功，他的儿子也沾光受人尊崇。后三十年因为儿子有出息，有建树，他的父亲也跟着受人敬重。

人的眼光，是一种无形的标准。父母优秀，人们自然对他们的孩子也高看一眼；儿女成功，人们自然对他们的父母也更加敬重。所以，很多孩子，因为父母有权力、有地位、有名气而扬扬得意；很多父母，因为孩子有进步、有发展、有成就而神气自豪。

而在两千多年前的汉朝，灌夫就是"看父敬子"和"看子敬父"的典范。

提起灌夫，先得提一下汉朝的开国名将灌婴。灌婴最早只不过是汉高祖刘邦手下的一个门客，但在楚汉争霸中立下了汗马功劳。特别是项羽兵败垓下，率八百骑兵突围时，灌婴作为主将，率五千骑兵进行了"千里大追踪"，最终迫使项羽在乌江边自刎。后来在诛灭吕氏一族时，灌婴又立下了大功。

我们要讲的灌夫并非灌婴的儿子。灌夫的父亲灌孟是灌婴手下的一名门客。灌孟原本不姓灌，而姓张。张孟因为勇猛，很得灌婴器重，提拔提拔再提拔，重用重用再重用后，灌婴眼看靠加官晋爵已经无法表示对张孟的喜爱了，于是做出一个大胆之举：让张孟改灌姓。从此，张孟变成了灌孟，声名大振。灌夫也因"看父敬子"而被人另眼相看。

事实证明，灌夫不是一个在温室里长大的"官二代"。他长大后，不但继承了"看父敬子"的家风，还赢得了"看子敬父"的美誉。

七国叛乱时，灌孟不顾年逾五旬，带着儿子灌夫一起出战，最终鞠躬尽瘁，死而后已。

灌孟死后，他的儿子灌夫面临两个选择。一是尽孝，护送父亲的尸体回乡安葬。汉朝法律规定，父子同在军中，一方死了，另一方可以护送死者回乡安葬。二是尽忠，他可以继续留在前线，坚持平叛到底。

对此，灌夫出人意料地选择了继续留在军中，并且发誓要扫平吴王刘濞等叛军来为父亲报仇雪恨。

为了尽忠，灌夫很快擦干眼角的泪水，带了十几个勇士直杀到敌营中心。此举虽然打了敌军一个出其不意，但在敌人的铁桶阵中，跟随他的十几个勇士全部战死，他自己也身受十多处伤侥幸逃回营来。因为医治及时，灌夫从鬼门关上捡回了一条命。

但是，伤刚好，他又要带着几十名敢死队员去闯吴营，幸好这次行动被先知先觉的主帅周亚夫察觉并及时阻止了。灌夫的第二次闯营计划虽然没有成功，但他不怕死的名声从此为天下人所知。

很快，七国叛乱被平定了，灌夫的英雄事迹得到了汉景帝的赞赏，被封为中郎将。至此，灌夫以实际行动证明了自己，实现了"看子敬父"的梦想。

然而，就在别人认为灌夫会在仕途上平步青云时，他却闹出了"看子笑父"的丑剧。

不到一年，灌夫就被撤了职，理由是违法。至于违了什么法，史书中没有详细记载。《史记·魏其武安侯列传》里只有简单的一句话："**上以夫为中郎将。数月，坐法去。**"

汉武帝即位后，赋闲在家的灌夫时来运转，被任命为淮阳太守。一年后，灌夫由地方调到了中央，成了太仆（九卿之一）。

太仆官职虽然不大，但因为总是跟在皇帝身边，受到提拔的机会多。汉景帝时卫绾最开始也是当太仆，后来成了一国之相。按理说，汉武帝一上台就把灌夫提拔为太仆，是对他极为器重的。然而，事实证明，灌夫却是个"扶不起的阿斗",因为喝酒误事,他很快又在阴沟里翻船了。

灌夫是个不折不扣的酒鬼。他有酒量,也有酒胆,更有酒瘾,一天没酒喝人就没神,一餐没酒喝心就不爽。他不仅喜欢喝酒,还喜欢拼酒,要么不喝,要喝就要喝到"今朝有酒今朝醉",而且还动不动就要酒疯,胡言乱语,撒泼耍浑。

酒仙高尚,酒鬼龌龊;酒仙成事,酒鬼误事。这就是酒仙与酒鬼的差别,这也是名士与灌夫的差别。

建元二年,灌夫在一次宫宴上和太皇太后寝宫的卫尉窦甫比酒量。如果说灌夫是酒鬼,那么窦甫只能算酒徒。酒徒自然达不到酒鬼那样的境界,所以,不胜酒力的窦甫不太配合灌夫,做出了"敬酒不吃吃罚酒"的举动。灌夫的火暴脾气一上来,借着酒力就给了窦甫一记耳光。

这一巴掌下去,窦甫脸上火辣辣地痛,心里酸溜溜地疼。他二话不说,赶紧向他主子太皇太后禀告了这件事。

这一巴掌下去,灌夫手上隐生生地疼,心里直愣愣地爽。他回过神来,已被调到燕国去当国相了。

其实,汉武帝之所以要把他调离中央,是为了保护他不被太皇太后所害,不得已而为之。按理说,灌夫应该明白汉武帝的苦衷,从中吸取教训,改过自新,重新做人。然而,江山易改,本性难移,灌夫在燕国国相的位置上没干多久,就再次因为酒后犯法而被免了职。

性格决定命运,作风决定成败。官场原本就尔虞我诈,人生原本就沉沉浮浮。性格和作风都出了问题,都有了偏差,人跌倒也就在情理之中了。从此,汉武帝对灌夫彻底失望,灌夫便只能在家等待再就业了。

尽管灌夫赋闲在家,但人气指数还是挺旺的,他家总是门庭若市,门客云集。据说灌夫家里养了很多门客,有多少呢?好几百人。几百人每天光吃喝拉撒就要不少开销,由此可见,灌夫不简单。

退居二线后居然能有这样的局面，不是因为灌夫做人有多成功，威望有多高，而是因为他家里有钱。

然而，尽管过着锦衣玉食的生活，但丢了官职的灌夫却是落魄的、孤独的、无奈的。因为尽管他家里门庭若市，门客云集，但缺少达官显贵。

正在这时，一个人出现在了他的视野中，这个人便是窦婴。

窦婴自从罢相回家后，处境就非常惨了，门庭日渐凋零。这也是没办法的事，人在人情在，他现在只是一介布衣，连支撑的靠山也倒了，不说没有人愿意去主动巴结他，就连以前跟他要好的朋友也都不见了踪影。他手下那些原本对他奉若神明的门客，也一个个离开了。

从天上掉到地下，窦婴心里自然不好受。他非常痛恨这些小人，唯独就看中了灌夫。

窦婴和灌夫同病相怜，惺惺相惜。灌夫看中的是窦婴的外戚身份以及名震朝野的威望，而窦婴看中的是灌夫的富豪身份以及谦卑有加的态度。也正是因为这样，两人一见如故，相见恨晚。

人以群分，物以类聚。窦婴和灌夫是同一类型的人，聚在一起也无可非议。接下来，他们和朝中正当红的田蚡上演了一出"三龙戏珠"的好戏。

三龙戏珠

虽然同样身为外戚，但田蚡代表的是王氏集团，窦婴代表的是窦氏集团，因此两人在仕途上注定要暗暗较劲。

第一轮对战中，因为田蚡的主动"谦让"，汉武帝封窦婴为丞相，田蚡为太尉，结果自然是窦婴胜了。

第二轮对战中，汉武帝倚重田蚡的外戚身份，封他为丞相，而窦婴赋闲在家，结果自然是田蚡胜了。

打了个平手，如今两人一个身在朝堂之上，一个身在朝堂之下，按理说，应该是井水不犯河水，各走各的道，互不相干才是。然而，正所谓树欲静而风不止，田蚡本着痛打落水狗的心态，这回没有让窦婴有喘息的机会，主动挑梁子找碴儿。而窦婴显然也不是甘于逆来顺受的主，势必愤而反击，一场对战也就在所难免了。

考虑到自己无官一身轻，这回窦婴拉上了灌夫参加这第三轮终极对战。

凡事有因必有果，事情的起因是这样的。灌夫的姐姐去世了，灌夫很是悲痛。在悲痛之余，他还做了一件事，就是身穿孝服到田蚡家里走了一趟，美其名曰拜访。

田蚡虽然对灌夫这种行为很忌讳，但出于礼貌，还是说了一句敷衍的话：**"吾欲与仲孺过魏其侯，会仲孺有服。"**（《史记·魏其武安侯列传》）意思就是，我本来想和你（灌夫字仲孺）一起去魏其侯窦婴家喝酒叙旧的，但不巧你还在服丧期间，看样子是没法去了。

圆滑的人总是说圆滑的话，比如田蚡，他就是这样的人。一根筋的人就是一根筋的人，比如灌夫，他就是那样的人。田蚡是在忽悠，但灌夫却当了真，于是马上接口道："丞相既然想去拜访魏其侯，怎么能因为我在服丧而耽搁呢！择日不如撞日，真心希望丞相明天一早就去魏其侯家啊。"

田蚡一听傻了眼，只能含糊地应着，心里却叹道："仲孺啊仲孺，你可真对得起这个'孺'字啊，是笨得不能再笨了。我的一句玩笑话，你居然都可以当真，要是我再说一句骗你的话，你被我卖了恐怕还要帮着我数钱咧！"

灌夫眼看助成了这样一桩好事，心里喜不自胜。告别田蚡后，便一阵风似地来到了窦婴家，并把田蚡要来拜访的消息告诉了窦婴。

窦婴一听自然也是喜不自胜，对门可罗雀的他来说，丞相能来造访，那可真是蓬荜生辉啊。于是，窦府像过年一样，大红灯笼高高挂，打扫庭院里外屋，大箩酒菜满街买，大人小孩上下忙。忙到深更半夜，一切准备妥当，要是搁现在，估计连窦府大门前都得打出"欢迎大汉丞相田蚡莅临寒舍检查指导工作"字样的迎接横幅。

第二天一大早，窦婴便站在大门口翘首以待。然而，等到了晌午时分，还没有田蚡的身影，窦婴急了，便对身边的灌夫说道："丞相日理万机，是不是忘了赴约之事啊？"

整件事都是灌夫牵的头，眼看出现这样尴尬的局面，他脸上自然很是挂不住，于是主动去田府请田蚡。当他火急火燎地赶到田府时，发现田蚡竟然还在睡懒觉，灌夫顿时火冒三丈。

眼看灌夫亲自来请，田蚡还是磨磨蹭蹭，半天才起床，末了说道："不好意思啊，昨晚喝高了，把这事儿给忘了。我们这就去魏其侯家吧。"

有了这句安慰话，灌夫的怒火渐有平息之势。然而，在路上，田蚡又开始摆谱，坐在轿子上一步三回头，一走三抖擞，美其名曰"欣赏沿街风光"，大有"其实不想走，其实我想留"之意。

而这时的灌夫是啥反应呢？田蚡坐在轿子上看风景，灌夫站在轿子外看田蚡。阳光装饰了田蚡的轿子，田蚡却撕碎了灌夫的心……

都什么时候了，还有心情看风景。灌夫的怒火又被点燃了，只是碍于对方是丞相，所以忍住没有发作罢了。

终于到了窦府。酒过三巡，灌夫很快成了当仁不让的男主角。借着酒劲，壮着酒胆，他又开始耍酒疯了。这一回，灌夫没有再表演醉拳，而是展示了醉语，他用直白、露骨的方式，语不惊人死不休地对田蚡极尽冷嘲热讽之能事。

田蚡是个城府极深之人，面对灌夫这样的"野招子"，他以不变应万变，不接招，不回招，全当不存在。

眼看再闹下去就会收不了场了，窦婴赶紧以灌夫喝高了为由，把他"请"出了宴席。然后，窦婴放下自己这张老脸，又是赔礼又是道歉又是敬酒。连酒仙窦婴都放下了架子，田蚡自然被他逗得喜笑颜开，被灌得酩酊大醉，最终尽兴而去。

事实证明，田蚡这是醉翁之意不在酒，在乎山水之间也。他相中了窦婴在长安城南的一块风水宝地。这块地有"三好"：位置好，风水好，风光好，是田蚡梦寐以求之居。以前碍于窦婴的面子，他不好直接开口要，现在见窦婴这般巴结自己，便觉得是绝佳的机会，于是派自己的门客籍福去窦婴家沟通沟通。

籍福到了窦府，直接用话点了窦婴："田丞相说今年过节不收礼，收礼只收田和地。"

"哦，田丞相难不成想改行当开发商了。"窦婴心里一沉，但脸上还是皮笑肉不笑地打趣道。

"开发商倒谈不上，只是想借您在京城南边的一块风水宝地建一栋别墅，他日退居二线后也好有个安享晚年的地方。"籍福直接打开天窗说亮话了。

"丞相这是赤裸裸地索要啊，是硬生生地敲诈啊！我窦婴虽然老了不中用了，但只要我这把老骨头还在一天，他就不要再做这个白日梦了。"籍福来直的，窦婴更直接，以直还直，以硬碰硬，丝毫不留情面，这也是窦婴的性格。

"青山不改，绿水长流。魏其侯，咱们后会有期。"籍福碰了一鼻子灰，自然没必要再多费口舌了，最后扔下一句话便想拂袖而去。

然而，就是这样一句话，惹来了新的麻烦。这天，正巧灌夫也在窦府，原本他就一直忍着怒火没有发作，此时一听，再也忍不住了，对着籍福就是一阵劈头盖脸的怒骂。骂籍福也罢，他还把田蚡的祖宗十八代问候了个遍。

籍福原本仗着田蚡狐假虎威，不可一世，此时遭到窦婴一顿训、灌夫一顿骂，两眼气得发红，像是打了鸡血似的。

但是，考虑到自己这回有辱使命，直接把情况奏报给田蚡自己也吃不了兜着走，所以思来想去，他回复田蚡道："丞相想要那块风水宝地不用着急，现在我们向魏其侯索要，就等于欠了他一个人情。要知道魏其侯现在年纪大了，半截身子已经入土了。只要等个几年，他两眼一闭，拿下这块地就是分分钟的事了。"

论忽悠功夫，田蚡可是祖师爷了，他从一介村夫一步步爬到一人之下万人之上的丞相位置，什么风没见过，什么雨没淋过，世态炎凉，尔虞我诈，见人说人话，见鬼说鬼话，什么东西能逃得过他的火眼金睛？因此，面对籍福的忽悠，田蚡很快就看出了端倪。他派人去探听，很快就对发生的事了如指掌了。

对此，田蚡觉得窦婴是忘恩负义。说他忘恩，是因为窦婴的儿子当年杀了人，是田蚡出面倾力罩住，才平息了事态。说他负义，是因为窦婴当年之所以能当丞相，是田蚡主动谦让的结果。如今，只是想要他的一块地，他都这么吝啬，这么不给面子，田蚡觉得窦婴实在是太不厚道，太不懂人情，太不懂政治了。

与此同时，田蚡觉得灌夫也是狗拿耗子多管闲事。这明明是他和窦婴之间的事，关灌夫屁事，他居然还跑出来数落一顿。

这件事情一闹，窦婴、灌夫和田蚡之间的关系发生了质变。原本他们还能貌合神离地和平共处，现在已演变成水火不相容了。等待他们的是怎样的暴风骤雨呢？

士可杀，不可辱

田蚡是个睚眦必报的人，他很快制定了战术，决定分而击之，各个击破。具体来说，就是先拿灌夫开刀，再对窦婴动手。

田蚡之所以这么做，原因有三：

一是窦婴虽然无官一身轻了，但因为他有外戚的身份，有侯爷的封爵，所以，不是他想动就能动的。相对来说，灌夫则容易对付些，算是个软柿子。

二是窦婴虽然为人固执，但他做事还是谨慎谦卑的，因此，别人很难抓住他的把柄。而灌夫就不一样，他只有匹夫之勇，没有什么计谋，做事鲁莽，往往无形中就得罪了人。更重要的是，他还好酒贪杯，而且酒后常常撒酒疯，酒后失言，酒后犯错，甚至是犯罪。他数次丢官，都是最好的证明。

三是灌夫有个软肋，就是他的家族。自从灌孟和灌夫发迹后，其宗族便打着他们的牌子在老家颍水一带无所不为，无恶不作，欺男霸女，大肆敛财，很快灌氏家族便成了整个颍水的地头蛇。

对此，当地百姓怨声载道，但都敢怒不敢言。民间甚至还流传着这样的民谣："颍水清，灌氏宁；颍水浊，灌氏族。"意思就是，如果颍河的水清澈见底，灌氏家族就会安宁；如果颍河的水浑浊不堪，那么灌氏家族的末日就要来临了。

君不见，黄河之水天上来，奔流到海不复回。河里的水日夜奔流，朝夕不同，清浊难料，岂能做到清者自清，浊者自浊。

这其实是当地百姓用来告诫和诅咒灌氏家族的。福兮祸所倚，祸兮福所伏，要懂得自重，否则，离自取灭亡也就仅一步之遥了。

对宗族的恶行，灌夫的态度是放任，睁一只眼闭一只眼，毫无整改之意。这也就成了他的软肋。

果然，田蚡与灌夫交恶后，马上抓住他这个软肋，开始大做文章。

元光四年（公元前131年），田蚡给汉武帝打了一个小报告，举报灌夫家族在颍阴胡作非为，无法无天。

汉武帝马上做出批示："这是丞相分内的事，不必向我请示。"

田蚡等的就是这个答案，他请示只不过是为了"免责"——摒除自己假公济私的嫌疑。

接到汉武帝批复的田蚡迫不及待，正准备下手整治灌夫一族时，一个人突然挺身而出，对着田蚡就是一声暴喝："且慢动手！"

田蚡回过神来，一看那人，正是自己要对付的灌夫，不由怒发冲冠道："天堂有路你不走，地狱无门你偏进来。我找的正是你，你还敢主动送上门来，你无情在先，就休怪我不义了！"

哪知灌夫有恃无恐道："你敢动我一根汗毛试试，我定叫你死无葬身之地！"接着，他不紧不慢地说了一句话。只一句话，田蚡便如霜打的茄子——蔫了。

灌夫向来四肢比头脑发达，有勇无谋，他是怎么做到一句顶一万句，让田蚡哑口无言的呢？

以彼之道，还施彼身，就在田蚡找到灌夫的命门时，灌夫也找到了田蚡的命门。

原来，在很久以前，当时的田蚡任太尉，官位虽然不低，但雄心勃勃的他却并不满足，还想着能早点更上一层楼。淮南王当时在众诸侯王中属于"三高二多一大"的王中王。"三高"指威望高、人气高、才气高；"二多"指财产多、粮草多；"一大"指地盘大。也正是因为这样，田蚡对淮南王刘安极尽巴结之能事。每次刘安入京朝觐时，他总是不辞辛苦地亲自跑到灞上去给他接风。

一次，田蚡按惯例到灞上迎接淮南王刘安，为了讨刘安欢心，他说出了下面这番话。

"皇后陈阿娇没有儿子，大王您是高祖的得意孙子，德高望重，天下臣服，他日一旦皇上有个不测驾崩了，您便是当仁不让的继承者啊！"

田蚡这话里的水分有多大，不用仔细推敲，就能找到三点逻辑不通之处：

其一，皇后暂时没有儿子，并不代表以后也不能生儿子啊！就算皇后不能生儿子，并不代表其他嫔妃不能生儿子啊！汉武帝没有儿子就让诸侯王来继位吗？这显然是不可能的，汉景帝的亲弟弟刘武便是前车之鉴。

其二，刘安的父亲是刘长。刘长死后，当时的汉景帝刘恒为了防止一家独大，将刘长的封地一分为三，刘安便是其中之一的淮安王。他的"三高二多一大"其实都是刘长遗留下来的，在其他诸侯王中并没有达到"唯我独尊"的地步，更别说什么能让"天下臣服"这样无本之木的话了。

其三，从年龄来分析，刘安比汉武帝刘彻大二十二岁。就算刘安钱多粮多，天天吃山珍海味，身体保养得极好，也无法和风华正茂的刘彻比身体、比寿命啊。

忽悠之所以叫忽悠，就因其中没有逻辑可言，唯一的目的就是拍到人的心里，点到人的要害。

听了田蚡的忽悠，刘安很是高兴，更加把田蚡视为自己的心腹之人，对他更为器重。同时，他还赠给田蚡大量的金银珠宝。

田蚡不会知道，就在他这句忽悠话收到丰厚回报时，灾难也悄悄降临了。

他的这句忽悠话显然已经超出了玩笑和拍马屁的范围，而上升到了"政治阴谋"的层次。这里面包含两个关键词：妄言废立和诽谤诅咒。

皇帝立太子，选继承人，作为臣子是不能乱说的，妄言废立会惹祸上身。

汉武帝正值壮年，好端端的，提什么天有不测风云，然后说让一个比他大二十多岁的人来继位，这不是诽谤就是诅咒啊！

总而言之，田蚡这番忽悠话，虽然讨了刘安的欢心，却伤害到了汉武帝。如此无法无天，大逆不道，是要杀头的。

最倒霉的是，因为保密工作并没有做到位，他这句忽悠话被"第三者"灌夫知道了。至于灌夫是怎么知道的，我们不得而知，毕竟天下没有不透风的墙嘛。

灌夫握着这样一颗"定时炸弹"，自然对田蚡有恃无恐。因此，面对田蚡的咄咄逼人，灌夫来了个以牙还牙："你田蚡要是敢对我灌夫和灌氏家族轻举妄动，我要让你死无葬身之地！"

田蚡一听脸都变了，马上向灌夫赔礼道歉，然后主动撤案，针对灌氏家族的行动就此打住。稳住了灌夫后，田蚡马上给淮南王刘安写了一封信，将此事如实相告。

刘安也不是省油的灯，他得知消息后，马上给灌夫送去黄金千两，以迷其心，然后天天派宾客请灌夫喝酒，以堵其口。

物质上得到了极大的满足，酒瘾得到了极大的满足，虚荣心得到了极大的满足，灌夫朝田蚡挥了挥手，又招了招手，摇了摇头，又摆了摆尾，达成了"互不伤害条约"。

有了条约在手，以后便可以高枕无忧，和平共处了——灌夫是这么想的。

条约只不过是缓兵之计，给我一个理由，给我一个借口，我定会让你粉身碎骨——田蚡是这么想的，也是这么做的。很快，田蚡的机会就来了。

元光四年（公元前 131 年），田蚡娶燕王刘嘉的女儿为夫人。对此，王太后大为重视，亲自下诏，请列侯宗亲来喝喜酒。

窦婴是老列侯，自然也在受邀之列。对此，窦婴却是喜忧参半。喜的是自己虽然已是无官一身轻了，但仍在受邀之列，还没被朝廷和社会遗忘。忧的是因为"城南索田"事件，他已经和田蚡撕破了脸，此时去喝他的喜酒，感觉心里升起一股莫名的寒意，很不自在啊。

思来想去，窦婴决定请自己的小伙伴灌夫一起赴宴，大有兄弟同心，其利断金之意。哪知灌夫一听，头摇得像拨浪鼓，连连推辞。

灌夫有自知之明。首先，他不在受邀之列，自己贸然去便是攀龙附凤之举，这对心高气傲的他来说是无法做到的。其次，新郎官不欢迎他。他两次大骂田蚡，已是心有千千结了，一时半会儿只怕是解不了，贸然去赴宴，倒是弄得彼此都尴尬。

然而，窦婴却不这么认为，他坚持要灌夫去。

"冤家宜解不宜结。"窦婴鼓动道，"这天底下没有过不去的坎，正是因为有过节，才更要去参加田蚡的婚宴，一来可以显示你的大度，二来可以化解田蚡的怒火，达到化干戈为玉帛的目的。"

灌夫听了这话，觉得好像有几分道理。

"相逢一笑泯恩仇。田蚡虽然不是个好东西，但毕竟是堂堂一国之丞相，和他对着干终究不是个事儿，就算弄个两败俱伤，对自己也没有好处。"

窦婴见灌夫心思动了，赶紧趁热打铁道。

灌夫想了半天，还是摇了摇头，嘴里念念有词道："我虽然是张老脸，但还经常做护理，自认为对得起这张老脸。如果我参加了田蚡的宴会，就是自己打自己的脸，对不起自己这张老脸……"

"行，行，行，谁也不要讲道理了，你去也得去，不去也得去，不然就对不起我这张老脸了。"窦婴下了最后通牒。

这下灌夫没辙了，只好拉下老脸，跟着窦婴去赴宴了。

在田蚡府里，有人问灌夫今天太阳是不是从西边出来了，居然不请自来。灌夫听了也不恼，微微一笑，反反复复地说着："冤家宜解不宜结嘛，相逢一笑泯恩仇，嘿嘿。"后来问的人多了，灌夫索性懒得多费口舌了，只是傻乎乎地干笑着。

宴席开始后，宾客如云，场面非常壮观。先是新郎官田蚡祝酒，然后宾客相互之间敬酒。当窦婴敬酒时，只有他的老部下和一些老交情礼数周全地回敬了，其他宾客只是敷衍了一下。

窦婴毕竟是老江湖了，城府修炼得虽算不上高深莫测，但也是小有成就了。他心里虽然不痛快，但脸上却很痛快，依然谈笑自若，仿佛什么都没有发生过一样。

然而，这一切却尽收"旁观者"灌夫的眼底。他原本就是个直肠子，头脑一根筋的人，见众人对自己大哥如此不敬，心里头顿时涌上一股无名之火。

但是，灌夫最终还是忍住了，毕竟这是别人对窦婴的态度，还轮不到他说三道四。这第一把火没有把他点着。

好戏还在后头。很快，轮到灌夫敬酒了，他虽然做好了受冷落的准备，但却没有想到场面会那么冷。

灌夫端了一杯满满的酒，首先敬新官郎田蚡。面对灌夫的主动讨好，田蚡并不买账，他稳坐钓鱼台，身子如石佛般一动不动，别说避席回礼了，就连欠身这个最起码的礼节也直接免了。不仅如此，他还说了一句让灌夫很上火的话："千万不能倒满杯哦！"

田蚡对灌夫的感情原本就浅又薄，能跟他这个原本喝不着的人"舔一舔"已经很不错了，按理说灌夫也该满足了。

然而，灌夫有他的自尊，更有他劝酒的方式。他先是一口喝干了杯中酒，然后说道："我已先干为敬了，丞相也请喝干啊。"田蚡抿了一口，浅尝辄止，便不再理会灌夫了。

酒入愁肠愁更愁，灌夫心里又腾起了一把火，只是田蚡既是新郎官，又是朝廷的丞相，还是王太后的亲弟弟，更是汉武帝的亲舅舅，集万千宠爱于一身，集百般关系于一体，自己又能拿他怎样？因此，这第二把火灌夫还是强压了下去。

忍一时风平浪静，退一步海阔天空。灌夫憋红了老脸，强忍着怒火，接着向众人敬酒。众人对窦婴都是爱搭不理的，对灌夫自然好不到哪里去了。

正在这时，一个倒霉鬼出现了，他的出现直接点燃了灌夫心中的第三把火。

这个点火的人叫灌贤。灌贤是汉朝"开国元帅"灌婴的孙子。灌夫的父亲灌孟和灌婴是结拜兄弟，所以，灌贤算是灌夫的侄子。

尊老爱幼是中国人的传统美德，按理说，灌贤出于孝顺，也该对灌夫毕恭毕敬、客客气气才对。这时候，受了一肚子气的灌夫原本以为可以在这位贤侄身上找回存在感。然而，事实证明，灌夫找到的却是深深的挫败感。

灌夫敬酒敬到灌贤面前时，灌贤却对他视而不见，正忙着跟身旁的大将程不识唠嗑。灌夫心中的第三把火腾地一下就被点燃了。

　　三火攻心，气贯长虹，原本就脾性暴躁的灌夫终于忍不住发飙了："平日里你总是说程不识这儿不好，那儿不好，将人家贬得一钱不值，一无是处。现在我以长辈的身份向你敬酒，你居然像个娘们儿似的和他交头接耳，窃窃私语，成何体统！"

　　灌贤一来在辈分上比灌夫低，在礼数上又不周，被灌夫这平地一声雷地一顿数落，顿时惊住了，赶紧像个做错了事的小孩，低着头默默地听任灌夫教训。

　　知错能改，善莫大焉。灌夫见灌贤认错态度好，找到了失去的颜面，心中怒气也就消了大半，正要原谅他时，田蚡却掺和进来，从而搅乱了整个局。

　　"我说灌将军啊，这程将军和李广将军是东、西两宫的卫尉，是太后与皇上的贴身保镖，你今天当众侮辱程将军，究竟是不给谁面子啊？"

　　田蚡抓住灌夫的"小辫子"，马上上演了大阴谋论。他借题发挥，把原本平庸的程不识和大名鼎鼎的李广相提并论，并且还牵涉到了太后与皇上，语言之毒辣可见一斑。

　　祸从口出，田蚡故意将灌夫的话上纲上线，放大夸张，显然是醉翁之意不在酒。按理说，灌夫此时该醒醒了，及时三缄其口，避免再被人家抓住把柄才对。然而，灌夫是什么人，是个口无遮拦的人。他借着酒劲，誓将酒疯进行到底，摇头晃脑地吟道："砍头何足惧，穿胸又何妨。杀了我仲孺，何知程李乎？"

　　灌夫的话一出口，众宾客顿时一片哗然。窦婴眼看要闹出大事来了，赶紧拽着灌夫就要走。

　　砸了场子，卷起裤管就想跑，自然是没门的。果然，田蚡一声令下，就把灌夫拦下来了。

　　这时候，上次城南索田事件出现过的籍福又冒了出来。这次他没有公报私仇，而是继续当起了说客："只要你低头认错，我们家主子是个宽宏大量的人，会饶恕你的。"

然而，籍福搞不定城南索田的事，更搞不定这场婚宴风波。

士可杀，不可辱。灌夫用实际行动把籍福投给自己的最后一个机会给浪费掉了。只见他抬起高贵的头，就是不道歉、不认错。

田蚡要的就是这个局面，他赶紧落井下石道："仲孺敢这么放肆，都是我骄纵他的结果啊。这次婚宴是太后亲自下诏办的，你仲孺借酒闹事，便是对太后的大不敬！"

说完这番话，田蚡就令人将灌夫拿下了。

沉默是金

灌夫入狱了，窦婴肠子都悔青了。这次婚宴是他拉灌夫来的，来时是哥俩好，去时却是孤苦伶仃。"兄弟一场，两肋插刀，就算刀山火海，就算倾家荡产，我也要把灌夫救出来。"窦婴是这么想的，也是这么做的。

他将自己的老部下、老相识召集而来，拿出自己多年的积蓄，请他们拿着这些钱财去帮自己上下打点，营救灌夫。

拿人钱财，替人消灾，这原本是天经地义的事，但灌夫这次闯的祸可不是钱能摆平的。很快，消息就传来了：田蚡不仅把灌夫全族抓起来了，而且严刑逼供，看这架势，灌夫只怕凶多吉少了。

此路不通，看来田蚡根本就不给灌夫活路。他之所以吃了秤砣铁了心，非要置灌夫于死地不可，原因就是灌夫手里握有针对他的"定时炸弹"，自己这一拳如果不能彻底打垮灌夫，一旦灌夫出狱了，自己便会吃不了兜着走，陷入万劫不复之境地。

窦婴本着不抛弃不放弃的精神，正准备再接再厉救灌夫时，窦婴的夫人不干了。她主动站出来，跟窦婴谈了谈。

"灌夫犯了这么大的罪，只怕仅凭你一人之力是救不出来的。"窦夫人道。

"世上无难事，只怕有心人。"窦婴答。

"你要知道，灌夫得罪的不仅仅是田蚡，还有太后。这天下连皇帝都要敬她三分，让她三分，听她三分，你斗得过吗？"窦夫人加压道。

"我这个魏其侯不是凭空而来的，也非浪得虚名，现在为了救灌夫，就算丢了侯爵，我也无怨无悔。"窦婴傲然道。

"灌夫真的这么重要？"窦夫人长叹一口气。

"是的，他是我的朋友，真正的朋友，唯一的朋友，生死的朋友。他如果死了，我也不想独活了。"窦婴坚定地说。

拿钱是搞不定了，窦婴决定改走"官道"——投诉。他将投诉的折子递到了汉武帝面前，投诉的对象是田蚡。在投诉书中，他陈述了灌夫骂座的经过，着重强调了三点：第一，灌夫有错，但只是错在酒，错在酒后失言；第二，灌夫有过，但过不大，更不是对太后的大不敬；第三，灌夫有罪，但情有可原，罪不至死。

汉武帝看完后，认为说得有道理，于是主动请窦婴共进晚餐。吃完饭后，汉武帝对窦婴说道："身正不怕影子歪。既然你说得这么头头是道，那我就给你一次公开辩论的机会吧。"

君子一言，驷马难追。很快，这场万众关注的辩论会就上演了。

辩论会一开始，首先进行的是个人陈述环节。

窦婴作为灌夫的辩护人，自然第一个站出来说话。他不愧是有备而来的，陈述报告的语气不急不慢，有条不紊，报告条分缕析，提出了三条为灌夫脱罪的理由。

第一条理由：灌夫有功有劳。他在平定七国叛乱时立下赫赫战功，披孝报国传为佳话，为汉朝的稳定贡献了力量。

第二条理由：灌夫因酒犯错。因为在田蚡婚宴上高兴，灌夫多喝了几杯，结果喝醉了，做出了酒后失言之举。

第三条理由：田蚡公报私仇。田蚡将小事放大，百般诬陷，是私心在作怪，是欲望在冲动。

应该说，窦婴考虑到了方方面面的因素，除了正常为灌夫辩论外，并没有对田蚡有过激的言辞，更没有爆更多的猛料。

接下来，轮到田蚡发言了。他陈述了灌夫的两大罪状。

第一条罪：大不敬。太后安排的婚宴，灌夫居然不放在眼里，蛮不讲理，大放厥词，弄得好好的婚宴不欢而散，弄得我这个新郎官灰头土脸，弄得太后下不了台。

第二条罪：大不醒。灌氏一族在颖川横行霸道，无法无天，胡作非为，弄得民众怨声载道，这都是灌夫纵容的结果，应当借此机会，一并铲除。

田蚡话音未毕，窦婴已是怒不可遏。灌氏家族涉黑一事原本在"和事佬"刘安的调解下，已达成协议。现在灌夫被关进了深牢，田蚡却出尔反尔，在这么重大的场合中捅刀子。

"既然你这般无情，就休怪我无礼了。"窦婴也顾不得那么多了，撤下了文雅的面具，恢复了冷酷的面孔，开始揭田蚡的短，说他贪财好色，并将田蚡城南索田之事现场曝光了。"

听完窦婴的猛料后，田蚡笑了。笑完之后，他说了一句很猛的话："我是有错。"

田蚡乃堂堂一国之相，平常都是高高在上的，都是别人主动巴结讨好他的，盛赞他的话铺天盖地，此时他居然主动认错，自然让人很是惊愕。

"食色，性也。我是丞相，也是人，更是凡夫俗子，也有七情六欲，因此，我自然喜欢房子、车子、票子、女子。"田蚡的后话来了，"我只是诗酒趁年华，好好地享乐，好好地过把幸福生活的瘾，这又有什么错呢？这只是人的本性啊。你魏其侯和灌夫天天在一起，不是抬头观天象，就是低头瞎捣鼓，不是重金圈养豪杰之士，就是重弹打击诽谤朝廷。你们这又是阴谋又是诡计的，到底想干什么呢？到底想图什么呢？"

田蚡这番话有分量，喻义很深，层层递进，最后把窦婴也圈进了打击的范围中。他暗示窦婴和灌夫图谋不轨，这帽子谁戴上都吃不消啊！

听了田蚡的话，窦婴又急又气，又惊又怒，一张老脸涨得通红通红的。好在这时"裁判长"汉武帝眼看双方辩论的内容偏离了主题，马上站出来，宣布自由辩论阶段结束，下面进入群臣表决时间。

首先站出来表态的是朝中"二把手"——御史大夫韩安国。

韩安国这个人有三大特点：一是学问多。他从小研究《韩非子》和杂说，据说很有心得，已达到出神入化的地步。二是主意多。平定七国叛乱时，正是他为梁王刘武出谋划策，屡建奇功，最终使吴楚大军没有攻破他们的壁垒。三是阅历多。刘武病逝后，韩安国另谋高就。当时田蚡得势，他马上散尽全部家当贿赂田蚡，谋得了北地都尉的职务，不久又升迁为大司农，还参与平定了南方少数民族的叛乱，最终被汉武帝任命为御史大夫。

此时，韩安国站出来，说了两段话。

"窦婴的话没错，灌夫罪不当斩。当年，他在父亲战死疆场的情况下，坚持不下火线，只身闯入吴军大营，大勇大德，大仁大义，真是不折不扣的壮士。对于这样的壮士，如果仅凭一次酒后乱言就严惩，未免太过于小题大做了。"

"田蚡的话也不无道理，灌夫罪有应得。丞相说灌夫与豪强交往甚密，宗族横行乡里，欺压百姓，图谋不轨。我看这种情况或多或少也是存在的，因此，丞相的话也是对的。公说公有理，婆说婆有理，既然窦婴和田蚡说得都没错，最后还得请陛下圣裁啊。"

韩安国不愧为官场老手，玩政治玩到他这样圆滑的阶段，已经达到了炉火纯青的地步。他说了两句话，结果却是两不得罪，说了等于没说。

其实，韩安国察言观色，显然知道汉武帝是有意偏向窦婴的，得罪了当今天子那就会吃不了兜着走，但田蚡对自己有推荐之恩，大家同处一个战壕，自然也不能得罪。

桥上过人，桥下流水，这是韩安国给自己在仕途上留的可进可退的两条路。什么叫老好人，韩安国是也。

汉武帝不需要这样的废话，他需要的是实话实说。于是，他马上看向了朝中的一位牛臣——汲黯。

汲黯是典型的世家出身。他的祖上至他这一代连续七代都是卿、大夫一级的官员，所以，他入仕途的起点非常高，担任的第一个职务是汉景帝安排的太子洗马（太子的陪读，类似于韩嫣的角色）。

汉武帝继位后，汲黯的官职马上升到了谒者（掌管礼仪的官，官不大，但权力大）。很快，他就被汉武帝派去做两件事。

第一件事，是调查东越的闽越人和瓯越人发生战争的事。面对这样的暴动，本着未雨绸缪的原则，汉武帝派汲黯前往调研，以便第一时间掌握动态。然而，汲黯却晃悠悠地上路，又是游山又是玩水，好不容易到达吴县后，又选择了打道回府。汉武帝相问时，他答道："这只是一起群体事件，是当地民俗好斗的必然产物，不值得烦劳天子的使臣去过问。"汉武帝听了极为不悦，说道："值不值得，是你一个大臣说了算的吗？"但这一次，汉武帝还是原谅了汲黯。

第二件事，是调查河内郡发生火灾，绵延烧及一千余户人家的事。发生这样的安全事故，本着防患于未然的原则，汉武帝又派汲黯去调研，安抚人心，处理善后工作。这一次汲黯没有再偷懒，他真真切切地到了现场。回来后，他马上主动向汉武帝报告道："那里普通人家不慎失火，由于住房密集，火势便蔓延开去，不必多忧。我路过河南郡时，眼见当地贫民饱受水旱之苦，灾民多达万余家，有的竟至于父子相食，我就凭借您给我的符节，下令发放了河南郡官仓的储粮，赈济当地灾民。现在我请求交还符节，承受假传圣旨的罪责。"汉武帝一听，怒不可遏："假传圣旨，私自放粮，罪不可恕啊！"

因为两次都有辱使命，汉武帝决定让他到地方去锻炼锻炼，长长见识，提高政治修养，于是贬他为荥阳县令。

但是，汲黯不干了，在他的眼里，当个小小的县令简直就是一种耻辱，于是打了个辞职报告，告老回家去了。汉武帝对此很震惊，毕竟汲黯对自己有陪读之恩，没有功劳也有苦劳啊。于是，武帝将他请回长安，封为中大夫。

转了一圈，汲黯因祸得福，反而升了一级，但这却没有给他带来好运。不久，汲黯因为为人过于刚正不阿，性情过于耿直，常当面揭人短，不能容人之过，得罪了朝中的许多重量级人物。迫于舆论压力，汉武帝只好又将他从中央调到了地方，任命他为东海郡太守。

这一次，汲黯没有再打辞职报告，而是欣然赴任。上任后，汲黯将老子的"无为而治"发扬光大，形成了自己的独门绝学——卧床而治。

汲黯因为体弱多病，到了地方后，为了静心养病，经常躺在卧室内休息不出门，而把事情都交托给自己挑选出的得力郡丞和书史去办。结果，一年多的时间，东海郡清明太平，百姓生活风生水起，人人都称赞他。

汲黯的业绩自然也逃不过汉武帝的慧眼，于是他又将汲黯从地方调到中央来，任主爵都尉（负责列侯封爵事宜的中央政府官员，位列九卿）。

而在这时，汲黯充分展示了自己不畏权势的一面。当时，田蚡因为做了丞相，朝中大臣见了他都礼让三分，唯独汲黯不卑不亢，见了田蚡从来都爱搭不理，只是拱手作揖就算完事。有人问他为什么这么牛时，汲黯笑着答道："以丞相的地位之尊，对他阿谀奉承、三跪九叩的大有人在，丞相如果能容忍我这般失礼，就说明丞相能礼贤下士，这可大大有利于他的名声啊。"

汲黯对田蚡没有好脸色，对汉武帝脸色也好不到哪里去。汉武帝因为喜好儒学，广揽天下的文学之士和儒生。汲黯看不过去了，公然在朝堂上进谏，说了一句流传后世的名句："内多欲而外施仁义，奈何欲效唐虞之治乎！"意思就是，皇上您其实内心的欲望很多，对外却偏偏假装要施行仁义，怎么能真正获得唐尧虞舜那样的功绩呢！

汲黯的批评揭疤戳骨，真刀真枪，不留情面，直戳要害。汉武帝一听，心里大为不爽，但城府极深的他选择了沉默不语，可是内心的火气却越来越大，最后不等上朝时间结束，便拂袖而去。汉武帝用实际行动表示汲黯的"柔情"他永远不懂，回去时他还对近侍发牢骚道："汲黯这个人，真是又憨又愚！"

大臣们都替汲黯担心，有的还数落汲黯不该这样赤裸裸地指责皇上，汲黯却回答说："皇上要咱们辅佐他，难道咱们都要阿谀奉承不可？这不是明摆着要陷皇上于不义吗？"

汉武帝听了这话，气就消了，不但没有治汲黯的罪，而且还照单全收了汲黯的批评。

虽然汉武帝这次原谅了汲黯，但面对他这样的"狙击手"，这样的"敢死员"，这样的"狠角色"，汉武帝也忌惮三分，惧怕三分，避让三分。

大将军卫青入宫侍奉，汉武帝可以一边上厕所一边接见他；丞相田蚡求见，汉武帝有时连帽子都忘了戴；可是，汲黯求见时，汉武帝帽子没有戴好是不会接见他的，更别说蹲厕所召见了。

有一次，汉武帝坐在武帐中，汲黯前来奏事，汉武帝还没有戴好帽子，一看见汲黯，他赶紧躲进帐子里面，嘱咐近侍代他出面，汲黯奏什么就准什么，直到自己戴好了帽子后才出来。

天不怕地不怕，汲黯就是这样的人。

此时，他以带病之身列席这场辩论赛，自然不是来当观众的，而是来主持正义的。果然，面对汉武帝火辣辣的目光，他站起来，实话实说道："我支持窦婴。正直厚道的灌夫不可杀，更不可辱。"

"拼命三郎"汲黯支持窦婴，心里一直站在窦婴这一边的汉武帝很是高兴。他马上又把目光投向了另一位大臣——郑当时。

郑当时也是名门之后，他的祖先郑君曾是项羽手下的将领。项羽死后，他选择了择良木而栖——投靠了汉朝。当时，刘邦下令所有项羽的旧部在提到项羽时都要直呼其名，郑君偏偏不服从诏令。于是，刘邦下旨撤了郑君的职。郑当时继承了祖先的优良传统，以仗义行侠为乐事，声名远播。

这一次辩论赛，韩安国选择了中立，汲黯选择了支持窦婴，现在郑当时这一票就相当关键了，可以说是决定性的一票。如果他再支持窦婴，汉武帝可以当庭宣布窦婴胜诉，并将灌夫无罪释放。

然而，期望越高失望就越大，被寄予厚望的郑当时先是说了这样一句话："灌夫，灌夫，虽然只是一介匹夫，但杀之可惜啊。"

他话里的意思已经很明显了，是站在了窦婴一方。

说完这句话后，郑当时停下来，用殷殷期待的目光扫视了众大臣一圈，希望能引起大家的共鸣。然而，他很快失望了，迎接他的不是掌声和鲜花，而是沉默。

郑当时心中一颤，看样子这件事不能轻易表态啊。否则，灌夫是祸从口出，自己也会步他的后尘啊。于是，他头脑一转，马上又接着说道："不过，话又说回来，田丞相的话也是正确的。"

韩安国在前面已经做出两边都不得罪的举动，此时连一向以正直著称的郑当时也打起了太极，作为裁判长的汉武帝自然更郁闷了。于是，他再次把目光投向了其他大臣。

　　然而，这时候的众臣都选择了沉默是金，集体失语，再也没有一个人站出来主动表明立场。众臣的畏缩不语让汉武帝很不悦。于是，他很快就把所有怒火都聚焦到了郑当时身上，说道："平日里，你总是对魏其侯和田丞相品头论足，说三道四，现在怎么睁着眼说瞎话？这种孬种样，这个熊模样，我真想一剑砍了你的脑袋！"

　　这是一句泄愤话，也是对这场辩论赛的总结话。说完这句话，汉武帝拂袖而去，辩论自然也戛然而止了。

南柯一梦

汉武帝气冲冲地宣布辩论赛结束后，王太后不干了。对辩论赛的进展情况掌握得一清二楚的她马上把汉武帝叫到自己的寝宫来，当着他的面把碗和筷子一摔，拒不吃饭，然后哭诉道："我现在还活着，别人就敢这么赤裸裸地欺负我的弟弟，等哪天我死了，我弟弟岂不是要被人生吞活剥了？岂不成了任人宰割的羔羊了？皇帝啊，你究竟是木头人，还是石头人呢？这般铁石心肠，你还是不是我生的啊？"

汉武帝一听，汗流浃背，赶紧跪地行礼，以示主动认错，然后说道："窦婴和田蚡都是外戚，都是一家人，手心是肉，手背也是肉，清官难断家务事，我这不也是左右为难，所以，才搞了这个辩论赛，以达到求同存异的目的。"

为了安抚太后，证明自己的孝心，汉武帝马上派人审查窦婴的辩词，结果自然很快就找到了一些"言过其实"的话。这一次，汉武帝没有再犹豫，马上以欺君之罪，把窦婴逮捕入狱。

至此，窦婴这才如梦方醒，意识到事态的严重性已超出了他的意料。

窦婴大刀阔斧地准备挺身救灌夫时，窦夫人坚决反对，并进行了忠告："谋事在人，成事在天，只可尽心，不可力拼。"然而，窦婴对窦夫人的忠言从左耳进，从右耳出，根本不当一回事，认为自己就算没有把灌夫救出来，顶多也就是丢个爵位，认为这是"自我得之，自我捐之，无所恨"。直到这时他被拘入狱，才恍然醒悟，丢了爵位是小，丢了脑袋才是大啊！

通过辩论赛，他已经见识到了田蚡的庐山真面目——心狠手辣，残暴不仁；他也见识到了群臣的政治面目——首鼠两端，左右逢源；他更见识到了汉武帝的本来面目——冷酷无情，自私自利。因此，对身陷图圄的他来说，要想不把牢坐穿，要想重见天日，要想获得新生，谁都不能靠了，只能靠自己。

靠天靠地不如靠自己，窦婴是这么想的，也是这么做的。可是，自己都已经不是自由身了，怎么个靠法呢？

靠先帝的遗诏。

原来，汉景帝格外看中窦婴这样的另类人才，在临死前，觉得窦婴可能会因为任性而惹来大麻烦，于是留了一道遗诏给他，只有一句话："事有不便，以便宜论上。"意思就是以后你如果遇到了人生当中生离死别这样的大事，可以直接向皇帝面对面地申述，享有"优先豁免权"。

这不是一道免死金牌，却胜似免死金牌。先帝的遗诏，且不管内容如何，本身就具有超级的重量。窦婴能得到汉景帝的遗诏，这本身就说明他的身份特殊，说明任何人都不能对他乱来。

有了护身符，窦婴虽身陷图圄，却很乐观。他相信，自己很快就能得到一次和皇帝零距离接触的机会，很快就能恢复自由身。

于是，他利用家人来探亲的机会，把这件事告诉了家人后，家人立马按图索骥，找到了精心收藏的诏书，然后毕恭毕敬地递给了汉武帝。

汉武帝本身是同情灌夫和窦婴的，但迫于太后的淫威，他才不得不做出了有违意愿的举措来。此时听说窦婴有先帝的遗诏，他自然也很高兴了。因为太后的话一言九鼎，不容置辩，而先帝的话却是尚方宝剑，不容违背。两权相侵择其重，显然先帝的话更重更具权威，更不容亵渎。

于是，他大手一挥，马上派人去档案室取遗诏副本，核实遗诏的真伪。

原来，皇帝诏书因为属于重要文件，为了防伪的需要，一直以来都要搞一正一副两份，正本直接给当事人，副本则存在档案室。使用时，需要双诏合璧，相辅相成，方能诏力昭显。

因此，这个关键时刻，汉武帝派人验诏是必须走的司法程序。然而，事情的发展很快发生了波澜起伏的变化，验诏人回来报告说："没有看到窦婴出示的遗诏的副本。"

没有副本的遗诏，那只能说明一个问题——遗诏是假的。

"矫诏"是什么罪，两个字：死罪。

这下，汉武帝蒙了，这个窦婴太无法无天了，居然想出了伪造诏书这样的手段，真是自作孽不可活啊！

这下，窦婴傻了，明明是当年汉景帝亲手赐给他的遗诏，怎么时过境迁，就变成假诏了呢？

是啊，那个被锁入国家一级保护档案室的副本究竟到哪里去了呢？

首先，要排除窦婴本人伪造制假的可能性，因为这时候的窦婴已是被人落井下石，身陷囹圄了，他要造假诏在时间上、精力上、条件上都不允许，和他向来正大光明的为人和任性孤傲的性格也有出入。而且，制作伪诏的后果是什么，他应该也很清楚。总而言之，窦婴伪造遗诏，于情于理于法都不符。

其次，要排除汉景帝没有存档的可能性。汉景帝很敬重窦婴的高尚品德和正直作风，而且窦婴立有大功，对于这样的良臣功将，即使存在意气用事、任性清高的一些性格上的弱点和瑕疵，也无关大局，无关痛痒，更无关生死性命。汉景帝既然对他"爱"大于"恨"，肯定没必要也没有理由故意不存档。而且，忘了存档也不可能，君子一言，驷马难追，立遗诏这么大的事，都写了正本，副本岂是说忘就能忘的，就算汉景帝当时已病入膏肓，神志不清，真的忘了存副本了，他手下掌管诏书和档案的官吏也会及时提醒他。总而言之，汉景帝没有存副本，于情于理于法也不符。

最后，只有一种可能性，那就是遗诏的副本被毁。谁有这么大的胆，敢毁诏呢？只有一个人，那就是王太后。王太后是什么人？皇帝他妈。她一发威，地板要震三震，连皇帝都要抖三抖。在灌夫骂座事件中，既然王太后存心帮弟弟田蚡，自然不可能半途而废。汉武帝主宰天下，王太后主宰汉武帝，她可以算是"皇中皇"。因此，窦婴亮出遗诏这道护身符，她自然不会坐以待毙，因此，毁诏很可能就是王太后做出的"狗急跳墙"之举。

总而言之，副本没找到，窦婴出示的遗诏成了假诏。矫诏死罪，谁也保不住。汉武帝虽然不想让窦婴死，但此时已彻底无能为力了，最后只能无奈地判处窦婴死刑，缓期执行。

缓期有多久？缓期有多长？汉武帝分明不想杀窦婴，分明想保全窦婴。

很快，在狱中的窦婴就听到了风声，不由得万念俱灰。对这样的处罚，他的表现有二。

一是心痛。欲加之罪，何患无辞？这么窝囊地被捕入狱，这么离奇地被定伪诏，这么无奈地被判死刑，能不悲哀、不痛心吗？

二是后悔。窦婴其实也知道田蚡的把柄，灌夫早已把田蚡对刘安说的那段大逆不道的话告诉了他，但他心太软，总认为冤家宜解不宜结，因此一直未引爆这颗"定时炸弹"，结果在动用遗诏救命未果后，想要再出这最后一击时，却突然很悲哀地发现，自己已经没有机会了。田蚡已经封锁了所有人对他的探狱权。心中有话说不出口，"定时炸弹"居然会胎死腹中，这是窦婴始料不及的，也是他最后悔的事。

然而，世上没有后悔药可吃，在官场、商场、战场，对敌人仁慈就是对自己残忍，对敌人留情就是对自己无情。窦婴彻底绝望了，他决定绝食。

绝食而死，好歹能留个好名声，好歹能留个全尸，好歹能将悲壮进行到底。窦婴要用铁骨铮铮证明自己的骨气和傲气。

绝食而死，这是田蚡所不愿看到的。窦婴已经被判了死刑，岂能让他以这种方式了结自己。于是，他头脑一转，马上想到了一招好的应对之举——造谣。

这个造谣分两步走，一步是专门针对窦婴的，让狱卒告诉窦婴，说汉武帝赦免了他，不杀他了。另一步是专门针对汉武帝的，无非是让众臣告诉汉武帝，说窦婴在狱中大放厥词，大骂皇帝。

事实证明，田蚡这一招果然高明，很快达到了各个击破的目的。窦婴一听汉武帝赦免了自己，高兴之下，一跃而起，马上又恢复了生的动力，又是吃饭，又是喝水。

田蚡见了，笑了，只要窦婴肯吃东西，就饿不死了，只要没饿死就是胜利。

而汉武帝听了田蚡散布来的流言蜚语，自然也是怒不可遏，他终于下达了斩立决的命令。

元光四年（公元前131年）十月，世人还在感受新年的气息（汉朝的历法是以每年十月为岁首，以九月为岁尾），灌夫及其家属却体会到了死亡的滋味，一众人等被斩首于长安街头，罪名是大不敬。

两个月后，正值草长莺飞、万物复苏的时候，窦婴的生命走到了尽头，他被斩首于长安闹市，罪名是矫诏。

至此，田蚡以一敌二，大获全胜，最终取下了窦婴和灌夫两颗血淋淋的人头。

此时，田蚡终于笑了，这是在一场酣畅淋漓的胜利之后的开心之笑。然而，他的笑容很快就僵住了，随之涌上心头的是无穷无尽的痛苦，无边无际的煎熬，嘴里的话从"痛快、痛快"变成了"认罪、认罪"，表情十分恐怖，举止十分荒诞，动作十分滑稽，行为十分诡异。王太后马上请巫师为其就诊。巫师仔细端详一番，最后说了四个字：阴魂不散。

谁阴魂不散，肯定是窦婴和灌夫了。

此时，巫师在王太后的授意下，大张旗鼓地作法，又是敲又是打，又是挥剑又是烧香，弄得整个田府一片乌烟瘴气，大有直追当年陈阿娇巫蛊之壮举。然而，一切都是徒劳，灌夫死后五个月，窦婴死后三个月，一代丞相田蚡离奇去世。

争争斗斗，斗斗争争。风风雨雨，雨雨风风。花开花谢，潮起潮落，最后都抵不过生生死死，死死生生。最后都只不过是善恶有报，因果轮回。人生一世，沧海一粟，昙花一现，南柯一梦，诚为可悲、可叹、可怜、可惜、可笑也。

第六章

忍无可忍，就无须再忍

战还是和，这是个问题

汉朝自立国以来，最大的敌人便是北方的游牧民族——匈奴。

其实，早在战国时期，各国就感受到了匈奴的威胁了。秦国、赵国、燕国都不约而同地选择一个独特的方式来抵挡匈奴——修建长城。秦始皇一统天下后，对长城进行了加长和加固，并且派驻了大量军队应对匈奴的"打草谷"。

刘邦建立汉朝后处于穷困潦倒、百废待兴的阶段。面对匈奴不断来"打草谷"，汉高祖刘邦最开始采取的是以蛮制蛮的策略，想以武力解决边疆问题。但是，却遭遇"白登之围"之困苦和狼狈，后有民谣传唱汉军当时的惨状："平城之下亦诚苦！七日不食，不能彀弩"。据史书记载，刘邦是接受陈平之妙计，通过糖衣炮弹做通了匈奴冒顿单于的妻妾阏氏的工作，在阏氏的劝说下，冒顿最终把刘邦给放了。然而，现代史学普遍认为，冒顿之所以肯轻易放刘邦一马，肯定有重大内幕，除了送财物、许和亲，刘邦很可能还做出了"自辱"之举——向匈奴称臣了。就算冒顿真把汉朝皇帝干掉了，他们能把整个中原都吃掉吗？中原之地适合游牧民族居住吗？汉朝军民能不奋起反抗吗？所以，冒顿很可能在满足了自己的物质和脸面上的各种需求，特别是刘邦直接称臣后，顺水推舟地放了他一马。当然，这并没有直接证据，但从后来汉匈数十年"融洽"的关系来看，这种可能性很大。

通过这次"生死劫"，汉高祖意识到敌强我弱，不宜力拼。于是，马上改变战略，采取了怀柔之术，通过送公主和亲和财物利诱，满足匈奴的欲壑，实现和平共处。

吕后在执政期间，冒顿单于递上了一封带有侮辱性质的求爱信："太后守寡，孤王丧偶，两相孤独，何不两相和好，互通有无。"大致意思是说，我是一个孤独的君王，生长在风吹草低见牛羊的地方，很想到中原一游。现如今吕后你新寡，而我又是单身，我们都属于同病相怜的人，郁郁寡欢，心中的苦楚和烦闷无处发泄，我真心希望能和你手牵手，肩并肩，心连心，从此朝朝暮暮长相厮守，携手共创美好未来。面对这样极具侮辱性的"求爱信"，樊哙提议出兵扫荡匈奴，但吕后最终还是听从了季布的意见，选择了忍气吞声地"回信"，《汉书·匈奴传》是这样记载的：**弊邑无罪，宜在见赦。窃有御车二乘，马二驷，以奉常驾。**

吕后表达的意思很明确：我们没有犯错，单于您就宽饶我们吧。为了表达心愿，我们送两辆豪华之车和八匹绝世好马，给您平常出行之用。然后，她再送公主并配以金银珠宝等陪嫁品，以定冒顿之心。就这样，吕后延续了汉高祖的做法，暂时解决了匈奴这个难题。然而，这种表面和平的局面始终是挡不住山雨欲来风满楼的趋势。到汉文帝时，汉朝和匈奴貌合神离的面纱被撕破，表面上的和平终于被彻底打破了。

当时，汉文帝还是按照汉高祖定下来的规矩，派公主和匈奴的单于和亲。汉文帝前元六年（公元前 174 年），冒顿单于病死，儿子稽粥继位，号称老上单于。文帝获悉后，马上将宗室的公主许配给稽粥。一场看似欢喜的和亲，却被一个叫中行说的小人物给搅黄了。

汉文帝当时选宦官中行说作为公主的随从，然而，中行说并不愿意当这个费力不讨好的护花使者，并且明确地向汉文帝表达了这个意思。但是，汉文帝认为他的理由不充分，非要让他去完成这次任务不可。皇命不可违，中行说在牢骚中上路了："你们定要逼我去，一定会后悔的。"

果然，很快汉文帝就后悔了。中行说到了匈奴，马上就当了匈奴的走狗，他极尽挑拨之能事，不断破坏双方的关系，挑起双方的纷争，大张旗鼓地进行"反汉"。

他首先从思想上教化匈奴人，不要迷恋汉朝送来的绫罗绸缎，这些都是身外物，是消磨人意志、侵蚀人思想的东西，要他们自力更生，丰衣足食，彻底破除过于依赖汉朝的心理。二是从行动上教化匈奴人要读书识字，学好数理化，走遍天下都不怕，并且教会了他们用文字来记录人口、牲畜情况，绘制地图用以行军作战等。总之，在中行说的鼓捣下，匈奴人很快就变得不安分了。

汉文帝十四年（公元前166年），匈奴单于率十多万大军大举入侵汉朝边界，结果收获颇丰。他们不仅攻占了朝那、萧关，还抢夺了大量百姓和牲畜，长驱直入到甘泉宫。

人不犯我，我不犯人，人若犯我，我必犯人。这是汉文帝对待边疆问题的底线。眼见匈奴严重触红线之举，他震怒之下，便要亲自率军去反击，谁都劝不住，最后还是窦太后亲自出面才阻止了汉文帝的"愤青"之举。

此后，尝到了甜头的匈奴人变得肆无忌惮起来，经常出入汉朝边境"打草谷"，其中云中郡和辽东郡成了重灾区，甚至出现了白骨露于野的惨景。

一个小小的宦官，挑起了两国长达四十余年烽烟不断的征战，这是汉文帝不会料到的，也是汉人无法理解的，更是后人引以为叹的事。

江山易改，本性难移。到汉景帝时，匈奴依然我行我素，特别是七国叛乱时，匈奴磨刀霍霍，准备对汉朝来一次惊天大逆袭。结果他们的刀还没磨快，叛乱就被平息了，使得他们精心打造的计划胎死腹中。

随后，聪明的汉景帝依然采取和亲政策，极其大方地将公主和钱财往匈奴那里送，虽然匈奴人还是没死心，但从此"时小入盗边，无大寇"。

到汉武帝时，匈奴如幽灵般如影随形，避不开、躲不了、逃不掉。这时候，汉武帝面临对匈奴是战还是和的抉择。最终，他选择了战，且坚定地血战到底，一雪国耻。这也是汉武帝继思想革命之后，做出的第二个大举措。

如果说汉武帝的思想革命是出于治国、理国的需要，那么，他坚定地平定匈奴就是护国强国的需要。他之所以敢冒天下之大不韪，摒弃汉高祖一直流传下来的和亲政策，另辟蹊径地动用武力，原因有五。

第一，此一时彼一时。经过几代人的共同努力，通过休养生息政策，这时的汉朝已经发生了翻天覆地的变化，综合国力已是一日千里，粮多、钱多、马多、武器多、军队多。

粮多解决了吃的问题；钱多解决了穿的问题；马多解决了行的问题；武器多和军队多解决了打仗的问题。总而言之，这五个多合起来就能解决战的问题。

就在汉武帝磨刀霍霍，准备战的时候，匈奴人似乎闻到了不祥的气息，主动投来了"和"的橄榄枝。建元六年（公元前135年），匈奴的单于派使者到长安求见汉武帝，请求和亲。

为此，汉武帝马上召开了一次朝议，讨论接不接受和亲的问题。他这样做的目的有二：一方面主动征求大臣们的意见，获得个广开言路的好名声；二来测一测大臣们对边疆问题的期望值，为自己的武力平定匈奴做铺垫。

朝议开始后，一改上次汉武帝为窦婴和田蚡举行辩论会时的沉闷，现场气氛非常火热，"主和派"和"主战派"讨论得热火朝天。

首先，主战派的代表人物大行（相当于现在的外交部部长）王恢发言。王恢之所以能成为主战派的代表人物，是因为他长年在基层工作，而且经常与匈奴打交道，主张以武力解决匈奴问题是其深思熟虑之后的想法。

"言而无信，不知其可也。匈奴是一个不讲仁义的民族，匈奴人是一群不讲信用的人。自从汉高祖以来，我们送的公主还少吗？我们给他们的钱财还不够多吗？可那又如何？给了他们好处，他们就高兴一下，他们就收敛一下，等你人走茶凉，他们马上就变脸了，擅自毁约，私自出兵，从来不把信义放在脑海，从来不把道德留在心间，从来不把汉朝放在眼里。分分合合、闹闹腾腾这么多年，咱们劳民伤财，赔了夫人又折兵，说明了什么呢？说明匈奴是永远驯化不了的敌人，是反复无常的小人，是无信无义的畜生。"

王恢一张嘴，洋洋洒洒，有理有据，把大家都震住了。

"要想结束这种提心吊胆的日子，过上幸福安宁的生活，和亲不是办法，而是毒药，饮鸩止渴不是办法啊。唯一的办法就是拿出破釜沉舟的气势，拿出一往无前的斗志，向着匈奴前进、前进、再前进，打败他们、击破他们、赶走他们、超越他们、彻底战胜他们。只有自力更生，才能岁岁平安、年年和谐啊！"

王恢说完这番话，顿了顿，来了个总结陈词："总而言之，只能靠武力才能踏出一片艳阳天来！"

随后，主和派的代表人物御史大夫韩安国进行了陈述，他显然也是有备而来的。韩安国侃侃而谈，条分缕析，层次分明，谈了主和的三点理由。

理由一，强龙压不过地头蛇。匈奴是游牧民族，他们居无定所，如果我们主动出击去找他们，犹如大海捞针一般。而且，就算费尽千辛万苦找到了他们，我们也定是强弩之末了。这时候匈奴趁机反击，咱们就会吃不了兜着走。如果说我们是强龙，那么匈奴就是地头蛇，强龙虽强虽大，但压不过地头蛇啊。

理由二，以卵击石，不可毁也。匈奴是在马背上长大的民族，他们的骑兵威力很大，视刀山火海如浮云，有排山倒海之威力，我们的骑兵虽然也不弱，但跟他们相比，便是小巫见大巫了。如果我们定要与之相争，就好比以卵击石，怎么能打败他们呢？怎么能取得胜利呢？

理由三，知己知彼，百战不殆也。匈奴人是游击战的鼻祖，深得兵法之奥妙，在作战中打得赢就打，打不赢便跑。他们不羞遁走，认为只要能保全性命就是胜利。与之相比，我们的优势在哪里，我们的长处在哪里，我们又真正了解匈奴多少，我们拿什么去征服匈奴呢？

最后，韩安国总结陈词道："总而言之，与其冒险和匈奴人进行刀锋上的较量，不如放下屠刀，立地求和。"

一边主战，一边主和，相映成趣。一边战鼓隆隆，铁骨铮铮，意气风发，似乎弹指一挥间，匈奴便灰飞烟灭了。一边和风徐徐，言辞灼灼，灯火阑珊，似乎只要共举杯邀明月，大汉王朝便能和匈奴永远和平共处下去。

公说公有理，婆说婆有理，这让裁判长汉武帝很为难。为此，他决定充分发扬民主，请与会的大臣们进行一次"公投"。结果很快就出来了，支持王恢的居少，支持韩安国的居多。

看到这个结果，汉武帝很无奈，他的原意是主张动武的，但此时的"臣意调查"结果已经出来了，大多数大臣还是保守派，还是愿意继续走和亲的老路线。

这说明什么？说明群臣是能看清当前形势的，管他东南西北风，明哲保身最重要。

这证明什么？证明现在动武的时机还没有成熟，任尔凌云壮志，时机才是最重要的。

既然如此，那就再忍忍、再等等吧，忍到条件成熟时再说，等到东风来时再谈。汉武帝权衡利弊和轻重后宣布："朕同意韩安国的意见，继续和亲。"

主和派和主战派的第一次交锋最终以主和派的胜利告终，但主战派虽然还是"星星之火"，成"燎原之势"却已是历史发展的必然。

隐忍与负重是一把双刃剑，当忍无可忍之时，也就是物极必反之时。果不其然，汉武帝和匈奴的和亲只走过了短短三年的"蜜月期"，便进入了"更年期"。元光二年（公元前133年），汉武帝第二次召开朝会，商议匈奴问题。

这次汉武帝一改往昔先听大臣发言，再做决定的传统做法，会议一开始，他就主动提出自己的主张："朕饰子女以配单于，金币文绣赂之甚厚，单于待命加嫚，侵盗亡已。边境被害，朕甚闵之。今欲举兵攻之，何如？"（《汉书·武帝纪》）

汉武帝的话表达了三层意思：我对待匈奴，又是嫁送公主又是赠送礼物，可谓仁至义尽，而匈奴呢？他们又是侵我土地，又是掳我臣民，可谓无礼至极、傲慢至极、可恶至极。这样下去不是办法啊，所以，我决定对匈奴用兵。

这一次汉武帝改变思路，创新思维，采取先发制人的策略，真真切切、明明白白地直接表明了自己的立场。

有了汉武帝的金玉良言，主战派代表人物王恢勇气大涨、信心大增，又是第一个站出来举双手加双脚表示强烈支持。但是，主和派的韩安国也不甘落后，同样站出来举双手加双脚表示强烈反对。这一次主战派王恢和主和派韩安国又进行了一场激烈的口水战，整个过程分三个回合。

第一回合：讲故事，以事喻人。

王恢讲的故事大致内容是这样的：战国时期的代国，其北境紧邻匈奴，南境紧邻晋国，东境紧邻燕国，身处三国夹缝，腹背受敌，形势极为不利。

然而，代国凭借强军务边，强民务实，强国务民，使百姓安居乐业，国泰民安，连一向虎视眈眈的匈奴也不敢进犯。

"现如今，我们大汉的国土比代国何止大百倍，国力比代国何止强千倍，为什么却屡屡遭到匈奴的骚扰和冒犯呢？这是因为匈奴没有领会到我们大汉的真正实力和威力。要想让他们体会到我们的强大，就只有动武，就只有开炮，就只有征服，就只有一个字：打！"王恢讲完故事后，义正词严地总结道。

将求和进行到底，是主和派的一贯主张，他们的代表人物韩安国自然不甘落后，他采取以牙还牙的策略，同样讲了一个故事。

君不见，匈奴之兵从北来，骚扰边疆来复还。君不见，高祖怒剑率军征，三十万雄军拔地起。君不见，白登之围七昼夜，朝如青丝暮成雪。君不见，高祖突围后无私怒，不再兴兵去报复……

"高祖以国家为重，以江山社稷为重，以天下黎民百姓为重，愿国家安全，愿社会安稳，愿人民安宁。最终，在历经了高祖、惠帝、文帝、景帝四代励精图治后，大汉王朝终于迎来了太平盛世。这番局面也证明，和亲是我们的一项非常成功的基本国策，怎么能说改就改，说变就变呢？"

第二回合：讲实际，以理服人。

针对韩安国所讲的高祖被围之事，王恢反驳道："**高帝身被坚执锐，蒙雾露，沐霜雪，行几十年，所以不报平城之怨者，非力不能，所以休天下之心也。今边境数惊，士卒伤死，中国槽车相望，此仁人之所隐也。**"（《汉书·窦田灌韩传》）

这段话表达了两层意思。第一，和亲这一基本国策的出台是出于高祖的仁义之心。高祖是从马背上打下来的江山，是不畏惧战争的，之所以在白登之围后采取和亲政策，那是出于仁爱之心，而不是出于畏惧之心，并不代表当时的大汉没有能力和匈奴动武，没有实力征服匈奴。第二，如今，基本国策已经失效。此一时彼一时，高祖当年和亲的目的是让天下百姓过上好日子，但现在，匈奴阴魂不散，日骚夜扰，百姓哪里还有好日子过？现在唯一要做的，就是加强国防建设，加强对匈奴无穷尽的骚扰的抵御，增强打击匈奴的能力，破敌于疆外，抗敌于门外，震敌于漠外。

王恢的"理"讲得非常深远，逻辑清晰，几乎是无懈可击的，韩安国也找不到反驳的理由，一时语塞。好在他毕竟是老江湖，在朝中能把政治玩于股掌之间，岂能没几把刷子？他思维停顿数秒，马上回过神来，接着提出了三个不值得：

第一个不值得：与其撕破脸，不如三思而行。战争不是儿戏，不是你想玩就能玩的玩意儿。一旦和匈奴撕破脸，彻底闹翻了，就没有退路可言，就只有一条血路走到底了。和平是宝，战争是草，身在和平年代，却要干不和平的事，是军民不想也不要看到的。身为君王重臣，却要驰骋沙场，是极具风险的事啊。个人恩怨和国家荣辱要划分界线，要三思而行，切莫冲动啊。

第二个不值得：与其摸着石头过河，不如枕着枕头入梦踏实。匈奴所在的漠外一望无垠，他们就像无根的野草，飘啊飘，摇啊摇，摇摆不定。我们又没有定位系统，难以找到他们，更难以追击他们。退一万步来说，就算找到、追到他们也无济于事，以疲惫之师根本无法和他们的精悍之兵相抗衡啊。

第三个不值得：与其以战屈人，不如以和为贵。退一万步来说，就算我们不远千里战胜了匈奴，但这样的劳师远征，花费的人力、物力、财力无数，这对国家的发展会有很大的影响啊！而且，战争中不确定的因素太多，一旦出现了差错或疏漏，就会陷入被动，甚至是万劫不复的深渊。以和为贵，方是治国之本、立国之策啊。

第三回合：讲策略，以诱伏人。

韩安国说来说去，显然还是在换汤不换药地重述自己第一回合的观点，王恢再次进行了反驳。

"喊破嗓子，不如甩开膀子。和亲政策喊破嗓子也是没有用的，关键是要甩开膀子，放下包袱，放手一搏，这样才能创造出一块真正属于大汉的和平天空。平定匈奴，就是要摸着石头过河才能奏效。匈奴人居无定所又如何？只要功夫深，铁杵磨成针；只要坚持找，哪怕山高匈奴远，也能搅他个天翻地覆，创造出奇迹来！"

王恢正说得热血澎湃，激情四射，突然停了停，说道："斗力不如斗智，伐力不如伐谋，不战而屈人，才是最佳选择。以和为贵，就是要不战而屈人之兵。"

韩安国听到这里又惊又喜，王恢这第三点"以和为贵，不战屈人"，分明是赞同自己的"和亲政策"。他正要接茬，但见王恢继续说道："我们应顺单于之欲，诱而致之边。吾选枭骑壮士，阴伏而处以为之备，审遮险阻以为其戒，吾势力已定。或营其左，或营其右，或当其前，或绝其后，单于可擒，百全可取。"

这段话其实是王恢阐述自己不战而屈人之兵的战略。归纳起来就是十六个字：以饱待饥，以利诱之，以逸待劳，以伏击之。这就是历史上的马邑之谋。

王恢的话有理有序有节，有因有果有方案，汉武帝听了大为高兴。他没有让辩论再继续下去，而是以"裁判长"的身份宣布道："朕同意王恢的意见，同意对匈奴开战。"

马邑之谋

马邑在现在的山西省朔州市。马邑之谋是当地一个叫聂壹的土豪献给王恢的计谋。王恢在和韩安国的第二次辩论中，适时将其抛出，最终快刀斩乱麻，促使汉武帝下定了动武的决心。

元光二年（公元前133年）六月，正值仲夏时节，汉武帝部署了对匈奴作战的计划，派出了"五大将军"：御史大夫韩安国为护军将军，卫尉李广为骁骑将军，太仆公孙贺为轻车将军，大行令王恢为将屯将军，太中大夫李息为材官将军。具体部署如下：韩安国、李广和公孙贺三虎将率汉朝的主力部队呈品字形埋伏在马邑附近的山谷里，主要任务是等匈奴大兵进入山谷后，发动致命一击；王恢和李息率军埋伏在马邑之外，主要任务是"关门"，斩断匈奴大兵的后路，来个瓮中捉鳖。

负责请君入瓮的，正是献计人聂壹。

聂壹按照王恢的部署，作为经商的大老板来到匈奴处，并在夹缝中找到机会，向匈奴的军臣单于毛遂自荐。

军臣单于对聂壹很感兴趣，于是，召见了他。双方见面，寒暄一番后，聂壹直奔主题，说道："我有一件很贵重的礼物要送给您。"

军臣单于一听又惊又喜，怔怔地看着聂壹，等他的下文。聂壹不慌不忙地说道："我可以把马邑县的县令、县丞杀死，将整座马邑城献给大王。"

"无功不受禄，这么大的礼物，我恐怕受不起啊。"军臣单于心跳加快，但脸上却平静如常。

"事成之后，大王只需分一份财产给我，并允许我在那里自由经商就行了。"聂壹笑道。

军臣单于心里嘀咕道："此人不愧是一位极具眼光的商人啊，这桩买卖可以做。"

"愿闻其详。"军臣单于微笑着说。

"里应外合。"聂壹胸有成竹地答。

接下来，好戏上演了。聂壹马上由"经商土豪"变身为"超级剑客"。他快马加鞭地赶回马邑，砍了两个死囚的头，然后挂在城头上，请匈奴的使者来观看。

匈奴使者经过一番现场勘查后，马上向军臣单于报告：聂壹杀死了县令和县丞。

听了使者的话，军臣单于二话不说，马上开始"外合"。他征调各地匈奴精兵于麾前，然后亲自率领大队人马向马邑一路狂奔而来。

当匈奴大军到达汉朝边界的武州（今山西省左云县东），距离马邑只有一百多里路时，军臣单于突然叫部队停下来，因为他发现了一个奇怪的现象：四处的山冈上明明有成群结队的牛羊，但却没有一个人影。这里太安静了，安静得简直让人压抑。这和他们以前来打家劫舍时百姓四处逃跑、牛羊八方逃窜的热闹场面大相径庭啊。

军臣单于心生疑窦后，马上调转马头，直扑雁门郡。结果可想而知，军臣单于打了汉军一个措手不及，雁门郡不费吹灰之力便被他们拿下了。

雁门郡尉史面对军臣单于的严刑逼供，供出了马邑之谋。军臣单于惊恐之余马上撤了军，边撤边对尉史说道：**"吾得尉史，乃天也！"**（《史记·韩长孺列传》）。意思就是，我能够得到汉朝的尉史，这是冥冥之中的天意啊。为了感谢尉史识时务的招供，军臣单于还将他封为天王。

与尉史卖国求荣的"上天"相比，王恢却不幸入了"地狱"。

军臣单于在率军火速撤军时，唯一能阻止他们"免费一日游"的人便是王恢。

其实，匈奴的一举一动都在负责"关门"的王恢眼里。当看到军臣单于向马邑步步靠近时，他心里正美呢。但是，当匈奴大军在武州突然转身往回走时，王恢不由得僵住了。这时他面临一个选择：打还是不打。

打击匈奴是他梦寐以求的事，是他苦心谋划、苦心经营多年的心愿。此时，匈奴近在咫尺，他怎么会不想冲上去和他们真刀真枪地干一场呢？然而，眼下他只有三万兵力，这时和匈奴硬拼，无疑是拿鸡蛋碰石头，自取灭亡。

打，可以给汉武帝一个交代，不管怎么样，自己是尽心尽力了。于私来说，能圆自己的爱国梦，但大概率会损兵折将。

不打，可以保全三万汉朝将士的性命，可以减少国家的损失。

王恢在打与不打之中，最终选择了不打，放任匈奴大军与自己擦身而过。结果，等其他几路大军闻风而动，想要追击时，匈奴早已逃得无影无踪了。就这样，马邑之谋草草收场，汉军偷鸡不成反蚀把米。

消息传到汉武帝那里，汉武帝龙颜大怒。这次花了这么大的人力、物力、财力、精力，最后竟然无功而返，对排除万难，一心想要平定匈奴的汉武帝来说，简直是奇耻大辱。

匈奴大军犯我大汉，竟如入无人之境，视我泱泱大国为何地？他们以为是自己的一亩三分田，免费消遣、旅游之地吗？

耻辱、愤怒的汉武帝马上进行了问责，王恢自然首当其冲。他是这次马邑之谋的主谋，又是唯一可以阻止匈奴退军的人，但他却眼睁睁地看着匈奴人洋洋洒洒而去。弄成这般局面，他不负责谁负责？

对此，王恢辩解道："**始约虏入马邑城，兵与单于接，而臣击其辎重，可得利。今单于闻，不至而还，臣以三万人众不敌，祗取辱耳。臣固知还而斩，然得完陛下士三万人。**"（《史记·韩长孺列传》）

这段话包含两个关键词。

第一个关键词：小不忍则乱大谋。是的，我当时是有机会阻止匈奴退军，是可以袭击他们的辎重，是可以冒险一搏，但结果会是什么样的呢？三万士兵势必会陷入匈奴十几万大军的包围当中，势必会成为匈奴发泄的对象。如果是这样，只怕我们三万人非但不能阻止匈奴，反而会落得个全军覆灭的悲惨下场。

第二个关键词：舍生取义，杀身成仁。我知道我这样空手而归，肯定是死罪一条，但如果牺牲我一个人，而保全了三万将士的性命，我无怨无悔。

对此，汉武帝丝毫没有被感动，耻辱和愤怒早已盛满了他的心，他根本听不进这些辩解之言了。他大手一挥，王恢立马被打进了死牢。

身陷囹圄的王恢很不甘心，决定孤注一掷，进行最后一搏。他散尽家财，然后找到了田蚡。

收人钱财，替人消灾。田蚡收了王恢的千金后，本想硬着头皮去汉武帝那里说情，但他是个聪明人，又知道此时的汉武帝是老虎的屁股摸不得，于是头脑一转，转而去找王太后。

王太后一直把弟弟田蚡视为掌中宝、心头肉。此时，面对田蚡的请求，她自然不会推托。于是，她马上就王恢的事向汉武帝提起了"申诉"。

"马邑之谋是王恢提出来的，虽然最后这件事情他办砸了，但他没有功劳也有苦劳，不能只看结果不看过程就全盘否定他的辛勤付出和良苦用心。如果现在把王恢杀了，今后谁还敢为陛下效命，为国家效忠呢？这不是令亲者痛，仇者快吗？"

王太后的这番"申诉"也算是入情入理，然而，汉武帝此时正处于"愤青"阶段，除了马邑之谋的失败让他愤怒，窦婴和灌夫之死也让他愤怒。

窦婴和灌夫是他内心一千个一万个不愿斩杀的忠臣，但在王太后和田蚡的双剑合璧之下，他最终选择了妥协，挥泪斩杀了窦婴和灌夫，但伤疤从此留在心中，对王太后、田蚡联手揽权而逐渐壮大的外戚势力汉武帝本来就担忧、提防、痛恶、恼火，此时王太后横插一脚，让汉武帝原本就一直无法平息的怒火烧得更旺了。于是，这一次他一改往昔温顺、服从的姿态，公然对太后进行了反驳。

"正因为马邑之谋是王恢首先提出来的，他才要负全责。我们从全国各地征调大军部署，要花费多少钱，浪费多少国家税收？更何况，就算不能全歼匈奴，但只要王恢当机立断，果断出兵，同样可以打匈奴一个措手不及，同样可以收获一些匈奴的辎重，同样能安慰一下我大汉将士的心，给天下人一个交代！"

汉武帝发狠了，训话连篇；王太后发怵了，无话可说；田蚡发病了，大门不出；王恢认命了，自杀谢罪。

至此，马邑之谋以汉武帝之怒和王恢之死告一段落。不成功，便成仁。通过这件事，汉朝和匈奴之间靠和亲政策维持了多年的"伪亲密关系"彻底破裂，表面的和平被撕碎，一场长达四十四年的攻防战由此拉开了序幕。整个过程又会是怎样的一波三折、惊心动魄呢？

东边不亮西边亮

元光六年（公元前 129 年）冬天，匈奴人在沉寂了四年之后，开始对汉武帝的马邑之谋发起了一次规模空前的报复行动，攻下了上谷郡（今河北省怀来县东南），并且杀烧抢掠，无恶不作，无所不为。

这是赤裸裸的挑衅，也是汉武帝无法忍受的。这时候，汉武帝已经二十八岁了，经过十年的政治磨砺，他在朝政上已经得心应手，大权也一点一滴地全部收拢在自己手上，正是凌云壮志大有可为的时候。因此，忍了这么多年的他这次再也忍不住了，亲自安排了一场反击战，并且派出了四路军马出战。

汉武帝任命卫青为车骑将军，率军从上谷郡出发；任命公孙贺为轻车将军，率军从云中郡（今内蒙古自治区呼和浩特市托克托县古城村西）出发；任命公孙敖为骠骑将军，从代郡（今河北省蔚县东北）出发；任命李广为骁骑将军，从雁门郡（今山西省右玉县南）出发。

这是汉武帝在实施马邑之谋后，对匈奴进行的第一次大规模进攻，所以，他重视至极。为了鼓舞士气，迎来大捷，汉武帝给每路各一万人马，并且明确规定将论功行赏，论过处罚。

在这四路军马中，第一路军的统帅卫青是靠他姐姐卫子夫的关系被汉武帝委以重任的。汉武帝也是想借此机会，让卫青立下赫赫战功，为他未来的仕途铺路。

第二路军的统帅公孙敖曾担任过汉武帝的骑兵侍从，既是卫青的同事，又是卫青的救命恩人。当年卫青被长公主绑架后，正是他挺身而出，硬是以虎口夺食之举，把卫青救了出来。对这份恩情，卫青也是刻骨铭心。这时公孙敖能得到汉武帝的重用，自然也有卫青暗中的推引之功。

第三路军的统帅公孙贺出道早，在汉景帝时就立下了赫赫战功，被任命为太子舍人。汉武帝继位后，对公孙贺青睐有加，任命他为太仆。在卫子夫受宠后，汉武帝更是主动把卫子夫的姐姐卫君孺嫁给了他，和他成了连襟。

第四路军的统帅李广虽然论关系不如卫青、公孙敖、公孙贺三人，但论名气他最大，论本领他最强，论资历他最老，论威望他最高。

首先，来说一下李广的名气大。他系名门之后。他的曾祖父李信是秦国大将，以勇猛刚强著称。秦军攻破燕国时，李信率几千人马对燕王的数万大军进行了大追踪，打得燕王大军毫无还手之力，只好使出苦肉计——献上太子丹的头颅。然而，李信却奉行"宜将剩勇追穷寇"，将追击进行到底，最后全歼燕军，一战成名天下知。虎父无犬子，随后李广的祖父、父亲也都成了一代骁将。

其次，来说一下李广的本领强。他家世代以骑射相传，到了李广时更是青出于蓝而胜于蓝，已达到了炉火纯青之境界，被封为"射神"。

《史记·李将军列传》中记载了这样一个例子："**广出猎，见草中石，以为虎而射之，中石没镞，视之石也。**"

这段文字的大致意思是，李广出去打猎，风吹草莽中一块巨石若隐若现，李广以为是只老虎，当下拔箭拉弓，只听见"嗖"的一声，那支快如流星的箭直中目标，待李广走到近处一看，才发现自己刚才那一箭竟射进了巨石里。

再次，来说一下李广的资历老。李广十多岁就开始闯江湖，时正值汉文帝在位时期，匈奴在汉朝叛徒中行说的唆使下，对汉边境进行了疯狂大骚扰。汉文帝只得征兵守边疆，以阻止和抵挡匈奴大军的入侵。

当时，李广选择了从军，因为他射术高明，在边疆射杀匈奴士兵最多，所以，声名大振，被汉文帝垂青。他先是被封为郎中，秩六百石，不久又被封为骑常侍，秩八百石。汉景帝即位后，李广被封为骑郎将，秩千石。平定七国叛乱中，李广再立战功，被封为骁骑都尉，秩两千石。那时候，李广还不满三十岁，食邑已达到了汉朝官职中的最高级别了，可谓人中龙凤。这样的资历，放眼整个朝廷，也是很难找到的。

最后，说一下李广的威望高。汉文帝曾评价李广"生不逢时"："如果李广生在高祖打江山的年代，封个万户侯根本不在话下。"而汉朝的死对头匈奴则称李广为飞将军，对他唯恐避之不及。为此，唐朝的王昌龄在《出塞》中还发出这样的感慨：**"秦时明月汉时关，万里长征人未还。但使龙城飞将在，不教胡马度阴山。"**

然而，尽管李广在边疆上打出了响当当的名号，但他的一生也正如汉文帝所说的那样——生不逢时。在"文景之治"的年代，汉文帝和汉景帝都主张对匈奴采取和亲政策，进行怀柔战术，这使飞将军李广空有一身武艺和一腔热血，却报国无门。

光阴如白驹过隙，李广已过了知天命之年，他原本以为自己就将这样在边疆和匈奴"打打闹闹"地游戏一生时，上天终于降给了他大任。汉武帝即位后，对匈奴主战。这一次，他自然也没忘了这位军事奇才，而李广自然也会格外珍惜这难得的一展雄风的机会，必将以百倍的努力来回报汉武帝。

因此，从客观上分析，这四路大军中自然是名满天下的李广胜算最大，而初出茅庐的卫青败率最高。然而，结果却出人意料。这次军事行动，立下战功的是卫青，败得最惨的是飞将军李广。其中究竟发生了哪些曲折的故事呢？

首先，来看卫青的第一路军。

如果只用一句话来形容卫青在征战匈奴上的"处女秀"，那就是机遇撞上了他的努力。他率军从上谷郡出发，在深入匈奴腹地的过程中，一路畅通无阻，别说匈奴主力了，连小股的匈奴游兵都没碰到。这样的机遇真是可遇不可求啊！

再说努力。卫青从小经历了许多磨难，这些都磨砺了他的意志力和坚忍不拔的精神。这次出征，尽管他有点忐忑，有点惶恐，但更多的还是憧憬，是勇往直前的勇气。因此，在一路碰不到匈奴军队的情况下，他果断率军一路向前不回头。最终，他和他的大军竟然以最快的速度穿越千山万水，直接来到了匈奴的龙城。

龙城既是匈奴的王庭，又是其政治中心、经济中心，更是匈奴人的神圣之地——祭祀天地祖先、祈祷求福的地方。因为以前汉朝军队连进入匈奴地界都是一种奢望，更别说踏足龙城了，因此匈奴人对自己这座"首都"的防卫十分松懈。卫青见状，立马下令直捣龙城，匈奴人惊恐不已，只有溃逃的份儿。

最终，卫青率部剿灭了七百匈奴士兵。人数虽然不是很多，但却极大地提升了汉军的士气，朝野上下备受鼓舞。同时，这也对匈奴产生了极大的威慑力。因此，卫青的胜利，看似战果很小，但实际作用却很大。

其次，来看公孙贺的第二路军。

公孙贺的这次军事行动可以用一句话来形容，那就是众里寻她千百度，蓦然回首，那人却不在灯火阑珊处。

公孙贺的运气也不错，一路顺风顺水，畅通无阻。他率部在云中一带寻寻觅觅，连半个匈奴人的影子都没有看见，最后只好悻悻而归。

总而言之，公孙贺显然也是沾了幸运之神的光，但他却没有创造直捣龙城这样的战果。最后，他以不折自己一兵一将，不伤匈奴一兵一卒的战果无功而返。

再次，来看公孙敖的第三路军。

他的这路大军从代郡出发，意气风发地来到了关市，结果很不幸地在这里遇到了一支匈奴主力骑兵，双方进行了一场你死我活的攻防战。最后，首次带兵作战的公孙敖没能敌过匈奴的强悍进攻，差点全军覆没。在丢掉七千汉朝士兵首级后，公孙敖领着一些精锐之兵脚底抹油，逃了。

总而言之，对年轻的公孙敖来说，他和卫青一样，有着强烈的求战欲望，有着强烈的立功愿望，但结果却是万人征战千人还。面对这样的战绩，公孙敖是该怪天怪地，还是怪运气呢？

最后，来看李广的第四路军。

李广因为名气大、本领强、资历老、威望高，自然受万众瞩目。他接到军令后，马上从雁门关出发。飞将军岂是浪得虚名的，他这一路率军战无不克，攻无不胜，很快就大刀阔斧地向北推进。也许是这么多年憋得太久了，也许是他太想表现自己了，也许是被局部的胜利冲昏了头脑，总之，当匈奴士兵突然从四面八方出现，将李广大军围得水泄不通时，他才清醒过来，明白自己中了匈奴人的"诱敌深入"之计。

轻敌冒进注定是要付出血的代价的。面对铺天盖地的匈奴大军，李广所带的一万军马显然微不足道，因此，尽管他有通天入地之本领，此时也无力回天了。

一场激战，李广大军全军覆灭。公孙敖的大军是接近全军覆灭，好歹还有千余人突围了出来。李广比公孙敖还惨，一万军马一个不剩，连他本人也被生擒了。

　　匈奴人消灭了李广的"飞虎队"，而且还生擒了这位仰慕已久的"飞将军"，高兴得就像《西游记》里妖怪们生擒了唐僧那样，兴高采烈地把李广押回去向军臣单于邀功，就差没放鞭炮、放礼花了。

　　面对匈奴人的得意忘形，李广采取的对策是装昏。他躺着一动也不动，如同昏死过去了一样。匈奴人见状，就放松了警惕。

　　奔走了几十里路，"活死人"李广在麻痹敌人的同时，自己的体力也得到了很好的恢复。眼看时机已到，他没有再迟疑，开始亮出自己的看家本领，使出了五大绝技：灵蛇出洞、旱地拔葱、顺水推舟、横扫千军、扬长而去。

　　灵蛇出洞：只见李广一个鹞子翻身，一个鲤鱼打挺，一个一鹤冲天，说时迟那时快，飞将军精准地蹦到了一个离自己最近的匈奴骑兵的马上。

　　旱地拔葱：那名匈奴骑兵还没明白过来是怎么回事，转眼间李广就双手一摸一"拔"，将他身上的弓箭夺到了自己手中。

　　顺水推舟：拿了这个匈奴骑兵的武器，李广一招拂花手，就将他推落马下，然后自己勒住缰绳调转马头往回跑。几个动作一气呵成，快如闪电。

　　横扫千军：面对后知后觉的匈奴士兵的阻拦，李广搭弓就射，箭无虚发。

　　扬长而去：神箭手有箭在手，便如虎添翼，自然无人能掠其缨，无人能挡其归路。尽管匈奴人多势众，但也只能对李广行注目礼，看着他扬鞭而去。

　　总而言之，李广算是不幸中的万幸，虽然倒霉到了家，被匈奴主力打了一个措手不及，全军覆没，但终究还是捡回了自己这条老命。

　　至此，汉武帝精心派出的四路大军表演完毕，下面进入第二个环节：论功行赏，论过处罚。

四路大军，一胜一平两败，歼敌不足一千，损兵近两万。总体来看，汉武帝第一次直接对匈奴发起的军事行动失败了。

首先是论过处罚。接受处罚的自然是败军之将李广和公孙敖了。汉武帝按照处理王恢的方式，将他们直接送入大牢，交给廷尉审查。廷尉顺着汉武帝的脸色，判了他俩死刑。

好在两人很快又被改判成了革职、释放。改判的原因不是汉武帝突然良心发现，于心不忍，而是因为钱。

原来，汉朝有这样的法律：被判死刑之人，并不是非死不可，还有两条路可走：一条是拿钱赎命，另一条是以刑换命。

拿钱赎命很容易理解，以刑换命是怎么个换法呢？这里的刑指的是比任何刑罚都要残忍的宫刑。要么交钱，让你散尽家财，一无所有；要么交命根子，让你断子绝孙。

钱财乃粪土，换谁都会选择拿钱赎命啊，但并不是所有人都拿得出、凑得齐这赎命的钱。

那么，要多少钱才可以赎命呢？答曰：五十万钱。

在汉朝，拥有五十万钱的人就是大富豪了，对普通百姓来说，这可是个天文数字，要不为什么《史记》的作者司马迁只能选择以刑赎命？他因为替李广的孙子李陵投降匈奴说了一句辩护的话，结果祸从口出，被汉武帝打入死牢。书生世家的司马迁一贫如洗，连卖带借怎么也拿不出五十万钱，只好接受宫刑，他也因此成了中国历史上最悲情的大文豪之一。

好在这五十万钱对李广来说，并不是天文数字。他不到而立之年便已经是食邑二千石的高官了。经过这么多年的积累，五十万钱还是拿得出来的。而公孙敖虽然不是官二代、富二代，自己入仕途的时间也不长，家里和个人都没有多少积蓄，但他却有个有钱的好友卫青。卫青自然不会眼睁睁地看着这个曾经救过自己的朋友落难。因此，最终，李广和公孙敖都交纳了赎金，换得了性命。虽然从此他二人成为布衣，但能死里逃生，他们已经很满足了。

接下来，汉武帝该论功行赏了。

唯一得到赏赐的自然是直捣龙城，斩敌七百的卫青。汉武帝这次让他挂帅出征，原本就是有意让他立功的。卫青不负圣心，不仅一战成名，还为汉武帝挣足了颜面，所以，汉武帝册封他为关内侯。

关内侯虽然是个只有食邑没有封国的侯爷，但从此卫青声名鹊起，走上了飞黄腾达之路。对此，"初唐四杰"之一的杨炯有诗赞曰：

> 烽火照西京，心中自不平。
>
> 牙璋辞凤阙，铁骑绕龙城。
>
> 雪暗凋旗画，风多杂鼓声。
>
> 宁为百夫长，胜作一书生。

一半海水一半火焰

元朔元年（公元前 128 年），汉武帝的心痛并快乐着。首先来说快乐。他最宠爱的卫子夫在为他带来了三次弄瓦之喜后，终于生了一个又白又胖的儿子——皇太子刘据。汉武帝一高兴，卫子夫就灿烂。这年秋天，她被汉武帝册立为皇后。而痛苦的是，匈奴人显然无法忍受汉军直捣龙城之辱，马上进行了打击报复，不断对汉边境进行骚扰。

与此同时，卫青迎来了三喜临门：一是自己被册封为关内侯，二是姐姐晋升皇后，三是自己再立新功。

面对匈奴人的不时识务，汉武帝再次派出两路大军进行反击。一路由卫青统率，兵力三万，从雁门郡出发。另一路由李息统率，兵力一万，从代郡出发。

在这次军事行动中，卫青再立新功：斩敌数千人。

然而，匈奴是一个永不服输的民族，因此，卫青的两次胜利引来了他们恼羞成怒的疯狂报复，汉朝的边疆之地很快又陷入了"万马齐暗究可哀"的地步。而这时，边疆守神李广已沦为一介布衣，派谁去当这个边防司令呢？

思来想去，汉武帝想到了韩安国。田蚡病死后，韩安国成了丞相。然而，他的好运似乎也就到头了。一次，他陪汉武帝外出调研，因车子故障摔了一跤。这一摔虽没把他摔残废，但却把他的官帽摔掉了。很快，汉武帝以让他安心养病为由，撤了他丞相的职务，降职为中尉。再过了不久，又被降为卫尉。韩安国连降三级后，汉武帝显然还不满意，此时把他派去边疆，显然是不想让他再在中央干了。

就这样，韩安国成了边塞抗匈奴的边防司令——步兵将军。然而，也许是承受不了官场的浮浮沉沉，也许是到边境后水土不服，也许是心理压力过大，总之，到抗击匈奴最前线不到数月，韩安国竟然大病一场，死了。

韩安国就这样不声不响地走了，汉武帝又头疼了。思来想去，他最终还是想到了被自己废为庶人、正闲居在家的李广。于是，李广摇身一变，成了右北平太守。飞将军的重新归来，让天不怕地不怕的匈奴心有余悸。

元朔二年（公元前127年）春天，匈奴人避开李广驻守的右北平，来到了上谷（今河北省怀来县东南）和渔阳（今北京市密云区西南）一带，进行了新一轮规模空前的"打草谷"。

接到军民死伤数千的报告后，汉武帝再次震怒了。他立即下令，派出自己手下的绝代双骄——卫青和李息去征服匈奴。

卫青和李息从云中郡出发，采取了围魏救赵的战术，没有派兵去解渔阳和上谷之围，反而一路向西，直捣匈奴西部的军事防御空虚地带——高阙（今内蒙古自治区阴山西长城口）和陇西（今甘肃省临洮县南）。

匈奴的白羊王和楼烦王被打了个措手不及，一路溃败。卫青和李息趁势全面收复了整个河套地区，并且歼敌三千，虏敌三千，缴获匈奴人畜养的牛羊上百万头。

要知道，河套地区是在秦朝时，由名将蒙恬率精兵三十万从匈奴人手中硬夺过来的。后来，秦末的农民起义和楚汉之争使中原动荡不安，匈奴人趁机又占领了河套地区。到汉朝的第五代接班人汉武帝时，匈奴人拥有河套地区的"统治权"和"经营权"已有八十多年的历史了。这一次，卫青和李息终于联手把匈奴人的"河套梦"给打碎了。

汉朝和匈奴都这么看重河套地区，是因为它地理位置特殊。河套地区距汉朝的首都长安不远，匈奴骑兵快马加鞭只需两天便可从河套地区直捣汉朝首都长安。而汉朝要想平定匈奴，河套地区也是一个重要的前哨，进可攻退可守。因此，汉军收复了河套地区，是抗击匈奴的一次重大胜利，具有军事和政治的双重意义。

这次胜利给汉武帝捞足了实质上的金——地盘和牛羊，脸上也贴足了金——挽回了数次失利给自己带来的压力。龙颜大悦，汉武帝封头号功臣卫青为长平侯，食邑三千八百户。卫青部将苏建被封为平陵侯，张次公被封为岸头侯。一军出三侯，一时间传为佳话。

打江山难，守江山更难。卫青收复河套后，汉武帝高兴之后便是烦忧。河套之地是该派兵驻守，还是撤兵自保呢？

何以解忧，唯有主父偃。正在这时，郎中主父偃献上一计，解除了汉武帝的烦恼。他对汉武帝说："**朔方地肥饶，外阻河，蒙恬城之以逐匈奴；内省转输戍漕，广中国，灭胡之本也。**"（《史记·平津侯主父列传》）

这段话的意思是，河套一带土地肥沃，物产丰富，又有黄河为天然屏障。秦朝时，蒙恬曾在那里修城建墙，成功抵御了匈奴的侵犯。现在，我们既然重新夺回了这块军事要地，就应该重新修建那里的城墙，再设立郡县，再把农业发展起来，这样朝廷就可以省去粮草的转运之苦，这才是扩疆之道，这才是消灭匈奴的根本之计。

主父偃的意见引起了汉武帝的高度重视，他马上就此召开了一次朝议。

但是，满怀期待的汉武帝却遭遇了冷水淋头。朝中大臣几乎一边倒地反对，他们还公推朝中的二把手——御史大夫公孙弘陈述了反对的理由："秦朝曾发动三十万人修筑长城，劳民伤财，留下了千古恶名。难道我们还要重蹈覆辙吗？"

主父偃毫无畏色，据理力争，极力反驳——我们要一分为二地看问题。修建万里长城是劳民伤财了，但你们看到这个工程给后人带来了什么吗？带来了安稳。现在我们如果在河套地区设防，那就等于把长城的防线向外进行了乾坤大挪移，就等于给我们大汉又增加了一道进可攻退可守的防御体系。这样为国为民的正确之举，只有支持的人才是国之忠臣、侠之大者啊。

汉武帝听完主父偃的论述，不再管群臣的反对，决定在河套地区设郡驻军。具体做法有两条：

第一，立朔方郡。汉武帝派将军苏建征调十万壮丁修筑朔方城，同时修缮当年蒙恬所筑的要塞。

第二，武装屯边。基础设施建好后，汉武帝做出了移民的决定，下令迁徙十多万人马到那里安居乐业。这些人闲时是民，战时是兵，如此一来，朔方郡的经济建设和防御力量得到了加强。

当然，凡事有利有弊。这又是筑城又是移民，修城花费再加上各种开销，使得文、景两朝的积蓄几乎被掏空。国富变成了国贫，意味着汉武帝从此要勒紧裤腰带过日子了。

当然，汉武帝下了血本，也达到了固边的目的。有了朔方郡这个军事前哨和根据地，匈奴人再也不能随心所欲地对汉朝边境进行赤裸裸的"打草谷"了，而汉朝反击匈奴也变得轻松自如。从此，汉朝和匈奴的军事斗争格局彻底被改变，匈奴由主动逐渐变成了被动，而汉朝则由被动变成了主动。

与汉武帝的风光快乐相比，匈奴的军臣单于却有苦说不出。对这个从来不把汉朝放在眼里的单于来说，河套地区失守这一记闷棍打得他眼冒金星、头昏心痛。不甘心失败的他很快又对汉朝边境采取了一系列的军事行动，结果都无功而返。军臣单于在彷徨中挣扎，在挣扎中落寞，在落寞中沉沦，在沉沦中逝去。

军臣单于死后，按理说，应由他的儿子太子於单继位，但他的弟弟伊稚斜对单于之位觊觎已久，并在侵略大汉的过程中，不断培养自己的亲信，扩充自己的军队。特别是河南一役，军臣死伤数万人，对匈奴的打击是巨大的，但对伊稚斜来说却是好事，因为他的军队在围攻汉朝的渔阳和上谷，没有一点损失，反而得到了许多战利品。

军臣单于一死，伊稚斜的狼子野心也就暴露出来了。他突然发动兵变，赶走了正在举行登基仪式的太子於单，自己摇身一变成了单于。

於单原本想夺回属于自己的地位和权势，与他叔叔一较高下，但他们叔侄二人一个老而弥坚，一个少而弥纯，结果姜还是老的辣，几轮交手於单都被伊稚斜完败了。

败军之将的於单面临的选择只有一个：投降。但是，向谁投降，於单却有两个选择：一是归降伊稚斜，对他俯首称臣；二是归降汉武帝，借汉朝的力量来和伊稚斜对抗。

於单选择了后者。

事实证明，於单的选择是正确的，因为他到了汉朝后，汉武帝对他宠爱有加，不但把他封为涉安侯，而且还留在身边，时常对他嘘寒问暖。

伊稚斜做了匈奴的单于后，不断派兵骚扰汉朝边疆。

元朔三年（公元前 126 年），伊稚斜率数万大军攻入代郡，掠获汉人数千及无数财宝大胜而归。这年秋天，他再次偷袭雁门关一带，杀掠了一千军民。

元朔四年（公元前 125 年），伊稚斜派出三路大军，对汉朝的代郡、定襄、上郡三个地方进行了新一轮的抢掠，屠杀了一千多百姓。

元朔五年（公元前 124 年），伊稚斜派匈奴右贤王对朔方郡进行了多次骚扰，试图重新夺回河套之地，汉人死伤无数。

事不过三，伊稚斜单于连续三年发动的入侵行为一直在考验汉武帝的耐心。汉武帝经过精心准备，决定兵分两路，即西路军和东路军，以西路军为主、东路军为辅，采取军事行动。

西路军的统帅依然是汉朝的"年度红人"卫青。这一次，汉武帝给了他精兵三万。他们这路大军从高阙出发，目标直指朔方城外的匈奴大军。

东征军由大将李息和张次公率领，从右北平郡（今内蒙古自治区宁城）一带北上，起到牵制敌军和策应西路军的作用。

兵贵神速。接到作战命令后，卫青率大军以日行千里、夜行八百的速度向前推进，很快便出塞七百余里，追上了刚刚在朔方郡抢完战利品、大胜而归的匈奴右贤王。

匈奴右贤王原本以为"我的地盘我做主"，认为汉兵不能至，所以喝了个酩酊大醉，不料汉军从天而降。右贤王一行人等没有还手之力，也没有招架之功，只有逃命了。最后，卫青俘虏匈奴士兵一万五千多人，缴获大量牲畜，生擒匈奴小王十多个。这就是著名的漠南之战。

汉武帝得知消息后大为高兴，当即派使者在卫青回来的路上对他进行了封赏，授予卫青"大将军"的荣誉称号。

要知道，这个大将军可不是一般人可以做的。当年汉高祖刘邦在和项羽楚汉争霸时，听从了萧何的意见，拜韩信为大将军，打造出一支精锐部队，最终打下江山。这时候，汉武帝把卫青封为大将军，对他的器重可见一斑。

回朝后，汉武帝为了表示对这位"民族英雄"的嘉奖，还要增封卫青的三个儿子为侯，卫青却拒绝了。

"功高不在我。"卫青开始陈述理由，"我能在前线杀敌已经是老天对我最大的恩惠了，现在我是依靠陛下的天威才取得了一些胜利，这是将士们共同努力的结果。陛下如今已给了很高的封赏，我实在是诚惶诚恐啊！军功章上有我的一半，也有他们的一半，还希望陛下封赏更多有功的将士，鼓励他们继续保家卫国。况且，无功不受禄。我的儿子都还小，没有一点功劳，怎么能封侯呢？"

为众将士"争赏"，替自己孩子"辞赏"，汉武帝闻言，对卫青更加高看一眼。随后，他嘉奖了卫青手下众将士和策应有功的东路军将领。总之一句话，皆大欢喜。

至此，卫青五征匈奴，每次都以胜利告终，创造了五连捷的奇迹。尤其是经过河南之战和漠南之战，卫青取得了辉煌战绩，从此成为汉武帝尊宠的权臣、士兵尊崇的将军、百姓景仰的民族英雄。个中原因，除了汉武帝的"照顾"和不错的运气，卫青自己的内在素质才是他成功的关键。

首先，卫青很谦卑。这跟他从小遭受磨难有关。他称自己是"人生之奴"，在被长公主绑架后依然选择了忍气吞声，但也正是因为这样，卫青发迹后才不会得意忘形，更不会因为身为外戚、战功卓越而狂妄自大。胜不骄，败不馁，这种始终谦虚谨慎的态度，让他拥有了一颗平静心，能够从容应对风云变幻的战场形势。卫青的谦让更让汉武帝宠信，群臣中没有一个比得上卫青的，所有公卿大臣都对卫青礼让三分。《资治通鉴》中记载："于是青尊宠，于群臣无二，公卿以下皆卑奉之。"

其次，卫青才华出众。《资治通鉴》中记载："青虽出于奴虏，然善骑射，材力绝人。"这说明他骑射功夫是一流的，应该和李广有一拼，而且力气也很大，应该和项羽有一比。正是因为有本事、有才华，卫青才能在战场上所向披靡。

最后，卫青礼贤下士。《资治通鉴》中记载："**遇士大夫以礼，与士卒有恩，众乐为用，有将帅材，故每出辄有功。**"这说明卫青与部下交往时很注意礼节，丝毫没有高高在上的架子，对手下的普通士兵更是嘘寒问暖，关照有加。也正因为这样，卫青手下的将士都愿意为他效力和卖命，所以他每次出征都会立下战功。

然而，天下之事，物极必反，盛极则衰。正当卫青飞黄腾达，红得不能再红时，却遭遇了当头一棒，仕途之路从此急转直下。卫青的好运到头了，第六次出征成了他人生的滑铁卢。

第七章
虽远必诛

自古英雄出少年

匈奴的再次惨败，让伊稚斜单于大为恼火。春去秋来，离右贤王失利仅隔了一个炎热的夏季，也就是元朔五年（公元前 124 年）秋天，伊稚斜单于又在大汉边境发动了侵略，杀死了代郡都尉，数千汉人成为其战利品。

汉武帝有了前两次胜利壮胆，不再对匈奴的骚扰听之任之，而是决定反击，彻底打败匈奴。元朔六年（公元前 123 年），汉武帝再次对匈奴采取了军事行动。

卫青还是当仁不让的领军大元帅。这一次，汉武帝给他安排了"6+1"的人员配备。"6"是指六个将军，而那个"1"则是指一名小将——霍去病。

霍去病，河东郡平阳县（今山西省临汾市）人，是大将军卫青的外甥。他的人生境遇和卫青的很相似。他是个私生子，母亲是卫子夫的姐姐卫少夫，他的父亲是平阳县小吏霍仲孺。

身为小吏的霍仲孺不敢承认自己跟公主的女奴私通，于是霍去病只能以私生子的身份降世。父亲不敢承认，母亲又是个女奴，看起来霍去病是永无出头之日了。然而，奇迹却降临在了他身上。

随着他的姨母卫子夫的发迹，卫家的人都由最下等的奴才变成了上等的贵人。先是卫青得到了汉武帝的重用，而卫青也没有辜负汉武帝的厚望，在对战匈奴的战场上，其天才般的军事才华得到了最大的发挥，接二连三的胜利更是让汉武帝眉开眼笑，信心大增。他封卫青为"大将军"，让他站上了人生和事业的最高峰。

霍去病在十八岁时便有了官职——侍中，一跃成了汉武帝的贴身随从。对一般人来说，这肯定是一件令自己受宠若惊、感激涕零的事，然而，霍去病并不满足，他有更高的理想和追求，舅舅卫青便是他崇拜和追赶的对象。

也正是因为这样，这次汉武帝大张旗鼓地进行军事行动时，霍去病主动请缨，要求去战场上锻炼锻炼。

因为裙带关系，汉武帝不但答应了他的请求，而且还破格封他为骠骑将军，让他随卫青征战。那么，霍去病能否有所建树，让人眼前一亮呢？

卫青这次的"治匈之旅"，来了个"三出定襄"。

一出定襄。元朔六年春天，卫青率领大军从定襄出发，直接追击刚刚入侵汉境的匈奴大军。匈奴人听闻消息，不肯直接上演"真情对对碰"，只好选择不羞遁走。但是，卫青是啥人物？他是个一根筋走到底，不达到目的绝不罢休的铁腕人物。最后，历经千辛万苦，汉军终于追上了匈奴的后续部队，结果一千多匈奴士兵成了汉军的刀下鬼，匈奴落荒而逃，汉军凯旋。

二出定襄。这年夏天，卫青再次率大军从定襄出发。这一次，他手下六大将军齐发威，深入匈奴腹地，又联手斩杀数千匈奴士兵后凯旋。

三出定襄。这年冬年，卫青第三次率大军从定襄出发。这一次，他不再满足于小打小闹了，决定在匈奴境内进行一次"大闹天宫"。他派前将军赵信和右将军苏建为先锋队，剩下的公孙贺、公孙敖、李广、李沮四将兵分四路去寻找匈奴。

按照卫青的想法，只要手下找到了匈奴军主力回来报告，他就能把兵力联合起来全歼敌军。想法是好的，但结果却并不那么好，毕竟强龙压不过地头蛇。到了人家的地盘，岂是你说找就找，说打就打，说退就退的。果然，很快，开路先锋赵信和苏建就遇到了麻烦。

机会总是降临在少数人身上。公孙贺、公孙敖、李广、李沮四大将军找了几天几夜，连个匈奴人的影子都没有看见，不得已只好悻悻而归。而先锋部队赵信和苏建的运气就好多了，他们不但遇到了匈奴军队，而且还是主力部队。

在战场上，你看见了我，我也看见了你，那就只剩下一条路可以走了——开打。

开打就开打，谁怕谁？赵信和苏建率手下士兵和匈奴军队展开了激烈的肉搏战。然而，正当赵信和苏建兴致勃勃地想立下赫赫战功时，却忘了这样一个问题：这是谁的地盘？

结果可想而知，赵信和苏建手下的士兵越打越少，匈奴的士兵却越打越多（附近的匈奴增援部队闻讯都陆续赶来）。最后，赵信和苏建想要逃时，发现已陷入了重重包围中，已是四面楚歌。

当面临如此绝境时，赵信没有再多做无谓的抵抗，选择了"放下屠刀，立地成佛"。其实，赵信这不叫投降，而是"回娘家"，因为赵信原本就是匈奴的一个小王，后来投靠了汉朝，被封为翕侯。正是因为他做向导，汉朝屡屡击败匈奴大军，所以，这次出征，卫青依然让他当开路先锋。

赵信和他手下的士兵"立地成佛"后，接下来苏建就只能靠自己一个人来战斗了。在这场突围战中，苏建英勇顽强地带着残兵拼死向外冲，面对匈奴人密集的攻势，他们前赴后继，宁死不屈。

汉军一个个倒下去了，血色印红了他们的身躯，印红了一望无垠的草地，也印红了火一般的天空。有一个血人拖着疲惫的身子傲然而立，定格成了一种永恒，渲染成了一幅凄美的水墨丹青。

这个人便是苏建。

与苏建千人征战一人还的悲壮相比，霍去病却是百人征战英勇还。原来，卫青在兵分多路，沙漠寻匈时，来挂职锻炼的霍去病也没有闲着，他带领一支由八百铁骑组成的"特种部队"，以初生牛犊不怕虎的英雄气魄向匈奴腹部地带风驰电掣般地挺进，很快就深入到了匈奴的腹地。

敢于冒险才能抓住成功的机会。就这样，霍去病在匈奴境内如入无人之境，终于找到了匈奴的一个老窝。

老窝里，三个匈奴军官正在把酒话桑麻，杯中诉真情。霍去病没有迟疑，一声令下，就开始往里闯。他身先士卒，率先冲到三个匈奴军官面前，手起刀落先砍了一个军官，其他两个军官晕乎乎的头脑马上转为清醒，立马放弃抵抗，很识时务地举起了双手——与其被砍掉脑袋，不如乖乖就范。

擒贼先擒王，三王一死二降后，剩下的从梦中惊醒过来的匈奴士兵弄不清楚状况，再加上群龙无首，以为是汉军的主力部队来劫营了，吓得没命地跑，只恨爹妈没给自己多生两只脚。一时间，匈奴营中乱作一团，被杀死、踩死的匈奴士兵数不胜数。

霍去病刚一出道，就上演了一出"以少胜多"的经典战役，战果颇丰。他不仅一举斩杀匈奴士兵两千多人，还生擒了伊稚斜单于的叔父罗姑比和相国。

失之东隅，收之桑榆，这是卫青没有想到的结果。面对霍去病的得胜而归，卫青心里却喜忧参半。喜的是霍去病关键时刻力挽狂澜，算是弥补了苏建的失利。忧的是苏建一败涂地，该如何处罚他呢？

卫青此时征战匈奴已有近十年。十年来只有他痛击匈奴，从来没有被匈奴痛击过，但这一次苏建、赵信两队全军覆没，一举打破了自己不败将军的美名，他心里的痛楚可想而知。痛定思痛，卫青很快召集部将征求对苏建处罚一事的意见。

部将们很快形成了截然相反的两派：主杀派和主留派。

主杀派的理由是没有规矩不成方圆，他们建议道："将军您自从出征以来，从来没有杀过副将，这次苏建打了这么大的败仗，只剩下光杆一个逃回来，斩杀了他不但是军法的规定，而且还可以树立将军的威信啊。"

主留派的理由是两利相权取其重、两害相权取其轻。他们建议道："苏建只有几千士兵，却敢和匈奴数万大军进行单挑和死拼，而且战至最后一个人仍然不言败、不言降，这份勇气可嘉，这份霸气可赞，这份骨气可敬，这份志气可扬，这份义气可尊。如果连这样的人也杀，那么以后还有谁敢效忠我大汉呢？"

主杀派和主留派针锋相对，卫青权衡后，宣布道："主张杀苏建，没错；主张留苏建，也没错。公说公有理，婆说婆有理。我带兵打仗这么多年，不缺军威，更不用再树军威。虽然陛下授予我将在外君命有所不受的权力，但我从来不会自作主张擅杀无辜，所以，现在我决定把苏建押回朝廷，交给陛下处罚。"

这次军事行动结束后，按照老规矩，又到了汉武帝论功行赏，论过处罚的时候了。

汉武帝对卫青不升不降，只赏不封。除了赏赐他千金，没有做其他的加封。原因是卫青这次共计三回合的军事行动虽然共消灭了匈奴士兵一万多人，但却折了苏建、赵信两队共计三千人马，而且还折了赵信这位将军。功过相抵，赏赐千金已经是格外恩惠了。

对苏建，汉武帝决定不杀不用。苏建被押送回京后，汉武帝给出了折中的处罚：死罪可免，活罪难逃，革去官职，不再录用。

对霍去病，汉武帝则又升又赏。霍去病只带八百铁骑，却斩杀了匈奴士兵两千多人，而且还擒杀了匈奴的三个重量级王侯，功劳首屈一指。因此，汉武帝封他为冠军侯，意为勇冠三军，并食邑两千五百户。

作为这次军事行动的军事顾问，校尉张骞一直充当卫青的向导。汉军这次深入匈奴的地盘都没有迷路，而且能及时找到水源，都离不开张骞这个活指南针，因此，汉武帝封他为博望侯。

几家欢喜几家愁。这次军事行动，愁的是卫青。对从来不知道失败是何滋味的他来说，功过相抵本身就是一种耻辱。特别是霍去病把风头全都抢去了，更让他心神难安。他虽然不是个忌妒贤人的人，但"十年恩爱一朝毁"显然也是令他无法忍受的，因此忧愁围绕着他也就在所难免。

看到一国之大将军如此郁闷，如此忧愁，卫青手下一个叫宁乘的名不见经传的人站出来帮他解忧道："将军之所以能富贵花开，固然有您军功的一半功劳，但也有卫皇后一半的功劳，因此还不足以服众。现在后宫的王夫人很得皇上的欢心，但她是草根出身，不是很富有。如果将军能把皇上赏赐给你的千金送给王夫人的父母作为见面礼，一来可以交好王夫人，二来可以博得个好名声，一举两得，何乐而不为呢？"

那么，王夫人又是谁呢？司马迁曾记载道："**及卫后色衰，赵之王夫人幸。**"《史记·外戚世家》这说明卫皇后当皇后没多久，王夫人便取代了青春不再的她成了后宫第一宠。当然，宁乘说这句话时，卫皇后应该还没有完全失宠。否则，汉武帝也不会给十八岁的霍去病这么早亮相的机会。而宁乘之所以会有这样的提议，显然是看到了王夫人火箭般的上升速度，看到了她的潜力。因此，他的这个提议是很识时务的明智之举。

对此，卫青就像溺水的人抓到了一根救命稻草一样，不但听之，而且从之。他很快就拿出了五百黄金送给王夫人的父母。

对此，王夫人惊喜交加。对此，汉武帝惊奇交加，他不明白卫青为什么要这么做，特意找卫青谈心。卫青直言不讳地将宁乘的话转述给了汉武帝。汉武帝听后觉得宁乘善解人意、精明能干，于是一道圣旨，封他为东海郡的都尉。

卫青的"贿赂政策"失败了。他没能挽回汉武帝对自己淡离的心，也没能阻止汉武帝对霍去病渐浓的爱。

与卫青的愁相比，欢喜的自然是霍去病。他初出茅庐便勇冠三军，威风凛凛，斩敌擒将，战功卓著。这份荣誉连红极一时的卫青也没有享受过。卫青是征战近十年才捞得个"真侯"，霍去病仅凭一次亮相便获此殊荣，升迁速度之快，受宠爱之快，是卫青望尘莫及的。抗击匈奴的历史大舞台注定会让他成为主角。

与霍去病同乐的是此次被封为博望侯的张骞。汉武帝之所以对他既封又敬，是因为他在这次军事行动之前，做了一件名垂千古、感人至深的事——西游。

汉朝版"西游记"

汉武帝是个雄心勃勃的人，他一上台先是对内进行了风风火火的思想革命。随后，又对外进行了持续不断的武力斗争。继位之初，汉武帝想对匈奴动武，又自感有点势单力孤，按照现代的说法就是公司太小，决定拉人合伙入股。汉武帝决定找的合作伙伴是一个叫大月氏的国家。

大月氏在匈奴的西边，后来被匈奴人越赶越远，长年累月地进行着"西游"，因此，他们骨子里对匈奴人的仇恨是根深蒂固的。汉武帝觉得只要联合大月氏，来个东西夹击，那么，匈奴将会腹背受敌，这样胜算无疑是最大的，可这事要派谁去呢？

寻找来寻找去，张骞有幸成为联络大月氏的"和平使者"。他入选理由是四肢发达，头脑也发达。

建元二年（公元前 139 年），带着汉武帝的重托，带着一腔热血，张骞和一百多名随从开始了他的"西游记"。

是西游就注定要经受磨难。张骞一行在经过匈奴境内时，很不幸成了匈奴人的俘虏。当时军臣单于还健在，他听说这件事后，对张骞说了这样一句话："月氏在吾北，汉何以得往使？吾欲使越，汉肯听我乎？"《史记·大宛列传》。

这句话翻译成白话就是，月氏在我们的北边，汉朝怎么能派使者从这里过，没有通行证，我会让你们通过吗？你想啊，如果我们要派使者去南越，没经过你们汉朝的同意，你们会让我们通过吗？

军臣单于很快以偷渡罪对张骞等人进行了拘留。谁也不会料到，这一拘就是十年。十年间，匈奴人千方百计地想要让张骞等人加入匈奴国籍，成为他们的臣民，发射了糖衣炮弹，为张骞娶妻生子。十年间，浪花淘尽青葱岁月，匈奴人对张骞的提防也慢慢淡化。十年间，张骞虽然已经在匈奴有了家，但他依然"持汉节不失"，不忘使命。

元朔元年（公元前128年），张骞趁匈奴人不备，出其不意地从匈奴逃出来。他越过千重山，涉过万道水，终于找到了一个姓"大"的国家——不是大月氏国，而是大宛国。

大宛国听说东土大汉来了一群和平使者，国王毋寡亲自出来相迎，随后是盛大的接风宴。接风宴后，毋寡和张骞进行了亲切友好的交流。由于大宛和匈奴同出一系，语言相通，对已在匈奴生活了十年之久的张骞来说，交流不成问题。

张骞首先向大宛国介绍了汉朝的丝绸、金银、珠宝、字画等宝物，然后推销了水稻、小麦、高粱、大豆等农作物。

毋寡对这些东西闻所未闻，大开眼界。随后，他向张骞介绍了大宛的特产——汗血宝马。为了让张骞一睹汗血宝马的威力，毋寡表示愿意赠送两匹价值连城的汗血宝马给张骞，并且希望两国以后能进行友好互利的贸易往来。

张骞表示自己一定会向大汉皇帝转达国王的诚意。会议进行得很顺利，也很成功，张骞和毋寡相谈甚欢，大有相见恨晚之意。

就这样，当张骞辞别大宛，继续西游时，毋寡没有食言，以两匹汗血宝马相赠。这两匹汗血宝马，后来竟成了汉武帝的"宠物"，从而引起了汗血宝马之争。这些是后话，这里暂且按下不表。

随后，张骞等人又经过了康居等小国，在行了九千九百九十九里路，涉了九百九十九道水后，他们终于到达了月氏。当年匈奴赶走月氏时，还顺便砍掉了月氏国王的头颅。此时，月氏国王是由先王王后继位，也就是说，月氏国王此时是女王。

十年，潮起潮落，沧海桑田；十年，斗转星移，物是人非；十年，光阴荏苒，时过境迁。大月氏的女王此时被安逸的生活迷失了双眼，仇恨的种子早已被淡忘。要她跟汉朝联手，她头摇得像拨浪鼓。距离产生美，距离也产生"霉"，远水解不了近渴，联手抗匈是一件不切实际的事，还是算了，省省吧。

张骞心有不甘，千里迢迢而来，中途几经生死，几多磨难，岂能白走一趟？他决定留下来，用时间和精力让女王回心转意。

光阴如流水，这一留就是一年，女王的态度依然没有转变的迹象，反而拒绝接见这位来自东土大汉的和平使者。张骞知道再这样等下去，只怕没有拖垮女王，自己要先垮了。于是，他决定打道回府。

历经了十几年的"西游"没有取到"真经"，张骞悻悻而归，唯一的收获就是大宛国王送给自己的两匹汗血宝马。为了安全着想，他绕道羌人居住的地方回国。然而，人算不如天算，这时的羌人之地早已成了匈奴的一亩三分地，结果他又被拘留了。好在这一次和上一次有天壤之别，只被拘留了一年。

元朔三年（公元前 126 年），匈奴军臣单于病逝后，军臣单于的弟弟左谷蠡王伊稚斜和太子於单进行了残酷的"单于"之争，结果弄得国家大乱。张骞趁机带领着自己在匈奴的妻儿一起逃回了汉朝。

历经十三年完成"西游记"的张骞虽然没有完成汉武帝"联合月氏，共同治匈"的目标，但也收获颇丰。汉武帝看到他娇妻幼子不改初衷，大漠孤烟不忘使命，感动得热泪盈眶，立即封张骞为太中大夫，封堂邑父为"奉使君"。

正是因为张骞有这段"西游"经历，所以，在随后的对匈军事行动中，他多次被派上战场。

然而，事实证明，张骞虽然是一个百年难遇的好外交官，但却不是一个能征善战的好将军。在随后进行的军事行动中，因为他的失误，不但断送了自己的前程，连名震边塞的飞将军李广也受到了牵连。

一家欢喜一家愁

与苏建的"飞流直下"相比，他的患难战友赵信却扶摇直上。

匈奴伊稚斜单于并没有因为赵信的"二进宫"而对他问责，相反，正是因为赵信有在汉朝的经历，伊稚斜单于对他高看一眼。为了留住这位难得的人才，伊稚斜单于采取了糖衣炮弹的攻势。

首先，伊稚斜单于封赵信为自次王。什么叫自次王，顾名思义，就是地位仅次于伊稚斜单于的大王，比左右贤王还要位高权重，相当于汉朝的丞相，是大臣中的"一号权臣"。这是多少人梦寐以求的高位啊！这颗"炮弹"有点猛，估计一般人中弹之后都会喜极而晕。

其次，伊稚斜单于将自己的姐姐嫁给了赵信。也就是说，赵信一跃成了伊稚斜单于的姐夫。这种待遇是可遇不可求的啊！这枚"糖果"有点甜，估计一般人吃进嘴里后，都会陷入温柔乡中无法自拔。

总而言之，伊稚斜单于的糖衣炮弹给了赵信无与伦比的名和利。投之以桃，报之以李。作为回报，赵信马上为匈奴献上了一计——移花接木。

所谓"移花"，是指把匈奴主力来个乾坤大挪移，从漠南移到漠北，这样汉军就很难再寻找到他们的踪迹了，可以起到很好的自我保护作用。

所谓"接木"，是指在漠北的新大本营高筑壁垒，休养生息。等汉军费尽千辛万苦找到这里时，或以逸待劳一举击溃汉军，或坚壁清野，等汉军因路途太远接济不上时，再发动致命一击。这样一来，打败汉军就易如反掌了。

"得赵信者，得天下也。"这是伊稚斜单于听完赵信之计后的感叹。感叹完毕，他大手一挥，叫大家抄起家伙来，速速搬家。

匈奴"中央政府"迁到漠北的新址后，汉军果然鞭长莫及，除了望穿秋水别无办法。而这时匈奴人一边韬光养晦，一边不时派出精锐部队对汉朝北边的地区进行骚扰。这样的游击战令人防不胜防。为此，汉武帝伤透了脑筋。

被匈奴人折磨了一年后，汉武帝忍无可忍，终于决定再对匈奴进行军事行动。

元狩二年（公元前121年），汉武帝对河西地区进行了两次大规模的军事行动。因为匈奴进行了军事转移，汉武帝也顺应形势地进行了改革创新。

这一年的春天，汉武帝做出了一个超大胆的决定——革了大将军卫青的"将命"——将他雪藏起来不用，封霍去病为骠骑将军，作为出征大元帅。完全起用一个新人承担起这次军事行动的重任，创新力度之大可想而知。

接到任务后，霍去病带领一万骑兵从陇西郡出发，深入匈奴境内去"寻匈"。汉军一路势如破竹，接连摧毁匈奴五个小型军事基地，最后成功找到了匈奴的老窝。霍去病没有丝毫客气，来了个"肥肉精肉筒子骨一锅端"。

"肥肉"是指匈奴的折兰王、卢侯王，霍去病将他们都斩了，还俘虏了浑邪王的王子、相国和都尉。

"精肉"是指匈奴士兵八千多人。

"筒子骨"是指匈奴浑邪王用来祭天的金人神像。

捷报飞传到汉武帝的耳朵里后，他高兴得手舞足蹈，马上开出奖励单：一是物质奖励，加封霍去病食邑两千户；二是精神奖励，在云阳甘泉山下修祠供奉那尊被缴获的金人神像，供世人瞻仰。

夏天，汉武帝再接再厉，再次发动了对匈奴的作战。

这次军事行动兵分两路。第一路军是主力部队，挂帅将军毫无悬念，还是由一战成功二战成名的冠军侯霍去病担任，合骑侯公孙敖为副帅。他们率领数万骑兵从北地（今甘肃省宁县）出发，攻打河西地区。我们姑且称其为西路军。

第二路军是由"飞将军"李广担任主帅，"西游"归来的博望侯张骞这次不再当向导，而是担当副帅的大任。他们从右北平出发。这一路军主要起牵制匈奴军队和呼应霍去病西路大军的作用。我们姑且称其为东路军。

布阵完毕，开打。首先，我们来看东路大军的表现。

"飞将军"李广在边疆当太守时，其被动防守的威名远大于主动进攻，可谓守出了威风，守出了士气，守出了名气。而在伐匈奴时，第一次军事行动他就因为运气不好而全军覆灭，自己也是凭着机智和勇敢才捡回性命。后来，汉武帝追责时，他靠散尽家财才摆平了这次兵败之罪。虽然汉武帝最终还是重新起用了李广，但在主战场上却仍是卫青一人独舞。

这么多年过去了，李广还是那个李广，他依然过着波澜不惊的生活，依然没有惊天动地的功劳，依然没有被汉武帝封为侯。但是，李广又不是那个李广，岁月把他的容颜侵蚀得千疮百孔，把他的激情磨得消失殆尽。因此，对年逾七旬的李广来说，这次出征自己虽然还是配角，但好歹也是其中一路大军的主帅，所以，自己的表现十分重要。他能否抓住这为数不多的机会再建新功呢？

下面，我们就来看李广的"再向虎山行"。汉武帝给东路军的人马是一万四千人。代郡、雁门一带是匈奴左贤王经常出没的地方，李广在这一带当过多年的太守，对匈奴人恨到了极点。因此，披挂为帅后，他便与副帅张骞定了个"草原约定"：自己亲带四千人马作为先锋队负责寻找匈奴大军，张骞作为后援团带领大部队随时接应。

然而，也许是李广压抑得太久，也许是他太想立功，总之，他这个先锋部队如同挣脱缰绳的野马，一旦有了自由就一阵急奔。到后来，李广的先锋队和张骞后面的大部队竟然拉开了百余里的距离。

而李广之所以能带兵以百米冲刺的速度深入匈奴腹地，看似是匈奴人对这位飞将军很害怕，但其实是他们在观望。四千人，在匈奴人眼里就是一个饵，一个引自己上钩的饵，所以，都对李广唯恐避之不及。然而，观望再观望，除了李广，他们并没有看到汉军的后续部队，悬着的心才终于放下。

当李广带领四千骑兵进入匈奴人精心布置的口袋时，匈奴人眼看时机成熟，于是没有再迟疑，准备勒紧口袋进行收获。

四万匈奴士兵把四千汉军围了个水泄不通。汉军个个吓得面如土色，唯独李广依然镇定自若，他充分展现出作为一名优秀将领所具备的才能和素质——临危不乱，他一句话就稳定了军心："既围之则安之。"

他首先派自己的儿子李敢带着敢死队去突围，试探一下敌情。事实证明，虎父无犬子，李敢一马当先，手起刀落，血光四溅，无人能掠其缨，很快就突破了匈奴的层层包围。

按理说李敢出了笼子，应该极力逃命才对，但他没有选择离去，而是选择了继续往匈奴阵营里钻，结果很快又杀出一条血路，回到汉军当中。李敢对李广说了这样一句话："敌人虽强实弱。"

有了李敢的突围成功，李广心里更踏实了。接下来，他把汉军布置成一个水桶阵势，每个人都面朝外而立，不给匈奴士兵任何可利用的空隙。

接下来，就是火拼了。李广依靠他的水桶阵势，依靠箭来抵御四面八方涌集而来的匈奴士兵。

如此对峙了一天一夜，汉军的箭一次性发射完毕后，李广拿出特制的秘密武器——"大黄牌"连弩弓进行了最后的抵抗。李广懂得"擒贼先擒王，射人先射马"的原则，所以，连弩弓尽是往匈奴的重量级人物身上招呼。

因为射程远，杀伤力强，匈奴的大小指挥者都不敢靠前，这才让岌岌可危的汉军一直坚持着。

是夜，匈奴士兵因为在攻坚战中损失很大，没能吃定李广部队。于是，他们选择了休战一晚，准备明天再来啃这块硬骨头。

李广部队的士兵身体本来到了极限，匈奴的休战让他们得到了喘息的机会。第二天，精力和体力都得到了补充的两军再次交战。李广率部进行了最后的顽强防守。而匈奴士兵也因为四万精兵居然拿不下只有四千人的部队而大为恼火，发动了前所未有的攻势。李广手下的人员伤亡越来越多，最后已不到一千人了。就在这最危险的时候，匈奴的士兵却乱了起来。李广见状，悬着的心终于放下，叹道："援军终于到了。"

李广的顽强为张骞后续部队的到来赢得了时间。左贤王带领四万大军连只有四千人的李广都拿不下，而且在歼灭战中，他们的伤亡远远高于汉军。眼看汉军的大部队来了，匈奴人赶紧发挥他们的光荣传统，见势不妙，溜之大吉。

至此，东路军队交战结束。李广因为立功心切，孤军深入匈奴腹地，遭遇匈奴人的"口袋"侍候。虽然他靠水桶阵势和"大黄牌"连弩弓保住了性命，但他所带四千精兵已剩下不到一千，损失惨重。

总而言之，这次李广虽然犯有贪功冒进之过错，但与张骞的支援不及时也不无关系。出发前既然已经定下了约定，那么，在主帅李广加快速度的情况下，张骞也应该加快速度及时跟进，这样就可以避免两军前后脱节，被匈奴人围困重创的局面了。

就在东路大军贸然深入受挫后，西路大军也没闲着。进军速度和李广相比毫不逊色的霍去病很快也深入到了匈奴内部，但却一不小心，和副帅公孙敖率领的部队失联了，谁也找不到谁了。

在这种情况下，霍去病并没有退缩。相反，他选择了继续孤军深入，跨越居延海、横穿小月氏（大月氏的分支），剑锋直指祁连山。且不说路途之遥远，单是路线之曲折和复杂就令人叹为观止。事实证明，霍去病的迂回战术又打了匈奴士兵一个措手不及。

霍去病如天兵般突然出现在祁连山时，驻守在这里的匈奴士兵毫不知情。在他们眼里，祁连山这样山高皇帝远的地方，属于保险箱中的保险箱。然而，这一次霍去病不请自来，杀死和俘虏的匈奴士兵共计三万多人，擒获了匈奴的单桓王和酋涂王等五个大王，以及他们的王母、王妻、王子共计五十九人，擒获匈奴的相国、将军、都尉六十三人，战果之丰令人咋舌！

匈奴遭遇到了前所未有的打击。霍去病袭击祁连山这一天，成了匈奴国的"哀悼日"。一向天不怕、地不怕的匈奴发出了这样的悲歌："亡我祁连山，使我六畜不蕃息；失我焉支山，使我妇女无颜色……"

与此同时，西路军的副帅公孙敖优哉游哉地在匈奴边境上来了个"数日游"，然后便退回来了。

当东、西两路大军归来后，便是汉武帝雷打不动的赏罚时间了。

汉武帝奖赏的人当然是霍去病。霍去病这次无论是歼敌数还是擒敌数都大大超过了上几次军事行动。因为霍去病已被封侯，汉武帝又增加他的食邑五千户。

汉武帝不赏不罚的是李广。李广因为贪功冒进，被匈奴人痛打"落单狗"，但不承想狗被逼急了反咬一口，匈奴人本身也损失惨重。汉武帝认为李广功过相当，不赏不罚。

汉武帝罚的是公孙敖和张骞。

公孙敖这次似乎未老先衰。别人是快马杀敌，他是蜗牛慢爬。汉武帝对这样不讲军纪法规之人深恶痛绝，但念在公孙敖数次出征，也曾立下战功，综合各种因素，汉武帝决定将他革职察看。

张骞因为贻误战机，致使李广孤军深入，不但错失了歼灭匈奴大军的机会，而且还致使三千多汉军成了刀下鬼，罪不可恕。但是，汉武帝念在他十几载的西游经历，不辱使节的忠贞，最终本着死罪可免，活罪难逃的原则，将他贬为庶人。

铁骨柔情

　　霍去病出兵祁连山不但生擒了匈奴的单桓王和酋涂王，还打败了匈奴的浑邪王和休屠王。匈奴祁连山一带的"四大天王"尽被霍去病拿下。对此，匈奴的伊稚斜单于怒不可遏，立即下令召见败军之王浑邪王和休屠王。

　　浑邪王和休屠王接到王命后坐立不安。为了弄清伊稚斜单于会怎么处置自己，他们马上派探子去单于的"司令部"打探消息。结果探子回报，凶多吉少。

　　既然凶多吉少，那就是提着脑袋去，能不能再提着脑袋回来就得看造化了。如果不去，那就是违抗君令，就是罪不可赦啊！何去何从成了摆在浑邪王和休屠王面前的一大难题。

　　去是不行的，他们可不敢当"冒险大王"；不去也是不行的，当缩头乌龟也是会丢掉小命的。这两位大王思来想去，最后两人各在手中写了一个字，当两个手掌同时打开时，两个大大的"和"字触目惊心。

　　昔日秦朝第一勇将章邯在巨鹿战败后，万不得已只能归顺项羽。当时提出的方案也是"和"，而这个"和"说得难听点就是投降。此时，浑邪王和休屠王的情况和当年章邯的情况基本上是一样的。打又打不过汉军，顶头上司又要治自己的罪，没有办法，就只有"和"这一条路可走了。

李息当时率兵正在黄河边修城筑墙，本着近水楼台先得月的原则，他很荣幸成了浑邪王和休屠王求和的"红娘"。

李息对这门"亲事"也不敢怠慢，他马上向汉武帝转达了浑邪王和休屠王求和的强烈愿望。汉武帝听闻后，立即下令开门纳降，叫李息马上给两王捎个回信，对他们的投诚表示欢迎。

同时，汉武帝下令严阵以待，派今年大汉朝的"年度红人"霍去病带数万骑兵和近万辆马车迎接二王的到来。当然，汉武帝这样做，一方面是为了显示阔气，另一方面也是防止二王诈降。

安全第一，预防为主，这是一向谨慎小心的汉武帝深思熟虑之举。然而，他不会料到，这次中规中矩的行动差点弄巧成拙。

一个干柴一个烈火，一点就着；一个郎情一个妾意，一拍即合。事情发展到这里，看似顺风顺水，双方共入"洞房"已是板上钉钉的事了。然而，就是在这"迎亲"的路上，却发生了变故。

浑邪王和休屠王两位大王原本就是大姑娘上轿头一回，一个含情脉脉，娇羞无比；一个枉自嗟叹，空劳牵挂……就是因为这份嗟叹、牵挂，走到半路，休屠王突然停下轿子不肯前行了。浑邪王对此很是疑惑，于是派人去问休屠王原因。休屠王开始玩文字游戏，打哑谜。

眼看这文绉绉的东西玩得不清不楚，休屠王干脆开始吐露心声："汉朝的迎亲队伍甚众，超过了我的心理承受能力啊。"

浑邪王劝说道："都到这个时候了，已经没有退路了，"悔婚"对自己的名誉不好。

"只怕上错花轿嫁错郎啊，所以，这件事还得再考虑考虑。"休屠王回答道。

眼看劝说无效，浑邪王索性一不做二不休，率自己的大军以迅雷不及掩耳之势对休屠王进行了一次闪电偷袭行动。休屠王还没明白过来是怎么回事，就做了刀下鬼。

吞并了休屠王的部众之后，浑邪王继续赶路，很快就来到了"婚庆"地点——黄河边。

为了显示对浑邪王的崇高礼节，早已恭候多时的霍去病马上渡过黄河迎接。一时间，人欢马叫，场面壮观。汉军的迎亲队伍人多势众，又鱼贯而上，顿时吓坏了匈奴士兵。这哪里是"迎亲"，分明是迎战啊，这哪里是去享福啊，分明是去送死啊！在生与死之间，在荣与辱之间，他们没有过多的犹豫，马上调转马头，开始上演大逃亡。

浑邪王傻了眼，事情的发展大大出乎他的意料，尽管他喊破了嗓子仍无济于事。

霍去病傻了眼，计划赶不上变化。面对突如其来的变故，他充分展现出了一名优秀将帅的刚果和勇猛，他甩开膀子，本着擒贼先擒王的策略，率军直冲入匈奴军中，以最快的速度找到了匈奴的领头羊浑邪王。

"非诚勿扰。"霍去病质问道。

浑邪王是铁了心要归降汉朝的。面对霍去病的质问，他马上招供道："我是真心归汉，要不然也不会火拼了兄弟休屠王。我的部下是真心害怕，要不然也不会临阵脱逃。"

喊破嗓子不如甩开膀子。霍去病明白了事情缘由，心里有了底，也就好采取下一步措施了：截留逃兵。于是，一万多整装待发的汉军士兵鱼贯而出，全面追击妄图逃跑的匈奴士兵，又是砍又是杀。其余的匈奴士兵眼看再这样发展下去，自己也会成为刀下鬼，于是纷纷举起双手投降。

经过这样一番折腾，霍去病总算是完成了自己的使命。接下来，该轮到汉武帝封赏这些求和而来的匈奴将士了。

一直保持求和之心不动摇的浑邪王被封为漯阴侯，食邑一万户，赏赐百万金银。浑邪王手下的四个及时回头是岸的小王也分别被封了侯。

求和之后，如何安置匈奴降军成了一件费思量的事。聪明的汉武帝很快找到了处理办法。

第一，分而治之。本着化整为零的原则，汉武帝下令将匈奴降军安置在陇西郡、北地郡、上郡、朔方郡、云中郡这五个地方。

第二，充分自治。汉武帝让匈奴人在这五个地方充分自治，保留他们的生活习惯和风土人情。

在汉武帝的特殊政策、特殊关照下，匈奴降军很快就服服帖帖地守着自己的一亩三分地过日子了。

霍去病因为招降有功，又被汉武帝增加了一千七百户食邑。加上他前几次所受的食邑，此时霍去病的食邑已达一万零三百户，一举跨入了传说中的"万户侯"光荣榜。

这时候的汉武帝对霍去病宠爱有加，视这位富有激情、富有才华的后起之秀为掌上明珠，在工作中对他全力支持，在生活上对他极为关心，有事例为证。

一次，汉武帝去霍去病的宅第，觉得霍府过于寒碜，跟他大将军的身份不相配，跟万户侯的身价不相等。于是，提议要为他修建一栋豪宅，并请霍去病自己选址。

面对这样天上掉馅饼的事，霍去病的反应有二：一是受宠若惊，二是受之有愧。

愧从何来，霍去病有自己的见解，八个字：**匈奴未灭，无以家为也。**（《史记·卫将军骠骑列传》）。

就是这样一句简简单单、普普通通的话，却成了流芳千古的传世名言。

视消灭匈奴为头等大事、终身大事，视国家利益高于一切、先于一切，这种舍小家为大家的精神的确值得赞赏和肯定。单从这一点可以看出，霍去病之所以能名垂千古，除了汉武帝对他特别偏爱之外，更重要的是他个人的努力，为了国家大业可以做到心无旁骛。这样的人，能不值得人厚爱和尊敬吗？

相对于霍去病的舍小家为大家，一心为国为民忧劳，此时的大将军卫青却完全相反，他是舍大家为小家，一心只为家中事。

卫青自从征战匈奴以来，以男儿热血，托起雄关如铸。然而，自从霍去病横空出世后，卫青在仕途上的好运似乎也就到头了。在被打破不败金身后，汉武帝对他有了雪藏之心，而卫青自己也有了归隐之意。于是，这对原本就一直默契、一直相交甚好的君臣心有灵犀一点通，开始各自寻找自己的"新欢"，各自追求自己的"最爱"。汉武帝的"新欢"和"最爱"自然是霍去病，而卫青的"新欢"和"最爱"却是汉武帝的姐姐平阳公主。

在卫青年少时，他和平阳公主的关系是主仆，当年卫青能发迹，全靠平阳公主大力支持。事实证明，卫青是个给点阳光就能灿烂的人。他自从到宫中后，得到汉武帝的赏识，被委以重任，四次抗击匈奴的反击战中，卫青都是领军大元帅。特别是后两次的大胜利，卫青更是青云直上，成了汉武帝身边红得不能再红之人。

俗话说"只听新人笑，哪闻旧人哭"。就在卫青风光无限的背后，却是平阳公主失落如斯的背影。

白驹过隙，弹指一挥间，卫青和平阳公主已经分开整整十年了。这十年里，卫青的变化简直是翻天覆地。他完成了从奴隶到将军的转变。而这十年里，平阳公主的日子也发生了巨大的变化，她无奈地完成了从公主到寡妇的转变——先是她的丈夫平阳侯曹寿英年早逝，留下她守活寡。其后，平阳公主改嫁汝阳侯夏侯颇。夏侯颇于元鼎二年（公元前115年）因罪自杀。漫漫长夜何等寂寞，平阳公主却夜夜思念着一个人——卫青。

当然，卫青并非一个薄情寡义之人。他一有空，还是会去看望平阳公主的。平阳公主只要看到卫青来了，那双失魂落魄的双眼便会一下子变得水汪汪的，一如夜明珠般发出夺目的光彩。而一旦卫青走了，她便会失魂落魄地长吁短叹。

不能把悲伤留给自己，不能抱憾终生。于是，平阳公主产生了强烈的再嫁愿望。

平阳公主是个敢作敢为、雷厉风行的人，她心随爱动，身随心动，主动找到卫皇后沟通。卫皇后自然乐得亲上加亲。于是，不断在汉武帝耳边吹风。

姐姐的"老大难"问题也是汉武帝的一块心病，汉武帝自然愿意成人之美。他是这样说的："我娶他姐姐，他娶我姐姐。看来咱刘家和卫家真是有缘啊！"

随即，汉武帝给两人赐婚。于是，一场皇家豪华婚礼上演，鼓乐齐鸣，冠盖云集，汉武帝和卫皇后都亲临祝贺。平阳公主和卫青这对新婚夫妇笑容满面地迎送宾朋，满耳听的都是贺喜之声。现在，刘家姐弟和卫家姐弟成了两对夫妻，真是亲上加亲的强强联手，羡煞旁人啊！

新婚之夜，卫青的心情也是百感交集的。他曾经以为这只是自己心里永远的梦。然而，当梦想实现时，岁月早已在他的脸上和心里刻满了沧桑。

卫青四十八岁就病逝了，平阳公主死后与他合葬在茂陵，永远不分离。

悲情李广

浑邪王杀休屠王投降汉朝后，匈奴遭遇巨大打击，从此西线战事不再是令汉武帝头疼的事了。伊稚斜单于恼羞成怒，向左贤王发布了一道"东部进攻"的命令。

元狩三年（公元前 120 年），一个春暖花开的季节。匈奴骑兵侵犯汉朝的右北平和定襄（今内蒙古自治区和林格尔西北），杀了一千多汉人，夺无数金银财宝后扬长而去。

对此，汉武帝一改往昔兵来将挡，水来土掩的策略，没有进行半点反抗。忍气吞声不是汉武帝对待匈奴问题的风格，隐而不发才是他的真实面目。汉武帝没有及时出动，不是真能忍，而是在蓄力。

自从打通河西走廊后，心怀天下的汉武帝已经不再满足一城一池的得失了，他把目标瞄准了匈奴的大本营，从根本上解决匈奴问题的思路已在他心中日渐成熟。

磨刀不误砍柴工。汉武帝在发动决战之前，做了双管齐下的"磨刀"之举。

第一，乾坤大挪移。汉武帝把战略重心从西部转到东部，原因是西部被霍去病征服得差不多了，那里匈奴的主力已灭，大部分土地已成了汉朝的一亩三分地。那些小股的匈奴零散部队在西边根本成不了气候。因此，汉武帝从西部征调了一半以上的军事力量到东部来。

第二，培塑千里马。为了作战的需要，汉武帝在全国范围内办了一次"选秀"比赛。这次选秀的对象很特别，不是人，而是马。于是，十万匹小马被选进了训练营。在这里，这些马不再吃草，而改吃黍米、玉米之类的粗粮。通过人工的精心喂养，这些马都长得体格健硕，爆发力强，极符合长途跋涉的对匈征战。

军，国之根本也；马，军之利器也。有了这些做靠山，汉武帝的底气更足了。很快，一场精心组织的对匈奴的大决战拉开了序幕。

元狩四年（公元前119年），汉武帝发动了漠北之战。除了依然重用当朝红人霍去病，汉武帝还把雪藏的卫青派上了战场。双骄出战，可见汉武帝对这场大决战的重视程度。

自从霍去病横空出世后，卫青被汉武帝雪藏已久。这次大决战，汉武帝重新起用他，除了战争的需要，还因为亲情的需要。这个时候卫青已经是汉武帝的姐夫了，亲上加亲，汉武帝不看僧面也得看佛面啊。

卫青都出山了，有一位老将却不干了，他站出来强烈要求去战场。这个人便是飞将军李广。

李广虽然名气大，大得连匈奴人都闻风丧胆，对他敬重七分，礼让三分。然而，就是这样一位在匈奴人眼里牛得不能再牛的人，在汉武帝眼里却没什么大不了。李广历经文、景、武三代，虽然不到而立之年就已成了"食邑大王"（食邑二万户），但官职却一直没有提上来，一直没能封侯。对此，著名诗人王勃在《滕王阁序》中写了这样一段感叹的话："嗟乎！时运不齐，命运多舛。冯唐易老，李广难封……"

在汉文帝和汉景帝时，李广难封，我们可以理解，毕竟他当时算是"生不逢时"。但在汉武帝这个"逢时"的时候，为什么李广还是难封呢？原因概括起来有四点。

第一，李广不懂政治。在平定七国叛乱时，李广作为周亚夫的部将，立了战功。原本这是他封侯的最好机会，保家卫国，凭借战功封侯理所当然。然而，李广却在班师回朝的时候，接受了梁王刘武的封赏。刘武当时也许是出于"感恩"，毕竟自己最后能坚持下来，没有李广这样的人支持和帮助是做不到的。但是，李广忽视了这其中的利害关系。一来刘武只是一个诸侯王，他没有封赏朝廷官员的权力。二是汉武帝和刘武的关系微妙，名义上水乳交融，实际上波涛汹涌，涉及立储之争。李广不懂政治犯了大忌，因此，最后汉武帝"忽略"他的功劳，只赏不封也就在情理之中了。

第二，李广不懂自谦。《史记》中记载："**李广才气，天下无双，自负其能，数与虏敌战。**"这说明李广是个恃才傲物的人，他认为自己打遍天下无敌手，因此就变得目空一切、目中无人起来。如果说自卑的人很难做到自强，那么，自负的人就不知道自谦。不自谦的人，自然很难讨人喜欢。

第三，李广不懂创新。汉文帝、汉景帝对匈奴采取的是和亲政策，因此，在以和为贵的时代，汉朝在与匈奴的对抗中主要采取防御策略。匈奴来进攻，就打击一下，反击一下，匈奴走了，就严阵以待，等待匈奴下一轮的进攻。而到了汉武帝时期就不一样了，此时的汉朝采取的是主动出击的军事策略，要深入匈奴腹地去作战，与防守反击的战术有天壤之别。

李广在防守反击战中可以做得很好，但在阵地进攻战中却做得不好。这跟他的作战思维、策略等都有关。数次出征非但徒劳无功，而且连遭重创，除了他运气差倒霉，更多的是他缺乏创新能力，没有打破思想上的束缚、行动上的篱墙，不懂得像卫青、霍去病那样创新、创新、再创新。

第四，李广无背景。卫青、霍去病的发迹固然靠自己的真实本领，但同时靠汉武帝的提携之恩。如果汉武帝不给他们上战场的机会，如果汉武帝不给他们当主帅的机会，他们能立下如此赫赫战功，扬名立万吗？相比而言，李广的政治背景就相差十万八千里了。他虽然是名将之后，但在朝中几乎没有人能替他说话，更别说助他一臂之力了。

这四点缘由，前三点是李广个人方面的原因，是主观原因，最后一点是客观原因。

不想当将军的士兵不是好士兵。同样的道理，不想当王侯的将军也不是好将军。李将军就是想当个好将军，所以，才会一直梦想着，一直努力着，一直憧憬着，一直追求着。此时，他主动请缨出战，于公来说，是报效祖国；于私来说，是立下战功，封侯扬名。

汉武帝看着这位年逾花甲的老人，问道："廉颇老矣，尚能饭否？"

对此，李广坚定地回答说："天下兴亡，匹夫有责。"

一阵唇枪舌剑，汉武帝最终妥协了，批准了李广披挂上阵。只是在临行前，他又转身对卫青说了一句：**"李广老，数奇，毋令当单于，恐不得所欲。"**（《史记·李将军列传》）

这段话里包括了三层意思，一是说李广这人年老了，不中用了。二是说李广的命天生就不好，是个注定失败的人。三是你在用他时要特别注意，此番前去，让他旅游观光一下倒是可以，但千万不要让他担当对抗匈奴单于的大任，以免误了你的大事。

就是汉武帝最后这句警告的话，要了李广的命。

汉武帝给卫青和霍去病各分配五万"千里马"。霍去病从代郡出发，直接攻击中部的伊稚斜单于。汉武帝之所以这样安排，是考虑到伊稚斜因听信了赵信之言，采取远遁沙漠、坚壁清野的政策，霍去病带兵日行千里夜走八百，派他去对付正合适。

而卫青从定襄出发，目标直指东部左贤王的匈奴军。考虑到卫青这一路打的是持久战，汉武帝给他安排的四员部将分别是前将军李广、左将军公孙贺、右将军赵食其、后将军曹襄。

都说计划赶不上变化。汉武帝原本是让霍去病对阵伊稚斜单于，让卫青对阵左贤王的，但结果完全相反，霍去病最终碰上了左贤王，而卫青则碰到了伊稚斜单于。

首先，我们来看卫青这一路的情况。两军对上眼后，伊稚斜首先听从赵信的意见，来了个"不羞遁走"，把辎重和部队都撤移到漠北。此举用意很明显，就是想把汉军活活拖垮，然后来个请君入瓮，最后反攻倒算。应该说，伊稚斜的如意算盘打得很不错，似乎布成了一个必杀之局。

面对伊稚斜的出招，卫青没有退缩。相反，他决定陪伊稚斜玩这个猫捉老鼠的游戏，进行破局表演。他兵分两路，在伊稚斜北逃的路上对其进行两面夹击。一路从正面追击匈奴，直捣其王庭；而另一路则绕到东面，行千重山，涉万道水抵达漠北。

卫青决定把漫漫的漠北征途交由老将军李广来执行。他把李广和赵食其的军队合并，让其共同完成此行。当然，卫青之所以这样不体恤老将李广，让他参加"长征"，也是因为他的私心作怪。什么私心呢？在战场上自然是战功了。

取代李广成为先锋的是公孙敖。公孙敖和卫青是啥关系，大家都知道。卫青临阵换先锋，显然是想帮这位曾帮自己两肋插刀的兄弟立下战功。

而李广自知以后上战场的机会不多了，而且又急于表现自己，所以对卫青的安排表示了最强烈的抗议："**臣部为前将军，今大将军乃徒令臣出东道，且臣结发而与匈奴战，今乃一得当单于，臣愿居前，先死单于。**"（《史记·李将军列传》）

李广这段话的意思是，这次我来参加这次军事行动，就是要当前锋，现在大将军让我改道东路，这对我来说很不公平啊。我十多岁就参加边疆保卫战，虽然已历经了三朝，却从来没有机会和匈奴单于进行面对面的单挑。现在对我来说，机会可能只有这一次了，所以，还请将军收回成命，让我来担任先锋。不夺取伊稚斜单于的头颅，我誓不回师。

面对李广的无限渴望，卫青却默默不语，表现得无限冷酷。

"不成、不可、不行。"卫青轻描淡写的六个字彻底扼杀了李广心里残留的最后一点希望。

李广再三表示"抗拒"，卫青坚决强调"从严"。是啊，有汉武帝的金口玉言垫底，有自己对好朋友公孙敖的私心，卫青选择冷酷无情也就在情理之中了。

既然说话抗议无效，李广最终只好选择用行动反抗了。

"广不谢大将军而起行，意甚愠怒而就部，引兵与右将军食其合军出东道。"（《史记·李将军列传》）

李广这一行为表达了两层意思：不谢，不屑。

这就是疾恶如仇、刚直不阿的李广。他以这种无声的方式表达了对卫青的不满和愤慨。

而后，卫青带领主力部队快马加鞭，长驱直入，直抵漠北。两军对垒，一场大决战即将上演。

伊稚斜单于早就带领主力部队在这里"恭候"汉军多时了。卫青是个识时务的人，他看到匈奴士兵严阵以待，便决定采取诱敌出洞、分而歼之的战略。

卫青的部署如下：用顶上有帷布的"战车"组成超级大阵营，将五千精锐骑兵藏于其中。这样安排的好处是，五千骑兵进可攻退可守，来去自如。而其他主力都在超级大阵营的掩盖和迷惑下，分左、右两翼迂回直抵匈奴的大本营。

伊稚斜单于苦苦等了这么长时间，终于等来了汉军，自然按战前的战略安排，决定打汉军一个立足不稳。他一声令下，匈奴士兵便呼啦啦地向汉军发动了大决战。汉军虽然只有五千骑兵，但因为是精锐骑兵，战斗力超强。因此，面对匈奴进攻，五千骑兵来了个顽强抵抗。于是乎，战场上昏天又暗地，从早上战到黄昏依然没有分出个胜负来。

这时突然起了沙尘暴，帮了五千汉军的忙。因为到处都尘土飞扬，连人都看不清，更别说打仗了。于是，双方都开始凭着感觉乱砍乱杀，自相残杀的情况自然难以避免。

事实证明，老天的帮忙为卫青从两翼绕到敌后突袭赢得了时间。当两路汉军从天而降，出现在匈奴的大本营里时，匈奴人惊呆之余只能举起双手，先保住性命要紧。结果可想而知，占了匈奴的老窝后，汉军从后面对正在大决战的伊稚斜单于的主力部队发动了猛攻。

前后夹击，匈奴士兵根本就搞不清楚战况了，而伊稚斜单于已经知道自己在这次大决战中"中计矣"。他没有再选择负隅顽抗，而是带领数百名心腹敢死队员进行突围，很快就落荒而逃了。

伊稚斜单于逃跑后，后知后觉的匈奴士兵在失去主心骨的情况下，也纷纷选择了"三十六计，走为上计"。场面一时慌乱无比，踩踏处处可见。最终，汉军共斩杀和擒获匈奴士兵二万余人。什么叫"白骨露于野，千里无鸡鸣"？这里就是。

就这样，这场大决战以卫青的出奇制胜而告终。

卫青在漠北之战中凯旋时，和李广、赵食其的大军相遇了。

有缘千里来相会，按理说，卫青和李广应该相拥而抱，一把鼻涕一把眼泪地互叙离别之苦才对。但是，两人一见面却是横眉冷对，怒气冲云霄。李广心里本来就藏着长途奔波的一把火，一口恶气正无处可发，但卫青却偏生亲手点燃了这把火。

在军法中，延误行军时间是要被处置的。李广在卫青的仗打完了才慢腾腾地到来，卫青马上派出长史向李广问责。

"李将军去哪儿了，怎么姗姗来迟啊？"长史问。

"迷路了。"李广淡淡地答。

"怎么会迷路？向导呢？"长史问。

"卫帅没有给我们安排向导，这茫茫沙滩戈壁无穷尽，自然会迷路。"李广喃喃答。

"迷了路，还有冠冕堂皇的理由，跟我走一趟吧。"

"去哪儿？"

"到大将军帐中听候处置。"

李广摇了摇头，苦笑一声，长叹一声。沉默良久，他终于发飙了，说了这样一句憋在心里已久的话："**广结发与匈奴大小七十馀战，今幸从大将军出接单于兵，而大将军又徙广部行回远，而又迷失道，岂非天哉！且广年六十馀矣，终不能复对刀笔之吏。**"（《史记·李将军列传》）

这段话里包含三层意思。

第一层：他简单地回顾了自己的一生，说自己基本上是在马背上度过的，都是在和匈奴的对峙中度过的，表明自己的忠心。

第二层：他简要地概括了这次征战的过程，基本上是在翻山越岭，都是在做无用功，指出了卫青的私心。

第三层：他简洁地陈述了自己的立场，重申了自己的骨气。

一言既毕，李广再也不迟疑，他以最快的速度抽刀、挥刀、弃刀。

刀出，锋芒毕露；刀起，血雨腥风；刀落，万物归宗。

士可杀不可辱，一代名将以自刎的方式结束了自己的一生。

唐代诗人王维在《老将行》中，为李广的一生作了总述：

　　少年十五二十时，步行夺得胡马骑。

　　射杀山中白额虎，肯数邺下黄须儿！

一身转战三千里，一剑曾当百万师。

汉兵奋迅如霹雳，虏骑崩腾畏蒺藜。

卫青不败由天幸，李广无功缘数奇。

自从弃置便衰朽，世事蹉跎成白首。

昔时飞箭无全目，今日垂杨生左肘。

路旁时卖故侯瓜，门前学种先生柳。

苍茫古木连穷巷，寥落寒山对虚牖。

誓令疏勒出飞泉，不似颍川空使酒。

贺兰山下阵如云，羽檄交驰日夕闻。

节使三河募年少，诏书五道出将军。

试拂铁衣如雪色，聊持宝剑动星文。

愿得燕弓射大将，耻令越甲鸣吾君。

莫嫌旧日云中守，犹堪一战立功勋。

随风飘逝的"双子星座"

就在卫青大获全胜的时候，霍去病也没闲着。他发挥行军神速的优良传统，带领五万大军，从代郡出发，日行千里夜走八百，以迅雷不及掩耳之势，直接和左贤王接上了火。

左贤王正在加固城墙，哪里料到霍去病这么快就找上门来了。于是，慌忙组织抵抗。他和来势汹汹的霍去病不是一个等级的对手，两军一交锋，胜负立分，左贤王兵败如山倒。

"追尾"是霍去病的拿手好戏。他一路狂追，斩杀匈奴士兵无数，俘虏了三位匈奴亲王，以及其他大大小小的将军、相国等官员达百余人之多，可谓收获颇丰。

这一追，霍去病直追到狼居胥山和姑衍山才结束。霍去病在这里举行了祭祀活动。这有点类似于我们现代人征服北极或是登上了珠穆朗玛峰后立一个旗杆，代表自己来过这里，同时也是向全世界宣告自己的成功和骄傲。

霍去病在狼居胥山和姑衍山立下了大汉的大旗，然后，才雄赳赳气昂昂地班师回朝。他带回的战利品是空前的，斩杀和擒获的匈奴士兵超过了七万。左贤王的主力在霍去病这次追击战中遭到了致命的打击。

东、西两路大军双双告捷，可以说，汉武帝发动的对匈的作战取得了前所未有的成功。从此，强大的匈奴四分五裂，变成了"漠北无王庭"的局面。汉朝的边境终于迎来了一片祥和、安静。

两军班师回朝后，汉武帝论功行赏。鉴于卫青已是大将军，为了嘉奖他和霍去病，汉武帝另设了一个最高武官的职务——大司马，由他们二人共同担当。总之一句话，两人从此平起平坐，平分秋色。

霍去病之所以能在这么短的时间内以火箭般的速度直追已经"领跑"了十余年的领头羊卫青，概括起来，是因为他拥有十二个字的大优势：有勇有谋有识，立言立行立功。

第一，来看霍去病的勇。霍去病**"为人少言不泄，有气敢任"**《史记·卫将军骠骑列传》，且具有极强的冒险精神，敢于啃硬骨头，善于打硬仗。十八岁时他第一次随卫青出征，只带了八百敢死队，便在匈奴腹地横冲直撞，毫无顾虑，最终歼灭了匈奴三千士兵，擒获了匈奴单于叔父和相国等人，一战扬名。随后每次征战，他几乎都是选择这种"士兵突击"的方式袭击匈奴部队，并且每次都没有空手而归，战果辉煌。

第二，来看霍去病的谋。在处理浑邪王投降的事情中，霍去病粗中有细，小心谨慎，先是让大部队在汉境内严阵以待，自己则带一支超级精锐部队渡过黄河，名义上是迎接，实际上是提防浑邪王使诈。结果面对匈奴士兵突然自乱阵脚的溃逃，霍去病异常冷静，从容不迫，亲自率军擒住了贼王浑邪王。明白了事情的真相后，他当机立断，追捕溃逃的匈奴士兵，最终成功"降伏"匈奴士兵，没有出现"放虎归山"的严重后果。

第三，来看霍去病的识。他对匈奴人的习性研究得很深。匈奴最擅长的是游击战，而他偏偏也玩起了游击战，并且作战时的目标不是单一的，而是随机应变的，通常是在匈奴腹地长驱直入，然后找到目标就打，打赢了就跑，决不恋战，决不让匈奴识破自己的战术和具体人马。

第四，来看霍去病的言。霍去病有两句绝世名言，除了流传千古的"匈奴未灭，无以家为也"，还有一句"顾方略何如耳，不至学古兵法"。

在他发迹前，汉武帝想教他《孙子兵法》和《吴起兵法》，结果，霍去病出人意料地拒绝了汉武帝的美意，说了这句名言。意思是说，战争只需临场作战的方略就够了，没有必要学习古代兵法。霍去病这种大大咧咧、豪爽奔放的性格和言行很符合汉武帝的胃口，对他宠信有加也就在情理之中了。

第五，来看霍去病的行。霍去病是个雷厉风行、风风火火的人。每次出征前，他都会在军队中精挑细选出最出色的士兵作为自己的敢死队，并且把军队的管理权牢牢地掌握在自己一人手里，统一调度，统一支配，指南打南，指北打北，不会因为其他副将的牵制而影响执行力。

第六，来看霍去病的功。在决战漠北之巅时，他出其不意地抓获了一些匈奴士兵，然后，又果断地让他们当军队的向导，所以，才很快找到匈奴左贤王的主力部队，最终斩杀、生擒匈奴士兵七万多人，几乎将匈奴主力来了个一锅端。从此，匈奴人十年都不敢再踏进汉朝边疆一步，这便是霍去病最大的奇功。

当然，霍去病每次能立下大功，除了自己的因素，更重要的是靠部将的支持，正所谓众人拾柴火焰高嘛。也正是因为这样，汉武帝对在漠北大战中战功辉煌的霍去病大封特封时，也赏赐了其他功臣。

当然，霍去病之所以能立下这么大的功绩，拥有上述本身优点外，还有外在原因，引用司马迁在《史记·卫将军骠骑列传》中原话就是："**诸宿将所将士马兵亦不如骠骑，骠骑所将常选，然亦敢深入，常与壮骑先其大军。军亦有天幸，未尝困绝也。然而诸宿将常坐留落不遇。**"

这段话的意思很明确，老将们率领的军队大抵都是老弱病残，而霍去病带的却是精锐部队，因此，论士兵的质量，老将士们远不如霍去病。而拥有精兵的霍去病以初生牛犊不怕虎的决心和毅力，敢于深入匈奴内部，因此，往往达到出其不意的效果，大获全胜也就在情理之中了。

另外，值得一提的是李广的儿子李敢。这次出征，他们父子没有同路，李广是卫青麾下的急先锋，而李敢却成了霍去病统管的校尉。在和左贤王的大战中，李敢立下了赫赫战功，被封为关内侯，食邑两百户。

李广是悲情的，他一生努力，也没有实现自己的人生梦想，封侯成了他永远的遗憾。

李敢是幸运的，他通过不懈努力，很快实现了自己的人生目标，封侯成了他无与伦比的荣耀。

但李敢终究也是悲情的，因为他在接过封赏的同时，心里却在滴血。父亲的离去让他伤心欲绝。为父报仇成了李敢心中的第一要务。

冤有头债有主，李敢把报仇的目标锁定在了卫青身上。他知道自己明里斗不过权大势大的卫青。于是，决定采取暗招对付他。

都说机会是留给有准备的人，这话一点不假。很快，李敢苦苦寻觅的机会就到来了。一次，卫青到军中巡营，李敢躲在一个角落里，拿起李家流传下来的神箭，对准卫青就是凌空一箭。

离弦之箭直奔卫青面门，说时迟那时快，卫青的贴身护卫及时觉出了异样，一把推开了卫青。于是，李敢蓄势的一支神箭成了空箭。很快，李敢就被卫青的护卫队擒住了。护卫们准备将李敢斩首示众，以儆效尤，却被卫青阻止了。

"饶了李敢吧，他只是想为父亲报仇。李广的死，我也有责任，我也十分难过。这件事就此打住，谁也不能向外透露半句。否则，严惩不贷。"卫青说道。

刺客事件看似到此告一段落。然而，世上没有不透风的墙，尽管卫青下达了封口令，但还是有一个人知道了这件事。

这个人就是霍去病。霍去病原本是个正人君子，但在这件事上却做了"小人"，因为他无法忍受舅舅受辱，选择了打击报复。

机会很快来临。一天，汉武帝到甘泉宫狩猎，陪同人员包括霍去病和李敢。结果就在猎场，李敢成了霍去病的猎物，霍去病用箭结束了李敢短暂的一生。

整个过程，汉武帝看得清清楚楚，不由叹息道："这可如何是好啊，我如何向天下交代呢？"

汉武帝的话里有三分无奈，三分叹息，三分懊悔，一分愁绪。显然，霍去病是他的亲戚，又是他最为器重的将才，他自然不想为此事治霍去病的罪，但李敢毕竟是飞将军的儿子，不是一般的人，受关注程度高。他在众目睽睽之下被射杀，没有说法显然是不行的。

好在汉武帝的心腹都是心思极细之人，他们自然明白汉武帝所思所感所想，很快就提出了两点建议。

第一，封锁现场，封锁消息。所有在场的人都不得对外泄露这件事的真相。否则，罪加一等。

第二，编造理由，统一口径。所有人对外都说，李敢是被鹿撞死的，他的死纯属意外。

事已至此，汉武帝自然做不出挥泪斩霍去病这样的举措来，只好同意了心腹的建议。

万事劝人休隐瞒，举头三尺有神明。霍去病干掉李敢后，也折了自己的阳寿。元狩六年（公元前117年），年仅二十四岁的霍去病病逝。善念刚起，福虽未至，祸已远离；恶念刚生，祸虽未至，福已远去。

对此，汉武帝很是悲伤。在悲伤泪流成河之际，他以实际行动表达了对霍去病这位超级功臣的缅怀。

第一，入皇陵。汉武帝特把霍去病安葬在为自己准备的茂陵旁边。

第二，封谥号。汉武帝封霍去病为景桓侯。

第三，长相送。汉武帝征调边疆士兵，以及陇西、北地、上郡等五郡匈奴移民，让他们全部披上黑甲，组成黑甲军，列阵恭送霍去病的灵柩从长安一直到茂陵。

第四，立丰碑。汉武帝下令将霍云病的坟墓修建成祁连山的样子，代表他的丰功伟绩。

也许他就像划破天际的一颗流星，闪耀着最耀眼的光芒，但来也匆匆，去也匆匆。他来的时候，天地似乎被照亮了；他去的时候，日月星辰似乎都变得暗淡了。大汉的天空在那个瞬间，被霍去病点亮了。虽然不知他去向何方，但人们永远不会忽视他所留下的痕迹。

就这样，霍去病的一生画上了一个有缺憾的句号。缺憾，也是一种完美。一切都好像一场梦。是非曲直，谁又能说清楚？是梦，就不要醒了。

霍去病病逝后，卫青在军事领域一枝独秀的时代又来到了。然而，经过漠北一战，虽然匈奴受到重创，但伤敌一千自损八百，汉军损失也很大，特别是汉武帝精心打造的十万匹千里马，回来时只剩下不到三万。再加上匈奴远遁，使汉武帝此后十四年没有再对匈奴发动军事行动，因此，卫青再无一展雄风的机会了。元封五年（公元前106年），卫青两眼一闭，就此驾鹤归去。

汉武帝很是悲伤。同样地，他在悲伤泪流成河之际，以实际行动表达了对卫青这位超级功臣的缅怀。

第一，入皇陵。汉武帝特把卫青安葬在为自己准备的茂陵旁边。

第二，封谥号。汉武帝封卫青为烈侯。

第三，长相送。汉武帝征集边疆士兵披上黑甲，组成黑甲军，列阵恭送卫青的灵柩从长安一直到茂陵。

　　第四，立丰碑。汉武帝把卫青的坟墓修建成庐山的样子，代表着他的丰功伟绩。

　　卫青走了，他睡在群山碧草里，沉默不语。流水一般的时光，埋藏了多少曾经的渴望。恍惚中，一个冷得瑟缩的孩子，在羊圈里细数当夜的星光；一个跪倒在黄沙里的身影，背负着少年意气，澎湃激扬。万马奔腾的壮烈，猎猎旌旗，铁剑寒光。长戈饱饮匈奴血，腥咸的气味，是谁的代价，谁的报偿？封侯拜将，一抹英雄泪，滴落在尘埃的轻响。侠骨柔肠，执子之手的密语，一场漫长等待的浪漫梦想。然而，我们只能想象，两千年的时光，把你的形象变成扁平的文字，悲壮的号角穿越两千年的时光，在我们的记忆中回响。

第八章

流血的仕途

"政治狐狸" 公孙弘

汉武帝在军事上提携并打造了卫青和霍去病这对"双子星座"，目的是"攘外"；而在"安内"中，他打造了公孙弘和汲黯这对"双子星座"。

汲黯的个人简历前面已经提过，他不畏强势，不畏强权，敢爱敢恨，疾恶如仇，是正直得不能再正直之人，可以说是汉朝的"包青天"。在灌夫酒后骂座后，他敢于直面别人惨淡的人生，在汉武帝召开的窦婴、田蚡辩论会上，他在众大臣都噤若寒蝉时，独树一帜，直接表达自己的立场，用实际行动捍卫了"包青天"的荣誉。

那么，公孙弘又是一个什么样的人呢？如果要用一个词来形容公孙弘，那就是大器晚成。

公孙弘是齐地菑川（今山东省寿光市南纪台乡）人。他家世代务农，家里穷得叮当响。因为穷，他从小就在海边替人放猪，以此为生。《史记·平津侯主父列传》对此的记载是："家贫，牧豕海上。"

公孙弘的仕途之路也分外坎坷。

公孙弘在仕途上的第一道坎：文凭与文采不足。

年轻时，公孙弘谋了自己的第一份职业——薛县的狱吏。但是，因为他胸中墨水不够，肚子里知识储备有限，一不小心触犯了法律，最终丢掉了公职。

丢了公职的公孙弘自然遭遇了许多白眼和嘲笑，但他不为世俗人情世故所动，知耻而后勇，吸取了这次犯错的经验教训，认识到知识的重要性，在外人的议论之中，已近而立之年的他背起书包重新走进了学堂，并且一直寒窗苦读到不惑之年。后来，公孙弘又拜博士（专事研究和传播"五经"的教官）胡毋生为老师，开始修读《春秋公羊传》。据说，在长达十余年的求学生涯中，公孙弘为了生计，还过了很长一段晴耕雨读的生活——为富人在海边牧豕（放猪）。他的日子过得累但不痛苦，清贫却快乐。

公孙弘在仕途上的第二道坎：演讲与口才有欠缺。

建元元年（公元前140年），汉武帝即位，下诏访求为人贤良，通达文学之人。当时，公孙弘以年过六旬之身去应征，结果被任命为博士。俗话说笨鸟先飞早入林，但公孙弘却用自身经历阐明了这样一个道理：笨鸟晚飞同样能入林。

建元三年（公元前138年），公孙弘暴露了自己在口才上的欠缺。汉武帝派他出使匈奴，结果公孙弘回来后马上兴冲冲地把自己的所见所闻、所思所感向汉武帝进行了汇报。公孙弘满以为自己这一次千辛万苦的"人生苦旅"，没有功劳也有苦劳，没有苦劳也有疲劳，汉武帝一定会对自己赞赏有加，但结果恰恰相反，公孙弘的汇报并不合汉武帝的"意"，于是汉武帝以"怒"来表达了对公孙弘的不满，并且在心里"以为不能"，对这个糟老头的态度来了一个一百八十度的大转弯。

对此，公孙弘很识时务地做出了一个选择——辞，主动辞职回家养老。

公孙弘在仕途上的第三道坎：心理素质有所欠缺。

元光五年（公元前130年），窦太后早已归西。汉武帝那专权独断的舅舅田蚡，也在一年前得了离奇怪病撒手而去。此时的汉武帝已把朝中大权牢牢地掌握在自己手里，再也不用看人脸色和有所顾虑地做人做事了。

于是，停搁了十年的"罢黜百家，独尊儒术"的思想革命再次死灰复燃，汉武帝第二次下诏书选拔天下文学儒士。公孙弘此时虽然已到了古稀之年，却仍然得到了家乡父老的一致推举。然而，一朝被蛇咬，十年怕井绳。公孙弘已被"咬"了两次了，显然已经对朝廷感到了畏惧，对仕途失去了信心。于是，他婉言谢绝了大家的好意，说道："你们还是推举别人去吧，我已经老了，不中用了，去了不单是丢我的脸，更是丢大家的脸啊！"这说明公孙弘的心理素质有所欠缺。

这一次，帮公孙弘走出心理阴影的不是他自己，而是父老乡亲们。他们见公孙弘三分谦虚，三分畏难，三分自卑，一分无奈，既敬又怜又爱，于是硬要他上阵。公孙弘没辙了，被赶鸭子上架，只好再次入京面试。公孙弘不会料到，就是父老乡亲的这一善举，彻底改变了他的命运。

公孙弘的试卷在考官那里被评了个"下"（相当于不及格），然而，最终的裁决权在汉武帝那里。接下来，是见证奇迹的时候，当经过汉武帝亲自复审的考试结果出来时，所有人都大吃一惊，公孙弘居然一举拔得头筹。

十年寒窗苦读，一朝金榜题名，这是多少文人骚客追求和奋斗的目标。公孙弘数十年潜心苦读，数十年修身养性，数十年韬光养晦，终于换来了丰厚的回报，汉武帝随即封他为博士。

十年前，公孙弘就被任命为博士，十年后他还是博士。看似一切从起点又回到了起点，还在原地踏步，但事实证明，十年后的起点才是真正的起点。因为公孙弘经过三次大的政治风波后，终于时来运转，迎来了自己的春天。

此时的公孙弘具有两大得天独厚的优势。

优势一，长得帅。据《史记·平津侯主父列传》记载，公孙弘**"状貌甚丽"**，这个"丽"就是漂亮、美丽的意思。用这样的话来形容一个男人，不折不扣地证明了公孙弘是个美男子，超级大帅哥。这很符合汉武帝的审美观。

汉武帝除了是一国之君，还是"全国外貌协会"的会长，只要是美女俊男，他统统笑纳。君不见韩嫣、东方朔两大美男是汉武帝的贴身伙伴吗？君不见卫青、霍去病两大帅哥是汉武帝的攘外依靠吗？公孙弘"帅"这一本钱，为他在仕途上的平步青云奠定了良好的基础。

优势二，学识渊。公孙弘刚出道时，因为学识疏浅而被开除了公务员职务，但此后他度过了数十年的求学生涯，即使过了花甲之年还在坚持。一分耕耘一分收获，公孙弘通过自己的不懈努力，忍常人不能忍之苦，受常人不能受之寂寞，长年累月地在陋室里读书识字。青灯为伴，丹墨飘香，十年修得广见博识，二十年修得才高八斗，三十年修得炉火纯青，四十年修得通天彻地……知识就是敲门砖，知识就是试金石。有了知识这个内在因素做保障，公孙弘在仕途上更加得心应手了。

通过学习和努力，公孙弘从才疏识浅变成才高八斗，也从不善言辞，修炼成能言善辩。更绝的是，他把两者结合起来，把儒家的学说通过法律、文书解释、阐述了出来，因此，汉武帝非常赏识他。

具备天时、地利、人和的公孙弘已经具备了成功的所有条件，很快便成了大汉朝红极一时的权臣。不仅如此，他还在不经意间创造了许多流传千古的成语和典故，比如"东阁待贤、燕见不冠、如发蒙耳、三馆待宾、宁逢恶宾、长倩赠刍"等。

经过"三进宫"的公孙弘不再是愣头青了，他已经研究出了一套自己独有的"公孙为人处世哲学"。

首先，来看公孙弘的为人——低调做人。成熟的稻穗总是低着头，公孙弘就是这成熟的稻穗，有事例为证。

事例一，公孙弘有孝心。公孙弘的亲生母亲死得很早，他奉养的是自己的后母。亲生的儿女尚且有不孝的，何况是无血缘关系的后妈。但是公孙弘却对自己的后妈孝顺得很，特别是在后妈死后，认认真真地服丧三年。在那个讲究忠孝的年代，公孙弘的所作所为无疑为自己赢得了良好的声誉。

事例二，公孙弘很节俭。公孙弘奉行这样一句话："人主的毛病在于心胸不广大，人臣的毛病在于不节俭。"于是，他奉行节俭，每顿饭只吃一个荤菜，夜里睡觉只用一块布。但是，他对朋友却很慷慨，故旧宾客、亲朋挚友，凡生活困难者，公孙弘必全力助之，因而家无余财，世人夸赞他厚道。

其次，来看公孙弘的处世——低调做事。为官的第一要素就是要讲政治，公孙弘就是这样一只老练、老道、老谋深算的"政治狐狸"，有事例为证。

事例一，公孙弘善于左右逢源。对朝中的事，公孙弘总是先提出要点，陈明情况，备选几种方案供皇帝自己取舍，切实做到了有备无患。《史记·平津侯主父列传》记载："**每朝会议，开陈其端，令人主自择，不肯面折庭争。**"同时，他从不固执己见，更不会违逆圣意。公孙弘曾向汉武帝建议废止建立朔方郡，理由是劳民伤财，但眼看汉武帝对建立朔方郡态度坚决，他很快悬崖勒马，做出了改弦易辙之事，主动认错，说自己才疏识浅，井底之蛙，没有站在全局的高度看问题，并表示支持建立朔方郡。总之，公孙弘这种"低"到尘埃里的做法，深得汉武帝之心。

事例二，公孙弘善于察言观色。每次参加朝廷的国事会议，公孙弘总是等其他大臣们发完言后，通过察言观色分析判断出汉武帝的态度，再不慌不忙地以"符合圣意"为宗旨表态发言。《史记·平津侯主父列传》

记载："尝与公卿约议，至上前，皆倍其约以顺上旨。"公孙弘这样既为自己赢得了"谦卑"的美誉，又因为言行很对汉武帝的胃口，而赢得了汉武帝的赏识，于是"**上益厚遇之**"。

低调做人，低调做事，长久下来，公孙弘给汉武帝留下了深刻的印象，认为他是一个非一般的人。于是，很快把他从博士提拔为左内史（京畿地方长官，掌治京师）。元朔三年（公元前126年），汉武帝又提拔公孙弘为御史大夫。元朔五年（公元前124年），薛泽免相，汉武帝任命公孙弘为丞相，封他为平津侯。历史上，丞相封侯便是从公孙弘开始的。

一个放猪娃出身的笨小孩，一个政治上的愣头青，一个躬耕陇亩的穷老头，公孙弘在古稀之年枯木逢春，摇身一变成为大汉朝的丞相，成为朝中一号权臣。公孙弘用自己的实际行动证明了什么叫大器晚成。

都说树大招风，这话一点也不假，就在公孙弘平步青云，风光无限时，一个人却与他势不两立。并且，以大无畏的精神把手中的"猎枪"瞄准了他，非要跟他拼个你死我活不可。

这位勇士中的勇士便是朝中"包青天"——汲黯。

"包青天" 汲黯

汲黯之所以向公孙弘"亮剑",是因为公孙弘"得罪"了他,原因有三:

第一,公孙弘后来居上。汲黯自从当了主爵都尉（主管列侯封爵事）后便再也没有被提升。他当主爵都尉的时候,公孙弘还是个不起眼的小官,后来却一个劲儿地往上升,很快便当上了丞相,可汲黯还蹲在原地没动窝。汲黯是个自尊心很强的人,面对这样后来居上的人,自然没有好感。

第二,公孙弘善于察言观色,汉武帝对他赞赏有加。这让汲黯很是反感,认为公孙弘是个八面玲珑的人。

第三,公孙弘两面三刀。有时朝议前,大臣们常聚在一起达成"共识",而轮到公孙弘发言时,他又临时变卦,通常是风吹两边倒,汉武帝的意愿在哪边他就倒向哪边。这让耿直的汲黯常常充当"炮灰",长此以往,汲黯认为公孙弘是个伪君子,自然对他忍无可忍。

当时的汲黯并不明白公孙弘之所以能后来居上是一种本事,能八面玲珑、两面三刀也是一种政治智慧。他不明白这些正是自己的软肋。

首先,公孙弘的后来居上跟汲黯的不思进取不无关系。因为不思进取,汲黯总是原地踏步,官职一直停留在主爵都尉这个位置上。因为原地踏步,停留不前,所以,他更想不断进取,结果适得其反。有事例为证。

事例一，汉武帝执政之初，大兴教化，准备独尊儒术，广招天下儒生，并信誓旦旦地要实行仁义之政。皇帝能发布这样的施政演说，臣民本应该欢呼雀跃，但汲黯却偏偏要扫皇帝的兴，他说了这样一句话："陛下外表宣称要施行仁义，但内心却充满了欲望，难不成您真的想效仿唐尧虞舜的样子治理国家吗？"这是疑问，也是诘问，更是质问。对此，汉武帝无言以对，尴尬万分，最后只能选择拂袖而去。大臣们都替汲黯担心，但好在心胸宽广的汉武帝只是觉得汲黯过分，只是在事后说了一句"甚矣，汲黯之戆心"，就没有再追究了。

事例二，浑邪王的部众归降汉朝后，得到了很多赏钱，便向当地人买东西。按照汉朝的定例，任何人不得持兵铁出关，卖给胡人。民间百姓不懂法律，把铁器卖给了匈奴人。于是，按规定五百人被处死。

这时候，汲黯又站出来说话了："臣认为不妥。匈奴人屡犯我边疆，给我们人力、物力、财力、国力都造成了巨大损失，陛下应该逮捕胡人，罚他们做牛做马，为死难将士的家属服务。没收他们的财物也应该赏赐给兵民，作为补偿。但是，陛下现在非但没有这么做，反而倾尽国库财力赏赐给胡人，叫百姓给胡人做牛做马。老百姓见朝廷对他们这样厚待，便以为可以随便跟他们进行贸易，才会做出贩卖军火的事来。陛下以仁义为德，以慈悲为怀，既然不忍心牺牲胡人来谢天下，又怎么忍心因法律的条条框框来处死五百无辜的百姓呢？"

对此，汉武帝非但没有"准谏"，反而说道："好久没有听到汲黯说话了，怎么以前的金玉良言现在变成了胡说八道啊！"这是相当严厉的责备了，可见，汉武帝对汲黯这次直谏的不满。

事例三，公孙弘升迁为丞相后，汲黯愤愤不平，对汉武帝说了这样一句赤裸裸的话："陛下用群臣如积薪耳，后来者居上。"（《史记·汲郑列传》）意思是皇上用人，就好像在堆柴一样，把后拿来的柴都放在上面，而不管哪个柴比较好用。

汉武帝当然听得出这是汲黯在发牢骚。于是，他转脸对臣下们说："人真是不能不学习啊！你们听汲黯说话，越来越离谱了！"这便是"后来居上"这个成语的来源。

都说事不过三，汲黯这样一而再，再而三地触怒汉武帝，彻底伤了汉武帝的心，也彻底寒了汉武帝的心。因此，汲黯的仕途也就到此为止，注定不能再升迁了。

但汲黯就是这样一位敢爱敢恨、敢打敢拼、敢言敢怒的人，他没有及时醒悟，从自身找原因，而是通过别人"照镜子"，这个"镜子"就是丞相公孙弘。汲黯更是一个不服输、不认输的人，他没有因为公孙弘成了朝中一号权臣就选择忍气吞声。相反，他针对公孙弘的特点，选择了鱼死网破式的反击，进行了两轮赤裸裸的直线攻击，目标是把公孙弘从高高在上的位置打下来，打趴下，打入万丈深渊。

首先，来看汲黯的第一轮攻击。

一次，在朝堂之上，汲黯当着汉武帝和大臣们的面，指着公孙弘的鼻子说了这样一句话："**齐人多诈而无情实，始与臣等建此议，今皆倍之，不忠。**"（《史记·平津侯主父列传》）

汲黯这句话包括一个很重要的关键词：不忠。身为人臣要忠诚，身为人子要孝顺，这是古时候衡量、评价一个人道德最根本的标准。汲黯以公孙弘的出尔反尔、两面三刀来阐述齐地人的"多诈"，从而得出了公孙弘为人不忠的结论。

众人一听，都怔住了，只得对汲黯行注目礼。

汉武帝一听，惊住了，质问道："果真如此吗？"

公孙弘一听，笑了，镇定自若地答道："知我者，谓我忠诚；不知我者，谓我不忠。"意思就是说，了解我的人都说我忠诚，不了解我的人都说我不忠诚。

没有直面回答，没有正面辩解，没有直接接招，不拘泥于小节，不拘泥于常理，公孙弘一句顶一万句。汉武帝听了这话大为赞赏，认为公孙弘是个大忠臣，从此更加信任他了。

汲黯的肺腑之言非但没有伤及公孙弘，反而给他插上了腾飞的翅膀，当真是偷鸡不成蚀把米。汲黯的第一轮攻击失败。

下面，来看汲黯的第二轮攻击。

一次，在同样的地点、同样的场景下，汲黯又当着群臣的面向汉武帝打了个小报告："公孙弘位列三公，俸禄何其多，家底何其丰，但他故作姿态，刻意装穷，在家里睡破床，盖破被子，这不是犯了欺君之罪吗？"

众人一听，都怔住了，只得再对汲黯行注目礼。

汉武帝一听，惊住了，质问道："果真如此吗？"

公孙弘一听，笑了，镇定自若地答道："用我人者，皇帝也；知我心者，汲黯也。"

公孙弘话中的意思是，汲黯最了解我啊，最懂得我的心啊，我身为三公还睡破床、盖破被，的确有沽名钓誉之嫌，的确是想博得清正廉洁的好名声。但是，厉行节约，反对浪费是每个公民应尽的责任和义务，所以，我这么做，又是想尽绵薄之力，起到一个模范带头的作用。

这一次与上一次恰恰相反，公孙弘直面回答，正面辩解，直接迎战，无懈可击，同样是一句顶一万句。汉武帝听了这番话大为赞赏，还认为公孙弘是个大忠臣，从此更加器重他了。

汲黯的肺腑之言非但没有伤及公孙弘，反而再次给他插上了腾飞的翅膀，当真是搬起石头砸了自己的脚。汲黯的第二轮攻击也告失败。

汲黯双管齐下的组合拳看似虎虎生威，但是事实证明，都是花拳绣腿一阵风，都是竹蓝打水一场空，都被公孙弘的化骨绵掌给轻松化解了。

如果说汲黯练就的是"降龙十八掌",那么,公孙弘练就的就是"沾衣十八跌",任你掌锋如何凌厉、如何凶猛,都近不了我的身。

那么,公孙弘究竟是个什么样的人呢?如果只用一句话来形容他,那就是"亦阴亦阳,亦明亦暗,亦是亦非,亦奸亦忠"。

这样一位高深莫测的人会放任汲黯的打压而无动于衷吗?会让自己置身于悬崖边跳舞而不做反抗吗?

答案是否定的,公孙弘不是省油的灯,也不是怕事的主,他表面上敬重汲黯,但暗地里却对他恨之入骨,恨不得把他打入十八层地狱。他之所以没有马上进行反击,原因是他除了汲黯这个死对头,还有一个难缠的对手——主父偃。

"良人三策" 主父偃

在汉武帝统治时期，出现了大批杰出人物，举世无双的军事家卫青、霍去病，千古传诵的文学家司马相如，大史学家司马迁，还有为数众多的谋臣策士。在这璀璨的人物星群中，主父偃以其非凡的见识、笔锋犀利的文章和独特的人生经历散发着耀眼的光芒。

主父偃，齐国临淄（今山东省淄博市）人。他的仕途和公孙弘一样，也属于坎坷、曲折型。可以用这样一句话来概括他的成长史：广集学，高攀友，缓步行。

主父偃早年学"长短纵横术"、辩士之说，晚年学《易》《春秋》以及百家之言，其思想与学术比较驳杂，从而独树一帜，形成了一个独特的门派——杂学派。是为"广集学"。

主父偃初出茅庐，闯荡江湖时，曾在故乡齐国广泛结交各个学派、各个领域、各个阶层的人物，意图是朋友多了路好走，为自己的仕途铺路。然而，他不会料到，他这样"高攀"的结果却出乎自己的意料，他不仅没能得到别人的赏识，还受到当地儒生的排挤。是为"高攀友"。

主父偃没有施展才华的空间，因为家境贫寒，又无人借贷，为了生活和发展，遂"北游燕、赵、中山"等诸侯国，可结果同样是"皆莫能厚遇，为客甚困"。是为"缓步行"。

这段惨痛的经历使他认识到，在诸侯国中很难找到自己施展抱负的机会，只有京师或许有属于自己的一片天地。元光元年（公元前134年），主父偃来到长安寻求发展。他一到这里，马上采取了两大举措，学东方朔来了两次毛遂自荐。

主父偃第一次毛遂自荐的对象是卫青。主父偃用糖衣炮弹攻心，卫青虽然不是见钱眼开之辈，但却被主父偃的诚心所打动，于是极力向汉武帝推荐他。然而，当时的卫青自己还处于"发迹"阶段，远没有大红大紫，因此，汉武帝忽视了他的推荐。主父偃的第一次毛遂自荐就这样以失败告终。

主父偃第二次毛遂自荐的对象是汉武帝。眼看"曲线自荐"没能达到预期效果，主父偃所带的盘缠也要消耗殆尽了。他走投无路之下，决定冒险一搏——上书汉武帝。

庆幸的是，汉武帝亲自阅览了他的上书，文笔洋洋洒洒，论证引经据典。据史书记载，主父偃的上书中"所言九事，其八事为律令，一事谏伐匈奴"。大概因为上书的内容涉及不少当时的热点问题，从历史到现实，条分缕析，极力论证攻伐匈奴乃得不偿失之举；可能是主父偃将反对的道理讲得比较充分，有助于汉武帝全面思考；也可能是某些观点和言辞深深打动了汉武帝；抑或汉武帝被他的才华和雄辩所折服，总之，汉武帝非但丝毫未怪罪于他，反而对他产生了极大的兴趣，以致"朝奏，暮召入见"，即奏疏上午递进去，下午汉武帝就召见了主父偃。

这一次，幸运之神终于眷顾了主父偃。一同被召见的还有一起上书的徐乐和严安。汉武帝竟有点兴奋地说道："公等皆安在？何相见之晚也！"（《史记·平津侯主父列传》）

这就是成语"相见恨晚"的由来。

最后，这三人都被拜为郎中（皇帝的低级近侍）。是金子总会发光，主父偃终于得到机会一展才华，终于可以发光了。随后，他又进行了多次毛遂自荐——"数上书言上"。汉武帝特别欣赏他能主动出谋划策，于是接连拔擢他为谒者（皇帝的低级顾问）、中郎（皇帝的中级近侍）、中大夫（皇帝的中级顾问）。一年之内，主父偃四次升官，最终顺利地进入了汉武帝的中枢——内朝。

主父偃一年之内"连升四级"，成为朝中年度进步最快的"新人王"，令群臣侧目和咋舌。由于受到汉武帝的器重，主父偃积蓄许久、被压抑许久的主张终于得到全面表达，上书言事更加积极主动。

主父偃的出谋划策中，有著名的"良人三策"。但正是这良人三策的出台，使他成了一位朝中大臣的眼中钉、肉中刺，这个人便是公孙弘。下面，我们就来看看个中曲直吧。

首先，来看主父偃"良人三策"中的第一良策：迁徙"郡国豪强"。

主父偃提出迁徙天下豪杰、兼并之家于茂陵（今陕西省兴平市），内实京师，外削奸猾，以达到强干弱枝的目的。

茂陵是汉武帝上台后就开始为自己修建的一条身后路。这座大型陵墓的修建直到汉武帝死时才宣告结束。其规模之大、气势之宏伟，唯秦始皇的骊山陵墓可以相媲美。但是，修建之初，这里位置偏僻，交通不太发达，是全国人口密度较低的地方。汉武帝把自己的陵墓选在这块风水宝地后，便一心一意想把茂陵地区建设成一座"小香港"似的城市。主父偃的建议正和汉武帝对茂陵进行"招商引资"的战略目标不谋而合。于是，主父偃的建议一出，汉武帝便下了一道诏书，各郡各户，凡个人私有财产达到三百万以上的"富翁"，限期搬到茂陵，留头不留家，留家不留头。

因此，我们看到这样一幅景象，汉武帝在茂陵建自己的陵墓，而全国大大小小的富豪们举家千里大迁徙，奔向荒凉陌生的茂陵。这么一折腾，自然有很多人心里不乐意了，但大多数富豪都敢怒不敢言，毕竟谁都不敢拿自己的脑袋开玩笑。

众人都不敢，但有一个人却例外。这个人的名字叫郭解。

郭解，河内轵县（今河南省济源市）人，他家世代都是大地主，有钱有势，人称"关东大侠"，是方圆数百里有名的重量级人物。他家里的钱据说可以用屋来堆，手中的权势也不容小视，据说跟卫青"交往甚密"。

人家世世代代生活在河南，突然要搬到茂陵去，郭解当然不乐意了。于是他便找到卫青，求卫青帮他说说情。

卫青是个讲义气的人，他马上向汉武帝上演攻心术，说郭解家里很穷，不具备搬迁条件，请求留在本地。

汉武帝不是能轻易糊弄的主子。他听了卫青的话后，幽幽地反问了一句："能请得大将军为他说话的人，难道会是贫穷寒酸之辈、碌碌无为之徒吗？"

就这样，卫青的求情失败后，郭解一千个不心甘、一万个不乐意地上路了。到了茂陵，也不知是出于对上级政策的不满，还是为了打击报复，总之郭解摇身一变，由富翁变成了黑帮老大，把"为富不仁"四个字发挥得淋漓尽致。

当然，鉴于搬迁到茂陵的都是"大腕"，再加上茂陵是汉武帝直接管辖的"直治区"，郭解纵有三头六臂也没敢造次。他敢造次的地方是他的老家轵县。

郭解虽然人搬到了茂陵，但他手下的人却在轵县。于是，郭解"身在茂陵，心在轵县"，他纵容手下人在轵县到处杀人放火、奸淫掳掠、投机倒把，可谓无恶不作。

俗话说好事不出门，坏事传千里。很快，纵使天高皇帝远，汉武帝也听到了郭解的那些龌龊事。他马上给当地政府下达了严查令，当地政府也很快上报了严查结果——郭解没有犯罪。

连郭解的"父母官"都说他无罪，是个好人，汉武帝也无话可说了，只好把目光从郭解身上转移开了。

事情到这里，眼看没有什么波澜可言了。但是，嚣张的郭解不会想到，他的一次无意之举，却引来了杀身之祸。

事情的起因是郭解无意中杀了一个人。如果在平时，他草菅一条人命那是连眼都不眨一下的小事，但这一次却是例外，他杀死的是一个儒生。汉武帝重用的主父偃、公孙弘等人都是儒生出身，所以说此时的儒生都是汉武帝身边最亲近的人，换句话说，就是他的"自己人"。都说打狗得看主人，郭解这一次无疑只看到了"狗"，却没看清"狗"背后的"主人"。

太岁爷头上动了土，汉武帝不能再袖手旁观了，再次对当地政府下达了严查令。汉武帝满以为这次县令一定不敢徇私舞弊，一定会秉公办事，给出一个满意答卷。然而，结果还是出乎他的意料，县令还是老调重弹：郭解没有罪。

这明摆了是此地无银三百两！忽悠了一次还不够，这第二次忽悠终于引来了焚身之火。

这时，丞相公孙弘站出来了，他已对汉武帝心里的想法了然于胸，于是主动请缨去轵县调查这件事。

丞相愿意亲自出马，汉武帝当然愿意了。不久，公孙弘回来了，把搜集到的一大堆郭解的罪状交给了汉武帝。随后的事已无悬念可言，郭解不但死有余辜，还被株连九族。

整个"大迁移"的计谋是主父偃提出的，而平息"内贼"却是公孙弘干的。因此，这一次可以算作两人的亲密合作，姑且把他们这时候的关系美其名曰为"蜜月期"吧。

其次，来看主父偃"良人三策"中的第二策：提出在新夺取的河套地区设置朔方郡。

前面已经说过，当卫青收复河套地区后，主父偃立马向汉武帝提出修建朔方郡的建议。通过在河套地区修建城墙，扩河捞淤，设置郡县，抗击匈奴的入侵。汉武帝很欣赏，于是马上就此进行朝议。

但是，主父偃的提议却招致一片反对声，其中的代表人物就是公孙弘，理由很简单，这是劳民伤财之举。于是，两人在朝堂之上展开了一场激烈的辩论。

主父偃和公孙弘都是才学渊博之人，口若悬河之辈。这番辩论你来我往，数回合也没能分出高下。最终，汉武帝叫停了这场辩论赛，单方面宣布主父偃获胜，并采纳了他的建议。

主父偃着实风光了一回，因为他战胜了朝中牛得不能再牛的"牛魔王"公孙弘。

公孙弘着实灰头土脸了一把，因为他败给了朝中小得不能再小的"小字辈"主父偃。

睚眦必报的公孙弘从此怀恨在心，两人的关系也急转直下，一举撕破了脸。我们姑且把他们这个时候的关系称为"磨合期"吧。

最后，来看主父偃"良人三策"中的第三策：推恩令。

主父偃认为，诸侯王连城数十，地方千里，缓则骄奢而为淫乱，急则合纵以反抗朝廷，对加强中央政令的推行不利。因此，他向汉武帝建议，令诸侯推恩分封子弟为侯，这样王国自分，诸侯王的权力也随之削弱。可以说，主父偃的"推恩令"和晁错当年的"削藩政策"有异曲同工之妙。晁错当年因为"削藩"削出了个七国叛乱，而主父偃"推恩"则推出了个"二王之乱"（淮南王刘安和衡山王刘赐）来。这是后话，这里先卖个关子，按下不表。

推恩令得到了众多诸侯子弟的响应和拥护，因为他们有利可图，可以因此获得属于自己的一亩三分田——封地。但是，朝中有一个人对此极为反感，极力反对，这个人便是公孙弘。这件事他不但无利可图，还让主父偃大红特红，大火特火了一把。主父偃这一主张把他的才华展现得淋漓尽致，想不红，想不火也不行啊！

忌妒是一把双刃剑，公孙弘宁愿冒着伤及自己的危险也要挥出这把剑。因为这个时候的公孙弘已经视主父偃为眼中钉、肉中刺，恨不能除之而后快。

公孙弘不愧为政治老狐狸，他把目标瞄准主父偃后，并没有急着下手，而是不动声色，默默地等待。终于，他等的机会来了。

事情得从主父偃的老家齐国说起。

当初齐厉王的母亲纪太后本着"肥水不流外人田"的原则，给齐厉王娶了个娘家的表妹，希望借此可以让纪家世世代代都做刘家的国舅爷，世世代代都享荣华富贵。这有点像当年吕后把自己的内侄孙女嫁给自己的亲儿子一样，为了造福后世子孙，什么伦理、什么道德都不管！都说"强扭的瓜不甜"，齐厉王并不喜欢他的表妹，这个表妹王后很快就被打入了"冷宫"。

齐厉王母亲知道后，又惊又怒，于是派自己的长女，也就是齐厉王的姐姐纪翁主到后宫，目的只有一个，那就是阻止其他女人接近齐厉王。结果很富戏剧性，纪翁主成功地阻止了别的女人往齐厉王的怀里钻，但最后自己却钻进了齐厉王的怀里。

若要人不知，除非己莫为。很快，齐厉王乱伦一事就传得沸沸扬扬，人尽皆知。这是一条不归路啊，眼看主子犯了如此大的过错，臣子自然不能袖手旁观。于是，齐厉王手下一个叫徐甲的宦官挺身而出，决定为齐厉王排忧解难。他的策略是为齐厉王再找一个对象，从而让他和自己的姐姐抽刀斩情丝，一刀两断。

徐甲是个有心人，他很快为齐厉王物色到了一个极为般配的对象——王太后的外孙女金娥。

原来，当年王太后在嫁于金王孙后，生下一个女儿，她悔婚入宫后就与女儿断了联系。后来汉武帝得知这件事，就亲自把姐姐接入宫中，并封为修成君。王太后为了弥补当年对修成君的亏欠，决定给修成君的女儿金娥，也就是自己的外孙女找一个好对象，并且明确表示，非诸侯王不嫁。王皇后那是啥人，她的风刚一透出去，徐甲便敏锐地感到机会来了，如果能促成齐厉王和金娥的婚事，那是三全其美的好事啊。主子解脱了，金娥圆梦了，自己也立功了。

事实证明，徐甲是个雷厉风行、敢作敢为的人，他摇身一变，成了"媒婆"，主动向王太后保媒："这件事包在我身上。"王太后自然很高兴，马上叫徐甲付诸行动。

都说天下没有不透风的墙，正在这个关键时刻，却半路杀出个程咬金，一个"第三者"进来插足了。

这个"第三者"便是朝中"新人王"主父偃的女儿。

主父偃得到汉武帝的宠爱后，朝中攀龙附凤之辈对他极尽阿谀逢迎之能事，主父偃的表现也令人大跌眼镜，别人送金子他就收金子，别人送银子他就收银子，别人送美女他就收美女，总之一句话：来者不拒。

有人委婉地劝告他"不要太过分了，适可而止吧"，主父偃听后非但脸不红、心不跳，反而扬扬得意地说道："我很小就开始游学，游了四十多年，都不得志，父母兄弟都看不起我，穷困潦倒到如今，活得太窝囊了。男子汉大丈夫，活着的时候不吃五大碗饭，死了也要满汉全席地供我。我的日子不多了，有权不施，过期作废啊！"

男人有钱就变坏，主父偃就是这个类型的人。正是因他的思想腐化了，所以，更想把自己女儿嫁给诸侯王。也许是因为他的老家在齐地的缘故，齐厉王成了他首选的"女婿"。于是，他找到正要上路去齐国的"媒婆"徐甲，表达了心里的真实想法，只希望他到齐王面前美言两句就行了，即使女儿做齐王的"偏房"也没关系。

这对一向心高气傲的主父偃来说，已经够放下架子了。然而，事实证明，主父偃的如意算盘打错了。齐厉王的母亲纪太后一听徐甲背着自己给厉王寻新欢，怒不可遏，把他骂了个狗血淋头，体无完肤。

徐甲就这样被纪太后骂回来了。虽然受了委屈，但他这个人还是比较厚道，本着息事宁人的原则给王太后进行了回话，表达了两个方面的意思：齐厉王愿意娶金娥，但是齐厉王配不上金娥。

"齐厉王向来风流倜傥，我担心他重蹈燕王那样的覆辙啊！"徐甲故作忧心地说出了这句含沙射影的话。燕王刘定国当年因为和自己的女儿、姐妹通奸被处以极刑，连封国都被撤销了。

王太后那是什么样的人物，自然听出了徐甲话中的弦外之音。于是，派人去齐国打探。很快，齐厉王作风不端的问题就入了王太后之耳。于是，王太后"无复言嫁女齐事"。

就这样，王太后在这件事上算是彻底放手了。然而，主父偃却不干了。主父偃想让自己的女儿飞上枝头变凤凰，不但遭到对方的拒绝，而且连同自己也被"羞辱"了。

于是，主父偃向汉武帝进言说了齐国的三件事。一是齐国是块富庶的地方，经济比长安还要繁荣。这样的好地方应该由皇帝的亲兄弟去当王才对。二是齐地一直是个多事的不安之地，从吕后开始，齐地的封王就想造反，吴楚七国叛乱时齐孝王蠢蠢欲动，差点就上了贼船了。三是齐王跟他姐姐乱伦，作风败坏。三件事一抛出，得出的结论就是，得拿齐王开刀才对。

汉武帝听了主父偃的话，二话不说，就派他以"钦差大臣"的身份到齐国去调查这件事。

主父偃的家乡在临淄，此时他衣锦还乡，风光无限。他没有急着去调查齐王的事，而是干了一件"千金散尽还复来"的私事。他把家乡的亲戚朋友召集到一块儿，拿出五百两黄金，撒了一地，说了这样一句话："始吾贫时，昆弟不我衣食，宾客不我内门；今吾相齐，诸君迎我或千里。吾与诸君绝矣，毋复入偃之门！"意思就是说，当年我贫困潦倒的时候，你们非但不周济我、帮助我，反而嘲笑我、鄙视我。现如今我发达了，你们才来迎接我、巴结我，今天我给你们这些钱财，以后请不要再来找我！

主父偃不会料到，他在说"吾与诸君绝矣，毋复入偃之门"这句话时，齐厉王也有话要说："吾与诸君绝矣，毋复入宫之门。"说完这句话，他就自杀了。

齐厉王畏罪自杀，主父偃的麻烦来了。都说"屋漏偏逢连夜雨"，这话一点都不假，除了齐厉王自杀这件事让主父偃吃不了兜着走，他还面临着赵王告的一状。

赵王叫刘彭祖，也是个十分狡诈之人，又精通法律。中央派去的管理人员总是被他设圈套抓住把柄。如果不听从他的，就要被他上书告状。所以，他做了五十多年的国王，而中央派去的人没有做过两年的，基本上要么被处死，要么就坐牢，所以，这些人到了赵地后就不敢管他。

赵王也喜欢经商，赚的钱比收的税还多。除此，他家里也有绯闻。一个是他娶了江都易王刘非的宠姬为妾。这个人曾经在服丧期间跟刘非的儿子发生过关系。另一个是他的太子刘丹跟姐姐有乱伦关系。按理说，这些家事这里没必要说，但不说不行啊，赵王可以滥用手中的职权堵住赵国上上下下的嘴巴，但有一个人的嘴巴他却堵不住。这个人便是主父偃。

主父偃当年没有发迹时，过的是流浪漂泊的生活，也曾经漂到燕国、赵国,结果非但没有得到重用,反而被两国以"流浪者"的身份遣送出国。那是怎样的屈辱和委屈呢？因此,当主父偃在朝中飞黄腾达的时候,就对燕王刘定国进行了报复性的告发,罪名也是后宫那些乱伦的家事。后来,刘定国依法被凌迟处死,燕国也因此亡了国（汉武帝改燕国为郡）。

也正是因为这样,刘彭祖很害怕主父偃会告发自己。主父偃在朝廷时他不敢贸然上书,现在主父偃离开中央到齐国去了,刘彭祖觉得机不可失,时不再来,就趁机向汉武帝打了个小报告,告了主父偃一状,罪名有两项:一是公报私怨,二是贪污受贿。

这两件事一下来,汉武帝没辙了,只好把犯了"政治"（逼死齐厉王）和"经济"（受贿）双重罪的主父偃捉拿归案,打入大牢。

饶是如此,据《史记》和《汉书》记载,汉武帝并不想治主父偃的死罪,也就是说,汉武帝其实并没有真的想杀主父偃。但此时,一个在朝中很有分量的人站出来说出了一句很有分量的话,直接把主父偃送上了断头台。这个人便是一直对主父偃恨之入骨的公孙弘。

公孙弘说:"齐王自杀绝了后嗣,燕王封国被废,成为郡县收归朝廷。主父偃是这件事的首恶,不杀主父偃无以给天下人以交代。"

这是一剂猛药,猛得不能再猛的药,猛得连汉武帝也无法拒绝。最终,汉武帝下令砍了主父偃的人头,让世人去评说。

据《史记》记载,主父偃正当红的时候,宾客以千数,而他死的时候,大家作鸟兽散,只有一个叫孔车的人把他安葬了。这一方面折射出当时的人情淡漠,世态炎凉,另一方面也说明主父偃在为人处世方面还是存在欠缺的,而这个欠缺就是他英年折命的重要原因。

"酷吏"张汤

　　除去了主父偃这个眼中钉，公孙弘并不满足，他又以雷厉风行的态势三箭齐发，做了三件事。

　　第一件事，排挤一个人——朝中第一学士董仲舒。

　　董仲舒是汉武帝上任后第一次下诏征求天下文学儒士进京的"状元"。特别是在"老佛爷"窦太后升天后，汉武帝放手进行思想革命时，封董仲舒为中大夫，推行儒教，在长安兴办太学，用儒家经典教育官僚、地主子弟。同时，汉武帝下令各郡国设立学校，初步建立教育系统。在董仲舒的辅佐下，大汉王朝呈现出一片前所未有的景观。

　　面对这样一个国中大才子，公孙弘排挤他的原因有两个。一是董仲舒是一个正直的人。因为正直，他和同样正直的汲黯走得很近，甚至有一段时间，两人还达到了"如胶似漆"的地步，这令公孙弘很恼火。于是，他本着剪除汲黯羽翼的原则，排挤董仲舒也就在情理之中了。二是董仲舒是一个有学问的人。董仲舒的学识用才高八斗、博古通今来形容一点也不为过。这个高度对于半道出家的公孙弘来说，是永远无法企及的。正如三国的曹丕在其《典论·论文》中所说："**文人相轻，自古而然。**"出于忌妒，公孙弘排挤董仲舒也就在情理之中了。

因为妒所以恨。不久，公孙弘"相轻"的机会便来了。汉武帝欲派人任胶西王相，公孙弘头脑一转，便使出了一招"借刀杀人"之计，向汉武帝进言："独董仲舒可使相胶西王。"

胶西王刘端是汉景帝的儿子，汉武帝的哥哥。在平定七国叛乱中，他寸功未立，但因为后台足、关系硬，以皇子的身份封胶西王。如果要用两个字形容刘端，那就是凶残。

首先，来说刘端的凶。他手下最为信任的一个郎官，因为和刘端看上的宫女有染，给刘端戴了绿帽子。刘端不但毫不留情地杀了这个郎官，还诛灭了他的九族。冤有头债有主，刘端的血腥大屠杀，怎一个凶字了得。

一些路见不平的豪杰之士纷纷上书揭发状告刘端的行为。对此，汉武帝左右为难。于私，刘端是自己的哥哥；于公，又要给天下人一个交代；于情，他下不了严惩的命令；于理，他应该铁面无私。最终，汉武帝在参考众臣的意见后，做出了一个折中的处理办法：削减刘端一半以上的封地。

汉武帝既然不好直接问刘端的罪，那就只好突出一个"削"字，以割地的方式进行惩罚和告诫。按理说，刘端从此应该引以为戒，改过自新才对。然而，接受处罚的刘端却恰恰相反，他怀恨在心，突出一个"报"字，公开和中央政府作对。从玩火到玩政治，刘端不知不觉已经走上了一条不归路。

其次，来说刘端的残。出于报复，但凡到他那里任相的人，刘端会千方百计找借口，阴谋、阳谋一起使，把他们往死里整。这样造成的结果是，凡是到他那里任相的人非死即伤，非残即废，总之，都没有好下场。后来，朝中再无人愿意去胶西国任职。

公孙弘推荐董仲舒去胶西国任相，显然是借刀杀人。汉武帝对董仲舒的才能了如指掌，对他相当信任，也认为只有"董郎"才能胜任。于是，立马派董仲舒去胶西国为相，并美其名曰"挂职锻炼"。

一切都顺着老狐狸公孙弘的意图发展着。接下来，就等着董仲舒人头落地的好消息了。然而，谋事在人，成事在天，这一次公孙弘失算了。

董仲舒到胶西国后，刘端非但没有对他下毒手，反而敬重有加，原因是"仰其名慕其贤"，不敢再造次。

过着这样相安无事的生活，董仲舒心里并不踏实，他总担心有不测之祸。于是，不久便以"身体有恙"为由，辞去了胶西王相之职，离开了刘端这匹披着羊皮的狼。从此，过起了"采菊东篱下，悠然见南山"的田园生活。

董仲舒的后半生便在修学著书中度过了，而朝廷中如有重要事情商议，汉武帝都会派使者及廷尉张汤到他家里去询问。可见，汉武帝对他的尊重。

第二件事，拉拢一个人——朝中有名的酷吏张汤。

张汤，西汉杜陵（今陕西省西安市）人。他年幼时就特别喜欢法律，父亲曾任长安县丞。有一次，父亲因事外出，临走前一再嘱咐张汤好好看家。谁知，张汤被一本书迷住了，一个不留神，让老鼠把盘里的肉偷走了。父亲回来后很生气，照着张汤的屁股狠狠打了一顿。

然而，就是这一打，竟打出一段奇缘来。"很受伤"的张汤把所有的怨气都发泄到了偷肉的老鼠身上，信誓旦旦地表示要把罪魁祸首老鼠捉拿归案。

别看当时张汤小，能干的活可不少。他说干就干，找来一把小铲，挖遍屋内的鼠洞。功夫不负有心人，他终于把偷肉的老鼠逮住了。本来，张汤想一下子把老鼠弄死了事，可就在下手的一刹那，他突然改变了主意，想到自己肿得老高老高的屁股，想到那钻心的痛，他觉得就这样打死老鼠，太便宜它了。于是，他把老鼠用绳子拴住，连同老鼠吃剩下的肉一起摆在石阶上，来了个"开庭办案"。

只见他摇头晃脑一本正经地审问，譬如说为什么要偷肉，肉都偷到哪里去了，还有谁是同伙，等等。老鼠自然不会答话，张汤就用木片把它夹住，动起刑来，疼得老鼠吱吱怪叫。最后，张汤以"劫掠罪"判处老鼠死刑，并且判了"斧头铡"，亲手用锋利的斧头把它剁成了碎块。

父亲看到张汤审鼠的情景，起初觉得挺可笑，可取过诉状仔细一看，不禁大吃一惊。那有声有色、有根有据的文辞，简直像是出自一位老练的办案人员之手。于是，父亲便让他书写治狱的文书。

张汤尽职尽责，很快声名鹊起。他的父亲死后，他继承父职，任长安吏。

周阳侯田胜（汉武帝的舅舅）任职九卿时，曾因罪被拘押在长安。张汤迫于权势，在审判的过程中做了手脚，最终田胜在无罪释放后被封为侯。田胜没有食言，在他的推荐下，张汤很快就在朝中任职。后来，因为张汤为人谨慎、办事细，又被推荐给丞相，调任为茂陵尉，负责处理陵中事务。

武安侯田蚡担任丞相时，征召张汤为丞相史，又将他推荐给汉武帝，补任为御史，令他处理诉讼。在处理陈皇后巫蛊案件时，他深入追查其党羽。汉武帝认为他很能干，晋升他为太中大夫，使其赴入"三公"之列。

"三公"是指：丞相、太尉、御史大夫。丞相是最高行政长官，太尉是最高军事长官，而御史大夫则是最高监察官和执法官。当时天下之宰为公，诸侯之宰为相，秦汉时将丞相、太尉、御史大夫统合称宰相，也就是"三公"。

张汤之所以能在仕途上扶摇直上，除了办案严厉之外，他还有一方面比别人强，用八个字概括就是"巧言令色、怀诈饰智"。

首先，来说他的巧言令色。张汤总是揣摩皇上心意来行事，做到三思而后行。汉武帝心向儒家学说，张汤判决案件时就附会儒家观点，请博士弟子们研究《尚书》《春秋》。每次上报判决的疑难案件时，他都预先给皇上分析事情的原委，皇上认为对的，就接受并记录下来作为判案的法规，以廷尉的名义加以公布，颂扬皇上的圣明。但凡是张汤处理的案件，如果是皇上想要加罪的，他就交给执法严酷的监吏办理；要是皇上想宽恕的，他就交给执法轻的监吏办理。

其次，来说他的怀诈饰智。张汤奏事时，如果遭到皇上谴责，他就认错谢罪，并说某人本来向我提议过不要这样做，我没采纳，愚蠢到这种地步；如果皇上认为好，他就说这是某人写的。他想推荐人时常常这样做，就是表扬某人的好处，掩蔽某人的过失。一些执法酷毒的官吏都被他用为属吏。

张汤还很注意自己的言行举止，多与宾客交往，并同他们喝酒吃饭。他对老朋友、当官的子弟以及贫穷的兄弟都照顾得很周到。他拜问三公，不避寒暑。所以，张汤虽然执法严酷，处事不纯正公平，却得到了好名声。丞相公孙弘屡次称赞他的美德。张汤曾经生病，皇上还亲自前去看望他，其获得的荣宠可见一斑。

因为张汤有这些优势和特点，所以，越来越受到汉武帝的宠爱。在公孙弘由御史大夫升为丞相后，张汤荣升为御史大夫。

公孙弘和张汤在为人处世方面原本就有很多相似之处，又都是坐着火箭被提拔的，而且都视汲黯为最大的政治敌人。因此，当公孙弘主动向张汤示好时，张汤毫不犹豫就接受了。两人好比干柴烈火，一点就着，很快达成了"同盟协议"。

第三件事，打压一个人——最具威胁的政治敌人汲黯。

消灭政敌主父偃，赶走政敌董仲舒，结盟政友张汤，说一千道一万，公孙弘的终极目标还是汲黯。

汲黯曾对公孙弘进行两次"直线攻击"，如果公孙弘的随机应变能力稍微差点，能言善辩能力稍微差点，心理素质稍微差点，也许他的脑袋就搬家了。因此，除去这颗定时炸弹，解除自己的威胁才是当务之急。也正是因为这样，他在找到张汤这样一位好盟友后，马上老调重弹，对汲黯使出了"借刀杀人"这个绝技。

一天，公孙弘向汉武帝打了一个小报告。报告归纳起来有三层意思。

第一层意思：述事。长安城是藏龙卧虎的地方，三教九流的人无奇不有。特别是现在形成了权贵重臣和宗室姻亲这样极为对立的两派。两派因为都具有很强的政治背景和家庭背景，互不相让，互相争锋，弄得整个长安城风声鹤唳，鸡犬不宁。长此以往，不但有损国都的形象，而且危及国家政权啊。

第二层意思：建议。公孙弘提出需重新任命一个德才兼备之人为长安"代理市长"（右内史），以铁面无私的作风去打压他们，治理环境，才能保持朝政的风清气正。

第三层意思：推荐。公孙弘以汲黯为人正派，办事雷厉风行，敢于担当，勇于负责，是块治理国家的好料子为由，向汉武帝推荐任命他为长安"代理市长"。

汉武帝这时候因为汲黯屡屡不识时务的直谏，已经对他"恶之"了。公孙弘的上书正好符合他"弃之"的想法，再加上张汤从背地里的"助之"，最后汉武帝拍板：准奏。

汲黯被任命为右内史后，一向不喜形于色的公孙弘和张汤相视一笑，心花怒放。因为他们的如意算盘正打着，正等汲黯往火坑里跳呢。

权贵重臣和宗室姻亲斗法，犹如两虎相争，让汲黯去当这个"驯虎师"，他不被咬断筋骨，也要撕破脸皮啊。这就好比让董仲舒到胶西国任相一样，是一件几乎等同于死亡的大苦差。

然而，很快汲黯也笑了，笑逐颜开，心花怒放。因为他很快就把两派处理得和和睦睦，把整个长安城整理得井井有条。

你有整人的计谋，我有自救的才干。汲黯不靠天不靠地，靠自己主宰了自己的命运。

至此，公孙弘对汲黯的第一轮攻击结束，两个字：失败。

后院起火

暂且抛开公孙弘和汲黯之间剪不断理还乱的争斗不说，先来看一下汉武帝和诸侯王之间剪不断理还乱的争斗吧。

汉武帝和宗亲之间的关系飞流直下，这都是主父偃"推恩令"惹的祸。

故事回溯到建元二年（公元前 139 年），一个寒冷的冬季，又到了各大诸侯王法定入朝觐见的时候。汉武帝本着本是同根生的原则，为代王刘登、长沙王刘发、中山王刘胜、济川王刘明这几个"哥哥王"举行了隆重的接风宴。

孔子说，有朋自远方来，不亦乐乎。面对几位远道而来的亲人，汉武帝自然也很开心。于是，把酒言欢，其乐融融。不料酒过三巡，菜过五味时，宴席上突然传来一阵哭泣声。众人一惊，但见济川王刘明的脸像三岁娃娃一样，刚才还是满脸挂笑，此时却是满脸挂泪。

"兄长何故而哭？"汉武帝惊问道。

"愚兄不曾哭。"刘明语出惊人。

"兄长明明在哭，眼角还有泪水，为何说不曾哭？"汉武帝一脸惑色。

"愚兄哭天下人该哭之事，悲天下人该悲之事，人人皆会哭，这是人性本然。所以，愚兄不曾哭。"

"兄长遇到什么悲伤之事？说来听听。"汉武帝问。

刘明闻言马上收住了泪水，说道："现在朝中大臣动不动就弹劾、贬低我们这些诸侯王，根本就不把我们放在眼里。"

"哦，原来如此。"汉武帝若有所思道。

刘明所说，也正是其他几位诸侯王共同的"伤痕"。于是，他们纷纷揉眼睛擦鼻子声泪俱下地述说各自遭遇的不幸。

接风宴成了"哭宫宴"，这是汉武帝没有料到的。为了不使事情发展到"水漫皇宫"的严重局面，汉武帝当即拍板，马上给出承诺——"伪推恩令"，概括起来，主要有两点：第一，全方位提高各诸侯王的待遇；第二，减少各部门对诸侯王的制约。

这里之所以把汉武帝的这个推恩令叫"伪推恩令"，一是因为这只是汉武帝接风宴酒后的一种"承诺"，是权宜之计。他心里并非真的想让这些诸侯王就此当家做主，过上好日子。这一点从后面汉武帝的出尔反尔中就可以看出来。二是因为后来主父偃出台了一个真正意义上的"推恩令"，为了使读者不混淆，且把这个叫作"伪推恩令"吧。

"伪推恩令"一实行，各大诸侯王以为解放了，可以享受了，本性瞬间暴露无遗。于是，他们该干的事干，不该干的事也干，奸淫乱伦、贪赃枉法、结党拉派、滥杀无辜……

这样的后果是汉武帝没有想到的。随后，汉武帝进行了批评和自我批评，进行了深刻反思，得出的结论是：朕给各大诸侯王的自由是有点过火了。

而正当汉武帝为这把"火"担忧时，主父偃站了出来。他把汉武帝的"伪推恩令"抹去了一个字，经过加工和包装，隆重地推出了"推恩令"，不但扑灭了汉武帝心中的火，还点燃了另一把火。

主父偃的"推恩令"明面上是汉武帝对皇族的"皇恩浩荡"，实际上却是一招"欲抑先扬"。说白了就是晁错当年削藩政策的延续，只是把名字改了一下，来了个换汤不换药的"欲削先恩"。

按照主父偃的说法，各大诸侯王是从汉高祖时就分封下来的，一代传一代，枝繁叶茂。然而，继承王位的人只有嫡长子这一个，其他的骨肉至亲不能拥有寸土尺地。皇上允许各诸侯王分封他们的子弟儿孙，这样既可以显示陛下的皇恩浩荡，又能达到分散和削弱诸侯的目的。

面对"先恩后削"这样极具迷惑性的"推恩令"，汉武帝在"妙极、妙极"声中对各大诸侯王进行了暗示。梁王刘襄和顷王刘延很懂事地马上付诸行动，汉武帝很高兴。在嘉奖他们的同时，还给了他们一项优惠政策，可以制定自己的封号。

开了个好头后，各大诸侯王在一片"推恩令"中，把各自的封国"推"得四分五裂，推到最后大有"国将不国，王侯泛滥"的地步。对此，汉武帝还不放心，为了更好地监督和控制各大诸侯王，他还延续汉高祖刘邦首创的作风，派朝中的官员担任诸侯王的相国和中尉。

国已不国，诸侯国中两个最大的官职——相国和中尉——也被局外人把持，可以说，各诸侯国已面临生死存亡的时刻了。都说哪里有压迫，哪里就有反抗，淮南王刘安成了第一个起来造反的人。

提起淮南王刘安，不得不提他的父亲刘长。

刘长是汉高祖刘邦最小的儿子。其母亲原本是张敖宫中的宫女，后来张敖为了讨好"准岳父"刘邦，在刘邦路过赵地时，为他安排了一夜情，而一夜情的女主角就是刘长的母亲。再后来，张敖的手下贯高等人谋反，赵国上上下下受到牵连，刘长的母亲也因此入狱。然而，正在这时，刘长的母亲已怀上刘长，其弟赵兼专程入京请求当时的朝中红人辟阳侯审食其帮忙。但是，审食其因为其情人吕后的一顿怒骂而没敢将此消息告诉汉高祖，最后弄得个"刘长生，赵美人死"的悲惨结局。

　　为了弥补过失，刘邦后来分封刘长为淮南王。而刘长后来听说自己母亲的死因后，对审食其怀恨在心。后来，吕后倒台，汉文帝上台，刘长利用汉文帝对他的宠爱，亲手杀死了审食其。

　　后来，刘长变本加厉，最后竟然联合柴武的儿子柴奇图谋不轨，最终事情败露。饶是如此，汉文帝还是舍不得处死这个"唯一的弟弟"，只是把他发配到荒蛮之地去改造。然而，刘长不堪忍受这样的屈辱，选择了"不食嗟来之食"，最终被活活饿死。

　　汉文帝为了摆脱迫害兄弟的罪名，把刘长所管辖的淮南国一分为三，分别封刘长的三个儿子为王：长子刘安为淮南王；次子刘勃为衡山王；三子刘赐为庐江王。

　　刘长的故事到此暂告一段落了。接下来，轮到刘长的儿子刘安登台演出了。七国叛乱时，吴王刘濞曾派使者到淮南国，劝说刘安起兵共谋大事。刘安因父亲的死对汉文帝耿耿于怀。虽然汉文帝让他继承了父亲的王位，但他的造反之心却与日俱增。刘濞就是算准了刘安的命门所在，动之以情，晓之以理，很快就把刘安说服了。

　　正当刘安要一脚踏上贼船时，关键时刻，淮南国的相国起到了扭转乾坤的作用。作为朝中派来监督和制约诸侯王的相国，他们有责任也有义务阻止各自的诸侯王做出反叛行为。淮南国的相国在这千钧一发的时刻，知道仅仅进行劝告是无济于事了。于是，来了个将计就计，顺着刘安的意向说了这样一句话："大王想起兵，臣愿做先锋。"

　　连"身在封国，心在朝廷"的相国都愿帮自己，刘安高兴之余，想都没想就把手中的兵权交给了这个先锋。出人意料的是，相国把兵权拿到手后，非但没有带兵出征，反而紧闭城门，断绝和刘濞的一切来往。

　　刘安追悔莫及，无奈空有王位手无兵权，只能眼睁睁地看着刘濞率领七大诸侯国风风光光地踏上了大展宏图之旅。

然而，塞翁失马，焉知非福。七国之乱轰轰烈烈地开始，却是凄凄凉凉地结束。淮南王刘安因为举事未遂而没有被追究相关责任，他的弟弟衡山王刘勃更是因为严拒和刘濞同流合污而得到汉景帝的赏识，被封为济北王。刘赐则继承了刘勃的封号，改庐江王为衡山王。至此，刘安三兄弟各自独霸一方，一时间国内无二。

汉武帝上任后，对堂叔刘安很是敬重，这使得原本就骄奢淫逸的刘安更加放荡不羁。建元六年（公元前135年），刘安终于坐不住了，他借用"彗星划空而过，天下必有大事发生"的神秘谣言，揭开了新一轮诸侯王叛乱的序幕。

他的造反和他父亲刘长一样，也是"兵马未动，准备先行。"首先，他让自己的女儿带上金银珠宝来到长安，作为间谍长期住下，买通汉武帝身边的宦官，朝中的风吹草动都在刘安的掌握之下。其次，他拉拢自己的弟弟刘赐下水。

刘赐也是不安分的主，听说大哥想举事，二话不说，表示完全赞同，并且厉兵秣马，随时准备起兵。

万事俱备，只欠东风。刘安的前期准备工作做好后，只等找个造反的理由便可上路了。然而，就在这个节骨眼上，他没有等来东风，后院却无端着火了。烧起这把火的是刘安的太子刘迁。

事情是这样的。刘迁从小不学无术，知晓父亲有造反的意向后，他便开始学习剑法，想在将来举大事时为父亲尽一份自己的力量。刘迁愿望是美好的，但现实却并不那么美好。

寻常人学武练艺讲究精益求精，更上一层楼，而纨绔子弟讲究的却是花拳绣腿，过把瘾。毕竟个中艰苦不是一般人能承受得了的。

刘迁无疑就是这样的人。他学剑没几个月，才刚入门，便夜郎自大，目空一切，并且给自己起了一个响当当的绰号——"天下第一剑"。如果他只是在心里有这个理想和愿望倒也罢了，毕竟朝着这个目标和方向努力总是好的，说不定十几二十年后就真的梦想成真了。然而，刘迁心里是真以为自己"天下无敌"的。本着打遍天下无敌手的原则，他只要听说哪里有厉害的剑客，就要去比试。这不，郎中雷被就被刘迁当作了挑战的对象。

雷被从小学剑，剑法之深深不可测。刘迁听说朝中有这样一位世外高人，自然不服气了。于是，就要和雷被来个大决战。雷被虽然在淮南国也算是个风云人物，但哪里敢在"太子爷头上动手"。赢了，太子丢脸；输了，自己丢脸。为了谁都不丢脸，面对刘迁的剑拔弩张，雷被选择了剑不出鞘。

但凡武侠迷，都知道这样一个常识，那就是两位大侠比武，除了必要的谦虚外，也不能欺人太甚，都得按照江湖规矩办事。否则，不但被天下英雄所不齿，还会被后人归为"败类"。

面对咄咄逼人的刘迁，身怀绝技的雷被选择了剑不出鞘。按理说，人家对你已经够谦让了，你应该顺着台阶往下走，及时收手才对。然而，刘迁非但不收手，还不按江湖规矩办事，拔起剑就连刺了雷被几剑。

刘迁的举动，按照江湖用语来说，就是不要脸的偷袭。雷被被逼得没办法，只好拔剑自卫。然而，他太高估刘迁的剑法了。他的剑刚轻轻一挥，居然划破了刘迁的锦衣，伤了他的胳膊。

胜负至此立见分晓，以如此戏剧性的方式结束了。这就是剑客与业余剑手之间的差距。按理说，刘迁应该知耻而后勇，努力学剑练剑才对，然而他并没有，他选择了报复。

时值汉朝和匈奴撕破了脸，进入冷战阶段，汉武帝召集赴前线的"敢死队"。雷被因为害怕刘迁为"一剑之仇"进行报复，便要报名参加，想来个一走了之。

按照武侠小说里的说法，一般转身离开时便是最危险的时刻，因为这时候正是暗招子出手的最佳时机。同样，刘迁的暗招子也在这个时候出手了，结果雷被中招了——他被"软禁"了起来。

然而，刘迁还是小看了雷被的本事，雷被成功越狱脱逃。雷被死里逃生后，没有再选择沉默，而是立马赶到长安，向汉武帝告了状。

刘安听说后，心中大骇，以为自己谋反的事情暴露了，便要立马举事，把目光对准了汉武帝的皇位。

然而，汉武帝只是派中尉（相当于司法部副部长）段宏来淮南调查太子阻拦雷被参加"敢死队"一事，其他的事一概不问。这让正准备狗急跳墙的刘安心里稍感安慰。最后虽然调查的结果属实，但汉武帝并没有按照汉朝法律判处刘迁死刑，而只是削了淮南两个县作为惩罚。

刘迁在后院放的这把火，把刘安惊出了一身冷汗。随后，他的孙子刘建的第二把火，直接把他推向了无底的万丈深渊。

刘建放火的原因是为了替父亲刘不害泄恨。如果说刘迁是刘安最宠爱的儿子，那么刘不害就是刘安最不宠爱、最不喜欢的儿子了。刘府上上下下都不把刘不害当人看，太子刘迁对刘不害更是到了苛刻残酷的地步，处处打压，处处排斥，把刘不害逼入了无处容身的境地。

本是同根生，相煎何太急。愤怒的刘建没有像他父亲那样选择逆来顺受，而是选择了大义灭亲。他上京检举了刘迁曾阴谋诛杀朝廷派来调查雷被一案的中尉段宏一事。

原来雷被上京告状后，刘安以为自己举义的事败露了，便和太子刘迁密谋杀死前来调查的中尉段宏。不料段宏只是就事论事地调查刘迁和雷被之事，并没有涉及其他事情，刘安也就临时放弃了"暗杀令"。段宏在刀架上走了一圈却浑然不知，真可谓福大命大。

一石激起千层浪，刘建的检举和告发，引起了以汉武帝为首的汉朝廷中央政府的高度重视。于是，当时身为廷尉（相当于司法部部长）的张汤上场了，负责调查此事。

迫于形势的压力，刘安再次准备将造反行动提前。当然，也许是为了使自己获得信心，总之，他没有调兵遣将，拉拢有识之士入伙，反而是去制造皇帝的玉玺、符节等东西。在他看来，皇位只等他那一声"我要造反"的令下便唾手可得。

然而，事实证明，刘安的如意算盘打错了。廷尉张汤如天神般到来，打了他一个措手不及，并且直接给刘安开了一个罚单：把太子刘迁交出来。

交还是不交，对刘安来说这是个问题。把太子刘迁交给他们，等于把自己也交出去了；不交吧，如何向廷尉、向朝廷、向汉武帝交代呢？

眼看刘安犹豫不决，太子刘迁来了个舍生取义，企图挥剑自刎。前面大家已经对刘迁的剑法有所了解了，这一次，他的剑自然也没有刺进自己的脖子。

太子的"自杀"把刘安逼上了绝路，他知道再也不能等了。于是，来了个两步走。第一步，刘安派了一些亡命剑客到朝廷。当然，他们不是去行刺汉武帝的，而是伺机对此时已威震朝野的卫青动手的。刘安觉得只要干掉了卫青，中央军队就会群龙无首，到时候便可不攻自败。第二步，刘安计划等他弟弟刘赐的兵一到，就联合起兵直指长安，目标只有一个，汉武帝的皇位。

然而，刘安没有等来刘赐的大军，却等来了朝廷派来的大军。

原来，刘安拒不交出太子，张汤并没有灰溜溜地打道回府，请汉武帝定夺，而是在"内应"刘建的帮助下，来了个夜间强行抓人。刘迁还没弄清楚怎么回事就被带走了。随同刘迁被带走的还有玉玺、符节等造反用品。

至此，刘安造反的阴谋完全败露。张汤马上派人连夜进京向汉武帝进行了汇报。汉武帝得到了铁证如山的证据，没有再对这位敬重的叔叔手下留情，马上对刘安下达了"逮捕令"。

当汉军把刘安府团团围住时，刘安还在做白日梦，以为是弟弟刘赐带兵来支援了。等他明白是怎么回事时，已是穷途末路，追悔莫及了。不成功便成仁，最终，刘安选择了自我了断。

张汤本着一网打尽的办事风格，将太子刘迁和参与造反的同谋统统处以极刑。就连和这件事沾上一点边的人，也都入狱等候发落。由此可见，张汤办事之严酷可不是浪得虚名的。

刘安在造反时，一直苦苦等待刘赐的到来，但他等得"头儿也落了"也没有等来自己的弟弟。究其原因，不是刘赐在造反的关键时刻来了个悬崖勒马，回头是岸，而是被家事拖住抽不开身。

诸侯王的家事无非是妻妾那点事。刘赐的王后叫乘舒，生有二子一女。长子名叫刘爽，次子名叫刘孝，小女名叫刘无采。按照立长原则，刘爽自然被刘赐立为太子。然而，乘舒红颜薄命，刘爽被立为太子没多久，便病逝了。随后，刘赐的宠姬徐来继为王后。

刘爽被立为太子，衡山国上上下下都服，唯独有一人不服。这个人就是刘赐的另一位宠妾厥姬。厥姬也生有一子，名叫刘广，她因为不是刘赐的正室，没能继承王后之位，但她却想把自己的儿子弄上太子的宝座。

然而，厥姬的儿子毕竟年幼，要刘赐来个"废长立幼"，于情于理于法都说不过去。于是，她冥思苦想，计上心来，想出个一石二鸟的计来。

值得一提的是，徐来和汉武帝金屋藏娇的皇后陈阿娇一样，迟迟不能生育。乘舒病逝后，她便收养了乘舒的小儿子刘孝为义子。厥姬想出的这条计是反间计，说白了就是利用刘爽和刘孝兄弟互相残杀，等两败俱伤后，把自己的儿子顺理成章地推向太子的宝座。

厥姬找准了行动的目标和方向后，对太子刘爽说："你的母亲是被徐来暗中设计害死的。"

只一句话就足够了。接下来，厥姬就可以坐山观虎斗，坐收渔翁之利了。事实证明，刘爽明显头脑简单、四肢发达。他对厥姬的话不但深信不疑，而且还与徐来来了个公开的反目成仇。

面对太子刘爽的横眉冷目和处处抬杠，徐来便产生了让刘孝取代刘爽成为太子的想法。

接下来，徐来和刘孝联手对刘爽展开了强大的攻势，最后刘爽的妹妹刘无采也倒向徐来一伙，从而构成了强大的后宫"铁三角"。

刘爽的"独角兽"和徐来的"铁三角"相比，实力明显不足。面对不断的风言风语，刘赐对太子刘爽开始不爽，最后大有水火不相容之势。

很快，刘爽失宠，刘孝得宠，刘广依旧榜上无名。厥姬为此进行了百折不挠的煽风点火，加快了两虎相斗的进程。

刘爽对战刘孝，因为刘孝占据天时、地利、人和，最终刘爽体会到了当年刘荣的切肤之痛，不但失去了太子之位，而且还锒铛入狱。

刘赐终于处理好了家事，满以为可以安心带兵和刘安去干大事业了，然而，此时却传来刘安造反未遂自杀身亡的消息。刘赐一惊，马上由磨刀霍霍变成安分守己，满以为好兄弟刘安没有出卖自己，这件事就此打住了。

然而，树欲静而风不止。刘赐很快就体会到了寒意。刮起寒风的正是被他关在狱中的儿子刘爽。

刘爽遭遇到这么大的打击，于是狗急跳墙，暗中派自己的心腹到长安向汉武帝告密。不过，他和刘安的孙子刘建一样，也还算是个有良心的人，冤有头债有主，他告的也仅仅是刘孝谋反。

随后，汉武帝的处理方式和对刘安的一模一样，派廷尉张汤亲自调查取证。张汤打了刘孝一个措手不及，成功将他捉拿归案。

接下来，张汤对刘孝进行了突击审讯。经不起严刑拷打的刘孝对刘赐造反之事供认不讳。在铁证如山面前，刘赐重走刘安的老路，以自刎的方式结束了自己的一生。随后，刘爽、刘孝、徐来、厥姬及凡是参与或受牵连的都被斩首示众。

值得一提的是，刘爽想以自我揭发的方式使自己爽起来，最终却人头落地，把自己都赔了进去。厥姬机关算尽，最终也丢了性命。

值得再提的是，淮南国和衡山国因为造反造成了很多不良的后果。于是，汉武帝以"解散"的方式宣布这两个封国的使命到此结束。

至此，刘安和刘赐联合造反一事告一段落。

汉武帝刚刚把刘安和刘赐的事搞定，还没来得及松一口气，江都王刘建（请注意，此刘建并非刘安的孙子刘建）又制造出了新麻烦。

刘建是一个有"前科"的人，据说犯了乱伦罪。他不但和父亲的宠姬通奸，而且还和自己的亲妹妹有一腿。事情败露后，刘建被缉拿归案。事实证明，刘建就是刘建，封地虽然不大不小，但却福大命也大。在他满以为要吃不了兜着走时，事情却突然来了个峰回路转，他等来的不是宣判书，而是赦免书。

前面已经说过，卫子夫为汉武帝生了第一个儿子后，汉武帝高兴之下，赦免了天下所有犯人，以示皇恩浩荡，而刘建正好赶上了这个美好的时候。

刘建在长安城里"潇洒走一回"后，不但没有改掉劣习，反而变本加厉。除了荒淫外，他还对宫女们进行疯狂的折磨，打死打伤的宫女嫔妃数不胜数。

好在刘建虽然后宫那些事儿不断，但也没有人敢去告发他。然而，刘安和刘赐的死却给了他一次极大的打击，后遗症是他时时担心汉武帝来取自己的脑袋，到最后甚至发展到"梦中蓦然回首，汉武帝总在灯火阑珊处……"

为了治好后遗症，刘建把女巫师请上了台。想必大家都还记得，当年陈阿娇就是因为请女巫上台，想用厌胜之术"厌死"情敌卫子夫，结果却以"厌败"告终。

总之，走了陈阿娇当年的老路，结果也是如出一辙，后知后觉的刘建花重金请来了女巫，非但没有把汉武帝给"厌死"，反而搭上了自己的性命。

最后，刘建也没有劳刽子手们动手。他和刘安、刘赐一样，也是以自刎的方式结束了一生。

刘建死后，汉武帝本着一视同仁的原则，废了江都国的封号。那些被废的国都以"郡"重新命名，直接归中央政府管辖。说白了就是将这些原本享有特权的"特区"转化为了"直辖"。

汉武帝用实际行动，一手打造了汉朝自开国以来至高无上的皇权体制。

第九章

千里江山图

开拓丝绸之路

　　"朝内之乱"暂告一段落，刘彻又再次聚焦边疆问题。话说卫青和霍去病联手重创匈奴后，匈奴的内部矛盾进一步激化。从此，强大无比的匈奴四分五裂，硬生生地解体了。汉武帝终于可以长长地舒一口气了，大汉王朝迎来了和平安定的时代。

　　但是，汉武帝没有小富即安，而是居安思危，为了防患于未然，不让这个可怕的对手有东山再起的机会，他决定走联合的路线，说白了就是团结一切可以团结的力量，孤立匈奴，以解除后顾之忧。

　　的确，在和匈奴大小十余次的军事对战中，汉武帝已深深地体会到这个对手的强大。虽说这个对手暂时被自己打败，但不管怎么说，他依然尊重这个对手，因为他明白这个对手只要有一口气在，就不会倒下。也正是因为这样，被汉武帝贬为"布衣"的张骞又浮出水面，有了再次展示才华的机会。

　　元鼎二年（公元前115年），张骞被封为中郎将，踏上去西域之路，开始了他人生中的第二次"西游"。

　　相对第一次"西游"的寒碜，这一次队伍明显阔绰许多：三百随从当"护路使者"，六百匹马当运输主力，数万头牛羊外加无数钱财布帛当礼物。

张骞第一次"西游"的主要目的地是大月氏，这一次的主要目的地是乌孙国（今新疆温宿县以北、伊宁县以南的地区），原因有二：

第一，乌孙国是西域的"大哥大"。乌孙国最开始是一个小国，还被大月氏给灭了国。乌孙人只好败走匈奴，在匈奴的庇护下，乌孙国一天比一天强大，一天比一天富有。乌孙的首领被称为昆莫（又称昆弥），在这一代昆莫猎骄靡的带领下，乌孙人成功打败大月氏，重新夺回了自己的国土。卧薪尝胆加上励精图治，众志成城加上锐意进取，乌孙国很快取得了长足发展，无论国土面积还是国家实力都在西域成了当仁不让的"大哥大"。因此，联合乌孙，对稳定整个西域很有帮助。

第二，乌孙国是匈奴的心头恨。乌孙在大力发展的同时，匈奴却接连被汉朝的"双子星座"卫青和霍去病打得落花流水。此消彼长，两国关系发生了微妙变化。最后，乌孙从匈奴当中分离出来，实施了"三不"政策：不纳贡、不称臣、不相边。面对乌孙的忘恩负义，匈奴人很是恼火。于是，派兵进行了征伐，企图以武力让他们屈服。结果接连几次非但没有取得胜利，反而损兵折将。这时候，匈奴和汉朝正在进行如火如荼的交锋，因此，只好对乌孙采取了"冷处理"——放任自流。因此，联合乌孙，对打压匈奴极具战略意义。

然而，理想是丰满的，现实却是骨感的。因为匈奴的整体远迁，这一次张骞风雨无阻地来到乌孙国。他原本以为这次取得"真经"便可以回国复命了，然而，事情远非这么简单。

见到乌孙昆莫，张骞马上攻心，献上带来的金银绸缎等礼品，而张骞提出的唯一要求，是请乌孙搬家，向东搬移到浑邪王旧地（今河西走廊一带）去。

张骞的目的很明显，只要乌孙搬到那里，就等于填补了汉朝和匈奴之间的"真空地带"，使大汉多了一道天然保护屏障。

有朋自远方来，不亦乐乎！乌孙昆莫猎骄靡首先对张骞等汉使的到来表示热烈的欢迎，然后笑纳了张骞的礼品，最后表示容他考虑再做答复。

其实，猎骄靡之所以没能做到当机立断，而是犹豫不决，原因有三：

第一，对内，他有难言之隐。难从何来，隐从何去？这都是立储惹的祸。猎骄靡有十多个儿子，长子被立为太子后，福大命不大，因为突如其来的"疾病"英年早逝了。太子在临死前哀求猎骄靡一定要让他的儿子岑陬（官名）军须靡做太子，不能让别人取而代之。人之将死，其言也善。面对这样的亲情牌，猎骄靡只好哀而许之。这样一来，猎骄靡的二儿子大禄就不乐意了，猎骄靡在立长子为太子时，他被立为"诸侯王"，在乌孙有属于自己的一亩三分田，并且还拥有一万军马的指挥权。眼看太子归西，按照"轮序"的原则，应该是他继承太子之位才对。因此，极为不满的他唆使自己的兄弟们准备谋反。猎骄靡听到风声后，为了安全起见，不敢直接把军须靡推上太子之位，而是给了他一万人马，划了块地盘给他，暂时也让他当了一个"诸侯王"。这样一来，原本强大的乌孙名义上还是猎骄靡的天下，实际上却一分为三，呈三足鼎立的态势。因此，在举国搬迁这样的大事上，他并没有一锤定音权，因为大禄和军须靡都拥有一票否决权。

第二，对外，他是井底之蛙。当时的交通条件、信息设备都相当落后。乌孙国除了跟相近的邻国打交道外，对强大的汉朝居然闻所未闻。汉朝在哪儿，究竟有多大，国家状况如何，乌孙人都是一无所知。不知根不知底，我怎么就能听你的举国搬迁？这里面未知的因素太多，未知的风险太大。

第三，对己，他已心满意足。安安稳稳地过了这么多年，安居乐业这么长时间，猎骄靡早已满足于现状，不想再冒险，不想再生是非，不想再招来风波。

　　张骞原本以为这样的考虑也只是走过场而已，哪里会料到猎骄靡考虑来考虑去，最后还召集了朝中大臣商议，但结果仍悬而未决。

　　一万年太久，只争朝夕。就在猎骄靡进行"长考虑"时，张骞也没有闲着，他派副手分别出使大宛、康居、大夏、安息、大月氏、身毒等国。

　　朝思暮念夜成空，猎骄靡考虑来考虑去，最后不想再做"犹豫大王"。于是，他决定派使者回访汉朝，一来出于礼貌，毕竟来而无往非礼也，二来也想一探虚实，汉朝强不强大，是骡子是马一看便知。

　　出于回报心理，猎骄靡精心挑选了十多匹上等良马作为谢礼送给汉武帝。而汉武帝一生最大的嗜好就是马。这十多匹绝世好马让原本就爱马如命的汉武帝爱不释手。对此，他做了两件事，一是重赏乌孙使者，二是封张骞为大行令。

　　使者把汉朝的强大转告给了猎骄靡，然而，猎骄靡还是拿不定主意。他知道汉朝强大，但强大又如何？远水解不了近渴，他最终还是不敢签下盟约，和匈奴彻底决裂，但他答应双边进行贸易来往，只谈经济不谈政治。

　　虽然张骞未说服猎骄靡举国搬迁，然而，张骞的努力并没有白费，他的出访增强了大汉与西域各国的交流和沟通，影响是深远的。

　　随后，汉朝和西域各国交流日益频繁，西域的良马是汉武帝所垂涎的，而汉朝的金银珠宝、丝绸字画等奇珍异品亦是西域各国人所渴望的。特别是汉朝的丝绸"纤细如蛛丝，灿烂若云霞，色泽之鲜艳可爱赛过野花"，被西域人视为"神品"。从此，汉朝的丝绸从长安开始，经过甘肃的河西走廊，穿过塔里木盆地，越过帕米尔高原，直抵西域各国，再往西就经过中亚和西亚，到达欧洲的地中海。这就是闻名世界的"丝绸之路"。

　　而丝绸之路的开拓者张骞，却因为疲劳过度，于元鼎三年（公元前114年），也就是第二次西游的第二年，离开了人世，结束了其光辉的一生。

但是，张骞一生的努力没有白费，他两次西游的壮举和丰功伟绩永载史册，在历史长河中树立了一座丰碑。赵翼在《廿二史札记》中赞曰："**自汉武击匈奴，通西域，徼外诸国，无不慑汉威。**"

何以解忧

　　乌孙猎骄靡没有答应和汉朝结盟的请求，他的好日子很快就到头了，接踵而来的是紧日子。原来，匈奴人发现了乌孙与汉朝交往的事，为了防止乌孙"出轨"，匈奴人决定再次派兵对乌孙实施军事打击。山雨欲来风满楼，面对匈奴的咄咄逼人，猎骄靡和大禄、军须靡三人很快达成了一致：和汉朝结盟。

　　乌孙使者带着猎骄靡的意愿快马加鞭地奔向大汉，请求和亲，结为百年之好。

　　汉武帝这一次还是发挥一贯作风，举行了一次朝议。大臣们一致表示同意和亲，唯一的条件就是为了显示和亲的诚意，乌孙国必须先下聘礼，汉朝才能把公主嫁过去，两方结为百年之好。汉武帝采纳了众臣智慧的结晶。于是，乌孙使者马上回乌孙国转达了汉朝的意愿。

　　元封三年（公元前108年），也就是张骞第二次"西游"到达乌孙国的第七个年头，猎骄靡送上了几十匹绝世良驹作为聘礼，正式迎娶汉朝的公主，两国结为百年之好。

　　江都王刘建之女刘细君有幸成了这次联姻的女主角。刘细君虽然生在皇室宗亲之家，但并不幸福，原因是她出生不久，灾难便降临了。汉武帝元狩二年（公元前121年），刘细君的父亲刘建因为"谋反"未遂而畏罪自杀，她的母亲因受牵连也被砍了头，而刘细君因为年幼幸免一死。从此她便有了双重身份：一是无依无靠的孤儿，二是陷入宫中的"布衣"。

此次汉武帝通过"海选"选定刘细君，显然是想让她解脱。为了显示对自家公主的厚爱，对和平的重视，对乌孙王猎骄靡的礼貌，汉武帝送上了丰盛的嫁妆，不仅有锦衣华车，还有数百名宦官侍从。

有这样的厚礼，刘细君的出嫁着实风光。然而，风光的背后却是辛酸与无奈，原因是这不是一场平等的婚姻，而是一场政治婚姻。政治婚姻说得再直白点就是买卖婚姻。因为有了物质、有了利益、有了交易、有了权力隐藏其中，注定这是一场悲剧。

刘细君很快体会到了什么叫悲喜两重天。

她喜的是汉武帝对这桩婚事很重视，丰盛的嫁妆让她的虚荣心得到了极大的满足。而且，乌孙国王对她这位貌美如花的公主宠爱不已，立马封为右夫人。

她悲的是自己嫁给的乌孙国王是个花心之人。猎骄靡贵为一国之主，拥有众多妃嫔原本天经地义，但她刚一过门，猎骄靡马上又娶了一个"大老婆"，这让她心寒、心碎、心痛。

原来，就在汉朝和乌孙国大联姻、大结盟时，听到风声的匈奴人也没有闲着，他们也选了一位秀色可餐的公主，向猎骄靡提出了"和亲"的要求。

面对这样的桃花运，猎骄靡虽然心里诚惶诚恐，接也不是，不接也不是。但他最终还是不敢得罪匈奴人，于是，采取了来者不拒的政策，接纳了匈奴的公主，并且封为左夫人。

左为尊，右为卑，刘细君以后的日子可想而知。

既嫁之，则安之。虽然刘细君还要面临自己和猎骄靡年龄、语言、生活习惯上的巨大差异,但好在她是个深明大义的人,她牢记自己的使命,选择了忍气吞声。

这样的日子,尽管刘细君努力克制自己,试图改变自己,凡事逆来顺受,但她内心的孤寂、辛酸、无奈、不满却如野草般疯长,她时刻梦想着回中原,梦想着从前那种清贫却无拘无束的日子。心中的苦与痛无处诉说,她选择了孤芳自赏,消愁自遣,却不经意间展示出了自身的才华。

首先,刘细君展示出了吹拉弹唱的能力。夜深人静的时候,她总会抱起心爱的琵琶,唱起心爱的歌。

其次,刘细君展示出了吟风咏月的能力。独坐孤室的时候,她常常挥毫泼墨,吟诗作画,有她的《黄鹄歌》为证:

> 吾家嫁我兮天一方,
> 远托异国兮乌孙王。
> 穹庐为室兮旃为墙,
> 以肉为食兮酪为浆。
> 居常土思兮心内伤,
> 愿为黄鹄兮归故乡。

汉武帝听说后,对这位远嫁他国的侄女十分心疼。为了安抚她,汉武帝每年都派使者前往乌孙,一来嘘寒问暖,二来千里送去家乡的土特产。

但是,就算锦衣玉食又如何,能抚慰刘细君内心的伤痕吗?梦回中原是她内心一直不变的梦想。终于,她等的机会来了。

老迈的猎骄靡病逝,太子军须靡继承了乌孙昆莫之位。刘细君原本以为属于自己的春天终于来临,然而,乌孙国流传下来的传统习俗马上给她泼了一盆冷水。乌孙国国王继任者,不但继承王位,而且继承皇后。

也正是因为这样，刘细君理所当然地要转成军须靡的妻子。

刘细君原本就身在乌孙心在汉，此时面临这样有违汉规汉俗的"乱伦继承法"，她真的感到痛苦。痛定思痛，她还是决定自救——给汉武帝写了一封请求回国的书信。

汉武帝看了，字字如刀，割得他不好受。于私，他怎么忍心让侄女独自在他乡受这活罪，他也很想刘细君能早点回家。然而于公，他又不能这样做，毕竟一旦撤婚，汉朝和乌孙好不容易建立起来的和谐关系就会功亏一篑，付之一炬。

思虑良久，汉武帝给刘细君写了封回信，信中的内容概括起来就两层意思：入乡随俗，善莫大焉。匈奴未灭，"和"以为家。

信至，刘细君梦断，心死。她选择了顺从，选择了继续忍辱负重。她改嫁军须靡，并为他生了一个女儿。

黄粱梦断，心如死灰。不久，刘细君就一病不起，含恨而去。

随后，汉武帝为了稳住乌孙国，又把楚王刘戊的孙女刘解忧嫁给了军须靡。刘解忧和刘细君同病相怜。刘戊在七国叛乱中兵败身亡，幸免于难的刘解忧被降为"布衣公主"，最后也沦为和亲的"奴隶"。

身世相同，但刘解忧和刘细君的性格却大不相同。刘细君多愁善感，属于林黛玉那种梨花带雨型，而刘解忧天生乐观，属于史湘云那种豪迈奔放型。她嫁到乌孙后，任劳任怨、安居乐业，在军须靡死后，她改嫁给新上任的乌孙国王，也就是军须靡的堂弟翁归靡。刘解忧一连为翁归靡生了三个王子，得到翁归靡的万千宠爱。解忧公主果然名副其实，成了解忧的好公主。也正是因为这样，大汉与乌孙的关系一直向着友好的方向发展。

但是，不管怎么样，刘细君和刘解忧这两位柔弱的公主用纤细的肩膀架起了汉朝和乌孙走向和平的友谊之桥，功不可没，彪炳千秋。

太岁爷头上动土

汉朝和西域加强交流和贸易往来后，汉朝的丝绸一直是西域各国争相抢购的对象，而西域的良马也是汉武帝最看重的，其中就包括大宛的汗血宝马。

汗血宝马的皮肤很薄，所以跑起来一流汗，那汗水被皮肤下的血管一衬，给人以"流血"的错觉，故得此号。

汉武帝为了得到汗血宝马，每年派往大宛的使者一批接着一批，络绎不绝。按理说，汉朝这样大量收购大宛的宝马，可以增进汉朝同西域各国的贸易往来。然而，正在这时，西域有两个小国家却不安分地节外生枝，和汉朝闹翻了脸。

这吃了熊心豹子胆的两个国家是楼兰和姑师。他们之所以敢在太岁爷头上动土，原因有三。

第一，楼兰和姑师两国国小位重，正好处在通往西域的交通咽喉之地。每当汉使经过时，他们本着友好的态度都要提供吃住等免费服务。一开始他们还心甘情愿，但时间长了，就有意见了。因为汉朝的使者一批又一批，一茬又一茬，无穷无尽，这可让他们吃不消。

第二，张骞时期的汉使是汉朝最忠诚、最仁义、最和善的汉使，他们真正起到了"传播和平和文明"的作用。但是，随着大汉和西域各国经济贸易往来的增多，汉使也越来越多，素质也开始参差不齐，出使各国的不再是一些素质过硬、品德端正的人，而是多了一些道貌岸然、夸夸其谈的滥竽充数之辈。他们出使的目的不是为了国家、为了政治，而是为了自己。因此，他们到了西域各国干的不是和平交流的事，而是投机倒把、强买强卖的勾当。长此以往，西域各国对汉朝使者就有看法了，不再把他们当兄弟，而是当作土匪，唯恐避之不及，赶之不及。

第三，汉朝与西域之间微妙的关系，被躲在暗处的"第三只眼"——匈奴人看在了眼里，喜在了心里。于是，匈奴专门派人进行游说攻心。他们通过各种方式到处宣扬汉使的丑事，最后还向西域各国承诺：有困难，请直接找我们匈奴人，我们的联系方式是……

三管齐下，楼兰和姑师对汉朝的不满情绪终于爆发了，他们非但不再为汉使提供服务，而且还对他们烧杀抢劫。

楼兰和姑师的倒戈无疑像是平地起了一声惊雷，震得汉武帝惊愕不已，也令他怒不可遏。连楼兰和姑师这样的小国都敢公然和他大汉皇朝作对，这无论如何也是不允许的。更何况如果这两个小国摆不平，他派汉使到大宛抢购汗血宝马就只能是一个遥远的梦想了。

为此，汉武帝采取了惯用的对外政策：出兵楼兰和姑师！停息了近十年的战争重新打响，一场暴风骤雨即将到来。

这时候，汉武帝一手打造的"双子星座"卫青和霍去病都已经病逝了，他又重新打造了一对新人王：赵破奴和王恢，命他们率兵向楼兰和姑师进军。

楼兰和姑师哪里会料到汉军会不远千里从天而降，猝不及防之下，这两国很快就被摆平了。赵破奴和王恢这种杀鸡儆猴的举动，使得西域各国不敢再对汉朝有大不敬的举动。也正是因为这样，赵破奴和王恢班师回朝后，汉武帝对他们进行了重赏，封赵破奴为浞野侯，封王恢为浩侯。

搞定楼兰和姑师两国、赶走了匈奴后，汉朝和西域的贸易往来又得到了稳定发展。汉武帝以为自己可以随心所欲地得到想要的汗血宝马了，因此，大宛成了他重点扶植的对象。然而，这些汉使陋习又复发了，强买强卖，哪个不服就以大汉朝使臣的身份和地位来压制对方。也正是因为这样，大宛对汉使仍然很排斥。

汉使买不到马，回来就告诉汉武帝说大宛的宝马要价太高，他们无力购买。此时的汉武帝对汗血宝马已经到了狂爱的地步。为了得到它们，汉武帝派特使带着一座用黄金打造的马匹雕像出使大宛。此番用意很明显，以金马换你们的汗血宝马，这样你们总算不吃亏了吧？

特使满以为这次去大宛一定会马到成功。然而，事情的发展却出乎他的意料，大宛国王毋寡拒绝了汉朝以金马换汗血宝马的请求，原因有三：

第一，物以稀为贵。汗血宝马是大宛的国宝，不能轻易卖给汉朝。

第二，有恃无恐。汉朝虽然强大，但远隔千山万水，中间又有戈壁沙漠，山高皇帝远，掀不起什么大浪。

第三，心有忌惮。大宛国在西域好歹也算是一个大国，和匈奴若即若离，有着千丝万缕的联系。如果大宛和汉朝牵手联盟，那么，也意味着和匈奴反目成仇。

因此，大宛不愿意拿出自己的国宝献给汉朝。

大汉特使万万没想到，这个弹丸小国竟敢如此无礼。他一怒之下，做了三个举动。

一是骂，大骂，使劲骂，把大宛国王骂了个狗血淋头。

二是砸，打砸，使劲砸，把金马砸得稀巴烂。

三是走，奔走，大步走，拔腿就撤。

面对汉使的大不敬，大无礼，毋寡火冒三丈，怒不可遏。我的地盘我做主，岂容他人撒野。他立即下令派人通知驻守边境的郁成王，拦截汉使。

郁成王很快奉命拦住了汉使，汉使一行人极力反抗，气得郁成王火冒三丈，怒不可遏。于是，来了个杀无赦。

听到这样赤裸裸的"劫杀案"，汉武帝也火冒三丈，怒不可遏。"目中无人，欺人太甚！"汉武帝大怒道，"即日起兵，踏平大宛！"

太初元年（公元前104年），汉武帝任命李广利为贰师将军，率领六千人马和各郡国囚徒恶少共两万人远征大宛。

李广利，中山（今河北省定州）人，他之所以能做这次军事行动的主帅，原因有二：

第一，于公来说，是形势的需要。卫青和霍去病这两大军事天才逝世后，汉武帝只能重用新人担挑军事重任。这无形中给了李广利机会。

第二，于私来说，是欲望的需要。李广利不是一般的人，他也是外戚，他的妹妹李夫人是汉武帝继卫子夫之后最宠爱的妃子。这是李广利发迹的敲门砖。

为了方便读者了解个中内幕，这里不妨先插播一段，讲一讲让汉武帝为之痴狂的李夫人其人其事吧。

李夫人的发迹很经典，跟卫子夫有异曲同工之妙。她用实际行动说明了包装也是一项技术活。

西汉前期的皇后皇妃很多都出身卑贱。汉文帝的母亲薄太后是私生女；汉景帝的母亲窦太后是选秀入宫的民间女子；汉武帝的母亲王太后也出身平民，而且，入宫之前就已经嫁人生子；汉武帝的第二任皇后卫子夫，原本是平阳公主家的歌女。李夫人的出身比卫子夫更低，她是个娼女。

古时候的"娼"和"妓"的含义与现在的不尽相同，娼女只卖艺不卖身。

李夫人的长项是跳舞，而且长得明眸皓齿，十分养眼。但是，汉皇宫里美女如云，想入皇帝法眼可不容易。

红颜易老，难道要等到空悲切吗？怎么办？有道是，朝中无人莫做官。李夫人很幸运，她有个好哥哥李延年。

李延年是个才子，吟诗作画、吹拉弹唱样样精通，是个实力派音乐人。他在宫中供职，直接为皇帝服务。李延年利用职务之便，替他妹妹做起了广告。广告词是这样写的："北方有佳人，绝世而独立，一顾倾人城，再顾倾人国。宁不知倾城与倾国，佳人难再得。"

此时卫子夫年老，王夫人早死，汉武帝想再求绝色佳人以慰床第之欢，可是一直不能如愿。现在听到李延年的歌词，他心中潜藏已久的心事被触动，不禁叹息说："这是梦境中的诗情爱意吧，世间哪有这样的美人呢？"

李延年一听这话有苗头，赶紧向身边的平阳公主使眼色求助。

作为汉武帝一母同胞的姐姐，她十分清楚弟弟对女人的喜好。平阳公主府上豢养了众多美女，目的是不断给汉武帝的后宫输送新鲜血液。岁月只对那些长得好看的人无情，而那些不好看的，岁月一直都无能为力。卫皇后便是被岁月无情"眷顾"的人，这时候的她早已年老色衰。因此，给汉武帝送新宠成了平阳公主的当务之急。

此时，她和李延年唱双簧。李延年设下局后，汉武帝开始往里钻，而平阳公主马上挺身而出来破局，接口道："陛下有所不知，延年的小妹，就是这样一位倾国倾城的绝世佳人。"

汉武帝心中一动，二话不说立马下旨召李氏入宫。不久，李延年将其妹引入。汉武帝一看，此女果真有沉鱼落雁之姿，闭月羞花之貌，更重要的是她还能歌善舞。

汉武帝心中欢喜，二话不说就纳李氏为贵妃。从此，他的万千宠爱从卫子夫身上转移到了李夫人身上。李夫人的肚子也争气，不久便怀了孕，生下一个白白胖胖的儿子。汉武帝封他为昌邑王。

自从汉武帝专宠李夫人后，后宫众佳丽无不艳羡嫉妒。一天，汉武帝去李夫人宫中，忽然觉得头痒，于是用李夫人的玉簪搔头。这件事传到后宫后，人人都学李夫人的样子，在头上插了玉簪，一时长安玉价暴涨。

都说红颜命薄，这话果然不假。李夫人入宫只短短几年，却不幸染病在身，不久便病入膏肓，直至卧床不起。汉武帝难过不已，经常去看望她。

按理说，病中的李夫人应该高兴才对，然而，汉武帝来时，李夫人却"以被覆面"，拒不相见，理由是她已经病了很久了，容貌变得相当丑陋，实在难以面见皇上。

隔着被子，李夫人恳求道："我只有一事请求皇上，请皇上好好照顾我的儿子昌邑王及我的兄弟。"

汉武帝怜悯道："夫人病得这么严重，恐怕难以治愈了，你为何不当着我的面提出你的请求。"

李夫人答道："女人不修饰好自己的容貌形体，是不能面见夫君、父辈的，妾不敢以丑陋的容貌来面见皇上。"

汉武帝道："夫人只要肯见我，我就赏赐你千金，并封赏给你兄弟高官厚禄。"

李夫人道："封不封高官在于皇上您，并不一定要见我的容貌呀。"

眼看汉武帝很执着，被逼急了的李夫人便侧身向着里床嘤嘤哭泣起来。最后，吃了"闭门羹"的汉武帝被弄得一点面子没有，只好离去。

李夫人的姐姐知道这件事后责备她说："你怎么可以不面见皇上而嘱托兄弟之事呢，如此是何等无礼呀！"

李夫人说："不见皇上的面而请求他照应我的兄弟，才更牢靠呀。我是因为美丽的容貌才受宠于皇上，容貌一旦变丑，皇上的宠爱也就变淡了。宠爱变淡，恩爱也就断绝了。皇上之所以恋恋不舍，关怀照顾我，是因为我平日里姣好的容貌。他如果见我容貌已损，不如往昔，一定会厌恶我、唾弃我。到我死后，他还肯提拔我的兄弟，关照我的儿子吗？"

不久，李夫人去世。事情的结局果然不出李夫人所料。李夫人拒见汉武帝，非但没有激怒他，反而激起他无限的痛苦。汉武帝不仅下令以皇后之礼安葬李夫人，还命画师将她生前的形象画下来挂在甘泉宫，日也看，夜也瞧，无限思念尽在心头。

以色事人者，必以青春与美丽，还有血泪为代价，直到"色衰而爱弛，爱弛则恩绝"。古往今来，这就是大部分后宫佳人们的悲惨命运。从这一点来看，李夫人无疑做到了最好。

李夫人死了，汉武帝一边悲伤着，一边做了两件事。

第一件事，吟诗作画缅怀李夫人。汉武帝写出了《落叶哀蝉曲》："罗袂兮无声，玉墀兮尘生。虚房冷而寂寞，落叶依于重扃。望彼美之女兮，安得感余心之未宁？"

第二件事，提封李夫人的亲人。在这次对大宛的征战中，汉武帝封李夫人的弟弟李广利为贰师将军。

该给的机会汉武帝都给了。接下来，就要看李广利自己的表现了。

躲进城楼成一统

李广利率大军出征时，正值收获的季节。然而，天有不测风云，这一年关东发生了罕见的大蝗灾。集结到敦煌的大军没有得到充足的粮草，就匆匆忙忙踏上了征程，就此埋下了安全隐患。

由于缺少军粮，汉军只能沿途向西域各国筹集。筹集，说得好听点是借，说得不好听点就是强索。但凡拒绝交粮的，一律视为大宛的盟国，李广利将率军破其城，灭其族。

拒不交粮的，能攻下来就有饭吃，攻不下来就没有饭吃。汉军又不愿过多地被这些小国牵绊，所以，粮食问题一直没有得到根本的解决。

如此走走停停，李广利率兵到达大宛边界的时候，已经是初冬时节。由于水土不服，粮食匮乏，汉朝大军一路跋涉到大漠荒滩时，饿死、病死、被沙漠吞没的人不计其数，两万大军损失了一大半，马匹也伤亡殆尽。士兵们一个个面黄肌瘦，像从地狱里逃出来一般，但他们总算看到了大宛的都城。

郁成王杀了大汉特使后，早已做好了迎接汉军报复的准备。此时面对阵容不整的汉军，他立即下令开打。

然而，仗才刚打起来，郁成王就后悔了。他没想到，这一群貌似叫花子的军队，居然比他们这些养精蓄锐，占据天时、地利、人和的军队更勇猛、更强悍。他哪里想到，汉军此时身无立足之地，又没有粮食吃，不拼命拿下郁成城就没有活路了。

最后，郁成军怕了这一群不要命的叫花子，丢盔弃甲地躲进了城里。

汉军并没有就此善罢甘休，对郁成城进行了围攻。面对汉军一浪高过一浪的攻击，面对这一群上刀山下火海都不怕的拼命三郎，面对震耳欲聋的劝降声，已陷入十面埋伏的郁成王几乎绝望了。他想逃跑没门，想自杀又没有这个勇气，想投降又没有这个胆量。

正当他想来想去时，汉军却突然不攻自乱了。郁成王揉了揉自己的眼睛，才发现大宛骑兵在国王毋寡的带领下雄赳赳气昂昂地杀来了。汉军本来孤注一掷地围城就是为了赌一把，赌在大宛军队来之前能拿下郁成城，拥有一块立足之地，然后与大宛对抗就有资本了。

然而，毋寡的及时到来让汉军的宏愿刹那间灰飞烟灭，腹背受敌的汉军只能溃逃。于是，当李广利逃回敦煌时差不多已成了光杆司令，去时浩浩荡荡数万人，此时只剩下数千人了。看样子这仗是没法打了，只能先班师回朝再说。班师之前，李广利写了一封信给汉武帝，说明了撤兵的理由。

接到信笺，汉武帝怒发冲冠，马上回了这样一道命令："凡擅自入关者杀无赦。"

接到命令，李广利冷汗直流，马上在玉门关驻扎下来。如今他退也不是，进也不是，只能先停下来观望。

屋漏偏逢连夜雨，正在这个关键的时刻，又一个不好的消息传到了汉武帝的耳朵里，那就是浞野侯赵破奴率领的两万北伐军被匈奴大军来了个"十面埋伏"，结果一败涂地。朝中大臣们纷纷站出来替汉武帝分忧，提出了准许李广利撤军，一心一意对付匈奴的建议。

这一次，汉武帝再次发挥他独裁的作风，力排众议道："士可杀不可辱，不征服大宛，如何征服西域？不征服西域，如何彻底征服匈奴？"

接下来，汉武帝做了两件事。

第一件事，将主张停止西征大宛的邓光等大臣入狱、降职、停薪留职，以彻底刹住停战的舆论之风。

第二件事，把狱中的囚犯放出来，在全国范围内招募品行恶劣的地痞流氓，让他们支援李广利。

仅仅一年光景，李广利又变成了"富裕将军"，拥有财富如下：六万大军，十万头牛，三万匹马，数以万计的驴和骆驼，数以万计的民夫，五十个校尉，若干名水利专家。

事实证明，汉武帝这些准备没有白费，为第二次出征大宛的胜利加上了重要的砝码。

太初三年（公元前 102 年）夏天，李广利第二次西征大宛。此时已是今非昔比了，十多万大军，数万运送辎重的民夫，浩浩荡荡地在沙漠中行进，好像一股势不可挡的洪流。

当然，李广利吃一堑长一智，这次不再走楼兰这条老路了，而是绕道盐泽以北，来了个迂回战术，本意是打大宛一个措手不及。这次汉军西征声势浩大，沿途各小国无不臣服，纷纷打开城门，把汉军迎进城里，免费提供食宿，各项娱乐活动一个也不少。

然而，尽管如此，还是有一些不识时务的小国，非但没有为汉军的到来开绿灯，而且还大放侮辱之词。俗话说，枪打出头鸟，轮台国便是这样一只很不识时务的出头鸟。李广利一听小小的轮台竟敢公然跟汉军作对，心中很生气，后果很严重，下令血洗轮台。

于是，轮台国数万人口被屠戮殆尽。对于急着去找大宛复仇的李广利来说，任何小国的不敬都令他无法容忍。更重要的是，他这样血洗轮台，也是为了杀鸡儆猴，汉军想早点到达大宛，沿途各小国的支持是必不可少的。

果然，血洗轮台的消息一传十，十传百，很快在沿途各国传开来，各国无不又惊又恐，没有哪个小国再敢怠慢汉军。汉军一路顺风顺水，很快直抵郁成城下。

然而，期待复仇的李广利在这里并没有迎来他期待中的恶战。因为这郁成也和沿途其他各国一样城门大开，大有恭迎汉军到来之意。李广利这次没有直接进城，为了防止敌人的"空城计"，他特派了十多个探子去城里探听虚实。不到一盏茶的工夫，探子回报，这郁成的确是一座空城。

原来，郁成王得知汉军前来，早已率领部族逃离家园，迁往大宛了。李广利这次没有进城，而是放了一把愤怒的火，把郁成城烧了个灰飞烟灭。然后，他大手一挥，带领大军马不停蹄地朝大宛都城进军。

大宛被围得水泄不通，蜂拥而来的汉军黑压压一片望不到边。汉军每天从朝至暮，四面不断地攻城，冲击各个城门。城外的壕沟几乎塞满了汉军的尸体，城内的大宛人也已经筋疲力尽，他们无论男女老少全上了城头奋战。城在人在，城破人亡，唯有坚守才是唯一的出路。

一个强攻，一个死守，如此相持了数日，李广利朝那几个水利专家发话了："该你们上了。"

水利专家可不是吃素的，经过他们细致的查找，终于找出了大宛城的水道。大宛城内没有水井，吃水全靠从外面引河水。虽然开战前大宛人对水道做了巧妙的隐蔽，但还是逃不出水利专家的火眼金睛。在一个伸手不见五指的夜晚，汉军悄悄地切断了大宛城的水源。

行军打仗有两个必备要素：粮食和饮水。两者相辅相成，缺一不可。对于困守城内的人来说，缺水比缺粮更要命。大宛的王公贵族们首先坚持不住了，他们秘密找到李广利要求谈判，表示只要汉军退兵，他们愿意献出汗血宝马。李广利提出了自己的条件：必须先处死大宛国国王和郁成国国王。

大宛的王公贵族们为了自己活命，想也没想就答应了李广利的条件。牺牲两个人，成全所有人，毋寡、郁成王，对不起了，为了大宛的美好明天，只好委屈你们两个了。

第二天，毋寡和郁成王就被绑到了汉营，汉军在大宛城下将两人斩首。接着，李广利立了一个一向"亲汉"的大宛贵族昧蔡为大宛新国王，新国王昧蔡此后对大汉毕恭毕敬。后来死于国内政变，这是后话。

而李广利实现了完美的复仇后，便开始选马了。他精挑细选出几千匹汗血宝马，最后以胜利者的姿态，雄赳赳气昂昂地踏上了回乡之路。

汉朝对大宛的战争前后两次，历经四年。第二战过后，汉朝的威望达到了新的高点，几十年内西域诸国都不敢妄动。后世班超等出使西域，几个人、几匹马就能降伏一个国家，甚至汉朝的使节可以随时废立其国君，调发几国军队攻打敌对国。

汉武帝见汉军打败大宛，夺回了汗血宝马，心中怎一个喜字了得，马上做了两件事。

第一件事，封赏。

汉武帝封李广利为海西侯，随之出征的大将也都得到了丰厚的封赏，被封诸侯相、郡守、两千石级的官吏一百多人，一千石的官员一千多人，其余自愿出征的将士都得到了官爵和赏赐，所有的囚犯都无罪释放，恢复自由身，并且赏赐四万钱。总之一句话，皆大欢喜。

第二件事，吟诗。

汉武帝亲自撰写了《西极天马歌》："天马来兮从西极，经万里兮归有德。承灵威兮降外国，涉流沙兮四夷服。"

然而，汉武帝不会料到，就是这首诗，引发了他手下两大权臣之间的争斗，丞相公孙弘上演了对汲黯的第二轮攻击。

　　原来，汲黯听闻汉武帝的大作后，本着忠告的态度，马上向汉武帝说了这样一番话："**凡王者作乐，上以承祖宗，下以化兆民。今陛下得马，诗以为歌，协于宗庙，先帝百姓岂能知其音邪？**"（《史记·乐书》）意思就是说，自古王者写诗歌，上要继承祖业，下要感化百姓。如今陛下得到一匹马，就要作歌，还要把它作为祭祀先祖的歌，这是跟江山社稷和天下百姓毫不相干的事，九泉之下的先帝和天下百姓怎么能领悟到这歌词的含义，怎么能引起共鸣，怎么能恩泽惠及天下呢？

　　汉武帝兴致勃勃地作诗，结果被汲黯这当头冷水一浇，顿时兴致全无，默然不悦。

　　正在一边察言观色的公孙弘没有放过这样绝佳的一举击溃汲黯的机会，马上站出来，说道："**黯诽谤圣制，当族。**"（《史记·乐书》）

　　"当族"的意思就是说罪当灭族。公孙弘果然有备而来，一出手就要政敌汲黯的命，而且要他全家的命。这一招无中生有的落井下石之举确实了得，凶、残、狠。

　　好在汉武帝对公孙弘的挑拨无动于衷，继续选择了默然不悦，展示出了自己大度的一面。

官场联盟诞生记

汲黯接连受到公孙弘的打击，虽然最终都大难不死，但他没有选择忍气吞声，而是决定果断反击。考虑到公孙弘政治手腕过于老辣，为人过于圆滑，暂时没有把柄可抓，所以汲黯本着"剪其羽翼"的战略，马上把枪口对准了公孙弘的同伙——张汤。

考虑到自己一个人势单力薄，汲黯也找了一个帮手——朱买臣。

朱买臣也是当时朝中的一大红人。他之所以能红透半边天，缘于他那超级无敌的爱情故事——爱情买卖。

朱买臣，会稽郡吴县人，也属于大器晚成的人。他是一个胸有大志而不在乎贫穷的人，心理素质很好，不在乎别人的耻笑，可以一边砍柴，一边大声朗诵诗书。

朱买臣的妻子很反感丈夫的所作所为，每次和他一起回娘家的时候，都受到姊妹们的嘲笑和白眼。于是，极力劝朱买臣不要再那样放纵自己。

朱买臣没有听从妻子的话，反而更大声地朗读诗书，并且对妻子说："我命中注定到了五十岁发迹，现在我已经是不惑之年了，距离成功没有几年了，我知道你跟着我受了苦，等我成功以后，会好好地报答你对我的情义的。"

妻子听了，认为他又在痴人说梦，冷笑道："跟了你不饿死就是好事了，我哪里有穿金戴银、享荣华富贵的福气？我跟着你受够了邻舍的白眼，耳朵塞满了人家的冷嘲热讽。嫁汉嫁汉穿衣吃饭，我自从嫁了你可曾吃过饱饭？可曾穿过华衣？看人家衣食鲜活，我却为你蹉跎了岁月，你别提报答我的事情了，爱情和婚姻是要讲究实际的，是要落实到咱们生活中的每个细节里的。如果你真的爱我，报答我，就写封休书休了我吧。"

朱买臣听了，心里很难受，他知道妻子跟自己受苦了，有怨言是在所难免的。不过，眼看功名富贵已经在向自己招手了，朱买臣苦苦挽留妻子道："我曾经发过誓言，要一生一世地爱你，答应我，不要离开我，我们再熬几年吧。"

妻子却似早已铁了心，头摇得像拨浪鼓。原来她早已移情别恋，和邻村的木匠对上了眼。以她的妇人之见，认为木匠走南闯北，有手艺，衣食无忧。如此这般的丰衣足食对她来说已足矣。

于是乎，朱买臣越是想挽救这段婚姻，妻子就越是铁了心要离开他。朱买臣最终无奈，只好写了休书，与其说是"休妻"，不如说是"被妻羞"。

"不知羞"的妻子得了休书欢天喜地地走了，很快就和那个木匠生活在了一起，过起了优哉游哉的生活。

历史上很少有这样"休夫"的记载。根据史书，朱买臣的妻子之所以敢以一介农村妇女的身份，反其道而行之，挑战男人的底线，进行前无古人的"休夫"之举，只缘一个"羞"字。她长得不是羞花闭月，但却很怕羞。

我们无从判断在朱买臣生活的时代，一个男人在大街上疯疯癫癫地吟诗或唱歌究竟有多丢人，更无从知晓他的行为举止究竟会让他的结发妻子感到多么耻辱、多么丢人，但是正如俗话所说，人活一张脸，树活一层皮，你丢什么都行，就是不能丢人啊！朱买臣的妻子为其行为感到羞愧难当，选择投入别人的怀抱，即使朱买臣搬出富贵注定就要来临的天意加以诱惑，也不能阻挡其离开的步伐。

然而，世上的事就是这样，变化无常，无法预料。朱买臣的妻子走时是无怨无悔，但等她回过头再看来时的路时，很快就有怨有悔了。原因是朱买臣的努力没有白费，就在他"知天命"这一年，他终于等到了"天子的命令"，被汉武帝召到朝中做起了中大夫。

朱买臣在仕途上青云直上，但他并没有目空一切，他知道，他之所以能有今天，离不开在他最穷困潦倒时帮助和关心他的人。滴水之恩，当以涌泉相报，于是，他开始了报恩之旅。

首先，朱买臣想报答的就是他的"前妻"。

他派手下人把前妻和前妻的后夫接到他的"朱府"里，想让他们过上真正衣食无忧的富裕生活。

朱买臣之所以富贵之后仍然不忘这位前妻，是因为前妻狠心离开他后，也并非对他无情无义。史书中有这样一段记载：前妻离开他后，朱买臣仍然打柴唱歌，苦中作乐。有一次他在坟地里砍柴时，遇到了来上坟的前妻和她的后夫。前妻见朱买臣可怜，立即把他招呼过来吃喝一顿。这与南宋陆游沈园遇唐婉的"红酥手，黄縢酒"相比，别是一种滋味。早已饿得奄奄一息的朱买臣没有拒绝这个"嗟来之食"。他不动声色地吃完饭，对前妻的后夫说了声"谢谢"。也正是因为这件事，朱买臣发迹后，首先想到的便是对他们两个知恩图报。

朱买臣原本想帮前妻过上锦衣玉食的生活。然而，他万万没有想到，这反而害了前妻。前妻当年眼中的朱买臣是一块废弃了的"电池"，无法给自己供电，为了不"腐蚀"自己的生命，她寻找了新的"电池"——邻村的木匠。那木匠的确是块新的"电池"，使她光鲜了几年，但她着实没有想到朱买臣是一块可以长期使用的"充电电池"。覆水难收，朱买臣越是大度地想让她过上好日子，她就越感到"羞"。于是，已知羞的她来了个悬梁自尽，成了一代烈女。

后李白作《妾薄命》，不失为精辟的点评："雨落不上天，覆水难再收。君情与妾意，各自东西流。"

其次，朱买臣想报答的是一个叫严助的人。

饮水思源，朱买臣的命运之所以能改变，是因为得到了一个贵人的相助，这个人便是严助。

严助，会稽郡吴县人，严忌之子，本名庄助，《汉书》为避东汉明帝刘庄的讳，把庄助改为严助。汉武帝建元元年（公元前140年），严助走上仕途，因才华横溢，被汉武帝直升为中大夫。建元三年，东瓯告急，汉武帝派严助发兵会稽，浮海相救。建元六年，闽越王郢兵进南越，汉武帝再派严助带兵支援，不久便搞定了东南动乱的局势。随即，严助被封为会稽太守（后人称赞他为"会稽贤守"），后侍于内廷（相当于高级顾问）。

如果朱买臣没得到严助的举荐，恐怕他"五十当贵"的凤愿，永远都不可能实现了。

和东方朔一样，朱买臣是通过上书求官走上仕途的。朱买臣不治产业，鬻柴以给食，虽然时时保持着负薪讴歌的兴致，进京上书的盘缠仍然缺乏。于是，他趁着会稽郡年终上计的机会，以上计吏随卒的身份，吃着公粮，乘着公车进了长安。

朱买臣为了曾经的豪言壮语，努力地当临时工，顽强地等待天子垂青。他的努力没有白费，因为他终于等到了此生最重要的一位贵客。

这位贵客便是自己的老乡，严助严大人。《史记·酷吏列传》中记载，朱买臣得到严助举荐后，汉武帝马上召见了他。在面试中，朱买臣放开手脚，以滔滔不绝之势讲解了《春秋》和《楚辞》，直听得汉武帝惊为天人。

他大手一挥，朱买臣的人生从此就是另一片艳阳天了。朱买臣被封为中大夫，官位与严助平起平坐。

正是因为和严助的"他乡遇故知"，朱买臣才被汉武帝重用。所以，在朱买臣的心里，严助就如同衣食父母一般。

然而，朱买臣还来不及好好报答严助，严助就挥一挥衣袖，走了，到天国报到去了。

害死严助的人便是张汤。

张汤冷酷无情，他的成名之旅是和公孙弘合作，成名之作是颜异案。

元狩六年（公元前 117 年），汉武帝为防私铸钱币，进行了新一轮的货币改革，将铸币原料由铜改为银、锡以及稀有的白鹿皮。白鹿皮币做法看似简单，在一尺见方的白鹿皮的边边角角上绣上水草，但做工要求极精细，怎么绣，一针一线都有讲究。白鹿皮的主要用途有二：

第一，交易。既然是一种货币，你拿它买啥那是你自己的事，但白鹿皮面额四十万（通货膨胀造成的），显然是富贵人家的玩意儿，穷人家玩不起。

第二，礼遇。王侯宗亲来长安朝见皇帝时，必须用白鹿皮币垫着玉璧来行礼节。

此令一下，朝中的大司农（汉朝的九卿之一，相当于财政部部长）颜异站出来投反对票，理由同样有二：

第一，货币面额巨大，不利于流通，是不符合价值规律的空头货币。

第二，一块普通的玉才几千块钱，但白鹿皮却值四十万，用白鹿皮来当玉璧的垫子，真是本末颠倒，太不相称。

汉武帝一听，心中不满，面露不悦。

站在旁边的张汤一见，做法有二：一是立即将颜异抓捕入狱，二是立即宣判颜异死刑，罪名是腹诽。

"诽谤"原本是个中性词，就是"提意见"的意思，不少典籍里都说过舜或者禹等上古圣王广开言路，设置过"登闻之鼓"和"诽谤之木"，都是群众直接向统治者反映意见的东西。"诽谤之木"大概是个一人来高的木棍，上面插着一块木牌子，让人写意见用。后来，也许是统治者越来越重视大家的意见，把这东西越做越大、越做越高，最后做成了一根两三丈高的石头柱子，上边横着一个云朵一样的精美石雕。

张汤本来就和颜异有旧怨，此时落井下石也是自然。不过，他指出的所谓"腹诽"当真匪夷所思，他说颜异在批评朝政时"不应，微反唇"（无语，只动了下嘴皮），上告其"不入言而腹诽，论死"（虽然嘴上没有说不满之类的话，但心里却在说、在骂、在诽谤，应该处以死刑）。

欲加之罪，何患无辞？欲立之刑，何患无规？颜异便这样含冤而死。从此，张汤声名大振，其"刀笔吏"的大名迅速打开了市场。

总而言之，腹诽案可以说是千古奇冤，竟纯以猜度主观判定政治犯，其造成的直接恶果就是皇权专制，官民人人处于恐怖之中。

"自是之后，有腹诽之法比，而公卿大多谄谀取容矣。"腹诽被公然地搞成了能类推的罪名，打击伤害面太广，必然造成对社会的严重损害。"自造白金五铢钱后，赦吏民之坐盗铸金钱死者数十万人……犯者众，吏不能尽诛取"，以致民怨沸腾，怨声载道。"自公卿以下，至于庶人，咸指汤。"张汤到了万夫所指的地步，种种迹象表明，他的飞黄腾达也快到尽头了。

言归正传，这时候张汤之所以要对严助下毒手，是有原因的。

故事还得往前推，回到元狩元年（公元前122年）。当时的淮南王刘安、衡山王刘赐公然谋反。结果刘安和刘赐"自作孽，不可活"，兵败身亡后，受到牵连的还有一个朝中重量级的人物，这个人就是严助。

严助在处理地方问题的过程中，跟淮南王刘安成了好朋友。淮南王入朝的时候，还曾送过他厚礼，并聊过"悄悄话"。淮南王造反后，严助受到牵连，本来罪不至死，但张汤强烈要求处死他，理由是严助身为皇帝身边的亲信，跟诸侯王过从甚密，如果不杀他，难以服众。

眼看汉武帝还在犹豫，张汤一急之下，对汉武帝直言道："是身边的人重要，还是身下的位置重要？"

面对张汤的咄咄逼人，汉武帝最终含泪对只打了"擦边球"的严助下了砍头令。就这样，张汤以他的义正词严又除掉了一位朝中重量级政敌。

严助死了，朱买臣哭了。汲黯见了。赶紧投来了爱的橄榄枝。朱买臣对张汤恨之入骨，面对汲黯的"暗送秋波"，他选择结盟也就在情理之中了。

朱买臣不但入了汲黯的伙，而且还拉了同为长史的王朝和边通。于是，一个新的官场联盟诞生了。

就在汲黯的官场联盟多方搜集证据，准备和张汤进行一场艰苦卓绝的攻防战时，一个人的出现，点燃了这场政治斗争的导火线。

广川王刘彭祖是汉景帝与贾夫人之子。他本来好好地当一方之王，但就在这个节骨眼上，他上书了，一纸状告的人竟是张汤。罪名是"张汤和鲁谒居有不可告人的关系"。

事情是这样的，御史中丞（仅次于御史大夫的官职）李文曾经与张汤有过节，他心中怨恨。所以，常常不按张汤的指示办事，且处处跟他作对，抓他的小辫子，大有把张汤往死里整之意。

面对不识时务的李文，张汤没有选择逆来顺受，而是选择了反击。他指使心腹鲁谒居派人去告李文的状，随后之事出奇地顺利，李文落到张汤手里，张汤没有再给这个死对头任何申辩的机会，随便找了个借口就把李文送上了西天。后来汉武帝问起这件事，张汤隐瞒了鲁谒居的所为，说是他人告的状。最终，这个冤案在汉武帝的眼皮底下，竟来了个不了了之。

成功除掉李文后，张汤对鲁谒居感恩戴德。后来鲁谒居病了，张汤亲自去看望他，并且替他按脚捶背。这对一向清高自傲的张汤来说，真是猪八戒背媳妇——头一回。

俗话说，善有善报，恶有恶报。做了亏心事的鲁谒居不久就病了，还医治无效，撒手人寰。张汤原本以为鲁谒居这一走，将会死无对证，但他万万没有想到，鲁谒居弟弟的出现，又掀起了一场大风波。

世上的事就是这样，若要人不知，除非己莫为。鲁谒居不会知道，他死了，却牵连了弟弟，让弟弟成了替罪羔羊。

鲁谒居的弟弟被抓后，张汤急了，如果他招了，那么，自己这个主谋也脱不了干系。可以说，他们两个现在是同一条绳上的蚂蚱。于是，张汤四处活动，拉关系，只为把鲁谒居的弟弟救出来。

张汤办事向来谨慎，想暗中帮助鲁谒居的弟弟。为了不暴露目标，他明里看到鲁谒居的弟弟也假装没看见，可见城府之深。

然而，事实证明，这一次，他是谨慎过了头。鲁谒居的弟弟在狱中眼看救星居然对自己视若不见，仿佛从来都不曾认识一般，心中的怒火顿时烧起："我之所以落到这种地步，完全是拜你张汤所赐。你现在倒好，居然过河拆桥，弃我于不顾。你无情，休怪我无义了！"

鲁谒居的弟弟这一怒，便招出了李文案是张汤和鲁谒居共同搞的阴谋。汉武帝见到血书后怎一个震惊了得，他马上做出指示：严查。

眼看出手的时机已到，汲黯的官场联盟这回没有"只等闲"。他们经过周密的部署，以迅雷不及掩耳之势逮捕了张汤的鹰犬田信等人，并且进行了突击审讯。面对突如其来的变化，田信等人惊慌失措，只得如实交代了张汤"投机倒把，横敛聚财"等事。

面对汲黯等人呈上的又一份"血供"，汉武帝彻底愤怒了。他下令直接把张汤打入死牢，随即派赵禹审问张汤。

张汤面对这从天而降的手铐并没有慌。面对曾经的部下赵禹的审问，他死不认罪。他甚至还天真地认为，赵禹是自己的老部下，不看僧面看佛面，审不出什么来就会知难而退。

然而，张汤错了。面对他的死不认罪，赵禹不抛弃不放弃，最后拿出两份血书，索性把话挑明了："你的事，皇上都知道了，你再隐瞒也没有用。试想，你办理案件时，被夷灭家族的有多少人呢？如今人家告你的罪状都有证据，天子难以处理你的案子，想让你自行了断，你何必做无谓的抵抗呢？"

不可一世的张汤终于低下了高贵的头颅。铁证如山，他终于体会到了穷途末路是什么滋味。他万念俱灰，只能选择一条路：自杀。不过，他在自杀前，还写了一封谢罪信，请求赵禹交给皇上。

赵禹念在旧情，不忍推托，帮张汤完成了人生中最后的愿望。然而，就是这一封小小的"谢罪信"，却成了张汤反击汲黯等人最强有力的武器。

张汤死了，汉武帝流泪了。其实，他心里是舍不得杀死张汤的，但他罪行太多，罪大恶极，已经到了纸包不住火的地步。汉武帝没办法，不处死张汤，不足以堵天下人之口。手握谢罪信的汉武帝，内心是不舍的，是复杂的。

但见张汤的谢罪信上写道："张汤没有尺寸之功，起初只当文书小吏，陛下宠幸我，让我位列三公之位，无法推卸罪责。其实，我是被朱买臣等三长史阴谋陷害的啊！"

张汤"泣血之言"的意思已是不言而喻了，汉武帝看后甚感为难。就在他犹豫不决时，张汤的母亲狠狠地将了汉武帝一军。

原来，张汤死后，家里的财产不超过五百金，都是得自皇上的赏赐，没有其他产业。他的兄弟之子要厚葬张汤，张汤的母亲却说："张汤作为天子的大臣，被恶言污蔑致死，有什么可厚葬的！"遂用牛车装载他的尸体下葬，只有棺木而没有外椁。

汉武帝知道后，感叹道："没有这样的母亲，哪有这样的儿子。"遂下令将朱买臣、王朝和边通三长史处以极刑。这场统治阶级内部互相倾轧的斗争，最终鱼死网破。可怜的朱买臣也落得个兔死狗烹的下场。

值得一提的是，汲黯虽然因为在整个事件中只做幕后推手，没有直接出面，因此成了漏网之鱼，但汉武帝似乎看出了汲黯和公孙弘、张汤之间的恩怨情仇。为了避免汲黯和公孙弘继续上演互掐、拍砖的戏码，他决定将汲黯从中央调到地方，任命他为淮阳太守。

汲黯接到调令后，做了一个出人意料的举动，上演了一出一跪二哭三上诉的闹剧。

他长跪到汉武帝面前不肯起来，一把鼻涕一把泪地哭诉道："我原以为死之前都见不到陛下，没想到陛下还要这般重用我，我要谢谢陛下对微臣的宠爱。但是，我长年有病在身，不能胜任地方父母官，只希望能在朝中当一个侍从足矣。"

但这个时候，汉武帝已经铁了心，他安慰汲黯道："你是不是觉得淮阳太守这个官职太小了？你放心吧，我只是把你放在基层挂职锻炼一下，很快就会把你调回中央的。淮阳现在的主要矛盾是官民之间的矛盾，我希望能有你这样德高望重之人前去主持大局。如果你身体不好，我可以特批你躺在床上处理政务啊。"

汲黯没辙了，只好到淮阳去赴任。他还真采取了"卧而治之"的方式来处理政务，但结果却出人意料，很快淮阳就政通人和、兴旺发达，呈现出一片太平盛世景象。

七年后，汲黯病死。后人对他给予了很高的评价："**古有社稷之臣，至如黯，近之矣。**"（《史记·汲郑列传》）

第十章

东西南北征

我和南越有个约定

秦始皇统一天下之后，在南越地区设置了桂林郡、南海郡、象郡。刘邦建立汉朝后，南越和汉朝分分合合，起起落落，一会儿密如情侣，一会儿又疏如仇敌，总之南越的局势像雾像雨又像风，让人看不懂、摸不透、猜不着。

高帝十一年（公元前 196 年），刘邦对南越的态度是以和为贵。外交官陆贾凭着三寸不烂之舌使"不安分"的南越王赵佗臣服，并立下永为汉臣的承诺。

然而，好景不长，刘邦死后，刘惠继位，吕后专政。蛮横霸道的吕后因为下达了禁止和南越通商的命令惹怒了赵佗。

汉惠帝五年（公元前 190 年），认为吕后"为妇不仁"的赵佗正式扯出造反的大旗，并且主动和汉朝设在南越的缓冲地长沙郡干上了。吕后也不是吃素的，派周灶为将军去征服南越。

然而，路上的一场瘟疫让吕后的征服之旅变成了喋血之旅，还没到南越边境的阳山岭，汉军就死伤过半。随后，吕后病死，汉军这才以奔丧为借口班师回朝。赵佗也正是因为靠这番天意挡住了汉军而称雄，南方周边小国无不对其臣服。

据说，当时赵佗在南越的势力东西跨越万余里，是名副其实的一方之王。他行必车，朝必礼，一派老大的作风。

前元元年（公元前179年），仁厚的汉文帝即位后，恢复了刘邦对南越以和为贵的政策方针，又是修缮赵佗在老家真定的祖坟，又是安排赵佗的亲戚朋友到朝中当公务员，不想去的每年可以拿到不菲的"最低生活保障金"，总之无所不用其极。

磨刀不误砍柴工，汉文帝随后再派外交官陆贾第二次出使南越。

事实证明陆贾就是陆贾，他没有令汉文帝失望。凭着一张利嘴，他居然使赵佗来了个"悬崖勒马"。赵佗被汉文帝的诚恳态度所感动，第二次对陆贾许下承诺：不再和汉朝对抗。

事实证明，赵佗这次果然没有再食言，随后南越一直向汉朝称臣，逢年过节向汉朝进贡，并派人朝觐，两国关系日益趋于平和。直到建元四年（公元前137年），赵佗死后，他的孙子赵胡继位，两国关系才又掀起波澜。

此时南越的闽越国和东瓯国因为七国之乱时吴王刘濞儿子的挑拨离间，开始相互搏杀，而赵胡也因为害怕战乱殃及自己而对汉朝更为依赖。于是，他特遣太子赵婴齐到长安去当人质，以示对汉朝的忠心。汉武帝对南越这番诚意很满意，派王恢和韩安国平定了闽越的动荡局势。

按理说，事情到这里就可以暂告一段落了。然而，后来的发展却并非一帆风顺。南越王赵胡继承赵佗的王位后，他没有胡来，但他派去长安当人质的儿子赵婴齐却胡来了。

赵婴齐到了长安整天足不出户，等于被软禁了。用他的话来说就是"寂寞，寂寞啊"！于是，他在寂寞中偷偷地出了一次门，结果就遇到了改变他一生轨迹的女人。

这个女人就是红透长安城半边天的风云人物——樛氏。这樛氏生性风流，和赵婴齐惊鸿一瞥后，一个是干柴一个是烈火，一点就着。很快，这个樛氏就为赵婴齐生了一个孩子——赵兴。

儿子赵婴齐走了桃花运，而赵胡却走了倒霉运——身子好好的，却突然一病不起，大有到阎王那里报到之意。于是，赵胡派使者到长安请求汉武帝放赵婴齐回国。

汉武帝自然很快给赵婴齐发了通行证。赵婴齐如同一匹脱缰的烈马，归心似箭。他来时无牵无挂，落寞至极；去时却是一驾豪华马车，身伴两个最爱的人——樛氏和儿子赵兴，有脸有面，风光至极。

事实证明，赵婴齐的风光还在继续，他前脚刚到，父亲赵胡就像了却了心愿一般含笑而去。他风风光光地继承了王位，然后干了两件风风光光的事：一是立樛氏为王后，二是立赵兴为太子。

都说一个成功的男人背后必定有一个默默支持他的女人，同样的道理，一个短命的男人背后必定有一个花枝招展的女人。赵婴齐无疑就是这样的人。在他人生最寂寞无助的时候，樛氏给了他无尽的温柔和无尽的爱。当了南越王的他知恩图报，对樛氏宠爱有加。后宫佳丽三千，他只取樛氏这一瓢足矣。

都说痴情没有错，但却比错更可怕。赵婴齐不会料到，就是这一瓢却要了他的命。赵婴齐因为爱樛氏爱到骨子里去了，不理朝政，天天守在后宫与樛氏厮混。

元鼎四年（公元前113年），赵婴齐就去阎王那里报到了，死因是纵欲过度。

赵婴齐走了，小小年纪的赵兴开始风光起来。他一下子成为人们关注的焦点，原因是他理所当然地继承了父亲的王位，成了新一代南越王。

当了南越王的赵兴凭空多出来的三姑子、六婆子、七大叔、八大姨，数不胜数。他脸上笑开了花，对这些人该封官的封官，该奖赏的奖赏。

总之一句话，无限风光在王位。

然而，赵兴很快就体会到了什么叫"高处不胜寒"。他接到了汉武帝的祝贺函。

鸿门宴是"宴无好宴"，汉武帝的祝贺函是"贺无好贺"。他祝贺是假，探访是真。他害怕人事变动后的南越不听大汉的话了，所以，以祝贺的名义去试探虚实。

谏大夫终军和安国少季有幸成为去南越的"祝贺使者"。谏大夫终军为了不辱使命，一到南越，就教了新南越王一句话：顺我者昌，逆我者亡。

可怜的赵兴刚刚爬上南越王的宝座，小屁股都还没有坐稳，被终军的这句话一吓，差点没尿裤子，忙回了一句："如有三心二意，天诛地灭。"

南越王赵兴几乎不费吹灰之力就被搞定了，接下来该安国少季登场了。按照汉武帝两步走的方针，终军负责搞定空有王位无实权的赵兴，而安国少季则负责搞定"实力派"的太后樛氏，责任之大可想而知。

当然，既然汉武帝钦点安国少季，自然有选他的理由。安国少季见到樛太后之后，心跳突然快起来，因为他受到了隆重的接待，像是迎接凯旋的将军一样。

接待仪式搞完后，两人随即进行了座谈。如果诸位认为他们是就大汉和南越的双边关系在进行谈判和交流，那就大错特错了。国事，不谈；军事，不谈；天下事，不谈；谈，只谈家事。

"一别几年，你还好吗？"安国少季一往情深地望着樛太后，幽幽说道。

"不好。"樛太后突然满脸红晕，如少女般嗔怨道，"你说过两天来看我，结果一等就是几年。你心里根本就没有我……"

"我……我有我的苦衷啊！"安国少季顿了顿，满是歉意地说道，"我，这不是来了吗！"

接下来，两人心有灵犀一点通，"座谈会"马上由大厅转到了内室，由内室转到了床上。

大家看到这里，肯定看出端倪来了。不错，这个安国少季在长安时就和樛太后有一腿了。只是后来"第三者"赵婴齐插足，生性风流且势利的樛太后就顺势倒向了赵婴齐，而安国少季和樛太后这一对"拍拖"多年的野鸳鸯就这样分道扬镳了。鉴于此次搞定南越实际只要搞定樛太后就行，所以汉武帝审时度势，决定从细微处着手，选择了让安国少季出征，目标直指樛太后。

事情的发展果然朝汉武帝所期望的那样发展。铁面无私的终军以"硬"对付尚且年少软弱的越王赵兴，而"少女杀手"安国少季以"软"来征服强硬的樛太后。结果，终军和安国少季不负汉武帝厚望，双双告捷。

按理说，事情到了这里已毫无悬念可言，南越已是"煮熟的鸭子"飞不出大汉的手掌心了。然而，百密一疏，这一次汉武帝大意失荆州，漏看了一个人——吕嘉。

吕嘉，男，年龄不详，籍贯不详，绰号"千年老二"。

吕嘉是南越的三朝元老，一直位居相位，一人之下万人之上的大人物，故有"千年老二"之称。

吕嘉为了在南越打造吕氏家族，做出了这样匪夷所思的规定：只要是吕家男性都要娶公主为妻，只要是吕家的女性都要嫁给王子为妻。

吕嘉这样做，虽然苦了吕家的儿女，但却让南越从此多了一个谈虎色变的词：吕氏天下。

也正是因为这样，这个被汉武帝"小看"了的吕嘉很生气，后果很严重，严重到使汉武帝精心布置的搞定南越的"两步走"计划产生了变数。

因为昔日情郎的到来，急着再续前缘的樛太后几乎想都没想，就给了汉朝十六个字的承诺：废除边关，位列诸侯，三岁一朝，年年进贡。

终军接到樛太后的答复，一向严峻冷漠的脸上终于露出了笑容。他哪里料到，就在他火急火燎地打道回府，向汉武帝邀功请赏时，南越国遭遇了一场前所未有的变革。

挑起变革的人自然是吕嘉。原因很简单，他对樛太后的"卑颜屈膝"和"卖国求荣"之举表示不同意，并且对樛太后提出了"收回成命"的请求。

那吕嘉在南越是啥人物，说出的话分量自然是重于泰山的。这下樛太后也骑虎难下了。她对汉朝的公开信已经发出去了。吕嘉让她收回成命，无异于让她自己打自己耳光。于是，她硬着头皮给了吕嘉如下回复，八个字："成命已出，覆水难收。"

吕嘉啥时碰到过这样的钉子，所以干脆和樛太后决裂了。决裂前，他还对太后进行了最后一次劝说。与其说是劝说，不如说是赤裸裸的威胁："望三思而后行。"

面对吕嘉的威胁，樛太后颜面扫地，于是，决定上演"新鸿门宴"。聪明的樛太后怕吕嘉"不给面子"，推托不来，还特意找了这样一个借口：宴请汉使，请你作陪。

眼看自己的威胁起到了显著效果，樛太后大有回心转意的迹象，吕嘉心中的气不由消了大半。即使如此，去还是不去，对吕嘉来说，仍是一个难以抉择的问题。

去，或许可以从樛太后那里得到一个满意的答复，但这是不是一场"鸿门宴"呢？如果不去，一来示弱于人，二来太后设宴招待汉使，自己也没有拒绝的理由啊。

吕嘉最终决定单刀赴会。

关山度若飞

因有弟弟带兵在外做后盾，吕嘉赴宴时底气十足。他阔首昂扬地走进大殿，甚至都不跟这次宴会的主人樛太后打招呼，就目空一切地坐在了首席的位置上。那么，宴会的另一主角之一的汉使只能屈居次席了。随着一些重量级官员的到齐，宴会开始了。

然而，宴会开始后，在场的众人都只是默默喝着杯中酒，场面静得有点可怕，只有杯碗的碰撞声飘荡在大殿中。

"来，来，来，喝完这杯，还有三杯。"樛太后站出来，打破了这压抑的气氛，举着杯对吕嘉道。

"不，不，不，喝完这杯，四大皆空。"面对太后的主动敬酒，吕嘉虽然骄横惯了，但也有一种受宠若惊的感觉，心中的气势自然矮了一截。只是他自知酒量有限，不敢接樛太后的"三杯"，只接"一杯"。

"举世皆清你独浊，众人皆醒你独醉，为何？"樛太后眼中突然射出一道寒气逼人的光芒来。

"这……"吕嘉心中一凉，一股寒意直涌心头。

"南越归汉，利国利民，乃是千秋万代的大好事。众人皆赞成，为何只有丞相你一个人反对呢？"樛太后不再拐弯抹角，直奔主题。

"我……"吕嘉手一颤，只听见"啪"的一声响，握在手中的酒杯便掉落在地上。

安国少季听到酒杯响，本能地拔出汉朝符节，直奔吕嘉而去。

"你想干什么……"吕嘉临危不乱，厉声喝道。

安国少季本来是按樛太后宴前早就定好的暗号，她摔杯，他就拔出汉朝符节，用"降龙十八棍"当场解决吕嘉。哪知安国少季宴前听说吕嘉的弟弟就带着禁卫军在宫外巡视，心中的底气早已不足了。此刻吕嘉一声喝问，安国少季手中那根原本要挥向他的汉朝符节，竟然转向了地上那些破酒杯的残片。

安国少季连忙答道："这酒杯的质量也太差了，吕相国好好地握在手，怎么说破就自己破了呢？"

吕嘉想不到安国少季会帮自己解了围，圆了场，当下握着安国少季的手直呼"无妨，无妨"。

面对这始料未及的一幕，一旁的樛太后气得差点没有吐血。但是，气归气，她一个妇道人家，手无缚鸡之力，又能怎样呢？

虽然喝了不少酒，但吕嘉的头脑还是清醒的，他感觉到了情况不妙，因此，他在握完安国少季的手后，便说了句"肚子疼"，然后也不管樛太后答不答应，就打算擅自离席了。

眼看吕嘉在自己的眼皮底下开溜了，樛太后急得像热锅上的蚂蚁。她不甘心让到手的鸭子飞走了，于是恶从胆边生，怒从心头起，也不知从哪里来的勇气，一把抓起身边的一根长矛，准备对吕嘉来一个"最后一击"。这一击如果能把吕嘉来个"一矛穿心"那倒也罢了，如果只是给吕嘉弄点皮外伤，或者说来个"擦身而过"，那么樛太后的阴谋就会彻底暴露出来，等待她的将是一场不可避免的暴风骤雨。

赵兴眼看母后要做出傻事来，一个"饿虎扑食"紧紧地抱住了樛太后，这才使得吕嘉得以扬长而去。

吕嘉的单刀赴会就此画上了一个句号。最后，樛太后不仅赔了酒水钱，而且弄了个打草惊蛇的下场。

从悬崖边上走了一回后，心有余悸的吕嘉对目前的局势进行了分析：赵兴并没有杀他的心，安国少季是个窝囊废，剩下的樛太后孤掌难鸣。因此，他得出了结论：自己暂时还是安全的。

于是，吕嘉选择了"忍一时风平浪静，退一步海阔天空"的战略方针，并没有立马和樛太后撕破脸，而是先从弟弟掌握的军队中调了一部分保卫丞相府，然后又托病不再入宫。

而"成事不足败事有余"的安国少季眼看把事情弄砸了，惶惶不可终日的他只得把南越国的情况飞马传回汉廷。接到安国少季的"急报"，汉武帝的第一反应是怒，第二反应是大怒，第三反应是怒不可遏。怒极了的汉武帝也不顾堂堂一国之君的身份，破口大骂安国少季太没用。直把安国少季祖宗十八代骂得差不多了，汉武帝才叫了一个人来为自己分忧。

被汉武帝召来的人叫庄参。汉武帝丢给他两千人马，叫他去协助樛太后摆平南越的内乱。

然而，汉武帝不会料到，他钦定解忧的人非但没能为自己解忧，反而添了新愁，因为庄参面对汉武帝的命令，非但没有马上去立功，反而废话连篇道："陛下，您是叫我去谈判还是动武？"

"以目前南越的局势，你还想做陆贾第二吗？"汉武帝一向是动武派，一听庄参的提问，不由眉头微蹙。

"如果是以友好姿态去谈判的话，带几个人就够了；如果是去动武平乱的话，这两千人根本不够塞牙缝的。"庄参不识时务地继续说道。

对话到此结束，汉武帝没有再给庄参任何交谈的机会，直接让他回家抱孙子去了。

庄参搬起石头砸中了自己的脚，一举失去了建功封侯的机会。一个庄参沉下去了，另一个叫韩千秋的人又浮出了水面。

韩千秋，郏县（今河南省郏县）人，曾担任过济北王的丞相。眼看机不可失，时不再来，他马上来了个毛遂自荐："臣愿带三百人到南越取吕嘉的首级来见陛下。"

汉武帝对韩千秋的勇气大为赞赏，马上就批下了一个大大的"诺"字。汉武帝给了他两千精兵，并且还配了一个重量级的副将——樛乐。这个樛乐是樛太后的弟弟。汉武帝这样安排的目的是不言而喻的。

吕嘉听说汉军大兵压境，立马又找到弟弟，两人就目前局势进行了紧急协商，达成如下共识：与其坐以待毙，不如先下手为强。

元鼎五年（公元前112年），吕嘉和弟弟率军在南越宫中发动了政变，毫无兵权的樛太后、赵兴，以及胆小鬼安国少季皆死于乱刀之下。

吕嘉发动宫廷政变后，马上给出了官方理由：国王年少无知，而樛太后原本是汉人，只图眼前利益，哪管我南越国的前程？本人身为南越丞相，有责任也有义务铲除国贼，别立嗣主，以保我南越世代相传下去。

另立的嗣主是赵婴齐和南越籍妻子所生的儿子赵建德。吕嘉发动政变，竟没有一个人反对。而吕嘉平定南越内政后，并没有舒一口气，相反，他将面对韩千秋和樛乐的兴师问罪。

话说韩千秋和樛乐虽然只带了两千人，但接连破了几座小城，一路势如破竹，直抵南越边境。一路顺风顺水的韩千秋也因此自鸣得意起来，露出轻蔑的神情，心中暗喜："南越的反军不过如此啊！"

而樛乐急于为樛太后报仇，不断鼓动韩千秋一鼓作气把吕嘉彻底打败。接下来的事实证明，越军和汉军根本不是一个等级的，开始南越军还能稍稍抵抗一下，到后来不仅"不设防"，而且沿途还为汉军备好了干粮等物品。

面对这样奇怪的情况，韩千秋非但没有高度重视，反而傲气见长。他大手一挥，大军就呼啦啦直奔南越的都城番禺（今广东省广州市）。直到这时，吕嘉终于露出了狰狞的面目，早就隐藏好的越军也呼啦啦地奔出来，给汉军来了一招关门打狗。

离番禺短短四十里的地方，成了韩千秋"千秋梦断"之处，徒留他壮志未酬的遗憾。

汉武帝终于为他的轻敌付出了惨重的代价。韩千秋全军覆灭，这对心高气傲的汉武帝来说简直是奇耻大辱。他怒发冲冠，发誓道："血债血还！"

元鼎五年（公元前112年）秋，汉武帝派十万大军分四路对南越采取了军事行动。

第一路由卫尉路博德亲自挂帅，他被封为伏波将军，行动方针是由长沙国境内的桂阳下湟水，入广东连州攻石门。

第二路以主爵都尉杨仆为楼船将军，从江西入南雄，顺北江而下攻番禺。

第三路以归义侯郑严为戈船将军，由湖南湘江攻灵渠，再入漓江。

第四路以驰义侯何遗率巴蜀罪人及夜郎国军队，沿牂（zāng）柯江直下逼番禺。

总之，四路大军的目的地只有一个——番禺。汉武帝为了提升士气，给几位将军立下了"得番禺者，封侯高薪"的誓言。

在高官厚禄的诱惑下，汉武帝的出发令刚刚下达，"二路军"杨仆便带兵浩浩荡荡由豫章出发。建功心切的他并没有中规中矩地选择陆地层层推进的方式进攻，而是选择了风险很大的水路，率军从浈江顺水一路"飞流直下"。

进入南雄县境的横浦水后，地势险要，水流湍急，杨仆所乘的庞大兵船，稍有不慎，就有沉舟之危。但是，他临危不乱，指挥船队得以顺利通过。为此，后人作了这样的词来赞扬杨仆："周游瀑布岩前，看树影波光，横浦楼船怀汉将；稍憩蒲团石上，听松声泉韵，空山琴笙忆苏诗。"

就这样，经过三天三夜的奔波，杨仆的大军如天兵下凡般出现在寻陕。而寻陕过去就是石门，石门再过去十余里就是番禺。杨仆的二路军似乎看到了曙光，离成功似乎只有一步之遥了。

相对于二路军的顺风顺水，其他几路军却是接连受挫。

首先，与杨仆拼命向前冲形成鲜明对比的是驰义侯何遗。别人向前冲，何大帅所率领的第四路军刚起兵就仿佛被孙悟空点了定身法一样，总在原地踏步。

捆住何大帅及手下士兵脚的不是绳子，而是真金白银。都说有钱能使鬼推磨，夜郎国本来是答应帮汉军共同打击南越的，但夜郎国君却中途变卦，原因是他被吕嘉的"糖衣炮弹"俘虏，于是以"恐远行，旁国虏其老弱"为借口，拒不远征。非但如此，夜郎国在拖住第四路军一阵子后，还反戈一击，和何大帅干上了。

而第三路的统帅归义侯郑严原是越将，后投降汉朝。此时"回家看看"，他却是感慨万千。心有千千结的他带领军队走得很慢。走得慢倒也罢了，关键是他手下的人却很急，还没到南越，就在广西与西瓯人干上了。西瓯人也不是吃素的，本着我的地盘我做主的原则，和汉军针锋相对。于是，这一路军打打停停，停停打打，打完就谈判，谈完又开打，如此周而复始地循环着。

除了以上两路军，唯一能和杨仆竞争的就是伏波将军路博德所带领的一路军了。路博德的一路军是汉武帝这次军事行动的重中之重，自然不甘落后。接到汉武帝的出发令后，一路军"唰"的一声拔脚就朝前冲，如离弦的箭一般。只是一马当先了好一阵，路博德才感到高处不胜寒。当他回过头来才发现，其身后只稀稀拉拉地跟着一帮气喘吁吁的士兵。点了半天人头数，也只有一千多人。

数万精兵居然被这一阵长跑跑得只剩下千来人，看来"大浪淘沙"这句话一点都不假啊！路博德这才发现他犯了一个致命的错误，就是自己只顾"前途"，却忘了手下的士兵大都是刚刚从狱中放出的罪犯。他们从狱中出来突然重见阳光，眼见有一条生路可逃，自然跑得飞快，只是他们跑的方向和路博德相反罢了。

欲哭无泪的路博德没有灰心和气馁。他明知这点兵此去南越，无异于飞蛾扑火，凶多吉少，但他已无退路可走。如果退缩，那结果只有死路一条，所以，他带领这一千多名士兵继续"跑马拉松"。

路博德还在进行"马拉松"长跑，杨仆却在进行"马拉松"攻防战。他以"天兵天降"的速度直落在寻陕后，不费吹灰之力就攻下了这座"不设防"的城市。

接着，杨仆马不停蹄地直抵石门，石门却仿佛是假石头做成的门，一攻即破。石门一破，番禺便如婴儿般暴露在外面了。杨仆认为攻破番禺将是弹指一挥间的事情，他甚至在幻想攻破番禺后的风光，汉武帝那重重的奖赏，高高在上的官位、白花花的银子、花枝招展的美女……

然而，事实证明，这只是他一厢情愿罢了。他在番禺城下，左攻右攻上攻下攻前攻后攻，攻来攻去，番禺城还是那座番禺城，毫发无损。

直到这时，杨仆才知道自己好"孤单"，想起其他几路同盟军来。如果有他们在，自己就不会显得这么势单力薄了。然而，他左等右盼，连其他几路同盟军的影子都没有看见。无奈之下，他只能在城下进行蛮攻，一场"马拉松"似的攻防战就此展开了。

番禺城没有攻下来，杨仆的脸上却露出了笑容，因为他终于等来了援军——路博德和他稀稀拉拉的一千多号敢死队员。

路博德不会料到，他硬着头皮带着这么一点士兵，原本是无奈之举，但是他的到来，却让杨仆如同溺水之人抓住了一根救命稻草，热泪盈眶，欢欣鼓舞。

读者也许会问了，这个路博德只带来区区一千多士兵，对战场并没有什么影响吧？杨仆之所以欢欣鼓舞，自然有他的理由。他走水路，出奇招，一路顺风顺水直抵南越的首都番禺。但是，面对吕嘉的顽强抵抗，他士气被阻后，明显有颓唐之势。路博德带来的不仅是人数上的支持，更是精神上的支持。

有了必胜的信念，还有什么困难能阻挡其前进的脚步呢？于是，他和路博德两人分东西两路同时攻城，并且向被困在城里的南越士兵发出了这样的通告：汉朝的大部队在后面，希望你们能坚持到他们到来。

路博德的到来，本来就让南越士兵心有余悸，此时听说汉军还有大部队殿后，原本坚信吕嘉"城在人在，城破人亡"的信念就破灭了。

信念是人的灵魂，一旦信念没了，意志就没了。也正是因为如此，随着路博德的到来，原本拧成一股绳的南越军，此时人心涣散了。接下来，在杨、路两人集中火力的猛攻下，番禺毫无悬念地被攻下了。

吕嘉脚下功夫了得。就在城破的同时，吕嘉并没有组织手下士兵来个"誓死保卫战"，而是脚底抹油，三十六计走为上策。他这一走就走到了海岛（现在的海南岛）。

吕嘉满以为经过这万水千山的遁隐，从此他就可以在海岛这个世外桃源度过余生。然而，他没有料到，自己的人生很快便走到了尽头。

杨仆进城后，目标很明确，直奔"贼王"吕嘉。然而，他早已不见了踪影。后来，当听说吕嘉逃到海岛后，立功心切的杨仆决定来个"千里大追踪"，不过，路博德却制止了他前进的脚步。杨仆问为什么，路博德说穷寇莫追，自然会有人将吕嘉的人头送上门来。

杨仆开始时半信半疑，但他很快就对路博德信服起来。路博德果然神机妙算，海岛大王马上就献上了吕嘉和伪越王赵建德的人头。

至此，南越叛乱画上了一个圆满的句号。汉武帝接到喜报后，把南越划为九个郡。等确定好各郡县人手后，路博德和杨仆方才雄赳赳气昂昂地班师回朝。

汉武帝对凯旋的一干人马进行了奖赏。路博德获得厚禄，杨仆被封侯。同时，汉武帝不但赦免了韩千秋的罪过，还立他的儿子韩延年为成安侯。樛太后的弟弟樛乐的儿子樛广德因为是"忠良之后"，被封为龙元侯。

才子司马相如

其实，早在建元六年（公元前 135 年），汉武帝就令番阳县县令唐蒙出使南越，希望南越归附汉朝。唐蒙到达南越后，受到了南越王热情的招待。宴席上，他还吃到了一种从没吃过的水果。这种水果闻起来香，吃起来也香，吃下去更香，总之，入口生津，沁人肺腑。

唐蒙一问才知道，这叫枸（jǔ，同蒟）酱，随后他感叹道："此物只应天上有，人间无啊！"

对此，南越官员回道："此物天上地下都没有，只有夜郎有。"

回到长安后，唐蒙便把这件事跟汉武帝说了，并且分析道："要想武力解决南越，必须要经过长沙和豫章（今江西省南昌市）。这里的条条大路虽然通南越，但条条水路却是十八弯，浅滩暗礁多如牛毛，在这里行船如履薄冰，稍不小心就会弄得船毁人亡。如果绕道西南地区的夜郎国，一来可以借夜郎国的十万精兵共同抗敌，二来可以从牂柯江顺流而下，直捣南越的寻陕，然后经石门直抵南越的城都番禺。如此一来，搞定南越将易如反掌。"

汉武帝被唐蒙精辟的分析说服了，马上批了一个大大的"诺"字。于是乎，唐蒙以中郎将的身份，带着几千人马，备足了干粮，从汉朝的西南边境——巴郡的笮关（今四川省合江县南）浩浩荡荡地出发了。

这次跋涉一路艰辛，相当刺激。唐蒙经过了大大小小不下八十一道磨难后，终于到达了夜郎。

夜郎王坐拥一方，哪里知道天外有天，人外有人。因此，他刚一听说大汉使臣唐蒙到来，先是略感惊讶，随后不屑一顾地问道："哪里来的野人，敢到我这里撒野？"因此，和唐蒙见面的第一句话，夜郎王没有问好，而是用轻蔑的语气问道："唐先生，不知是夜郎大，还是汉朝大啊？"

面对夜郎自大，唐蒙没有直接回答，而是以实际行动揭示了答案。他马上拿出此次来夜郎所带的礼物：丝绸字画，金银珠宝。这些东西在夜郎王的眼里都是旷世珍宝，见所未见，闻所未闻。他的脸马上由阴转晴，态度也来了个一百八十度大转弯。

收了唐蒙的礼，夜郎王嘴软了，他主动问唐蒙有什么需要帮助的。唐蒙没有拐弯抹角，提出了让夜郎归附大汉的请求。夜郎王表示可以考虑考虑，因为他还想征求各大酋长的意见。

夜郎国的各大酋长见了唐蒙送上的奇珍异宝，个个都表示愿意对汉朝投怀送抱。

夜郎国就这样被唐蒙的金钱外交搞定了。唐蒙出使夜郎取得了圆满的成功。回到长安后，汉武帝心中欢喜，封夜郎国为郡，并把整个南夷都划给他们管辖。

紧接着，唐蒙又开始了第二次西征夜郎之旅。这一次，汉武帝除了派他去协管刚刚建郡的夜郎，还有一个重要的任务——修路。

按照唐蒙的计谋，从牂柯江的水路直抵南越，便可打南越一个措手不及。但是，牂柯江也不是说过就能过的，还得修缮才能通行。于是乎，唐蒙这次到达夜郎后，马上征集数万夜郎军民参与到牂柯江的修缮中去。

这边的军民挥汗如雨，崇山峻岭中，因劳累和瘟疫而牺牲的人数不胜数。而那边，唐蒙却跷起二郎腿，嘴里吃着枸酱，非但不体恤军民，反而一再催他们快点，快点，再快点。

死，不管；伤，不管；快，才是他要管的。唐蒙为了赶工程的进度，根本不给工人一点点休息时间，如有人怠工就要挨鞭子，如有人逃跑，抓住一律砍头颅。

哪里有压迫，哪里就有反抗，被逼急了的夜郎人没有选择自大，而是选择了自卫。很快，监军的酋长成了他们泄愤的对象。就这样，起义之火点燃后，各地的百姓纷纷响应。夜郎王虽然极力镇压、百般安抚，但都无济于事。刚刚归汉的夜郎顿时处于一片水深火热之中。

事实证明，唐蒙除了蒙人有一套本事，并无其他能力。面对夜郎国的叛乱，他是眉头深锁，慌了手脚。他能想到的唯一办法就是派人快马加鞭地去长安向汉武帝求救。

汉武帝接到报告后大为震惊。本着为大局着想，他没有选择派千军万马去镇压，而是决定以柔克刚。这次，他只派了一个人前往夜郎。

搞定夜郎，一人足矣。这个人便是风流倜傥、玉树临风的巴蜀才子司马相如。

司马相如，字长卿，蜀郡成都人，年少时喜爱读书与剑术，因为崇拜战国时的蔺相如，于是改名相如。汉景帝时，他任武骑常侍，景帝不好辞赋，梁王刘武来朝，司马相如才得以结交邹阳、枚乘、庄忌等辞赋家。后来他因病退职，前往梁地与这些作家相交数年，其间作《子虚赋》。

令司马相如没有想到的是，这首饱含真情的《子虚赋》一出台，竟然很快红遍了大江南北，自己一时间名扬四海。在当时那个没有网络、报纸、电视的时代，能凭借这样一首辞赋一传十、十传百地打出那么大的名气来，实在难能可贵。

然而,《子虚赋》的一炮而红并没有给司马相如的仕途带来好运。相反，霉运在没有任何征兆的前提下降临了。原因是梁王刘武死了。刘武是因为争取太子之位未遂，郁闷而死的。他的死导致的后果是司马相如等一干文人都光荣地下岗了。因为新继任的梁王和汉景帝一样，不喜欢文人骚客。

司马相如不得不回成都老家。此时，他父母早已病亡，家里可以用的东西很少，可谓家徒四壁，环堵萧然。

眼看家里待不下去了，司马相如走投无路之下想起了自己的朋友临邛县县令王吉。司马相如年少求学时，曾与王吉同窗，两人的关系铁得不能再铁。两人都曾承诺，将来不管谁富贵发达了，不相忘。

果然，面对一贫如洗的司马相如的到来，王吉不但"不相忘"，而且还"鼎力助"。

首先，他给司马相如提供了免费住宿。王吉把临邛县的一个公共场所的公共建筑——都亭——安排给司马相如来住。这虽是一个临时的家，但好歹司马相如不用再风餐露宿了。

其次，他还给司马相如娶了老婆。凭司马相如现在这个穷酸模样，能混口饭吃就应该很满足了，居然还异想天开要娶老婆，简直是白日做梦。然而，事实证明，在王吉的帮助下，司马相如不但白日做了梦，而且还梦想成真了。

王吉给司马相如介绍的是当地首富卓王孙的女儿卓文君。我们来看看卓文君的优势和劣势。

卓文君的优势很明显。第一，太漂亮。她年方二八，长得眉如远山，面似芙蓉，肤如凝脂，手如柔荑，怎漂亮两个字能形容？第二，有才华。她从小读书识字，文采飞扬，擅长棋琴书画，纤纤柔指却能弹出旷世之曲。第三，家里富。她卓家在川蜀一带是有名的富豪。史书上说"临邛自古称繁庶"，意思就是赞美秦汉时期的临邛富裕，而卓氏则为临邛的繁庶做出了杰出的贡献。

至于卓文君的劣势，只有一条，青年寡居。

我们再来看看司马相如的优势和劣势。

司马相如的优势也很明显。第一，长得帅。他身高八尺，面如冠玉，眉清目秀，一表人才，怎英俊两个字能形容？第二，有才华。他满腹经纶，才高八斗，而且琴棋书画样样精通。

司马相如的劣势更明显，一是穷，二是口吃。

卓文君的父亲卓王孙是临邛第一富豪，连王吉这个县令都"唯卓是尊"，由此可见卓家之富豪程度。按理说，一贫如洗的司马相如如果想高攀富得流油的卓文君，无异于"癞蛤蟆想吃天鹅肉"。然而，事在人为，接下来王吉对司马相如的包装和炒作堪称经典。

自从司马相如入住新家——都亭后，他便深居简出。王吉放下堂堂一县之令的架子，每天都是去都亭问候他。

就这样春去夏来，夏去秋来，临邛县突然出了一条爆炸性新闻，新闻的标题大致是：都亭入住神秘天外来客，县令这般优待为哪般？

这条新闻自然也很快传到了临邛县第一富豪卓王孙的耳朵里。这位富豪在临邛县里也算是数一数二的风流人物了，王县令虽然对自己一直毕恭毕敬，但也没有到这种"每天必问候"的地步啊。都亭里究竟住着哪位神仙？这是大家心里的疑问，也是卓王孙心里的疑问。一来是疑问，二来是不服，于是，卓王孙决定宴请这位神秘来客到家里做客，以识其庐山真面目。

王县令等的就是卓王孙的主动上钩。至此，王县令的包装和炒作已取得了预期的效果。接下来，就看司马相如的表现了。

司马相如等的就是卓王孙的家宴。当然，饶是如此，他还是故意推托了几次，直到卓王孙第三次派人来请他，他才勉强答应。

当然，他去之前，还要进行一番形体上的包装。他拿出当年梁王刘武赏给他的仅有的两件值钱的东西：鹔鹴裘和绿绮琴。

鹔鹴裘披在身上，绿绮琴拿在手中，再加上王吉派来的马夫和轿子，司马相如马上变成了一个风度翩翩的阔少爷。

宴席上，卓王孙自然对这位仪表出众、衣着华丽的阔少另眼相看。酒过三巡，在王吉授意下，司马相如以弹琴助乐为由，开始登场表演自己的弹唱技艺：

> 凤兮凤兮归故乡，遨游四海求其凰。
> 时未遇兮无所将，何悟今兮升斯堂！
> 有艳淑女在闺房，室迩人遐毒我肠。
> 何缘交颈为鸳鸯，胡颉颃兮共翱翔！
> 凰兮凰兮从我栖，得托孳尾永为妃。
> 交情通意心和谐，中夜相从知者谁？
> 双翼俱起翻高飞，无感我思使余悲。

这是流传于世的《凤求凰》。卓王孙的女儿卓文君此时早已被司马相如美妙的琴声吸引了过来，正躲在屏风后朝司马相如"频频暗瞥"。她见司马相如相貌堂堂、神采飞扬，已是芳心萌动。听他唱起这段《凤求凰》，更不由得满面红晕，目眩神摇……

良久，宴席散去，卓文君仍然不能自已，沉醉在司马相如的"挑琴"之中。一琴之威，如此之大，不得不令人感叹司马相如的功力之深。

此时，司马相如早已用重金买通了卓文君的侍女。侍女马上开始对卓文君"攻心"。卓文君本来就已经动了心、动了情，听说司马相如很中意自己时，更是觉得"缘来时得把握，缘去时莫后悔"。思来想去，卓文君最后来了个月夜出走，直奔司马相如所住的都亭。是夜，司马相如便带着卓文君私奔了。

《史记·司马相如列传》对此的记载是：**"既罢，相如乃使人重赐文君侍者，通殷勤。文君夜亡，奔相如。"**

当然，私奔后的卓文君才知道自己所找的如意郎君竟然"家居徒四壁立"，是穷光蛋一个。卓文君最终选择了重回临邛县，当然，跟她一起"回头"的还有司马相如。

如果说汉高祖刘邦当年娶吕雉是属于"骗妻"成功的典范的话，那么，司马相如娶卓文君便是"窃妻"的楷模。为此，唐代诗人司马贞在《史记索隐》中有这样的记载：**"相如纵诞，窃赀卓氏。"**

卓王孙虽然不同意这门不当户不对的婚事，但无奈此时司马相如和卓文君生米已煮成熟饭，由不得他不答应啊！从此，司马相如不但抱得美人归，还过上了锦衣玉食的富贵生活。

好运来时挡都挡不住。正在此时，汉武帝的圣旨到了，令司马相如入长安见驾。司马相如为了能面试成功，又作了一首《上林赋》。汉武帝一听很是高兴，立马封他为郎官（文职侍从），对他宠爱有加。

这一次汉武帝派司马相如去解决夜郎的内乱，显然是对这位才华横溢的才子寄予厚望。事实上，司马相如就是司马相如，他到了夜郎后和唐蒙的做法大相径庭，唐蒙主张的是强攻，而司马相如却是智取。他大手一挥，洋洋洒洒地写了一封妙笔生花的檄文。

司马相如这篇名为《谕巴蜀檄》的檄文大致分为三层意思。

首先，文中宣扬了汉武帝的威德。称他即位后北伐匈奴，西征康居，东讨闽越，都取得了重大胜利。西南夷君长仰慕倾心，都表示要归附朝廷，只因路途遥远，山川阻隔，为了奖赏这些君主，汉武帝才派中郎将对这些地区进行礼节性的访问。他这样做是为了达到"存抚天下，辑安中国"

的宏伟目标。

其次，文中解释了在巴、蜀二郡征兵只是为了保护财物和使者的安全，不存在战争的忧患。责备唐蒙擅自启用"军兴法"，"惊惧子弟，忧患长老"，又征调大量军民为他转粟运输，这些都是他个人的过失。但是，民众也要"急国家之难"，被征调的人，以逃亡自杀来抗拒，"亦非人臣之节也"。

最后，文中以当时的忠义、荣辱观来开导民众，先树正面典型，说过去边境上有人一听说烽火燃起，就扛起武器，迅速跑来参加战斗。其中一些人立了大功，因而做了大官，过上了美好生活，封妻荫子，流芳百世。巴蜀之民与边境之民都同属一个国家，同敬一个皇上，现在才干点实事，就自杀或者逃跑，这太愚蠢了，不忠不义，连累父母也受耻辱。强调父母和基层小吏都要对年轻人进行教育，还要率先垂范，缺少好的品德和荣辱观，就会受到处罚，甚至被杀头。

这篇文章虽然不长，但语言通畅，层次分明，密致有力，具有很强的说服力。也正是因为这些特点，檄文在夜郎一经发行，便如同给夜郎人下了一剂灵丹妙药，结果他们的武力行为得到了缓解，谣言得到了控制，取而代之的是理解和原谅之声。总之一句话，檄文的效果立竿见影。

小试牛刀取得不错的效果后，司马相如马上由"动手"改为"动口"了。他用他的"笨嘴笨舌"（司马相如有口吃的毛病）和巴蜀的上层人物及几个县的县令进行了谈话，做说服工作。在他的恩威并施下，夜郎的高层领导官员被成功搞定，"动口"取得的效果同样立竿见影。

就这样，司马相如"动手"和"动口"双管齐下，成功搞定了夜郎。当真是高手一出手，就知有没有。随即，司马相如就夜郎的局势向汉武帝打了个报告，提出了具有建设性的意见："邛、笮、冉、駹这些夷族靠近蜀郡，如再行开通，设置郡县，胜过南夷。"

汉武帝见司马相如不费一刀一枪就平定了夜郎内部的动乱，对他早已刮目相看了。因此，面对他的金玉良言，几乎想都没想就同意了。

元光六年（公元前 129 年），汉武帝拜司马相如为中郎将，持符节去和西夷各国"建交"。其实，明眼人一看就知道，去搞定野蛮粗鲁的西夷并不是一件美差，而是一次苦旅。但是，司马相如既然能轻轻松松搞定夜郎，对付西夷也不是难事。他审时度势，这次采取了三步走政策。

第一，说服。这一次司马相如费尽口舌，采用"攻心"政策对付西夷人。鉴于众所周知的原因，一代才子司马相如的"口"不如"笔"，因此他的副手壶充国有幸成了"演讲大师"。壶充国拿着司马相如写的演讲稿，声情并茂地照本宣科后，效果同样是感动天感动地，感动了西夷人。据说这位壶充国老兄此次亮相，迷倒少女无数不说，更得到了汉武帝的另眼相看。后来，他被封为大鸿胪，掌管诸侯和少数民族事宜，可谓一说成名。

第二，赠礼。

第三，武力。司马相如在安排壶充国进行说服工作，以及用糖衣炮弹对付西夷的同时，还派副使王然于带领汉军进行军事演习，大有扬我国威之意。

就这样，在司马相如的三步走之后，西夷很快就被搞定了。

史上最牛的数字诗

司马相如搞定西夷后，终于站在了人生的顶峰。很多人都对这个才气过人的才子大呼"仕途不可限量"，司马相如也有飘飘然的感觉。这次来川蜀前，他就已经是中郎将了。立此大功，他再度青云直上，看似已毫无悬念，是板上钉钉的事了。

然而，世事无常，这话一点都不假。事实上，司马相如凯旋，汉武帝也不怠慢，亲自站在城门口迎接，待遇不可谓不高。只是司马相如脸上的笑容马上就僵住了，他还没明白是怎么回事，手上已多了副手铐。紧接着，汉武帝极其友好地请他进了一个特别的地方——牢狱。

汉武帝给出的原因是：受贿。功成名就遭人妒忌也是正常的。有人告司马相如在搞定西夷期间收受他人钱财，而且数额巨大。汉武帝最痛恨的就是腐败，最注重的就是反腐。于是，司马相如一入京便被"双规"了。

司马相如入狱，急坏了一个人。这个人就是西汉的美女加才女卓文君。不过，卓文君脸上的泪水很快就被笑容代替了，因为司马相如出来了。保释司马相如的是他的岳父卓王孙，有钱能使鬼推磨，这话一点不假。

司马相如出是出来了，但头上却少了一样东西——乌纱帽。汉武帝本着死罪可免，活罪难逃的原则，给"腐败分子"司马相如开出了处罚

344

令——革除官职，提着行囊，回家去。

伴君如伴虎，面对仕途的起起落落，面对人生的变幻无常，面对官场的尔虞我诈，面对朴衣素装的妻子卓文君，司马相如长吁短叹，心中似有千千结，昨日的风光还历历在目，现在却都已成明日黄花。

与司马相如的落寞形成鲜明对比的，是妻子卓文君的欢欣鼓舞。卓文君之所以在相公司马相如发出凄凉无助的苍凉之声后，却一副"采菊东篱下，悠然见南山"的样子，除了她看淡功名利禄的豁达，还有其他原因。

高官得做，骏马得骑。人可以改变环境，环境也可以改变人。只可惜男人有钱就变坏，更何况还是一个多情的才子。传说，司马相如在仕途中如芝麻开花节节高时，也在灯红酒绿中迷失了方向，走上了出轨的道路，甚至想到了休妻。他写了一纸休书，上面只有十三个数字："一二三四五六七八九十百千万"。

这是典型的打哑谜，但司马相如相信聪明的卓文君会明白自己的意思。

卓文君自从跟随了司马相如后，天天等夫君来接她，夜夜盼夫君来接她。五年的光景一晃而过，她等到花儿也谢了，还是不见夫君的身影。然而，值得庆幸的是，她虽然没有等来夫君，但等来了他的信。接到信的卓文君激动万分，只是，当她打开信时，满心的欢喜立马就被忧伤和绝望代替了。

卓文君是何等聪明的女人，自然知道夫君哑谜的意思。这句话里每个数字都有，唯独没有亿，无亿便是"无义"或说"无意"，意思已不言而喻。

伤心也罢，痛苦也好。卓文君就是卓文君，她很快从伤痛中走出来，她决定用尽全力来挽救这段濒临破碎的婚姻。她回了一封信，信的内容也很独特，只是将司马相如这十三个数字正写了一遍，又反写了一遍，作了一首数字诗：

一朝别后，二地相悬。

只说是三四月，又谁知五六年？

七弦琴无心弹，八行书无可传。

九连环从中折断，十里长亭望眼欲穿。

百思想，千系念，万般无奈把郎怨。

万语千言说不完，百无聊赖，十依栏杆。

重九登高看孤雁，八月仲秋月圆人不圆。

七月半，秉烛烧香问苍天，

六月伏天，人人摇扇我心寒。

五月石榴红似火，偏遇阵阵冷雨浇花端。

四月枇杷未黄，我欲对镜心意乱。

忽匆匆，三月桃花随水转。

飘零零，二月风筝线儿断。

噫，郎呀郎，巴不得下一世，你为女来我做男。

卓文君眼看口口声声说爱自己一生一世的夫君变心，并没有用最俗的那些"忘记你我做不到"之类的话来挽留司马相如的心，而是以暗讽的方式来刺激司马相如的良心。

果然，司马相如看到卓文君的回信后，感到羞愧难当。回想起自己穷困潦倒时卓文君的种种好处，他的良知终于苏醒过来。于是，浪子回头，决定不再休妻。

当然，司马相如不休妻，并不代表他就不再续妻。司马相如回了这样一封信，信的内容不再打哑谜，而是实话实说了。他以商量的口吻对卓文君说，念在夫妻一场的份儿上，婚可以不离了，但纳妾总可以吧？

对眼里揉不进一粒沙子的卓文君来说，纳妾比休妻更让她难受。这一次，她真的愤怒了，为何自己的丈夫总是三番两次地要花心呢？她想过一哭二闹三上吊，但是那样做的结果很有可能覆水难收，万劫不复。她决定以其人之道还治其人之身，用司马相如最擅长的文字来作为最后的武器，进行反击。一首流传千古的《白头吟》就这样新鲜出炉了：

> 皑如山上雪，皎若云间月。
>
> 闻君有两意，故来相决绝。
>
> 今日斗酒会，明旦沟水头。
>
> 躞蹀御沟上，沟水东西流。
>
> 凄凄复凄凄，嫁娶不须啼；
>
> 愿得一心人，白头不相离。
>
> 竹竿何袅袅，鱼尾何簁簁。
>
> 男儿重意气，何用钱刀为！

卓文君怕《白头吟》这一剂猛药的威力不够，还附加了一曲凄伤的《诀别书》：

> 春华竞芳，五色凌素，琴尚在御，而新声代故！
>
> 锦水有鸳，汉宫有木，彼物而新，嗟世之人兮，瞀于淫而不悟！
>
> 朱弦断，明镜缺，朝露晞，芳时歇，白头吟，伤离别，努力加餐勿念妾，锦水汤汤，与君长诀！

卓文君以四川烈女的刚强性格表示，自己只"愿得一心人，白头不相离"，如果你司马相如还是要将花心进行到底，那么，我跟你也就走到了尽头，大家以后路归路，桥归桥，各不相干。

司马相如看后，震惊之余，大为感动，想起往昔的恩爱，种种美好，种种甜蜜，种种幸福，纳妾的念头终于被拔节而出的道德和正义浇灭了。他在说出"诵之嘉吟，而回予故步。当不令负丹青感白头也"后，立马高车驷马，亲自登门迎接卓文君入京。

卓文君的放手一搏，终于让这个风流多情的男人回心转意了。后人常在诗歌戏剧中借他们二人的故事类比自己的爱情。如京剧《望江亭》中借此故事作藏头诗："当垆卓女艳如花，不记琴心未有涯。负却今宵花底约，卿须怜我尚无家。"

此诗句首四字连起来为"当不负卿"，写的喻义也很深，耐人寻味。

俗话说一朝被蛇咬，十年怕井绳。官场的诱惑早让卓文君心有余悸，因此，当司马相如搞定西夷，功成名就回长安时，她并没有半点欢喜。对她来说，司马相如越成功，她就越没有安全感。丈夫丈夫，一丈之内是丈夫，出了一丈就可能什么都不是了。

因此，当汉武帝对"受贿"的夫君给出革职回家的处罚后，早就想远离灯红酒绿的城市生活，去过逍遥自在的田园生活的卓文君，怎一个喜字了得？在她看来，隐居林泉，青山为伴，绿水相随，坐看日出日落，笑看云起云落，双飞双宿，甜甜蜜蜜，缠缠绵绵，岂不优哉美哉快哉乐哉善哉！

一年后，卓文君的田园梦碎，汉武帝昭雪平冤，宣布司马相如的受贿罪名不成立，又把司马相如调回京都任职。

元狩五年（公元前118年），一代杰出的辞赋大家司马相如悄然殒世。临终前，除了对妻子卓文君恋恋不舍，他唯一的遗书是写给汉武帝的《封禅书》。总之，为了报答汉武帝的知遇之恩，司马相如当真做到了兢兢业业，鞠躬尽瘁，死而后已。

不安分的卫氏朝鲜

汉武帝在北、南、西部都进行了赤裸裸的武力征讨，当真是剑锋所到之处，所向披靡。他极富野心，并不满足于已取得的成绩。他的终极目标是四海臣服，唯我独尊。

在这个时候，东边的卫氏朝鲜因为不安分，又成了汉武帝的眼中钉。

根据《太原鲜于氏世谱》记载，朝鲜的鲜于氏源自箕子朝鲜的后人。他们从箕子开始，一共经历了四十一代君主，直到公元前2世纪才被燕人卫满取代。汉初，燕王卢绾叛汉后逃至匈奴，其部将燕国将军卫满率千余人进入朝鲜，成为箕子朝鲜的宫相。公元前194年，他在王险（今朝鲜平壤一带）建立卫氏政权，推翻了箕子朝鲜的政权。这是朝鲜历史上第二个王朝，史称"卫氏朝鲜"。

汉惠帝（吕后专政）时期，辽东郡太守奉吕后之命，与卫满达成求和协约，卫氏朝鲜成了汉朝"倒贴"（付年薪）的附属国。

卫满以称臣的名义得到的实惠是看得见的。他依靠强大的汉朝的支持，先后把四周的真番、临屯等小国都征服了，国土面积比以前扩张了许多。

到汉武帝即位时，卫氏朝鲜已传到了第三世卫右渠的手上。这时的朝鲜国土面积虽然没有增加多少，但经济却飞速发展着。

经济发展了，国家富强了，卫右渠的胆子大了，野心足了，想摆脱汉朝的束缚了。为此，聪明的卫右渠采取了四步走战略。

第一步：单方毁约。他把协约撕个稀巴烂，什么白纸黑字，祖先们签的协议也能算数吗？

第二步：拒不朝觐。每年按时以外臣之礼去长安朝觐，那已经是"黄鹤一去不复返"的事了。男儿膝下有黄金，只跪苍天和娘亲，要想我堂堂一方之王跪拜在你汉朝天子脚下，两个字：没门！

第三步：广招义士。经济强了，本钱足了，武力也得到加强了。卫右渠广招天下豪俊。为了加强军事力量，他甚至为汉朝的一些亡命之徒提供了条件不错的收容所。

第四步：谢绝路过。朝鲜半岛的另一个叫辰国的小国想和汉朝友好，但去长安必须过朝鲜境内。于是，辰国国王不断点头哈腰地说："借光，借光，路过，路过。"结果都遭到了卫右渠的严词拒绝："不借，不借，绕道，绕道。"绕到哪里去？还不是绕回本国！辰国国王只能"望汉兴叹"了。

卫右渠实行四步走战略后，汉武帝很生气，认为自己的权威受到了严重的威胁和挑战，认为这是对汉朝的极大侮辱和蔑视。

当然，动武前，汉武帝还是先礼后兵，派人和卫右渠进行和平谈判。按照汉武帝的意思，谈得拢最好，谈不拢再打也不迟。

元封二年（公元前 109 年），那是一个炎热的夏天，涉何作为和平大使，带着一颗火热的心到王险城和卫右渠进行双边紧急会晤。

谈判一开始，涉何的心就掉进了冰窟窿里，由火热变得冰冷。他原本以为挟汉朝令四海臣服之威，自己到王险城只是做一次免费旅游罢了，搞定卫右渠只不过是几分钟的事。然而，事实证明，这只是涉何一厢情愿的想法，对于谈判，卫右渠根本就不接招。你说东，他说西；你扯南，他扯北；你软，他硬；你硬，他更硬。最后双方不欢而散。

接连几天都这样，涉何终于明白，再谈下去，也不会有任何结果。与其在这里浪费口水做无用功，不如回去向汉武帝报告。

涉何走的时候，卫右渠没有挽留，只是派了一个裨王相送。这个裨王送了一程又一程，大有把涉何亲自送到长安之势。当涉何说请回时，裨王答道："山野之地，不说流匪强盗，单是猛虎野兽就足以吃人不吐骨头。不把你送出国去，我放心不下啊！"

涉何是明白人，知道裨王名为相送，实为监督，他选择了沉默。"回去如何向汉武帝交代？"涉何心里开始琢磨复命的事，心情很是郁闷。

裨王眼看涉何对自己的热情相送不理不睬，倒也显得很配合，不再多说一句话。两人一路无语，大有将沉默进行到底之势。

沉默啊沉默，不在沉默中爆发，就在沉默中灭亡。涉何终于还是选择了爆发，他爆发的地点在水边。水是两国的交界地，涉何在此做出这样的选择应该说是没有办法的办法，过了河就什么机会都没有了。

"青山不改，绿水长流，送君千里，终有一别……"裨王眼看就要到汉朝的边境了，卫右渠交代的任务完成了，他长长地舒了一口气，教条似的吟了几句老掉牙的告别话。然而，他正准备打道回府时，突然一阵钻心的痛楚袭遍了全身，接着便是满天的血光笼罩开来……

涉何割下裨王的人头，这下可以去复命了：卫氏朝鲜不愿归附我汉朝，我已斩杀了他们的名将。

听到卫氏朝鲜不愿归附的消息，汉武帝满脸阴霾，随后听说涉何竟然在朝鲜境内如入无人之境，斩杀了朝鲜名将，脸色马上由阴转晴。随后连调查取证之类的过程都免了，直接对功臣涉何进行了嘉奖，直接升他为辽东都尉，负责那里的军事和防务。

汉武帝的意思已经很明显了，就是要让你涉何当边防总司令，让你去守边疆。

然而，涉何不会知道，自从他离开长安去辽东上任的那一刻起，已是"风萧萧兮易水寒，壮士一去兮不复还"了。

裨王死了，卫右渠很生气。原因是在他的地盘居然被名不见经传的"外来客"杀了自己的人。为了挽回面子，他决定报复。

冤有头，债有主。就在他苦于寻找涉何不得时，涉何却主动送上门来了。面对这个近在咫尺、新上任的辽东都尉，卫右渠很给面子。人家刚上任不久，他就派人火急火燎地去表示"欢迎"了。

半夜时分，涉何睡眼惺忪，但还是接待了这一批不速之客。只是当他脖子突然感觉到一种死亡的冰冷时，才知道半夜三更的客人是来者不善，善者不来的，这时候草率接待客人是要付出代价的——人头。

涉何死了，汉武帝很生气，他也决定报复。

欲加之罪，何患无辞？愈兴之兵，何患无由？涉何的死正好让汉武帝找到了出兵的理由，他不再走偷偷摸摸的路线了，而是决定光明正大地对卫氏朝鲜动武。

于是，一支由犯人、死囚为主的东征军马上成立了。汉武帝的用意很明显：让这些人戴罪立功。

接着，两名统军的将领也浮出了水面。一位是平定南越劳苦功高的楼船将军杨仆，另一位是后起之秀左将军荀彘。两人分海陆两路进军，目标直指朝鲜的政治、文化、经济、军事中心——王险城。

行家一出手，就知有没有。这话果然不错，杨仆率舟师七千人，直接穿越广阔的海上，以迅雷不及掩耳之势直抵王险城下，真如天兵下凡一般。

但卫右渠也不是吃素的，他敢和汉朝翻脸，自然有强大的实力做后盾。因此，面对这支从天而降的汉军，卫右渠没有惊慌，也没有畏惧。他早已在要塞之处做好了防御工作。眼看杨仆只有区区数千兵马，卫右渠就趁他们刚登陆，立足未稳之际，发动了猛攻。

杨仆所带大军以前到哪里都是他们打别人，别人只有防守挨打的份儿，哪里料到卫右渠吃了豹子胆，敢先下手为强，结果杨仆猝不及防，兵败如山倒。幸亏附近的崇山峻岭为他们提供了天然的逃难之处，才没落得全军覆灭的凄惨下场。

与水军的出师不利相比，另一队走陆路的汉军情况也不容乐观。荀彘率大军才出了辽东，在渡水时就遇到了卫氏朝鲜士兵的顽强抵抗，导致汉军寸步难行。

汉武帝原本以为水陆并进，拿下卫氏朝鲜只是"弹指一挥间"的事，哪里料到它是块难啃的骨头。在水陆两军皆受挫的情况下，汉武帝决定再谈判，硬的不行，就来软的，所谓软硬结合。

事实证明，卫右渠就是卫右渠，既然敢公开闹"独立"，自然不是等闲之辈，软硬皆吃。你来硬的，我奉陪，你想来软的，我还是奉陪。谈就谈，没什么大不了，在我的地盘，谁怕谁啊？

卫右渠嘴里虽然是这么说的，但当汉朝的第二位和平大使卫山抵达王险时，他却马上换了一副嘴脸：强颜欢笑，热烈欢迎，盛情招待。

客套过后，正式开谈。也许都是姓"卫"的缘故，会谈一开始，卫右渠就对卫山许下了承诺：我愿意归附汉朝。

卫山丈二和尚摸不着头脑，来时他还以为卫右渠难以搞定，路上还不时瞄几眼随身所带的应对之策，现在看来，这些都成了无用功了，根本就用不着。

卫山把卫右渠忽悠的话当真了，于是请卫右渠和他一起去长安见汉武帝。卫右渠自然不会自投虎口，可是话又说到这个份儿上了，难以收场，于是，他派太子和卫山一起去面见汉武帝。

太子乃是千金之躯，卫右渠又以防卫为借口，派了一万多人相随。卫山见人这么多，就说太子一个人去就足够了。

卫右渠解释道："我派太子带一万人马去长安，这不正可以显示我的一片赤诚之心吗？"

卫山无奈，只得应允。但是，当卫山和卫氏朝鲜太子一行人马浩浩荡荡刚到水边，还没进汉朝的边境时，问题出现了。

血染的风采

此时，在边境上的荀彘虽因两国谈判，暂时停止了进攻，但面对朝鲜太子"荷枪实弹"的一行人马到来，他也提出了自己的要求：解除武装，方可通过。

对于荀彘这八个字的要求，太子回了四个字："不可理喻。"

卫山眼看苗头不对，马上和荀彘进行了沟通，希望荀彘不看僧面看佛面，多多照顾，多多谅解。但是，荀彘对卫山的态度也很坚决：原则如此，不能更改。

就在荀彘和卫山争论不休时，卫氏朝鲜太子却没有这么大的精力站在河边苦等。他手一挥，调转马头。"啥时候有了结果，再来告诉爷一声。"朝鲜太子撂下一句话，就率众呼啦啦地走了。

卫氏朝鲜太子走了，卫山急了，心想煮熟的鸭子飞了，没办法，只好向汉武帝汇报。汉武帝听后大怒，心想，这样成事不足败事有余的人坚决不能留了，于是叫人把卫山推出去砍了头。

卫山死了，谈判宣告彻底失败。既然谈判不成，那就接着开打吧。开打前，汉武帝给荀彘下达了死命令，不平定卫氏朝鲜你就不要回来了。

话说到这个份儿上，已没有丝毫回旋的余地，该是荀彘玩命的时候了。

人的潜能总是在困境中才能被激发出来。荀彘在被逼无奈下，带领士兵发挥了不抛弃不放弃的优良作风，强渡河后，一路过五关斩六将，以锐不可当之势直抵王险城下，和那里的"游击部队"杨仆胜利会师。

杨仆带领七千水军登陆，被卫右渠打得遁隐山林后，已是一支支离破碎的残兵部队。在双方谈判时，他才得到了喘息的机会。战火重燃时，他又只好东躲西藏，过起了钻山豹的生活。因此，荀彘的到来无异于雪中送炭，杨仆终于重见天日。

荀彘说："咱们合围王险城吧。你负责东南两边，我负责西北两边，咱们打进城里再叙。"

按理说，荀彘和杨仆两军在战事最紧要的时候会师，自然士气大振，合围王险城应是手到擒来，不太费工夫的。然而，这一围竟然围了好几个月都没有攻进去。

王险城之所以久攻不下，除了城墙牢固、卫右渠拼命死守，更重要的一个原因，是杨仆和荀彘度过会师"蜜月期"后，很快就进入了"审美疲劳期"。

荀彘所带的士兵大多是燕代地区的精锐之师，英勇善战，军事素养过硬，攻城拔寨，毫不退缩。因此，包围王险城后，他们便每天坚持高举高打，猛烈攻城，两个字——玩命。

但是，杨仆的情况就大不相同了。他所带的兵大多是齐地囚犯，这些死囚本来有戴罪立功的机会，个个士气高昂，勇不可当。然而，登陆后，他们被卫右渠来了个当头一棒，便如霜打的茄子——蔫了。所谓一朝被蛇咬，十年怕井绳。在围攻王险城时，他们采取和而不战、战而有节制的方针，能打就打，不能打就休息，要他们玩命去攻城，也是两个字——没门。

卫右渠从汉军炮火的密集度和强硬度看出些端倪来，于是故技重演，马上派出密使去和"雷声大雨点小"的杨仆进行谈判。谈判主要围绕投降的条件和细则等问题进行，以造成真心归汉的假象。

因为在平定南越时，路博德凭着智取，很快搞定了南越，拿了头功，杨仆杨大将军只能屈居其后。也正是因为这样，吃一堑长一智的杨仆这次也想学路博德，以智取战术拿下王险，立下头功。所以，面对卫右渠的忽悠，杨仆采取的方针是来者不拒，来了就谈，谈不拢再打。结果谈来谈去，什么实质性的东西都没有谈出来。

而那厢荀彘拼死拼活地攻城，迟迟不见杨仆这边有动静，就派人来问杨仆什么时候大家一起发动总攻。杨仆想也不想就回答道："攻城还不容易，明天呗。"

结果到了第二天，荀彘磨刀霍霍，率众攻城时，杨仆那边却还是一点动静都没有。情急之下，荀彘又派人去杨仆那里询问是怎么回事。杨仆拍着脑袋做醒悟状："不好意思，我忘了，明天一定打。"

再过了一天还是一样，荀彘打他的，杨仆坐山观虎斗。如此周而复始，明日复明日，明日何其多！我生待明日，万事成蹉跎。

于是，孤掌难鸣的荀彘也不打了。因为他有了一项新的任务要做：调查杨仆的作风问题。

荀彘认为杨仆之所以不打，是因为和卫氏朝鲜有不正常的关系。于是荀彘再派人去杨仆那里时，不再是询问，而是质问："你到底是啥意思？"

杨仆回答得简洁有力，只有十个字："仁义废，霸者出，而尚智力。"

这句话是什么意思呢？说白了就是"不战而屈人之兵"。杨仆的意思已经很明确了，你打你的，俺玩俺的，咱们井水不犯河水，互不干涉。

荀彘意识到了形势的严峻，马上把杨仆的情况向汉武帝进行了汇报，称杨仆有反叛之心。理由是杨仆前有马失前蹄之过，后又与卫氏朝鲜大臣私下联络，而卫氏朝鲜只谈不投，分明是在勾引杨仆上贼船。

荀彘的话引起了汉武帝的高度重视，本着没有调查就没有发言权的原则，他派出了济南郡太守公孙遂去明访，并给他这样的特权：必要的时候可以自行处理。

公孙遂不会料到，就是汉武帝这句极具权威的话，让他付出了生命的代价。

公孙遂赶到前线后，马上展开了调查。他到荀彘军中，对荀彘进行了亲切友好的问话，荀彘自然是知无不言，言无不尽，把杨仆如何失约不按期会师共同破敌、如何和卫氏朝鲜勾三搭四的事如竹筒倒豆子般倒了出来，最后还总结道："形势非常危急，如果杨仆心怀二心，和朝鲜联合起来对付我军，我军危如卵石矣。当断不断，必受其乱，请公孙大人定夺。"

公孙遂点了点头，问道："对待卖国求荣的人该如何办？"荀彘答："杀。"

公孙遂点了点头："你去把杨仆给我叫来。"随即把符节交给荀彘。

那厢的杨仆正和卫氏朝鲜谈得如火如荼，荀彘的到来让他大吃一惊："咱们不是说好了井水不犯河水的吗？你来干什么？"

荀彘一句废话也没说，直接拿出公孙遂的符节，说是奉命来请杨大人去商议军事的。这下，杨仆没办法了，只得跟荀彘走。

杨仆这一去就被公孙遂擒了起来。公孙遂对他进行了突击审讯，要求他交代卖国求荣的全部罪证。杨仆没有做贼，心里不虚。问来问去，他只是反反复复说这十个字："仁义废，霸者出，而尚智力。"

"而尚智力，而尚智力，我看你是智力过了头。"公孙遂没有再和杨仆辩论，而是直接带着他回长安请汉武帝定夺。

绑了杨仆，公孙遂闯祸了。前线正是需要人的时候，汉武帝先是一惊，然后勃然大怒道："我是叫你在最危急的时候可以自行裁决，不是叫你滥用职权。"震怒下的汉武帝马上就砍了公孙遂的头。

杨仆走了，公孙遂死了，荀彘如果不尽快拿下王险城，离死期也就不远了，他不玩命也不行了。

两军合并后，荀彘依然发挥高举高打的作战风格，对王险城进行了一轮又一轮的地毯式进攻，效果是显而易见的。虽然王险城太坚固，没被攻下来，但一些朝鲜大臣的心却被攻了下来。

卫氏朝鲜的国相路人、韩阴，尼溪之相参、大将军王唊四位重量级人物眼看这样"烽火连三月"下去，家书都可以抵万金了，于是坐在一起开了个碰头会："我们开始要是投降楼船将军杨仆就好了，如今楼船将军被捕，荀彘的攻势又如此猛烈，王险城被攻破是迟早的事。国王又不肯投降，咱们不逃，只有死路一条啊！"

达成"战则必死"的结论后，韩阴、王唊、路人三人选择了"三十六计，走为上计"，纷纷投奔了汉军。

只有参迟迟不见动静。他在等，等一个机会，一个立下大功的机会。机会终于来了，元封三年（公元前108年）夏，离汉武帝对卫氏朝鲜动武整整一周年之际，一直没动静的参开始行动了。他不动则已，一动惊人，以迅雷不及掩耳之势直奔王府，对着手无寸铁的卫右渠就是几剑。

割了卫右渠的首级投降，是他苦等的最佳结果。功夫不负有心人，他做到了。搞定了卫右渠，也就等于搞定了王险城。然而，当参宣布投降汉军时，他没有料到，还会有一个人站出来表示不同意。

这个人叫成巳，他接过卫右渠手中的大旗，在王险城继续垂死抵抗。参功败垂成，只怪自己粗心大意，后悔不已。

仗打到这个份儿上，荀彘没有再强攻，而是学起了杨仆的"而尚智力"。他派卫右渠的儿子长降、路人的儿子路最唆使民众杀死了成巳。至此，汉朝终于平定了卫氏朝鲜。武帝之后在卫氏朝鲜故地设立了四个郡：

真番、临屯、乐浪、玄菟，朝鲜正式并入了汉朝疆土。

一切都尘埃落定了，该是对有功之臣嘉奖的时候了。本着外来是客的原则，汉武帝首先亲切接见了降将，然后封参为澅（huà）清侯、韩阴为荻苴侯、王唊为平州侯、长降为几侯。此时路人已经逝世，但他的儿子路最被封为温阳侯。

接下来，该轮到内部人员的封赏了，汉武帝自然不会忘记两名征东大元帅荀彘和杨仆。荀彘满以为平定卫氏朝鲜，最后皆是他一人之力，没有功劳亦有苦劳，加官封侯自然是没得说了。然而，汉武帝的宣判让他的满心欢喜顿时化为乌有。

汉武帝开的奖励单如下：荀彘和杨仆格杀勿论。

理由如下：荀彘犯了争功而相互忌妒、违背作战计划之罪；杨仆犯了率军队到达洌口（今朝鲜大同江入海口南岸）后，应当等候左将军，却擅自抢先攻击敌人，致使汉军伤亡过多。两人数罪并罚，皆被判处死刑。

两人不服，提出了上诉。最终，荀彘不但维持原判，而且罪加一等，被处以"弃市"（汉朝时期在闹市砍头后，将犯人暴尸街头的一种刑罚）。而杨仆却成功改判，他走出了监狱，走进了老百姓的行列，成为一介平民。

平定卫氏朝鲜，汉朝四将三死一伤，当真是血染的风采啊！

第十一章

将征服进行到底

"贵人"和"囚人"

汉武帝通过不懈的努力，先后对匈奴进行了十余次大规模的军事行动。不可一世的匈奴遭受的打击是巨大的，最后其士兵少得可怜了，国力殆尽，没有实力再入侵了。

也正是因为如此，匈奴人开始和汉朝议和。元狩六年（公元前117年），伊稚斜单于派使者到长安，向汉武帝提出了和亲，表示只要汉朝把公主嫁给单于，双方就不打了。

面对匈奴提出的和亲要求，汉武帝也犹豫过，思索该不该答应。他马上召开朝中会议，商议这件事。结果，自然出现了支持派和反对派两大派系。

支持和亲的说，钱财乃身外之物，可以给匈奴一些银两，以安其心；以"假冒"的皇室公主嫁给单于，以丧其志。安其心，丧其志，使其最终堕落，如此，边境再无战争矣。

反对和亲的说，匈奴已遭我军重创，现在已是落败的凤凰不如鸡了，怎么能再给他们这么优厚的条件呢？他们理应向汉朝称臣，每年定期纳贡才对。

万国来朝，是雄才大略的汉武帝梦寐以求的场面。于是，他最终被反对派的观点说服，并派出反对派的代表——任敞作为使者出使匈奴，进行谈判。

伊稚斜满以为任敞带了无数的金银珠宝和如花似玉的公主来，哪里料到任敞开口闭口不谈和亲，只谈招降。伊稚斜火冒三丈，恨不得当场就把任敞五马分尸了。

好在伊稚斜最后本着"两国交战，不斩来使"的原则，只是拘留了任敞。

至此，匈奴和汉朝的和谈宣告失败。但是，汉武帝没有马上做出反击，因为大将军霍去病"病去"了。

一晃三年过去了，元鼎三年（公元前114年），伊稚斜单于追随霍去病，也来了个"病去"。他的儿子乌维单于即位。乌维单于知道凭一己之力很难改变两国的关系，于是，对汉采取了疏远的政策，厉兵秣马，以待天时。

而汉武帝也因为定南夷、平南越，没工夫管匈奴。直到元封元年（公元前110年），汉武帝才腾出手来，把目标再次瞄向好久都没有动静的匈奴。

匈奴这边的事一天不搞定，汉武帝心里就一天不踏实。对他来说，数十年的打打杀杀，他已对匈奴的脾气了如指掌，明白只要匈奴人还有一口气在，他们就会有一种永不服输的精神，就会想东山再起，就会反击。

此时，朔方郡已修建得差不多了。汉武帝调集了十余万军队在朔方郡进行了一次史无前例的"军事演习"。

然而，示威后，匈奴人还是没有动静。汉武帝急了，又派出了一个叫郭吉的使者出使匈奴。郭吉这一去和任敞的下场一样，一听到"招降"两字，乌维单于怒不可遏，把郭吉也拘留了起来，放到草原上看羊去了。

郭吉一去匈奴，如泥牛入海，毫无音信。两次招降失败后，汉武帝并没有灰心，元封四年（公元前107年），火热的夏天，他又派王乌带着一颗火热的心"再向虎山行"。

王乌是北地（今甘肃省宁县）人，对匈奴很是了解，知道他们吃软不吃硬。于是，他这一去匈奴，并没有像任敞和郭吉那样仗着强大的汉朝做后盾，作威作福。他以诚恳的态度和乌维单于进行了双边会晤。乌维单于碍于情面，敷衍王乌道："只要汉朝愿意和亲，我愿派太子作为人质以表诚意。"

王乌把乌维单于的敷衍当成了承诺。他的使命完成了，满意地回去向汉武帝报告。

听到这个振奋人心的消息，汉武帝脸上露出了灿烂的笑容。接下来，杨信成了第四个出使匈奴的使者，汉武帝交给他的任务简洁明了，和乌维单于商谈"招降"的具体细则。

杨信因为不肯入乡随俗，导致乌维单于很不满意。双方开谈前气氛就不融洽了。

"大王如果想和亲，请派太子殿下到大汉去吹吹风。"会谈一开始，杨信便来了个开门见山。

"这样太麻烦你们了。还是按老规矩，把你们的公主请到我们匈奴这里来体验原生态草原生活吧。如果怕公主不习惯这里的生活，可以顺便带些丝绸、珠宝、字画等土特产过来。"乌维单于含沙射影地提醒杨信，不要忘了以前汉朝和他们和亲都是大汉派遣公主下嫁单于，并且还附带不菲的嫁妆。

"可是，让太子去大汉朝，是大王您的承诺啊。"杨信道。

谎言和真话的区别在于，一个听的人当真了，一个说的人当真了。显然，杨信属于前者。

"是吗？我许过这样的承诺吗？"乌维单于反问道。

直到这时，杨信才知道乌维单于一直是在忽悠他们。他明白多说无益，于是，来了个拂袖而去。乌维单于也不挽留，嘴角露出一丝不易察觉的冷笑，心里却道："看你大汉有多少使者可以送来被我忽悠！"

杨信回来向汉武帝汇报了乌维单于的真实用心，但汉武帝仍对乌维单于抱有幻想。于是，王乌再次披挂上阵。

乌维单于这时为了以和亲稳住汉朝，继续忽悠王乌，说杨信并没有真心来谈和亲的事，自己也是没有办法才说了几句气话。最后，他又给了王乌一个承诺："我一直景仰大汉天子，想一睹天子的尊容。如有缘，理应当面与他商谈。"

王乌是典型的"头脑简单，四肢发达"的人，他再一次对巧嘴乌维单于的话信以为真。于是，又屁颠屁颠地回去向汉武帝复命了。

事实证明，这一次汉武帝也糊涂了一回，他也对乌维单于的话深信不疑。于是，他下令修建豪华公寓，只为等乌维单于亲临长安。

公寓建好了，汉武帝验收合格，一切都准备好了，只等乌维单于大驾光临了。然而，汉武帝等啊等，就是不见乌维单于的人影，最终等来的是乌维单于请人代为转达的一句话："非汉朝最为尊贵的官员来请，我是不会去长安的。"

汉武帝没辙了，只好派路充国去匈奴请乌维单于入京。路充国怀揣着两千石的铁石官印（证明富贵身份的，马虎不得），也累得够呛。

乌维单于哪里料到汉武帝会这么执着，忽悠了一批使者，又来一批使者，大有绵绵不绝之势。最后，他没辙了，只好派出匈奴同样身为"贵人"的一名高级官员出使汉朝，并且美其名曰"来而无往非礼也，贵人对贵人"。

事实证明，匈奴的贵人果然是"贵人"，高贵到了弱不禁风的地步。贵人一到长安，就受到了包括汉武帝亲自召见在内的汉朝最高级待遇。但是，他屁股还没坐稳，就只能躺在床上了，原因有二：一是长途跋涉伤了身体，二是水土不服伤了身心。

匈奴的贵人刚到自己的地盘就病了，汉武帝急了，御医们有得忙了。

但是，纵使汉武帝重金赏请天下名医，但贵人就是不给面子，连挥一挥手的多余动作都没做，就病逝了。

汉武帝摇头叹息之余，为了消除误会和不良影响，只好又派路充国出使匈奴。

路充国这一次"盘缠"比上一次更多、更好、更珍贵。他除了带着匈奴贵人的棺枢，还带了大大小小数十个箱子，每个箱子里都装满了黄澄澄、白花花、亮晶晶的金银珠宝。

按理说，匈奴贵人一个人的性命换来了这么多的珠宝，死的也是"重于泰山"了。然而，汉武帝不会料到，他的千金竟然买不回匈奴一贵人之命。

路充国一到匈奴，就向乌维单于汇报了贵人之死的原因，以及汉武帝送上千金对这件事处理的诚意。他满以为乌维单于肯定会对自己感恩戴德，毕竟千里迢迢护送棺枢，没有功劳也有苦劳，没有苦劳也有疲劳。他哪里料到，乌维单于二话不说，就把自己当作杀人犯拘留了起来。可怜的路充国，一下子由"贵人"成了"囚人"。

枪打出头鸟，路充国就是那只被打的鸟。

这个单于是个好人

路充国被囚禁的第三个年头，乌维单于的人生也走到了尽头。这个反反复复的小人，以其特有的流氓作风，害得聪明一世的汉武帝，糊涂了好几回。直到路充国到匈奴千金散尽人却未复还时，汉武帝才从南柯一梦中惊醒过来，明白自己被忽悠了。

可惜，这时汉朝的大军都在东西南北对周边小国进行征服之旅，根本就没有精力和匈奴动武。饶是如此，汉武帝还是把战略的重心慢慢地向匈奴这边偏移，磨刀霍霍，只等时机一到就进军。

然而，乌维单于的死让汉武帝有一种莫名的惆怅之感。汉武帝一生南征北战，没有攻不下的城墙，没有打不败的敌人，唯独对乌维单于束手无策。这么多年的和亲和招降，大汉赔了大量的珠宝和一批又一批的使者，仍然毫无进展。

乌维单于死后，他的儿子詹师庐继位，号称"儿单于"。他之所以被称为"儿单于"，是因为继位时年纪还小。也正是因为这样，汉武帝认为"儿单于"不过是一个小孩，无须动武，只需诱惑和威逼这两招就能搞定他。

于是，汉武帝派出了两名使者，采用了两步走政策方针：一个使者负责搞定儿单于；另一名使者负责搞定实权在握的右贤王。

汉武帝使出的是三十六计中很常用的一计——反间计。

但是，这样的雕虫小技很快就被防备森严的匈奴人识破了。最后，两位使者都被当作"贼"抓了起来，参加儿单于的"听审会"。

别看儿单于人小，办事却毫不含糊。他马上对两位汉使进行了严刑逼供。

为了免除皮肉之苦，争取从宽处理，两位使者不得不出卖自己的国家，交代了一切。

儿单于很生气，下令将两位使者永久拘留。匈奴的大牢里又多了两名可能把牢底坐穿的人。

随后，儿单于将父皇的优良传统作风继续发扬光大，汉朝的使者来一批就扣一批，来两批就扣两批。总之，他要让汉武帝明白这样一个道理，他送出的使者犹如肉包子打狗，有去无回。

就在汉武帝陷入对匈奴"断交"的苦恼时，匈奴使者却不期而至。汉武帝当时正对儿单于随意扣留汉朝使者的行为大为愤怒，这时见了匈奴使者，也不问青红皂白，来了个以其人之道还治其人之身，先拘留再说。

匈奴使者满怀热情，带着一颗火热的心，被当头浇了一盆冷水后，激情浇灭了，热情消失了，感情变淡了，但使命却不曾忘记。于是，他说了一句石破天惊的话："明知山有虎，偏向虎山行，这是为哪般？"

是啊，明明知道当前汉朝和匈奴的关系，这个使者偏偏还敢在这个风头上来汉朝，这是为哪般呢？押解的官员及时向汉武帝进行了汇报。匈奴使者的问题引起了汉武帝的高度重视，下令马上召见他。

"我不是匈奴的使者。"匈奴使者说的第一句话让汉武帝惊住了，心想："这小子该不会为了活命，连自己的国籍都想背叛了吧。"

"我是匈奴左大都尉派来的使者。"匈奴使者说的第二句话让汉武帝喜出望外，他听出了使者话中有话，于是，态度马上来了个一百八十度的大转变，将使者请到上座，招待了一番，然后才说："请继续。"

"儿单于残暴不仁，动辄诛杀大臣，我左大都尉为了免受牵连，决定弃暗投明。"

"非常好。"

"不过，我左大都尉投降之前，还有个条件。"

"什么条件？"汉武帝满以为匈奴使者提出的是高官厚禄这类条件，然而，匈奴使者接下来的话让汉武帝又惊又喜。

"我们左大都尉什么都不要，只要汉朝的兵。他要提着儿单于的人头来见您。只是眼下我们势单力孤，所以，想请大王派兵前去边境接应，里应外合，方可稳操胜券。"

有这样的好事，汉武帝当然没有拒绝的理由。于是，他封赵破奴为浚稽将军，率两万大军从朔方郡出发，目标直指匈奴腹部之地——浚稽山（约今蒙古国戈壁阿尔泰山脉中段），在那里和左大都尉会合。

然而，当赵破奴火急火燎地赶到浚稽山时，没有等来左大都尉，却等来了匈奴的大部队。原来，左大都尉是个毛手毛脚之人，还没举事，就不慎走漏了风声，结果来了个"举事未遂身先死"。

儿单于杀了叛徒，还不解恨，面对送上门的赵破奴，一股怨气正无处可发，于是，来了个将计就计，躲在浚稽山下以逸待劳。结果可想而知，中了计的赵破奴如果想活命，只有一条路可以走——逃。

逃啊逃，带了些残兵败将的赵破奴逃了几天几夜，终于甩开了穷追不舍的匈奴士兵。此时，天渐渐地黑了下来，夜朦胧，鸟朦胧，人更朦胧。朦胧中的赵破奴做出了一个大胆的决定：管他安全不安全，就地夜宿，明天一大早再继续逃。

对于好些天没有睡觉的士兵们来说，又饥又渴，体力达到了极限，睡觉是最大的奢望。听主帅开口说可以睡觉，差点没叫赵破奴爹了，当下蒙头就睡。不久,汉军便个个酣睡如泥,像死猪一样。

然而,事实证明,赵破奴饱睡一晚的想法太过单纯了。因为,就在汉军"睡在地上成一统,哪管白天与黑夜"时,匈奴士兵来了。他们没有再给汉军任何反抗的机会,迅速包围了酣睡中的汉军,接下来就是"砍瓜"比赛了。

惊醒过来的赵破奴想再反抗,来个鱼死网破时,已晚矣。当他身先士卒往外冲时,被匈奴人活生生地擒住了。擒贼先擒王,主帅被擒,汉军哪里还有斗志?骨气硬一点的,战死;骨气软一点的,投降。兵败如山倒,没有任何悬念可言,结局是惨痛的,赵破奴两万大军全军覆没。

赵破奴全军覆没后,尝到了甜头的儿单于对汉朝进行了赤裸裸的入侵。幸好边防大元帅公孙敖早有准备,坚壁清野,最终逼使匈奴高高兴兴地来,垂头丧气地走。

春去秋来,第二年,儿单于忍不住手痒,亲自挂帅,率匈奴主力部队欲和汉朝试比高。

而此时,汉武帝因为赵破奴的全军覆没,也对匈奴下达了必杀令。强弩都尉路博德延边筑城;游击将军韩说、长平侯卫伉率大军进行一级备战,随时听命。汉武帝还亲自坐镇边境最重要的军事基地朔方城"恭候"儿单于的到来。

双方磨刀霍霍多年,一场大战迫在眉睫。

然而,儿单于走在中途却突然变卦了。这次"绝代双骄"的世纪大战也就这样戏剧性地宣告结束了。

儿单于爽约不是因为害怕汉武帝和汉军的强大,而是因为他病了,并且一病不起,很快就撒手归西了。

儿单于本来就是小孩,还没有生下继承人。于是,儿单于的叔父,也就是乌维单于的弟弟右贤王呴犁湖当上了单于。

呴犁湖继承了匈奴单于贪婪无度的本性，上任后，对汉朝进行了不间断的"打草谷"，结果使汉朝边境又重新回到了"烽火连三月"的状态。好在汉武帝早有准备，边境防守得力，呴犁湖单于带领匈奴人常常是这里抢了汉朝一些牲畜和财物，那里又被汉军的游击队击毙千把人。总之一句话，捡了芝麻丢了西瓜，得不偿失。

但是，呴犁湖单于铁了心，非要完成儿单于未完成的事业不可，和汉武帝血拼到底。结果，打打杀杀，东奔西跑，不到一年的时间里，汉朝还是那个汉朝，匈奴也还是那个匈奴，但呴犁湖却不是那个呴犁湖了。他病了，原因是疲劳过度。太初四年（公元前101年），呴犁湖单于同样撒手归西。

呴犁湖单于死后，儿单于的另一位叔父，也就是乌维单于和呴犁湖单于的弟弟且鞮侯时来运转，登上了单于的宝座。

就在匈奴的单于轮流坐庄的时候，被囚困在匈奴达数年之久的路充国也时来运转，从黑暗中看到了光明。只听见他嘴里反反复复，唠唠叨叨，重复着两个字：回家。

路充国终于回家了，一见到汉武帝，他便未语泪先流，大颗大颗晶莹的泪珠顺着他的脸庞往下流。汉武帝见他这个架势，也有点慌了，毕竟这些年路充国在外面还是受苦了，他正要安慰几句时，路充国却说话了："且鞮侯单于是个好人。"

路充国当着汉武帝的面盛赞别人，更何况是大汉的大冤家，汉武帝当然不会有好脸色了。正当他脸上晴转多云、多云转阴时，路充国的第二句话新鲜出炉了："且鞮侯单于放我回来，不是给我面子，是给皇上您面子啊！"

汉武帝是聪明人，自然知道路充国话里的意思。且鞮侯单于放了路充国是因为惧怕汉朝的强大。事实上，汉武帝此时已成功搞定了西域的大宛等国,举全国之兵正慢慢向匈奴的战场上转移。且鞮侯单于审时度势,不得不放出路充国等昔日被匈奴单于扣留的汉朝使者。

就在汉武帝脸色稍见缓和时,路充国的第三句话出口了:"且鞮侯单于叫我给皇上捎一句话。"

汉武帝做洗耳恭听状。路充国顿了顿,说道:"我匈奴的单于是汉朝的'女婿',我只是儿孙辈,汉朝就是我的长辈了。"

自降身份,意在明哲保身。对此,汉武帝很是满意,于是暂时放弃了动武的念头,决定重走和亲路线。

天汉元年(公元前100年),汉武帝拜苏武为中郎将出使匈奴。苏武到了匈奴后,见到且鞮侯单于,献上礼物。接下来的会谈中他正襟危坐,态度不卑不亢,既不显摆汉朝的强大,也不畏惧匈奴的凶悍。

然而,且鞮侯单于收礼物时两眼发光,接完礼物后,马上又拉长了一张马脸,一脸的傲慢。

对此,苏武心里虽然不满,但还是选择了忍气吞声。然而,他再三努力,一退再退,且鞮侯单于不是狮子大开口,就是横眉冷对。最终,他明白了这样一个道理:且鞮侯单于和他的哥哥乌维单于一样,是个典型的忽悠派,根本就没有诚意和汉朝和亲。

既然谈不拢,那就好说好散了。然而,就在苏武准备启程离开时,且鞮侯单于亮剑了,他说了一句石破天惊的话:"都给我拿下!"

就这一句话,让苏武的回家梦推迟了整整十九年才实现。直到汉昭帝的时候,他才恍如隔世地回了家,这是后话。

生死两重天

汉武帝终于决定对匈奴动武了。原因有二：

一是"面子"的需要。他派出的寄予厚望的大型"汉使团"如泥牛入海，一去不复返。这让他先是震惊，然后是愤怒。两国交战都不斩来使，两国和谈用得着扣留使者吗？看样子不给匈奴点颜色看看，他们真不知道天有多高，地有多厚了！

二是"里子"的需要。南越叛乱被平定，西边的大宛等国被征服，东边的朝鲜也归附，只剩下北边的匈奴对汉朝虎视眈眈。换句话说，东西南北，现在只剩下北边还在和汉朝较劲了。而汉朝现在四海平定，已有足够的兵力和精力来打击匈奴。

天汉二年（公元前99年），那是一个夏天，汉武帝派出了贰师将军李广利挂帅亲征匈奴。

李广利带领三万精兵从酒泉出发，目的地很明确，直捣匈奴右贤王的军事根据地——天山。李广利如尖刀般突入匈奴的腹地，打了右贤王一个措手不及，停战了多年的右贤王哪里料到汉军会突然从天而降，战事最后以匈奴惨败收场。

李广利出师告捷，擒杀敌人共计一万多人，心中难免得意。他没有继续追穷寇，而是调转军马，来了个凯旋，欢欢喜喜地准备向汉武帝邀功去了。

因为生擒了大量的匈奴士兵，归途岂是"漫漫"两个字可以形容的。就在李广利得意扬扬地往回走时，右贤王却马上从失败的阴影中走出来了。他迅速组织了大量兵马，进行了复仇。

于是，一个慢腾腾地走，一个日行千里地追。不消两日，李广利的大军就被蜂拥而至的匈奴士兵围了个水泄不通。

汉军被包围后，数次突围都宣告失败，只能做困兽之斗。风在吼，马在叫，士兵在咆哮，他们高喊着一个字，不是杀，而是饿。

眼看粮草告急，防线告急，李广利急得像热锅上的蚂蚁。就在这个生死存亡的关键时刻，假司马赵充国站出来了，他说了这样一句话："与其被困死在敌人阵中，不如做最后一搏。属下愿带一百敢死队为将军开路，只求将军能活着出去。将军他日若能平定匈奴，别忘了告诉九泉之下的属下便是。"

李广利被感动得热泪盈眶，正想说"这怎么可以"之类的话时，赵充国早已带领他的敢死队向敌人的壁垒进发了。

人要是能战胜自我，还有什么不能战胜的？敢死队连死都不怕了，还有什么可以畏惧的？也正因为这样，这支敢死队以雷霆之势奋不顾身地杀向敌阵时，匈奴人被他们视死如归的气势和气魄震住了，纷纷溃退。结果，敢死队如同一把利刃，硬生生地在匈奴的铁桶阵上撕开了一个口子。

机不可失，时不再来，李广利不再犹豫，率大军一阵烟地杀出，来了个扬长而去。李广利活着回来了，但他手下的三万精兵却只剩下孤零零的千余人了，唯一令人感到欣慰的是敢死队的头头，功不可没的赵充国活着回来了，虽然他伤痕累累，血肉模糊。

尽管汉武帝对李广利先赢后输表示了遗憾和不解，但并没有过多追究李广利的军事责任。听说赵充国的英雄事迹后，汉武帝觉得可大做文章，为以后反击匈奴做表率作用。

于是，他马上召见了赵充国，亲自验证了赵充国身上的伤。赵充国身上上上下下、左左右右、前前后后竟然体无完肤。那一道道或浅或深的伤疤，是那么触目惊心，震撼人心。汉武帝一边安慰这位英雄，一边给了他奖励：官升中郎将。

其实，面对这场磨刀霍霍多年的军事行动，汉武帝并没有只派李广利孤军深入。为了保障汉军后勤运输的安全及接应，汉武帝在起用李广利的同时，还起用了另一名年轻的小将，他的名字叫李陵。

李陵又是何许人也？

提到李陵的祖父，真是不说不知道，一说吓一跳。他祖父便是扬名四海、曾令不可一世的匈奴闻之色变的"飞将军"李广。

自从元狩四年（公元前119年）李广被迫自杀之后，这一军人世家就时乖运舛。李广死后的第二年，其堂弟、当朝丞相、乐安侯李蔡因盗取官地，下狱自杀。李广的三个儿子，长子、次子都先李广而死，少子李敢曾以校尉随骠骑将军霍去病击匈奴，勇夺左贤王旗鼓，赐爵关内侯，代父职为郎中令。李敢因怨恨大将军卫青逼迫其父自杀，遂伺机将其击伤。

卫青或许是对李广之死颇感内疚，所以将此事遮掩起来。但是，卫青的外甥霍去病却愤恨难消，趁与李敢伴随武帝在甘泉宫围猎之时将他射死。此时，霍去病深得武帝宠爱，所以，武帝极力掩盖事情真相，说李敢是在围猎时被鹿撞死的，这样的结果纯属意外。一个朝廷高官就这样无声无息地消失了，令人唏嘘。

李敢死后，李氏家族更加衰落。虽然李敢的儿子李禹得宠于卫太子，也颇有些勇力，但没有继承其祖父仗义疏财的优良品质，是一个好利嗜财的匹夫，不足以担当大任。直到李广的大儿子李当户的遗腹子李陵成人之后，这一"没落"之家才又看到了一丝希望。

李陵步入仕途后，任侍中、建章监。由于家世的熏陶，李陵不仅擅长骑射，而且待人接物谦让真诚，名誉远播。汉武帝认为李陵最有李广遗风，为了考验他的能耐和胆识，曾命他率八百骑过居延，深入匈奴之地两千多里查看地形。李陵"来去如风"，进入匈奴境地如入无人之境。归来后汉武帝龙颜大悦，封他为骑都尉，教酒泉、张掖的士卒骑射，防备匈奴侵扰，保卫国家。

苏武大型使团失踪后，汉武帝在重用李广利的同时，也没有忘了名门之后李陵。于是，他特地将李陵从边郡召回，并亲自在未央宫武台殿和他开了"座谈会"。在必要的客套和寒暄后，汉武帝对李陵说了三句简明易懂的话。

汉武帝的第一句话："匈奴欺我汉朝太甚，不给他们点颜色瞧瞧，怕是他们不知道天高地厚了。"李陵听了，心中一喜："皇帝该不会是想让我挂帅亲征吧？"

汉武帝的第二句话："我决定派李广利为贰师将军，打击匈奴的嚣张气焰。"李陵听了，表情一悲："原来主帅早有人选啊。"

汉武帝的第三句话："我想让你为李广利护送辎重，做后勤部部长。"李陵听了，表情一怒："我李陵是什么人，怎么能为因裙带关系青云直上的李广利做'嫁衣'呢？"

李广利是武帝宠姬李夫人的哥哥，因征服大宛有功，被封为海西侯，宠幸正盛。但是，作为一名世代以军功晋身为荣的军人后代，李陵鄙视因裙带关系而升迁的李广利。因此，当汉武帝第三句话出口后，李陵几乎想都没想，就回答了三个字：不愿意。

汉武帝很是惊愕，做后勤部部长，虽然没有前锋大元帅那么威风，但一来没有什么风险（毕竟不用冲锋陷阵），二来前锋打了胜仗，他也可以得到封赏（没有功劳也有苦劳），而打了败仗又没有什么大责任。因此，这种职务历来是很多将士求之不得的。

"大丈夫生当做英雄，死亦做鬼雄，怎么能畏首畏尾地躲在后面做搬运工呢？"李陵也是个很识时务的人，眼看自己一时激动直言相拒，汉武帝的面子挂不住了，赶紧灵机一动，马上圆场。

"臣所率戍边士卒都是荆楚勇士和奇才剑客。臣愿意自领一军单独出击，使匈奴顾此失彼，无法集中兵力专攻李广利所率主力。"

汉武帝听完这番话，脸马上由阴转晴，沉默半晌，无奈地说道："我把军马都调给李广利了，已经没有多余的骑兵可以让你来指挥了。"

李陵昂首回答："没有骑兵也行，臣愿意以少击多，率五千步兵横行匈奴之中！"

武帝见李陵勇气可嘉，没有再为难这个自告奋勇的年轻俊杰，不仅答应了他的请求，还给他派了一个得力的副手做接应——强弩将军路博德。

路博德是一员沙场老将，如今却要为一个名不见经传的后生小辈殿后，心中自然愤愤不平，于是，对汉武帝提出了抗议。

当然，君臣有别，路博德的抗议是非常委婉的，他在上书中写道："尊敬的皇帝陛下，如今已快到秋风秋雨愁煞人的初秋时节了。匈奴士兵这些年养精蓄锐，正值兵强马壮之时，想打败他们怕不是一朝一夕之事。臣愿意与李陵将军等到明年春暖花开之际再出击匈奴，利用匈奴'春困'，我军当可大获全胜。"

汉武帝阅书后大怒。他愤怒的原因是怀疑路博德上书的幕后推手是李陵。他以为李陵说出大话后，不敢率五千步兵击匈奴，所以指使路博德上书借故拖延，以此拿到"后悔药"。

覆水难收，说出的话便如泼出去的水，想拿后悔药，两个字：没门。

盛怒之下，武帝立即下了死命令：李陵即日出发！

天汉二年（公元前99年）九月，也就是李广利率三万大军出征匈奴后的第四个月，被汉武帝寄予厚望的李陵，出遮虏障，至东浚稽山南龙勒水上察看匈奴敌情。与此同时，路博德出西河，与因杅将军公孙敖会师于涿邪山，作为后续部队，名为支援李陵，实为监督，每天都把李陵的行踪汇报给汉武帝。由此可见，汉武帝对李陵已是疑心四起，完全一副不信任的态度了。

那么，等待李陵的将是怎样的暴风骤雨呢？

李陵出兵之后进展顺利，一路风雨无阻，很快抵达东浚稽山下。眼看寻不到匈奴人的影踪，李陵便把军队驻扎在龙勒水上。随后，他做出了一个创举，将沿途所过山川地形绘成地图，命令麾下骑士陈步乐飞报朝廷。

汉武帝极为重视李陵一军的活动，立即亲自召见陈步乐。陈步乐虽是一名普通士卒，却生得一张利嘴，他以"三寸不烂之舌"将李陵出师以来的行动表述得清清楚楚、明明白白。总之，汉武帝听后怎一个喜字了得，他大手一挥，陈步乐立即被任为郎官。

然而，就在汉武帝和文武百官举杯相庆时，厄运已经降临到李陵的身上了。

原来，李陵在匈奴境内横冲直撞，引起了以且鞮侯单于为首的匈奴人的高度关注。眼看李陵一行游山玩水且不说，走走停停，到哪里都拿个夹板，涂涂画画一番，心中那个气就不打一处来。

冷眼观察了一番后，对汉军的情况已经掌握得八九不离十了，且鞮侯单于下手了。和对付李广利一样，他率倾巢而出的匈奴士兵，把李陵的五千步军围了个严严实实。

直到这时，李陵才知道，过分自信过分冒险，有时是要付出代价的。

当然，血气方刚的李陵感叹归感叹，但并没有后悔。对他来说，能够带兵来匈奴潇洒走一回，本身就是一件很了不起的事了。虽然汉武帝给他的兵马少了点，但这是一种挑战，同时也是一种机遇。

在挑战和机遇并存的情况下，立下战功是李陵此次深入匈奴的唯一目的。于是乎，他在寻找匈奴人未果的情况下，放下行李，驻扎开来，每天顶着"秋老虎"，翻山越岭只为画一幅画。画完了匈奴境地的全部，也就等于了解了匈奴一山一水、一草一木。有了这样的"军事路线图"，就可以为打击匈奴的后来人留下一份宝贵的财富。因此，面对匈奴的包围，李陵的心里激情澎湃，没有一丝畏惧。

且鞮侯单于眼看李陵的汉军才区区几千人，相对他数万大军来说简直是小巫见大巫，不值一提。因此，包围李陵后，他并没有马上进行围剿和屠杀，而是进行了苦口婆心的劝降工作。

李陵兵虽然少了点，势力单了点，但信心却一点也不弱。眼看李陵敬酒不吃吃罚酒，匈奴人野蛮的本性马上显露出来了。既然言无好言，何须多言，来点实际的，开打。

俗话说，天时不如地利，地利不如人和。数万匈奴士兵对五千汉军，在人数上，汉军处于绝对的劣势。但是，绝望中的汉军却拥有"地利"（汉军占据倚山之险）及"人和"（五千将士宣誓同生死）。

面对敌人的进攻，汉军在两山之间的险峻之处布营，用运粮的车辆设防，然后汉军执盾牌和弓箭手殿后。大风吹，战鼓擂，战马奔腾，胡笳刺耳，匈奴铁骑像狂风一般直向汉军阵地扑来，那气势绝非一个酷字能形容得了的。然而，他们的酷并没有维持多久，冲在最前面的匈奴士兵都成了汉军射靶的对象，四个字：非死即伤。

匈奴士兵倒了一批又一批，且鞮侯单于眼看势头不对，这几千汉军的战斗力不容小视，这才停止了"送死"。他随即采取了另一种聪明的办法：

只围不攻。

当年，他的祖先冒顿单于在白登山对付刘邦就是"只围不攻"，但最终被狡猾的刘邦用陈平之计成功脱险。此时的且鞮侯单于只围不攻，却是不得已而为之。既然强攻不下，他只好退而等待了。

等待什么呢？等待援军的到来。既然三万人拿不下五千汉军，那好，咱就再加三五万兵马，看你到底有多大的能耐。

很快，援军到来，匈奴士兵的人数达到了八万之众，已是汉军人数十六倍有余。

匈奴士兵在一天天增多，汉军士兵却一天天在减少。眼看这样下去只有死路一条，李陵长叹一声，无奈地说了句："撤军。"

李陵果然不愧为一代帅才，即便是下达了撤退的命令，也是有条不紊，不慌不乱的。也正是因为这样，穷追不舍的匈奴士兵死伤了好几千，很快就体会到了"赔了夫人又折兵"的滋味。

不消几日，汉军退到了一个山谷，因为无险可倚，被蜂拥而来的匈奴士兵来了个"痛打落水狗"，伤亡十分惨重。

然而，李陵并没有因此丧失斗志。他知道此时士兵的士气最重要，于是，他不失时机地说了三句话。

第一句话：凡是受伤三次以上的将士可以坐车。

第二句话：凡是受伤两次以上的可以做驾车手。

第三句话：凡是受伤一次的继续战斗。

应该说，李陵的话是最实际的话，是最能感动和打动人的话。正是因为这三句话，将处于生死边缘的汉军的战斗力又凝聚了起来。很快，又有三千多匈奴士兵成为汉军的刀下鬼。

汉军的行动方针是且战且退，打一枪换一个地方。但是，走着走着，他们突然又悲哀起来。汉军没有走到悬崖峭壁的绝路，而是走到比悬崖峭壁更难走的路——长满芦苇的沼泽地。

沼泽地有多难走，只有走过的人才深有体会。一步一个脚印，深深的脚印，有多少人陷在里面再也不能自拔。

汉军难走，匈奴士兵也同样难走。且鞮侯单于不愿跟汉军在沼泽地里玩捉迷藏，决定采取火攻。

李陵眼看大火追着屁股就烧来了，知道逃是不可能的。在这个生死存亡的关键时刻，他没有慌张，做出一个出人意料的举动：放火。

以火攻火，士兵们都绝望、痛苦地闭上了眼睛。然而，他们等了良久，都没有等到被火烧焦的疼痛感，只等来了李陵的暴喝："还愣着干什么，赶紧给我闪人啊！"

士兵们睁开眼一看，他们非但没有被烧死，眼前反而奇迹般地出现一条阳关大道。原来，匈奴军和汉军刚才的两把火竟然烧出一条隔火带来。就这样，李陵采用以火攻火的方式，又一次化险为夷。

沼泽地又被汉军征服了。接下来，汉军便要到达山丘地区的森林里垂死挣扎了。

且鞮侯单于眼看杀也杀不死汉军，烧也烧不死汉军，心中的怒气已到了极点。近十万人马对付区区几千汉军，竟然拿不下，这不单单是能力问题了，而且还关系到面子问题。于是，且鞮侯单于命太子亲自挂帅，带骑兵做先锋来阻击汉军。

都说光脚的不怕穿鞋的，但穿鞋的却怕骑马的。汉军都是步兵，哪有骑马的匈奴士兵快，眼看又要被他们追上了，李陵命士兵们入了森林再说。到了森林里，就是骑马的怕穿鞋的了。

接下来，汉军在森林里展开了游击战，匈奴的骑兵优势顿时变成了劣势，因为骑着马，行动不方便，反被游刃有余的汉军打得晕头转向。很快，匈奴又有数千士兵光荣献身了。

非但如此，李陵本着"擒贼先擒王"的原则，利用树木做掩护，对且鞮侯单于进行了偷袭。

眼看拿这么一点汉军都没办法，恼羞成怒的且鞮侯单于亲自站在山顶上现场指挥。

屏息，拔弓，举箭，拉弦，说时迟那时快，这饱含李陵全部力气的一箭，倾尽了他所有的力量和怨气。他不愧是飞将军李广的后代，离弦之箭力道之猛，速度之快，正以雷霆之势，直奔且鞮侯单于的面门。

然而，就算是再神的神射手，在距离面前也得低头。距离太远自然会产生偏差，李陵这蓄势一箭最终因为距离太远，只是擦着且鞮侯单于的头皮而过，单于的寸寸长发顿时落叶般片片飘落。李陵这一箭如张飞在长坂坡那一声"狮子吼"一样，吓得且鞮侯单于魂不守舍，赶紧溃逃。

逃了数十里，且鞮侯单于这才停住马，说了句掩盖失态的话："这支汉朝的精兵，愈战愈勇，犹如神助，这般有恃无恐，定是汉朝的诱敌之计，前面肯定有埋伏，还是停兵观望好些。"

士兵们却不同意单于罢兵的举动，异口同声道："单于亲征，数万精兵对付区区几千汉军，以石击卵，竟不能胜，传出去了，我匈奴颜面何存？"

且鞮侯单于见士兵们这样说了，知道不能再当懦夫了，只好又调转马头追击汉军。然而，追击的结果是又送上了几千匈奴士兵的性命。

面对这样一支神兵，且鞮侯单于的信心彻底没了。不过，他嘴里却叹道："罢了，罢了，得饶人处且饶人，放他们一条生路吧！"

然而，世上的事就是这样，往往在山重水复疑无路时，偏偏又会柳暗花明又一村。就在且鞮侯单于准备放弃时，一个人的出现改变了且鞮侯单于的想法，从而也改变了李陵的一生。

一个原本不显山不露水的人浮出了水面。这个人叫管敢，他原本只是一个军候，却做出了一个惊人之举，关键时候投降了匈奴。他投降不为名不为利，只为出心中的一口恶气。

都说佛争一炷香，人争一口气。管敢是因为他的上司校尉韩延年笞责了自己，为了出这口恶气，他当了叛徒。他把汉军的真实情况向且鞮侯单于进行了汇报，引用《汉书·李陵传》的原文是：**虏不利，欲去，会陵军候管敢为校尉所辱，亡降匈奴，具言"陵军无后救，射矢且尽，独将军麾下及成安侯校各八百人为前行，以黄与白为帜。当使精骑射之，即破矣"。**

管敢的话归纳起来有三层意思：

一是汉军兵少。李陵的汉军只有区区五千人，逃亡过程中已伤亡过半。

二是汉军无援。汉军没有后援部队。

三是汉军弹尽。汉军已是强弩之末，连箭都所剩无几了。

且鞮侯单于一听马上转忧为喜，发动了更为猛烈的进攻。汉军只有退的份儿了。撤至鞮汗山口附近时，距离边塞不过一百来里了，只要汉军进了汉朝的地盘，就可以逃脱虎口了。然而，一百里的距离却成了李陵永远无法跨越的鸿沟。

此时的汉军已没有了箭，兵器也没剩下什么了，只好将大车遗弃，取车辐作为兵器，躲进了峡谷之中。尾随而至的匈奴人则依靠人多势众的绝对优势，占据险要地段，投掷石块，猛烈攻击。汉军死伤累累，惨不忍睹，除了挨打再无反击的能力。

好不容易熬到晚上，匈奴士兵也累了，再加上汉军已是他们的瓮中之鳖，所以双方就这样默契地进入了休战状态。

夜已深，星满天，汉军军营里却无人入睡。弹尽粮绝，又被匈奴士兵重重包围在山谷里，今夜如果不能找到对付匈奴的办法，或者逃出包围圈，只怕这个小小的山谷便是他们的葬身之处了。

士兵急，李陵更急，对他来说，豪情壮志还没有得到施展，逃出去才是硬道理。留得青山在，不怕没柴烧。于是，他独自一人提刀出营，查看敌情，寻找突破口。

走了一圈，但见四周匈奴营帐里篝火熊熊，锦旗飘飘，人影绰绰，想突围简直比登天还难。长吁短叹了许久，李陵才悻悻回营，对左右军吏感叹道："汉军已到了最危险的时候，只要奋死一搏，只要再有几十支箭，我们就可以脱离险境了，可是如今，我们连一支箭也没有了！都说巧妇难为无米之炊，没有箭这仗是没法打了。与其坐以待毙，不如给大家一次机会，各自逃生吧。如果老天有眼，应该不会让我们全军覆没，连向天子汇报情况的人都没有吧？"

接下来，李陵给士卒每人发了二升干粮和一片冰，以抵御饥渴，让大家分散突围，到遮虏障会合。

夜半时分，李陵含泪向将士下达了拔营逃生的命令，顿时人声鼎沸，杀声喊声马鸣声响彻山谷。李陵乘着夜色和混乱，一马当先冲向敌人，校尉韩延年紧随其后，拼死杀出了一条血路，两人冲出谷口，回过头来一看，悲哀地发现仅有数十名壮士相随。

而此时，追在他们后面的匈奴士兵有数千铁骑之多，韩延年为了保护李陵脱险，想以血肉之躯来阻止匈奴铁骑的追击。然而，事实证明，这只不过是飞蛾扑火。李陵眼看已是四面楚歌，黯然下马，抛下手中的长剑，长叹道："如此败军之将还有什么颜面去见陛下啊！"说完下马向匈奴士兵举起了双手。

李陵连日来和匈奴血拼到底都没有退缩过，此时低下高昂的头颅，向匈奴称臣，原因有三：

一是管敢的投降，极大地动摇了军队的军心。

二是韩延年的战死，严重地摧垮了李陵的信心。

三是汉朝援军久等不至，彻底让李陵伤心。

那么，李陵在生死线上苦苦挣扎时，汉武帝给他派出的"殿后部队"

路博德和公孙敖又去了哪里呢？

　　话说路博德眼看他的"秋后上书"非但没有起到相应的效果，反而加速了汉武帝派李陵进军的步伐，后悔不已。虽然羞于做李陵的手下，但军令如山，路博德也不得不从。

　　他率军跟在李陵屁股后面向前推进，走着走着却开起了小差，走到河西去与公孙敖部"约会"去了。也正是因为这样，李陵才成了一支孤军深入匈奴的队伍。可惜，当时的李陵并不知道，等到了穷途末路，伤心绝望之下，他才做出了一个让人难以置信的举动——投降。

司马迁的忍辱

李陵投降后，残余部众分散突围，只有四百余人逃归汉境，好歹没有全军覆灭。可见，李陵连夜分散的决策是正确的。

直到这时，汉武帝才知道他寄予厚望的汉军又一次惨遭失败。开始他还以为李陵和韩延年一样，都为国英勇捐躯了，因此，不但给他的娇妻老母及幼子送上了不菲的慰问金，还派专人去照顾他们的生活，也算做到了仁至义尽。

然而，天下没有不透风的墙。很快，李陵兵败投靠匈奴的消息就传遍了三江四水。李陵的举动让汉武帝怒发冲冠。于是，李陵的母亲和妻子马上结束了短暂的贵族生活，被投入大牢面壁思过。因报喜被升为中郎的陈步乐则先喜后忧，李陵的投降意味着他的仕途也到了尽头。惶恐之下的陈步乐给了自己一剑，结束了短暂一生。

李陵投降，汉武帝愤怒，李陵的家人遭殃，陈步乐自刎，朝中大小官员的反应也是各有不同。身在朝廷为官，伴君如伴虎，要想升官发财、青云直上，就要学会察言观色。

也正是因为这样，最初，当李陵率军在匈奴如入无人之境，捷报如雪花般传来时，群臣纷纷上奏祝贺，左一句恭喜皇上，右一句贺喜皇上，大有喜事年年有，今年特别多之迹象。然而，当李陵陷入困境孤军挣扎时，群臣的嘴巴都像被贴上了胶条，三缄其口，不言不语。形势不明朗，言多必失，处于观望状态的他们选择沉默是最明智的。最后，李陵兵败投降，汉武帝愤怒，群臣马上枪口一致对外，纷纷上书痛斥李陵"叛国叛民"的举动，大有用口水就能把李陵淹死之气势。

群臣的首鼠两端和见风使舵让一个人感到非常愤怒，这个人便是大名鼎鼎的《史记》作者——司马迁。

汉景帝中元五年（公元前145年），司马迁生于夏阳（今陕西省韩城市南）龙门。据说，司马迁家族自唐虞至周，都是世代相传的历史学家和天文学家。司马错是秦惠王时伐蜀的名将，司马昌是秦始皇的铁官，司马迁的父亲司马谈，是汉武帝的太史令，恢复了祖传的史官恒业。

汉武帝建元元年（公元前140年），司马迁六岁，在故乡读书。他在这"山环水带，嵌镶蜿蜒"的自然环境里成长，既被山川的清淑之气所陶冶，又对民间生活有一定体验。

汉武帝建元五年（公元前136年），司马迁十岁。他随父亲到京师长安向老博士伏生、大儒孔安国学习。司马迁家学渊源既深，复有名师授业，启发诱导，获益不浅。

汉武帝元朔三年（公元前128年），二十岁的司马迁开始外出游历——"南游江、淮，上会稽，探禹穴，窥九疑，浮于沅、湘，北涉汶、泗，讲业齐、鲁之都，观孔子之遗风，乡射邹、峄，厄困鄱、薛、彭城，过梁、楚以归"（《史记·太史公自序》）。

回到长安以后，司马迁做了皇帝的近侍郎中，随汉武帝到过平凉、崆峒，又奉使巴蜀，他到的最南边是昆明。读万卷书，行万里路，奠定了司马迁以后著书立说的坚实基础。

元封三年（公元前108年），司马迁三十八岁时，正式做了太史令，有机会阅览汉朝宫廷所藏的一切图书、档案以及其他各种史料。他一边整理史料，一边参与改历。

太初元年（公元前 104 年），司马迁四十二岁。他以太史令身份，与中大夫孙卿、壶遂及历官邓平、落下闳、天文学家唐都等二十余人，改革历法。经这批专家通力合作，反复计算、选择，终于在这年五月造成新历，这就是著名的"太初历"。"太初历"改以正月为一岁之首（秦历以十月为一岁之始），一月的日数为29.53天，一年一岁的日数是365.25天，这是当时世界上最先进的历法，也是中国历法史上进行的第一次大改革。此后，司马迁秉父遗志，着手准备编写《太史公记》，即《史记》。

在李陵投降这件事上，这个原本"两耳不闻朝中事，一心只为写《史记》"的书呆子司马迁再也坐不住了，平地一声雷，"唰"地就站起来为李陵申辩。他的话堪称经典，采用了对比的修辞手法，归纳起来如下：

第一，为人。李陵对父母孝顺，对妻儿重情，对士兵恩信，不像有的人稳坐后方，拥妻抱子，吃香的喝辣的，不思前方战场的凶险，反而信口雌黄。

第二，胆识。李陵敢作敢为真英雄，只带区区五千步兵，深入匈奴腹地，虽身陷重围，也不畏缩，数次抵抗住数万匈奴士兵的围追堵截，不是夸夸其谈的人所能体会的。

第三，勇猛。李陵在逃亡的过程中，以少于敌人数十万的人马屡次打得强悍的匈奴人抬不起头，匈奴单于也差点丧了命，最后在弹尽粮绝的时候，仍然拼死一搏。

据此，司马迁得出结论：古代的名将，也不过如此。

应该说，司马迁分析得条理清晰，丝丝入扣，但汉武帝马上反驳道："既然如此，士可杀不可辱，李陵就不应该投降匈奴，这样不但给他自己抹黑，更是给我大汉抹黑啊！"

"以臣之见，李陵并非真心投降，而是在走投无路之下，迫不得已的无奈之举。他一定在等机会，重回陛下身边，为我大汉效力。"司马迁义正词严道。

李陵投降是为了卧底？汉武帝脸色如猪肝，他认为司马迁一定是李陵的同党。隔了半晌，汉武帝说了一句话，一句简洁有力的话，一句从此改变司马迁一生的话："对不起，司马迁先生，牢里请。"

司马迁只是为李陵申诉，结果被汉武帝迁怒而送进了大牢。接下来的事，就交给廷尉去办了。

此时的廷尉杜周不愧是张汤的接班人，办案不但以"酷"著称，而且同样巧于迎合。按理说，人家司马迁只是发了几句牢骚，说了几句泄愤的话，最多只能判个"诽谤罪"。但是，接到这个案件后，杜周却没有像平常那样调查取证，而是先进行了分析：汉武帝究竟想对司马迁怎么着？最终，他得出结论：汉武帝对司马迁已动杀心。

接下来，杜周直接判了司马迁死刑，罪名是：欺君罔上，诬蔑百官。

这时候，司马迁想要免死，一是拿五十万钱赎罪，二是受"宫刑"。

司马迁只是一个小小的太史令，在被判死刑后，家里没钱，又没有达官显贵来帮助，无依无靠，拿五十万钱赎罪简直是痴人说梦；而宫刑既残酷地摧残人体，又极大地侮辱人格。

司马迁在狱中反复问自己："这是我的罪吗？这是我的罪吗？我一个做臣子的，就不能发表点意见？"

司马迁当然不愿意忍受宫刑，悲痛欲绝的他甚至想到了自杀。可后来他想到，"人固有一死，或重于泰山，或轻于鸿毛"，死的意义是不同的。他觉得自己如果就这样"伏法而死"，就像牛身上少了一根毛，是毫无价值的。他想到了孔子、屈原、左丘明和孙膑等人，想到了他们所受的屈辱以及取得的骄人成绩。司马迁顿时觉得自己浑身充满了力量，毅然选择了宫刑。

面对最残酷的刑罚，司马迁痛苦到了极点，但他此时没有怨恨，也没有害怕。他只有一个信念，那就是一定要活下去，一定要把《史记》写完。

"是以肠一日而九回，居则忽忽若有所亡，出则不知所如往。每念斯耻，汗未尝不发背沾衣也。"（《汉书·司马迁传》）正因为还没有完成《史记》，司马迁才忍辱负重地活了下来。

直到太始元年（公元前96年），汉武帝改元大赦天下，五十岁的司马迁时来运转，出狱后当了中书令。在别人看来，他是"尊崇任职"，但是，司马迁还是专心致志地写书。直到征和二年（公元前91年），《史记》全书完成，共130篇，52万余字。

司马迁从元封三年（公元前108年）被封为太史令后开始阅读、整理史料，准备写作，到征和二年（公元前91年）基本完成全部写作计划，共经过十六年。《史记》是他付出一生的精力、艰苦的劳动，并忍受了肉体和精神上的巨大痛苦，用整个生命写成的一部永远闪耀着光辉的伟大著作。

第十二章
人算不如天算

自赎之旅

天汉三年（公元前 98 年），匈奴挟打败李广利、擒李陵之威入侵雁门。雁门太守只守不攻，眼睁睁地看着匈奴掠走人畜和财物。这让最近比较烦的汉武帝更加烦，于是，他大手一挥，将太守以"失职罪"斩首。

与此同时，汉武帝厉兵秣马，准备再次反击匈奴。天汉四年（公元前 97 年），汉武帝征调二十多万大军，兵分三路对匈奴进行规模空前的大反击。具体部署如下。

第一路，主帅：贰师将军李广利。兵力：骑兵六万，步兵七万，共计十三万人马。出发地：朔方。

第二路，主帅：因杅将军公孙敖。兵力：骑兵一万，步兵三万，共计四万人马。出发地：雁门。

第三路，主帅：游击将军韩说。兵力：骑兵三万。出发地：五原。

这三路军的接应官仍是强弩都尉路博德。他带了一万多人时刻准备着，这次汉武帝要求他做到"三路汉军哪里有危险，哪里就有你"。否则，军法处置。

面对二十多万汉军浩浩荡荡的军事行动，强悍的匈奴并没有被汉军的气势所吓倒。相反，他们在且鞮侯单于的带领下，进行了顽强的抵抗。

且鞮侯单于采取的战术思想很明确，那就是兵来将挡，水来土掩。总之，一句话，咱匈奴人不是吃素的。

第一路军李广利十三万大军很快便遇到了且鞮侯单于率领的十万精兵。仇人相见，分外眼红，两人没有说半句多余的话，直接开打。

硬碰硬的结果是胜负难分。接连打了几天还是这样，但形势渐渐明朗起来，李广利越来越不妙了，原因有二。其一，这是在匈奴的地盘上作战，匈奴士兵只会越聚越多，而汉军只会越来越少。其二，还是那个老问题，不管是行军打仗还是干什么，吃饱喝足最重要。匈奴人在自己的地盘上，粮草供应自然不成问题，而汉军在别人的地盘上，所带粮草有限，接应的也有限，长此下去，没有饭吃了，还打什么仗呢？

万般无奈之下，李广利只能选择撤军。然而，穷追不舍是匈奴人一贯的优良传统。于是乎，李广利马上面临退一步挨一下打的境地，再加上粮草供应也出现了问题，李广利的形势已是万分危险。

幸好这次负责接应的路博德没有再开小差，他的及时接应，使李广利能顺利脱险。而第三路的游击将军韩说在优哉游哉兜转一圈后，连一个匈奴士兵都没有碰见。被且鞮侯单于放了鸽子的他，听说李广利都撤兵了他二话不说，赶紧也闪了。

三路大军，一败一退，只剩下第二路大军公孙敖了。且鞮侯单于派出了一翼左贤王来陪公孙敖练太极，两军在草原上转来转去玩起了捉迷藏。双方还没有正式交锋，就传来了李广利兵败和韩说退兵的消息。公孙敖也不是省油的灯，听后二话不说，也是闪人要紧。

公孙敖闪人闪得漂亮，闪得及时，闪得妙不可言，闪得左贤王连追的勇气都没有。因为左贤王兵力有限，只是负责牵制公孙敖，面对公孙敖的突然撤军，丈二和尚摸不着头脑的他自然不敢贸然追击。

但是，公孙敖在闪人时却忘了，他此次来的目的，不是游山玩水，而是来接人的，接谁呢？——李陵。

原来，汉武帝虽然处罚了司马迁，但对李陵还存有最后一丝幻想。于是,这次出征,汉武帝兵分三路,第一路为重点,目的是和匈奴大拼一场,第三路韩说只为牵制匈奴的兵力,只有第二路这次不为打仗,只为趁着李广利和韩说把匈奴大军吸引开的空当,深入敌营,把李陵接出来。

然而，人算不如天算，事实证明，这只不过是汉武帝一厢情愿的想法。首先，被寄予厚望的李广利还是不争气，以主力对付匈奴的主力，居然还是败得一塌糊涂，惨不忍睹。韩说打游击的本领太强，当真做到了滴水不漏，来去如风，不伤一兵一卒。至于公孙敖，管他什么接人不接人，先保住自身安全再说。

公孙敖做到了全身而退，但怎样回复汉武帝却成了一个不大不小的难题。最终他思来想去，想出了一个绝顶聪明的办法：以谎言来忽悠汉武帝。

汉军班师回朝后，汉武帝没有追究李广利再度失利的军事责任，而是马上召见了公孙敖。

"公孙爱卿见到李陵将军了吗？"汉武帝一脸期待地问。

"没有。"公孙敖淡定地答。

"公孙爱卿深入到匈奴腹地了吗？"汉武帝眉头微皱，又问。

"没有。"公孙敖仍是淡定地答。

"公孙爱卿和匈奴士兵交战了吗？"汉武帝眉头深锁，责问。

"没有。"公孙敖还是淡定地答。

"既然如此，公孙爱卿为什么就这样回来了呢？"汉武帝眉头几乎拧成了一条绳，怒问。

面对汉武帝的怒问，公孙敖还是不慌不忙，淡定回答道："臣之所以没有深入匈奴境地，是因为入境之后，就捕得胡虏，供称李陵投靠匈奴后，深得且鞮侯单于的宠爱，现在已担任了匈奴数十万士兵的总教头。他们日夜操练，磨刀霍霍，只为对付汉朝。我军的虚实强弱，他们都了如指掌，所以，臣没有再冒险孤军深入，而是选择了退兵。"

就这样，公孙敖是没有罪了，李陵却罪不可恕了。他的老母和妻小这下都成了汉武帝泄愤的刀下之鬼。

太始元年（公元前96年），匈奴且鞮侯单于病死，长子狐鹿姑单于继位。狐鹿姑单于以缓和汉朝和匈奴之间的关系为由，派使者到汉朝去报丧。报丧是假，探听虚实是真，他的用意已是司马昭之心，路人皆知。

汉武帝是何等聪明之人，顺水推舟也派人去匈奴吊唁，目的自然和匈奴有异曲同工之妙。

李陵虽然听得风声说家人已遭汉武帝毒手，但远在他乡，听风便是雨的事说不清。总之，一句话，他还没有得到确切的消息。汉使的到来，让他如同抓住了一根救命稻草，他有空就往汉使的房间里钻，结果一来二去，一切事实都水落石出了。

李陵对使者说："吾为汉将步卒五千人横行匈奴，以亡救而败，何负于汉而诛吾家？"（《汉书·李广苏建传》）

使者说："汉闻李少卿教匈奴为兵。"（《汉书·李广苏建传》）

李陵说："乃李绪，非我也。"（《汉书·李广苏建传》）

李绪曾为汉朝塞外都尉，后来匈奴人进行围城时，他投降了匈奴，被匈奴委以重任，当了匈奴士兵的"总教头"。李绪知恩图报，教得非常卖力，但结果却连累了李陵。

话说李陵当时在万般无奈下，归降匈奴的那一天，他就暗暗发誓，不为匈奴出一谋一策，等待时机成熟的时候再回到中原去。然而，因为李绪的关系，他的老母和妻儿都死于非命。他把怒气都发泄在了李绪身上。

于是，在一个月黑风高、伸手不见五指的夜晚，李陵以暗杀的方式解决了李绪。总教头的死，引起了匈奴的高度重视，最终调查的结果是李陵有重大作案嫌疑。狐鹿姑单于的母亲大阏氏知道这件事后很生气，后果很严重，非要李陵偿命不可。

按理说，杀人偿命，天经地义，但狐鹿姑单于爱惜李陵的才华，因李家世代为将的声望，以及与之交战时英勇的表现，对他非常佩服，不忍心处死李陵。于是，他将李陵藏于北方偏僻之处。

直到狐鹿姑单于的母亲死了，狐鹿姑单于才派人把李陵接回来。互诉愁肠之后，狐鹿姑单于封李陵做右校王，以抚其心；还将自己的女儿嫁给他做老婆，以磨其志。

一边是残酷无情，一边是有情有义。财色双收的李陵被狐鹿姑单于的情义所打动。于是，他彻底背叛了汉朝，决定死心塌地跟着匈奴干。从此，他决心在异国他乡度过此生。

投之以桃，报之以李。李陵做了右校王，还娶了单于的女儿为妻子。接下来，就到他为匈奴出力的时候了。狐鹿姑单于没有让他带兵去攻打汉朝，而是去搞定一个人。这个人是一块很难啃的硬骨头，他宁愿到北海去做牛做马，也不愿投降匈奴。他就是苏武。

话说苏武被流放到了人迹罕至的贝加尔湖边。在这里，他单凭个人的能力是无论如何也逃不掉的，只能掘取野鼠所储藏的野生果实来吃。苏武学会编结打猎的网，矫正弓弩。唯一与他做伴的，是那根代表汉朝的使节和一小群羊。苏武每天拿着这根使节放羊，心想总有一天要拿着它回到自己的国家。这样日复一日，年复一年，使节上面的装饰都掉光了，苏武的头发和胡须也都变白了。

就在苏武以为他就将这样过完一生时，李陵的到来让他激动异常。

古人的四大喜事是久旱逢甘霖、他乡遇故知、洞房花烛夜、金榜题名时。苏武在荒无人烟的异国他乡，数年与鸟兽为伴，心中的孤独可想而知，李陵的出现让他喜不自胜，两人同在朝中为官，平常抬头不见低头见，自然是相当熟悉了。因此，他乡遇故知，苏武抱着李陵久久不肯撒手，全然不顾两人都是大老爷们儿。

然而，两人亲热了好一阵，苏武觉得情况似乎有点不对，异国重逢，为何李陵的身子僵硬如许，阴冷如许呢？苏武不傻，脑子一转，已明白了几分。

李陵直到这时说话了，一开口还是客套话："一别多年，苏兄别来无恙？"

苏武苦笑着答道："冰天雪地，鸟兽为伴，冷也罢，热也罢，苦也罢，甜也罢，活着就好。"

李陵接着试探道："苏兄这样痛苦地活着，难道不觉得不值得吗？"

苏武冷笑道："我之所以苟且偷生，不为名不为利，只为活着再见皇上一面，交出了使节，了却了心愿。这样，就算我死了，也可以无怨无悔了。"

李陵道："汉朝无情，不值得你这般赴汤蹈火。"随即他把自己的事说给了苏武听。苏武听了，沉默半晌，方才缓缓地来了一句："这么说来，你不但当了匈奴的走狗，还想来劝我归降匈奴了？"

李陵反问："陵虽孤恩，汉亦负德。昔人有言：'虽忠不烈，视死如归。'陵诚能安，而主岂复能眷眷乎？"意思是：我虽然辜负了汉朝的恩情，汉朝也亏了我的功德。前人说过，即便忠诚之心不被人理解，也要做到视死如归。如果我能安心守节，皇上就能对我眷顾吗？

随后，他告诉苏武两个坏消息：

一是妻离子散。你的老母已经死了，尊夫人也改嫁了，儿女下落不明。

二是兄死弟丧。你的兄长苏嘉曾为奉车都尉，但自从你到匈奴后，也是厄运连连。一次随皇上游玩时，不小心撞上宫中的柱子，把车辕撞断了，触怒了圣颜，被汉武帝赐死了。你的弟弟苏贤为骑都尉，一次跟随皇上去祭祀土神祠时，一不小心惹了祸。一位骑马宦官和黄门驸马在上船时,因为"争先恐后"而生了"摩擦事件",结果是"骑马"胜"驸马",驸马被挤进河里溺水而死(过程令人费解)。事情发生后,皇上很震惊,令苏贤去调查这件事,结果自知罪不可恕的"骑马"宦官来了个三十六计,走为上策,害得苏贤没办法向皇上交代,结果惶恐之下,选择了服毒自杀。

结论是:自你离开后,汉朝还是那个汉朝,皇上还是那个皇上,而你苏家却早已不是那个苏家了。

随即,李陵进行了最后的总结陈词:"人生像早晨的露水,何必长久地折磨自己!我刚投降时,终日若有所思,几乎要发狂,自己痛心对不起汉廷,加上老母被拘禁,你不想投降的心情,怎能超过当时的我呢!并且皇上年纪大了,法令随时变更,大臣无罪而全家被杀的有十几家,安危不可预料。你还打算为谁守节呢?我本将心向明月,奈何明月照沟渠。希望你听从我的劝告,不要再在这里虚度光阴了!"

李陵充分发挥了其说服能力,满以为凭自己三寸不烂之舌,定能手到擒来,把苏武彻底征服。

苏武听说家事后,大颗大颗晶莹的泪珠直流。良久,他终于说话了。他的话一出口,便如一盆冷水浇得李陵羞愧难当:"我苏武父子无功劳和恩德,都是皇帝栽培提拔起来的,官职升到列将,爵位封为通侯,兄弟三人愿意为朝廷牺牲一切。现在得到牺牲自己以效忠国家的机会,即使受到斧钺和汤镬这样的极刑,我也心甘情愿。大臣效忠君王,就像儿子效忠父亲,儿子为父亲而死,没有什么可恨。话尽如此,多说无益,如果你是来叙旧的,欢迎;如果你是来劝降的,请回!"

李陵终究不想就这样放弃对苏武的劝说,于是,他与苏武共饮了几天,希望能借酒力说服苏武。然而,事实证明,李陵的一切都是徒劳。

当李陵再提归降的事时,苏武说:"我已当自己是个死人了,单于一定要逼迫我投降的话,就请结束今天的欢乐,让我死在你的面前!"

李陵见苏武对朝廷如此忠诚，不觉想到同样归降匈奴的卫律，慨然长叹道："嗟乎，义士！陵与卫律之罪上通于天。"哎，真是义士啊！我与卫律罪孽深厚啊。说着眼泪直流，浸湿了衣襟，告别苏武而去。

这是一次残酷的见面，苏武像一面镜子，照出了李陵不如意的生活。仕途蹭蹬，独居异国他乡，李陵纵然心高气傲，纵然有所坚持，但终究还是在湍急的命运中随波逐流，逐渐迷失了自己。

的确，不是所有人，经过命运的淬火，都能炼成金刚不坏之躯，有的是焚毁，有的是夹生，李陵究竟属于哪一种？和苏武谈话时，李陵流露出了生不如死之叹，看来，锦衣繁华、温柔富贵皆不能安慰一个负荷太重的灵魂。他在黑暗中的挣扎，越发使自己伤痕累累。

从此，漫漫长夜，浩浩白昼，荣华富贵，权色美人，李陵的思乡之情挥之不去，心中的忧愁遣散不开。风中的悲歌，是否可以代表他的心声：一步行来错，回头已百年，古今风雨鉴，多少泣黄泉？

后人对李陵的这场悲情剧有四叹：

一叹其败。李陵扬威异域，血染征衫，因无救援而败。

二叹其冤。汉武帝重用路博德，却错看其人品，因为他公报私仇而造成了李陵最终的兵败。

三叹其节。李陵不能死节，不但招致自己的奇耻大辱，而且造成了汉朝的奇耻大辱。

四叹其累。李陵归降匈奴后，不但招致自己的奇耻，而且连累一代史学家、文学家司马迁惨遭腐刑。

就这样，李陵一直生活在自责、自省、自卑之中。直到汉宣帝元平元年（公元前74年），才结束他的自赎之旅，踏鹤西去。

再向虎山行

李陵的"投降门"事件过后，汉武帝愤怒不已。对这位要强的皇帝，对这个主张强权的一代天骄来说，最不能容忍的就是失败。

然而，汉武帝的气还没出，匈奴又加了一把火。征和三年（公元前90年），匈奴多次对边关进行"打草谷"，杀死了五原郡和酒泉郡的都尉，扬长而去。

汉武帝忍无可忍，同年三月对匈奴再次进行大规模军事行动。这次军事行动，对汉武帝来说意义非凡。

首先，他此时已到了"夕阳无限好，只是近黄昏"的晚年了。正如曹操所说，人生苦短，譬如朝露。在晚年再建功立业，彻底打败匈奴是汉武帝最大的梦想。

其次，自卫青、霍去病离世后，他发动的数次对匈奴的军事行动都没有取得好的战果，李陵的"投降门"对极爱面子的汉武帝来说简直是莫大的耻辱。他多年的丰功伟绩，怎么能被这样的局面抹杀呢？

也正是因为这种"想赢怕输"的心理在作怪，汉武帝这次动用了十四万大军，分三路对匈奴进行大规模的军事行动。

第一路军的主帅还是贰师将军李广利。他率七万人马从五原出塞。

这一路军是汉武帝这次军事行动中的重中之重。李广利这个在两次对匈奴的军事行动中无功而返的庸才，因为裙带关系，还是被汉武帝委以重任。第二路军的主帅御史大夫商丘成，率三万军马从西河出塞。第三路军主帅重合侯马通带四万军马从酒泉出塞。目标只有一个，塞外的匈奴大本营。

然而，李广利在出发前，并没有以往的豪气云天和壮志凌云。相反，他愁眉苦脸，一副心事重重的样子。为他送行的人很多，他却只拉着一个人的手不放松，仿佛是他的生死恋人。

事实上，此人并不是李广利的至亲至爱之人，而是他"至求"之人。这个人就是朝中一人之下万人之上的丞相刘屈氂。

李广利紧紧地握住刘屈氂的手，只说了这样一句意味深长的话："太子的事就交给你了。"原来两人早已密谋，准备立昌邑王刘髆为太子。

刘屈氂也许是被李广利的深情所打动，点了点头："边关的事交给你，太子的事交给我。"刘屈氂不会知道，只为这一承诺，他将付出血与泪的代价。

话说匈奴听说汉朝兵分三路来袭，他们首先采取的策略是坚壁清野。把所有的粮食和生活用品来了个千里大转移，用人工和马牛等交通工具运到了漠北的郅居水，然后集中兵力准备和汉军来一场"水上大战"。而左贤王把匈奴东部各部落的军力全部集中到了兜衔山，准备和汉军来个"地道战"。被狐鹿姑单于寄予厚望的汉朝叛将李陵则带领匈奴的精锐铁骑，他的任务是"游击战"。

最后，他们采取的策略是以逸待劳。先布好口袋，放汉军进来，然后再集中兵力各个击破。

事实上，匈奴的坚壁清野很快就让汉朝的第二路军商丘成体会到了什么叫长驱直入。商丘成一直到了匈奴的邪径，且不说连半个匈奴人的影子也没有看见，就连牛羊都没有看见。

"情况不对啊，这明显是敌人的诱敌深入之计啊！"商丘成马上叫士兵停止了前进的步伐，接下的指挥一气呵成：立正、稍息，向后转，大步向前走。

然而，就在他们调转马头准备打道回府时，他苦苦寻找的匈奴士兵出现了，他们在李陵的带领下，对汉军进行了千里大追踪。据说，连追了九天九夜，直追得汉军哭爹喊娘。结果商丘成在匈奴转了一个圈，就被匈奴士兵赶出了境内，可谓赔了夫人又折兵。

而第三路的马通从酒泉出兵后，马上就抵达了天山，结果和商丘成的情况一样，接下来的进程也如出一辙。汉军连半个匈奴人的影子都没有看见，眼看情况不妙，马上叫士兵停止了前进的步伐，接下的指挥一气呵成：立正、稍息，向后转，大步向前走。

就在这时，匈奴大将偃渠的骑兵出现了，马通并没有被匈奴的气势所吓倒，两军展开了殊死搏斗，结果是双方互有伤亡，未分胜负。打了个平手，马通并不甘心，就在他准备和偃渠进行大决战时，匈奴士兵却突然一夜之间消失得无影无踪了。

原来，匈奴士兵眼看汉军顽强，这样交战捞不到什么好处。于是，充分发挥能打就打，不能打就撤的光荣作风，撤了。

匈奴士兵走了，马通却左右为难了。继续进军，前途未卜，于是，他选择了"忍一时风平浪静，退一步海阔天空"。这一退就退到了姑师国附近。前面已经说过了，西域各国基本上被汉朝搞定了，唯独姑师国对汉朝软硬不吃。

马通虽然是在撤军，但心里还是不想就这样无功而返。于是，可怜的姑师国成了倒霉鬼。马通联合早已被汉朝搞定的楼兰、尉犁、危须等小国，对姑师国进行了合攻。姑师怎么经得起这般强大的武力，结果国破王亡。至此，姑师国被汉朝平定，成了汉朝的臣属国。

马通这次出兵，东边不亮西边亮，结果总算比商丘成好。搞定了姑师国，没有功劳亦有苦劳，马通终于可以松一口气了，他脸露笑容，大手一挥，对士兵们说：回师。

汉武帝的三路大军，一路损兵折将，无功而返；一路歪打正着，小有建功。接下来，打败匈奴的任务就靠主力军李广利了。

事实上，前两次的无功而返，让第三次出征匈奴的李广利更想立功，但他一直是匈奴"照顾"的对象。李广利带兵出五原后，并没有像其他两路军一样，一路势如破竹。他得到了匈奴的"特殊照顾"。首先是右大都尉带领几千人马对李广利的到来表示了"热烈欢迎"；接下来，中行说的继承人卫律带领五千人马"迎接"李广利的到来。也正是因为如此，汉军追到范夫人城下时，很有成就感的李广利不由这样感慨道："原来胜利可以这么容易啊！"

然而，李广利在欢喜而叹时，不会知道短暂的胜利背后，是一场前所未有的暴风骤雨。

也正是因为这样，急于表功的李广利把一路的捷报频传到长安。然而，他不会料到，他的捷报都如泥牛入海一样毫无音信，他等啊等，等到花儿也快谢了时，终于等来了信使。

"皇上对你说了什么？"李广利心想汉武帝一定会对他进行现场的嘉奖吧。

信使一脸阴霾，嘴角嚅动着，半晌才说出这样一句话来："皇上说边关的事交给你，家中的事交给他。"

就在李广利丈二和尚摸不着头脑时，信使告诉了他一件极为令人震惊的事，这件事就是汉武帝后宫的"太子之争"。

宫中的政变打了李广利一个措手不及，连日来胜利的喜悦被冲淡了许多。听到这个消息，他面临艰难的选择，是继续进兵还是退兵。

按理说，现在另两路大军已退兵了，他一路高歌，此时如果急流勇退的话，定然是"凯旋"了。然而，此时后庭起火，只怕归无好归啊。

就在他左右为难时，他手下一个叫胡亚夫的属吏出现了，他说他是来解忧的。李广利一听大喜，像抓住救星一样，开门见山地问胡亚夫：我是该安静地走开，还是该温柔地留下来？

胡亚夫胸有成竹地以论证的方式进行了回答。

论点：前进，风险与机遇并存；退兵，自投罗网去受罪。你的夫人和全家老小都在狱中了，就算不被斩首，也要落得个将牢底坐穿的结局。形势已不容乐观。

论据：如果你现在回朝，立了这么点小功，皇上开心那倒好，如果不开心，你这正是去自投罗网活受罪啊！

论证：将来想再到这碧绿的草原上来叱咤风云，想必是痴人说梦了。

"以君之见，我该何去何从？"李广利早已被他这一番长篇大论说得"心有戚戚焉"。

"既然归无好归，不如不归。将军只有继续前进再立大功，以功劳来赎罪，皇上或许可以赦免你全家。"

胡亚夫"立功赎罪"的方案得到了李广利的认可，他做出了一个大胆的决定：孤军深入。

冲动的惩罚

匈奴单于本来给汉军设的是"诱敌深入"之计，因此，总是三五千人马和数万汉军对着干，然后打几下，丢了一些辎重就撤。因此，当先前听说汉军要撤兵时，匈奴单于便叹息"李广利并不是一介猛夫"，这次精心准备的"布袋计划"看样子只有流产了。然而，就在这时，李广利却突然调转马头，以迅雷不及掩耳之势拿下了范夫人城。

城丢了，匈奴人却高兴了。李广利这小子到底嫩了点，只有给你尝到了甜头，最后才会自食苦果。

接下来，立功心切的李广利继续前进，目标很明确，直指匈奴的王庭腹地。特别是在随后的战斗中杀死了匈奴的左大将，更让李广利头脑发热，发出了这样的豪言壮语来："平定匈奴，指日可待。"

然而，他不会知道，他的"指日可待"马上就变成了"此情可待成追忆"。

就在李广利指挥汉军前进，前进，再前进时，他手下的士兵却不干了。首先站出来发牢骚的是长史，他说了这样一句话："孤注一掷为哪般？"

他的话马上得到了都尉的附和："孤军深入自寻死路。"

就这样，两个感受相同的人越谈越拢、越谈越激动，最后得出这样的结论：李广利为建立自己的功绩，不惜把我们置于水深火热之中，这般不分形势不问敌情的冒险进军，只怕使我们死无葬身之地啊！

长史和都尉最后做出如下决定：与其死无葬身之地，不如先下手为强。先发动政变，擒住李广利，然后迅速撤军，以免遭到匈奴的反击。

应该说，两人的密谋很周密也很明确，本着先下手为强，后下手遭殃的原则，要想活命，先擒住李广利，再来个"悬崖勒马，回头是岸"，最后把处决权交给汉武帝，可谓仁至义尽。

然而，两个人密谋的时候，忘了隔墙有耳。因此，两人的密谋很快就被先知先觉的李广利侦察到了。

结果，同样本着先下手为强的原则，这次李广利丝毫没有手下留情，拔剑就给了长史和都尉两剑，解决"密谋两人组"后，李广利给出的理由是：扰乱军心。

然而，天下没有不透风的墙，长史和都尉离奇而死后，一时间谣言四起，顿时军心涣散。

李广利眼看势头不妙，怕士兵们发动"骚乱"，只得做出了这样一个无奈的选择：班师回朝。

话说匈奴士兵早已布好布袋等着李广利往里面钻，眼看李广利就要到他自己的重点布置地点郅居水，离歼敌只有一步之遥了，正在这时，李广利却突然退兵了。

煮熟的鸭子怎么能让它飞走呢？狐鹿姑单于忙派出了探马侦察，结果探马给他的回报是：汉军都垂头丧气，耷拉着脑袋，一副无精打采的样子，和来时的雄赳赳气昂昂大相径庭。

狐鹿姑单于一听喜形于色："军心涣散，定是内乱所致，这正是我匈奴消灭汉军的最佳时机啊。"于是，他马上下达了追击的命令。

一边是慢腾腾地走，一边是快马加鞭地追，当汉军向南撤至燕然山（今蒙古国杭爱山）时，匈奴铁骑拦住了汉军后退的道路。

"此山乃我开，此树乃我栽，欲从此处过，留下买路钱。"狐鹿姑单于笑道。

"山非山，树非树，要钱没有，要命一条。"李广利凛然道。

话不投机半句多，既然话无好话，废话少说，开打。

开打的前提很重要，将直接影响结果。首先来看汉军，汉军往返行军近千里，已很疲劳，说白了，此时已是无心恋战了。而匈奴士兵却相反，蓄势待发，只等这一刻。

开打的结果，汉军死伤惨重。到了晚上，两军握手言和：天色不早了，大家都累了，今天咱们就不打了吧，养精蓄锐，明天再切磋。

双方都同意，马上就达成了短暂的停火协议。然而，兵不厌诈这句话是条真理。

李广利接到停火协议的通知书后，认为今晚可以睡上一个安稳觉了。其实，这也不能完全怪他，因为他太累了，也该歇歇了。他原想冒进，立功赎罪，遭遇匈奴士兵的阻击后，心情自然更沉重，又忧虑着家中老少的生命安全，而且本来指挥才能就平庸，因此完全失去了两军对垒中最必要的警觉。于是，他很快就进入了梦乡。

一场暴风骤雨即将到来。

汉军睡了，睡得像死猪。原因是一个字：累。对汉军来说，连日的奔波让他们的身心都处于超负荷运转状态，想不疲惫都难。

匈奴士兵却睡不着，原因是两个字：兴奋。对于匈奴士兵来说，汉军近在咫尺，连日来的忍气吞声、以逸待劳，只为等这一天的到来。

于是乎，汉军还在继续睡，睡不着的匈奴士兵开始挖土。都说人多力量大，不久，他们就在地上挖出了密密麻麻的壕沟。壕沟挖好后，再在上面铺上树枝和草，最后以土掩之，如果不细看，根本就看不出壕沟。

沟挖了，天还没亮，汉军还在呼呼大睡，匈奴士兵精神十足，还是不觉得累，只是坐在那里等，干等。但是，停火协议白纸黑字签了在那里，现在去偷袭，有违伦理和道德，言而无信的匈奴人这次很难得地遵守条约，没有造次。

匈奴士兵都盔甲在身地等，一是为了恢复刚刚挖沟所消耗的体力，二是为了等天亮。

天终于开始蒙蒙亮了，汉军还在睡。匈奴士兵没有再等，天一亮就意味着昨晚的停战协议已作废，他们摸向汉营，开始表演砍瓜比赛。

惊醒的汉军仓皇应战，无奈衣冠不整，且又火光四起，杀声喊声震耳欲聋。看来，这仗是没法打了。三十六计，走为上计。李广利带领大家做出这样的决定：火速撤军。

当失败已不可避免时，逃命便是唯一奢求了。留得青山在，不怕没柴烧。然而，李广利很快就知道自己的想法太过一厢情愿了，因为他们还没走几步，就发现营前有一条条深沟，难以逾越。

前有深沟，后有追兵，汉军进退不得，军心大乱，斗志丧失，死的死，伤的伤，已是人为刀俎，我为鱼肉。

李广利喟然长叹："败了，败了，彻底败了。七万汉家男儿皆毁于我一人之手，纵使我再逃得性命出去又如何？回去之后，还不是要被处死？罢了，罢了，不如投降匈奴，或许还有生的希望。"

于是，他和当年的李陵一样，下马举起了双手。狐鹿姑单于听说李广利投降，自然很高兴了，加官封侯不说，为了彻底拉拢李广利的心，他不惜把自己的宝贝女儿嫁给了他，得到的尊贵首屈一指。

如果大家认为李广利从此将在异国他乡过上幸福快乐的生活，那就大错特错了。他很快就体会到了"世态炎凉，人心叵测"这八个字的含义。李广利的风光，让一个人很嫉妒，这个人便是卫律。自从归顺匈奴后，匈奴历代单于都对这个"元老级"人物很是敬重，但李广利的到来，却使这一切改变了。

李广利不但得到了单于的女儿，而且地位也比卫律高，是可忍孰不可忍，不甘落后的卫律已是面露杀机。

不久，他苦等的机会终于来临了，狐鹿姑单于的母亲阏氏突然得了病，如果只是简单的风寒感冒之类的小病倒也罢，几服中药下去就能完事。但事实上几服中药下去，她的病情却越来越重，最后竟然到了病入膏肓的地步了。

机不可失，时不再来，敏锐的卫律马上意识到这里面可以大做文章。于是，他拿着银财去请一个人，一个很特别的人，一个可以让他通向复仇之路的人。千金散尽还复来，只要能把李广利拉下水，就算倾家荡产也在所不惜。

狐鹿姑单于急得哇哇直跳，这时一个人出现了，这个人不是御医，也不是大臣，更不是布衣，他是一个巫师。这个巫师一出现便与众不同，他出口成章，语出惊人，说阏氏的病因不是别的，只是由于去世的单于发怒所致。

狐鹿姑单于见他的言论非同一般，自然是愿闻其详了。巫师随后把早已准备好的台词流利地说出来了："因去世的单于过去出兵攻伐汉朝时，曾发誓一定要捉住贰师将军李广利用来祭神，现在李广利已在匈奴，为何不杀了祭神呢？先单于正发怒责问此事，害得你母亲阏氏得此怪病，能怨得了谁呢？"

总之，巫师的话中心思想就是"杀了李广利祭神，才能治好其母亲阏氏的病"。按理说，这样荒谬的言论，根本站不住脚，百分之九十九的人都会对这样的言论嗤之以鼻。

然而，狐鹿姑单于却是那百分之一的人。他素来尊鬼信神，对巫师的话深信不疑，于是，直接把李广利送上了断头台，李广利怎么也想不到会落到这样的下场。临死前，他只能悲壮地喊了一句"我死必灭匈奴"。

据说，狐鹿姑单于杀李广利祭天后，漠北连绵的大雪下个没完没了，老天是在悯惜这位将军，还是在为这位将军叹息？

至此，汉武帝对匈奴的最后一次大规模的军事行动落下帷幕，最终是以失利的悲惨下场而告终。这当真印证了"谋事在人，成事在天"这句话啊！

第十三章

当财政危机来临时

"理财专家" 桑弘羊

汉武帝之所以敢长年累月对匈奴实施"虽远必诛"的军事行动，除了他的超级胆识和人格魅力外，最重要的一个因素就是国家富裕。这要得益于汉文帝和汉景帝期间实行的道家无为而治的政策。对外，他们对匈奴采取和亲和送金帛等礼物的政策以安其心，以这种委曲求全的方式维持边疆的短暂和平；对内，他们减轻农民的徭役、兵役和赋税负担，注重发展农业。如此，经过几十年休养生息，国家财富猛增。据记载，国库里钱币堆成山，穿钱的线都腐朽了，粮库里积压的粮食无数，仓库容纳不下，只好露天堆放，很多谷子腐烂不能再食用了，道路上马匹随处可见……《史记·平准书》记载："京师之钱累巨万，贯朽而不可校。太仓之粟陈陈相因，充溢露积于外，至腐败不可食。"

因为有了文景之治，国库空前充盈，国力空前强盛，在几代皇帝的隐忍之后，汉武帝选择了在沉默中爆发，与匈奴全面开战，以期拔掉匈奴这把一直悬在头颈上的利刃。

汉武帝在位中后期，采取四面征战的扩张政策，除与匈奴常年交战外，还破闽越、南越、卫氏朝鲜、大宛，结果导致国库空虚，国家财政告急。据载，卫青于元朔五年、六年出征匈奴，战争直接消耗掉的费用，加上朝廷赏赐立功战士的财帛，就将汉王朝的赋税收入几乎用尽。如元朔二年（公元前 127 年）、元狩二年（公元前 121 年）、元狩四年（公元前 119 年），汉武帝三次赏赐击胡有功部队，总数达一百七十余万斤黄金，其中最少一笔，也相当于汉宣帝以后国家赋税收入的一半。而这只是对匈奴的三次比较大的战役，小的战役更有数十次之多，再加上对西南夷、南越、羌人的战争，所耗军费是西汉政府所远远不能负担的。据悉，汉武帝为了开凿通往巴蜀地区的西南通道，竟动用了十余万军民，消耗了大量的人力、物力、财力。

总之，汉武帝在位期间，多次派兵攻打匈奴，动辄数十万的军队，每次都消耗了大量的财力。

俗话说：大兵之后，必有凶年。因为大量青年人去前线征战了，剩下的老幼病残不能从事正常的农业生产，从而导致了天灾人祸。以黄河决口为例：元光年间"河决于瓠子，东南注巨野，通于淮、泗"，洪水所及，十六个郡受灾，造成了"二十馀岁，岁因以数不登"的情况。为此，汉武帝只好进行大规模的治险赈灾工作，以缓解天灾对社会生产所造成的严重影响。元封二年（公元前 109 年），汉武帝又命汲仁、郭昌二人领数万兵卒到瓠子治理黄河决口，同时他还"自临决河，沉白马玉璧于河，令群臣从官自将军以下皆负薪填决河"。

据悉，仅治理黄河水患这一项，所耗费的费用就不可胜计，再加上当时灾情不断，赈灾费用更是不计其数。山东（今太行山以东地区）遭遇水灾之后，汉武帝果断下令郡国必须立即倾仓赈济灾民，然而却都不能满足当时的需求。"其费以亿计，不可胜数。于是县官大空"，巨额的赈灾治险费用，对于汉朝政府来说，无疑是雪上加霜。在沉重的军费负担下，汉室军俸便出现了危机，"是时财匮，战士颇不得禄矣"。

除此以外，汉武帝还是一个基建狂魔，修建城池、修复长城、建立求仙用的宫殿寺庙、大修陵墓，与秦始皇相比可谓有过之而无不及。

国库的钱是越花越少，朝廷也是越来越穷。穷到哪种程度呢？

史书上记载，匈奴浑邪王归降时，汉朝打算征调二万乘车辆前去迎接，但是当时因国库没钱，只能向民间赊购马匹。有的老百姓将马藏匿起来，结果马不够用。泱泱大国，居然连几万匹马都买不起，这实力真的难以让人与"强汉"联系起来。

这种现象其实也就是我们现在常说的"财政危机"，这种情况一旦出现，上层就一定会拿出应对之策，活人尚且不会让尿憋死，更何况一个人才济济的国家。

汉武帝为了改变羸弱的财政格局，任用桑弘羊、张汤、东郭咸阳、孔仅等人为"财政大臣"，为国库"输血"。毕竟一个国家如果想正常运转，物质是基础。

如果放在现在，桑弘羊绝对是头牌金融家兼理财师。作为汉武帝的得力助手，桑弘羊充分展示了花式敛财手段。

桑弘羊，河南洛阳人，出身商人家庭，自幼善心算，十三岁即入侍宫中。在长安城里有一个响当当的绰号——理财家。

为了摆脱财政困境，桑弘羊拟改革经济政策，他做了两件有关"理财"的事，一举摘掉了汉武帝"贫困"的帽子。

第一件事是推行盐铁专卖政策。

众所周知，盐和铁是生产生活的必需品，汉武帝执政前期，是默许私人贩卖盐和铁的。比如说，大才子司马相如的老丈人卓王孙就是因为在四川开铁矿发家致富的，成了当地首富。

到了汉武帝后期，他便把盐和铁的经营权全部收归国有，并让桑弘羊来主抓此事。

桑弘羊可不是一般的人，他仿照春秋时期齐相管仲的办法，马上实行"笼盐铁"，也就是盐铁专卖政策，具体做法有以下几条：

一、鼓励平民从事食盐生产，官府供给他们主要的生产工具，平民生产出来的食盐由政府统一收购，不得私自买卖。

二、官府在各地设立盐肆，任命官吏，负责出售食盐。

三、在政府无力设置盐肆进行经营的地方，特许一些小商人进行分销。

四、铁矿的开采、冶炼、锻造也全部由官府控制，产品归官府所有，由官府设置官吏负责销售。

五、盐铁的价格都由政府统一规定，以保持价格的稳定。

六、任何人不得私自铸铁煮盐，违者没收工具产品，处以重刑。

七、在盐铁产地设置盐官和铁官，负责盐铁的生产和收购，在不出产盐铁的地方设置小盐官和铁官，负责盐铁销售，回收废铁。盐铁专卖所得的高额利润全部上缴中央政府。

这样的政策有点儿类似于现在的"政府出钱，农民种田"，这在当时来说很难得。管仲有句话很有名，"民予则喜，夺则怒，民情皆然。先王知其然，故见予之形，不见夺之理"，意思是税收是有形的，直接向人民收取财务，自然会招致人民的不满。最理想的办法是取之于无形，使人不怒。

而盐铁官营就是"取之于无形"中的一种，也正是这项经济政策，大大充实了汉王朝的国库。

第二件事是整顿货币。

汉朝初年，国家对钱币的铸造采取放任的政策。当时不但钱的大小、轻重不一，钱币的实际重量与标准规定的重量相差悬殊，因而盗铸钱币的风气盛行，结果自然出现这样的严重后果：通货膨胀。到了汉文帝五年（公元前175年），政府更撤除了禁止私人铸钱的命令，只要钱币符合官方要求，就可以流通。这种放任大家自由铸钱的命令使币制更加混乱。汉景帝时，朝廷下令禁止民间私自铸币，但因为管理不太严格，民间铸币仍然横行。一些豪强和大商人，常常在铜内杂入铅、铁，铸大批的劣钱来牟取暴利。政府虽然一再禁止和打击，但因为有利可图，而且铸钱者又多是一些有权有势的人物，所以，并不能制止私铸的大量劣钱混入市场，这破坏了社会的正常经济秩序。

汉武帝上任后，为了整顿财政，曾在元狩四年（公元前119年）整顿过一次货币，但效果不好。当时造了两种货币：一是皮币，用官苑里养的白鹿的皮制成，每张一尺见方，上面还绣上五彩花纹，值四十万钱，它作为诸侯王朝觐皇帝时垫璧的礼品，所以，只在上层贵族中流通和使用；另一种是白金，这是用少府库存的银、锡做的合金币，分值钱三千、五百和三百三种。然而，当时却假币盛行。虽然中央政府进行了强有力打压，抓捕盗铸者数十万人，但仍不能制止盗铸劣钱，所以市场和货币仍然比较混乱。

元鼎四年（公元前113年），汉武帝成立了"打假消费者协会"，任命桑弘羊为会长，由他全权负责改革和整顿货币。

桑弘羊马上就进行了大刀阔斧的改革，施行的具体方案如下：

一、取消郡国铸钱的权力，由中央政府指定掌管上林苑的水衡都尉下属钟官、技巧、辨铜三官分别负责铸造、刻范和原料供应及检验铜的质量、成色。这样的好处是使私铸者得不到铸钱的原料。总之，起到的效果是：谨防造假。

二、郡国把所铸的旧钱销毁，把铜送到中央。

三、废除过去铸的一切钱币，而以上林三官铸的五铢钱为全国唯一通行的货币。

　　事实证明，桑弘羊的币制改革是成功的，他的方案出炉后，效果显而易见。这一政策严厉地打击了假币的流通，增加了国家的财政收入，稳定了市场和货币流通。

　　这次币制改革是中国历史上第一次将铸币权完全收归中央政府的一次创举，它最终将汉朝的币制稳定下来，使汉朝的五铢钱成为质量稳定的钱币，一直流通至隋朝。

　　也正是因为桑弘羊干了两件漂亮的"理财"大实事，自元狩三年（公元前120年）起，桑弘羊的官位像是芝麻开花，节节高。由大农丞到大司农再到搜粟都尉，直到最后升为御史大夫，位列三公，权倾朝野。

万马齐暗究可哀

汉武帝改善财政的办法和策略除了采取"理财专家"桑弘羊的盐铁专卖和整顿货币，还有其他办法。

第一，向王侯开刀——巧用白鹿皮征税。

为了打击发了国难财的达官贵人，在张汤的建议下，汉武帝颁布了"白鹿皮"政策。

当时宫苑里养了很多白鹿，把白鹿皮割成一尺见方的形状，在每张鹿皮的周围画上彩色花纹，这样的一张鹿皮的定价是四十万钱。

如果让人用四十万钱去买这一张一尺大小的鹿皮，恐怕没有人愿意去买。

但是，有了张汤的金点子，汉武帝自然有了好办法。

要知道，王侯官僚觐见皇帝的时候多少得带点礼品吧。结果，官方指定包装袋就是汉朝廷提供的白鹿皮。

礼轻情谊重，不管什么礼品，反正都要搭配这个价值不菲的包装袋，除非你不想在官场上混了。

汉武帝的这项政策针对的是上层贵族，也是变相对王侯、宗室强制征税，通过这种方式来增加财政收入。

第二，向富商亮剑——用算缗、告缗打击富商。

汉武帝在对王侯、宗室"揩油"的同时，也没有忘了"劫富济贫"——抑制打压商人。因为商人的财富是远多于农民的，征税不能忘了他们。

这里的商人包含工商业者、手工业者、高利贷者、囤积商等，对于这个强势群体，张汤再次展示出超高的金融才能，在他的建议下，汉武帝很快颁布了《算缗令》，也就是征收资产税。

"缗"是用来穿钱的丝线。要知道，古代的钱币中间有方孔，用丝线穿起来，一缗就是一千钱。"算"也是计数单位，一算是一百二十钱。而汉武帝的《算缗令》，就是"命令"商人无论是否有"市籍"，都必须向政府如实申报自己的财产数额。

具体来说，从事商业的按照营业额来征收；囤积商按照囤积商品的价值来征收；从事高利贷的按照贷款额来征收；从事手工业的按照出售产品的价值来征收；车船要征通过税，类似于现在通过高速公路收取的费用。只不过那时候是一条船一年征收一次税，现在的是按次数收费。

为了防止商人少报、瞒报、逃避缴税，汉武帝在《告缗令》中特别规定：对隐瞒财产或者是少报的进行重罚——一经查出将没收全部财产，并发往边疆服役一年。同时，还对检举揭发的人进行重奖——奖励对应财产的一半，从而极大地提高了人们检举揭发的积极性。

总之，《算缗令》《告缗令》的实施，使汉武帝以最快的速度摧毁了当时的富裕阶层，商人口袋里的钱财源源不断地滚入了国库之中。

第三，向市场开"红灯"——实行"均输法"和"平准法"。

在桑弘羊的建议下，汉武帝颁行了"均输法"和"平准法"的经济政策。所谓均输法，就是在中央主管国家财政的大司农之下设立均输官，由均输官到各郡国收购物资，把各地应当运交中央的物资运到售价较高的地区出卖，再买该地物产，易地出售，辗转交换，最后把中央所需货物运回长安。所谓平准法，就是在大司农之下设立平准官，总管全国由均输官转来的货物，除去供给皇帝需要的一部分，余下的作为平抑物价之用。通过官物在市场上随物价涨落贵卖贱买的方式营利。实行均输法和平准法使京师所掌握的物资大大增加，平抑了市场的物价，贩运商和投机商也无利可图。

第四，向官场开后门——买卖官爵或赎罪。

为了"圈钱"，汉武帝还打开了卖爵之门。也就是说，钱除了可以购买商品以外，还可以买卖官爵及赎罪。

针对不同的人设定了不同的方案。官吏纳粟可以升官，而普通人有"入羊为郎"，也就是通过捐献财物来获得官职，获得"郎"的资格，而"郎"可以成为皇帝的护卫和侍从官。

同时，罪犯纳粟可以赎罪，一般人纳粟可以免除终身徭役，商人纳粟可以免除告缗（意思是如果你前期有捐款记录，后来即便有人揭发你没有如实申报财产，政府也不会惩罚你）。

根据史料记载，这项政策颁布实行仅一年，效果就彰显出来了——多个粮仓贮满了粮食。

国学经典《菜根谭》言：凡事有因必有果，检点自己的言行，才能避免灾祸。汉武帝为了摆脱财政危机出台的系列措施，当然也产生了不良后果。

首先，来看盐铁专卖带来的负面影响。

因为政府垄断经营盐和铁，没有任何竞争载体，其负面结果主要体现在两个方面。

第一，质量不敢恭维——极差。

"县官鼓铸铁器，大抵多为大器，务应员程，不给民用。"在官营体制下，最初为了提高生产效率，铁器生产都是统一形制，然而，各地区的土壤状况并不一致，无法根据当地情况因地制宜地生产工具，这导致生产效率极低。而且，忽视商品质量，最终结果是浪费社会资源、抑制生产积极性、损害百姓利益。有的铁器钝的连草都割不了，百姓常常累得半死，却没有任何收获，正所谓"农夫作剧，得获者少"。

同时，官府售卖工具的地点都是固定的，而且还有时间限制。在一些偏远的地方，工作人员通常表现得懒散无为，有时候百姓费尽周折来购物，却发现负责销售的人员早已离开，结果延误了农事。

在盐铁会议上，贤良的人表达了这样的观点："如今县官生产铁器，劳动艰辛，成本高昂……"直接指出了官营体制下生产领域资源配置不合理、生产效率极低的问题。

第二，价格不敢恭维——极高。

在官营（原本旨在打击囤积居奇、哄抬物价的商家）时期，官府作为垄断经营者，刻意抬高物价以获取更高利润。结果，却比民营时代对百姓的利益损害更大。

《盐铁论》曾提到："盐、铁贾贵，百姓不便。"意在说明，官营盐铁产品价格昂贵，给百姓带来沉重的负担。总之，盐铁专卖政策的出台，弊大于利，使民间商业力量突然被釜底抽薪，这直接加剧了中小商人和农民的破产。到了汉武帝后期，甚至出现了大量农民流亡的情况。

其次，来看整顿货币带来的负面影响。

汉武帝将铸币权收归中央，有效地解决了货币超发的问题。因为货币的发行权在政府手里，政府会根据市场来发行一定的货币，从而稳定金融经济体系。同时汉中央控制货币发行量，有效地解决了私铸钱币的问题，加强了对货币的管控力，这一点对王朝的维稳还是非常有用的。

然而，汉武帝时期发行的铜币和之前的并没有质的差距。所以，对百姓来说改善并不大。但是汉武帝收回了铸币权，这就导致政府可以通过控制铜币发行量来人为制造通货膨胀，进而掠夺民财。可以说，这一政策进一步剥削了百姓。

最后，来看《算缗令》和《告缗令》带来的负面影响。

《算缗令》和《告缗令》的实行导致了两个后果：

一方面，社会财富被强迫"清零"，中产阶层集体破产，工商动力丧失。因为"缗钱令"在实施过程中，受到重创的是处于社会中间阶层靠买卖谋生的小商户。根据"缗钱令"的税收制度，百分之六的税率等同于国家拿走商人几乎全部的利润，再加之对总资产的税收，更加剧了商人财产的缩水速度，隐瞒资产是必然发生的现象。然而，即使隐瞒资产，《告缗令》的推行，同样使一部分处于社会中层的商户直接变成赤贫。再加上天公不作美——自然灾害频发，国家处于战乱动荡时期，越来越多的商贾更倾向于"追求享乐"，商者越来越少，通货紧缩，物价越来越高，工商业受到全方位打击走向毁灭的边缘。

另一方面，政府在这场运动中几近"无赖"，对民间毫无契约精神，实质是政府信用的一次严重透支，从而造成社会财富观念的空前激荡，民众的储蓄和投资意识从此锐减，据《史记·平准书》记载："**民偷甘食好衣，不事畜藏之产业。**"民众有好看的衣服马上就穿，有好吃的马上就吃掉，不再愿意储蓄投资。"

元封六年（公元前105年），面对因《告缗令》导致的畜牧业凋零，战马供不应求，物资匮乏等局面，"缗钱令"最终被废除。

汉政府为了让市场重新复苏，推进政商合法化，规定官吏可以直接买卖商品。这样政商成为商人主流后，大量收购田产，农民以租地为生，每年盈余若干刚刚够付租金以及其他赋税，遇到荒年更是入不敷出，农民生活极度贫困，即使在丰收之年也难以有所积蓄。

　　总之，政权与商业结合后，两级分化越来越严重，汉武帝末期社会矛盾也越来越尖锐。直到汉昭帝时期，西汉王朝采取轻徭薄赋，与民休息，让利于民的政策，民间的工商业状况才得以好转。

卜式沉浮记

在汉武帝想尽办法摆脱财政危机时，一个人挺身而出成焦点，他就是西汉卓越的经济学家卜式，其爱国献财之举数度赢得汉武帝的嘉奖。

卜式，洛阳人，出身畜牧家庭，《史记·平准书》记载："**初，卜式者，河南人也，以田畜为事。**"

卜式为人非常质朴厚道，他有一个弟弟，当弟弟长大后，卜式从家中分出居住，当时他只取羊百余只，田宅财物都留给了弟弟。卜式入山牧羊，他一个人住在山里，精心牧羊，十年以后，羊的数目就翻了几番，达到上千只。他也积累了不少财富，重新购置了田地和住宅。但是他的弟弟很不争气，没过几年就把分到的家产都败光了。卜式见到后，又将自己的财富分给弟弟一些。

《史记·平准书》记载："**式有少弟，弟壮，式脱身出，独取畜羊徐，田宅财物尽予弟。式入山牧十徐岁，十徐年，羊致千徐头，买田宅。而其弟尽破其业，式辄复分予弟者数矣。**"

数年后，卜式成为当地畜牧业大亨，名下牛羊过千，购置了豪宅，成为河南富户的代表。

建元六年（公元前135年），大汉一改对匈奴的和亲政策，开始大规模与匈奴交战。一时间，财政开支巨大，入不敷出。

正值汉朝反击匈奴战争白热化、国家财政紧张之际，卜式展现了卓越的爱国情怀。与其他商人纷纷谋利不同，卜式主动上书朝廷，表示愿意捐出一半的家财资助边事，"愿输家之半县官助边"。

结果，卜式的做法不但遭到了汉武帝的拒绝，还引起了汉武帝的怀疑，于是派人去调查其捐款的真实目的。专使问卜式："你是想当官吗？"卜式摇头答："我从小牧羊，不会当官，也不愿意做官。"专使又问："那你是想申诉家里的冤情吗？"卜式摇头说："我生来与人无争，遇到贫穷的乡人，我就借钱给他；为人不善的，我就教他做好事。我无论到哪里，人们都很尊重我，哪来的仇人啊！"专使再问："那你究竟想要什么呢？"卜式淡淡地说："天子诛匈奴，我认为贤者宜死节，有财者宜出钱，如此，匈奴可灭。"

三问三答，专使不再提问，马上回去报告了朝廷。汉武帝于是问丞相公孙弘的看法。公孙弘若有所思地说："卜式的做法不符合人之常情，希望陛下不要允许。"

就这样，汉武帝拒绝了卜式捐款的请求。

《史记·平准书》记载："**使者具其言入以闻。天子以语丞相弘。弘曰：'此非人情。不轨之臣，不可以为化而乱法，愿陛下勿许。'于是上久不报式，数岁，乃罢式。式归，复田牧。**"

一年后，因为与匈奴的战争，再加上匈奴浑邪王等归降汉朝，需要安置，朝廷开支过大，国家粮仓和钱库空虚。卜式得知后，直接捐出二十万给河南太守。后来，河南太守把此次为官府捐钱的人员名单呈给朝廷，汉武帝又看到了卜式，汉武帝想到一年前卜式上书要求输财之事，这才相信卜式的确是一个仗义疏财之士，下令赐给卜式四百个奴仆，但是卜式又将他们全部捐给了当地政府。

汉武帝见状更加喜欢，亲自下诏书认定卜式为长者（当时先进人物的称号），并在全国范围内作为先进人物进行宣传。

《史记·平准书》记载："**是时富豪皆争匿财，唯式尤欲输之助费。天子于是以式终长者，故尊显以风百姓。**"

面对汉武帝的封赏，卜式却拒绝了，直言自己不擅长做官。

汉武帝体谅卜式的心意，便对卜式说道："我在上林苑皇家园林也有很多羊，就请先生替我放羊去吧！"

于是卜式便带着郎官的头衔成为汉武帝的"弼羊温"。

卜式与众不同，他不穿官服，而是终日穿着粗布衣服。他不穿官靴，而是整天穿着草鞋，亲自上阵——在上林苑放羊。一年后，效果彰显出来了。汉武帝闲暇时候前往上林苑打猎，见上林苑处处是羊，而且身肥体健，很是惊讶地问卜式："你是怎么放羊的？"

卜式说道："放羊跟治理老百姓一样，让他们按照时间节令做该做的事情，将坏种去掉，不让他们败坏族群。"

汉武帝对卜式的话非常满意，便决定让他做一任地方官试试。于是，任命其为缑氏令。

之后，卜式仕途上青云直上，先是调任成皋令，随后任齐国太傅，不久升任丞相。

《史记·平准书》记载："**岁馀，羊肥息。上过见其羊，善之。式曰：'非独羊也，治民亦犹是也。以时起居；恶者辄斥去，毋令败群。'上以式为奇，拜为缑氏令试之，缑氏便之。迁为成皋令，将漕最。上以为式朴忠，拜为齐王太傅。**"

汉朝连年征战，国力开始走下坡路，大臣们纷纷开始怀疑汉武帝对外作战的国策。

不久，南越的吕嘉见汉朝连年征战，国力下滑，于是，公然谋反。

汉武帝对此很是头疼，关键时刻，身在临淄的卜式给汉武帝和朝廷上书道："作为一个臣子来说，国家如果遇到危难，天子为此担忧，这是我的失职，也是我的耻辱。现在南越作乱，臣求陛下允许臣父子二人共同上战场，哪怕战死沙场也在所不辞。"

汉武帝拿着卜式的诏书给群臣传阅，最终群情激奋上下一心，一举平定南越。

汉武帝很感激卜式雪中送炭，历数其为国家捐赠的功绩，称赞其通晓大义。不久，封卜式为关内侯，赏赐黄金四十斤，良田十顷。再后来，汉武帝又提升卜式为御史大夫，成为汉朝仅次于丞相的实权人物。

从郎官到齐相，再到御史大夫，卜式总共经历了三次大的升迁，这与他为国家带来的利益牢牢挂钩。卜式的第一次升迁，是他在国家粮仓和钱库空虚时，直接捐出二十万给河南太守；卜式的第二次升迁，是他斐然的政绩所致；卜式的第三次升迁，是因为他在平定南越之战上功不可没。

卜式出任御史大夫之后，便提出一并废黜盐铁专利和车船税，缺钱的汉武帝对这个建议非常不满。再加上放羊出身的卜式歌功颂德的文章远不及其他儒生出身的大臣，于是，汉武帝渐渐疏远他了。

《史记·平准书》中记载："**式既在位，见郡国多不便县官作盐铁，铁器苦恶，贾贵，或强令民卖买之。而船有算，商者少，物贵，乃因孔仅言船算事。上由是不悦卜式。**"

元封元年（公元前110年），汉武帝罢免了不合格的大农令孔仅，拜桑弘羊为治粟都尉，并代理大农令，全盘接管盐铁事务。卜式因反对盐铁官营，也被贬为了太子太傅，后闲居至老。

卜式无疑是一位爱国志士，理政奇才。他出身社会底层，作为一个普通的牧羊人，能够走上仕途，离不开明主的欣赏。然而，卜式毕竟缺乏政治谋略。班固《汉书·公孙弘卜式儿宽传》说卜式"以寿终"，这或许是他最好的结局。

第十四章

求仙的那些事儿

仙人归去来

汉武帝迷恋武力，厉兵秣马，四海臣服。讲完了外事，现在到了该说点汉武帝私事的时候了。

纵观汉武帝的一生，概括起来，他有四大爱好：

一是狩猎。这个爱好他少年时已经展现无遗。

二是嗜美。不管是男是女，只要长得漂亮或者说是好看，他都照单全收。后宫的女宠，从卫子夫到李夫人，还有后面即将说到的钩弋夫人，哪个更年轻，哪个更漂亮，哪个更有魅力，他就在哪里筑就温柔乡。而在男宠当中，无论是有"断袖"之嫌的"黑白双煞"韩嫣和董偃，还是才华横溢的"风流双才"东方朔和司马相如；无论是叱咤风云的卫青和霍去病，还是可断朝纲的公孙弘和汲黯，他们都拥有一个共同的特点，那就是长相俊美。汉武帝嗜美嗜到这种境界，也算是绝无仅有了。

三是爱马。这个从对西域的武力压制就可以看出来，为了汗血宝马，不惜一切代价，看来汉武帝爱马爱到了痴迷、疯狂的地步了。

四是信神。汉武帝之所以崇拜鬼神，跟一个人有关，这个人的名字叫李少君。

元光二年（公元前 133 年），那是一个寒气逼人的冬天，当时即位才八年、年仅二十三岁的汉武帝来到雍城（今陕西省凤翔县）的五畤祭祀上天，以求来年国泰民安，风调雨顺。结果，汉武帝邂逅了李少君。就是这惊鸿一瞥，汉武帝对这位"得道高仙"敬佩不已。

皇帝看重的人，自然有他的非凡之处。看看李少君的个人简历就可以知道他是非凡之人。李少君，生平不详，年龄不详，父母不详，家世不详，唯一详细的就是绰号叫侍奉王爷。

之所以叫侍奉王爷，是因为他"吹遍天下无敌手，满天都是牛在飞"。自称拥有长生不老之秘方。世上的事就是这样，你越是说得神乎其神，别人就越是对你景仰和追崇。

这位侍奉王爷也不是闲着的主儿，为了自己的行骗生涯，他开始包装自己，首先打出了"妙手回春，长生不老"的口号。人靠衣装马靠鞍，李少君这一包装后，效果那是百里挑一，与众不同。结果一些达官贵人都被他驱鬼辟邪、不老仙丹之类的伎俩所骗，大把大把银两往他的口袋里塞。

据说，武安侯田蚡也跟李少君过从甚密。一次，田蚡在家中设宴，请的都是朝中的达官显贵，为了显示气派，田蚡特请来李少君作为特邀嘉宾。这位特邀嘉宾果然与众不同，只见他姗姗来迟，最后一个入席，慢腾腾地入座之后，眼睛就直瞄着座中一位九旬的白发老人。

这位白发老人是田蚡家族最老的长辈，田蚡这次设宴就是为这位老寿星祝寿。因此，来客无不对这位老寿星左一句"福如东海"，右一句"寿比南山"，而这位李少君却语出惊人，一张口便来了这样一句话："这个老头不是人。"

李少君这句话一出口，在座的个个都脸色煞白。当时田蚡依靠他的姐姐王皇后，在朝中已是一个炙手可热的后起之秀了，谁见了他都得给三分面子。一介布衣李少君胆敢如此放肆，自然让人惊得云里雾里。

田蚡也气得一张俊脸变成了猪肝色，正要发作时，李少君不慌不忙地说了第二句话："九天仙人下凡尘。"

原来如此！众人一听，这才舒了一口气，连连称赞，田蚡的脸色也马上由阴转晴。就在这时，李少君的第三句话新鲜出炉了："儿孙个个都是贼。"

这分明连田蚡也骂了嘛。众人一听，谴责之余，都觉得李少君这次定是祸从口出，吃不了兜着走了。

田蚡的脸上接着上演七十二变，由晴转多云，多云转阴，阴转小雨，小雨转大雨，大雨转暴雨，暴雨……眼看暴风骤雨就要下了，李少君的第四句话终于出口了："偷来仙桃献祖翁。"

原来如此！众人一听，提着的心这才放下，称赞之余，不禁叹道：见过拍马屁的，就没有见过如此会拍马屁的。

李少君没有理会众人的表情，继续他的表演，第五句话再度上演，他对着白发老寿星说："我曾和你祖父在南山打过猎。"

这位白发老寿星都是九旬有余的人了，这个李少君才多大，居然跟他祖父打过猎？不是天方夜谭，就是夸夸其谈。于是，众人疑惑的眼神齐刷刷聚集在白发老人的身上，似乎在等待他的答案。

白发老寿星点了点头，喃喃地道："我还是穿着开裆裤的时候，的确跟祖父去南山打过猎。"（有点没弄明白，李少君是怎么知道这样的八卦事的。）

结果可想而知，李少君因拍马屁拍得精妙绝伦，又因忽悠功夫惊世骇俗而一举成名。

李少君声名大振的结果是腰包鼓了，胆子也更大了。他不满足于在江湖上行骗，也不满足于穿梭于名门望族，他决定放长线钓大鱼。

他钓的鱼便是堂堂的一国之君汉武帝。雍城一见之后，汉武帝对这位仙风道骨的活神仙很是景仰，为了试试他的"能量"，他把李少君请到宫中，不是叫他喝茶吃饭，也不是神聊，而是对他进行"考古"。

他在宫中找了件旧铜器，然后问他铜器的来龙去脉。李少君虽然不是活神仙，但头脑转得一点也不比别人慢，他知道无论什么事说得越神乎其神就越好。于是，想也不想便接口道："这乃是齐桓公当年陈列于柏寝台的那件铜器。"

只一句，就把汉武帝唬住了。他心想，这铜器陈列于宫中多年，我都不知道他的来龙去脉，只是胡诌了一个想为难为难李少君，却不想李少君竟答得如此畅快。看来，这李少君果真非等闲之辈啊！

"陛下知道黄帝是怎样成仙的吗？"李少君问。

汉武帝摇了摇头。

李少君接下来开始他的神奇演说了，他说黄帝成仙是这样炼成的："祭祀灶君，可以驱使鬼神；驱使鬼神，可以得到丹砂；烧炼丹砂，可以化成黄金；使用黄金器皿，可以延年益寿；延年益寿，可以上蓬莱；上了蓬莱，可以见到神仙；见到神仙，可以去泰山封禅；泰山封禅后，就能长生不老。"

应该说，李少君的话很是精妙，以至于汉武帝听后也是大为赞赏，同时也悠然神往。在好奇心理的驱使下，他发出了第一问："不知道海上神仙的生活和我们的生活有什么不同？"

李少君心道，这个问题就好比我想问你的一样，嘴里却装腔作势地道："神仙自有神仙的生活，一句话'乐逍遥'。不说别的，单是他们吃的就是我们望尘莫及的。当年我在海上遨游时，见过神仙安期生，他给了我一个红枣，那红枣除了红彤彤之外，还有一个特点就是大，有甜瓜那么大，我吃了好几年都没有吃完哩。"

面对李少君的忽悠，汉武帝发出了第二问："如果我想见一见这位千岁神仙安期生该怎么办呢？"

李少君点了点头，又摇了摇头，道："有缘千里来相会，无缘对面手难牵。"

李少君越是说得神乎其神，汉武帝就越是神往。于是，他决定学习长生不老之术。为了修炼成功，他严格按照李少君的话办事，采取了三步同时走战略。

第一步走：祭祀灶君。为了显示他诚心诚意地求神，全心全意成仙，汉武帝亲自祭祀各地灶君。据说，汉武帝为此膝盖肿得比包子还厚。

第二步走：寻址觅踪。汉武帝派遣道士到海上寻找蓬莱山的所在地和安期生的仙踪。这样没影的事，比大海捞针还要难。道士明知不可为而为之，真可谓赶鸭子上架，去也得去，不去也得去。总之，仙踪还未寻到，道士仍须努力。

第三步走：提炼黄金。李少君从此以后长住宫中，变成了化学家，利用丹砂等药物，提炼黄金。一句话：任重道远。

也许是炼丹过于劳累，也许是在炼丹的过程中中了某种化学物质的毒，也许是命里注定。总之，李少君在黄金尚未炼成时，就一命呜呼了。

面对李少君的突然离去，汉武帝悲痛欲绝，在他心里，李少君永远不曾离去，只是"功德圆满"化作神仙升天了，只是去过他的逍遥自在的生活去了。臧克家的诗或许可以代表汉武帝的心情，"有的人活着，他已经死了；有的人死了，他还活着"。前者，比如说，投靠匈奴的卫律、李陵等叛国分子。后者，比如说，我们"可爱可敬"的李少君。用汉武帝的话来说就是，李少君并没有死，阎王只是掠去了他的肉体，他的灵魂依旧在。

骗就一个字

李少君走了，汉武帝求神的决心却更加坚定了。取代李少君的是一个叫李少翁的人。这个李少翁只是一个少年，是齐地方士，绰号叫"二百五"。据说，绰号的来源是李少翁自称已活了二百五十岁了。

因为来头不小，所以，这个李少翁出现后，汉武帝对他也是宠信有加。都说事实胜于雄辩，接下来，且看这个李少翁的精彩表演。

汉武帝喜欢美女，前面已经说过，从最早宠爱卫子夫开始，卫子夫年老色衰后，他宠爱的便是李夫人。但无奈李夫人天生红颜薄命，集万千宠爱于一身后，却是个短命鬼。

李夫人不但长得美，更是集温柔、善良、贤淑于一身的奇女子，因此，她死后，汉武帝对她总是难以忘怀，夜里常常流泪到天亮。这个李少翁眼看机会就摆在面前，自然不会放弃，马上来了个"借尸还魂"的精彩表演。

"臣可以施一种法术，叫死去的李夫人显灵，见皇上一面，以解皇上相思之苦。"李少翁说。

"真的吗？"汉武帝一听大喜过望，立马便叫李少翁快快施法。

那李少翁果然快，他马上布置了一间密室，室里布有前后两个白纱帐子罩着的榻，帐前明烛酒食一应俱全。到了晚上，他首先把大驾光临的汉武帝藏在前榻的纱帐中，并且做了"嘘"的手势："不可轻举妄动，切记，切记。"

接下来，李少翁开始神奇的魔幻表演了。只见他拿起一把扇子，左舞右摇，顿时寒气逼人，阴风习习。接下来，他嘴里念念有词，叽里呱啦念个不停。也不知道过了多久，汉武帝已被他折磨得睡眼惺忪，都不知道自己身在何处了。正在这时，只听见李少翁轻声说了句"来了"。

汉武帝定睛细看，但见后榻之中，出现一衣袂飘飘、体态轻盈的美女，那曼妙的身影和朦胧的美态，不是李夫人又是谁？

"李美……"汉武帝的"人"还没出口，李少翁以手掩住汉武帝的口，做了个"嘘"的动作："陛下，千万别吭声，莫要惊动了李夫人的魂魄。"汉武帝被李少翁这一嘘，果然就不敢造次了。只能远远地盯着李夫人的影子发呆，良久，直到影子消散开去，汉武帝才回过神来，发出了这样的感叹：

"是邪？非邪？立而望之，偏何姗姗来迟。"

就这样，李少翁凭着这一场精心准备的"借尸还魂"超级大骗局，赢得了汉武帝的信任，他不但得到了不少的金银珠宝，还被封为文成将军。

接着，汉武帝按照李少翁所说，在宫中到处雕龙画凤，布置太乙八卦、奇门遁甲，只为迎接仙归。这样一来，宫中顿时被一股"仙气"所笼罩。

然而，这样折腾来折腾去，结果除了花掉国库里的银两，什么也没折腾出来。长此以往，纸终究包不住火，李少翁风光的背后也有了隐忧。

如此逍遥快活地过了一两年后，李少翁决定做出一点"成绩"，一来报答汉武帝的知遇之恩，二来也是为了自己的前程。

于是，他做了一件事，一件他自认为很聪明的事。然而，聪明反被聪明误，就是这件事，非但没能使他继续青云直上，反而搬起石头砸了自己的脚。

这件事的大致经过是这样的，他首先用钱财买通了朝中掌管牲畜的官员，然后他把写了字的绢帛拌到饲料里，让牛吞到肚子里。接下来的事很简单了，汉武帝到甘泉宫去求仙，这时，李少翁让那头吞了绢帛的牛出场了，他故意装作不知道的样子，摇头摆尾地说了这样一句话："皇上，我闻到了一股天书的味道。"

汉武帝一听来了精神，问道："在哪里？"

李少翁故意左顾右盼，然后像是突然发现新大陆一样，对着那头牛左瞧瞧右看看上摸摸下拍拍。隔了半晌，这才有模有样地道："借问天书何处有，牧童所牵山间牛。"

李少翁的意思已经很明显了，他说这头牛肚里有天书。汉武帝半信半疑，二话不说就命人把牛给宰了，以验真伪。

结果不用多说，从牛肚子里弄出一条绢帛来，汉武帝看着绢帛上密密麻麻的字，先是喜，然后是惊，最后是怒。最后二话不说就叫人直接把李少翁拿下了。

汉武帝虽然信神，但一眼就识破了李少翁的骗局。

接下来，就毫无悬念了，又是突击审讯，又是严刑，又是逼供，李少翁哪里受过这样的皮肉之苦，本着坦白从宽、抗拒从严的原则，结果只有两个字：招了。

汉武帝给李少翁批的也只有两个字：砍了。一代"天才"李少翁就这样结束了自己的行骗生涯，同时也结束了他短暂的一生。

这当真印证了这样一句话：善有善报，恶有恶报，不是不报，时候未到。

漂洋过海来看你

汉武帝失去两仙后，马上就得了抑郁症，具体表现为吃饭饭不香，干嘛嘛不爽，大有乌云掩日之意。

本以为是小恙，但御医看了个遍，巫师请了个遍，汉武帝的身子还是不便。正在这时，有人对汉武帝汇报说，李少翁还活着，有人在关东亲眼看到他。

对此，汉武帝很惊讶，也很重视，他马上命人打开了李少翁的坟墓，结果出人意料，里面没有尸体，只有一根古色古香的竹筒。

"是邪？非邪？立而望之，一缕青烟成仙去。"汉武帝突然觉得自己错怪了李少翁，自己受到了神灵怪罪，这才病魔缠身，身体欠佳。汉武帝在病好后，又信起神来，原因是赎罪。《史记·封禅书》记载："**天子既诛文成，后悔其蚤死，惜其方不尽。**"

继李少君、李少翁之后，又一个"活神仙"出现在汉武帝面前。这个人的名字叫栾大。

李少君当初得到汉武帝宠爱是因为一张三寸不烂之舌，以"神仙是怎样炼成的"强大论据令汉武帝信服。而李少翁则来实际的了，他用"借尸还魂"的闹剧让汉武帝惊为天人。这个栾大是得乐成候丁义的举荐来到汉武帝的身边，他知道要想得到汉武帝的重用，首先得露一手，他也许是吸取和结合了李少君和李少翁的经验，采取双管齐下的做法，既动手，也动嘴。

栾大首先上演的是动手，他见了汉武帝，什么也不多说，手底下见真章，挽起袖就干上了。他表演的是"百变棋子"。他先挂一副大棋盘，然后把早就精心准备好的用鸡血、铁屑、磁石掺和而成的棋子放在上面。接下来，他双目微闭，双手合十，嘴里叽里咕噜地念念有词，神奇的一幕马上就上演了。棋子随着他的舞动而变动着，但见他指南走北，指东走西，指上走下，指左走右，静如脱兔，动如灵蛇，当真是令人眼花缭乱，叹为观止。

汉武帝也是啧啧称赞："见过神奇的，没见过这么神奇的。"

栾大不愧是有备而来的"名家"，一出手就知道有没有。眼看动手的效果很好，接下来该动嘴了。

"我的仙人师傅曾说过。沙丹是可以轻而易举地炼成的，既然沙丹可以炼成，黄金也是可以炼成的；黄金炼成了，黄河之水就可以轻易堵塞；黄金炼成了，长生不老之术就唾手可得；得到长生不老之术，修炼成仙也就是水到渠成的事了。"应该说，栾大在李少君的"神仙是怎样炼成的"理论基础上进行了进一步的添姿加色，理论更加成熟了，论据更加精辟了，特别是增加了可以补黄河之水这一新理论后，大有炉火纯青之势。

当然，栾大之所以加上可以补黄河之水一说，是特定条件的特定产物。因为当时黄河决口了，造成了黄河周边洪水泛滥成灾。但因为缺口很大，补缺工程一直无法实现，这也算是令汉武帝头疼的一件事。也正是因为这样，当栾大提到利用黄金，补黄河之水易如反掌时，汉武帝眼睛一亮，如果黄金真能堵住黄河决口，那该是多好的一件事啊！

栾大的"行"征服了汉武帝，"言"又打动了汉武帝。结果，高兴之下的汉武帝给了栾大四顶高帽子：五利将军、地士将军、天士将军、大通将军。真可谓连升四级，一时间风光无限。

成为"四冠王"的栾大没有一点骄傲和满足，他的脸上甚至连一丝笑容都没有。每次见汉武帝，他也是不冷不热，令人琢磨不透。后来，汉武帝就想啊想啊，怎样才能让这位"神仙使者"高兴起来。

"神仙使者"一高兴，就会把十八般法术都使出来。那样什么长生不老，什么黄河补缺口，什么上天入地就不再是遥远的梦了。

都说舍不得孩子套不住狼，汉武帝想明白了这点，把亲生女儿卫长公主嫁给了栾大，想以女儿来套这位"神仙使者"。与此同时，他又给栾大加封了一顶帽子——乐通侯（顾名思义，乐通侯，乐于通往神仙），还给他建了一座长安城里最大的豪宅，真可谓用尽了本钱，花尽了心思。

一时间长安城唯栾大独尊，他当真过起了快乐似神仙的生活。光阴如流水，时间在一天天地过，这位"活神仙"却在脂粉堆里乐此不疲，温柔帐里醉生梦死，早就把汉武帝求仙的事给忘得一干二净了。

汉武帝花了这么多代价，只为求仙，自然不想让自己所有的投资都打水漂。于是，今天派人去问，明天派人去催，后天派人去看，总之一句话：你一定要尽快把神仙请来。

栾大开始还可以借"时机不到"来搪塞，后来，这话说得嘴巴都起了茧了，没办法了，便决定到外面"潇洒走一回"，并美其名曰去东海求神仙。

汉武帝听说栾大要行动了，高兴得连夜来送行。栾大的娇妻泪眼婆娑地道："此去东海路途遥远，小心啊。"

"嗯。"栾大点了点头，别了汉武帝，别了娇妻，挥一挥衣袖，只带了一个包裹，连一个随从都不曾带，就屁颠屁颠地上路了。他一路直朝海边走去，心想，一辈子没到过海边，去海边吹吹风也不错。事实上，他确实看到了海，蔚蓝的海，翻涌的浪，艳阳的天，驿动的心。栾大叹道："有没有人能告诉我，海的那边是否住着神仙？"

发完了感慨，栾大完成了任务，他可以回长安了。于是，他在海边转了一圈，就向汉武帝进行了工作汇报："我在东海见到了神仙，神仙说陛下诚心不够，只要陛下诚心够了，神仙自然会降临长安的。"

"是吗？"栾大说完，这才发现汉武帝的脸色不太对，汉武帝平日对他总是笑容可掬，此时却冷冰冰的如同三月里的雪。

"朕的诚心是够了，不够的是你的诚心吧？"

"臣全心全意求神，一心一意为陛下。"栾大毕竟做贼心虚，脸上开始冒汗，豆大的汗直往下淌。

"如果不是我派人一直跟着你，又怎么会知道你只是在海边吹了吹风就回来了呢？"汉武帝拍了拍手，出来了个内侍。两人当场对质，那内侍把栾大的一言一行说得一清二楚，栾大心里叹道："纸包不住火，该来的终究会来啊！"顿时瘫倒在地。

接下来的事交给廷尉去办了，廷尉都不是吃素的，很快，栾大就把自己的犯罪事实招了。结果，栾大自然没有好下场了，他被汉武帝处以极刑中的极刑——腰斩（受刑者被拦腰斩断后，并不会一命呜呼，而是在痛苦的折磨中慢慢死去）。

考虑到栾大一个人走太孤单太寂寞，推荐栾大的乐成侯也被一同送上路，而最可怜的是卫长公主，刚出嫁，蜜月期还没有度完，就迈入了寡妇行列。当真是印证了这样一句话：男怕入错行，女怕嫁错郎。

听，神仙的声音

大家都知道汉武帝的祖父汉文帝在位时，也对方士情有独钟，其中最受宠信的就是新垣平。新垣平善于包装自我，自称能呼风唤雨，未卜先知，把汉文帝哄得团团转。后来，有人举报新垣平，汉文帝多方查实后，只好含泪处死了新垣平，从此不再迷信方士了。

汉文帝上当受骗后知道悔改，而汉武帝却相反，他一条道上走到黑，接连上了几次当，按理说，应该有所悔悟，改过自新才对。然而，汉武帝的求仙之心依然不减，一直认为海的那边住着活神仙，只是那些方士的道行不够才请不来。于是，他选择了在求仙、求长生不老这一条道上走到底。

就在汉武帝忧愁的时候，一个祥瑞的上报让汉武帝眉头舒展，烦恼尽抛。

元鼎四年（公元前113年），山西汾阴挖出了一只古鼎。这原本是一件普通的考古发掘事件，可一个叫公孙卿的山东人跑来对汉武帝说，那是一个冬天，黄帝得到了宝鼎；这是一个冬天，圣上也得到了宝鼎。这不是偶然，这是必然。这是冥冥中的天意，黄帝早就功德圆满成仙升天了，皇上也应该像他一样成仙才对啊！趁着宝鼎出炉的时候，皇上快快去封

442

禅，禅能通神，神能通天，天能通仙。通仙便能通一切，就能乐逍遥。

汉武帝一听，大喜。原来这鼎还有如此作用，不仅能召唤神灵，而且能让帝王升天。于是，他直接询问公孙卿该怎么办才能升天成仙。

公孙卿只回答了八个字："精诚所至，金石为开。"

只这八个字，便打动了汉武帝求仙的心。于是，汉武帝忘乎所以地说："嗟乎！吾诚得如黄帝，吾视去妻子如脱屣耳。"说完，他任命公孙卿为郎官，负责去嵩山太室山等候迎接自己升天的神仙下降。

公孙卿走了，汉武帝开始做长生不老、升天做神仙的白日梦。

这个梦一直做到冬天，公孙卿没带来神仙，却带来了一个对汉武帝来说是天大的好消息。他说他在河南的缑氏（今河南省偃师市南缑氏镇）城墙上见到了"仙人迹"（即神仙脚印）。

汉武帝一听欣喜若狂，求仙心切的他亲自跑到缑氏城墙上查看，果然有几个大脚印。他半信半疑地威胁公孙卿："难道你想效法少翁、栾大吗？"公孙卿撒起谎来脸不红心不跳，说："皇上，现在不是神仙有求于您、急着来见您，而是您有求于神仙。您也看到了，神仙的脚印这么大，但是凡间的道路这么小，神仙根本就落不下脚啊，还怎么来呢？"汉武帝觉得这话有道理，大笔一挥，下令全国郡县都修整道路，缮治宫观及名山祠所，迎接神仙的到来。

三年后的元封元年（公元前 110 年），汉武帝东巡海上，继续求仙访神。他一到山东，就被山东各地数以万计言神怪奇方的上书给淹没了。汉武帝很快招募了庞大的求仙队伍，派出数千人乘船出海寻找蓬莱神人。除了在东莱山（今山东省烟台市）候神的公孙卿声称夜里见到"大人"，其他人一无所获。公孙卿"见"到的神仙身长数丈，一旦靠近就消失不见，只留下类似禽兽脚印的大脚印。

汉武帝接到报告后心下戚然。大臣们看到汉武帝皱着眉头的样子，怕他继续没完没了地寻仙求仙，于是，集体撒谎说："我们看见一个老人牵着一条狗，说他见到了身材巨大的神仙。"汉武帝忙问："那他人呢？"大臣们说："老人说完就忽然不见了。"汉武帝这才相信神仙真的出现过，大喜，留宿海上一宿后返回，因情绪高昂又爬上泰山封了禅，并大赦天下，向神仙表达自己的诚意。此后，方士求仙一事成了一件半制度化的工作，朝廷供给数以千计的江湖郎中在东海继续这项很有"前途"的工作。

仅仅六个月后的元封二年（公元前 109 年）正月，汉武帝再次跑去东莱，住了几个月还是没见到神仙。他刚回去，公孙卿声称发现了神仙，汉武帝又匆匆赶到东莱，但仍只见"仙踪"（几只粗大的大脚印），不见仙人。

就在汉武帝脸色由晴转多云时，公孙卿说话了："听，神仙的声音。"没有见到神仙，如果能听到神仙的声音也算一种满足。汉武帝问道："神声在哪儿，朕为何听不见？"

"只在此山中，云深不知处。"随即，公孙卿马上就带领汉武帝到山上去听神仙的声音。结果，这一次汉武帝没有再失望，因为他在山里听到了几句"万岁，万岁，万岁"的声音。如同天籁之声，伴随着潺潺流水，阵阵回响，显得神秘莫测。

结果，汉武帝高兴之下封公孙卿为中大夫。此后，汉武帝多次往返于长安和东海之间，派船队下海寻仙，催问下落。公孙卿劝汉武帝说，不必跑来跑去，俗话说心诚则灵，只要皇上心中有神仙，神仙自然会在恰当的时候出现。皇上需要做的就是多建宫观楼台，等候神仙降临。汉武帝觉得有道理，开始在全国各地大建宫观祠坛，多次去名山大川进行祭神活动。还就近在长安修造了规模宏大的建章宫，并在长安北部开凿大池，取名太液池，在池中设名为蓬莱、方丈、瀛洲等传说中的海上仙山的小岛。

遗憾的是，虽然汉武帝大兴工程建设，但除了在全国各地留下许多文物古迹，神灵并没有下凡来给他长生不老的仙药。

汉武帝的一生，登高封禅做了，出海求仙做了，亭台、宫观更是勒紧裤腰带造了，可除了看到几个可疑的大脚印外，连神仙的影子也没见着，着实做了冤大头，得不偿失。但汉武帝却乐此不疲。

而在求仙的过程中，汉武帝和公孙卿斗智斗勇，他们之间的对决笑料百出。除了上述的"忽悠与反忽悠"外，这里还略举一事来说说。

话说有一次，汉武帝巡视北方朔方郡，以向匈奴示威。途中经过桥山（今陕西省黄陵县），听说黄帝的陵墓在此，汉武帝便前去祭祀。祭祀完毕后，汉武帝这才突然觉得不太对劲。于是，问公孙卿："你不是说黄帝没有死成仙了吗，怎么这里会有他的陵墓呢？"

这对公孙卿来说就是在考"脑筋急转弯"，他头脑一转，便回答道："黄帝骑神龙登天成仙后，他的群臣十分想念他，便把黄帝的衣帽等东西埋在这里，这只是皇帝的衣冠冢而已。"

汉武帝若有所思、若有所悟地道："雁过留声，人过留名。将来朕升天成仙后，群臣恐怕也要把朕的衣冠埋在茂陵了。"

汉武帝竟对神仙痴迷到了如此地步，当真匪夷所思。

也正因为对求仙的执着，汉武帝在生命即将结束的征和四年（公元前89年）正月，心有不甘的他最后一次来到东莱。面对波涛汹涌的大海，年迈的他发出了"还想再活五百年"的悲壮之声，然后选择了班师回朝。是年三月，汉武帝听从大臣田千秋的劝谏，悔恨交加，马上来了个"双管齐下"。

第一管是说：说了这样一句话："**向时愚惑，为方士所欺，天下岂有仙人，尽妖妄耳！节食服药，差可少病而已。**"（《资治通鉴·汉纪十四》）意思就是说，朕过去愚昧困惑，被方士们欺骗。这天下哪有什么长生不老之人、长生不老之药，都是妖言惑众。就算注意饮食起居，多喝补药，也不过强身健体，少得病而已。

第二管是做：停止求仙活动，罢黜全部方士。

至此，汉武帝的求仙活动终于告一段落。

第十五章
巫蛊之乱

"不类己"的太子

前面已经说了，汉武帝的第一任皇后叫陈阿娇，他们的结合是典型的"父母之命，媒妁之言"。而当年的王娡正是依靠"亲家"长公主的关系，最终打败了栗妃这样的强大对手，登上了"皇后"这一至高荣誉的宝座。

也正是因为这样，汉武帝上任后，知恩图报的他马上就封金屋藏娇的陈阿娇为皇后。然而，好景不长，很快风流倜傥的汉武帝就对相貌平平、才智平平的陈阿娇产生了审美疲劳。结果，在对卫子夫的惊鸿一瞥后，立马移情别恋到这位绝世美女身上来了。

陈阿娇失宠，卫子夫受宠，陈阿娇自然不肯善罢甘休，结果，两人在后宫上演决战大戏。戏的结果大同小异，一开始，没站稳脚跟的卫子夫被陈阿娇几记强有力的组合拳打得晕头转向，毫无还手之力，在冷宫隐忍地度过了一年多的时间后，开始了反击。结果，积蓄了力气的卫子夫越战越勇，打得陈阿娇只有招架之功毫无还手之力。

三十年河东，三十年河西，这话一点都不假。最后陈阿娇没有选择束手就擒，而是选择了垂死挣扎，想利用歪门邪道的巫术来杀死卫子夫。结果，卫子夫没有被巫术弄死，她自己反倒死在巫术上。

陈阿娇一死，卫子夫毫无悬念地顶替了她的位置，登上了皇后的宝座。

当然，陈阿娇之所以在这场后宫的争斗中败得如此凄惨，除了长相原因，还有一个很重要的原因就是没能为汉武帝生个一男半女。

而卫子夫的肚子却很争气，得到汉武帝的雨露后，马上就怀了龙种。也正是因为这样，她在汉武帝心目中的地位自然水涨船高。

陈阿娇被彻底打入冷宫、退出后宫之争后，风光的卫子夫集万千宠爱于一身，接连为汉武帝生了三个孩子。不过，都是"弄瓦"之喜。这样一直折腾，汉武帝都是近三十的人了，居然还没有看到自己的宝贝儿子降世，心里那个急自然没法说了。

正在这时，卫子夫的第四胎来了，这一次，卫子夫一举打破了"生女专业户"的惯例，为汉武帝生了一个白白胖胖的儿子——刘据。

面对这个"千呼万唤始出来"的龙子，二十九岁的汉武帝脸上笑开了花儿。对他来说，还有什么比初得皇子更值得高兴和庆祝的呢？

也正是因为这样，刘据七岁那年，就被汉武帝封为太子。与此同时，汉武帝还在太子宫中造了一处博望苑，供太子读书学习，派专人对太子进行教育，什么《公羊传》，什么《穀梁传》，这些高深莫测的东西往一个小孩子的脑袋里灌。可见，汉武帝对刘据的期待和望子成才之心。

然而，事实证明，尽信书不如无书，小小年纪的刘据就被这些"之乎者也"所累，长大后变成了一副弱不禁风的文弱书生模样，与汉武帝的威武阳刚的期望值成反比。俗话说："小时了了，大未必佳。"太子刘据因为越来越"了了"，渐渐被汉武帝疏远了。

太子刘据的失宠，还有一个更重要的原因，是太子母亲卫子夫失宠。时光在变，岁月在变，卫子夫也在变，她的绝世容颜也随着时光的流逝而流逝，就在她感叹青春和容颜一去不复返时，汉武帝马上就把卫子夫打造成了陈阿娇第二。卫子夫之后是王夫人，王夫人却是个红颜薄命之人，汉武帝对她的爱还没完，她便挥一挥衣袖去阎王那里报到了。王夫人走后，李夫人又成了汉武帝的新宠。

对于皇太子刘据和卫子夫，汉武帝一天一天厌倦。汉武帝厌倦卫子夫的原因是她的容颜一天比一天苍老，厌倦太子刘据是因为他越来越"不类己"。

汉武帝认为刘据"不类己"，体现有二。

一是才能"不类己"。汉武帝小时候就能说出"金屋藏娇"这样惊世骇俗的话语来，从而使自己在太子争夺战中占据了制高点。而刘据每天只知道说"之乎者也"之类读书人的话，没有看出有什么其他方面的才华。

二是性格"不类己"。汉武帝高大威武，登基后雄心勃勃的他用武力打得匈奴满地找牙。总之，汉武帝处处显示出男子汉的阳刚之气，而太子刘据仁厚谨慎，性格温柔得如女生。所以，他做个好人绰绰有余，但做堂堂一国之君就显得缺少了一样东西——霸气。

当年刘邦恨太子刘盈弱得像一根草，风一吹就会左右摇动。此时，汉武帝恨太子刘据文弱得像一只风筝，缥缥缈缈没有一点安全感。

"朕百年之后，这样文弱的人能管理好我大汉江山吗？"汉武帝发出这样的感叹。这对太子刘据来说，是个危险的信号。但当时卫青掌管军事大权，国家的精锐部队都归他掌管。汉武帝并不敢公开对卫氏母子的冷落。而且，为了安抚卫氏母子的心，他还对卫青说了这样一句话："朕四面兴师无非为了大汉的永世万代，朕打天下，贤明的太子刘据负责守天下，我和太子一内一外，是不会改变的。"

汉武帝的话已经再明显不过了，太子的地位是不会随便改动的。卫青是聪明人，自然听得懂汉武帝话中的意思，马上就向卫子夫转达了汉武帝的"金口玉言"，使双方消除了隔阂和误会。

按理说，有了汉武帝的保证，刘据应该"明哲保身"才对。然而，他依然我行我素，居然还干涉起汉武帝的事来了。这里不妨举两个例子来看看。

第一件事：施行仁政德教。汉武帝执行酷罚严刑，这从张汤等最高司法长官的所作所为就可以看出端倪。这样的好处是很好地打击了那些贪官污吏和罪有应得之人，但负面作用是牵连的人很多。比如说，当年陈阿娇巫蛊一事，结果牵扯受罪的人达到浩浩荡荡数千人，只要沾上边了就活该倒霉。不开窍的太子刘据见了汉武帝的面，就力劝父皇应施仁政，不要重用酷吏，以免误人子弟。这样的结果是，汉武帝表面上不置可否，但心里对太子却"恶之"。

第二件事：以和为贵。汉武帝一生主张以武力解决问题，属于典型的"武力派"选手，但刘据却是个"和平派"代表。因此，每次汉武帝要进行大规模的军事行动时，刘据都要进行劝说，什么冲动是魔鬼，什么武力解决不了问题，只会劳民伤财，还是与民休息的好，尽量减轻老百姓的负担。汉武帝同样只是笑笑，不答。结果，汉武帝对刘据"愈恶之"。

身在帝王之家，政治永远大于亲情，权力永远大于伦理。汉武帝和太子刘据虽是父子关系，更是君臣关系。父与子，血脉相连，骨肉相连，唯一隔的就是年龄上的代沟，只要多交流，多沟通，便能消除隔阂，便能心心相通。君与臣，却是上下有别，尊卑有别，永远隔着一道不可逾越的政治界线，只有步步小心，步步为营，才能维持和平，保持和谐，友好地相处下去。

对于刘据而言，既要维护父子关系，更要维护君臣关系。可惜，不懂政治的刘据没有明白自己的双重关系，只是单纯地把自己当成汉武帝的儿子来看待。结果，在政治上屡犯错误，最终让他走上了一条不归路。

江充其人

元狩六年（公元前 117 年），霍去病因病早逝，元封五年（公元前
106 年），卫青病逝。卫家两根顶梁柱似乎只在一夜之间就灰飞烟灭，等
待刘据的将是怎样的命运呢？

刘据的政治观点和汉武帝大相径庭，他主张打击的酷吏们随着卫氏
家族两大顶梁柱的倒塌而浮出了水面，他们对太子忍得太久了，纷纷站
出来对太子表示不服，个别胆大的还进行了反击。结果，"邪臣多党与，
故太子誉少而毁多"。

其中的代表人物叫江充。

江充本名江齐，字次倩，西汉赵国邯郸（今河北省邯郸市）人。他
本人没有任何特长，但有个好妹妹，其妹不但人长得漂亮——貌美如花，
而且，多才多艺——能歌善舞，是当地有名的花魁，成了达官显贵和花
花公子踏破门槛相求的梦中情人。最终，赵国的太子刘丹有眼福更有抱福，
抱得美人归。江充因为这个裙带关系，从此经常出入赵国宫廷，并且成
为赵王刘彭祖的贵宾。

刘彭祖是汉武帝同父异母的哥哥，是个谦逊有加的老好人，做事谨
慎而内敛，当了五十多年的赵王，赵国在他的治理下呈欣欣向荣之势。

然而，"富不过三代"这句话一点也不假。刘彭祖把赵国经营得直奔小康，而他的儿子刘丹却是个典型的败家子。

刘丹最大的特点就是好色。他吃着碗里的，看着锅里的，娶了江充貌美如花的妹妹，守着太子宫里花花绿绿的宫女还不满足，还经常跟他老爹刘彭祖抢女人。刘彭祖一大把年纪了，也不计较，但刘丹的胃口并没有因此就满足了，他还把目光瞄向了自己的亲生姐姐和妹妹，结果姐妹双双遭到他的"毒手摧花"。非但如此，连他自己亲生的闺女也成了他泄欲的工具。这样的乱伦真可谓大逆不道，闻所未闻。

本着"家丑不可外扬"的原则，刘丹乱伦之事，除了当事人，别人还是很少有知道的，但江充却是个例外。因为是赵王府上的贵宾，他对刘丹的家丑了如指掌。

江充也不是吃素的，握住刘丹的把柄，马上就进行了赤裸裸的敲诈。今天向刘丹要这，明天要那，总之，不是要求升官晋爵，就是要黄金白银。刘丹也不在乎这些，无论什么要求和条件都一概答应。

然而，随着时间的推移，刘丹感到越来越不安。他的不安不是道德和仁义上的过不去，而是因为江充的存在。江充敲诈的胃口一天比一天大，江充不除，秘密总有一天会泄露出去的。与其被别人握着把柄不放，不如将其消灭于无形中。于是，刘丹决定先下手为强。

然而，行动前，刘丹的"情报局"因为保密工作没到位，结果泄了密，被敏锐的江充闻得了风声，江充连滚带爬地逃跑了。

跑得了和尚跑不了庙，江充跑了，他的家人却没能逃脱。刘丹把这场精心准备的"毁灭门"上演得鲜血淋淋、惨不忍睹。

俗话说，斩草不除根，必留后患，这话一点都不假。江充一直向北跑，他跑啊跑，他跑进了长安，跑进了未央宫。然后，向汉武帝揭发了赵太子刘丹的罪行。

"其太子丹与其女及同产姊奸。"只这一句话，就让汉武帝震怒不已。如此乱伦，国将不国。汉武帝这一次没有丝毫手软，立马派大军把赵王府围了个水泄不通。结果，毫无悬念，一张逮捕令把刘丹带走了。

后面就是走过场了。突审——严刑——招供，最后，刘丹被判死刑。

眼看宝贝儿子被判死刑，刘彭祖不出手不行了。他向汉武帝求爷爷告奶奶，甚至表示他可以倾尽赵国之力去对付匈奴。总之，如果刘丹死了，他也不想活了。

最终，汉武帝不忍心眼睁睁地看着自己兄弟上演"喋血门"，只好免除了刘丹的死刑，废除其太子资格，永不录用。

处理完赵太子刘丹的事后，汉武帝召见了江充。

江充知道机会就摆在眼前，能不能抓住完全在自己。为了让汉武帝对自己留下好印象，他别出心裁地把自己打扮一番，穿上他自己设计的纱袍，围着燕尾式的裙裾，戴上插着羽毛的步摇冠，雄赳赳气昂昂地进宫了。

江充原本就身材魁梧，相貌堂堂，符合汉武帝的审美，现在又用奇形怪服一折腾，更显得潇洒飘逸，玉树临风。汉武帝一见就称奇，发出这样的感叹来："燕、赵固多奇士。"

面试过关后，江充接下来得过汉武帝的笔试关了。汉武帝以当时的时政相问，结果，夸夸其谈的江充对答如流。

汉武帝很满意，认为他是个人才，正考虑给他封个一官半职什么的时候，江充说话了："我想出使匈奴。"

汉武帝很是惊讶，要知道当时使者并不好当，君不见苏武少壮出使老大归，十九年光阴漫漫，青丝变白发；君不见卫律出使匈奴，有辱使命投他乡，终客死他乡。

这样一件费力不讨好的苦差，按理说，很多人避之唯恐不及。于是，汉武帝问他，如果情况不妙时，该怎么应付匈奴啊。江充的回答简洁而明了：因变制宜，以敌为师，事不可豫图。

汉武帝于是命他为使者，出使匈奴。

江充的运气很好，顺利地到匈奴旅游参观回来后，汉武帝对他又是另眼相看。于是，封他做直指绣衣使者。直指绣衣使者，是西汉侍御史的一种，正所谓"衣以绣者，尊宠之也"。这是皇帝派出的专使，出使时持节仗，衣绣衣，可以调动郡国军队，独行赏罚，甚至可以诛杀地方官员。这是汉武帝为惩治地方奸猾、办理大案而设置的监察官。

江充由一个亡命徒一下获得如此尊崇，真可谓祖坟冒青烟了。

都说新官上任三把火，江充当上直指绣衣使者后，马上就烧了一把火。

汉武帝交给江充的具体任务，是督察贵戚近臣们奢侈逾制的事和纠劾在驰道（专供皇帝驰行的道路）上犯禁的事（有点类似于现在的交警）。

江充知道汉武帝是个极好虚荣的人，非常维护自己的尊严，他便向汉武帝奏请，今后若有在驰道上犯禁的，便要将车马没收，把人送往征伐匈奴的军队去。在得到汉武帝的同意后，他便在驰道上布下了一张黑网，大肆捕捉驶入驰道的车马。

汉武帝的姑母、陈皇后的母亲馆陶长公主，也因"误入驰道"被江充逮了个正着，结果江充要馆陶长公主交"罚款"，馆陶长公主杏眼圆睁，气冲冲地回答道：要钱没有，要命一条。江充毫不手软，以硬制硬，最终以没收馆陶长公主的护卫车马了事。

结果，这件事后，江充便对"罚款"上了瘾，凡是在"高速公路"上违章的人和车都严惩不贷。许多贵戚子弟因违犯了这条律令，马上就被江充"拘留"在宫门内，只有交不菲的"赎罪金"才能保释出来。

连年征战，汉武帝正愁府库空虚，眼看江充敲到了大笔资金，汉武帝连连称赞。有汉武帝的支持，此后江充更加不可一世。在驰道这条特殊的"高速公路"上，从清早至晚上，都能看见他这位直指绣衣使者的身影。

江充这把火一烧，效果是显而易见的，八个字：大见信用，威震京师。

偷鸡不成反蚀把米

正是因为这样，江充越来越受到汉武帝的宠爱，而太子刘据却风光不再。

这时江充不再满足于朝中大臣们了，而是把目光对准了太子刘据。那么，江充为什么敢和太子刘据公然作对呢？原因是刘据的后台垮了。

霍去病和卫青双双早逝，卫子夫又因年老色衰而失宠，太子刘据显然已成了"孤家寡人"，缺少后援团的支持了。

汉武帝一生拥有佳丽无数，他最宠幸的女人，陈阿娇之后是卫子夫，卫子夫色衰之后是王夫人，王夫人早逝之后是李夫人，而李夫人早逝之后，又一个集美貌与智慧于一身的奇女子出现了。这个女子名叫赵钩弋。

赵钩弋的家乡在河间（今河北省河间市）。相传汉武帝一次北巡过黄河时，看见河间青紫云气，氤氲缭绕，就向随行的方士询问："此主何征兆？"方士们原本就是滥竽充数之人，便信口开河地说道："这里的天空祥云笼罩，一定有奇女子出现。"

对于风流成性的汉武帝来说，这无疑是一针强心剂。于是，他派人挨家挨户去寻找，在当时没有卫星定位系统的艰苦条件下，士兵们不负汉武帝期望，真的找到了一位奇女子。

汉武帝一看，又喜又惊。喜的是这果然是一位绝世美女，美得连花儿也逊色了；惊的是这位容貌超级美的奇女子竟是个残疾人，她的两只手紧握拳头打不开。

面对这样一位奇女子，汉武帝很是好奇，心想，这紧握着的定是天下最美的玉手了。汉武帝忍不住上前去掰这美女的拳头，奇迹出现了，那美女无人能打开的拳头慢慢展开，手中有一个碧绿的玉钩。武帝大为惊异，连称"妙极，妙极"。

既然是仙苑奇葩，疾病又不治而愈，汉武帝便不假思索地把她带回长安，为她特地在长安城建筑专门的宫室，名"钩弋宫"，封赵钩弋为夫人，称为钩弋夫人。老夫少妻，赵钩弋自然成了汉武帝的掌上明珠。

赵钩弋也很争气，在当年就怀了孕。所有女人都是怀孕十月就生的，偏偏赵钩弋怀了十四个月后才生下一个男孩，命名刘弗陵。汉武帝老年得子，乐不可支，说："听说唐尧帝在娘胎中十四个月才生。而今赵钩弋的儿子，也是十四个月才生，简直太奇妙了。"借这个典故，题名赵钩弋的宫门为"尧母门"。

此消彼长，赵钩弋母子受宠的结果是，卫子夫母子更加失宠。江充是聪明人，自然明白物极必反的道理，卫氏家族随着卫青、霍去病的逝去，已不可避免地呈颓败之势了。现在既然汉武帝都把钩弋夫人比喻成尧母了，那么她的儿子就是尧了，而尧不是皇帝又是什么呢？种种迹象表明，汉武帝大有在太子问题上废长立幼的态势。

也正是因为这样，有恃无恐的江充一时间豪情万丈，马上就拿太子刘据开涮，他环环相扣，招招凌厉，剑剑直指命门。

第一招：隔空打牛。

有一次，江充在甘泉驰道上发现皇太子刘据的使者驶入道中，他当即遣吏扣下车马，并准备交付有关部门审判。刘据知道后赶紧派人向江充赔不是，说："太子并非是爱车马，而是不想让皇上知道这件事，落得管束左右不严的名声，还请江大人海涵啊！"

按理说，太子都这般低三下四向你求情了，你江充不看僧面也要看佛面，放太子刘据一条生路吧。但这个江充是个铁石心肠的人，他不但没有领太子的情，反而向汉武帝进行了汇报。

汉武帝对他这么忠心耿耿大加赞赏，说："做臣子就是要这样啊！"结果，武帝马上就升他为二千石的水衡都尉（职掌上林离宫禁苑农田、水池、禽兽的肥缺）。

太子头上都敢动土，江充之名顿时天下闻名，万人景仰。刘据和江充从此桥归桥，路归路，道不同不相为谋。

第二招：无中生有。

第一次对太子刘据的投石问路就取得了良好的效果，江充没有小富即安，而是继续对刘据加压。这一次，汉充没有自己出手，而是找到了一个"枪手"——黄门（禁宫侍从）苏文。

苏文之所以跟江充同流合污，是因为他们都是"小人物"，符合"物以类聚"这个哲理。苏文之所以也跟刘据水火不容，是因为他们之间有过节。刘据一直看不起不正直的苏文，苏文也对迂腐的刘据没有好感，符合"人以群分"这个道理。

一次，刘据进宫探望母后卫子夫，母子两人因同病相怜（失宠）相谈甚欢，结果是日出而来，日落而归。按理说，人家这是叙叙亲情，不关别人什么事。但苏文却不这么认为，他认为这里面大有文章可做。头脑一转，他就向汉武帝打了个小报告。

报告的内容提要是"偷情"。这样的标题很吸引人，汉武帝一看这个标题就忍不住问：偷什么情，是谁偷情？苏文后面马上就揭晓了答案。

"太子昨天一天都在皇后宫中逗留，是谁留住了他的脚步呢？想必是那些花枝招展的宫女吧。"

被戴了绿帽子，汉武帝心里自然不爽，他没有奖赏举报人苏文，而是对"偷情者"刘据进行了奖赏：增调二百名貌美如花的宫女到太子宫。

刘据平白无故得到汉武帝赏给的二百佳丽，却高兴不起来。原因是无功不受禄。他派人去打听，才知道是苏文的小报告所致。至此，刘据终于警觉过来，对苏文开始高度戒备起来。

第三招：借刀杀人。

这一次出马的还是"枪手"苏文。都说人善被人欺，马善被人骑。苏文小试牛刀，得到的效果还是很明显的，眼看刘据知道这件事后，有苦也不敢说，他胆子更大了，信心更足了。

一次，汉武帝病了，派贴身宦官前去请太子过来。那宦官早就被苏文拉入了"小人帮"。于是，他没有进太子府，而是去找苏文。结果，两人一阵交头接耳后，宦官马上回来向病榻上的汉武帝打了个小报告。

"太子听说陛下病了，面有喜色，嘴里嘀咕……"宦官说到这里突然打住了。

"嘀咕什么……"汉武帝原本病恹恹的脸顿时惨白如纸。

"太子好像是说什么'老的不去，新的不来'，臣不太明白。"宦官的话一出口，汉武帝脸上青筋暴鼓，正要发作时，却看见太子刘据早已泪眼婆娑地站在眼前了。

男儿有泪不轻弹，只是未到伤心处。一切尽在不言中，真相已一目了然。结果，汉武帝二话不说就把那宦官砍了头；罪名是：挑拨离间。

"小人帮"这次非但没有"小人得志"，反而是"小人得治"了。偷鸡不成反蚀把米，带头大哥苏文化悲痛为力量，决定请幕后推手江充出面来为自己讨公道。

真作假时假亦真，假作真时真亦假

就在江充和苏文强强联手，密谋对刘据发起更大的攻击时，朝中又出了两件大事，确切地说，是死了两个人，两个都是复姓公孙的人。

第一个人是公孙敖。

公孙敖想必大家不陌生吧。他就是卫青的亲密伙伴。沙场上一起拼杀的兄弟。他年少时曾因哥儿们义气，单刀赴会，硬是从陈阿娇宫中将卫青冒死救出。

后来卫青发迹了，也不忘这位拜把子的兄弟，把他推荐到战场去干大事业了。不过，他的运气可没有卫青那么好。公孙敖先后四次当上将军，但是每次立一点功，就犯一些错，总之将功补过，两相抵消之后，再回首时已被"赎为庶人"，最后靠诈死，亡命天涯五六年后，才暂时保住一条小命。

然而，公孙敖终究还是没有躲过命运的轮回，太始元年（公元前96年），因妻子被疑为"巫蛊"的疑似人员，他牵扯进了"巫蛊"案，被灭了全家。

第二个人是公孙贺。

公孙贺，字子叔，北地义渠（今甘肃省宁县）人。公孙贺的祖先是匈奴人，祖父在汉景帝时为陇西太守，率军平定吴楚七国之乱有功，封平曲侯。

出身豪门的公孙贺少年时代没有选择在高校深造，而是选择了参军，后来从军征战，屡立战功，很得汉武帝赏识。在汉武帝牵线搭桥下，卫皇后的姐姐嫁给了这位军人为妻。有了这层关系，公孙贺更得汉武帝宠信，马上就担任了轻车将军，率军驻扎战略要地马邑。

元光二年（公元前133年），西汉出动三十万大军，由李广、公孙贺带领，埋伏于马邑，企图诱歼匈奴单于，但因匈奴单于识破汉军计谋而未能得逞。从此，西汉一改汉初的和亲政策，开始了对匈奴的大规模反击。公孙贺此后戎马倥偬，先后参加了河南战役、河西战役、漠北战役，跟随西汉名将卫青横扫匈奴势力，因战功封南窌侯。

太初二年（公元前103年），对公孙贺来说，当真是可喜可贺的一年，因为这一年，汉武帝命他代石庆为丞相。然而，面对这样一个一人之下万人之上的宝座，公孙贺却百般推托，甚至为了让汉武帝收回成命，跪在地上，以头磕地，一把鼻涕一把泪地说："臣出生在偏远之地，出身卑微。后又长期在军队中做事，干点普通之事还绰绰有余，但要我做运筹帷幄之事，我实在没有这个才能，我当不起丞相这个职务啊！"

汉武帝虽然被他的忠诚感动得老泪直流，但他乃堂堂一国之君，说出的话已是覆水难收了，于是命令人"扶起丞相"再说。公孙贺似乎铁了心，表示如果武帝不收回成命，他就长跪不起。事实证明，汉武帝见多了后宫那些妃子的"一哭二闹三上吊"，眼看公孙贺又哭又闹，只差上吊这一关键环节了，汉武帝根本就不给他这个机会，来了个"拂袖而去"。

再闹下去就要吃不了兜着走了，最后公孙贺没辙了，只得含泪接受相印。出宫后，他说了这样一句意味深长的话："汉武帝太贤明了，我任丞相一定会有不称职之处，一旦出现纰漏，必遭横祸。"

原来当时朝中正值多事之秋，帝相因争权矛盾极为尖锐，石庆之前三任丞相都以"莫须有"之罪被处死。石庆虽然处处小心，事事谨慎，但也多次受到汉武帝谴责。以公孙贺的聪明，怎能不知道伴君如伴虎这个道理，所以，才会上演"哭辞丞相"的活剧。

事实证明，公孙贺的担心并不是多余的，灾害马上就降临了。话说公孙贺直升丞相后，他的儿子公孙敬声继任父亲留下来的职位——太仆。就是这个太仆一职葬送了公孙敬声的前程。公孙敬声不学无术，骄横奢侈，目无法纪，他上任后，擅自挪用国家军费一千九百万钱。

他本以为这事做得神不知鬼不觉，天衣无缝，但他忘了天下没有不透风的墙，很快他贪污巨额公款的事被他人告发了，结果自然得蹲牢狱了。

公孙贺为了给儿子立功赎罪，请求皇帝让他做"捕快"，去追捕武帝通缉的黑帮老大朱安世。汉武帝没有不答应的道理，公孙贺救子心切，不顾艰辛千里追踪，最终将朱安世捕获移送朝廷。抓了黑帮老大，为民除害，汉武帝高兴之下免了他儿子的罪，让他重新做人。

事到这里，按理说，应该可以结束了。然而，让公孙贺万万没有想到的是，这个朱安世却不是盏省油的灯。他听说公孙贺是要用自己的命来换儿子，就狂笑着说："丞相就要祸及宗族了！我的状词写都写不完，你休想用刑具困住我！"朱安世的意思是要跟公孙贺玉石俱焚，拼个鱼死网破。于是，他在狱中上书告发公孙敬声和汉武帝的女儿阳石公主私通，还说他们指使人在长安通往甘泉宫的驰道上埋木偶人，诅咒皇上。

汉武帝立即下诏逮捕公孙贺父子入狱。征和二年（公元前91年）正月，长安城中大雪纷飞，寒气袭人，公孙贺父子饥寒交迫，死于狱中。随后公孙贺的全族被诛杀，这其中包括阳石公主及诸邑公主，连卫青的儿子卫伉也没能幸免于难。这当真是"柔肠百结谁能会，一恸情天历劫身。万水千山归去也，从此萧郎陌路人"。

如果你认为事情到此就告一段落可就大错特错了，因为我们目击的事实，往往只是浮出水面的一小部分冰山，水面下那更为庞大和幽暗的部分，更令人难以想象。我们直面的人生舞台，也许只是化蝶幻影，那层层帷幕后的故事，更震撼世道人心。

公孙敖和公孙贺的死其实只是汉武帝晚年这场"巫蛊门"的冰山一角。

所谓巫蛊，指的是使用巫术诅咒害人的"技术"，大体上分为两个流派：一种是生物战流派，传说是将蜘蛛、蝎子、蟾蜍、毒蛇、蜈蚣等毒虫放在一个容器中，密封十天，开封后存活下来的那只就是最毒的，也就是蛊虫，经过饲养可为人所用。把它的粪便放在水井或粮食里，吃了的人肚子里就会长虫，慢慢身体虚弱而死。还有一种就是比较简单的精神战流派了，大体方式是在木偶上写上被诅咒者的名字和生辰八字，然后靠巫师作法进行诅咒。相比之下，自然是后一种简便易行，所以几千年来一直作为一种报复手段流传下来。

刘彻是个很狂妄的君王，以至于他不能接受年老就会体弱多病这个客观规律，所以一直疑心身边有人用巫蛊害他。这种可怕的疑心病造成的灾难极为恐怖。一般来说，只要被告发参与了巫蛊案，无论是谁绝对在劫难逃，并且还要株连家族和朋友。同时，汉朝的皇室是楚人出身，汉朝在行政上采取秦朝的制度，在文化上则是全盘接受楚文化。楚人自古就有尚巫好鬼的传统，这就使汉朝的统治者更容易相信蛊术。汉武帝自己就总是求仙拜神，对这一套当然更加深信不疑。因此，朝廷一直很注意防备有人用这类厌胜之术来诅咒皇上，查出来就是灭门的大罪（后来的历朝历代也无不如此）。

闲话少说，下面我们就来看这个旷世无双的"巫蛊门"事件。

首先，我们来看"巫蛊门"的起因：真作假时假亦真，假作真时真亦假。

汉武帝早年忙着打匈奴和求神仙，没工夫过问巫蛊的事情，可就在他晚年的时候，一件似真似假的案子牵出了巫蛊之祸。

原来，武帝整天东征西讨，弄得天下百姓不得安宁；他又拼命地花钱，不但把文景时期积蓄下来的钱财都花光了，而且把他自己千方百计搜刮来的钱也花光了好几次，闹得老百姓苦不堪言，纷纷起来造反，连长安城里也有不少人咒骂皇帝。这些怨恨的话有一些慢慢地就传到了武帝耳朵里，他就小心提防着，疑神疑鬼地老觉得有心怀叵测的人来行刺他。

话说他住在建章宫的时候，有一天恍惚间突然看到一个身带宝剑的男人影子在龙华门外一闪而过。汉武帝以为有人来行刺，急忙下令在建章宫内搜了个底朝天，连半个刺客的影子都没找到，守宫门的侍卫也说根本没见到什么带剑的男子。汉武帝一气之下把守宫门的人杀了，又搜查上林苑，又下令关闭长安的城门，在城里挨家挨户地搜了十一天，闹得长安城鸡飞狗跳。

这一次彻底的大搜查没抓住刺客，结果却搜出大量的小木人，就是这些小木人点燃了巫蛊门的导火线。

原来两位公孙大人死于莫须有的"巫蛊"之后，巫婆、方士见利用蛊术很有"钱途"，于是，纷纷来长安，到宫中贵戚之门来骗取钱财，教他们如何镇邪避灾，如何用木偶诅咒仇人，如何防患于未然。一时间各大宫中乌烟瘴气，大家都忙着做一件事，埋木头人……

其次，来看"巫蛊门"的升级：欲加之罪，何患无辞？

汉武帝搜刺客没搜到，却搜出不少小木人后，他感到事态的严重程度已超过了他的想象。巫蛊不除，天下不安，巫蛊不除，汉武帝不安啊！于是，他决定严厉打击一下长安城里的这股乌烟瘴气。也正是因为这样，汉武帝叫来了一个人，一个一直在苦苦等待汉武帝召唤的人，这个人便是"小人帮"的带头大哥江充。

江充听到汉武帝的宣召，脸上笑开了花，他知道一展才华的机会终于来了。果然，汉武帝召见他便是商量如何打击巫蛊。在江充表达了愿替皇上分忧的忠心后，汉武帝直接给了他一个权限——特使，专门负责打击和摧毁巫蛊案件。

于是乎，一个新的部门——"巫蛊办"成立了。"巫蛊办"的领导毫无悬念可言，是江充。其主要成员有安道侯韩说、御史章赣、黄门苏文。

接下来，江充带领几员得力干将，整天穿梭于各大宫，成了不折不扣的"掘木人"，最后竟然是"哪里不平（地），哪有我"。更为重要的是，"巫蛊办"沆瀣一气，想整治谁就事先把木头人埋到谁家附近，然后再以搜查的名义来"追踪寻迹"，抓到人以后，两条：第一，严刑拷打。不惜动用烧红了的铁器钳人、烙人。总之，一句话，一定要让他们认罪。第二，一定要让这个人咬出他的同案犯来，被打得无奈了就咬其他人。这样抓一个咬一个，抓一个咬一片。不管是谁，只要被江充扣上"诅咒皇帝"的罪名，就不能活命。没过多少日子，他就诛杀了好几万人。

一时间全国陷入一片恐怖气氛当中。

再次，来看"巫蛊门"的终极目标：巫蛊之祸，意在太子。

江充花这样大的力气来打击巫蛊，花费的人力、物力、精力是巨大的，而牵连的人也是不计其数的。其实，江充这样做只是为了放长线钓大鱼，他一手打造的"巫蛊门"的终极目标不为财也不为利，只为太子。

于是，他指使"巫蛊办"的胡巫对汉武帝说："皇宫里有人诅咒皇上，蛊气很重，若不把那些木头人挖出来，皇上的病就好不了。"

此时的汉武帝已近古稀之年了，人到老年，多多少少有些伤寒杂病。于是，已是体弱多病的汉武帝认为胡巫的话"言之有理"，批准了"巫蛊办"进入皇宫搜查巫蛊。

江充的终极目标只是太子刘据，但聪明的他知道饭要一口一口地吃，茶要一口一口地喝，心急吃不了热豆腐。于是，他带领浩浩荡荡的"巫蛊办"

的人马先从嫔妃下手，一直把汉武帝的三宫六院七十二妃查了个底朝天，这才对卫皇后寝宫和太子宫进行搜查。

如果说在嫔妃的宫里搜查只是为了走过场，那么搜查卫皇后寝宫和太子宫就是动真格的了。据说，江充为了搜查的需要，还派上了猎犬，在两大宫中进行了地毯式的搜查。

搜查的结果是：太子宫的木头人有两个特点：一是木头人多，二是木头人毒。多到什么程度，四个字：多如牛毛。毒到什么程度呢？四个字：咒语连连。

江充的"追魂夺命"组合拳终于亮出致命杀招了。那么，懦弱的太子刘据见宫中平白无故多了这么多木头人，知道定是江充等人做了手脚，他会眼睁睁地做沉默的羔羊，任江充宰杀吗？

答案是否定的，羔羊也有怒吼的时候，更何况太子刘据还是个有血有肉的大活人呢？且看刘据是如何"冲冠一怒为巫蛊"的。

冲冠一怒为巫蛊

古人对天命、天意很迷信，在一些重大事情上都希望能和上天进行沟通，获得上天的垂青和助力。也正是因为这样，一些具备和上天沟通的牛人诞生了，他们有个特殊的称号——巫。

汉武帝虽然是雄君明主，但非常迷信，极度重视鬼神祭祀，因此，身边除了聚集大量方士，还有不少神人——巫师。据悉，有一次汉武帝病了，在久治不愈的情况下，叫巫医来看病，结果巫师一番祭祀、祝告后，汉武帝的病竟然神奇般地好了。从此，汉武帝对巫师、巫医更加信任了。

太子宫凭空挖出那么多木头人后，刘据意识到了事态的严重性，在这个紧急的关头，他想到了他的老师石德。

石德，也许大家还有点陌生，但一提到他的爷爷万石君——石奋，想必大家一定会豁然开朗。情况紧急，刘据找来老师石德，不再拐弯抹角，便直接询问怎么办。

石德不愧是刘据的老师，马上就当前形势进行了详细的解析，教会了太子四个关键词。

第一个关键词:前事不忘,后事之师。解析:公孙敖夫妻和公孙贺父子,都是因为巫蛊而掉了脑袋的,包括汉武帝的女儿也没能逃过一劫。现在"巫蛊办"的人在东宫挖出这么多木头人来，只怕江充之意不在木头人，在于栽赃陷害太子您啊！

第二个关键词：秀才遇到兵，有理说不清。解析：我知道您是清白的，虽然清者自清，浊者自浊，但欲加之罪，何患无辞？江充等人的小报告一旦打到汉武帝那里了，只怕太子您就算跳进黄河也洗不清啊！

第三个关键词：先发制人，后发制于人。解析：与其坐以待毙，不如先发制人。皇上现在在甘泉宫避暑养病，对目前宫里的形势一无所知，太子可假传圣旨，先抓住江充等"巫蛊办"的人，以迅雷不及掩耳之势令其招出其中的阴谋，只有这样，方能化险为夷，转危为安。

石德的解析精辟在理，太子刘据听了直点头称是。但对"先发制人"的方案他还是提出了心中的疑惑和顾虑。

"江充等'巫蛊办'的人都是父皇钦点，享有特权，在没有父皇签发的逮捕令的情况下，怎么能随便对他们进行逮捕和审讯呢？"

石德随后教会了刘据第四个关键词：当断不断，必受其乱。解析：现在都到了火烧眉毛的时候，你居然还想"循规蹈矩"地办事，只怕还没等到皇上的逮捕令，你自己早已被逮捕了，难道你想做扶苏第二不成？

扶苏是秦始皇的大儿子，但在和弟弟胡亥争夺皇位时，因为"心太软"，结果把皇位拱手让给了胡亥，从而也使秦朝迅速走向灭亡。石德的话连傻子也听懂是什么意思了。一句话：起（行动），还有生的希望。不起，只有死路一条。

然而，刘据就是刘据，汉武帝从小教他读书识字并没有白教，教科书里的"可为"和"不可为"他记得清清楚楚明明白白。因此，当石德苦口婆心地说出四个关键词后，他的头还是摇得像拨浪鼓，说了这样一句话："君子有所为，有所不为，我不能做大逆不道的事。"

他决定先派人到甘泉宫去请示一下汉武帝，把木头人一事当面说清楚。这种消灭"猜忌"于萌芽之中的想法,应该说也是不错的。但问题是,这仅仅是刘据一厢情愿的想法,江充根本就不给他解释的机会,他早已派人赶在他之前去甘泉宫报告了。

刘据一听,面色惨白,瘫倒于地,嘴里直呼:"怎么办,怎么办?"

石德不愧是他的老师,第五个关键词又新鲜出炉了:箭在弦上,不得不发。

这个关键词简单易懂,不用解释大家也明白,意思是江充等人现在已把你逼到悬崖边了,是生是死就看你的选择了。

说完这句话,石德起身甩袖就要走人,这样"迂腐"的学生不教也罢。但这一次刘据突然一把拉住石德,说道:"弟子愚钝,悔误甚迟,请多原谅。"

接下来的事简单,描叙过程如下:假传圣旨——征调士兵——抓捕犯人。

而江充接下来的表现如下:措手不及——瓮中之鳖——束手就擒。

刘据打了个出其不意,结果成功抓获"巫蛊办"的头号人物江充和二号人物安道侯韩说及胡巫。也许是因为这个先发制人的过程太顺利了,刘据在抓住江充后,脸上笑开了花,他认为他已"转危为安"了。

于是,刘据马上上演一场"泼妇骂街"的闹剧,直把江充骂得恶贯满盈,猪狗不如。而混世魔王江充自从落到刘据手上,知道没有好果子,抱着一副死猪不怕开水烫的态度,自始至终都选择沉默。

骂不还口,打不还手。愤怒的刘据马上上演新花招——砍。可怜江充连一句发泄的话都没能说出口,就挥一挥衣袖到阎王那里报到去了。考虑到江充一个人走太孤单,还给他安排了两个保镖:"牛头"韩说也被直接送上刀山,"马面"胡巫享受的是火海。

可以说,刘据终于举起手无缚鸡之力的拳头,痛痛快快地做了回真男人。然而,他不会知道,他痛快的背后留下了两大致命伤。

第一大致命伤是刘据抓住江充后太过兴奋和激动，结果在大脑发热的情况下，当场就解决了江充这个不法分子。先斩后奏，朝廷不是没有这样的先例，问题是他在砍江充的脑袋时，忘了做一件事，一件举手之劳，却关系他的脑袋的大事，就是没有得到江充的供词。

在江充还没有招供的情况下，刘据就擅自对江充处以极刑。江充死了是小事，但如何向汉武帝交代却是件大事了。

第二大致命伤是刘据发动突然袭击，但他的目标太窄，只盯着罪魁祸首江充一人，却忽略了"巫蛊办"的其他几个主要成员。结果除倒霉的韩说和胡巫被顺便抓进来了，"巫蛊办"的另两位危险人物苏文和章赣却成了漏网之鱼。于是乎，江充前脚被抓，他们后脚就踏进了甘泉宫。斩草不除根，后患无穷，可惜刘据当时没能明白这一点。

汉武帝原本正在甘泉宫里度假，正在享受心静自然凉的美好时光，结果却因一群不速之客的闯入而燃起三把火。

第一把火：虚火。点火人：苏文和章赣。

苏文和章赣侥幸逃脱后，马上向汉武帝汇报"太子造反"的独家小道消息，汉武帝听后第一反应是惊，第二反应是不可置信。对他来说，太子虽然在言行上"叛逆"了些，在做人上"另类"了些，在做事上"迂腐"了些，但人还是诚诚实实、本本分分的。因此他觉得苏文的"造反"两字有点言过其实。于是，就让内侍去把太子叫来，准备来个当面质问。

因此，可以说，苏文和章赣此时点燃的只是汉武帝内心的一把虚火。

第二把火：实火。点火人：贴身内侍。

的确，就是这样小小的一个内侍，却成了左右刘据命运的人。这个内侍虽然不是"小人帮"的正式成员，但也属于"小人"。因此，他接到跑腿的光荣任务后，关键时刻心理素质不过硬的缺点暴露无遗。

如果说以前他对太子刘据是敬的话，那么，现在他对刘据就是怕了。

怕什么呢？这个太子连京城最火的"巫蛊办"的老大江充都敢擅自抓了直接砍头，他这次去太子的东宫该不会是黄鹤一去不复返吧？

太子府是不敢去了，可不去，又怎么向汉武帝回命呢？只剩下"华山"一条道可以走了——编谎言来骗汉武帝。他是这样一把鼻涕一把泪地说的：太子的的确确是造反了，我去请他，他非但不肯来，反而想杀了我灭口，幸好我跑得快，要不然就再也见不到陛下了。

汉武帝的第一反应还是惊，第二反应还是不可置信。但无论如何，汉武帝内心的实火点燃了却是不争的事实。

第三把火：旺火。点火人：丞相刘屈氂。

正在这个节骨眼上，丞相刘屈氂的秘书长（长吏）到了，给汉武帝的报告同样只有简单明了的四个字：太子造反。

原来丞相刘屈氂听说太子造反，吓得魂不附体，二话不说，拔腿就以百米冲刺的速度向城外跑。据说，中途连丞相大印跑丢了也浑然不觉，由此可见丞相的慌张程度。什么仁义道德，什么舍己救人，这些都不重要，先保住性命要紧。

"刘跑跑"到了驿站，才派唯一跟着自己的秘书长骑快马到甘泉宫向汉武帝报告。

都说众口铄金，积毁销骨。江充、章赣这样直接跟太子打交道的人，自己最贴心最信任的内侍，以及丞相的秘书长都报告说太子造反，这一把旺火终于烧得汉武帝火冒三丈、怒发冲冠，他终于相信太子造反是事实了。于是，他便问丞相的长吏："既然太子造反了，丞相打算怎样摆平这件事呢？"

长吏答："丞相已封锁了太子造反的消息，至于要不要采取军事行动还得听皇上您的指示。"

汉武帝一听，怒道："事情已经到了这个地步，丞相封锁消息有个屁用啊？防民之口甚于防川，现在整个长安都听风就是雨。如果不尽快平息暴动，后果不堪设想。丞相难道没有听说过周公当年大义灭亲、含泪忍痛诛杀管叔和蔡叔的事吗？"

长吏不敢再多说一句话。关键时刻，汉武帝展现出一名老领导的素质，他立马下了三道指示：

第一道指示，放兵权：征集京城邻近各县的武装部队，各地两千石以下的官员统一归丞相调遣。

第二道指示，封路线：关闭所有的城门，并且用牛车堵住街道。

第三道指示，赏罚令：凡捕斩谋反者重重有赏，凡放走谋反者罪加三等。

都说酒壮英雄胆，丞相刘屈氂接到汉武帝"杀无赦"的诏书后，实权在握，他一改刚才狼狈至极的形象，调转马头，组织人马将长安城围了个里三层外三层，然后再打出抓捕太子的牌子。

太子刘据虽然有点后知后觉，但终究还是知道丞相要抓他的消息了。在对待江充等人方面他已经先下手为强了一次，这一次他也没有选择束手就擒，而是再次选择"先下手"。

于是他假传圣旨释放长安城里的囚犯，发给他们武器。他的老师石德和门客张光光荣地成了"带头大哥"，抵抗丞相的军队。出发前，他还召开了动员大会，内容无非是说皇上病得很严重，住在甘泉宫休养了很久了，不知道那里是不是发生了什么变故，而"巫蛊办"在以江充为首的黑社会势力的带动下，乘机准备叛乱。我们身为大汉的子民，有责任也有义务为国效力，应该马上行动起来，共同诛杀逆贼。

都说磨刀不误砍柴工，动员大会后，掌声雷动，众人纷纷表示誓死为国效忠，绝不让奸臣的阴谋得逞。随后，他们和丞相的政府军队发生了武装冲突。这一战就是三天三夜，结果是双方旗鼓相当，不分胜负。

眼看这样战下去对自己非常不利，太子心急如焚，丞相可以从城外调来源源不断的后续部队，而自己的军队随着伤员的增多有生力量一天一天地减少。无源之水，终会有枯竭的一天。

太子决定再次铤而走险，派使者持节杖去调驻扎在长水及宣曲两地的胡人骑兵军团。哪知人算不如天算，太子派的使者前脚刚到，汉武帝的使者后脚也到了。接下来，就看两大使者的比拼了。

两大使者立马上演一场真假节杖的表演。太子使者说他的节杖绝对货真价实，假一赔十。汉武帝的使者却说他的节杖才是真的，如假包换。

眼看两大使者争执不下。胡人也被弄得云里雾里，最后叫两人别只顾逞口舌之快，来点实际的。

"我的节杖是纯赤色，谁不知道纯赤色的节杖才是正宗的皇帝审批的节杖呢？"太子使者毕恭毕敬地交出节杖，果然那节杖清一色的赤色，连一根杂毛都没有。

胡人点了点头，下结论了：这才是正宗的节杖嘛！

"真正的节杖在这儿。"汉武帝的使者手中有货，心中不慌。他拿出节杖，喃喃地道："真正的节杖不是纯赤色，而是赤黄色。"说着拿出汉武帝写出节杖易毛的诏书，悠悠地道："皇上早就料到太子会有这么一着棋，所以临时把节杖换成赤黄色，就是用来防盗的。"

汉武帝的使者关键时刻使出了撒手锏，真假节杖立见分晓，黔驴技穷的太子使者被砍头。

接下来，胡人骑兵在汉武帝使者的带领下对太子进行了攻击。原本平衡的两方，因为胡人骑兵的加入而发生了质的倾斜。

太子眼看调不来军队，必败无疑了。于是，亲自乘车到北军营外，请求护军使者任安发兵助战。

任安接到太子的符节，顿时陷入了左右两难的尴尬境地。帮还是不帮，这是一个问题。帮，如果太子最终失败，他便是同谋，必定受到株连之罪。不帮，如果太子最终胜利，他便是见死不救的犯人，必定会受到太子的严惩。

　　在摸不清看不明的情况下，任安考虑来考虑去，最终决定还是按兵不动，选择作壁上观。

　　任安拒不发兵，太子已陷入绝境。都说屋漏偏逢连夜雨，正在这个危急的节骨眼上，汉武帝颁发的太子造反的昭告已传遍了整个长安。太子军听到后已是军心涣散，无心恋战。

　　此消彼长，结果就毫无悬念了，太子军兵败如山倒。兵败如山倒的太子刘据只有一条路可以走了——逃。

　　征和三年（公元前 90 年）七月十七日，是太子刘据一生当中最凄惨的一天。这一天，他才真正体会到流浪是什么滋味。刘据只带了两个儿子和几个保镖静静地站在覆盎门下，等待命运的裁决。

　　覆盎门上的司直田仁双手背后，耷拉着脑袋站在城门上踱着步，似乎在思考着什么，又似乎在权衡着什么，抑或在忧虑着什么。只见他踱来又踱去，踱去又踱来，他每踱一步，城下刘据的心里都会"咯噔"一下，也不知道过了多久，终于，田仁站定了双脚，长叹一声，手一挥，说了四个字："打开城门。"

　　刘据悬着的一颗心终于放下，他向田仁投去感激的一瞥，转身回头深情地看了一眼长安，心里叹道："别了，我的母后；别了，我的父皇；别了，生我养我的地方；别了，长安。"

　　再回头，一滴晶莹的泪花飘散在风中。刘据不再迟疑，带领两个儿子策马奔出了覆盎门。

　　田仁终于还是以慈悲之心放了刘据一条生路。然而，他自己却走上了一条不归路。

　　刘据走了，追兵随后就到了，丞相刘屈氂听说司直田仁自作主张把刘据放了，心中的气不打一处来，抓住田仁就要当场砍了他的头。

千钧一发的时候，御史暴胜之站出来，他说："司直是享受两千石以上的高级官员，就算有罪该杀，也应该听从皇上的发落。"

刘屈氂没辙了，一边派人继续追太子，一边押了田仁去向汉武帝请命。没有抓住太子，抓了田仁好歹有台阶下了。结果，汉武帝听说太子跑了，二话不说就把田仁拉出去砍了。

田仁是田叔之子，小时候因为长得一身好体魄，被大将军卫青慧眼相中，招收为贴身的保镖，后来多次随卫青参加对匈奴的军事行动，因为表现很出色，再加上卫青不遗余力地推荐，后被汉武帝封为郎中，再后来，升迁为二千石的丞相长史。他见河南、河内、河东多是丞相御史的亲戚子弟，相互勾结，狼狈为奸。于是，不畏强权，给汉武帝打了这样一个小报告："天下郡守多为奸吏，而三河尤甚。"这个直言不讳的小报告引起了汉武帝的高度重视，结果三河太守都被抓到牢里砍了头。最后，田仁被提为京辅都尉，再升为丞相司直。

据说，田仁还和司马迁是好朋友，两人常有书信来往。任安因在太子事件中坐观成败被抓，司马迁写了一封《报任安书》，其中提到："修身者，智之符也；爱施者，仁之端也；取予者，义之表也；耻辱者，勇之决也；立名者，行之极也。士有此五者，然后可以托于世，列于君子之林矣。"

意思是：修身是智慧的集中体现；爱人和助人是仁的发端；取和予得当是义的标志；有耻辱之心是勇敢的先决条件；树立名誉是行为的最终目标。士人有了这五个方面，就可以立身于世并进入君子的行列了。

从这一点来看，田仁无疑就是这样的君子。可惜"为谁去做事，谁来听从你"，一堆黄土埋掉的是道义还是真理？

杀了田仁还不解恨，汉武帝马上又来了个"双管齐下"。

第一，派法吏到暴胜之那里去问话。

法吏对汉武帝的牛脾气了如指掌，自然知道汉武帝问话是假，逼供是真。于是，对暴胜之进行了强有力的责问："司直擅自放走太子，罪不可恕，丞相杀这样的奸叛之徒，是符合先斩后奏这条法律的，不知道御史大人为何偏偏要帮田仁说话呢？"

暴胜之心知盛怒之下的汉武帝已经对他很怀疑了，于是，对法吏说："行，行，行，你不要再多说了，我知道怎么做了。"说着，他拔出身上的剑朝自己的脖子就抹。

暴胜之选择了自杀这种极端的方式，结束了自己年轻而宝贵的生命。他自杀的原因有二：除了恐慌，更重要的是怕连累到家里人。牺牲自己一个人，保全全家人，这无疑是暴胜之最明智的选择。要不然以汉武帝多疑之心，熬到最后，只怕不单单是暴胜之一个人掉脑袋，他的整个家族都脱不了干系。

第二，派宗正刘长、执金吾刘敢前往皇后的宫中收缴卫子夫的印玺。

卫子夫支持儿子刘据谋反，汉武帝只是派人去取印玺，留给卫子夫自行了断的权利，已经是非常给卫子夫面子了。

卫子夫早已料到会有这一天，只是这一天还是来得有点突然，快得让她感叹世事无常，她用那双早已变得粗糙的手握着汉武帝当年亲手交给她的白玉大印，若有所思，若有所叹，良久，一滴晶莹的泪珠掉落在印玺上。她推开厢房大门，恭恭敬敬地把印玺递交给刘长和刘敢两人。

接到印玺的刘长和刘敢两人并没有马上就走，而是木然地站在那里。良久，从卫子夫的厢房里传来一声凄惨的叫声，血腥之味顿时弥漫开来。刘长和刘敢对视了一眼，知道他们的使命已经完成了。

"生男无喜，生女无怒，独不见卫子夫霸天下。"当时的民间流传着这样的歌谣，这是卫子夫从歌女到皇后，书写的一人得志，全家富贵的传奇。然而，卫子夫在后宫复杂的环境中做了三十八年的皇后，并不是独霸天下，而是处处小心，以恭谨谦和赢得汉武帝的恩宠，赢得了大臣和后宫众人的尊敬。在后来的日子里，尽管卫子夫年老色衰，汉武帝移情别恋，但是因为卫后小心谨慎，所以，汉武帝对她还是很信任的。汉武帝每次出行，都把后宫事务托付给卫后。

然而，最终卫皇后还是因为太子的事"一着不慎，满盘皆输"。"生女当如卫子夫"，这是后人对卫子夫的肯定，还是对汉武帝的讽刺？

而参与政变的，除了太子逃脱外，其他几个主要人物的命运如下：

太子的老师石德被景建擒获，张光被商丘成擒获。结果汉武帝封景建为德侯、商丘成为秺侯。

眼看景建和商丘成得到封赏，这时"中立派"的任安不失时机地来向汉武帝请安了。他原本以为得个小小的封赏应该不成问题，然而，他不会知道，他把自己送上了鬼门关。

任安的事，汉武帝早已洞若观火，他那点小伎俩怎么能逃得出汉武帝的火眼金睛呢！结果，面对不但没有立功，反而想邀功的任安，汉武帝冷笑道："嫌官小是吧？好，我给你封一个超级大官，派你去当阎王爷。"说着，他给任安安排了隆重的上任仪式——腰斩。

处理了任安的事，随后汉武帝对参加叛乱的人进行了处理：凡是太子刘据的门客，一律格杀勿论；凡是跟从太子参加战斗的人（不管是自愿还是被逼的），全部流放到偏远的荒漠之地去面壁思过。

对此，《汉书·武五子传》中的记载是："**及巫蛊事起，京师流血，僵尸数万，太子子父皆败。**"

罪己诏

　　宫中乱成了一锅粥，太子刘据带着两个儿子却成了一团麻，开始了漫漫逃亡路。翻过千重山，越过万道水，到了湖县泉鸠里（今河南省灵宝市西部与陕西省交界处的泉里村）。

　　刘据到这里也不隐瞒自己的身份，直接透露了自己所遭遇的情况。事实证明，泉鸠里的人虽然少，但个个深明大义，听到太子声泪俱下的表叙后，纷纷表示了对太子的同情和怜悯。

　　结果，这个小山庄的人不但收留了刘据这几个"难民"，而且还免费提供吃喝。可惜，这里乃是穷乡僻壤，一没交通优势，二没地理优势，三没特产，生活水平离"温饱"还差一大截。刘据等人的到来，无疑加重了他们的负担，但他们任劳任怨、日夜加班地编织草鞋，靠这个卖点钱来维持太子等人的生活。

　　这样一来，太子心里就过意不去了。曾几何时，他衣来伸手、饭来张口，过着锦衣玉食的生活；曾几何时，他对下人呼之即来，挥之即去，拥有呼风唤雨的权力。现如今，他却靠这里的父老乡亲的血汗钱来维持生计。

　　心怀愧意的刘据为了减轻他们的负担，写了一封信。这一封求助信是写给湖县一位与他颇有交情的老友的。以前，刘据是太子，他结交的人不是达官显贵，就是富得流油的富翁。这位老友便是属于后者，别的都少，就是钱多。

找这样的人打打牙祭，够刘据几个人吃上好几年。鉴于现在情况特殊，刘据又不好直接去投奔他，直接写信要点救济款无疑是最佳办法。然而，刘据不会知道，就是这样一封小小的信，让他走上了不归路。

因为当时的条件有限，送信要经过很多"手续"，结果信还没送到，风声早已传到了官府的耳朵里。这引起了当地知县李寿的高度重视，此时追捕太子的通缉令已传遍五湖四海。他当机立断，连夜带领精兵强将进行了一次突击行动。

小小的泉鸠里被大量的官兵围了个水泄不通。结果，泉鸠里的村民和官兵展开了一场激烈的"太子争夺战"。太子刘据也许是不忍看到官民"相煎"，于是，他紧闭房门，用一条白绫结束了自己的生命。

而官民的决斗，就好比是专业和非专业的比拼，结果，毫无悬念，泉鸠里的全部村民以及太子刘据的两个儿子，以血淋淋的生命为代价，谱写了一曲悲歌。

提着太子刘据的人头，李寿笑了，笑得那样灿烂，笑得那样不可一世。天上掉馅饼居然被他接到了，这意味着他的一生将有享之不尽的荣华富贵。

他马上派人快马加鞭去京城"报喜"。接到喜报的汉武帝非但没有喜，反而忧伤的泪直往下流。

他痛哭失声，如果不是自己放不下面子，如果听从令狐茂的劝告，下令赦免太子，太子会有这样身首异处的下场吗？人世间，有多少事可以重来呢？

男儿有泪不轻弹，只因未到伤心处，他不顾堂堂一国之君的身份，滴滴浑浊的老泪掉落在案前令狐茂写的《上武帝讼太子冤书》上：

　　臣闻父者犹天，母者犹地，而儿子好比是天地之间的万物。所以天平地安，万物才茂盛；父慈母爱，儿子才会孝顺。而今皇太子为汉家社稷的正式继承人，将承受万世的基业，担负祖宗的重托。江充，只不过是一介布衣，穷乡僻壤出来的无赖，陛下使他显贵，给他高官大权，而他竟迫害太子，栽赃陷害。而且这些邪佞之人把事情搞得一团糟，太子进则不能见到皇上，退则被那些乱臣贼子所围攻，他蒙受了冤屈却无法奏告，所以郁积愤怒之情到了无法控制的地步，这才杀了江充。他心怀恐惧，所以子盗父兵，用以救难自保罢了。臣窃以为太子并无谋反之心。《诗经》上有一首《小雅·青蝇》是这样写的：营营青蝇，止于樊。岂弟君子，无信谗言。营营青蝇，止于棘。谗人罔极，交乱四国。营营青蝇，止于榛。谗人罔极，构我二人。绿头苍蝇真正讨厌，把它赶出篱笆外面。和善明理的正派人，绝不听信挑拨离间。从前江充陷害赵国太子刘丹，天下人有目共睹。现在江充又谗言挑拨皇上和太子的关系，激怒皇上。皇上偶尔疏忽，过度责备太子刘据以至派大兵围攻，由三公亲自指挥作战。智者不敢言，辩者不敢说，臣感到无限痛惜。愿陛下放宽心怀，平息怒气。对亲人不要过于苛求，不必担心太子的错误，应迅速解除这么多守兵，别让太子在外面长时间地流亡，以致再误入奸人的诡计。臣一片忠心，谨在建章宫阙外待罪，昧死上闻。

　　其实，这是一封感人至深而又有理有据的信，它之所以没有起到任何作用，原因不是这封信写得不好，相反，是因为写得太好了，其中"太子进则不能见到皇上"一句委婉地击中了汉武帝的软肋。汉武帝当时对这封上书评价很高：文辞优美，抑扬顿挫，好极了。但因为"恼怒"，他"追

481

捕太子，无论死活，捕获者封侯"的命令依旧不变。

也正是因为这样，太子才会这么快就死在一个小小的知县之手。然而，后悔归后悔，汉武帝擦干了眼泪，还得做一件事，就是对李寿的奖赏。君无戏言，不能不赏啊。结果，李寿被封为邘侯。

太子的死，令汉武帝追悔不已。就在汉武帝备受折磨，进行批评与自我批评时，郎官田千秋上疏了，他是"巫蛊门"太子刘据冤死之后第一个上书为太子鸣冤的人（令狐茂是在太子流亡期间上书的）。因为"巫蛊门"事件，牵连的人实在太多了，大家都对太子的事讳莫如深，避免祸从口出。

也正是因为这样，田千秋的鸣冤书才引起汉武帝的高度重视。还是先来看一下田千秋的这封鸣冤书都写了些什么吧。田千秋的鸣冤书写得很特别，采取了自问自答的方式，当真别具一格，独具匠心。

第一问：儿子盗用父亲的兵马，该杀还是该打？

第二问：天子的儿子错杀了人，该判什么罪？

第三问：上面这两个问题，你知道这是谁说的吗？

三问提出后，田千秋马上就进行了自我解答。

第一，儿子盗用父亲的兵马，这只是家事，顶多被父亲打一顿，进行严厉的教育。

第二，天子的儿子错杀了人，也不是罪。

第三，上面两个问题不是我说的，是一位白发老翁教我这说的。

子不孝，父之过。前面两问已经很明白了，太子刘据之所以会犯错误，太子固然有错，但真正该负责的人是汉武帝您自己啊！当然，话虽如此，如果田千秋这样直言汉武帝在太子一事上的过错，以汉武帝死爱面子的牛脾气，自然不会主动承认（令狐茂的上书就是很好的例子，汉武帝当时明明已知道自己错了，但碍于面子，仍然不肯撤掉对太子的通缉令，结果致太子惨死）。也正是因为这样，聪明的田千秋成功地杜撰了一个"白发老翁"。

事实上，田千秋弄来白发老翁，非但不是画蛇添足，反而是出奇制胜之举。田千秋的前两问击中了汉武帝的软肋，而后一问摧毁了他的高傲。因为这个白发老翁具有含沙射影之功效：田千秋是个管理高祖庙的郎官（守陵官），他梦见的老翁自然就是汉高祖刘邦了。

田千秋话里的意思就是，刚刚这些话都是你的祖先刘邦说的，不是我说的。这无疑给了汉武帝一个很好的台阶下了。汉武帝谁的话都可以不听，但高祖刘邦的话却不能不听啊！

于是，汉武帝马上就召见了田千秋，见面就直抒心声："祖孙之间，外人最难插话，你却能明白其中道理，用这样简单实用的话说清楚道明白。这一定是高祖托梦给你，让你来转教给我，看来你应该作为我分忧解忧的辅佐大臣啊！"

随后，汉武帝马上就开展了"一升二查三诛，四思五改六听"活动。

一升：提升长相英俊、知书达理的田千秋为大鸿胪。国家正需要田千秋这样的人才。

二查：对宫中的木头人展开调查。很快，各个部门的调查报告如雪花般飞到汉武帝的办公桌前，结论是：太子宫和卫皇后宫里根本就没有埋什么木头人，都是以江充为首的"巫蛊办"的人搞的鬼。最终，汉武帝下的结论是：刘据本没有造反之心，只因被江充等小人所逼，才起兵反抗，属于"正当防卫"中的"防卫过当"，虽有小错，但错不致死。

三诛：诛杀以江充为首的"巫蛊办"和"小人帮"的所有成员。"巫蛊门"盖棺定论后，考虑到罪有应得，死有余辜的江充早已魂归天国了，汉武帝把怒火都迁移到苏文身上，结果苏文被一根根点燃的柴火活活烧死。而其他诛杀太子的人也落得个不得善终的下场，邘侯李寿在侯位上屁股还没坐稳，就被拉出去砍了头。正如那句话：如果你相信天上会掉馅饼，那你一定是第一个被馅饼砸伤脑袋的人。接到"馅饼"的李寿的结局无疑更严重更凄惨，他不单单是伤那么简单，而是被"馅饼"砸碎了脑袋。

四思：老子曾说过这样的名言："朝闻道，夕死可矣。"解决了苏文，消灭了"小人帮"，遣散了"巫蛊办"，砍了逼死太子的罪人李寿等人，汉武帝终于用实际行动报了太子刘据的仇，还了刘据一个公道。但逝者已去，汉武帝的思念和忏悔却是一天一天地增加，与其这样"朝思暮念夜成空"，还不如来点实际的，于是，先在长安兴建"思子宫"。随后，又在太子自尽的湖县建了"归来望思台"。世事无常，归去来兮，一个"思"字真真切切地代表了汉武帝的心声：是后悔，是感伤，是怀念。

年迈的汉武帝是怎样的心境？让人去猜吧。唐代的李山甫为此留下著名的《望思台》："君父昏蒙死不回，谩将平地筑高台。九层黄土是何物，销得向前冤恨来。"

五改：太子的死让一直躁动的汉武帝终于静下心来开始反省。很快，他就消磨掉了不可一世的锐气，放下了唯我独尊的架子，一改"王者风范"，走进了"平民化"风格。

这里，不妨举两个小例子来说明一下。

第一，征和四年（公元前89年），汉武帝到钜定（今山东省广饶县东北）考察，他居然脱掉黄靴，光着脚和农民兄弟干农活，堂堂一国之君，在当时的所作所为，实在是难能可贵，绝无仅有。汉武帝的做法起到了鼓励农民勤劳致富和告诫百官重视农业的双重作用。

第二，汉武帝在泰山的明堂里祭祀时，在祭拜天、祭拜地、祭拜神灵后，他没有像以前那样，来也匆匆去也匆匆，而是接见了地方官员。在听取他们的工作汇报和了解乡土民情后，汉武帝这才进行了总结性的发言。

他的话归纳起来有两点：

一、自我批评：我自即位以来，南征北战，大兴武力，做了一些实事的同时，也做了很多疯狂荒谬的错事，弄得天下的老百姓受苦受累，我真的很后悔。

二、改过自新：凡是伤害天下老百姓的事，一律禁止再做；凡是浪费天下老百姓财力的事，一律禁止再做；凡是"有害于"天下老百姓的事，一律废除。

六听：汉武帝此时不但关心民生疾苦，体察民情，急民之所急，想民之所想，而且还开始开门纳谏，直接听取臣子和百姓的意见。

看到汉武帝这样可喜的变化，升迁为大鸿胪的田千秋喜上心头，他马上上了第二封书，大致内容是：求仙有什么用？皇上你求仙这么久，为何连太子都不能保全，为什么救不活死去的太子呢？宫中的方士多如牛毛，关键时刻都成了哑巴，与其白养他们在宫中，不如遣散他们回家抱孙子去。

看了信，汉武帝发出了这样的感叹："我以前是天底下一等一的大傻瓜啊，放着宫里的山珍海味不吃，居然听信方士们的鬼话，到处去寻什么仙丹妙药，全是妖言惑众。我以后只要注意饮食，按时请医吃药，就没有什么疾病可以入侵我了。"

谦虚的汉武帝在发出感叹之余，采纳了田千秋的建议，遣散了所有的神仙方士。至此，汉武帝的求仙行动才彻底画上了一个句号。

而田千秋因为进谏有功，驱神有劳，被汉武帝封为丞相。田千秋从掌管高祖陵墓的守陵官，一步登上了一人之下万人之上的丞相宝座，升官的速度比坐火箭还要快。

一人成功，众人仿效。看到田千秋两封上书就实现了"鲤鱼跳龙门"，不甘寂寞的人也开始上书。征和四年（公元前 89 年），由搜粟都尉桑弘羊领衔的上访团对汉武帝进行了上访，提出了"派兵到西域轮台（今新疆轮台县）戍边屯垦"的建议。他们说了这样的种种好处，归纳起来为两点：

一是轮台以东有能够灌溉的田地五千多顷，可派军队前去屯田，设置校尉三人分别统辖，让他们在那里大量种植五谷，张掖、酒泉两郡派出骑兵，为他们开路警戒。

二是招募民间身强力壮、敢于远赴边塞的人前往该地，开垦更多可灌溉的农田，同时逐步修筑堡垒哨所，一直向西延伸，既可加强对西域各国的影响，又能辅助公主出嫁的乌孙国。

出人意料的是，汉武帝想都没有想就拒绝了这项"宣扬国威"的建议，原因是这样太劳民伤财。为此，他还专门下了一道诏书，以诏书的形式追悔以前的过失和错误，进行了自我批评，这便是历史上著名的《轮台罪己诏》。

"朕即位以来，所为狂悖，使天下愁苦，不可追悔。自今事有伤害百姓，靡费天下者，悉罢之……"在《轮台罪己诏》中，汉武帝阐述了自己的四个观点：

首先，他以公开的形式婉拒桑弘羊等人的上书，表示不会派兵到西域轮台戍边屯垦，原因是这样做劳民伤财。

其次，回顾他晚年的几次不成功的军事行动，对李广利失败原因进行了总结，表达了自己对失败的责任。

再次，表示以后不会再苛刻暴虐，废除一切不合理的法律，轻役减税，总之，以减轻农民负担为主。

最后，实行各种惠民政策，恢复农业生产，以弥补多年南征北战的亏空。

一向冷酷无情、唯我独尊、穷兵黩武、不可一世的汉武帝能以这种向天下人进行公示的方式进行自我剖析、自我批评、自我革新，真的难能可贵。看来，汉武帝终于幡然醒悟了。从此，汉武帝不再派兵出征，而是一心一意谋发展，全心全意搞建设。后来，他又封丞相田千秋为富民侯，喻义不言而喻，表示他从此要与民休息，大力发展生产，让人民尽快富裕起来。

对此，北宋文史学家司马光在《资治通鉴》中，是这样评论汉武帝的，他说汉武帝**"有亡秦之失而免于亡秦之祸"**。

说汉武帝有亡秦之失，是因为汉武帝穷奢极欲，刑罚严酷，横征暴敛，对内大肆兴建宫室，对外征讨四方蛮夷，又被神怪之说迷惑，巡游无度，致使百姓疲劳，很多人被迫成了盗贼，与秦始皇没有多少不同。

说汉武帝免亡秦之祸，是因为汉武帝晚年能改变以往的过失，将继承人托付给合适的大臣，这正是汉武帝虽犯过造成秦朝灭亡那样的错误，却避免了秦朝灭亡的后果的原因吧！

第十六章

不是尾声的尾声

"杀母存子"为哪般

在平定太子"谋反"的事件中，丞相刘屈氂声名大振，先是惊天地泣鬼神一跑出名，"刘跑跑"之名随即传遍长安走向全国。但好歹在汉武帝的大发雷霆下，"刘跑跑"及时悬崖勒马，在混乱中起到了中流砥柱的作用。抛开对错不谈，"刘跑跑"在"巫蛊门"事件中，没有功劳也有苦劳，没有苦劳也有疲劳。

事实上，自从那一跑成名后，"刘跑跑"在丞相的位置上就坐不住了，他不但成功地跑下台来，而且还跑上了断头台。

事情是这样的：汉武帝一共生了六个儿子：刘据、刘闳、刘旦、刘胥、刘髆、刘弗陵。其中，最有可能得到汉武帝继承权的是太子刘据、昌邑王刘髆、刘弗陵。原因是他们三人的母亲是汉武帝一生早、中、晚三个时期的三个最爱。早年，汉武帝宠爱卫子夫，爱屋及乌下，卫子夫所生的儿子刘据被立为太子。中年，汉武帝宠爱李夫人，昌邑王刘髆当然也是汉武帝最喜欢的儿子之一了。晚年，他宠爱钩弋夫人，钩弋夫人所生的刘弗陵是汉武帝最小的儿子，而且因为"类己"，所以，最得汉武帝喜爱。汉武帝在很多场合公开表示了对刘弗陵的喜爱。

太子刘据死后，太子一位空出来了，刘弗陵无疑是太子的最大热门人选。但汉武帝的其他儿子显然不会让这个最小的皇子登上太子宝座，于是，汉武帝后宫的太子争夺战又拉开了帷幕。

第一个向太子位进军的是昌邑王刘髆。

刘据死后，汉武帝废长立幼之心已是人尽皆知。昌邑王刘髆感到了危机。怎样谋取太子一位成了他思考的一个难题。昌邑王刘髆在思考，丞相"刘跑跑"和贰师将军李广利也在思考。

刘髆是李广利的外甥，李广利思考也在情理之中。那么，跟这个"刘跑跑"又有什么牵连呢？原来"刘跑跑"和李广利是儿女亲家，一损俱损，一荣俱荣。如果刘髆能当上太子，那么，李广利和"刘跑跑"无疑都将是最大的受益者。

也正是因为这样，征和三年（公元前 90 年），汉武帝最后一次对匈奴进行的大规模军事行动中，李广利这个"平庸的天才"依然被汉武帝定为主帅。李广利这趟匈奴之旅，是身在战场，心却在朝廷。毕竟临行前，他和"刘跑跑"交头接耳，似有道不完的离别之愁，叙不完的分别之苦。

李广利和"刘跑跑"谈论的只是太子的事。

天下没有不透风的墙，更何况这个李广利和"刘跑跑"是在率队亲征，是在大庭广众之下进行"密谈"的，尽管他们的声音压得很低很低，尽管他们只是装着拉家常的样子，但他们的行为还是被好事者拿来说事。结果，这些好事者充分发挥想象大放舆论，居然把两人的心事猜了个八九不离十。

言者无心，听者有意。汉武帝很快就知道了这样的小道消息。太子的事是汉武帝的家事，李广利和"刘跑跑"在这种公开的场合商议，这就不是一个简单的错误了，而是大逆不道，欺君罔上。

于是，汉武帝马上派人对"刘跑跑"展开调查，而李广利已在匈奴的战场上了。没有调查就没有发言权，调查的结果让汉武帝又惊又怒，"刘跑跑"不但和李广利交往甚密，行踪诡异，而且还与妻子有巫蛊之事。

巫蛊之祸后，朝中上上下下谈到"巫蛊"两字就色变，"刘跑跑"和妻子居然顶风作案，而且诅咒的人就是汉武帝本人。

汉武帝很生气，后果是"刘跑跑"一家全部被凌迟处死。而受到牵连的李广利的妻子和家人都被汉武帝打入了死牢。李广利兵败投降后，李家也遭到了汉武帝的血洗。只是昌邑王刘髆怎么处理是个难题。

最终，汉武帝这一次格外开恩（也许是受太子刘据之死的影响），没有直接把刘髆拉出去砍了，而是直接赦免了他的罪过。汉武帝这样做，原因有二：一是刘髆是个弱不禁风的病秧子；二来李广利和"刘跑跑"密谋太子的事是他们的私人行为，刘髆并不知晓。

这件事的最终结果是：刘髆宣告退出太子竞争行列。

枪打出头鸟，刘髆第一个向太子位置发动进攻，结果天不遂人愿，还没发力就已经败下阵来。也不知是不是因此受了打击，只过了一年，郁郁寡欢的刘髆就英年早逝了，又给了汉武帝一次白发人送黑发人的打击。

第二个向太子位置发动进攻的是燕王刘旦。

在汉武帝的六个儿子中，老大刘据因为"先发制人"反而"制于人"，结果，来了个悲壮的"后手死"（以自杀的方式来解决）；老二刘闳又是个短命鬼，正值壮年就挥一挥衣袖到阎王那里报到去了。因此，老三刘旦时来运转，成了活着的众皇子中年龄最大的，按以往"立长"的原则，他是太子的不二人选。也正是因为这样，刘旦开始狂妄自大，打出的口号是：我是太子接班人，我怕谁？

刘旦开始为自己的未来着想，后元元年（公元前88年），刘旦也来了个上疏。他上疏的内容是要求到武帝身边任侍卫。这是以往历代太子应该做的分内事，刘旦这样急急忙忙地上疏，原因有二：一是可以正大光明、光明磊落地向天下人宣布自己是太子的不二人选。二是可以在宫中处于进可攻、退可守的绝对有利位置，从容对付其他皇子，将各种不利因素消灭于萌芽状态。

应该说不管结局怎么样，从外人的角度来看，刘旦的想法还是"看上去很美"的。可汉武帝那是什么人，他走过的桥比你刘旦走过的路还要多，洞若观火，对刘旦的"小伎俩"早已看得清清楚楚、明明白白。况且，他早就对刘旦平时的骄傲蛮横不满了，于是，借此机会对燕王刘旦进行了毁灭性的打击。

他首先斩了燕王刘旦的上书使者，给了他一个下马威。然后，抓住"燕王匿藏朝廷通缉要犯"的小辫子不放手，以"窝藏罪"削去燕王刘旦所管辖的良乡（今北京市房山区）、安次（今河北省廊坊市安次区）和文安（今河北省文安县）三个县。

削了地比削了你头上的乌纱帽后果更严重。刘旦立储的梦想至此彻底破灭。失败的原因，八个字：井底之蛙，自以为是。

用排除法来看，这下太子之争实际上只剩两个候选人了：刘胥与刘弗陵。

我们首先来看看刘胥的情况。俗话说"有其母必有其子"，这句话用在刘胥身上来说，就是"有其兄必有其弟"。他的哥哥燕王刘旦是个骄横跋扈之人，同样，刘胥也好不到哪里去，因此，汉武帝早早就把他们兄弟俩排除在立储之外了。

至此，太子一位的人选只剩下硕果仅存的刘弗陵一人。就这样，年幼的刘弗陵不费吹灰之力、兵不血刃地成了汉武帝唯一的接班人。这当真印证了一句老话：有心栽花花不开，无心插柳柳成荫。

刘弗陵之所以能成为汉武帝最后确定的继承人，除了他的皇兄"谦让"，还离不开他自身强大的人格魅力：一是自身条件好。从十四月怀胎而生开始，刘弗陵就开始了他传奇的一生。小小年纪便四肢发达，头脑也发达（钩弋子年五六岁，壮大多知），具备当大领导的先天条件。二是和汉武帝脾气性格最相像，套用武帝自己的话来说就是"很类己"。这和刘据的"不类己"形成了鲜明的对比。

然而，刘弗陵的优势越是明显，汉武帝的烦恼也就越多，他在担心这样两个问题：

烦恼一，刘弗陵年龄太小。

刘弗陵的优势很明显，但唯一的劣势就是年龄太小，还不满八岁，要他继承皇位，要亲政至少还得等上十年。这十年，他能不能坐稳皇帝的宝座？能不能制伏天下？这是一个未知数。还有自己百年之后，刘弗陵能不能制伏两个不安分的哥哥刘旦和刘胥？这些都成了汉武帝颇为头疼的事。

烦恼二，钩弋夫人太年轻。

钩弋夫人正值花儿绽放般的黄金年华，才二十多岁，一旦自己百年之后，这朵娇艳的国花会不会红杏出墙呢？那时如果她因为寂寞，做出了"寂寞难耐"的事（骄奢淫乱），怎么办？那时她是堂堂的皇太后，谁能管得了她？还有，刘弗陵还小，如果钩弋夫人代他亲政，被她抓住了朝中大权，到时候屠杀刘家的人，窃取刘氏天下怎么办？她会不会学吕后，成为吕后第二呢？

"主少母壮"这个难题摆在汉武帝的面前，让他"费思量"。思来想去，为了避免重蹈吕后覆辙，最终，汉武帝决定采取"杀母存子"之法先解决第二个烦恼。

"杀母存子"这个很好理解，就是杀掉钩弋夫人，然后保存刘弗陵。欲加之罪，何患无辞？汉武帝既然狠下心对自己最心爱的女人下毒手，就没有什么能阻拦他的行动了。

一次，汉武帝随便找了一件芝麻大的小事，故意对钩弋夫人进行了前所未有的"狮子吼"。结果，吓得钩弋夫人摘下身上所有的金银首饰，趴在地上磕头主动承认错误，左一句我不是故意的，右一句非常抱歉。

然而，这一次汉武帝似乎早已铁了心，也不管钩弋夫人认罪态度良好不良好，先把她打入死牢再说。后元元年（公元前 88 年），钩弋夫人困在云阳宫里生不如死，绝望之下的她以一束白绢结束了短暂如花一般的青春岁月，后被葬于甘泉南。

托孤大臣诞生记

汉武帝用忍痛割爱的方式，以牺牲自己最心爱的女人为代价，成功地解决了一个烦恼。接下来，只剩下接班人刘弗陵"太年轻"的烦恼了。由于人要一天一天才能长大，不可能揠苗助长，汉武帝想到了一个好办法，以托孤的方式为太子找几个辅佐大臣。这个方法有点类似于当年高祖刘邦的做法，重用了周勃和陈平两个人，从而使吕后没有办法把"刘氏江山"变成"吕氏江山"。

只要找几个德高望重的可靠之人，那么，在他百年之后，刘弗陵的皇位就没有人能动得了了。

汉武帝首先想到的托孤大臣是霍光和金日磾两人。

首先，我们来看看霍光的个人简介。

霍光，字子孟，河东平阳（今山西省临汾市）人，他是著名将领霍去病同父异母的弟弟。他的父亲霍仲孺先在平阳侯曹襄府中为官吏，与平阳侯的侍女卫少儿私通生下了霍去病，后来又娶妻生下了霍光。霍去病在京城发迹任将军后，才知道他的亲身父亲是霍仲孺。元狩二年（公元前 121 年），二十岁的霍去病以骠骑将军之职率兵出击匈奴，路过河东时开了个"小差"，父子俩正式相认，霍去病为其父购买了大片田地房产及奴婢。当时，霍光不到二十岁，生活一下子由贫寒窘迫变成了锦衣玉食，当真是时来运转。随后，霍去病得胜回京时，又将"小弟弟"霍光带至京都长安，把他安置在自己帐下任郎官，后升为诸曹侍中，参谋军事。霍去病去世后，霍光做了汉武帝的奉车都尉，享受光禄大夫待遇，负责保卫汉武帝的安全。所谓"出则奉车，入侍左右"。在跟随汉武帝时期，他谨慎小心，受到汉武帝的极大信任。同时，他也在错综复杂的宫廷斗争中得到锻炼，为他以后主持政务奠定了基础。《汉书·霍光金日磾传》记载霍光：**出入禁闼二十馀年，小心谨慎，未尝有过。**

都说伴君如伴虎，但霍光在朝中为官二十余年，居然没有任何过失，可见霍光为官之精到。再加上霍光多多少少和卫子夫沾亲带故，"巫蛊门"致使太子刘据和卫皇后双双毙命，在朝中"一片漆黑"时，霍光好歹也算是自己人了。也正是因为这样，汉武帝首先想到的就是霍光。

此时，汉武帝早已把刘弗陵立为接班人了，但并没有向天下人公开，于是，他画了一幅画送给霍光。画用一句话来概括就是：成王坐在周公的背上朝见天下诸侯。

其实，汉武帝这是"醉翁之意不在画，在乎画中喻义也"。这幅画是什么意思呢？周武王临终时，儿子成王还很小，周武王就将成王托付给他的弟弟周公姬旦。现在汉武帝送这幅画给霍光，就是要他效仿周公，辅佐少主刘弗陵。

出乎汉武帝意料的是，画送给霍光后，便如泥牛入海没了音信。是霍光没有看懂还是另有隐情？

答案随后揭晓，后元二年（公元前 87 年），汉武帝病危，霍光泪流满面地问道："陛下如果有个三长两短，可以立谁为太子继承皇位呢？"

汉武帝道："你难道不知道我送你那幅画的意思吗？"

霍光自接到画后就知道了汉武帝的意思，只是他一直做事谨慎，知道不到万不得已不能乱说。此时，见汉武帝问，他仍然装糊涂地说："臣很愚钝，请陛下明示。"

汉武帝道："朕决定立刘弗陵为太子，你要承担周公的责任，辅佐少主的事就交给你了。"

霍光推脱道："臣才疏识浅，还是金日磾更适合些。"

金日磾当时就在场，连忙跪在地上说："我的祖籍不是汉人，还是霍光更合适些。"

汉武帝听了他们两个人的话，不做任何点评，而是说了这样一句模棱两可的话："辅佐幼主的事就交给你们了。"

汉武帝这句话已确定了他们两个为辅政大臣。那么，这个金日磾又是何许人也？

汉武帝御人之术最高的表现，是驯服匈奴王子金日磾。

金日磾，原名日磾，是匈奴休屠王的太子。元狩二年（公元前121年），霍去病在河西之战中攻破匈奴西路浑邪王军，打通河西走廊。匈奴伊稚斜单于迁怒浑邪王兵败，打算召浑邪王回龙城（匈奴王城）杀掉。浑邪王得知消息，为求自保，与休屠王密谋降汉。汉武帝却担心浑邪王是诈降，便命霍去病带重兵前去迎接浑邪王等人。这时休屠王后悔了，不想投降汉朝。浑邪王就杀了休屠王，挟持休屠王的部下投降了汉朝。汉武帝封浑邪王万户，为漯阴侯。因为休屠王不肯投降，休屠王的太子日磾和阏氏都被没入官中为奴。

而就是这个为"奴"期间的金日磾，却做了三件让汉武帝另眼相看的事。

第一件事：立行。

金日磾当时十四岁，被安排在黄门署养马。因为他从小生活在草原上，精通马术，宫中马经他调养后，匹匹高大肥壮。有一次，汉武帝在游逸宴乐时，让十多个马奴牵出马来供他们观赏。当时，有许多宫女在场，有些马奴忍不住偷看宫女，只有金日磾神态庄重，目不斜视。金日磾以他正直的人品和出众的养马技能很快赢得了汉武帝的器重，不久便拜他为马监，又提升他为侍中、驸马都尉、光禄大夫。金日磾在受到重用后更加严于律己，汉武帝对他越发敬重，赏赐累计达千金，待遇也比其他臣子优厚。朝中一些大臣十分忌恨，纷纷抱怨，但汉武帝不为这些流言蜚语所动，反而更加器重他。

金日磾在细节上做得很好，汉武帝随后也在细节上下功夫。金日磾的母亲死后，汉武帝为了表彰这位教子有方的伟大母亲，令人画下她的画像，挂在甘泉宫中供奉。这令金日磾很感动，从此，他死心塌地归附汉朝。

第二件事：立德。

金日磾有两个儿子，两个儿子从小就束发垂髫，典型的"匈奴人"的打扮。因为可爱，汉武帝对这两个"混血儿"很喜欢（金日磾的妻子是汉人），像是带自己的儿子一样跟他们嬉笑玩乐。也正是因为这样，他的大儿子有一次在武帝背后做有违君臣之礼的"小动作"，正好被金日磾看见了，当着汉武帝的面，他又不便发作，于是对儿子来了个"横眉冷对"。

按理说，他的儿子应该马上远离武帝，"避祸"才对。但他的大儿子的反应却出人意料，小小年纪竟然知道先发制人，他马上向汉武帝来了个恶人先告状："阿翁（阿爹）恨我！"

汉武帝于是责问金日磾："你何故恨视我儿啊？"

金日磾不知道怎么回答，只好选择沉默，但从此却多了一块心病：担忧大儿子将来闯大祸。事实证明，金日磾的担心并不是杞人忧天，他的大儿子长大后，借出入宫禁的机会，开始调戏汉武帝身边的宫女。一次，又被金日磾看见了，气得差点儿没吐血。回家之后，他竟然动用家法，将大儿子来了个"家中斩"。汉武帝不知道原因,很生气,便要拿金日磾"是问"。后来,经过金日磾顿首陈明,汉武帝这才转怒为乐,从此对金日磾更加看重。

金日磾挥泪杀儿后,还拒绝女儿"钓金龟婿"。金日磾的女儿长得美貌如花,又正值十八的花季,汉武帝想将金日磾的女儿纳入后宫。面对女儿钓上金龟婿的千载难逢的大好机会,如果放在别人那儿,肯定是欢天喜地、老泪纵横地直呼"谢主隆恩"了。可出人意料的是,金日磾却总是摇摇头,有人问他为什么,他总是选择沉默。后来问的人多了,他还是摇摇头,说了一句意味深长的话:一无所有。

原来金日磾怕的就是将来女儿入了宫,发展成外戚的力量,给自家招来祸害,到头来只会弄得"一无所有"了。

遭遇"拒亲"的汉武帝这一次显得格外大度,不但没有生气,反而感到高兴,心里叹道:做人就要做这样诚信的人啊。从此,金日磾更受恩宠。

第三件事:立功。

后元元年(公元前88年)夏六月,汉武帝到外面去旅游,随遇而安地住在了林光宫。这期间的一天夜里,武帝遭遇了一生中最难忘的"刺客"事件,刺客是马何罗。

马何罗和马通兄弟俩之所以敢冒杀头灭门之险也要行刺造反,纯属狗急跳墙的无奈之举。而直接导致马氏兄弟谋反的导火索,就是发生在后元元年(公元前88年)夏的御史大夫、秺侯商丘成的自杀事件。据说,商丘成自杀的原因是喝醉了跑到汉文帝的宗庙里去耍酒疯,呼号狂歌,因犯了"大不敬"的重罪而畏罪自杀。商丘成"莫须有"的死给了马氏兄弟很大的刺激,因为在商丘成之前,江充、苏文、刘屈氂、李寿这些或直接或间接将太子迫害致死的人,一个个都被武帝铲除掉了,现在又去了一个商丘成。活到现在还没有受到惩处的,就只剩下马氏兄弟了。

他们都觉得悲惨的命运已无可挽回，只有奋力一搏，或许可以换来一线生机。

马何罗和马通的计划很简单，就是由马何罗利用常在皇帝身边的机会，前往行宫行刺，事成后由马通发兵攻打行宫，将皇帝的扈从、卫队和随驾的大臣一网打尽，从而乱中取利。马何罗之所以如此计划，是因为他有充分的机会接近皇帝，这跟他的职位有关：侍中仆射。侍中就是皇帝的侍从，而侍中仆射则是侍中的首长，比别的侍中有更多的机会在皇帝身边陪驾。

也正是因为这样，马何罗才敢于制订这么大胆而粗糙的造反计划，在他的眼里，他的计划成功的可能性几乎是百分之百。然而，人算不如天算，他完美无缺的计划偏偏坏在一个匈奴人、侍中驸马都尉金日磾手里。

马何罗之所以选择在林光宫对汉武帝下毒手，原因是金日磾病了。原来，当马何罗兄弟紧锣密鼓地策划叛逆谋刺的时候，他们鬼鬼祟祟的举动引起了心细如发的金日磾的注意和警觉。作为武帝身边的亲信，他熟悉朝中的大小事务。经过对前因后果的一番仔细推敲之后，他得出如下结论：马何罗兄弟图谋不轨。为了不打草惊蛇，他选择了"盯梢"的方法，严密监视马何罗的一举一动。而马何罗也不是傻子，也觉察到了金日磾在盯着他，迟迟不敢下手。

就在这次汉武帝临幸甘泉宫附近的林光宫的时候，金日磾恰好病了，虽然病得不严重，可也没办法再像往日那样陪着马何罗一起侍候汉武帝，只能在自己的房间里躺着养病。马何罗隐忍了很久，见到这个好机会怎么肯轻易放过？

当天晚上他就伙同弟弟马通、马安成假传武帝的命令溜出宫去，一起杀了军中的使者，发兵埋伏在林光宫附近。

第二天早晨，一切安排妥当之后，马何罗就入林光宫，准备执行第二步，也是最重要的一步计划——行刺汉武帝。

就在这个千钧一发的时候，金日磾心灵感应般突然起身准备解手，结果看到了鬼鬼祟祟的马何罗拿着明晃晃的刀从东厢房上殿。李鬼见到了李逵，马何罗一惊之下，拔腿就跑，直奔天子卧室而去。

拔腿就跑本来就犯了"夜行人"的忌讳，更重要的是，慌不择路的马何罗一个不小心还碰到了挂在墙上的宝瑟，结果马上上演了一曲"贝多芬交响乐"。

本来金日磾只是怀疑马何罗怀有异志，并没有抓到真凭实据，现在见到马何罗鬼鬼祟祟的慌乱模样，又听到武帝卧室内传出瑟音，立时便追了进来，一把抱住马何罗，大叫道："马何罗造反了！"马何罗听见金日磾这么大声嚷嚷，无异于耳朵里打了个闷雷，也陡然清醒过来，挣扎着想要逃跑。无奈金日磾身高力大，两个人扭打起来。

金日磾这么一叫，汉武帝当时就惊醒了。左右侍驾的卫士听到喊声都拔刀赶过来。他们见金、马两人紧紧地纠缠在一起，想要插手又实在找不到准头，就准备不管三七二十一，把两个人都剁成肉酱，反正里边有一个是反贼，准错不了。汉武帝关键时候出马了，说不能误伤了金日磾。因此，卫士们只能看着金、马两人贴身肉搏而无能为力。

论单打独斗，还是金日磾更胜一筹，十来个回合后，他将马何罗摔了个"猪啃泥"，结果就没有悬念了：马何罗被擒。马何罗抵不住武帝手下那帮如狼似虎的酷吏的严刑，不一会儿就将全部计划和盘托出。于是，武帝顺藤摸瓜，将还懵懵懂懂地埋伏在行宫附近等候消息的马通、马安成一网打尽。

行刺汉武帝的风波至此画上了一个句号。

金日磾救了汉武帝的命，立下这么大的功劳，汉武帝更看重他了。也正是因为这样，汉武帝在临危托孤时才会把他也列入首选。汉武帝和匈奴争斗了一辈子，但到最后托孤时却这般器重一个匈奴人。望尽斜阳，恍如隔世，像是因果的轮回，也像是命运的讽刺。

试探了霍光、金日磾两人之后，汉武帝把朝中可用的重臣都翻衣服一样翻出来晒晒，最终确定了五个辅佐幼主刘弗陵的大臣。

后元二年（公元前87年）正月，汉武帝正式下诏书立幼子刘弗陵为皇太子，而"托孤五人组"也正式出炉：司马大将军霍光、车骑将军金日磾、左将军上官桀、丞相田千秋和御史大夫桑弘羊。

汉武帝对皇太子刘弗陵的遗言，一是轻赋减税，真心为百姓服务，才能得到百姓的拥护和爱戴；二是开门纳谏，多听来自不同阶层人员，特别是百姓的意见，有则改之，无则加勉；三是廉洁奉公，以秦二世灭亡为教训，做一个贤德圣明的君主。

对五位托孤大臣的遗言是：全心全意辅少主，尽心竭力为国家。

魂归茂陵

后元二年（公元前 87 年）二月十四日，长安城外的五柞宫边有序地树立着五棵直耸云霄的大柞树，显得青绿如翠。树下立着两只硕大的石麒麟，显得威武至极。

对于叱咤风云半个世纪之久的大汉天子汉武帝来说，他已经无法再见到近在咫尺的这一切如画美景了，他把自己的光辉岁月永远定格在了七十这个数字上，五柞宫成了他生命定格之处。

对此，"周公"霍光作为首辅大臣，充分显示了其办事的老到和干练，立即上演了四步走。

第一步，把皇太子刘弗陵"扶正"。汉武帝死后的第二天，霍光手持宝剑，亲自把只有八岁的刘弗陵"请"上了皇帝的宝座。剑光闪闪，寒气逼人，朝中文武百官无不臣服。刘弗陵便是汉昭帝。

第二步，把皇上的玉玺拿在手里。玉玺在手，霍光等五位托孤大臣便拥有了主宰天下的实权，这也为汉昭帝掌政提供了条件。

第三步，为刘弗陵提供生活起居指南。把刘弗陵的姐姐鄂邑公主接到宫里与刘弗陵同住，负责他的饮食起居和日常照料。

第四步，处理汉武帝的后事。很快成立"治丧委员会"，把汉武帝的遗体从五柞宫运到未央宫入殓。

三月二十二日，汉武帝最终魂归茂陵。

茂陵东据长安，西据兴平，北依九骏山，南临终南山，原属汉时槐里县之茂乡，故称"茂陵"。

建元二年（公元前 139 年），也就是汉武帝登基后第二年，茂陵开始营建，至后元二年（公元前 87 年），也就是汉武帝去世时才宣告竣工，一共经历了五十三年的修建和维护工作。汉武帝动用全国赋税总额的三分之一，作为建陵和征集随葬物品的费用。建陵时曾从各地征调建筑工匠、艺术大师三千余人，工程规模之浩大，令人瞠目结舌。

元代诗人李齐贤在《蝶恋花·汉武帝茂陵》曰：

> 石室天坛封禅了。青鸟含书，细报长生道。宝鼎光沉仙掌倒。
> 茂陵斜日空秋草。
> 百岁真同昏与晓。羽化何人，一见蓬莱岛。海上安期今亦老。
> 从教吃尽如瓜枣。

青山不改，绿水长流。汉武帝走过了七十年的风雨历程，最终安息于茂陵。